El despertar del milenio

Jane Jensen

El despertar del milenio

Traducción de Montserrat Gurguí
y Hernán Sabaté

Círculo de Lectores

A Arjuna, un erudito bribón

Agradecimientos

Quiero dar las gracias a muchas personas por la inspiración y la colaboración que me han ofrecido. Mi gratitud a John Hogue por sus libros *777: The Millenium Book of Prophecy*, *Nostradamus: The New Revelations* y *The Last Pope*. La obra de John no sólo despertó mi fascinación por la profecía milenarista, sino que el propio John se convirtió en un buen amigo, me ofreció consejo y conocimientos y me dio permiso para utilizar muchas de sus traducciones de profecías en esta obra. Agradezco también los permisos para usar citas por parte de la Fundación Edgar Cayce (procedentes de The Edgar Cayce Readings, 1971 y 1993) y de la Fundación Internacional Osho (extraídas del libro de Osho *The Land of the Lotus Paradise*, 1984), www.osho.org. También estoy en deuda por el maravilloso libro *The Holographic Universe*, de Michael Talbot, como inspiración de alguna de las ideas de esta novela.

Entre otros que han colaborado en las investigaciones para este libro se cuentan Gerry Jones, Beth Farley, Norman Dizon y Melissa Sullivan, del Centro de Documentación de la Archidiócesis de Seattle; Janet W. Burns, Mark Geisel y Bernard Nadeau, que colaboraron en las traducciones; Ann Weissenburger, de la Biblioteca Pública Municipal de Rockaway, en Nueva Jersey, por el trabajo de documentación geográfica; Jon Michael Smith y el doctor John D. Rather, de la NASA, por su asesoramiento técnico, y Marcos Silviano, de ipanema.com, por su ayuda en la investigación sobre Río de Janeiro.

En el ámbito personal, deseo dar las gracias a Lois y Jim

Gholson, Adam Bormann y Philip Cayting por su esforzado trabajo en la revisión de los primeros borradores, y a mi marido, Robert Holmes, por soportar, como siempre, largas horas de intercambio de ideas. Gracias, en especial, a mi agente, Shawna McCarthy, por sus diligentes esfuerzos para la venta del manuscrito, y a mi directora literaria, Shelly Shapiro, así como a su lector, Eric Miranda, por su valiosa contribución a la hora de dar forma final a esta obra y por su firme fe en *El despertar del milenio*.

Antes de estos sucesos, muchas aves raras llenarán el aire con sus gritos. «¡Ahora!», «¡ahora!», y un tiempo más tarde desaparecerán.

NOSTRADAMUS, *Epístola a Enrique II*

Organización de las Naciones Unidas
para la Alimentación y la Agricultura
FAO
INFORME PRELIMINAR SOBRE ALIMENTACIÓN
N.º 100. Roma, mayo/junio, 2005.

Resumen

La sequía generalizada, que entra ahora en su tercer año, deja en situación crítica el suministro mundial de alimentos.

Descenso catastrófico en la producción de arroz

La producción mundial de arroz (en grano) ha descendido de un máximo de 557,3 millones de toneladas el año 1996 a 420,9 millones de toneladas el último año, y se prevé una cosecha de 398 millones de toneladas en el presente año. Asia, el mayor productor de arroz del mundo, sigue afrontando condiciones de sequía grave en terrenos de cultivo de máxima importancia.

Afectadas las cosechas de trigo y cereales

Las cosechas de trigo y cereales también han descendido de forma sostenida durante los dos últimos años. Estados Unidos, principal productor mundial de cereales, ha reducido sus cosechas a un ritmo del 10 % en cada uno de esos dos años. En el presente año, se mantienen en 237,4 millones de toneladas. Asia y Europa han sufrido pérdidas del 20 y del 30 %, respectivamente, desde el inicio de la sequía.

Las lluvias intensas en la CEI (Comunidad de Estados Independientes de la extinta Unión Soviética), Sudamérica, Canadá y Oceanía han proporcionado cierto alivio a la situación gracias a sus leves aumentos en las cosechas. La producción total de cereales en el presente año se calcula en 742 millones de toneladas (16 % inferior a la de 1996). La cosecha de trigo se calcula en 514 millones de toneladas (10 % menor que la de 1996).

El comercio mundial aumenta de nuevo este año un 19 %

Para compensar el descenso en la producción de arroz, muchos países asiáticos han optado por incrementar las importaciones de cereales, y éstas alcanzaron una cifra récord de 332 millones de toneladas el año pasado. En el actual, se calcula que la demanda ascenderá a 360 millones de toneladas.

Estados Unidos aumentó sus niveles de exportaciones solamente un 5 % durante los dos últimos años, justificándolo por el descenso de sus propias cosechas. De no ser por la recuperación en la zona de la CEI desde sus niveles mínimos históricos de producción (a mediados de los años noventa), la demanda mundial no hubiera podido cubrirse en el último año. La CEI aportó al flujo comercial el 35 % de su incremento de producción, de 139 millones de toneladas. El resto lo aportaron Sudáfrica, Oceanía y Sudamérica, donde la escalada de precios hasta un nivel récord ha provocado un peligroso exceso de exportación.

Cumbre mundial sobre alimentación en agosto

Desde 1988, en que la FAO presentó su informe *Proyecciones para el año 2010*, se ha reconocido que carecemos de excedentes de cereales en reserva y que, por lo tanto, no estamos preparados para una situación de emergencia. El objetivo establecido de acumular una reserva no se ha alcanzado, pero la emergencia sí se ha producido. El mes de agosto del año en curso se celebrará en Ginebra una cumbre mundial sobre alimentación con el fin de examinar la delicada situación y buscar una solución tanto para el año que viene como para la próxima década. Los temas clave serán cómo alcanzar los 360 millones de toneladas en que se calculan las necesidades del mercado este año y un estudio sobre la ayuda a los países que no pueden permitirse las importaciones que necesitan a los precios actuales del mercado.

ACTO I: BLANCO

La gran hambruna que siento aproximarse aparecerá con frecuencia en diversas zonas y luego se hará mundial. Será tan vasta y dilatada que la gente arrancará ramas de los árboles y niños de los pechos de su madre.

NOSTRADAMUS, Cap. 1, c 67

Durante el período de la paz vacía [la época posterior a la guerra fría], las estaciones del año cambiarán.

PROFECÍA DE LA SALETTE (1846)

Hemos de esperar un día en que el equilibrio de la naturaleza se pierda.

QUETZALCOALT (947 d.C.)

En el tiempo en el que exista una gran nación al otro lado del océano que será habitada por gentes de diferentes tribus y ascendencias [...] muchas naciones sufrirán la plaga de la necesidad y del hambre.

SANTA HILDEGARDA (1141)

Todo culto público cesará. Una hambruna cruel y terrible se extenderá por el mundo entero y, sobre todo, en las regiones occidentales como nunca ha sucedido desde el inicio del mundo.

João de Vatiguerro (siglo XIII)

Estas condiciones no han cambiado, pues las dificultades para este país no han empezado todavía en lo que al suministro y demanda de alimentos se refiere.

Edgar Cayce (1943, n.º 257-254)

Y se destruye y se agosta la tierra, el mundo enferma y languidece, los encumbrados de la Tierra decaen. La Tierra es envenenada por sus moradores: porque han transgredido las leyes, porque han violado el derecho, porque han roto el pacto sempiterno. Por esta causa, una maldición consume la Tierra y sus moradores tienen que cargar con su culpa. Por esta causa, los habitantes de la Tierra se consumen y son contados los que quedan.

Isaías 24, 4-6

Capítulo 1

Día 1
Santa Pelagia, México

Lo primero que Deauchez notó al despertar fue el silencio. Se levantó de su improvisada cama en el sofá y se acercó a la ventana de la oficina del padre Espanza. Corrió las gruesas cortinas y el brillo del fuerte sol del mediodía lo cegó. Las calles de Santa Pelagia estaban vacías. Los únicos rastros de la multitud que había abarrotado recientemente aquel pequeño pueblo eran las mantas abandonadas en los portales sucios, los envoltorios de comida y otros objetos más personales, como un zapato de bebé caído en una maceta de la calle. También había desaparecido aquella densa mortaja de miedo, dejando un regusto similar al de la escena de un accidente de coche reciente.

Deauchez consultó su reloj. Había dormido diez horas. Deseó que Martínez o Espanza lo hubieran despertado, pero, como no se lo había pedido, no lo habían hecho. Y al llegar de madrugada y cruzar a tientas el oscuro vestíbulo, tampoco les había dicho ni una palabra. Ni tan sólo había inspeccionado la estatua. ¿Para qué? Había sangrado, por supuesto. De veras lo había hecho, él mismo tenía la ropa manchada de aquella sustancia. Miró a su alrededor y vio que alguien se había llevado el traje ensangrentado que había dejado en una silla. En algún lugar, una mujer de mediana edad frotaba su ropa y contemplaba hipnotizada cómo el agua se volvía roja, mientras murmuraba jadeantes e interminables novenas.

En su bolsa de cuero negro sonó un pitido. En un abrir y cerrar de ojos, Deauchez instaló su portátil sobre la mesa de café y, con gesto seguro, lo abrió. En la pantalla apareció el rostro del cardenal Brian Donnelley, con su capelo rojo.

–¿Te acabas de levantar, Michel?

–Sí, hace un momento.

–¿Cómo estás?

–Muy bien.

Donnelley sonrió con aire distraído. Dio unos golpecitos con una carpeta en su escritorio.

–He leído tu informe. ¿Algo que añadir, ahora que ya has descansado?

–Nada, eminencia. A excepción de que, por lo que he podido ver, todos los peregrinos se han marchado.

–Se suponía que anoche tenía que ser el último mensaje, ¿no?

–Aun así, la gente debía de querer volver a casa. Es una lástima. Me habría gustado interrogar a algunos de los testigos.

Donnelley se inclinó hacia delante y estudió a Deauchez con ojos penetrantes.

–Hay algo que echo de menos en tu informe. No especificas, es decir, no dices exactamente si llegaste a verlo por ti mismo. Bueno, no es que quiera poner palabras en tu boca...

Deauchez recordó por un instante el viejo ciprés del campo de Sánchez, las extrañas y retorcidas ramas superiores, cargadas de hojas, sacudidas violentamente por un viento que no hacía ruido.

–Nada –respondió Deauchez, riguroso–. Es decir, como redacté en ese informe, un miedo sombrío había imbuido el estado de ánimo de la gente. Hay que ir a un entorno así para advertir lo difícil que es pensar con claridad. Ha sido un caso típico de histeria colectiva.

Donnelley lo miraba con una expresión extraña. Deauchez descubrió que no le importaba demasiado. Se dijo a sí mismo que quizá se debía sólo a que la luminosidad de la sala era difícil, con los brillantes rayos de sol que lo alcanzaban por la espalda. La cámara interior del portátil no era ninguna maravilla.

–Sea como fuere, pienso que lo ideal sería hacer otro informe con todas las observaciones del lugar.

–Perdón, eminencia, pero no he visto nada de importancia salvo lo mencionado hasta ahora: que algunas personas dijeron haber visto que las heridas de Cristo se abrían espontáneamente y sangraban y que la estatuilla que me traje del Vaticano también sangró, al parecer de forma independiente, y que mis manos se mancharon de sangre, pero no puedo confirmarlo de manera categórica. Estaba muy oscuro.

–¿Tienes algún rastro de estigmas?

–No. Si llegué a tener heridas, ya se habían cerrado anoche al regresar. La sangre de mi ropa era auténtica.

De repente, Donnelley se mostró frío y distante, como si ya no quisiera seguir haciendo preguntas.

–Su Santidad quiere verte tan pronto como regreses. Quiere un resumen de primera mano. Creo que lo de Santa Pelagia lo tiene algo preocupado.

–Es comprensible. Aquí, la situación era muy delicada, aunque parece que por el momento todo ha pasado. Pero... ¿quiere decir eso que no va a concederme el permiso para continuar?

–No; como ya te he dicho, Deauchez, Santa Pelagia es obviamente importante...

–El caso más importante de histeria colectiva de este siglo, si no de todos los tiempos.

Ante esas palabras, Deauchez experimentó la renovadora sensación de temor y excitación propia de un novicio, una combinación de emociones que aquel lugar había provocado en él desde el principio.

–Yo, de ti, sería cauteloso antes de defender esa hipótesis, Deauchez. Esto no va a pasarse por alto fácilmente.

A Deauchez le extrañó la frialdad en el tono de Donnelley.

–Por eso es imperativo saber más.

–De acuerdo. Ya sabes que Su Santidad parte hacia Israel el

lunes. Creo que quiere hacer alguna declaración sobre Santa Pelagia antes del viaje. Debes regresar el sábado, ¿comprendido?

En la iglesia no había ducha. El padre Espanza llevó a Deauchez al otro lado de la calle, a Las Rositas Blancas, el único hotel de la población. Cuando Deauchez llegó a Santa Pelagia, el día anterior, sólo les quedaba como habitación una especie de armario para las escobas, pero la reciente afluencia de clientes había cesado. Su propietario, un hombre gordo y bajo, con unos cabellos grasientos y un rostro duro que sugerían cigarrillos y alcohol, no lamentaba que el negocio se hubiese acabado. Tenía el aire de un hombre que batallaba con interrogantes mucho más profundos. Mientras Deauchez cumplía con el ritual de inscribirse en el hotel, le lanzó miradas inquisitivas, como si quisiera preguntarle: «Padre, ¿qué opina usted de...? ¿Vio...?». Deauchez evitó su mirada.

Le preocupaba la llamada que había recibido del cardenal. Lo carcomía mientras se sumergía en la mohosa y resquebrajada tina de agua caliente de su habitación. Tenía la inconfundible sensación de haber tropezado con uno de esos dolorosos embrollos políticos en los que los destinos y las carreras podían verse alterados por una sola palabra mal escogida. En el Vaticano les había sucedido a otros, lo había visto. Él, hasta el momento, se había librado de ello.

Diez años atrás, el cardenal Brian Donnelley era un obispo que daba clases en la Universidad Gregoriana Pontificia, y Deauchez había sido uno de sus alumnos favoritos. Cuando Donnelley fue nombrado para dirigir el Consejo Vaticano para la Causa de los Santos, le pidió a Deauchez que fuera con él.

Cualquier cargo en el Vaticano significaba promoción en la carrera y a Deauchez lo halagó mucho que Donnelley quisiera que colaborase con él. Sin embargo, no había previsto si le gustaría el trabajo ni si estaba bien preparado para él. Y resultó que una de las principales tareas de esta comisión consistía en investigar los fenómenos supuestamente preternaturales que se presentaban para apoyar la canonización de un presunto santo: curaciones, sobre todo, pero también otros fenómenos que la Iglesia tenía en cuenta, como la bilocación, el olor de santidad y las visiones. La Iglesia requería pruebas patentes de intervención divina antes de canonizar a alguien y, en aquella época, no estaba dispuesta a encontrarlas. La licenciatura en psicología de Deauchez, así como su inclinación al escepticismo, lo hicieron destacar en su nuevo puesto.

Y durante todos esos años, Deauchez había supuesto que Donnelley lo apreciaba precisamente por lo que era: un sacerdote que estaba más dispuesto a encontrar psicosis que santos. Donnelley siempre elogiaba la lógica y el razonamiento de Deauchez, la «claridad carente de emociones» de sus informes.

Hasta ese momento.

En la población había una sola carretera, con un asfaltado tan viejo que casi se había vuelto barro cocido. Deauchez la recorrió despacio, con alguna que otra incursión en los callejones que la cruzaban. En ellos no encontró nada. No sólo estaban vacíos de visitantes, sino que los locales también se habían esfumado: una cara pálida tras una harapienta cortina, un perro que se alejaba a toda prisa, el sonido del llanto de un niño.

No fue hasta su regreso al hotel cuando vio a un joven asiático, sentado en un banco a la puerta del único restaurante del pueblo. Llevaba afeitada su bronceada cabeza, tenía las piernas dobladas bajo el cuerpo y una túnica color azafrán lo cubría por completo, a excepción del hombro y el brazo derechos.

–Hola. Me alegro de ver que aún queda alguien aquí –lo saludó Deauchez en inglés.

–Hola –dijo, ensanchando su reposada sonrisa.

–¿Lleva mucho tiempo en el pueblo? –preguntó Deauchez en español.

Fue inútil. El hombre se limitó a sonreírle, inexpresivo.

Tras admitir su derrota, Deauchez entró en el restaurante. Al oír la puerta, una camarera joven alzó la mirada con aire asustadizo. El local estaba vacío a excepción de un negro que ocupaba una mesa junto a la ventana.

–¿Cómo está usted, padre? –lo saludó el hombre.

Se le veía ansioso por conversar, con tan pocas ganas de estar solo como Deauchez.

–¿Le importa que me siente? –preguntó el sacerdote.

–Pues claro que no, adelante. Esto es un pueblo fantasma, ¿eh? Oh, lo siento.

–Sí, lo es. –Deauchez acercó una silla de caña–. Esto..., un café con leche y dos huevos, por favor –le dijo a la camarera. Se volvió hacia su acompañante–. ¿Ha venido en peregrinación?

–¿Quién? ¿Yo? No. Soy periodista. Simon Hill, del *New York Times*.

Acto seguido, le tendió la mano y Deauchez se la estrechó. Hill podía tener treinta y pocos años, algo más joven que el cura. Era de constitución fuerte, con un rostro redondo y aniñado y unas gafas de montura metálica que necesitaban una buena limpieza.

–El *New York Times*. Un buen periódico, señor Hill.

–Sí, casi siempre. Y usted, padre, ¿de dónde es?

–Soy de origen francés –respondió Deauchez evasivamente–. He venido a ver qué era todo este lío. Supongo que usted también.

–¿Así que no ha venido, digamos, por una visión?

–No –rió Deauchez–. ¿Y usted?

–Estoy haciendo mi trabajo. El editor me mandó venir.

La chica trajo el café de Deauchez y volvió a llenar la taza de Hill.

–¿Ha habido ya algún comunicado oficial del Vaticano, padre?

–Me temo que no.

–Y entonces, ¿qué van a decir? –Hill se inclinó hacia delante resueltamente–. Aquí acudió gente que ni siquiera era católica.

Quiero decir que no veían a la Virgen María, veían dioses hindúes y cosas por el estilo.

–¿Ah, sí? –preguntó Deauchez, al tiempo que levantaba la vista del café y dejaba de revolverlo–. ¿Con quién ha hablado?

–En realidad, no he hablado con nadie que haya visto algo. Bueno, sí, vieron una luz o algo, pero no a la Virgen ni nada parecido. Pero he oído decir que hubo quienes tuvieron visiones y no vieron a María. Por ejemplo, me contaron de una mujer que había visto a Isis o algo así.

–¿Y no ha hablado con ellos en persona?

–No exactamente. Me indicaron a dos de ellos, pero, como casi siempre, el problema del idioma o... Los pocos que hablaban inglés estaban demasiado alucinados para contarlo. –Hill parecía decepcionado–. Llegué hace un par de días y había tantísima gente... Claro que casi todos eran locales. Palurdos.

–Me han dicho que los primeros que llegaron eran extranjeros y afirmaban que una visión los había traído hasta aquí –dijo Deauchez, con fingido aire distraído, removiendo de nuevo el café.

–Sí, eso es lo que me han dicho a mí.

–¿Y no sabe más detalles, como cuántos eran y de dónde?

–Pues no..., en realidad, no. –En la voz del periodista había un deje de duda.

Deauchez pensó que probablemente no estaba acostumbrado a que las preguntas se las hicieran a él. Le trajeron los huevos cubiertos con salsa, los probó y su paladar francés tuvo que soportar el sabor de las especias, al que no estaba acostumbrado.

Hill se aclaró la garganta.

–No es mi intención estropearle el desayuno, pero ¿qué opina de los milagros? ¿Los vio?

–Sí, vi algunos casos de estigmas en el campo –respondió Deauchez en tono neutral–. ¿Y usted?

Hill asintió. Continuó asintiendo con la vista clavada en la calle.

–De lo más extraño. Grabamos algunos, y también la estatua que sangraba en la iglesia.

–¿Ha estudiado alguna vez casos de estigmatizados, señor Hill?

–No.

–El primero fue san Francisco de Asís. Tuvo señales de la pasión de Cristo en las manos y en los pies. Después de su muerte, otros presentaron el mismo fenómeno, aunque es muy raro.

–Está relacionado con la histeria, ¿verdad? –El periodista lo miró con aire socarrón–. ¿O lo que digo es una herejía?

–Para mí, no lo es –sonrió Deauchez–. Los estigmatizados son histéricos en el sentido literal del término, es decir, que tienen una enorme capacidad para experimentar emociones y una gran imaginación. No son simplemente piadosos, son devotos fanáticos que llegan al punto de flagelarse o flagelar a otros. No se trata de algo sobre lo que la Iglesia distribuya folletos publicitarios, pero le aseguro que es cierto.

–Si los estigmas son tan raros, ¿cómo es que aquí los tuvo tanta gente? –preguntó Hill, al tiempo que se incorporaba.

–«Tanta» es relativo. Yo diría que anoche, entre diez y veinte personas tenían señales de estigmas, *oui*? De, digamos, ¿dos mil? En vista del pánico colectivo y de la excitación de la multitud, eso no es tan inexplicable.

–¿Y las estatuas?

–Las estatuas y las pinturas que sangran son más frecuentes que los estigmatizados, aunque, por lo general, se trata de fraudes.

Hill frunció el ceño. La respuesta de Deauchez y sus propios pensamientos lo confundían.

–Aun suponiendo que la mente pueda hacer que se abran heridas en el propio cuerpo, ¿cómo puede hacer que sangren estatuas que están en el otro extremo del pueblo?

Ésa era una pregunta que también interesaba a Deauchez.

–¿La histeria de los estigmas relacionada con la telequinesia? Sinceramente, no lo sé. Pero unos cuantos estigmatizados históricos no sólo hicieron sangrar estatuas, sino que se pasaron años sin comer, un hecho al que llamamos inedia. Este hecho también implica algún tipo de transferencia de materia, aunque es posible que algunos de esos buenos santos fueran a la cocina a hurtadillas.

Deauchez sonrió, pero, al parecer, el periodista no lo había entendido.

–Ah. ¿Cree que los primeros en llegar, los extranjeros, podían ser histéricos?

–Muy improbable. No sólo es raro, sino que es un fenómeno reservado a los católicos.

Deauchez miró a su alrededor en busca de la camarera. El periodista había conseguido dar la vuelta a la tortilla y era el sacerdote el que se encontraba en el bando perdedor de aquel intercambio de información. En cualquier caso, probablemente no era nada recomendable hablar con la prensa.

–No ha respondido bien a mi pregunta, padre. Le he preguntado si los primeros que llegaron podían ser histéricos, no estigmatizados. Lo que ocurre es que al menos dos personas de ésas, de las primeras, eran famosas.

Deauchez, que intentaba llamar a la camarera con la mano, la dejó caer al escuchar las palabras de Hill.

–¿Famosas? ¿Se refiere a María Sánchez?

–No sólo a ella. Ella no es famosa. No lo era, vaya. Seguramente ahora ya lo sea. No, me refiero a personalidades importantes. Entre la gente vi rostros reconocibles. Conocidos por la prensa, por las revistas, quiero decir.

–¿Sí? ¿Quiénes? ¿A quién vio?

Hill abrió la boca para decir algo, pero de ella no salió palabra alguna. Tras estudiar a Deauchez unos instantes, sacudió la cabeza.

–No. Lo siento. Las reglas son las reglas. Nunca cuentes nada de lo que sabes antes de que salga publicado. Ya sé que usted es un sacerdote y todo eso..., pero... Lea el *Times*. ¿De acuerdo?

Deauchez se molestó, pero vio que el joven hablaba en serio.

–De acuerdo. Gracias por su compañía, señor Hill.

–Sí, padre. Lo mismo digo. Tome mi tarjeta, ¿quiere? Por si se entera de algo.

Sin mucho interés, Deauchez cogió el trozo de papel que le ofrecía.

–Y usted tendrá un nombre, ¿no?

Los ojos del reportero eran inquisitivos en aquel rostro aniñado.

–Deauchez. Soy el padre Michel Deauchez.

Mientras Deauchez recorría el campo en el que habían ocurrido las presuntas visiones, pensó en lo deprisa que un nombre podía cambiar de connotación. María Sánchez, por ejemplo. Durante casi un año, ese nombre había estado infinidad de veces sobre su escritorio, en muchas fichas de casos, y nunca había provocado nada más que una leve curiosidad y algo de estrés: otro asunto para el que debía encontrar tiempo y poder ocuparse de él. En estos momentos, Santa Pelagia había abierto los brazos y lo había absorbido como si hubiese estado impaciente ante su pereza.

El campo de los Sánchez se extendía a ambos lados de una larga carretera sin asfaltar. Bajo la dura y poco sugerente luz solar no era más que media hectárea de hierba agostada. En él todavía quedaban algunos rezagados con sus tiendas de campaña. Una familia se había incautado de una gran tienda de lona con el letrero «campamento Puma» escrito a un lado con unas letras de estilo militar. Era lo único que recordaba que unos dos mil forasteros habían invadido ese campo hacía sólo unas horas.

La casa era de paredes de estuco blanco. Según los padres Martínez y Espanza, María se había emparentado, por matrimonio, con la familia más rica de la zona siguiendo instrucciones de la Virgen. También afirmaba que había seguido directrices divinas a la hora de elegir su propiedad, puesto que un día la Virgen necesitaría ese campo para sus propios planes. Su profecía se había visto confirmada de la manera más rotunda en los últimos días.

Dentro, la atmósfera era la de un velatorio. Los adultos estaban sentados y lloraban o miraban al vacío con caras hinchadas e inexpresivas. Los niños sollozaban de manera intermitente y desganada, sin esperar que nadie les hiciera caso.

Deauchez recorrió un pasillo decorado con imágenes católicas en polvorientos marcos. La muerte de Sánchez podría ser el clímax final de la representación de aquella semana de Pasión, y Deauchez se entristeció al abrir la puerta del dormitorio y ver a un médico inclinado sobre la cama. Sin embargo, cuando el médico se volvió, Sánchez, una mujer de mediana edad, desmintió la posibilidad de ese final con su expresión de petulancia, su vitalidad y su abundancia de carnes.

–Pero tengo que verla –decía Sánchez en un tono quejumbroso que resultaba evidente aunque hablase en español.

–Lo comprendo, *Pequita*, pero la doctora Janovich también tiene pacientes en Washington. Dijo que esperaba poder regresar en unas semanas.

Deauchez llamó con unos golpes suaves en la puerta abierta y ambos lo vieron. El rostro de Sánchez estaba colmado por una expresión angelical.

–El padre Deauchez, ¿verdad? Oh, padre, entre, por favor.

–Gracias, señora. Espero que no sea un mal momento.

–Pues claro que es un mal momento, padre, pero es inevitable. Acerque una silla, por favor, y siéntese a mi lado.

Deauchez hizo lo que ella le pedía.

–No es mi intención ser familiar, pero nos queda tan poco tiempo para amarnos los unos a los otros.

Sánchez alargó la mano con un gesto de dolor. Él se la tomó cuidadosamente y le sonrió.

La mano que Deauchez sostenía estaba envuelta en una limpia gasa blanca que cubría la palma, del mismo modo en el que un chico se envolvería la mano para jugar a fútbol americano. Mientras la contemplaba, apareció un punto rojo brillante justo en el centro, como en respuesta a la mera mirada del sacerdote.

–¿Le importa? –preguntó Deauchez, señalando las manos con la cabeza.

–En absoluto, padre. Tiene que verlo. ¿Doctor?

María alzó las manos con gesto suplicante.

Cuando el médico terminó de desenvolverlas, las heridas aún

sangraban de manera copiosa. Deauchez dio la vuelta cuidadosamente a una de las manos con la intención de ver las heridas. Las tenía a ambos lados de cada palma, en el centro, y eran del tamaño de una moneda pequeña. Parecían auténticas. Sin meter el dedo en ellas era imposible saber lo profundas que eran, pero Deauchez pensó que no era oportuno hacerlo en aquel momento.

Al ver las manos sangrantes, le vino un recuerdo a la mente. La noche anterior. Había alzado sus propias manos en medio de todo lo que ocurría en ese campo y ahí estaba, en su propia carne: un inenarrable, terrorífico, gozoso milagro para elegidos. Sabía que había monjas que se pasaban años rezando para ser estigmatizadas (algunos sacerdotes, también) y nunca lo conseguían. Carecían de algún don especial, algún cromosoma que permitía que sus deseos se manifestasen en su propia carne, esa desconocida e histérica «facultad X». Y allí, Deauchez se había encontrado con heridas en su mismísima carne. Pero él opinaba de otro modo. Había sido una ilusión y, de no tratarse de eso, habría sido la histeria de la gente que afectaba a su mente subconsciente. Él no había sido elegido para nada.

–Gracias, señora.

Deauchez hizo un gesto al doctor y éste volvió a envolverle las heridas. María soportó la operación con una mirada dolorosa y distante en los ojos.

–Señora, ¿podría responderme a unas preguntas?

–Sí.

–Hábleme de los estigmas.

–No ha sido la primera vez que los he tenido. No sé si el padre Espanza se lo ha contado o no.

–Me gustaría oírlo con sus propias palabras.

–Antes de que yo naciera, mataron a mi padre. Mi madre le dijo a la Virgen que yo le pertenecería ya que nunca tendría padre. Y la Virgen empezó a aparecérseme de inmediato. A menudo veía, junto a mi cuna, a una mujer que resplandecía en la oscuridad de la habitación.

Deauchez asintió con gesto alentador.

–Después, con quince años, rezaba e iba a la iglesia cada día y me entristecía mucho ver que los otros habitantes del pueblo no amaban a Dios tanto como yo. Algunos hasta se burlaban de mí. Entonces, padre, tuve la primera señal. En mi brazo apareció la palabra «Dios».

–¿Dios? ¿En el brazo?

–La piel se levantó en protuberancias que formaban la palabra Dios.

–Y entonces, ¿qué ocurrió?

–Se lo mostré al padre Espanza. Yo no sabía qué pensar. Él tenía libros sobre santos y yo me informé sobre los estigmas. Así comprendí que la Virgen también quería hablar a través de mí.

–Comprendo.

–Al cabo de un tiempo, el nombre desapareció y, en cambio, empecé a tener unas manchas rojas en las manos, como de sangre bajo la piel. Y ahora están como usted las ve.

–¿Se han cerrado por completo alguna vez?

–Sí –intervino el médico–. De lunes a jueves las heridas se cierran del todo.

–Pero hoy es martes.

–¡Es que nunca más volverán a cerrarse! ¡Nunca más! –exclamó María, con los ojos llenos de lágrimas.

–De acuerdo –la tranquilizó Deauchez–. Ahora cuénteme qué ha ocurrido aquí en los últimos días.

–Hace unas semanas, la Virgen me dijo que vendría mucha gente. Pregunte al doctor Carlos o al padre Espanza. Se lo dije a los dos.

El doctor Carlos asintió con gravedad.

–Le dije a mi marido: «Sal y limpia el campo porque pronto se llenará de gente que dormirá en él y quiero que lo hagan con la mayor comodidad posible». Así que mi marido y los chicos lo limpiaron de piedras y ramas.

–¿Cómo le comunicó la Virgen que vendría gente?

–En un sueño –respondió Sánchez con aire nostálgico–. Dijo que los que vendrían serían las semillas finales. Los testigos.

–¿Eso es todo?

–Sí, padre.

–Muy bien, y ahora, dígame, ¿qué vio en el campo?

–¿Usted no la vio?

María estudiaba al sacerdote con intensidad.

–Quiero que me diga... –Deauchez se aclaró la garganta–, quiero que me diga qué vio usted.

–La Virgen se apareció en el cielo. Llevaba una túnica y un manto negros como señal de su dolor. Me lo dijo a mí y a todos. Apocalipsis 16, 2.

Deauchez sintió una punzada de dolor detrás de los ojos. Notó que algo lo oprimía por dentro, una especie de ataque de pánico irracional, y se sobrepuso a él.

–Perdone, ¿Apocalipsis...?

–16, 2.

María lo miraba con unos brillantes ojos de cuervo.

–16, 2, sí. –Deauchez se aclaró la garganta–. ¿Dijo algo más?

–Que tengo que quedarme aquí, es todo lo que sé. Los católicos de México y de Estados Unidos pueden venir aquí a esperar el final. No hay ninguna promesa de que vayamos a sobrevivir a los estragos que están por llegar, pero tanto si nos martirizan como si no, pronto seremos libres.

–¿Estragos?

El rostro de María empezó a crisparse de angustia.

–¡No me pregunte lo que va a ocurrir, padre! ¡No soy más que una pobre mortal! –Las lágrimas surcaron sus carnosas mejillas–. Oh, padre, ¡tengo tanto miedo! ¡María, Madre de Dios, ten piedad de los que te amamos!

Los sollozos de María aumentaron y su rostro se enrojeció. Deauchez la observaba sin saber qué decir. Nunca había sido un cura de parroquia, nunca había aprendido las técnicas necesarias para afrontar situaciones como aquélla y se sentía muy incómodo. Mirar a María era como ver formarse una tormenta, como si un océano de sufrimiento hubiese encontrado una grieta en la presa y empezara a desbordarse despacio por las paredes de ésta.

El médico se acercó a Sánchez y le susurró unas palabras para calmarla al tiempo que tomaba unas gasas de una caja contigua y se las ponía en la frente. Al ver que el remedio no surtía efecto, salió al vestíbulo para pedir una toallita caliente.

–María –dijo Deauchez con una gentileza que enmascaraba su creciente inquietud–. Ahora la dejaré a solas con el doctor. Gracias por recibirme.

María asintió con la cabeza, pero no fue capaz de articular palabra. Deauchez escapó de la habitación, un poco más deprisa de lo que habría sido propio de su dignidad, y salió a la sala. Captó un destello del estado emocional de María que se transmitía como un fuego de matojos a las demás personas de la casa. El sonido de los sollozos aumentó.

Cuando llegó al coche, el sol se ponía y teñía el cielo de rojo. Deauchez se apoyó unos instantes en el vehículo y respiró hondo, intentando poner orden en su mente. Ese temor. Había sido sólo un pequeño recordatorio del que había sentido en el campo, aquel pánico estremecedor que lo arrastraba consigo, como la corriente de un río que le absorbiese el alma. Volverlo a sentir en la habitación de María lo convenció aún más de que, en cierto modo, la mujer había provocado el acontecimiento. Lo había provocado o todavía estaba manifestando algo que el acontecimiento había depositado en su interior.

«Y fue el primer ángel y derramó su copa sobre la tierra; y vino una plaga mala y dañina sobre los hombres que tenían la señal de la bestia y sobre los que adoraban su imagen.» Apocalipsis 16, 2. Deauchez miró la pantalla de su portátil. Lo tenía abierto sobre la cama del hotel, con el CD-ROM de la Biblia girando silenciosamente en la unidad D. Volvió a sentir aquella punzada de dolor detrás de los ojos. En lo ocurrido la noche anterior había algo que lo hacía sentirse enfermo, terriblemente enfermo. Seguía viendo aquel maldito árbol y no quería pensar en ello porque realmente no era una buena idea. Tenía que conservar la racionalidad y no dejarse llevar por la emoción de ese suceso.

Se secó la frente y miró el versículo, al tiempo que intentaba descifrar adónde llevaba todo aquello. Describía el vertido de la primera copa. Había siete copas en total, plagas, todas ellas, que caerían sobre el hombre durante el Apocalipsis. También había siete trompetas cuyo simbolismo coincidía unas veces con las copas y otras veces no; una de esas incoherencias típicas de los textos de Juan.

Deauchez pertenecía a la escuela de los que creían que san Juan de Patmos había experimentado un «sueño visionario» clásico, inducido, probablemente, por alucinógenos. Había despertado de su sueño y lo había escrito, intentando unir todos los fragmentos para darles coherencia, pero con temor a la vez de cambiar demasiadas cosas porque, en definitiva, era un mensaje de Dios. Las pruebas estaban ahí para todo el que quisiera verlas. A veces, las imágenes oníricas del Apocalipsis eran disparatadas. Bajo la apariencia de una explicación lógica siempre saltaba el equivalente a un conejo salido de una chistera. Además, el hecho de que el autor esperaba que todo ocurriera mientras él todavía estaba vivo (en el 90 d.C., aproximadamente) era otra baza que jugaba en contra de su credibilidad.

Por esas y otras razones, en esos momentos, la Iglesia católica no insistía en el tema del fin del mundo. Aun cuando las cuestiones eruditas no fuesen tan problemáticas, los protestantes y los pentecostales las habían solventado mejor que nadie. Pero, por supuesto, oficialmente, el Apocalipsis estaba considerado una descripción absolutamente literal de acontecimientos inevitables. Como el mismo Papa había dicho, no había motivo para «extenderse» más en ello.

¿Qué otras cosas había dicho María? ¿Algo sobre las semillas finales? ¿Los testigos? Dejándose llevar por un impulso, introdujo las palabras «semilla/s» y «testigo/s» en la función de búsqueda del ordenador. Cada una de ellas aparecía cientos de veces por separado, pero juntas las encontró una sola vez. Seleccionó el fragmento:

«No temas, porque Yo estoy contigo: del Oriente traeré tu semilla y del Occidente te recogeré. Diré al norte: "Da", y al sur: "No retengas". Trae a mis hijos y a mis hijas de los confines de la tierra. También los llamados por mi nombre, porque para gloria mía los creé, los formé y los hice. Que salgan los ciegos que tienen ojos y los sordos que tienen oídos. Que se congreguen a una todas las naciones y se junten todos los pueblos: ¿Quién de ellos hay que nos dé nuevas de esto y nos dé las cosas antiguas? Que presenten sus testigos y se justifiquen y que oigan y que digan: "Esto es la verdad". Vosotros sois mis testigos, dice Jehová, y éste el siervo que yo escogí.»

Los ruidos de los motores interrumpieron sus pensamientos. Deauchez se acercó a la ventana y observó la calle principal. Habían llegado algunas furgonetas y aún flotaba en el aire el polvo que habían levantado a su paso. Una hermosa rubia miraba a su alrededor con aire de decepción mientras los miembros del equipo descargaban sus aparatos. Deauchez se fijó primero en ella y luego en la furgoneta: WWN, World Wide News. Deauchez fue presa de una momentánea irritación. Era inevitable. Simon Hill se había anticipado a los demás, pero los otros medios también vendrían. Era una suerte que las «visiones» y los «milagros» hubiesen durado sólo una semana y que las noticias de ellos hubieran tardado tanto en salir de México. El hecho de que ya no había nada que ver tal vez contribuiría a que el acontecimiento no se divulgase en exceso.

Volvió a su ordenador y se conectó a Internet. Fue a la página del *New York Times* y allí, en la sección de reportajes, encontró el siguiente titular: «MILES DE PERSONAS SE REÚNEN EN SANTA PELAGIA ATRAÍDAS POR SUPUESTOS MILAGROS». Pero antes de leer el reportaje, le llamó la atención otro titular: «LA CUMBRE DE LA FAO COMIENZA LA SEMANA PRÓXIMA». Deauchez había seguido atentamente todas las noticias relacionadas con la cumbre e hizo doble clic sobre el titular para leer el texto.

El viernes se reúnen en Ginebra líderes mundiales y expertos en agricultura y nutrición para la Cumbre Mundial sobre Alimentación. Asistirá a ella el presidente Fielding junto con varios de sus consejeros más destacados. La oficina de prensa de la Casa Blanca reafirma que el presidente da su pleno apoyo a la FAO y que confía en que la crisis será superada. Lo que no ha dicho la oficina de prensa es que, en la cumbre, probablemente se ejerza una enorme presión sobre Estados Unidos para que eleve los niveles de exportaciones este año con objeto de ayudar a los más afectados por la sequía. El año pasado, los países de la UE implantaron unos moderados planes de racionamiento. Los sondeos de opinión en Estados Unidos se muestran profundamente contrarios a cualquier tipo de racionamiento y el presidente Fielding ha declarado que el racionamiento no es una medida necesaria en Estados Unidos. Asistirá a la cumbre la mayoría de los líderes mundiales con excepción de los jefes de Estado de Israel y Jordania, que tienen previstas conversaciones sobre el uso del agua con el papa Inocencio XIV a principios de la semana próxima.

Deauchez se encogió de hombros. ¿Por qué Fielding se mostraba tan obstinado acerca del racionamiento? En esos momentos, incluso el Vaticano servía más carne y menos pan.

El reportaje de Santa Pelagia estaba firmado por Hill.

Santa Pelagia, México. Al contemplar la sorprendente escena de este villorrio mexicano, uno se siente transportado en el tiempo al siglo XVI. Más de dos mil personas, sentadas en un campo, miraban el cielo y, supuestamente, escuchaban un mensaje divino. Casi todos los reunidos eran mexicanos, aunque las primeras personas en llegar fueron un selecto grupo formado por hindúes, musulmanes, cristianos y miembros de otras confesiones de todas partes del mundo. Además del mensaje en sí, se exhibían también «los milagros de Santa Pelagia», entre ellos la aparición de un fluido rojo en varias estatuas y cuadros religiosos de la población y de estigmas en algunos de los presentes. Anoche, ya tarde, la multitud empezó a dispersarse, convencida, al parecer, de que la transmisión del mensaje había finalizado. Seguro que pronto sabremos lo que ha ocurrido realmente. Aunque todavía no ha habido declaraciones públicas, la presencia de líderes religiosos muy conocidos como el reverendo Raymond Stanton, telepredicador y fundador de la cadena Christ Spirit Network, y Mohamed Khan Abeed, el controvertido líder musulmán afroamericano, asegura que el mensaje no tardará en divulgarse. Las oficinas de prensa de Stanton y de Abeed no han hecho ninguna declaración.

Junto al texto, había un icono de videocámara. Deauchez hizo doble clic sobre él y vio correr los números de la base de la pantalla mientras descargaba el archivo. En realidad, no quería verlo, pero se suponía que tenía que estar al día de lo que llegaba al público.

Era obvio que el cámara estaba abrumado. Las imágenes se ladeaban y temblaban. El cielo estaba casi oscuro del todo. La iluminación era mala. Sin embargo, se veían tenues imágenes de la multitud: gente que se balanceaba y lloraba a gritos; primeros planos de la cara de una vieja con heridas sangrantes en la frente, las manos entrelazadas rezando y sangrando; un viejo con sangre en los brazos; una joven con el vestido blanco manchado de rojo y los ojos en blanco por el éxtasis... Sí, el vídeo transmitía demasiado bien el horror. La cámara enfocó el ciprés y, de repente, Deauchez cerró la ventana de la aplicación. Aquella oleada de enfermedad lo había invadido de nuevo. Qué maldición.

Los católicos de todo el mundo clamarían pidiendo una respuesta. Dependía de él que obtuvieran la respuesta correcta.

Aun cuando su mente lógica despotricaba contra la prensa por haber divulgado aquella histeria, Deauchez descubrió que su respuesta emocional no estaba siguiendo el programa: en realidad, sentía algo completamente distinto.

Estaban en el vídeo. Los estigmas. Habían ocurrido de verdad.

Sí. En algún rincón indómito de su corazón, se sintió simplemente aterrorizado.

Capítulo 2

Día 2
Atlanta, Georgia

El reverendo Raymond Stanton tiró el *New York Times* asqueado y luchó contra uno de sus principales demonios, la ira, esa vieja arpía que todo lo embarullaba. Stanton conocía tan bien la alineación del equipo al que se enfrentaba que podía hacerte un dibujo de él y decirte el número de la camiseta de cada jugador. Ira, lujuria, avaricia, orgullo, envidia. Ésos eran las estrellas, los que siempre dirigían el juego ofensivo de Satán en el Cotton Bowl particular de su alma.

Stanton se hallaba al borde de la derrota.

Le pareció oír el teléfono al otro lado de la gruesa puerta de roble de su oficina. Tal vez había sido sólo su imaginación, pero había un millón de buenos cristianos que pronto empezarían a hacer preguntas, si es que no las estaban haciendo ya. «¿Qué hacía un educado ministro de la Iglesia bautista del sur como el reverendo Stanton en una de esas movidas católicas de visiones de María?» Casi oía el alborozado cloqueo del farsante de O'Neal. No iba a reírse poco, blandiendo el *New York Times* y gritando «¡Yeeeaaa... este tipo está acabado!». O'Neal debía de estar preparando su sermón, en el que estudiaría el tema desde todos los ángulos posibles para descubrir la más mínima traza de traición y de idolatría pagana que los miembros de la congregación de Stanton pudieran pasar por alto. Porque, diría, aquél era el tipo de vigilancia responsable que el propio O'Neal practicaba, pero en realidad se debía a que O'Neal no conseguía mantener despiertos con su programa a más de dos mil espectadores, mientras que Stanton conseguía hechizar a una audiencia de varios millones por programa, excepto en la época del año en que se jugaba el campeonato de fútbol americano.

El teléfono de Stanton sonó. La luz intermitente le indicó que la llamada procedía del despacho de su secretaria, Sarah Smith. Pulsó el botón del intercomunicador.

–¿Sarah? Sí, he estado en México. No, no te lo dije, lo planeé sobre la marcha. Si pudiera disponer de cuatro o cinco horas para ordenar mis pensamientos, luego lo explicaría todo.

–La señora Southerby acaba de llamar con la amenaza de anular el pago de ese cheque de diez mil dólares. No estoy segura de que tengamos cuatro o cinco horas, reverendo. Si fuéramos un banco, le diría que cerrásemos las puertas.

Sarah era una de esas mujeres jóvenes y modernas que nunca desperdiciaban la oportunidad de decir lo que pensaban. Stanton había aprendido que era mejor aceptar sus sugerencias que desoírlas debido a lo que su madre llamaba «terquedad machista». No le había resultado una lección fácil.

–Sólo necesito tiempo, Sarah. ¿Podrías ayudarme?

–Dígame sólo una cosa: ¿vio a María?

–No, no vi a María –le espetó. Respiró hondo para controlar su irritación–. Si ese idiota de reportero no se hubiese ido de la lengua, tenía previsto un gran sermón sobre todo el asunto para el programa del sábado.

–¿Por qué fue a México?

–No era María, era un ángel de Dios. Mira, sé que puede sonar a cuento chino, pero esto es realmente importante. Tengo que poder contarle a la gente lo que pienso. Y para eso, tendrías que conseguir que me concedieran algo de tiempo.

–Un ángel. De acuerdo. Con eso podré frenarlos de momento. ¿Seguro que tendrá algo preparado para el programa del sábado?

–No me queda otro remedio.

–De acuerdo. Ya se han hecho avances de programación.

Sarah desconectó.

Stanton retiró el dedo del botón con abatimiento. Un ángel de Dios. Curioso. Había visto a otros ministros salirse con ese truco, como Roberts y su cantinela de «construidme una nueva iglesia o Dios me matará». Él también había recurrido a esas artimañas, de manera desvergonzada, porque (o al menos eso pensaba en aquel momento) si tienes una idea y perseveras en ella, como, por ejemplo, la de recaudar un par de millones para un nuevo satélite que bloquee la señal de otro predicador, ¿quién puede decir que Dios no ha puesto esa idea en tu cabeza? ¿Que la idea no era angelical? Hasta hacía pocas semanas, aquello había sido lo más parecido a una revelación divina que aquel buen chico había tenido.

Sin embargo, en esta ocasión, había conseguido que sucediera. De una manera alborozada y divertida él, Stanton, había yacido en aquel campo, indefenso como un niño, con los pantalones empapados de barro y también de orina, con los ojos llenos de lágrimas, y había visto el rostro de Dios.

Al recordarlo se echó a temblar. Se le hizo un nudo en la garganta y se sintió agobiado. Se acercó a la puerta de su oficina y la cerró por dentro para que nadie lo viera en aquel estado. Luego se dirigió a esos grandes ventanales que daban al parque, se desabrochó los puños de la camisa, se quitó cuidadosamente los zapatos y se arrodilló. Volvió el rostro a los claros cielos azules y las lágrimas volvieron a surcar su cara como si fueran un río, el río de sangre del Cordero.

«HOSANNA, HOSANNA, NO TEMAS, PORQUE DIOS ME HA ENVIADO Y HAS SIDO ELEGIDO ENTRE LOS HOMBRES.»

Volvió a oírlo, y lo oiría una y otra vez hasta que asumiera su papel. Había sido elegido para liderar al pueblo de Dios y, aunque no lo mereciese, debería liderarlo. Si toda su vida no había sido más que un gran montón de engaños, aquello estaba claro como el agua: el reverendo Raymond Stanton tenía que llevar al éxtasis a los hijos de Dios y, en algún lugar y de algún modo, tendría que encontrar las palabras adecuadas para que eso ocurriera, transmitir el mensaje que hiciera creer a la gente. Y si eso no bastaba, tendría que pensar en cómo explicar por qué los católicos y los musulmanes e incluso los paganos devotos de Josafat también habían visto al ángel.

Que Dios condenara a aquel periodista por complicar las cosas más de lo que ya estaban.

SANTA MÓNICA, CALIFORNIA

Había un gran revuelo en la oficina. Trish, Tyna y Melanie empacaban cajas, hacían llamadas aterrorizadas a empresas de alquiler o dejaban mensajes urgentes en los contestadores telefónicos de los miembros más importantes de la Light Consciousness Network (LCN). En medio del barullo, Trent Andrews intentaba aquietar su mente y escribir un mensaje coherente, preciso y urgente, que esperaba que llegase a oídos de todo el mundo.

Llegaría, como mínimo, a oídos de los internautas que frecuentaban la página de la LCN, que ya había recibido más de un millón de visitas. También se divulgaría por una lista de correo para aquellos que no querían tomarse el tiempo de acceder a ese sitio web pero sí dedicaban sesenta segundos a su correo electrónico para ver un mensaje de la LCN. Casi todos ellos formaban parte de la comunidad de Hollywood.

La Light Consciousness Network estaba formada por algunas estrellas y ejecutivos del mundo del cine. Podría decirse incluso que, en los últimos años, la LCN se había convertido en algo de *rigueur*. «LCN» era una de las siglas que la gente soltaba durante sus almuerzos importantes, y si uno no sabía qué significaba era que estaba fuera de onda.

Esta repentina popularidad era algo que Trent había conseguido gracias a sus muchísimas horas de visualización de ese proyecto, recurriendo a la meditación y desapegándose de la idea porque sabía que una moda dejaba de serlo al cabo de un tiempo, y eso en Los Ángeles ocurría más deprisa que en ningún otro lugar del mundo.

Pero aquélla era una eventualidad que, de momento, no tendría que afrontar.

–¿Trent? –dijo Tyna.

Andrews alzó la vista y vio al visitante que había entrado en la habitación. Vio, además, que llevaba el alzacuello blanco de los sacerdotes católicos. Era un hombre joven, de unos treinta y cinco años, con el cabello muy corto y unos ojos expresivos en un rostro terso y moreno. Tenía una constitución media y unos ojos inteligentes y, sin embargo, Trent captó que su aura estaba como herida, o tal vez en ella sólo había inocencia, una inocencia que Trent estaba poco acostumbrado a ver en Santa Mónica. El cura tenía aspecto europeo, pero no italiano. Pese a sus muchas distracciones, Trent advirtió que estaba esperando escuchar un acento que completase esa imagen. Y así fue. El sacerdote era francés.

–Soy el padre Deauchez –decía–. Quería hablar con usted acerca de lo ocurrido en Santa Pelagia.

–Siéntese, por favor.

En la habitación reinaba el caos y Melanie tuvo que rescatar una silla de debajo de unas cajas a medio llenar.

–¿Trasladan la oficina? –preguntó Deauchez.

–Sí, nos vamos a Sedona. En Arizona.

–Ah, sí, he oído hablar de ese sitio. Dicen que es muy hermoso.

–Y se supone que seguro. Dígame, padre, ¿recibió algún mensaje en Santa Pelagia?

Trent observó la incomodidad del sacerdote por tener que dar una respuesta a esa pregunta.

–Investigo las visiones de Santa Pelagia para el Vaticano, señor.

De haber tenido el tiempo y la motivación suficientes, Andrews le habría dicho a Deauchez que su aura indicaba que le estaba ocultando algo. No tenía ni una cosa ni la otra y, además, el sacerdote no había ido a verlo para que le aclarase cosas sobre sí mismo.

–Dígame, padre, ¿qué puedo hacer por usted? Me temo que tengo mucha prisa porque hay que terminar todo esto...

–¿Para ponerlo en su página web?

–Sí. –Trent estaba sorprendido–. ¿Lee nuestra página?

–Desde hace muy poco, tengo que admitirlo –respondió Deauchez con una sonrisa–. En Santa Pelagia alguien me dijo que los primeros en llegar habían sido... figuras públicas, digamos. Convencí al propietario del hotel para que me dejase ver el registro y luego busqué los nombres en la red. Así fue como lo encontré a usted, señor Andrews.

–Estoy realmente impresionado. Me parece que ha realizado un esfuerzo excesivo para saber algo que pronto será de dominio público. Ahora mismo lo estoy escribiendo todo para que aparezca en nuestra página.

–Sí, pero yo no habría sabido de su sitio en la red si no hubiese buscado primero su nombre, ¿verdad? Uno debe empezar desde algún sitio. En Santa Pelagia había mucha gente. Resultaba difícil identificar a los que realmente tenían algo que decir.

–¿Y qué le hace pensar que yo tengo algo que decir?

–Usted consiguió habitación en el hotel, por lo que tuvo que ser de los primeros en llegar. Yo tuve que dormir en la iglesia.

La sonrisa y el acento de Deauchez eran encantadores. Andrews quedó cautivado por el innato atractivo sexual de aquel hombre, que se veía incrementado por el alzacuello. De hecho, Trent conocía a muchas actrices maduras que habrían seguido a aquel joven y guapo gurú hasta el mismísimo infierno, el martirio y más allá, sólo con que él moviera un dedo. Por primera vez, notaba su propia potencia al otro lado del escritorio en vez de verla reflejada en un espejo. Y Trent cayó en esa fascinación, aunque rara vez le ocurrían esas cosas. En ello había buena parte de narcisismo.

–Supongo que sí, que llegué pronto. –Se aclaró la garganta con timidez–. Cuando llegué había muy poca gente. Un par de estadounidenses, algunos británicos. Al día siguiente apareció un grupo procedente de la India. Después de eso, es difícil saber la procedencia de todos los demás.

–¿Puedo preguntarle por qué fue a Santa Pelagia?

Trish empezó a cerrar otra caja con cinta adhesiva y produjo un ruido chirriante. Miró a Trent con aire de pedir disculpas. Trent suspiró y pulsó las teclas CTRL y F12 para guardar su archivo.

–Mire, dispongo de un poco de tiempo para desayunar. ¿Le importa que salgamos? Justo abajo hay una cafetería.

Por qué quería continuar su conversación con el sacerdote era un misterio. El caso era que Trent creía en los misterios y en la sincronicidad, y en seguir sus instintos aunque éstos se movieran por un estímulo sexual.

El bulevar de Santa Mónica estaba tan animado y lleno de color como siempre, como si nada hubiera cambiado.

–¿Ha habido mucha sequía por aquí? –preguntó Deauchez mientras caminaban hacia la cafetería.

–Sí, desde hace cuatro años; empezamos a sufrirla un poco antes que el resto del mundo. Muchos barrios de las colinas han ardido por completo. Sólo este verano se han quemado unas cinco mil casas. Hay muchas restricciones de agua. Por eso todo se ve tan muerto. Esos matojos marrones que hay junto a la acera, antes eran hierba.

–En Roma las cosas no van mucho mejor –sonrió Deauchez, comprensivo.

–¿Vive usted en Roma?

–Sí.

–Pues yo, de usted, no volvería allí.

–¿Cómo dice?

–Roma. Yo no volvería allí.

Deauchez lo miró inexpresivo y luego frunció las comisuras de los labios en algo que podía interpretarse como una sonrisa.

–Ah, sí. Comprendo. Gracias por el consejo.

La cafetería era poco más que un hueco en una pared con bollería, café y una pequeña selección de emparedados. Sin embargo, la comida era correcta: muchas verduras, brotes de semillas y cereales no grasos. Tenía, además, unas pequeñas mesas de metal en el exterior para que uno pudiera empaparse de sol y viera pasar a la gente. A Andrews le divertía que todo el mundo mirase a Deauchez. La gente probablemente pensaba que iba vestido para rodar una película y que tal vez fuese un famoso. Robert de Niro, quizá. Curioso. En Los Ángeles podías llevar el pelo de color verde y nadie se volvería para mirarte, pero un anticuado alzacuello de sacerdote era algo que, realmente, llamaba la atención.

Hicieron cola para recoger la bandeja con sus cafés con leche y sus bollos y se dirigieron a una mesa. Una vez aposentados, Trent reanudó su conversación.

–Bien, me ha preguntado por qué fui a Santa Pelagia, ¿verdad?

–Sí.

–¿Ha dicho que había consultado nuestra página web?

–Sí.

–Entonces, ¿conoce la filosofía de la LCN acerca de los alienígenas?

Deauchez abrió su servilleta con sumo cuidado.

–Me temo que sólo le di un vistazo.

Trent empezó a partir su bollo. Se encogió de hombros.

–Pues no es tan difícil, sólo es cosmología. Ustedes tienen ángeles y santos, ¿no? Y ahora piense en lo que voy a decirle: ¿y si usted estuviera mirando esos santos y ángeles, o incluso el mismo Dios, desde una perspectiva y yo los mirase desde otra totalmente distinta? Tenemos descripciones diferentes de ellos, ¿comprende?

–¿Y eso?

–Son divinos. Lo cual quiere decir que nuestra mente humana no puede comprenderlos, y por eso intentamos crear unas pautas cerebrales a partir de nuestros recuerdos y los vinculamos con estas... entidades que percibimos sin saber, en realidad, cómo.

Deauchez se quedó unos instantes pensativo.

–Creo que le entiendo.

–Bien, pues son alienígenas.

–¿Qué le hace pensar que lo son? –preguntó Deauchez al tiempo que asentía lentamente.

–Mire, la gente lleva viendo hadas, demonios, ángeles, dioses egipcios o lo que sea desde el principio de los tiempos. Hay muchas probabilidades de que realmente hayan visto algo. ¿Y todas esas abducciones que se han dado en los últimos veinte años? No son un mito, son reales. Algunos creemos que esos seres, los que abducen, son los mismos que la gente ha ido viendo a lo largo de toda la historia. Los han llamado de manera distinta debido a las diferentes expectativas de cada cultura. En la antigüedad, la gente no podía imaginar que existieran los viajes espaciales.

–¿Por qué los llama alienígenas, señor Andrews? –Deauchez mordisqueó su bollo, pensativo–. ¿Cree que vienen de otro planeta?

–Con total seguridad. Sin embargo, están tan por encima de esa circunstancia que no es eso lo que los define. Ocurre que están muy avanzados, tanto que para nosotros son como dioses, del mismo modo en que los europeos eran como dioses para pueblos primitivos. Y llevan por aquí mucho tiempo, al menos tanto como el hombre.

La mirada interesada y curiosa de Deauchez era todo lo que Trent necesitaba para continuar.

–La gente no cree, padre, porque piensa que es como ciencia ficción, alienígenas presuntamente llegados de otro planeta en una nave espacial por primera vez en la historia. Pero esto no es ciencia ficción, es teología. Son seres muy avanzados que han estado cuidando de la humanidad y que literalmente han sido nuestros dioses, la base de todas las religiones desde el nacimiento de nuestra especie.

–¿Ha sido usted abducido, señor Andrews? –preguntó Deauchez, tras secarse despacio los labios con la servilleta.

–Sí. Hace mucho tiempo supe que había sido elegido para algo. Pensé que era para la LCN, pero ahora veo que eso sólo fue el inicio, la escalera. No sé si sabe a qué me refiero.

–¿El principio de qué? –preguntó Deauchez tras sacudir negativamente la cabeza.

–Santa Pelagia. Yo era una de las semillas y la LCN es el campo en el que las voy a sembrar.

Deauchez lo miró de manera penetrante. Por unos breves instantes, sus ojos reflejaron dureza, pero luego, con toda amabilidad, preguntó:

–¿Podría decirme qué lo ha decidido a utilizar ahora la palabra «semilla», señor Andrews?

–Yo no tengo nada que decidir. Imrill utilizó esa palabra cuando me dijo que fuese a Santa Pelagia. Una semilla, eso es lo que fui. Eso es lo que fuimos todos.

–¿Imrill?

–Es la líder femenina de la presencia alienígena.

El sacerdote pasó por alto aquel retazo de información a favor de algo que le parecía más urgente.

–¿Habló con María Sánchez?

–No. –A Trent lo había sorprendido la pregunta–. Sabía que ese campo era suyo, pero no llegué a conocerla.

–¿Había oído hablar de María Sánchez antes de ir a Santa Pelagia?

–No.

–¿No había leído nada sobre ella en la prensa o en Internet?

–No, nunca.

–¿Habló con otros acerca de ese concepto de «semilla»?

Trent vaciló, un tanto abrumado por la energía y la exigencia de las preguntas de Deauchez.

–Sí, con algunas personas –respondió–. Hablamos de lo que ocurría, quiero decir. ¿Usted no lo hizo? Fue increíble.

–¿Y cuándo le dijo Imrill que fuera a Santa Pelagia?

Deauchez lo estudiaba con el ceño fruncido.

–Durante una visita que me hizo hace unas semanas.

–¿Una visita? ¿Quiere decir una abducción?

–Sí –respondió Trent, tras un suspiro–. No nos gusta llamarlas abducciones. Quiero decir que lo hago, desde hace tiempo, cuando hablo para el público en general. La palabra «abducción» es bien conocida, pero tiene connotaciones negativas. La abducción implica secuestro y nosotros creemos que los alienígenas nunca abducen en contra del deseo subconsciente de los abducidos.

El sacerdote siguió estudiando a Trent con expresión neutra.

–Cuando recibe una visita, ¿está usted totalmente consciente?

–Los alienígenas no se mueven muy bien en nuestra dimensión espacio-tiempo –respondió Trent, sacudiendo la cabeza–. Por ello nos visitan cuando estamos en estado inconsciente. Los recordamos como si fueran sueños o salen a la luz de la conciencia a través de alguna terapia.

–¿Terapia? ¿Un terapeuta lo ayudó a recordar esa visita?

Trent se movió incómodo ante el tono imperativo del sacerdote.

–No, ésta no. Mi terapeuta consiguió que empezara a recuperar recuerdos a través de la hipnosis, pero, últimamente, recuerdo yo solo las visitas como si fueran un sueño.

–¿Un sueño ordinario?

–Más o menos. Más vívido, quizá. Muy real.

–¿Y este de Santa Pelagia fue así?

–Sí. Me llevaron a una nave y me examinaron. Luego, cuando me encontraba en un estado de profunda relajación, vino Imrill y me habló. Me habló de Santa Pelagia y me dijo que yo iba a ser una de las muchas semillas, de los muchos testigos; que iba a aparecerse para transmitir al mundo un mensaje crucial. También me advirtió que otros la verían bajo formas distintas.

–¿Y lo hizo?

–Sí. –Andrews sonrió ante la ingenuidad del cura–. Eso es precisamente lo que hacen los alienígenas, se aparecen a las personas en cualquier forma mental que esas personas tengan de ellos. La Virgen María, un ángel, lo que sea.

–¿Y cuál fue el mensaje de Santa Pelagia, señor Andrews?

Trent desvió la mirada hacia el bulevar y esbozó una sonrisa perezosa.

–Vamos, seguro que eso ya se lo ha contado alguien.

–Me gustaría oírlo de sus propios labios.

–Todas esas personas yendo de un lado a otro con sus coches –dijo Trent, señalando la calle con un gesto de la mano– se creen muy importantes, como si lo único que realmente mereciera la pena fuera lo que están haciendo en este momento, pero no es así. En muy poco tiempo, todo esto, Hollywood, Los Ángeles, habrá desaparecido, como el Foro Romano, el Partenón griego y hasta la Atlántida. Tuvieron su momento de apogeo y ahora no son más que polvo.

Se inclinó hacia delante y miró al sacerdote a los ojos.

–Todo esto también pasará. Y de una forma violenta y repentina. Muy pronto.

–Entonces, ¿por eso se marcha a Sedona?

El padre Deauchez no parecía sorprendido.

–Sí –asintió Trent–. Y voy a llevarme a tanta gente como me sea posible. Y créame que lo haré. Ésa es mi intención.

Deauchez dio un sorbo a su café sin dejar de mirar a Andrews.

–Entonces, ¿no se destruirá todo el planeta?

–No. –Andrews rió con amargura–. No es el Apocalipsis de ustedes, aunque ese libro ve parte de la verdad, del mismo modo que ustedes ven una parte de Dios. La humanidad no desaparecerá, Deauchez, pero cambiará para siempre. Los alienígenas llevan años trabajando para que ciertos individuos estén listos para un cambio de conciencia. Ha llegado el momento de que nazca el nuevo hombre.

Deauchez dejó la taza en la mesa y la retiró hacia un lado. Tenía una expresión reflexiva, sombría, y Andrews no sabía si se debía a la confusión o a su desacuerdo con las ideas que estaba exponiendo. Trent lo dejó pensar mientras él terminaba su bollo.

–Hábleme de esos desastres –le instó el sacerdote cuando Trent hubo acabado de comer.

Su voz sonaba tranquila, pero su aura bullía.

–Usted ya conoce las profecías. ¿Cree, acaso, que esta sequía es una coincidencia? La hambruna aniquilará a millones de personas, miles de millones tal vez, antes del nuevo comienzo. Pero la sed y el hambre no serán lo peor.

–¿Eso es todo? –Deauchez lo estudiaba con ojos penetrantes.

–¿Qué quiere decir?

–En el capítulo de desastres, ¿no hay nada más específico?

Trent tardó unos instantes en comprender qué pretendía el sacerdote.

–Ah. Quiere que le hable de las llagas. Sí, es cierto. No es un gran desastre, pero es la señal.

–¿La señal?

–La señal de que el mensaje de Santa Pelagia es cierto. Tengo la intención de difundirlo hoy en mi artículo. Imrill me dijo que divulgase la profecía cuanto antes porque ocurrirá muy pronto y yo tengo que constar como su propagador cuando ocurra. De ese modo, la gente creerá.

–¿Va a divulgar ese mensaje?

Los ojos castaños de Deauchez lo miraban con aire de desafío.

–Por todos los medios que me sea posible –aseguró Trent, sosteniendo la mirada, impasible.

El sacerdote agachó la cabeza y se puso una mano en la frente, como si le doliera. Al parecer, de aquel interrogatorio había obtenido todo lo que quería. Trent se sintió incómodamente utilizado.

Cuando Deauchez habló de nuevo, su tono de voz fue cauteloso.

–¿Se da cuenta, señor Andrews, del daño que pueden hacer usted y los demás divulgando esta histeria?

–Padre Deauchez –Trent lo miraba con incredulidad–, ¿se da cuenta de los millones de muertes de las que será usted responsable si intenta censurar este mensaje?

Deauchez titubeó. Trent se puso en pie y se llevó las manos a las caderas.

–Por si aún no se ha dado cuenta, el barco está haciendo agua y ha llegado la hora de saltar a los botes salvavidas. Le sugiero que abra el camino, siga a otros que lo hayan iniciado o se quite de en medio. Ustedes, los católicos, intentan obstruir las salidas y tendrán que responder por ello mucho más de lo que han tenido que hacerlo por la Inquisición.

Andrews se alejó con paso seguro, se sentía exultante por haber encontrado una respuesta realmente tajante. Pero su triunfo tuvo una corta duración. Aun cuando advertía que el sacerdote no iba a detenerlo, llamarlo o seguirlo, lamentaba la separación. Ese hombre tenía algo que no resultaba fácil obviar.

Sin embargo, era demasiado tarde y demasiado absurdo volver atrás.

Deauchez no tenía un buen día. Se sentó junto a una hilera de teléfonos con terminales para ordenador, en el aeropuerto de Los Ángeles, e intentó decidir adónde se dirigiría a continuación. En la oficina de Stanton le habían negado una entrevista con él. La joven que atendía el teléfono le dijo que el reverendo no hablaría con nadie sobre lo sucedido en Santa Pelagia y que, si quería una respuesta oficial, viera su programa del sábado. En la oficina de Abeed se burlaron directamente de él. La mujer que contestó a su llamada le dijo que si se atrevía a meter «su blanco culo católico» en aquella zona de la ciudad, le costaría llegar a las puertas de las iglesias, y que si conseguía entrar en una, el propio Abeed, probablemente, se lo cargaría a balazos por allanamiento de morada: odiaba a los sacerdotes.

¡Y Andrews le había echado en cara la Inquisición!

Deauchez había encontrado en Internet un par más de nombres de las personas que se habían registrado en el hotel de Santa Pelagia. El «doctor T. Kratski, de Moscú», era un popular escritor de origen ruso que había trabajado como físico para el Gobierno, pero lo había dejado hacía unos años y, en aquellos momentos, se dedicaba a «promover libre y abiertamente sus teorías». Por lo que Deauchez llegó a entender, esas teorías estaban relacionadas con la visión del universo como si fuera un holograma. Deauchez encargó el nuevo libro de Kratski mediante un vínculo con el editor que encontró en esa misma página. Kratski podía desempeñar un papel importante en los recientes sucesos, o no, pero, al menos, su opinión parecía interesante.

Luego estaba la hermana María Magdalena Daunsey. No se lo creía cuando vio su nombre en el registro. Preguntó a Martínez y a Espanza y la recordaban vagamente. Sí, había entrado en la iglesia y se había presentado. No creyeron que fuese importante mencionarla. Era obvio que no tenían ni idea de quién era.

Deauchez conocía bien a Daunsey. Había realizado muchas labores benéficas en Dublín: comedores para indigentes, reinserción de ex presidiarios, albergues para los sin techo y para mujeres maltratadas. Patrocinaba, incluso, cursos de formación profesional. Era benedictina, y la orden en Dublín se había visto sacudida hasta lo más hondo por aquella joven y ardiente hermana. Revolucionó el convento durante años y aquellas que eran demasiado tradicionales para aceptarla se trasladaron, mientras que las que se quedaron eran todas discípulas suyas. En esos momentos, dedicaba su labor a instituciones más importantes.

Daunsey tenía carisma, era indudable, y también opiniones, muchísimas. El problema, como sus superioras en la orden enseguida advirtieron, era que declaraba sus peores herejías con tanta pasión juvenil y compasión por los demás y se sentía tan incansablemente impulsada, casi hasta la obsesión, a servir a los pobres, que resultaba muy difícil censurarla. En un desagradable incidente ocurrido unos años atrás, Daunsey hizo un llamamiento compasivo al Papa, que fue muy divulgado, para que tuviera misericordia en el asunto del control de la natalidad. La prensa publicó la petición junto a la fotografía de una chabola en la que una madre acababa de morir dando a luz a su décimo hijo. Daunsey la había ayudado en el parto durante veinte horas extenuantes y aparecía con manchas de sangre de la mujer.

¿Cómo enfrentarse a alguien así? A cualquier otra persona la hubiesen dejado «fuera de servicio», pero con Daunsey lo mejor que uno podía decir era «sin comentarios». Y así siguió adelante. Hacía poco que Deauchez había oído decir que la policía la utilizaba como mediadora para negociar con el IRA. ¡Negociar con el

IRA! ¡Una monja católica! Ése era el tipo de poder que Daunsey esgrimía en Irlanda: hasta los terroristas la respetaban.

En parte, Deauchez sabía todo aquello porque uno de sus amigos en el Vaticano trabajaba en la Congregación de los Institutos para la Vida Consagrada y las Sociedades de la Vida Apostólica, la entidad que controlaba, entre otros, a los benedictinos, y en parte, porque aquella mujer lo intrigaba y siempre prestaba especial atención a todo lo que veía u oía de ella. En cierto modo, la admiraba, con su aspecto de niña extraviada y su poderosa personalidad, aunque la consideraba una estúpida idealista. La Iglesia era lo que era... vieja y tradicional. Esos calificativos podían ser hermosos y solían serlo. También había cosas frustrantes, pero no podían cambiarse sin echar a perder las cosas hermosas que la Iglesia tenía. Era como el amor, o al menos así lo imaginaba: tenías que aceptar a las personas como eran porque nunca podrías cambiarlas.

En cualquier caso, fuera lo que fuera, una santa o una idealista extraviada, Daunsey había estado en Santa Pelagia y eso lo asustaba. Sólo podía imaginar la influencia de alguien como Andrews, pero ¿y la de ella? Deauchez la conocía y sabía que si había olido algo y lo había creído, removería cielo y tierra hasta que rodaran cabezas.

Mientras pensaba en eso, mandó un correo electrónico a Donnelley en el que le informaba de que pasaría por Dublín en su viaje de regreso a Roma, mencionaba que la hermana Daunsey había estado en Santa Pelagia y le comunicaba que esperaba poder entrevistarse con ella. Le habría gustado ver la cara de Donnelley al recibirlo.

Sin embargo, encontrarse con Daunsey sólo le llevaría un día y Rusia estaba demasiado lejos. Eso significaba que le sobraba un poco de tiempo. Antes de salir de Estados Unidos podía hacer algo más.

Cerca de donde se encontraba, un televisor colgaba del techo. En él se veía un popular anuncio en el que un hombre se debatía en un desierto de arena, muriendo de sed. El hombre sacaba un teléfono móvil Telegyn y pedía una pizza y una coca-cola familiar. Deauchez ya había visto el anuncio y otro similar de un hombre en una isla desierta que utilizaba su ordenador para conectarse a la red a través de su móvil Telegyn. Telegyn tenía un eslogan muy efectivo dada la dependencia de Internet en esos tiempos: «Podemos conectarte desde cualquier punto del globo». Hasta el propio Deauchez había deseado tener uno de esos cacharros.

Se reanudó el noticiario con declaraciones del presidente Fielding. Decía que estaba a punto de partir hacia la Cumbre Mundial sobre Alimentación. Pedía que todo el mundo elevase plegarias para que la reunión fuese rápida y productiva y hacía un cálido llamamiento a todos los americanos para que «fueran sensatos en el uso de los cereales y comieran menos, en sintonía con la preocupación global».

Deauchez se enojó ante aquello por encontrarlo un subterfugio de lo más típico. Era obvio que el discurso de Fielding estaba más orientado a los oídos de Naciones Unidas que a los de sus electores. Deauchez cerró los ojos e intentó pensar. Podría mandarle un e-mail a Simon Hill. Hill había dado a entender que tenía más nombres. Probablemente, los estaba verificando antes de publicarlos...

Sin embargo, en su mente otra cosa hizo clic. Abrió el menú de búsqueda e hizo una pausa, intentando recordar. Tecleó «campamento Puma», pero no encontró ningún documento con esas palabras. Acto seguido, buscó «Puma, campamento » y amplió la búsqueda a toda la red, ya que intuía que podía tratarse de alguna empresa u organización pequeñas.

Tardó un rato, pero algo encontró.

Lago Larkspur, al este de Washington

Will Puma sintió que el fuego ardía en sus músculos. Lo de la adrenalina era un regalo de los espíritus. Ellos le darían la fuerza vital para hacer todo lo que fuera necesario, canalizándola hacia su interior para que él pudiera, a su vez, canalizarla hacia fuera, hacia el proyecto que tenía entre manos. Estaba agradecido. Pasaría mucho tiempo hasta que pudiera descansar.

Las tiendas llenaban el campo oriental del prado y también se extendían por la orilla oeste del lago. En cambio, la orilla este no era todavía de su propiedad, aunque Will Puma sabía que, con el tiempo, también se alzarían allí. La propiedad privada, ese invento del hombre blanco, no significaría nada en los días que estaban por llegar. El señor Charles O. Wannemaker, propietario de la otra orilla y perpetuo demandante contra el campamento Puma, tendría que vivir aceptando ese hecho. O tal vez no, ya que los que no se adhiriesen al camino sagrado morirían, aunque sólo fuera por la incapacidad de cambiar de chip en su mente. Wannemaker, como otros muchos de su raza, nunca se las arreglarían en un mundo que no estuviese definido por «yo» y «mío».

–¿Will Puma?

Danza Sagrada corrió para alcanzarlo mientras practicaba *jogging*. A él le gustó la manera en que la chica se acercó, del mismo modo que le gustaba ver un pájaro posarse en una rama. De todos modos, en aquella sensación la anatomía de Puma tenía mucho que ver. Danza Sagrada vestía vaqueros, igual que él, y una camiseta con el logotipo del campamento Puma. Tenía el mismo cabello negro y largo que él y ambos lo llevaban recogido en una cola de caballo. Y el tono de piel y los rasgos de Danza Sagrada revelaban sangre blanca no muy atrás en su árbol genealógico, y con Will Puma ocurría lo mismo. Mucha gente comentaba que parecían padre e hija. Aquello resultaba curioso, ya que Danza Sagrada había compartido su cama en una ocasión. Para Will Puma la edad no tenía mucha importancia, sobre todo cuando se trataba de uno de los dones más grandes de los espíritus, el apareamiento del macho y la hembra.

–He hablado con Ben Mark, en Dakota del Norte –dijo Danza Sagrada, algo jadeante–. Dice que gracias por el consejo y que están preparados para lo que sea. También nos hemos puesto en contacto con la tribu del Sol, de Alaska, y el grupo de Hombre Rojo de Nuevo México.

–Muy bien.

–Y el correo está listo para salir. Lo estamos cargando todo en el furgón y Brownie lo llevará a la estafeta.

–Dile que lo lleve a la de Spokane. Si lo mandamos desde allí, la gente lo recibirá antes.

Los ojos de Danza Sagrada se abrieron en un gesto de sorpresa al comprobar la importancia de ese hecho y comprender cuán poco tiempo quedaba.

–De acuerdo.

–Y que alguien acompañe a Brownie. En Spokane también deberíamos comprar los alimentos perecederos. Coge la lista. Está en el archivo. Triplica las cantidades.

Danza Sagrada asintió. Le temblaba el labio inferior.

–Estás muy asustada –comentó él.

–Sí, lo siento.

–Pide a los espíritus que te liberen de tus miedos. Pronto estarás demasiado ocupada para tener miedo y eso es una buena señal. Uno siempre debe estar demasiado ocupado viviendo para temer a la vida y demasiado ocupado muriendo para temer a la muerte.

–Sí, Will Puma.

–¿Recuerdas cuando los espíritus nos dijeron que viniéramos aquí? Dejamos nuestro hogar en la base de Little Sister, y Little Sister rugió, tal como los espíritus habían dicho que ocurriría.

La exacta predicción que había hecho Will Puma de la erupción del St Helen había cambiado muchas cosas, no sólo su lugar de residencia. Había marcado el principio de su aceptación como chamán legítimo por parte de otras personas de fuera de la tribu.

–Sí, claro que lo recuerdo.

–Pues ahora es lo mismo. Mantén el corazón en el camino sagrado. Escucha a los espíritus y ellos siempre te dirán lo que tienes que hacer.

–¿Cuánto tiempo falta, más o menos, para que empiecen a llegar? –preguntó Danza Sagrada, tras sonreír agradecida.

–Pocos días. Y dentro de una semana, después de la señal, vendrán muchos más.

–Espero que haya sitio suficiente. Hay unas tres mil tiendas y los que reciban la noticia serán unos doscientos mil.

–No vendrán todos. Y los que no tengan tiendas dormirán al aire libre. Eso carece de importancia. Lo importante es que estemos aquí juntos y mantengamos el carácter sagrado de esta zona durante la inminente tormenta. Cuando todo haya pasado, podremos empezar a pensar en construir más refugios.

–Sí, Will Puma.

Danza Sagrada corrió hacia la oficina. Will Puma se dirigió al almacén subterráneo. Se encontraba en aquella fría y mal iluminada construcción hablando con Jim Quijada Rota acerca de dónde guardar los alimentos perecederos cuando oyó que alguien entraba.

Se volvió y vio a un sacerdote católico en el umbral.

–¿En qué puedo ayudarlo? –preguntó Jim.

–Hola. En la oficina me han dicho que aquí encontraría a Will Puma.

–Yo soy Will Puma.

–Soy el padre Deauchez. Me gustaría hablar un momento con usted acerca de Santa Pelagia.

Will Puma lo estudió con atención y descubrió que no recibía ninguna vibración negativa por parte de ese hombre, a excepción de que estaba muy ansioso, aunque, por lo general, todos los blancos lo estaban.

–Tengo trabajo, pero si me acompaña podremos hablar.

Dio unas instrucciones más a Jim Quijada Rota y luego salió del almacén y se dirigió a un corral. El cura lo siguió, esforzándose por mantener el mismo paso rápido que Will Puma.

–He leído sobre usted en Internet –dijo el sacerdote.

–Nosotros no usamos eso.

–Ya lo sé. Encontré la información en una página de supervivencialistas. Contenía un artículo sobre uno de sus campamentos.

Deauchez hizo una pausa, pero Will Puma no tenía nada que añadir, por lo que calló.

–¿Son ustedes un grupo de supervivencialistas?

–Somos indios.

–¿Preparan aquí a muchos supervivencialistas?

–Recordamos a la gente cómo vivir de la naturaleza, les enseñamos a cazar y a reconocer lo que son alimentos y lo que son medicinas de las plantas del bosque, a construir refugios. No rechazamos a nadie que quiera aprender.

Deauchez sonrió con aire cautivador.

–Porque esta página web era radicalmente antigubernamental. Sentí curiosidad y...

–Yo no tengo ideología política, Deauchez, pero pienso que la gente que quiere aprender a vivir sin el gobierno de Estados Unidos es gente lista, porque nada dura para siempre.

Llegaron al corral y Will Puma se agachó para pasar entre las dos barras de metal de la valla y caminó hacia los sementales. No pudo resistirse a examinar algunos de aquellos hermosos animales y les palpó la garganta y el vientre para ver si tenían alguna hinchazón. Todos se veían muy sanos. Entre los caballos apareció Mira Piedras.

–Quiero que reduzcas el ritmo de apareamientos –le dijo Will Puma–. Tal vez nos ataque alguna enfermedad y a los recién nacidos les costaría mucho superarla. Por ahora, mantén baja la tasa de natalidad. Una vez sepamos seguro que el peligro ha pasado, seguiremos con la reproducción. Y estáte alerta. Si notas algún síntoma de enfermedad, donde sea, incluso en los pájaros e insectos, si hueles algo inusual en el viento, haz entrar a todos los animales y cierra la puerta del establo. Los espíritus del aire transportarán cosas malas.

–Sí, Will Puma.

Mira Piedras parecía nervioso, al igual que Danza Sagrada, pero Will Puma no tenía tiempo para hablar de eso con él. Mejor que predicara la valentía con el ejemplo.

El sacerdote lo esperaba fuera del corral.

–¿Podría decirme qué lo hizo ir a Santa Pelagia? –le preguntó tan pronto como echaron a andar.

–Los espíritus me dijeron que fuera.

–¿Los espíritus?

–Sí.

–¿Cómo habla con los espíritus?

–¿Y usted? ¿Cómo lo hace usted?

–Lo siento. Lo que quiero decir es si utiliza alguna... sustancia.

Will Puma lo miró con severidad y no respondió.

–No me interesa si toma sustancias ni me importa que sean o no legales. Me interesa el proceso.

Will Puma se encogió de hombros, como si no pudiera hacer nada al respecto.

–¿Le dijeron los espíritus que fuera a Santa Pelagia en un sueño o en una visión? ¿Estaba despierto o...?

La expresión del cura contradecía su tono paciente.

–Usted no comprende cómo se mueven los espíritus. Tal vez tendría que preguntarme otra cosa.

–Muy bien. ¿Qué le dijeron los espíritus?

–Me dijeron que tenía que ir a ese lugar. Que allí se transmitiría un mensaje. No me diga que aún no sabía eso.

–¿Qué mensaje recibió?

Puma se detuvo y lo miró fijamente. Empezaba a sentirse molesto y eso significaba que debía prestar más atención a lo que fuera a decir.

–Ya que me lo pregunta, le responderé. En Santa Pelagia los espíritus nos hablaron, hablaron al hombre blanco y hablaron con otros hermanos cobrizos de otras partes del mundo. La profecía de los hopi había dicho que esto ocurriría, que los espíritus se manifestarían a todo el mundo. Y la profecía se ha cumplido. La gran purificación empezará muy pronto.

–¿La gran purificación?

–La leyenda hopi dice –explicó Will Puma con un tono claro y firme– que en el pasado, hace mucho tiempo, hubo dos purificaciones y que ésta es la tercera. Cuando la gente se desvía del camino sagrado y son demasiados los que dañan la Madre Tierra, los espíritus tienen que limpiar el mundo. Y esto está empezando a ocurrir. Los espíritus protegerán a algunos humanos, los que sigan el camino sagrado, y estaremos preparados para empezar de nuevo. Pero los que no lo hagan o no puedan hacerlo, morirán. No es voluntad mía. No tengo nada que decir al respecto.

El sacerdote apretó las mandíbulas y los huesos de sus pómulos sobresalieron de las mejillas.

–¿Y tiene previsto proclamar esto a la gente? En la oficina he visto cajas llenas de folletos.

–Llevamos mucho tiempo preparándonos para este momento. Los espíritus nos dijeron que viniéramos al lago Larkspur. Ahora tenemos este sitio y disponemos de todo lo que necesitamos para cuidar de nosotros mismos. Los que vengan sobrevivirán.

–¿Y cómo sabrá la gente que es verdad?

–Usted ya sabe la respuesta –dijo Will Puma con un gruñido–. Todos ustedes ya tienen el conocimiento que necesitan.

Empezó a caminar de nuevo.

–Hay una señal, ¿no es cierto?

Will Puma no dijo nada.

–¿Se menciona en el folleto? –insistió el cura.

Llegaron a un pequeño búnker de cemento. Will Puma abrió la escotilla, se metió en su interior y cerró. Fuera quedaron el cielo sereno y deslumbrante y el asombrado sacerdote.

De camino a la oficina, Deauchez se encontró con Danza Sagrada. No pudo evitar advertir que era muy atractiva. Gran parte de su belleza, pensó, procedía de un visible brillo de buena salud y de excitación reciente.

Había visitado algunas reservas en Estados Unidos, pero aquel lugar y aquella gente eran absolutamente distintos. El campamento no constaba en el mapa como territorio gubernamental y, además, se habían hecho fuertes allí, estaban bien preparados y se los veía muy motivados. En todo el lugar no se captaba ni el más leve rastro de pobreza o desesperación. Era indudable que todo lo había conseguido Puma. Tenía el carisma de un líder, al estilo del Clint Eastwood maduro. Era obvio que no cedía un ápice ante nada ni nadie.

Deauchez se acercó a un muro de la oficina donde había una estantería con libros de Puma a la venta: *El camino sagrado*, *El viaje chamánico*, *La próxima purificación*.

Danza Sagrada se acercó con un folleto en la mano.

–He tenido que sacarlo de las cajas. No ha habido tiempo para imprimir un lote para nosotros.

Deauchez le echó un vistazo. Sí. Mencionaba las llagas. Will Puma hacía un llamamiento para que la gente dejara su trabajo y se instalara en el campamento para siempre.

–¿Cómo han conseguido los nombres de las personas a quienes mandarán esa circular?

–Tenemos nuestra propia lista de suscriptores; nos han llegado a través de los libros y del campamento. Además, hace algunos años, Will Puma compró listas de suscriptores a algunas revistas, a *El chamán moderno*, *Esotérica* y otras publicaciones de ese estilo.

–Y de revistas supervivencialistas, supongo.

Deauchez sonrió para que su comentario no sonase tan suspicaz.

–Sí, de unas pocas. Les gustan nuestros campamentos para aprender a vivir de la tierra, pero la mayor parte de nuestros seminarios atraen a gentes de creencias chamánicas.

–Comprendo.

–La gente de la Nueva Era nos ha sido muy favorable. Muchas de esas personas acuden para adoptar nuestro camino de aprendizaje espiritual. También tenemos la búsqueda de un animal totémico, que se ha hecho muy popular.

–¿O sea, que, económicamente, les va bien?

–Nos va muy bien –sonrió Danza Sagrada–. Pero gran parte de los ingresos revierten en el campamento y en nuestras publicaciones. Will Puma dice que, según la profecía de los hopi, un día el hombre blanco se volverá hacia el piel roja a fin de encontrar su alma. El hombre blanco domina la tecnología, pero el piel roja domina el espíritu.

Deauchez la miró hasta que ella se movió, incómoda. Pero el sacerdote comprendió que no la miraba a ella, sino al vacío. En los últimos tiempos le costaba mucho esfuerzo tener la mente centrada.

–¿Puedo preguntarle cómo habla Puma con los espíritus?

–Claro –rió Danza Sagrada–. Eso no es ningún secreto. Hace pocas semanas, Will Puma fue a la choza sagrada y, cuando salió de ella, me habló de Santa Pelagia.

–¿Qué pasa en la choza sagrada?

–Ahí dentro está oscuro, hace calor y hay humo. –Danza Sagrada sonrió como si evocase algo agradable–. Es un buen lugar para abrir la mente. Todos lo utilizamos cuando intentamos oír las voces de los espíritus. Will Puma lo consigue mejor que nadie.

–¿Humo?

Danza Sagrada puso los ojos en blanco y calló.

–¿Recuerda algo más de lo ocurrido ese día? ¿Leyó Will Puma alguna revista o periódico? ¿Mencionó a una mujer llamada María Sánchez? Ha salido en la prensa...

–No. –Danza Sagrada frunció el ceño–. Will Puma no lee demasiado el periódico. Además, esa semana estábamos tan ocupados que no habríamos tenido tiempo.

–¿Ocupados? ¿En qué?

–Vino gente que nos pinchó. Vacunas de hantavirus. Cerca de Spokane ha habido brotes.

Deauchez no podía agarrarse a nada de todo aquello, ni siquiera había un agujero en el dique.

–De acuerdo –suspiró–. Gracias por haberme permitido hablar con él.

Se disponía a marcharse cuando notó una mano en el brazo y volvió la cabeza.

–Si desea quedarse, será bienvenido –le dijo Danza Sagrada con el rostro turbado–. Tal vez nos beneficie.

Deauchez sonrió con tristeza, conmovido por la preocupación de la chica.

–Me temo que ahora mismo no puedo. Pero lo tendré presente.

Ella asintió, pero sus ojos indicaban que no sería así. Sus ojos decían que estaban mirando a un hombre muerto.

Capítulo 3

Día 3
Aeropuerto Kennedy, Nueva York

–¡Padre Deauchez!

Simon Hill se levantó de su asiento en la cafetería e hizo una señal a Deauchez para que se acercara. El sacerdote lo vio y se abrió paso entre la gente.

–Gracias por venir hasta aquí, padre. ¿Ha tenido problemas para encontrarme?

Hill tomó el maletín de Deauchez y lo dejó en la silla contigua.

–No. Ha sido una suerte que usted conozca tan bien este aeropuerto.

–Qué quiere que le diga... Es como mi segunda casa. ¿De cuánto tiempo dispone?

–De una hora. Mi avión sale a mediodía. –Deauchez se sentó y señaló con la cabeza un segundo vaso de vino que había en la mesa–. ¿Es para mí?

–Sí. –Hill se lo acercó–. Me pareció que como es usted francés...

Deauchez pasó por alto las implicaciones del comentario y cogió el vaso, agradecido.

–Gracias. –Bebió un sorbo de vino. Era horrible y, sin embargo, lo necesitaba–. En su e-mail me hablaba de informaciones recientes.

–Ah, sí. Por cierto, padre, no me dijo que trabajaba para el Vaticano.

–Así que por eso quería verme... –Deauchez hizo una mueca de desagrado–. ¿Cómo lo ha sabido?

–Hice una búsqueda en la red. Padre Michel Deauchez. Trabaja en el departamento que se ocupa de las canonizaciones. Incluso se dice de usted que es uno de los favoritos del Papa.

–Sus fuentes de información son exageradas –dijo Deauchez con una amarga sonrisa.

–Bien, pues cuénteme.

–No puedo. Mi informe no es definitivo todavía y, aunque lo fuera, no podría discutirlo con usted.

–¡Oh, vamos! –Hill cerró el puño y golpeó ligeramente la mesa–. ¿No puede contarme si cree que este fenómeno es realmente importante?

Deauchez no podía mirar a Hill a los ojos. Clavó la mirada en el vaso de vino y respondió:

–No veo que haya razón para hacerlo. Las visiones han terminado.

–Pues yo he seguido recabando información al respecto. Abeed ha convocado a la prensa al sermón que dará el sábado en su iglesia de Harlem. No es un tipo agradable, padre. Da miedo, créame. Vende odio. Si el mensaje de Santa Pelagia no le ha producido un gran cambio en el corazón, ese hombre puede causar muchos problemas.

Deauchez no dijo nada.

–Y Stanton... –prosiguió Hill.

–El sábado también sale en televisión, ¿no?

–Sí. ¿Cómo lo sabe?

–Llamé a su oficina. ¿Quién más hay por ahí?

–Tengo unos cuantos nombres.

–¿Me los dirá?

–Todavía los estoy investigando. Los publicaré en el periódico en cuanto lo tenga todo comprobado.

–Bueno, pues ya lo leeré –dijo Deauchez, viendo que el periodista practicaba el mismo juego que él.

–¡Vamos, padre! –Hill puso los ojos en blanco–. Dígame sólo

qué piensan ustedes. Al fin y al cabo, son cosas con las que ustedes tratan normalmente. ¿Fue una profecía? ¿Una aparición de María?

–No sé qué pensar al respecto, señor Hill. Y que quede claro que esto no es un comunicado oficial.

Hill se rascó la cabeza. Tenía los ojos brillantes del ratón que busca una grieta en el piso de madera.

–Bien, entonces dígamelo extraoficialmente, como experto asesor en estos asuntos. Conoce la Biblia, ¿no? ¿Cree de veras que el Apocalipsis es inminente? ¿Interrumpirá el servicio de cable?

Hill soltó una risita nerviosa ante su propio comentario. Deauchez no se apuntó a ella. Apartó el vaso de vino hacia un lado.

–Mire, señor Hill, yo no puedo ser su asesor. ¿Sabe por qué? Porque no quiero que la prensa divulgue más datos sobre este suceso. Creo que es peligroso. ¿Lo comprende? ¿O es que no ve que no es una buena idea?

Deauchez notó que había hablado con enfado. Estaba enfadado.

–¿Por qué no lo es?

Hill lo miraba inexpresivo, como si fuera incapaz de entender aquel punto de vista.

–¿No recuerda cómo fue todo en Santa Pelagia? ¿Está usted ciego? ¿Sordo? ¿No sintió el miedo que había allí?

Hill calló unos instantes, reacio a hablar, como si no quisiera ni pensar en ello, pero, al final, respondió:

–Supongo que sí.

–¿Sabe lo que puede hacer ese tipo de miedo a la gente? Tal vez nunca haya visto a personas que han perdido la cabeza. El miedo mata. ¿Quiere extenderlo? ¿En serio? Pues hágalo sin mí, señor Hill. Pero yo, antes de hacerlo, me lo pensaría dos veces.

Deauchez cogió su maletín y se puso en pie. Aun cuando estaba dando rienda suelta a su ira, sabía muy bien que no era con Hill con quien estaba realmente enojado. Le preocupaba lo que Puma y Andrews estaban haciendo, lo que otros, como Stanton, iban a hacer. Hill sólo era el canal, los demás eran la voz.

–Eh, espere un minuto. –Hill esbozó una sonrisa para indicar que no se daba por vencido–. Una cosa más, ¿de acuerdo? Mire esto.

Hill hurgó en sus bolsillos en busca de algo y lo encontró justo en el instante en que Deauchez se disponía a partir.

–Mire. Alguien me lo ha mandado con carácter anónimo a través de Internet.

Deauchez cogió el papel a regañadientes. Era un e-mail y en el encabezamiento aparecía Hill como el destinatario, pero donde debía estar el nombre del remitente había un espacio en blanco. Deauchez pensó que Hill podía haberlo falsificado. Al fin y al cabo, no era más que una hoja impresa, pero algo le indicó que el periodista le decía la verdad.

La parte principal del mensaje era una cita:

> Hambruna, plaga, guerra; en el veinticuatro;
> se siembran las semillas de una advertencia para el mundo entero.
>
> NOSTRADAMUS

Semillas. Un escalofrío recorrió la espalda de Deauchez.

–¿Tiene algún sentido para usted? –le preguntó Hill–. ¿Lo conocía?

Deauchez sacudió negativamente la cabeza y le devolvió el papel.

–¿Tiene alguna conexión con las Sagradas Escrituras?

Deauchez se alejaba.

–Veinticuatro. ¿No le dice eso nada? –le gritó Hill.

Pero Deauchez ya se perdía entre la multitud y no volvió atrás.

EN ALGÚN LUGAR SOBRE EL ATLÁNTICO NORTE

El vuelo hacia el continente europeo transcurría con tranquilidad. El cielo estaba despejado, lo que equivalía a decir que no volaban entre una de esas intensas, atronadoras y copiosas tormentas que eran la única alternativa al calor riguroso de esos días.

Fielding, con sus sesenta años y un cuerpo bronceado y delgado, se había instalado en un asiento de cuero reclinable, al tiempo que leía uno de los innumerables informes que se habían acumulado en su portafolios. A diferencia de otros presidentes, no hacía esos viajes en pantalón corto. Fielding nunca bajaba la guardia de ese modo; lo máximo que hacía era aflojarse la corbata. Nunca se quitaba la chaqueta ni los zapatos, ni en el avión presidencial ni en ningún otro sitio.

Los hombres del entorno del presidente consideraban prudente seguir su ejemplo, lo cual era perfecto para Anthony Cole. Mientras que Ross y Macum, Connor e incluso el general Brant sudaban a mares y se morían por, al menos, poder arremangarse la camisa a causa de las temperaturas bochornosas que Fielding prefería, Cole estaba siempre fresco y tenía la piel seca, tan impecable como si acabase de salir de un anuncio del *Vanity Fair*.

Aquélla no era la razón de que Cole fuese secretario de Estado, pero seguro que contribuía a ello.

La puerta corredera que separaba la cabina presidencial de la zona en la que se apiñaba todo su personal tembló ligeramente con unos suaves golpecitos. Connor se levantó de su asiento, fue hacia ella y la abrió un poco. Intercambió unas palabras en voz baja con un subsecretario de prensa.

–Señor presidente –dijo Connor–. Tal vez podríamos sintonizar la WWN.

Fielding alzó la vista sin soltar el informe que tenía en las manos y asintió, señalando con la cabeza la amplia pantalla que había en la cabina. Ésta cobró vida.

«... reacción extraordinaria. En las tiendas de comestibles de todo el país, la gente hace cola para comprar toda la comida que le sea posible, sobre todo cereales y...»

Cole experimentó una subida de adrenalina. Sus músculos se tensaron de manera imperceptible contra el asiento de cuero.

Las imágenes del televisor mostraban tiendas de comestibles en el proceso de ser vaciadas. En los supermercados con ocho, nueve o diez cajas, había cola en todas ellas y la gente obstruía los pasillos con los carros de la compra. Las cámaras captaban familias no con uno ni dos carros, sino con tres o cuatro, llenos a rebosar de sacos de harina, copos de maíz, hogazas de pan, cereales para el desayuno, paquetes de carne y todos los alimentos imaginables. También se veían estanterías completamente vacías. En el suelo, aquí y allá, se amontonaba polvo blanco derramado de las bolsas que no habían resistido el ímpetu de los compradores.

–¡Maldita sea!

A Fielding se le cayó el informe de las manos.

Cole miró a los demás con frialdad. Connor tenía el aspecto de quien acababa de tragarse un trozo de tarta de excrementos; el general Brant se había puesto púrpura; Ross, como era habitual en él, temía que el presidente fuera a darle una zurra, y Macum, como de costumbre, parecía no entender nada.

«... y nos llegan noticias similares de Chicago, Los Ángeles, la zona de la bahía de San Francisco, el noroeste, en realidad de todo el país. ¿Es eso cierto, Marilyn?»

«Sí, John, eso es lo que vemos, y la noticia de esas avalanchas lo único que ha hecho ha sido empeorar la situación.»

Una mujer con una camiseta de Minnie Mouse parpadeaba ante la cámara a la puerta de un supermercado.

«Bueno, sí, lo vi en la tele, vi lo que hacía la gente y pensé que no iba a esperar a que todo se terminase. Así que me metí en el coche y vine directa hasta aquí. Llamé a mi marido y él me dijo que comprara todo lo que pudiera cargar, que él ya se encargaría de recoger a los chicos en la escuela.»

–¡No puedo creer que esto esté ocurriendo! –exclamó Fielding.

–Nosotros hemos divulgado la petición que usted hizo al pueblo de Estados Unidos, quiero decir que salió en las principales cadenas de televisión y en todos los periódicos –farfulló Connor.

–¡Malditos civiles! –gritó Brant–. Hacen lo mismo que en China.

–Callen –dijo Fielding.

«... todavía no se han producido declaraciones por parte de la Casa Blanca. Como recordarán ustedes, el presidente está de camino a la Cumbre Mundial sobre Alimentación.»

«Marilyn, ¿se sabe cómo se ha desatado todo este pánico?»

«Por lo que hemos podido averiguar, John, la gente está muy preocupada por las noticias de esta mañana. China, la India y países de Oriente Próximo y del norte de África han firmado una propuesta que tienen la intención de presentar a Naciones Unidas durante la celebración de la cumbre. El contenido de esta propuesta se ha filtrado a la prensa. La primera reacción fue la caída de las bolsas en un quince por ciento a la hora del cierre, y ahora, esto.»

«Para aquellos de ustedes que no conozcan de qué se trata diremos que es un llamamiento a Naciones Unidas para que haga de mediadora en la distribución de cereales hasta que termine la sequía. En la propuesta se pide que se sumen todas las cosechas de cereales de todos los países y que Naciones Unidas los distribuya entre los distintos países, de acuerdo con su población, a un solo precio acordado internacionalmente.»

«Entonces, ¿no crees que estas avalanchas estén relacionadas con las declaraciones que hizo el presidente antes de partir?»

«Esperemos que no, John. El presidente no puede sentirse demasiado contento con lo que ocurre, sobre todo después de haber pedido moderación a los ciudadanos. De hecho, hemos preguntado a algunas personas qué piensan con respecto a ello.»

«Lo siento por el presidente –decía ante el micrófono un hombre con aire de *yuppie*–. Fue un hermoso gesto, pero, en definitiva, la comida desaparece mientras nosotros estamos aquí hablando. Quiero decir que no creo que China, Irán y esos países se salgan con la suya. O que la sequía vaya a empeorar. Pero tampoco quiero correr ningún riesgo.»

–¡Apaguen eso! –gritó Fielding.

La pantalla se oscureció.

–Señor presidente –dijo Brant con una seriedad estremecedora–, sugiero que impongamos de inmediato el nivel uno del programa de racionamiento que habíamos discutido previamente.

–No creo que la gente le eche la culpa a usted, señor, y mucho menos después de esto –intervino Connor.

–Lo único que conseguiremos con el racionamiento será propagar la idea de que en Estados Unidos no hay comida suficiente, lo cual es absolutamente falso –le espetó Fielding.

Cole pensó que sí lo culparían a él.

–¿Cole? –dijo el presidente al tiempo que se volvía hacia su secretario de Estado–. ¿Qué impacto puede tener esta reacción?

Toda la cabina permaneció en silencio mientras Cole entrelazaba las manos, pensativo. Al cabo de unos instantes, dijo:

–No creo que sea necesario mencionar la palabra «inoportunidad». Es bueno que haya decidido asistir a esa cumbre, señor presidente. Pero ahora tendrá que tranquilizar muchos más ánimos. Un movimiento decisivo por su parte contra este... este... estallido... podría salvarnos políticamente.

–¿Alguna sugerencia, Cole? –preguntó Fielding con frialdad.

–Sí, señor, la tengo.

Los ojos castaños de Cole parpadearon perezosos ante el tono insultante del presidente, pero habló con voz pausada. Contó a los demás su sugerencia aunque no era lo que realmente quería decir en aquel momento. En cambio, hubiera querido decir: «Sí, señor, le sugiero que ponga la cabeza entre las piernas y dé un beso de despedida a sus posaderas».

Estadio de Maracaná, Río de Janeiro

En la puerta del vestuario sonaron unos golpes vacilantes. Blade, tumbado en el suelo con las piernas dobladas hacia arriba en la postura del escorpión, hizo caso omiso de ellos durante unos instantes; luego bajó lentamente las piernas hasta el suelo y soltó el aire. Los golpes sonaron de nuevo.

Finalizó la exhalación en un santiamén, rodó con ligereza hacia la derecha y se puso en pie. Por fortuna para el que llamase, aquélla era la última postura de sus ejercicios de precalentamiento.

–Pase, está abierto –dijo.

Levantó las rodillas sin moverse de donde estaba y luego hizo un estiramiento para tocarse los dedos de los pies.

Oyó que la puerta se abría tras su cabeza doblada. Sintió el griterío de la multitud distante que crecía y los gritos de ánimo previos a la confrontación. Se enderezó y sacudió sus músculos.

En el umbral estaba Nigel, su lacayo y relaciones públicas, que parecía nervioso por haber interrumpido a su señor antes de tiempo. Junto a él, una atractiva rubia a quien Blade había visto alguna vez por allí sostenía en los brazos una criatura con una asombrosa cara blanca y redonda enmarcada en un pelaje muy negro. Se trataba de uno de esos monos luna brasileños que habían aparecido últimamente en la prensa. El animal se agarraba con desespero al cuello de la rubia.

–¡Joder! Es absolutamente genial –dijo Blade, esgrimiendo una amplia sonrisa.

Nigel se ruborizó, complacido y relajado, como un perro que hubiese advertido que no iban a pegarle.

–He pensado que te gustaría conocer a nuestro invitado –dijo.

–Hola –dijo Blade, saludando al mono. Luego chasqueó la lengua y le tendió una mano–. ¿Qué pasa, hombrecito?

El mono se acurrucó un momento y lo miró con sus grandes y tímidos ojos. Luego, en un arranque de confianza, agarró el dedo de Blade y saltó a sus brazos. Blade contuvo una exclamación y se encontró mirando unos ojos marrón oscuro que se hallaban a un palmo de los suyos. Parecía que al mono le gustaba lo que veía, porque acercó la mejilla a la de Blade y le pasó los brazos alrededor del cuello.

–Joder, este mono es absolutamente genial –comentó Blade, fascinado.

–Es una mona –rió la rubia–, lo cual probablemente explica por qué se ha enamorado de usted.

–Eh, ¿te acuerdas de Gillian? Está con Greenpeace –intervino Nigel para presentar a la mujer.

–Genial, joder. Absolutamente genial. Estás con quienes tienes que estar, cariño.

–Sí, bueno, Gillian pensaba que... –prosiguió Nigel, nervioso– esta noche tal vez dirías algo a la gente, ¿no? Acerca de la violenta violación en masa del corazón de la Amazonia.

–Por supuesto, nena. Eso haré –e hizo un masculino guiño a la rubia para indicarle que todo estaba bajo control.

Nigel miró a Gillian aliviado, pero ella no parecía sentir lo mismo.

–Fantástico –dijo la mujer–. He pensado que tal vez le gustaría sacar la mona al escenario con usted. A la gente le encantará. Y es una mona muy fotogénica.

Ella lo miró fijamente a los ojos. La mayoría de chicas no conseguían estar a un kilómetro de él sin volverse locas y ninguna se habría atrevido a decirle lo que tenía que hacer en el escenario. Blade llegó a la conclusión de que la rubia era una tortillera militante.

–Caray, sería absolutamente genial –admitió Blade con cautela.

Estudió al animal. Era muy infantil y en los niños no se podía confiar demasiado. Y además, tenía unas mucosidades amarillentas alrededor de su pequeña y chata nariz. ¿Estaba enferma? ¿O eran mocos naturales? No lo sabía, pero, para su gusto, le resultaban demasiado pegajosos.

–¿Y estás segura de que no se cagará ni morderá ni echará a correr y lo romperá todo?

–Normalmente hace sus necesidades después de las comidas –respondió la rubia, impasible–. Y lo que es seguro es que nunca las hace cuando alguien la lleva en brazos. Y no morderá ni tratará de escapar. Con todo ese gentío, será afortunado si puede quitársela de encima.

–Es cariñosa, ¿verdad?

Vacilante, Blade cosquilleó a la mona en la barriga. El animal apoyó la cabeza en su hombro y suspiró, como si estuviera cansada. Sus ojos brillantes no se apartaban de los de Blade. La adoración, en especial la que alguien sentía hacia él, siempre quedaba bien ante las cámaras.

–Bien –asintió Blade–. No sé de dónde la has sacado, cariño, y prefiero no saberlo, pero saldrá conmigo al escenario. Nigel, que... uh...

Blade chasqueó los dedos.

–Gillian.

–Que Gillian se quede junto al escenario. Cuando llegue el momento, entraré a buscar la mona. La sacaré y luego la volveré a traer y tú me la quitarás del cuello, ¿de acuerdo, encanto?

–Absolutamente genial –asintió la rubia.

Albergue de Greenpeace, Río de Janeiro

El televisor de la sala de personal funcionaba sin que nadie le prestase atención. Las noticias de la tarde habían pasado del todo inadvertidas. En esos momentos, la principal cadena brasileña, Rede Globo, retransmitía, en directo, los preparativos del concierto de rock que se celebraría aquella noche en el estadio de Maracaná. Un helicóptero mostraba la multitud que llegaba para asistir al espectáculo, miles de personas, sesenta mil exactamente, que habían agotado las localidades del estadio con mayor aforo de Brasil. De vez en cuando, la retransmisión en directo era interrumpida para insertar imágenes de la carrera artística de Blade. A nadie le importaba el acto de apertura: era el momento de crear expectación y esa cadena de televisión lo estaba haciendo muy bien.

Sin embargo, ese programa, pese a estar considerado líder de audiencia esa noche, allí no tenía público. Jennifer Mallard, de veintisiete años y jefa de personal, y las otras cinco personas del albergue de Greenpeace se habían olvidado por completo de él. Estaban demasiado ocupadas corriendo de un lado a otro, presas del pánico.

A la hora de dar la cena a los animales habían descubierto que uno de esos monos luna brasileños tan escasos había desaparecido: el número diez, alias *Lady Di*. Un miembro estadounidense la había bautizado así no por la princesa británica fallecida, sino por otra Diana, la diosa griega de la luna.

De haber desaparecido cualquiera de los otros monos, Jen se habría limitado a llamar de inmediato a la policía. Pero no era otro mono, era *Lady Di*, la más dulce de todos, la chica que les había robado el corazón. *Lady Di* sentía un cariño especial por los chicos del grupo y por los plátanos cubiertos de hormigas que ellos le daban tras discutir si merecía ese privilegio.

Y como se trataba de *Lady Di*, siempre cabía la posibilidad de que alguien la... ¿Qué? ¿Que la hubiera sacado a pasear? ¿Que alguien se la hubiera llevado a casa a hurtadillas para enseñarla a los niños o alguna otra tontería de ese estilo?

Jen estaba furiosa y preocupada a la vez. Estaba preocupada por *Lady Di*, por la que sentía un cariño especial, pese a la distancia que por su profesión mantenía con los monos. Y también le preocupaban los problemas que podía tener con la dirección. Había trabajado muy duro para convencerlos de que podía asumir las responsabilidades del cargo que ocupaba pese a su edad y a su pequeño cuerpo. Si a *Lady Di* le ocurría algo, sus superiores pensarían que no era digna de ocupar ese puesto.

Buscaron, sin descanso, en todos los armarios y rincones del edificio, miraron las jaulas tres veces para asegurarse de que no estuviera encerrada en una equivocada. Nada. Jen abandonó la búsqueda por el inmueble y fue a la oficina a fin de empezar a llamar a los voluntarios. Los interrogó del mismo modo que había interrogado a todo el personal del edificio, y de poco sirvió. *Lady Di* había desaparecido por la tarde. Nadie había visto ni oído nada.

Cuando todavía no había llegado a la mitad de la lista, Jen observó que Deirdre y Manny se escabullían, con aire de culpabilidad, y salían a la sala de mantenimiento. No podían hacer nada más, por supuesto, pero debía de parecerles inadecuado presenciar el espectáculo en un momento como ése. Los acordes familiares de uno de los éxitos de Blade resonaron en la sala, un hecho que el cerebro de Jen no había captado hasta ese momento. O sea que ya estaba actuando. Jen suspiró. Había esperado con tantas ganas ese concierto... Aunque sólo fuera por ponerse de nuevo en contacto con la cultura pop de su país de origen.

Cogió el teléfono y siguió haciendo llamadas.

De repente se oyó un chillido agudo en la sala de personal. Jen dejó a un lado el teléfono y corrió, esperando lo peor.

–¿La habéis encontrado? –preguntó, al tiempo que ella y otros tres miembros de Greenpeace se apiñaban en el umbral de la puerta. Deirdre y Manny no respondieron. Tenían los ojos clavados en la pantalla y Deirdre la señalaba con un dedo tembloroso.

Allí, en brazos de Blade, la superestrella del rock, estaba *Lady Di*. Miraba a su alrededor como un alma en pena.

–¡Maldita sea! –gritó Pritch, un australiano.

–¡Oh, Dios mío! –exclamó Jen.

«¡Esta pequeña criatura –decía Blade con el gangueo típico de su acento *cockney*– ahora no tiene hogar por la maldita avaricia de la gente!»

El público gritaba.

«De esta especie quedan sólo unos veinte ejemplares, a excepción de los que huyeron de las excavadoras. Y no sabemos si alguno de ellos sobrevivirá ahora que su hábitat natural está siendo destruido.»

Como si estuviera pendiente de una señal, *Lady Di* miró directamente a la cámara. Su aterrorizado rostro blanco inundó la pantalla. Tenía los ojos brillantes y febriles y soltó un hondo y conmovedor suspiro.

–¡Oh, Dios! –murmuró Richard con un nudo en la garganta–. ¡Dales una lección, preciosa!

–¿Estás loco? –Jen lo miraba incrédula–. ¡*Lady Di* está en cuarentena! Todos los monos luna lo están.

–Ya lo sé, Jen, pero... ¡por Dios! Espero que todos esos capullos del Departamento de Agricultura lo estén viendo y que mañana los jodan a base de protestas.

Jen se disponía a replicar, pero calló. A decir verdad, en algún pequeño rincón irresponsable de su mente sentía lo mismo. Pero que de todos los lugares del mundo hubiera ocurrido precisamente en el estadio de Maracaná...

Permanecieron en silencio contemplando la verborrea estilo

«salvemos la Tierra» de Blade. *Lady Di* parecía sobrellevarlo bien. Se había colgado del cuello del cantante y no apartaba los ojos de su cara. Era tan dulce...

Las cámaras enfocaron a la multitud. La gente se había rendido al cantante y parecía hipnotizada por la mona.

–¡Mirad eso! ¡Ahí hay miles de personas! –gritó Jen–. ¿Sabéis cuántos virus hay entre el público, por no mencionar los del propio Blade?

–No lo sé, Jen. He oído decir que hace meditación y cosas de ésas –comentó Manny, muy serio.

–¡Dios mío! –exclamó Jen, y puso los ojos en blanco–. ¿Quién es el responsable de esto? –preguntó, mirando a Richard.

–¡A mí no me mires, sólo he dicho que me parece una idea estupenda!

En la pantalla se veía un impactante primer plano de *Lady Di* mientras Blade hablaba del carácter sagrado de los árboles. La mona estornudó.

–Oh –murmuró Deirdre.

–Esta tarde Gillian estuvo por aquí –comentó Manny–. Y me han contado que tiene un amigo entre el personal de Blade y que consiguió entradas para el concierto a un par de personas.

–¿Quién te lo ha dicho? –preguntó Jen.

–Um... ¿Pete?

–Rain, coge el teléfono y trata de localizar a Pete. Yo lo he intentado hace un rato, pero...

–Esto... Pete está en el concierto –intervino Manny–. Ya te lo he dicho, Gillian le consiguió entradas.

–Mierda –dijo Jen. No era capaz de pensar con claridad–. Y, por cierto, esa Gillian, ¿de dónde es?

–Lleva aquí un mes, aproximadamente –dijo Rain, que era californiana–. Creo que es de Nueva York. Es muy agradable.

En ese momento, *Lady Di* aparecía en la parte inferior del monitor, bajo el rostro atractivo y lascivo del cantante. Empezaba una versión del *We Are the World* cuando la mona estornudó de nuevo. El cantante la miró, la mona le devolvió la mirada y se lamió un moco que le caía de la nariz. Blade siguió cantando, pero volvió la cabeza y miró hacia el fondo del escenario.

–¡Dios mío, chicos! –gritó Deirdre con todas sus fuerzas–. ¿La veis?

Todos miraron la pantalla y las cámaras mostraban planos del público. La gente se había puesto en pie y todo el mundo cantaba a coro con su ídolo.

We are the children...

La cámara volvió a enfocar a Blade. *Lady Di* estornudó de nuevo.

–¡Oh Dios! –dijo Jen tras un profundo suspiro–. Voy hacia allí. Llama a la policía, Richard, y diles que nos encontraremos en el estadio. No sé quiénes son los responsables de esto, pero sean quienes sean, serán deportados.

Día 4
Roma, Italia

El vuelo que llevaba a Deauchez a Roma tomó tierra a las siete de la mañana, hora local. El coche que lo esperaba no estaba vacío. En el asiento de atrás se encontraba Donnelley y, tan pronto como lo vio, Deauchez pensó que las cosas se pondrían tensas. Que Donnelley, un cardenal que no se tomaba su rango a la ligera, fuera a buscarlo personalmente al aeropuerto sólo significaba una cosa: el Papa quería ver a Deauchez en cuanto llegase al Vaticano y aquélla era la única oportunidad que Donnelley tenía para hablar con Deauchez antes de que se entrevistase con Su Santidad.

–Me alegro de tenerte de nuevo en casa, Michel –dijo Donnelley.

Aun sentado, lo abrazó y apoyó su áspera mejilla contra la de Deauchez, según la costumbre italiana.

–Yo también me alegro de estar de vuelta –respondió Deauchez, y era cierto, se alegraba de ello pese a sus aprensiones.

Se abstuvo de hacer preguntas mientras el chófer salía del aparcamiento del aeropuerto. Donnelley iniciaría la conversación.

–¿Has dormido en el avión?

–Sí, unas cuatro horas.

–Bien. Siento mucho lo de Dublín.

–Comprendo que me necesite aquí, eminencia –dijo Deauchez esbozando una sonrisa que demostraba que era sincero–. ¿Alguien ha podido averiguar la opinión de la hermana Daunsey?

Donnelley miró por la ventanilla y se aclaró la garganta.

–La hermana Daunsey está aquí, Michel.

–¿Está aquí?

–Sí. Asistirá a nuestra reunión con Su Santidad. Te estábamos esperando.

Deauchez estaba tan asombrado que le costó un momento articular sus palabras.

–No lo comprendo. ¿Ella ha pedido entrevistarse con Su Santidad? ¡Pero si la hermana Daunsey no es una investigadora!

–No, pero estuvo allí. Su Santidad está muy interesado en informarse al máximo sobre lo ocurrido en Santa Pelagia y yo pensé que la hermana Daunsey era una testigo presencial.

Deauchez lo miró fijamente. ¿Había sido el propio Donnelley quien había invitado a Daunsey? No podía creerlo y mucho menos imaginar por qué.

Donnelley debió de notarle algo en la cara porque le dijo:

–Mira, Michel, no es una situación que puedas controlar tú solo ni que puedas cuestionar.

El tono de Donnelley no era de claro enojo, pero sí de advertencia. Deauchez intentó serenarse. Sabía que no tenía que reaccionar de aquel modo, pero la situación era muy extraña. ¡Que Daunsey, una rebelde monja benedictina, se entrometiese en su entrevista personal con el Papa! ¡Y sobre un asunto tan crítico y sensible como los sucesos de Santa Pelagia!

–No... no comprendo en absoluto lo que me está diciendo, eminencia –farfulló Deauchez.

–Sólo quiero que me digas lo que vas a contarle y que me permitas aconsejarte –y le dio a Deauchez unas palmaditas en la mano para tranquilizarlo.

–... Después de una observación algo superficial, tengo que reconocerlo, opino que los estigmas de Sánchez tienen, probablemente, un origen psicosomático –le dijo Deauchez al Papa.

Admitir que el examen había sido superficial lo dejaba como un completo idiota, pero Donnelley había insistido en que matizara sus «opiniones».

La hermana Daunsey emitió un sonido al otro lado de la mesa. Deauchez advirtió con horror que se trataba de un bufido de escarnio. El papa Inocencio XIV fingió no oírlo. Asintió pensativo, con un dedo sobre los labios, como si estuviera considerando las palabras de Deauchez.

–Prosiga, padre Deauchez.

–Todavía estoy investigando qué tienen en común los primeros peregrinos que llegaron a Santa Pelagia, los extranjeros. Los pocos con los que he hablado afirman haber tenido visiones o sueños en los que se les dijo que fueran a ese lugar. Pensé que tal vez conocían a María Sánchez por la prensa, y que eso pudo haber sido, como mínimo, lo que, subconscientemente, indujera esas... visiones. Sin embargo, no he encontrado ninguna prueba de que ése sea el caso.

–Y las personas que tuvieron visiones, ¿cómo eran?

–Entre las que he conocido hasta ahora se cuentan un chamán indio americano, un ministro de la Iglesia baptista del sur, un musulmán negro y un..., ejem, supongo que podríamos llamarlo un gurú de la Nueva Era de Los Ángeles que cree que los alienígenas que presuntamente abducen personas son ni más ni menos nuestros santos y nuestros ángeles. Y luego está, por supuesto, la hermana Daunsey, aquí presente, aunque aún tengo que oír su versión.

–¡Esto es increíble! –dijo la hermana Daunsey mirándolo con aversión–. Todo eso se lo está inventando, ¿no?

–¿Hermana Daunsey? –intervino el Papa, confundido.

–¡Todas esas tonterías acerca de los alienígenas! Lo único que Deauchez pretende es ridiculizar a esa gente. ¡Lo que quiere es convertir en una farsa lo sucedido en Santa Pelagia!

Deauchez se ruborizó, más por lo impropio de la respuesta de la monja que por haber sido insultado.

–Le aseguro que soy lo más exacto y conciso posible.

–De acuerdo, hermana –dijo Donnelley con voz calmada–. Ya sabemos que allí se congregaron personas de distintas creencias. Las creencias individuales pueden parecer extrañas, pero ése no es el quid de la cuestión.

–Tal vez no sea el quid de la cuestión, pero es parte de ella –replicó Deauchez–. Al fin y al cabo, si vamos a discutir la validez del mensaje de Dios en Santa Pelagia, deberemos tener en cuenta, tal como hacemos al evaluar una posible canonización, a las personas que lo recibieron. O, para ser más precisos, deberemos tener en cuenta la credibilidad y la autoridad de los testigos.

–¿Y usted está cualificado para juzgar esa credibilidad, esa autoridad? ¡Usted, que no vio a la bendita Virgen María cuando la tuvo a dos palmos de sus benditas narices! –le espetó la hermana Daunsey tras otro bufido de escarnio.

Donnelley miró a Deauchez con intensidad, en un intento de aconsejarle prudencia. No tenía que haberse molestado en hacerlo. Deauchez no podía hacer otra cosa que mirar fijamente a la monja, perplejo. No podía ser que la hermana Daunsey fuera tan estúpida. Estaba seguro de que ni siquiera era su intención ser sacrílega. Lo único que ocurría era que no tenía respeto por la autoridad ni ningún sentido del decoro.

–Bueno, pues a mí no me parece tan ridículo, hermana –dijo el Papa, en tono alegre–, pero no permitiré que se moleste por eso. Y creo que ahora sería el momento idóneo para que nos contase su versión. A fin de cuentas, para esto se encuentra aquí.

Deauchez pensó que en aquel comentario había una cierta amonestación. El Papa le estaba recordando a Daunsey para qué estaba allí: para que contara su versión de los hechos, no para que expresase su opinión. Sin embargo, Daunsey siguió hablando como si no hubiese captado el toque de atención.

–Santidad, yo vi a la Virgen en un sueño. No soy una histérica, lo cual, supongo, es lo que opina de mí el padre Deauchez.

Los sacerdotes psicólogos creen que todas las mujeres son unas histéricas.

Le lanzó una encendida mirada.

Deauchez respiró hondo y no replicó. Era obvio que alguien, Donnelley, tal vez, le había contado a la monja quién era él.

–La Virgen me dijo que fuera a Santa Pelagia y lo hice. Nunca había oído hablar de Santa Pelagia ni de María Sánchez. En Santa Pelagia sufrí estigmas, como muchas otras personas. Fui testigo de tantos milagros, Santidad, de tantos milagros...

Cruzó los brazos sobre el pecho, se agarró los codos y tembló. Con su cara pálida de duende y sus ojos grandes y oscuros, aquel gesto resultó de lo más efectivo.

–Dios estuvo allí. Ella estuvo allí, la Virgen. ¡Oh, cómo me habría gustado que la hubiese visto! Cualquier persona que haya sentido alguna vez al Espíritu Santo habría sabido que se hallaba en presencia de la divinidad.

Deauchez hizo el gesto de defenderse, pero el Papa le puso una cálida mano sobre el brazo para calmarlo.

–¿Y qué le dijo la Virgen? –preguntó el Papa a Daunsey con amabilidad.

La hermana Daunsey balbuceó. Soltó un hondo suspiro y miró alrededor, como si quisiera evitar responder. Deauchez vio cómo la valentía de la monja, su seguridad en ella misma, desaparecía tras una nube oscura más parecida a la tristeza que al miedo. Cuando la hermana volvió a mirar al Papa, en su expresión había un profundo arrepentimiento.

–Cuénteme, hija –la instó Inocencio XIV.

Daunsey se reclinó en su asiento y suspiró. Todas las fibras de su ser gritaban los reparos que sentía a hablar.

–¿Es esto necesario? –preguntó Deauchez, exasperado–. Estoy seguro de que Su Santidad comprenderá el impacto total del suceso sin tener que recurrir al histrionismo.

Al instante, Deauchez lamentó haberlo dicho. ¿Qué lo había poseído? Las otras tres personas sentadas a la mesa lo miraron como si su conducta hubiera sido del todo inapropiada. ¡La suya! Después de todo lo que Daunsey había dicho... Deauchez se maldijo en silencio y bajó la mirada.

Sin embargo, sus palabras dieron fuerza a la monja porque, con toda claridad, dijo:

–Santidad, la Virgen iba completamente vestida de negro y me dijo que había llegado el fin del mundo. Aquí y ahora. No será pronto, no es una amenaza ni algo que dependa de que cumplamos o no alguna condición. Empezará en cualquier momento y no hay apelación posible. Yo tengo que reunir a los católicos de Irlanda y de Inglaterra en Londres y esperar.

Daunsey e Inocencio XIV se miraron un instante; Daunsey con tristeza auténtica, y el anciano inquisitivamente, como si intentara juzgar las palabras de la monja a través de la luz de sus ojos.

Al cabo de unos instantes, Inocencio XIV le tendió las manos.

–Ahora, béseme, hermana, y déjenos un rato. Quiero hablar a solas con el padre Deauchez.

La hermana Daunsey se puso en pie y le besó en las mejillas en vez de hacerlo en el anillo, un gesto que a Deauchez le pareció excesivamente familiar por más que el Papa la hubiese invitado a hacerlo. La monja y Donnelley se dirigieron hacia la puerta. Deauchez evitó los ojos de Donnelley porque sabía que su superior estaba furioso, y con toda la razón. La presencia de Daunsey había provocado en él las reacciones exactas que el cardenal le había aconsejado reprimir.

Cuando se hubieron marchado, Inocencio XIV se inclinó hacia delante y, con gesto amable, prestó toda su atención a Deauchez.

–Lo que más me impresiona de la hermana Daunsey es su sinceridad en sus apreciaciones sobre este suceso.

–Sí, Santidad.

–Las otras personas con las que habló, ¿también fueron tan sinceras?

–Lo parecían. Hasta el momento sólo he podido entrevistar a tres de ellas, María Sánchez incluida.

–¿Y hubo milagros? ¿Estigmas? ¿Sangraron estatuas?

–Sí, yo vi algunos. Hay, incluso, material filmado. Sin embargo, científicamente, no se ha probado nada, Santidad. Verificar uno solo de los milagros nos llevaría años. En mi opinión..., ¿recuerda el caso de los *convulsionnaires* de Saint Médard?

Deauchez había hecho la tesis doctoral sobre ese tema. A principios del siglo XVIII y, para desconcierto del Vaticano, un grupo de jansenistas fanáticos empezó a exhibir una conducta «milagrosa» al reunirse en torno a la tumba de un recién fallecido diácono en el cementerio de Saint Médard de París. Se los llegó a conocer como los *convulsionnaires*, los convulsionarios, porque entraban en violentos estados de trance durante los cuales sufrían convulsiones. Cuando alcanzaban esos estados, según la opinión de testigos presenciales, los *convulsionnaires* curaban heridas supurantes, extremidades rotas y otras enfermedades, mientras que ellos eran inmunes a cualquier tipo de ataque con arma cortante, con fuego, con objetos contundentes, etcétera. A algunos de ellos les gustaba ser crucificados. Fue la primera vez que la Iglesia atribuyó a la histeria lo que, hasta entonces, se había considerado de origen divino. ¿Qué otra cosa podían hacer? El Papa acababa de promulgar una bula en la que decía que los jansenistas eran unos herejes.

–Soy muy consciente de lo cautelosa que es la Iglesia en la actualidad con respecto a los milagros, Michel, y también conozco tus inclinaciones psicológicas. Aun así, creo que lo ocurrido en Santa Pelagia no puede compararse con los *convulsionnaires*. –En la voz del Papa había un tono de reproche.

Deauchez no dijo nada, pero aquello le pareció un mal presagio.

–Usted ha escrito que todo fue un episodio de histeria colectiva.

–Sí, Santidad.

–¿Y todavía cree que lo fue?

–Mi respuesta más sincera es que ya no sé lo que creo –respondió Deauchez tras dudar unos instantes–. En Santa Pelagia hubo histeria colectiva, es indudable. La suficiente, en mi opinión, para explicar los llamados milagros. Lo que más me interesa son esos sueños y visiones.

–En otras palabras, si no hay una razón divina, ¿cómo es posible que tantas personas no relacionadas entre sí tuvieran la misma revelación de que debían dirigirse a Santa Pelagia al mismo tiempo? En ese caso, su explicación de la histeria colectiva no sería un factor a tener en cuenta. Sí, éste es un punto crucial.

Al ver que el Papa había descrito con tanta claridad el punto crucial del caso, Deauchez experimentó una inmensa sensación de fracaso y una gran desesperación.

–Si pudiera investigar un poco más, podría realizar una evaluación más completa de la «llamada de Santa Pelagia», si queremos darle ese nombre al suceso. Sin embargo, el propio mensaje de Santa Pelagia habla por sí mismo en contra del suceso, Santidad. Me parece ridículo que tengamos que creer que el fin del mundo está a la vuelta de la esquina. ¡La gente lleva diciendo eso mismo desde antes del nacimiento de Cristo!

Deauchez advirtió que le costaba respirar. Tenía las palmas de las manos calientes y húmedas.

–¿Cree usted en el libro del Apocalipsis, Deauchez?

–No, Su Santidad.

–Usted siempre me ha gustado, Deauchez. Un Papa tiene que rodearse de todo tipo de gente, ser como un microcosmos del mundo. Cristo lo hizo con los doce apóstoles. Usted... usted es mi incrédulo Tomás. ¿Lo sabía?

–No –respondió Deauchez, desconcertado.

–Y Daunsey, supongo, sería nuestra María Magdalena, como ella misma debía de saber cuando eligió su nombre. Mucha más pasión por Dios de la que cualquiera de nosotros seríamos capaces de manejar adecuadamente.

–Sí, Su Santidad.

El Papa se quedó pensativo y vaciló unos instantes antes de proseguir:

–Históricamente, los católicos no nos hemos distinguido por nuestra tolerancia hacia las demás confesiones. Y, sin embargo, se me ocurre pensar que si yo fuera Dios y quisiera transmitir este mensaje concreto al mundo, ¿no reuniría a los líderes de las diferentes religiones?

–No lo sé. Las personas elegidas no me han impresionado especialmente. Sánchez no es más que una manipuladora consentida. Andrews es un egoísta y un libertino...

Inocencio XIV tomó la mano de Deauchez en la suya, que era cálida y blanda.

–¿Y la hermana Daunsey? Y de todas las criaturas de Dios, ¿cuál sería para usted, Michel, lo bastante pura para merecer y recibir un mensaje así? Incluso usted, siendo tan virtuoso como es, no puede captar a Dios en su interior. ¿Cómo podría, pues, aceptar que Dios entre en unos receptáculos menores?

Deauchez, que se sintió muy confundido por aquel análisis, no supo qué responder.

–Pero gracias por su esfuerzo, hijo mío. –El Papa le soltó la mano–. Sé que ha hecho todo lo que ha podido.

Ginebra, Suiza

Fielding tenía la nuca de color rojo remolacha y llena de nudos de tensión, una tensión con T mayúscula, aquella que sólo alguien como Fielding podía sufrir, la que es causada por el agravio del que es objeto el hombre que se cree el rey del mundo cuando alguien se tira un pedo en su presencia.

Cole, que estaba sentado justo detrás del presidente, sabía exactamente lo que Fielding estaba pensando: lo que diría si estuvieran en una sala llena de los «suyos» en vez de encontrarse en una asamblea de Naciones Unidas en la que había, como mínimo, varias docenas de personas que no estaban en la nómina de pagos de Fielding y no estaban dispuestas a asentir y sonreír ante todo lo que dijera.

Diría: «¡Soy el presidente de Estados Unidos y no tengo por qué estar aquí sentado escuchando toda esta mierda!».

Pero tendría que quedarse allí y escuchar. Al menos, sería de una descortesía extrema marcharse de la sala en medio de los discursos de apertura. De ahí la tensión que se le acumulaba en la nuca. Pero, independientemente de lo que hicieran los músculos de esa zona, el otro lado de la cabeza de Fielding llevaba pegada una ligera e interesada sonrisa. La mitad de los líderes mundiales miraba con disimulo a Fielding para intentar descifrar su reacción. Cole pensó que si le vieran la nuca, como él, lo entenderían mejor.

–... Ha llegado el momento de que Occidente asuma responsabilidades –decía Li, presidente de China. Su obstinado rostro en el estrado no tenía nada que ver con la voz del traductor simultáneo que se oía por los auriculares–. ¡Han extendido el materialismo por todo el mundo! En los últimos quince años, China, la India y muchos otros países del llamado «tercer mundo» han asistido al éxodo de decenas de miles de personas que han abandonado los campos de cultivo para instalarse en la ciudad. ¿Por qué? Porque querían el coche, el televisor, el estéreo, las cosas que promueven los piratas empresarios de Occidente. Promocionan esas cosas del mismo modo que un traficante de opio promociona su producto. Por eso, ahora que tenemos una crisis tan grave como esta sequía, no existen reservas, no hay medios para superar la dificultad y permanecer a flote. Estados Unidos ha actuado así en su propio beneficio económico. Sí, ellos son los responsables del estado de nuestra agricultura. Han conseguido miles de millones de ingresos gracias a los negocios que han hecho con nuestros países y, a cambio, nos han dado sus residuos tóxicos y el calentamiento global del planeta.

Unos cuantos delegados, sobre todo los que habían firmado la petición de China, golpearon las mesas con el puño cerrado en señal de aprobación. Cole nunca había visto los bandos tan claramente definidos entre los que tenían y los que no. Entre los que no golpeaban las mesas se contaban Estados Unidos, los países de la Comunidad Europea, Canadá, Australia, Japón e Israel. Y entre los que las golpeaban, casi todos los demás, incluidos los rusos. A Cole no le sorprendió que se pusieran de parte de China, ya que estaban demasiado cerca del gigante asiático y eran demasiado débiles, políticamente, para correr el riesgo de una invasión si China decidía que tenía que conseguir cereales como fuera.

–¡No podemos negar por más tiempo esta situación! Tenemos unos recursos alimentarios muy limitados para dar de comer a miles de millones de personas. Muchos países sufrimos esta necesidad y queremos trabajar juntos para encontrar una solución, pero Estados Unidos, el principal exportador de cereales, no está dispuesto a colaborar. Estados Unidos quiere distribuir las cosechas a su manera y ya sabemos lo que eso significa. Alimentarán a su gente con sus niveles de glotonería habitual y las migajas del festín serán para los demás. El presidente Fielding no impondrá ninguna restricción a su pueblo por miedo a perder las elecciones de este año y los estadounidenses nunca tendrán disciplina por sí solos. Hace pocos días, ante la mera mención de cierto autocontrol, arrasaron los supermercados. El presidente Fielding respondió con esta supuesta moratoria sobre los almacenamientos de cereales, pero la moratoria es sólo para diez días. ¿Qué ocurrirá, les pregunto, cuando esta cumbre haya terminado y se hayan recogido las cosechas, dentro de un mes, aproximadamente? ¡Entonces no habrá moratoria!

Fielding se inclinó hacia atrás y, por encima del hombro, susurró:

–Cole, usted dijo que la moratoria haría que se sintieran entusiasmados y perplejos acerca de nuestras intenciones.

–Dadas las circunstancias, era el mejor gesto que podíamos tener –replicó Cole en voz baja y calmada.

–¿Sabe quién es ese tipo del estrado?

Cole sabía a quién se refería Fielding. Situado detrás de Li, justo a su izquierda, en un sitio de honor, se encontraba un delegado político de aspecto inusual: un chino viejo con una larga barba blanca y una túnica negra. Miraba a la gente con inflexibilidad y, sin tener el ceño fruncido, conseguía transmitir una ira completamente farisaica.

–Tsing Mao Wen. Es un monje taoísta. En la época de la Guardia Roja consiguió escapar con varios miles de seguidores, pero Li lo descubrió y lo sacó a la luz pública. Me han dicho que es filósofo político y que sus ideas coinciden con las del propio Li.

–¿Es comunista?

–Verlo así sería demasiado simple, pero digamos que sí. Después le informaré al respecto.

–Ésta es la verdad. –Li hacía un resumen de su intervención–: Hay un glotón en la mesa desde hace mucho tiempo, un glotón que no sólo come más de lo que en justicia le corresponde, sino que además consume demasiado petróleo, demasiada madera y otros recursos limitados de este planeta que todos compartimos. La pregunta es: ¿está dispuesta Naciones Unidas a considerar el bienestar y las vidas de todas las personas de este mundo? ¿Puede emprender una acción decisiva? Hemos presentado un plan que creemos que es una distribución justa y sin prejuicios dc los recursos alimentarios. Esperamos una confirmación sobre esta propuesta antes de que termine esta cumbre. Gracias.

Li descendió del estrado en medio de una atronadora ovación. Cole miró al primer ministro Billingsworth, quien contemplaba boquiabierto y asombrado el gran número de delegados que se ponía en pie en señal de apoyo al dirigente chino. El dignatario británico parecía un ama de casa que acabara de ver una película porno por primera vez en su vida.

Y la nuca de Fielding estaba cada vez más roja.

Ciudad del Vaticano, Roma

El despacho del padre Angelico Carnesca era una pequeña estancia que se encontraba junto a la Biblioteca Vaticana. Deauchez siempre había envidiado su sensación de calidez y de comodidad, su proximidad a infinitos estantes de libros y su ventana, que daba a un patio interior con suelo de adoquines y una fuente en el centro.

Carnesca sonrió al ver a Deauchez y los ojos le brillaron de curiosidad.

–*Buon giorno*, Michel. Ya sabía que habías vuelto. Tenía pensado ir a molestarte después de cenar.

–O sea que, por una vez, me he adelantado –bromeó Deauchez–. ¿Cómo va todo?

–Como siempre: avanzamos despacio, pero seguros. Ahora estamos trabajando con bases de datos del siglo XIII. Hemos encontrado material interesante, pero nada comparable a tus aventuras.

Carnesca y Deauchez podían haber sido hermanos, ya que tenían una estatura y una constitución similares, y ambos eran de tez morena, pero Carnesca era italiano, con un brillo negro en el cabello que los genes franceses de Deauchez nunca podrían igualar, y tenía, además, unos insólitos ojos grises, uno de los cuales tenía tendencia a desviarse cuando el erudito estaba agitado o excitado.

Fue, probablemente, este pequeño defecto lo que había inclinado a Angelico hacia los libros, y todavía sentía un gran amor por ellos. Sin embargo, el hombre tenía un apetito voraz tanto por la intriga moderna como por la historia medieval. Tenía instinto para las habladurías, y eso hacía que fuera difícil ocultarle algo. Conversar con él era como compartir la cama con alguien que tirara todo el tiempo de la manta.

–¿Qué sabes de mis aventuras? –preguntó Deauchez con curiosidad por oír la versión «clandestina».

–Santa Pelagia –dijo Carnesca con un silbido–. Menudo asunto, ¿no? El Papa quiere saber, la prensa quiere saber, todo el mundo quiere saber lo que ocurrió.

–*Oui.*

–¿Y pues? ¿Qué ocurrió?

–Tú has estudiado profecías, ¿estoy en lo cierto?

–¡Ah! Por eso has venido a verme. Tenía que haber imaginado que no se trataba de una visita de cortesía.

–Bueno... Tengo unas cuantas preguntas.

Carnesca lo miró con aire crítico, como si fuera veterinario y examinase la dentadura de un caballo.

–De acuerdo. Pero, primero, cuéntame tu versión.

Era el precio que había que pagar para entrar en aquel rincón de conocimiento y Deauchez le contó brevemente lo que Carnesca quería saber.

–Así que, ¿todos los que estuvieron allí admiten que fue un mensaje apocalíptico? –preguntó.

–Todos, no sé. Los cuatro con los que he hablado afirman que así fue.

–Supongo que sabes –dijo Carnesca, llevándose la mano a la barbilla– que muchos profetas predijeron catástrofes masivas para el cambio de milenio.

–Eso lo dijeron del milenio pasado –replicó Deauchez con sequedad.

–Sí, algunos sí, cierto. Sin embargo, lo más curioso es que los mejores profetas no precisan las fechas de sus predicciones.

–Qué cómodo.

–No creas. De hecho, en las profecías las fechas no son tan importantes.

–¿Qué quieres decir?

–Los mejores profetas son los que tienen una especie de... bueno, de don especial en la previsión de las tendencias futuras. Por ejemplo, dime qué ocurriría si tuvieras una desenfrenada aventura amorosa con una mujer.

–¿Qué?

Deauchez arqueó las cejas, divertido.

–Imagina que ya la has tenido. ¿Qué ocurriría?

–Perdería mi cargo y, si persistiera, me apartarían del sacerdocio.

–Exacto. O sea, existe la posibilidad de que te expulsen del sacerdocio. La pregunta es: ¿cuántas probabilidades hay de que hagas algo así?

–Inexistentes –respondió Deauchez con un gruñido.

–Eso nunca se sabe. –Carnesca le guiñó un ojo, con aire burlón–. Un par de ojos hermosos, quizá... Digamos que hay una probabilidad menor, del cinco por ciento. En cambio, ¿cuál es la probabilidad de que llegues a Papa?

–¡Ja! Aún menor.

–Entonces, digamos que tu futuro más probable es que seas un cura ordinario durante unos cuarenta años más y luego te mueras, ¿no?

–Consigues que suene tan atractivo...

–Todos tenemos nuestra propia cruz. La cuestión es que ésa es la forma en que funcionan la tendencias del futuro, sólo que a una escala mucho más amplia. Debes tener en cuenta qué harán probablemente todos los individuos, o al menos todas las sociedades, cuáles serán las respuestas a esas acciones, cuáles serán las réplicas a esas respuestas y así sucesivamente.

–Como en el ajedrez.

–¡Sí, exacto! ¡Pero esto es peor! –El ojo perezoso de Carnesca reflejaba inquietud–. A veces, existe la probabilidad de que ocurran dos o más acciones. ¿Qué hará el rey? ¿Perdonará al traidor o lo decapitará? Tal vez la decisión dependa sólo de lo receptiva que estuviera su amante la noche anterior. Y así, de esa opción surgen lo que en el futuro serán, esencialmente, dos caminos distintos, uno para cada uno de los resultados posibles, y cada uno es tan complejo como éste del que hemos estado hablando. Multiplícalo por todas las acciones demasiado próximas entre sí como para llamarlas decisiones tomadas por toda la humanidad y enseguida tendrás miles, si no millones, de futuros potenciales.

–Lo has explicado muy bien –asintió Deauchez, agradecido–. Pero si no existe el «destino absoluto», como dirían algunos, si sólo existen esos millones de caminos posibles, entonces la profecía es imposible.

–¡En absoluto! Un gran profeta no sólo puede tener visiones de la mayor parte de esos caminos de una manera intuitiva, como el jugador de ajedrez capta todos los posibles movimientos en el tablero, sino que, además, puede identificar similitudes, cosas que se desarrollan en casi todos los caminos. Si piensas en ello, podrás decir que fue inevitable que el hombre inventase el avión, el automóvil, la bomba atómica. Y piensa en esto: dado que ha sido inevitable que el hombre desarrollara la bomba atómica y dados los antecedentes bélicos en la historia de la humanidad, en tu opinión, ¿qué probabilidades hay de que, en todos los caminos futuros, nunca la utilicemos para una destrucción masiva?

Deauchez decidió que era mejor no pensar en ello y cambió de tema.

–Si los grandes profetas pueden prever todo esto, ¿por qué no la fecha?

–Bien, digamos, por ejemplo, que Nostradamus profetizó la invención del aeroplano. Pero para decir exactamente cuándo, sería necesario conocer muchos factores: cuándo se inventaría cada uno de los componentes, cuándo nacería la mente científica idónea para obsesionarse con esa cuestión, etcétera. Tal vez puedas encuadrarlo todo en unas pocas décadas. Sin embargo, otra cosa que sabrás es que habrá otros acontecimientos que, con toda probabilidad, no ocurrirán hasta que se invente el aeroplano. Así pues, la secuencia de los acontecimientos es mucho más fácil que las fechas.

–¿En serio? ¿Nostradamus profetizó los aeroplanos?

Carnesca sonrió y sus ojos se ensancharon, lo cual intensificó la diferencia entre los dos.

–¿Nostradamus? Sí, sí. Y los submarinos, y las armas nucleares, Napoleón, Hitler, la Segunda Guerra Mundial...

–¡Venga ya! –exclamó Deauchez, airado–. Admito que no soy un experto, pero los términos de Nostradamus son absolutamente vagos. ¿Puedes leerme algo al respecto?

–Ahora mismo.

Carnesca se acercó a una de sus estanterías y sacó un libro sobre Nostradamus.

–A ver, aeroplanos. Recuerda que este hombre murió en 1566. «Se oirán armas luchando en los cielos... La gente viajará por el cielo, sobre la tierra y los mares.»

Deauchez frunció el ceño, pensativo.

–Submarinos, veamos. «Mediante el relámpago en la caja del centro del fuego vital, se funden el oro y la plata. Los dos cautivos se devorarán mutuamente... Cuando la flota viaje por debajo del agua.»

–¿Qué es eso de la primera parte, lo del relámpago y la caja?

–¿Un intento de describir, en el siglo XVI, submarinos impulsados por energía nuclear? Tal vez.

–¿Y la guerra nuclear?

Deauchez parecía incrédulo.

–Ahora llegamos a eso. «Al amanecer, se verá un gran fuego, una luz, y se oirá un gran ruido extendiéndose hacia el norte. En la tierra se oirán gritos y muerte. La muerte los aguarda con armas, fuego y hambruna.» Y otro: «Habrá fuego viviente y muerte escondida, horror en el interior de pavorosos globos. Por la noche, la flota reducirá a polvo toda la ciudad. La ciudad incendiada será propicia para el enemigo».

–¿Qué ciudad?

–Quién sabe. Una que sea lo bastante grande para poder calificarla de «la ciudad». ¿París, Roma, Nueva York? Espera, aquí hay otro fragmento: «El cielo arderá a una latitud de cuarenta y cinco grados. El fuego se acerca a la gran ciudad nueva. Inmediatamente, una inmensa y dispersa llama subirá de repente». Tiene que tratarse de Nueva York. Es grande y nueva y está en esa latitud.

Deauchez intentó disimular sin éxito que estaba molesto. Aquellas cosas siempre lo irritaban y en aquel momento más de lo habitual.

–¿Por qué «armas nucleares»? Sólo habla de fuego.

–¿De tal magnitud? ¿En pavorosos globos? ¿Que vienen del cielo?

–Podría referirse a un cometa o un asteroide. O haberlo inventado todo.

–Personalmente –prosiguió Carnesca, tras encogerse de hombros con ampulosa seriedad–, sus profecías sobre Napoleón y Hitler me resultan fascinantes. Los llama los dos primeros anticristos. Los nombra a los dos.

–¿Los dos primeros?

–En total hay tres.

–¿Qué quieres decir, que los nombra?

–«Pau, Nay, Loron –dijo Carnesca, volviendo al libro– serán más de fuego que de sangre. Para nadar en elogios, el más grande huirá hacia la confluencia. Se negará a entrar en los Píos. Los depravados y el Cautiverio –Francia– los mantendrán prisioneros.» Napoleón era más de fuego, es decir, entusiasmo, que de sangre. No era un noble, pertenecía al pueblo llano. Si recuerdas la historia, persiguió a Pío VII y a Pío VIII y los encarceló a ambos en la confluencia del Isere y el Ródano en 1799. Es una profecía extraordinaria.

–¿Pau, Nay, Loron?

–A Nostradamus le gustaban mucho los anagramas. Estaba tan impresionado con lo que veía que no quería que todo el mundo pudiera entender su mensaje, sólo los que se tomaran el tiempo suficiente y fueran lo bastante eruditos como para descifrar sus palabras.

–Y precisamente por eso es imposible probar que se equivoca; porque sus palabras pueden leerse de tantas maneras... –comentó Deauchez con sequedad.

–Depende. –Carnesca sacudió ligeramente la cabeza–. Pau, Nay, Loron se convierten en Nay Pau Loron o Napaulon Roy, el rey Napoleón.

–Humm –murmuró Deauchez, pero no estaba impresionado.

–El caso de Napoleón no presenta ningún problema. Nostradamus fue absolutamente preciso en su advenimiento al poder, sus esposas, sus victorias, Waterloo, Elba, todo.

–Doy por ciertas tus palabras. ¿Y qué pasa con Hitler?

–Lo llama «Hifter», el segundo Anticristo. «Gran discordia en el Adriático, guerras... las alianzas se romperán... entre ellas Inglaterra y Francia en el 45 y otros en el 41, el 42 y el 37... En esa época y en esos países, se alzará un poder infernal contra la Iglesia de Cristo. Y éste será el segundo Anticristo.» Fechas, Michel, y Hitler está mencionado concretamente en una serie de cuartetos, como éste: «El infame y horroroso ejército temerá el gran horno. Primero, los elegidos –los judíos–, los cautivos, no volverán. El crimen más vil de la humanidad, la Airada Mujer Irale –podría ser Israel– no está en paz. Barb, Hifter, Malta». «Barb» es una abreviación de Barbarossa, la desastrosa campaña de Hitler en Rusia. Malta fue clave para su derrota.

Deauchez se inclinó hacia delante para mirar el libro con detenimiento.

–Si profetizó tres anticristos no siguió el Apocalipsis, ¿verdad?

–Nostradamus era un judío cristianizado. Algunas de sus profecías coinciden con las del Apocalipsis, pero otras no. Es absolutamente herético. Aun así, si no has estudiado a Nostradamus, no puedes decir que sabes de profecías.

–¿Y qué dice del tercer anticristo?

–Lo llama «Mabus» y es originario de Babilonia, lo cual, interpretado geográficamente, es ahora Bagdad, en Iraq. –Carnesca volvió a hojear rápidamente el libro–. «El tercer Anticristo enseguida será aniquilado, siete y veinte años de sangre durará su guerra: los herejes están muertos, los cautivos exiliados, hay cuerpos humanos empapados de sangre, agua y una lluvia rojiza y helada que cubre toda la tierra.»

Deauchez hizo una pausa para digerir todo aquello y luego preguntó:

–¿Y no dice nada del veinticuatro?

–¿Veinticuatro?

–Sí. Mira el índice.

–«Hambruna, plaga, guerra. –Carnesca lo había encontrado–. En el veinticuatro; se siembran las semillas de una advertencia para el mundo entero.»

–¿Sabes a qué se refiere?

Carnesca negó con la cabeza.

–¿Es el único verso en el que menciona el veinticuatro?

–Es el único que aparece en el índice.

Carnesca se volvió hacia su ordenador y cargó el CD-ROM de la Biblia. Deauchez ya sabía lo que allí encontraría. Él mismo lo había buscado en el avión.

–Apocalipsis 4, 4 –leyó Carnesca–. «Y en derredor del trono, veinticuatro tronos, y sobre los tronos, veinticuatro ancianos sentados, vestidos de ropajes blancos, y sobre sus cabezas, coronas de oro.»

Carnesca miró a Deauchez con curiosidad y aventuró:

–Es el número de ancianos sentados ante el trono de Dios que van a presenciar el Apocalipsis.

Deauchez asintió.

–¿Tiene alguna relación con Santa Pelagia?

Los ojos de Carnesca brillaban tanto como los de un hurón.

–Probablemente, no –respondió Deauchez con cara de póquer.

Carnesca lo miró a los ojos, esperando ver algún indicio en ellos. Era evidente que se olía que Deauchez le ocultaba algo, pero no le importó.

–Permíteme que te diga una cosa, Michel. Sé mejor que nadie que la profecía debe tomarse *cum grano salis*. Sin embargo, si algún día tuviera que llegar el fin del mundo, sería pronto. Lo han predicho profetas del mundo entero, entre ellos muchos de nuestros santos. ¿Sabías que, según san Malaquías, Inocencio XIV será el penúltimo papa?

–No.

–Es cierto. San Malaquías vino a Roma como peregrino en 1139. Cuando llegó a la colina y avistó la ciudad, cayó de rodillas y entró en éxtasis. Pronunció ciento doce frases en latín, una por cada uno de los papas que habrá. Ahora mismo estamos en el ciento once.

–¿Frases? ¿Qué quieres decir?

–Descripciones de cada papa. A Juan Pablo II lo llama «*De Labore Solis*», «del trabajo del sol». Es una expresión clásica para designar un eclipse, y Karol Woytila nació durante un eclipse. También hizo unos esfuerzos incansables para que entrase la «luz» de la democracia en los «rincones oscuros» del comunismo. Inocencio XIV es llamado «*De Gloria Olivae*», «de la gloria del olivo».

–¿Y eso qué significa?

–No lo sé. ¿Una rama de olivo? ¿El pacificador? Se ha hecho famoso como mediador en los conflictos mundiales.

–¿Y el último papa? –gruñó, Deauchez, incrédulo.

–Es Pedro el Romano. San Malaquías dijo: «Durante la última persecución de la Santa Madre Iglesia, el trono papal lo ocupará Pedro de Roma, que deberá alimentar a sus corderos en medio de grandes tribulaciones, y cuando éstas hayan pasado, la Ciudad de las Siete Colinas será completamente destruida, y el terrible Juez juzgará a su pueblo».

–Supongo que has estudiado a Malaquías.

–Por supuesto. Al fin y al cabo, vivo en Roma, como tú.

Carnesca se inclinó hacia delante y estudió a Deauchez con atención, como si quisiera saber si sus palabras lo habían asustado.

–¿Te das cuenta, Angelico –señaló Deauchez–, de que esas predicciones no coinciden?

–Tengo que reconocer que, si hilamos muy fino, tienes razón. Sin embargo, lo que todos ven es mucho sufrimiento, algún desgarro catastrófico en el tejido de la vida. Las buenas noticias son que la mayoría ha profetizado una edad de oro después de la devastación.

–Te estoy muy agradecido por esta lección. –Deauchez se puso en pie–. Puede resultarme útil. Sin embargo, quiero darte mi opinión sobre todo este asunto de las profecías.

–Por favor, hazlo.

–*Est quaedam flere voluptas* –dijo Deauchez–. Lamentarse produce cierto placer.

Carnesca dio un respingo, y, con aire teatral, se llevó una mano al pecho para mostrar dónde lo había alcanzado el golpe.

–Sí, Michel. Espero que tengas razón y que las profecías no sean más que oscuras alucinaciones. Recuerda, sin embargo, que también se dice «*Mus non uni fidit antro*», ¿eh? Un hombre sabio siempre tiene un plan alternativo. Yo mismo tengo una bolsa de mano preparada en el armario por si, llegado el caso, las cosas en Roma se complican.

–¿En serio? –preguntó Deauchez, aunque sus grandes ojos brillantes indicaban que sabía que era cierto–. Dado lo que has investigado sobre Santa Pelagia, la verdad es que me ha sorprendido encontrarte todavía aquí.

Lo dijo en tono jocoso, esperando que Carnesca se echara a reír, pero su amigo ni siquiera sonrió. Se limitó a mirar fijamente a Deauchez. Su ojo izquierdo temblaba hacia un lado como un pez enganchado en un anzuelo.

Capítulo 4

Día 5
Atlanta, Georgia

Si había algo que el reverendo Stanton no soportaba era un Tomás incrédulo. Estaba sentado en su camerino y se ponía maquillaje al tiempo que lanzaba miradas de disgusto a Mimí, su esposa, que estaba en un rincón y lo incordiaba, como hacía normalmente.

–Ray, cariño. Lo siento, amor mío. Por supuesto que... que creo en tu revelación, no se trata de eso...

–Mimí, por el amor de Dios, ¿quieres callarte?

Los labios fucsia de Mimí se cerraron en un puchero conmovedor y atormentado y le tembló la barbilla. Stanton lo había visto un millón de veces. Y ya puestos, lo había visto todo Estados Unidos. Mimí tenía los ojos brillantes, pero Stanton sabía que no lloraría. No, acababa de maquillarse y él había visto una vez cómo su mujer se rompía una pierna y no derramaba una lágrima porque su Revlon estaba todavía fresco. Mimí había perfeccionado el arte de llorar sin derramar lágrimas y, sí, sacó el pañuelo para frotarse el conducto lacrimal, evitar que la cámara lo captase y se le corriera el perfilador de ojos.

Stanton oyó a Jerry, que desde el pasillo gritaba:

–¡Diez minutos!

Iba a ponerse enfermo.

–Mimí, ¿serías tan amable de salir y dejarme solo unos minutos?

–Pero, cariño –protestó ella con su mejor tono de lamento–, creo que tenemos que resolver esto...

–Mimí, escucha. Nada de lo que digas va a cambiar lo que tengo previsto anunciar. Lo único que te pido es que salgas ahora mismo. ¡Estoy hablando en serio!

Mimí, que estrujaba el pañuelo como si fuera el mismísimo tejido de la vida del que quisiera obtener unas gotas más, hizo su típico puchero de lágrimas y se marchó del camerino.

Stanton se estaba poniendo enfermo y corrió al baño; vomitó en el inodoro.

Salió de allí dando un traspié, volvió a su silla e intentó, con unas manos que apenas lo obedecían, ponerse más maquillaje sobre el nuevo sudor.

El sermón estaba preparado, no era ése el problema. De hecho, era una obra maestra siempre y cuando pudiera hacer acopio de la presencia necesaria para pronunciarlo. Desde que los sucesos de Santa Pelagia se habían hecho públicos, había sido criticado desde una decena de púlpitos, como mínimo, pero eso no le importaba. Qué demonios, era todo un desafío revisar toda esa porquería de que «lo mío es más santo que lo tuyo» de los demás predicadores y hacer que parecieran mariquitas sentados en el banquillo al tiempo que demostraba que era él, Stanton, el titular en el equipo de Dios. Porque su sermón tenía huevos. Nada de lo que los demás predicadores dijeran podría tener tantos huevos.

No. La historia de Santa Pelagia no iba a terminar con el reverendo Stanton.

Pero si pronunciaba aquel sermón y el Apocalipsis no llegaba, eso sí que terminaría con él.

Había visto el fracaso en los ojos de Mimí, la idea de subirse a la cima de esa montaña y cantar aleluya esperando la llegada de Dios, y Dios que no llegaba. O lo que era aún peor, que el cielo no lo quisiera, que Dios decidiera ir a las Bahamas y no a esa montaña. ¿No decían esos idiotas de los científicos que el mundo se había creado en miles de millones de años y no en seis días como estaba escrito en el Génesis? No se trataba de que creyera en toda esa patraña de la evolución, pero ¿en qué huso horario vivía Dios?

Tienes que transmitir el mensaje de Santa Pelagia y la profecía de las llagas en los próximos cinco días.

Eso, al menos, estaba claro. Stanton tenía que suponer que el ángel no había querido decir en cinco mil millones de años.

–¡Cinco minutos!

A Stanton se le retorcían las tripas de terror.

Aún tenía tiempo para desaparecer.

¡No! Sabía lo que había visto y tenía que contarlo.

¿Por qué Mimí le había comentado esa mañana que otros predicadores habían dado la fecha exacta del fin del mundo y se habían equivocado, quedándose solos en la cima de una montaña o donde fuera? De todas formas, era normal que Mimí lo viera de ese modo ya que, por excitante que fuese el «nuevo mensaje» –la ansiedad, el drama que llevase a la gente a esa cima si resultaba que era cierto–, para ella se acabarían la hermosa mansión, los coches, la ropa, los viajes y la posibilidad de salir tres veces por semana en televisión. Se acabarían para siempre. Se acabaría su vida. Y si el mensaje resultaba falso, los considerarían unos imbéciles y eso arruinaría su carrera.

Sí, comprendía la reticencia de su mujer. Las expectativas de lograr la gloria de Dios eran una cosa, pero aquí, en la tierra, las cosas no les iban nada mal. Mimí no quería creer. ¿Querrían creer los feligreses? ¿O les ocurriría lo mismo que a Mimí, que no creerían porque querían vivir?

Entonces, una voz sonó en su mente, diáfana como una campana. *Si llegan las llagas, no dudaréis nunca más. Ni ellos, ni tú ni Mimí. Y las llagas llegarán.*

Stanton miró su reflejo en el espejo y de repente sintió que la euforia descendía sobre él al pensar en ello: hacía pública su profecía y aparecían las llagas. Por unos instantes, vislumbró en qué se convertiría. Él, Stanton, dejaría de ser un simple predicador, un elegante charlatán, y sería un profeta religioso, la auténtica mano derecha de Dios, como tal vez lo fue Juan Bautista. Un receptáculo viviente, adornado con el espíritu de Dios como una especie de...

Unos golpecitos sonaron en la puerta.

–La hora –dijo la voz apagada de Jerry.

–Estoy a punto –susurró Stanton.

Nueva York

Simon Hill contempló las caras de los periodistas de la competencia reunidos en la sala de asambleas y supo que ninguno de ellos sabía qué noticia iban a cubrir. Estaban allí, y se les veía interesados, claro, porque Abeed siempre decía cosas polémicas que el público tragaba a gusto, tanto si la gente estaba de acuerdo con él como si se sentía agraviada por sus declaraciones. Los que estaban en su gran mayoría de acuerdo con él eran los habitantes de Harlem, su barrio, y entre los agraviados solían estar prácticamente todos los blancos y no pocos de esos a quienes Abeed llamaba «negros alimentados por los blancos», personas que debían de ser como él mismo, pensó Hill. Y aun cuando los otros periodistas supieran que su sermón se centraría en los hechos de Santa Pelagia, probablemente no sabrían qué significado tenía aquello. Pero Hill sí lo sabía, claro que sí. Tenía el estómago cerrado como un puño, sufría dolores nerviosos ocasionales. Claro que lo sabía.

Oyó los murmullos de la gente y luego los aplausos y gritos de adoración. Por una puerta lateral apareció una hilera de hombres. Vestían túnicas de terciopelo negro con unas fajas de satén color neón. Eran seis y, tras ellos, entró el mismísimo Abeed, con una túnica de satén dorado.

En calidad de reportero, Hill ya había asistido a otros actos de Abeed y la frenética adoración del público por ese hombre siempre lo había aterrorizado, pero ese día hizo que se sintiera enfermo. Sólo Dios sabía cómo reaccionarían esos fervorosos seguidores cuando se enteraran de...

–Hermanos y hermanas! –gritó Abeed, al llegar al púlpito. Extendió los brazos para acallar a los fieles. Tardaron un rato en hacerlo de tan intensa que era la demostración de amor, pero finalmente callaron–. ¡Hermanos y hermanas, hoy es un día trascendental! Un día como no habéis vivido nunca, os lo prometo. ¡Y éste es sólo el primero de muchos otros que nunca habéis vivido!

El público dijo «amén» y pateó, entusiasmado.

–Porque tengo algo muy importante que deciros, algo profundo. Y que tal vez no me agradezcáis cuando termine. Sí, tengo que decir que probablemente no os sintáis en absoluto felices. ¡Estaréis aterrorizados! ¡Estaréis apenados! Tal vez os preguntéis por qué, pero mirad a vuestro alrededor, pueblo mío, y sabréis por qué.

La gente jaleó y pateó de impaciencia.

–Pero, hermanos y hermanas, antes de deciros lo que os tengo que decir, primero debo preguntaros una cosa. ¿Creéis en Dios?

–¡Sí! –gritó la muchedumbre.

–¿Creéis en la verdad de la palabra eterna de Dios?

–¡Sí!

–¿Creéis que los últimos serán los primeros y que los primeros serán los últimos?

–¡Sí!

–¿Creéis que Dios liberó a su pueblo de la esclavitud de Egipto?

–¡Sí!

–¿Creéis que ahora sois esclavos?

–¡Sí!

–¿Creéis que Dios os liberará?

–¡Sí!

–Pero ¿cuándo? –gritó Abeed con voz temblorosa–. ¡Cuándo, grita la madre que sostiene en sus brazos a un bebé atormentado de cocaína! ¡Cuándo, gritan los escolares que ven morir a sus compañeros en las calles! ¡Cuándo, grita el viejo indigente, que no tiene casa ni comida y que está enfermo! Hoy estoy aquí para deciros que Dios nos ha dado una respuesta. Escuchad bien, hijos míos, y os contaré una historia...

Atlanta, Georgia

–... Y se burlaron de Abraham y se burlaron de Moisés, y se burlaron del mismísimo Cristo. ¡Nunca nadie es profeta en su tierra, amigos! ¿Por qué? Porque aquellos a quienes Dios no ha *elegido* no soportan verse excluidos. ¡Y por eso se burlan!

Stanton se secó la cara con uno de sus pañuelos bordados. Los malditos focos del estudio le impedían ver la reacción de su público. Sólo distinguía las caras de los que estaban sentados en las primeras filas, pero captaba, sin lugar a dudas, cierta resistencia en el ambiente.

–Y por eso se burlan –repitió en tono bajo y apesadumbrado.

Calló unos instantes para recobrar el aliento y luego prosiguió en voz alta y clara:

–Ya habéis oído cómo me han atacado otros ministros a lo largo de esta semana. Han dicho que fui a México a presenciar apariciones de María. Voy a deciros dos cosas. Primera: fui a México, sí, y doy gracias a Dios por haber sido uno de los *elegidos* que estuvieron allí. Segunda: esos ministros no tienen ni idea de lo que ocurrió en ese pueblo. ¡Ninguno de ellos! Aparezco hoy ante vosotros para ofreceros el mensaje que Dios dio en Santa Pelagia y que Él mismo me dijo que os transmitiera.

»Por más que el mundo se me ponga en contra, yo acataré la orden de Dios y haré lo que Él me pida. No lo que pidan Ernest Marshall ni Gentry O'Neal, sino lo que Dios me pida. Cuando Jesús estuvo entre nosotros, sus discípulos le decían: "Señor, señor, ¿por qué bebes con los recaudadores de impuestos? ¿Por qué aconsejas a las prostitutas? ¿Por qué te molestas en predicar para los gentiles?".

Stanton miró a los focos con aire acusador.

–Y el Señor respondió: «¿No deja el pastor las noventa y nueve ovejas de su rebaño para ir a buscar la perdida? No he venido a salvar al santo, sino al pecador».

El público estaba algo inquieto. Stanton oyó sillas que crujían bajo el peso de los cuerpos obesos que las ocupaban y se secó la frente.

–Quiero leeros un versículo, queridos amigos, Isaías 43, 5-9. «No temas, pues estoy contigo. Desde Oriente traeré tu semilla y desde Occidente te recogeré. Diré al norte: "¡Da!", y al sur: "¡No retengas!". Trae a mis hijos de lejos y a mis hijas de los confines de la tierra; todos los que llevan mi nombre y que en honor mío he creado, he formado y he hecho. ¡Sáquese al pueblo ciego, aunque tiene ojos; a los sordos, aunque tienen oídos! Todas las naciones se han reunido a una y se han congregado los pueblos. ¿Quién entre ellos puede anunciar esto y puede hacernos oír las cosas antiguas? Que presenten sus testigos para justificarse, que se hagan oír para que digamos: ¡Es verdad! Vosotros sois mis testigos, afirma el Señor, y mis siervos, que yo he elegido.»

Stanton hizo una pausa y movió la Biblia a un lado y a otro para asegurarse de que el público había asimilado lo que había leído.

–Estoy aquí para deciros que esos versículos se hicieron realidad en Santa Pelagia, México. Desde el tiempo en que Isaías escribió esta profecía, unos quinientos años antes del nacimiento de Cristo, no se había cumplido. Había sido considerada una digresión poética sin relacionarla con la posibilidad de que fuera un acontecimiento real. No obstante, como todas las profecías de Dios, se ha cumplido exactamente como estaba escrita en ese pueblecito mexicano hace sólo unos días. ¡Lo sé! ¡Yo estaba allí!

Se oyeron unos murmullos entre los asistentes.

–Esto es precisamente lo que significan estos versículos y esto es lo que ocurrió con exactitud. ¡Dios dio un mensaje al mundo! ¡No cualquier mensaje, sino un mensaje de suprema importancia, de suprema urgencia, el mensaje más importante desde que los ángeles anunciaron el nacimiento de Cristo hace algo más de dos mil años! Y ese mensaje no es sólo para los cristianos, oh, no. ¡Es para todas las naciones! También para los no creyentes, a los que se refiere cuando habla de los sordos que tienen oídos y los ciegos que tienen ojos. ¡Son los que tienen la capacidad de comprender y aceptar su mensaje, aunque nunca antes hayan conocido la luz de Cristo!

El timbre de su voz iba en aumento. Sus palabras tenían ritmo. Eran como golpes de martillo, confiadas, precisas y espontáneas.

–Ha sido un milagro que esta profecía se haya cumplido justo ahora. Ha sido un milagro de fe, un milagro de la compasión y la piedad final hacia este descarriado planeta. Y yo, su humilde pastor, he sido elegido por Dios para recibir este mensaje para vosotros, para nuestra nación de hermanos cristianos. Por eso, cuando digo que hoy tengo algo para vosotros, algo valioso, algo más importante de lo que nunca hayáis recibido en vuestra vida, sabréis que es la verdad. ¡Lo que tengo para vosotros es nada menos que el mensaje final de Dios a la humanidad!

Hizo una pausa para que la audiencia asimilara sus palabras. Captó que la tensión aumentaba entre el público. Los murmullos habían cesado y la gente callaba, expectante. No se oía ni el roce de una suela de zapato.

–Podéis preguntarme: «Reverendo Stanton, ¿cómo fue elegido para recibir este mensaje?». Os lo voy a decir. Muchos de vosotros recordaréis que, hace pocas semanas, estuve en el hospital aquejado de una dolencia de poca importancia. Quiero daros las gracias por todas las cartas y postales que mandasteis y, sobre todo, por vuestras plegarias. Fue en el hospital donde tuve una visión...

Nueva York

–... Y el ángel me dijo: «Mohamed Khan Abeed, ¡levántate y alza la cabeza! ¡Levántate y recibe el poder! ¡Levántate y mira al Dios que te hizo a su imagen y semejanza! ¡Dispónte a ser su guerrero!».

La audiencia rugía exaltada.

–Ahora bien, cuando digo que se me apareció un ángel, no estoy diciendo que deseé que eso pasara. No hablo de algo que haya soñado sólo en mi cabeza. ¡Hablo de un deslumbrante y grandioso ángel tan real como vosotros, que estáis aquí ahora! ¿Y queréis saber una cosa? ¡El ángel era negro!

La gente aplaudió y dijo amén, alborozada.

–Esperad un momento, no os excitéis tanto todavía. –Abeed alzó sus pálidas palmas para acallar a la muchedumbre–. Porque no era precisamente el más cordial de los ángeles. Este ángel no vino a pasar el rato. ¡Era un ángel que rezumaba la cólera de Dios! Y, hermanos y hermanas, vosotros sabéis tan bien como yo las razones que tiene Dios para mostrar esa cólera.

Los pateos de los asistentes sacudieron el edificio durante un par de minutos. Abeed tuvo que gritar «esperad» varias veces para que la gente callara.

–El ángel me dijo: «Ve a México, a un lugar llamado Santa Pelagia. Tú eres un *testigo*, una *semilla*. En ti Dios sembrará un mensaje para que lo transmitas a tu gente». ¿Y sabéis lo que hice?

–Fuiste a México –gritaron unos pocos.

Abeed miró a su público con una gran sonrisa en el rostro.

–Tenéis razón. Allí que me fui. Y dejad que os diga una cosa: cuando se te aparece un ángel de Dios y te dice que vayas a un sitio, tienes que ir, y no hay más. ¿Quién se pone a discutir con un ángel negro de tres metros de alto? Y dices: «sí, iré», y haces la maleta y te vas. Y eso fue lo que hice.

Entre el público sonaron risas y voces de amén, pero algunos asistentes empezaron a pedir silencio a los ruidosos porque estaban ansiosos por oír más.

–Y cuando llegué allí, hermanos y hermanas, había gente de todo el mundo. De todo el mundo, sí, incluso de África. Y también de países como la India y China. No sé el mensaje que Dios dio a los blancos, porque también había blancos, pero no me habría gustado estar en su piel porque os aseguro que las noticias que recibieron no fueron buenas.

El público rió, nervioso.

–Pero sé el mensaje que dio a la gente de color porque pregunté a los demás, y porque yo también lo oí. El mismo ángel grandioso y deslumbrante voló por encima del campo, se posó en lo alto de los árboles, cada noche durante siete noches. Y lo que nos dijo fue que había llegado el momento del fin del mundo tal como lo conocemos. ¡Que había llegado el momento del nacimiento de un mundo nuevo!

–¿Qué quieres decir, hermano? ¿Cómo será el mundo nuevo? –fueron las preguntas que más hicieron los asistentes.

Todos los ojos estaban clavados en Mohamed Abeed. Los de Hill, también. El periodista observaba ansioso a la gente, pero lo que intentaba, sobre todo, era oír por encima de los latidos de la sangre en sus oídos.

Atlanta, Georgia

–¡El fin del mundo del Apocalipsis ha empezado! Ya sabíamos que llegaría, habíamos hablado de él, lo hemos esperado con miedo y veneración. Bien, pues la espera ha terminado. Las siete plagas están a punto de comenzar, acompañadas de hambruna, calamidades y guerra, el Anticristo, la persecución, todos los acontecimientos de la Gran Tribulación. ¡Y cuando terminen, amigos, Dios volverá para gobernar el mundo!

Una mujer situada a la derecha de Stanton se echó a llorar y se oyó un largo y sonoro gemido procedente del fondo de la sala.

Stanton se sentía enardecido. Todas las dudas y los nervios se habían disipado. Era un fuego llameante. Y era mejor que todo lo que le había sucedido hasta entonces porque estaba encendido con el espíritu del ángel de Santa Pelagia.

–El ángel me dijo que llevara a todos los cristianos verdaderos al monte Kittatinny, en Nueva Jersey. Allí esperaremos el éxtasis. ¡Está al llegar! ¡Va a producirse! ¡Nada en el cielo ni en la tierra podrá detenerlo! ¡Y los que suban a esa montaña demostrarán su amor y su fe y serán los primeros! ¡Dios me lo ha prometido!

–¡Válgame Dios! –gritó alguien del público.

–¡Sé que es difícil tener fe! ¡Sé que es difícil creer! ¡Hasta mi amada esposa, Mimí, ha tenido sus dudas! No quiere dejar nuestra vida, dejar a nuestros amigos, igual que os ocurre a vosotros.

Mimí le lanzó una mirada asesina, con la cara tan pálida como si fuera crema de queso, incluso después de varias aplicaciones de maquillaje luminoso. Stanton hizo caso omiso de ella.

–Queremos ir al cielo, pero nos da miedo dejar la tierra. Bien, pues yo estoy aquí para deciros que tenéis que creer que lo que nos aguarda en el cielo es tan hermoso, tan maravilloso, que está más allá de nuestra capacidad de comprensión. ¡No habrá necesidades ni vejez ni enfermedades! ¡No habrá pecado ni delito! ¡Tendremos a nuestros seres queridos para siempre! Precisamente por eso, amigos, el cielo es un lugar en el que no habrá ninguna necesidad. ¿Qué más podemos pedir? ¿Qué hay, pues, que temer? Os digo que en el transcurso de un tiempo, unos pocos meses, como mucho, todos los que estáis en esta sala os hallaréis en el cielo. En el cielo...

Hizo una pausa espectacular para que aumentara la expectación.

–... o en el infierno.

Casi todo el mundo se había echado a llorar. Stanton no veía los rostros, pero oía los sollozos. Y captó algo más... Un amago de enfado, ¿entre los obstinados, quizás? En la primera fila había un hombre que lo miraba con una expresión casi pétrea.

Stanton deseó que las llagas lo afectaran de verdad.

Nueva York

–... Y cuando los blancos sean destruidos por sus propios pecados, por su propia tecnología, por su propio descuido con la naturaleza y por su propia violencia contra sus hermanos, para nosotros habrá llegado el momento de tomar el relevo y construir un mundo nuevo. El fin del mundo que está por llegar destruirá casi todo el primer mundo dominado por los blancos. ¡Los blancos serán destruidos! ¡Y entonces la balanza se inclinará de nuestro lado! ¡Los últimos serán los primeros y los primeros serán los últimos!

Abeed sacó un globo terráqueo de debajo del púlpito. Lo sostuvo en el aire entre sus extendidos dedos.

–¡Esto sucederá ahora! ¡Empezará en pocas semanas, os lo advierto! ¡Dejad vuestros trabajos! ¡Olvidad la escuela! ¡Eso ya no importa ahora! Habrá una educación nueva. ¡Vuestros trabajos de esclavitud terminarán, vuestros explotadores morirán!

La gente jaleó y se puso en pie en medio de un gran estruendo.

–¡El mundo se volverá al revés!

Con gesto fluido, hizo girar el globo ciento ochenta grados sobre su eje.

–¡Nos reuniremos aquí, en Harlem, y nos prepararemos para el futuro! ¡Cuando los blancos caigan, y no me refiero sólo a los nuestros, sino al *establishment* de todo el globo, estaremos preparados para entrar en acción y tomar el trono!

Atlanta, Georgia

–¡Es posible que dudéis! Tal vez digáis: «Reverendo Stanton, ¿cómo voy a dejar mi trabajo, sacar a mis niños de la escuela y seguirlo a una montaña? ¿Y si se ha equivocado?». Y yo os diré: tened fe. Cristo dijo a Tomás: «Benditos sean los que creen y no me han visto». ¡Dios es piadoso! Dios sabe que necesitamos más autoridad que la que tienen las palabras de un pobre predicador de la Iglesia baptista del sur. ¡Por eso nos manda una señal! Una señal para que sepáis que ha llegado el momento de que sigáis su llamada y acudáis al lugar al que os pide que vayáis para el éxtasis!

Nueva York

–¡Dios asolará la tierra con llagas! –gritó Abeed, presa de un temblor, poseído por el Espíritu Santo–. ¡Justo como el Apocalipsis predijo que sería la primera señal del fin del mundo! ¡Y entonces sabréis que ya ha empezado!

Ciudad del Vaticano, Roma

Cuando el secretario de Donnelley encontró a Deauchez, éste se hallaba en su habitación. Se había conectado a Internet para seguir el sermón de Stanton y en esos momentos se disponía a verlo por segunda vez.

–El cardenal Donnelley desea que acuda a su despacho –dijo el padre Addison.

Deauchez asintió, distraído y descorazonado por el sermón que acababa de ver. Cerró la tapa de su portátil y cruzó el patio y los jardines que llevaban al Palacio Apostólico.

Mientras caminaba, la vaga confusión que le había producido Stanton cedió paso a una aprensión más concreta acerca de lo que iba a suceder en los minutos siguientes. Aunque su cargo no era de tanta importancia como para alojarse en el Palacio Apostólico, Deauchez tenía allí un despacho, en la zona de oficinas, aunque evitaba utilizarlo. Para ser exacto, a quien había evitado era a Donnelley. No le sorprendería en absoluto que quisiera trasladarlo. Había molestado a su superior y al Papa en el despacho de éste, y él lo sabía.

Sin embargo, cuando Deauchez entró en la oficina, Donnelley lo esperaba con una sonrisa en los labios.

–Veo que el padre Addison ha conseguido localizarte. Bien, bien... Toma asiento, Michel.

–Gracias, eminencia.

Deauchez se sentó con aire cauteloso.

–El Papa ha tomado una decisión.

–¿Sí?

Donnelley sonreía con mucha amabilidad, pero Deauchez intuyó que no se sentía demasiado satisfecho.

–Sí. Ha decidido hacer pública una declaración que diga que somos muy conscientes de lo sucedido en Santa Pelagia y que estamos realizando todos los esfuerzos posibles para investigar la cuestión. Como mínimo, esto es lo que tiene previsto decir antes del viaje.

–Es una buena idea –dijo Deauchez, aliviado.

–Al parecer, lograste convencerlo de que obrara con cautela.

¿Era un cumplido? Deauchez se removió en su asiento.

–Y Su Santidad quiere que la investigación continúe. Quiere que la continúes tú.

Deauchez sintió una mezcla de alegría e incredulidad, como cuando se gana un premio inesperado. La emoción mezclada con el miedo de que, tal vez, se hubiesen equivocado y retiraran la oferta, o de que tarde o temprano apareciera un «pero» que lo estropeara todo.

–Gracias, eminencia.

–Dáselas a Su Santidad, Michel. Cree que lo que necesitamos en este lado de la ecuación es una cabeza clara. Sabe que tú la tienes.

–¿En este lado de la ecuación, eminencia?

Donnelley lo miró con aire inexpresivo, como si advirtiera que había dicho algo que tal vez no quería decir. Permaneció unos segundos en ese estado y luego frunció los labios y habló como si lo hiciera con un sobrino.

–Supongo que debo decírtelo, Michel, ya que tú te enteras de cosas por aquí y por allá... –Donnelley se puso en pie y se dirigió a la ventana. El despacho tenía una envidiable vista de la parte trasera de la plaza de San Pedro–. No has sido el único que ha impresionado a Su Santidad en la reunión que hemos mantenido. Aprecia mucho a la hermana Daunsey. El Papa piensa que no cederá en sus creencias, y una de sus creencias es llevar a Londres a los católicos de Irlanda y de Inglaterra en un futuro inmediato a fin de prepararlos para lo que va a llegar.

Deauchez sintió que el miedo lo recorría por dentro como si fuera leche caliente.

–Su Santidad no está dispuesto a interponerse en su camino. Como él mismo dice, da a Dios el beneficio de la duda. La hermana Daunsey liderará su misión sin ninguna interferencia del Vaticano.

«No, por favor», pensó Deauchez.

–Sin embargo –prosiguió Donnelley, como si discutiera un punto teológico sin importancia–, Su Santidad no comprometerá al Vaticano con la postura de la hermana Daunsey, al menos, de momento. Quiere que tú sigas investigando los hechos, si puedes. Cuando vuelva de Israel, examinará el asunto de nuevo.

–Pero... pero ¿qué va a lograr la hermana Daunsey, aparte de aterrorizar a unos cuantos millones de católicos irlandeses?

Deauchez intentó mantener un tono de voz razonable pese a sus ganas de gritar, de tirar algo al suelo o de manifestar su desacuerdo de cualquier otro modo.

–Ésta es la decisión de Su Santidad –dijo Donnelley, al tiempo que alzaba un rolliza mano para pedirle calma–. ¿Te crees capaz de desempeñar el trabajo encomendado?

–Sí, eminencia.

–Muy bien –dijo Donnelley, radiante. Se recostó en su asiento–. Intenta que los gastos de viaje sean razonables, como siempre. Y, por favor, envíame informes diarios por correo electrónico. Tengo algo que facilitará esta cuestión.

Deauchez abrió un cajón y sacó un teléfono móvil de color negro. En un lado, el plástico tenía moldeada la palabra «Telegyn».

–Me lo ha regalado mi sobrina, pero creo que será mejor que te lo lleves. Al fin y al cabo, irás a lugares mucho más remotos que yo.

Donnelley sonrió con cariño y le tendió el teléfono. Deauchez se sintió como el hijo más desagradecido del mundo.

–Es sumamente generoso de su parte, eminencia. Tenía verdaderas ganas de probar uno de éstos.

–Bien, los sacerdotes tenemos que estar al día. Antes del fin de semana evaluaremos cuánto has avanzado en tus investigaciones. Y, como es natural, te aliento a que te quedes a la misa de mañana. Su Santidad dirigirá los oficios matinales, y tú podrás reincorporarte al trabajo a partir del lunes.

Deauchez ocupó una pequeña mesa en la cafetería y pidió un té y un surtido de bollería. Cuando llegó la hermana Daunsey vio por cómo se movía que no le apetecía en absoluto asistir a ese encuentro. Deauchez se puso en pie para darle la bienvenida. La monja se detuvo unos instantes junto a la mesa y apoyó las manos en el respaldo de una silla vacía.

–Agradezco mucho que haya querido entrevistarse conmigo, hermana Daunsey –dijo Deauchez con la máxima amabilidad posible.

Ella lo estudió con suspicacia unos instantes más y, luego, se sentó.

Deauchez advirtió que, una vez tomada la decisión de quedarse, la actitud de la monja había pasado de la suspicacia a la indiferencia en cuestión de segundos. Pensó que debía de ser una táctica que había desarrollado como mecanismo de defensa, una especie de coraza que utilizaba cuando tenía que encontrarse cara a cara con personas de autoridad que estaban en franco desacuerdo con ella. Daunsey apartó la silla de la mesa y se dejó caer en ella, al tiempo que miraba hacia un lado y evitaba los ojos de Deauchez. Su lenguaje corporal resultaba tan rebelde que era más propio de una adolescente que de una monja benedictina y Deauchez tuvo que reprimir una sonrisa.

–He hecho todo lo posible para que esto pareciera un té irlandés. Espero haberlo conseguido.

Daunsey observó la mesa unos instantes y luego volvió a desviar la mirada y a dejarla perdida en el vacío.

–Muy considerado por su parte.

Deauchez le sirvió una taza y luego volvió a hundirse en su asiento.

–Yo no soy su enemigo, ¿sabe?

Daunsey no respondió con palabras, pero se removió en su silla y volvió su cuerpo unos grados hacia él. Después, se concentró en la tarea de echar crema y azúcar a su té.

–Por teléfono me ha dicho que era importante. –La monja tenía un agradable acento irlandés–. Pero no creo que haya nada de lo que usted y yo debamos hablar. En la reunión que mantuvimos con el Papa, usted dejó claro cuál era su postura y yo la mía.

–Lo sé. Lo que quiero es pedirle disculpas por... por haberme dejado llevar por las emociones.

Ella le lanzó otra mirada suspicaz, pero no dijo nada.

–¿Está enterada de la decisión del Papa?

–Sí. Él mismo me la ha comunicado.

Deauchez se ruborizó al saberlo, pero no se alteró.

–¿Y qué opina? –preguntó.

Daunsey tenía la vista clavada en los bollos. Eligió dos bizcochos, un cruasán y tarta de limón y lo puso todo en el plato sin utilizar cubiertos; entonces chupó el azúcar en polvo que se le había quedado en el pulgar.

–El Papa debería ratificar el mensaje de Santa Pelagia. Eso lo diferenciaría mucho de los católicos más viejos, pero me he acostumbrado a trabajar en el Vaticano y seguiré haciéndolo.

La hermana Daunsey dio un gran mordisco a la tarta de limón.

–En realidad, me ha sorprendido que aún no haya partido. Pensé que tendría que volver a su país y hacer una declaración... o algo parecido.

–Ya lo he hecho –replicó Daunsey con la boca llena de crema amarilla.

–¿En serio? Pues me lo he perdido, lo siento.

La mirada de Daunsey indicaba que no creía lo que el sacerdote había dicho.

–¿Dónde... dónde puedo encontrar una copia de esa declaración?

–Padre, si quiere tener información sobre el desastre que ya he provocado, ¿por qué no me lo pregunta sin más rodeos?

Daunsey tomó grandes sorbos de té y empezó a desmenuzar el cruasán.

–Muy bien –respondió Deauchez–. Me gustaría saber cuál es el comunicado que ha hecho público. ¿Es válida la pregunta?

Daunsey se encogió de hombros como si no le importara en absoluto lo que pensara Deauchez.

–Antes de volar a Roma, asistí a una rueda de prensa y he mandado un e-mail con un artículo para la lista de distribución de nuestra orden. Acaban de decirme que ya lo han recibido. Además, esta mañana he concedido una entrevista telefónica al *Catholic Digest*.

Con mucha premeditación, Deauchez tomó la taza de té y bebió despacio.

–Sí, el *Catholic Digest*. Eso lo ha irritado, ¿verdad?

–En absoluto.

–Es usted un pésimo mentiroso.

Daunsey masticaba el cruasán con un aire entre curioso y divertido. Deauchez pensó que aquella expresión la transformaba y por primera vez vio cómo era esa monja: la hermana Daunsey era una persona simple, no en el plano intelectual, sino en el emocional. Era como una niña brillante, voluntariosa, incapaz de recurrir a las dobleces o de inhibir nada; una persona apasionada, compasiva, curiosa y que tenía los ojos muy abiertos. Si pisabas un insecto en su presencia, lo más probable era que respondiera como un niño de cinco años, con curiosidad biológica y tristeza por la crueldad de la vida repartidas a partes iguales. Aquella naturaleza infantil podía considerarse, como a buen seguro la había considerado el Papa, la señal de estar favorecida por Dios. A Deauchez le resultaba de lo más irritante.

–Normalmente, el *Catholic Digest* sólo publica artículos aprobados por el Vaticano.

–Cierto.

–Yo creía que el Vaticano, de momento, se mantenía neutral.

–«La experiencia de una monja en Santa Pelagia», así se titula el reportaje –dijo Daunsey tras encogerse de hombros–. El Vaticano no niega ni confirma mi experiencia.

Deauchez no dijo nada. No se atrevía a abrir la boca. Neutral, sí. Si aparecía en el *Catholic Digest* lo leerían millones de devotas madres y abuelas católicas como si fuera la palabra de Dios.

–¿Por qué está tan seguro de que en Santa Pelagia no ocurrió nada? –le preguntó Daunsey. Su tono de voz dejó de ser desafiante y despectivo para sonar, por una vez, interesado–. ¿Porque no vio nada y cree que Dios tenía que haberle hablado también a usted si enviaba a nuestra Virgen a hacerlo?

–Está usted tan lejos de la verdad, hermana. No tiene ni idea de nada.

Deauchez se ruborizó, insólitamente molesto con el comentario de la monja.

–¿Qué quiere decir con eso?

–Escuche –dijo Deauchez, al tiempo que se inclinaba hacia delante–. En mi trabajo he investigado muchos casos, casos en los que todo el mundo creía que Dios o Satanás se habían manifestado. Y en cada uno de esos casos ha quedado claro a todos los que tienen una visión sin prejuicios y un conocimiento rudimentario de psicología que todas esas personas se habían dejado llevar por un estado de desvarío. Que interpretaban cualquier acontecimiento mundano como un presagio: se posa un cuervo en la rama de un árbol y es una señal del demonio; hay sangre en la yema de un huevo y es señal inequívoca de que Satanás está en el poblado. Y cuando la gente cae presa del pánico le resulta muy fácil ver cosas o comportarse incluso de forma extraña. Lo cual se considera, a su vez, una prueba más de esa presencia. En un instante podemos caer en la involución y dejar de ser personas del mundo actual, de la era de la ciencia, y convertirnos en los campesinos supersticiosos de la Edad Media. Lo único que se necesita es encontrar el factor desencadenante idóneo.

–Yo no puedo hablar de sus casos, Deauchez, pero eso no fue lo que me ocurrió a mí. El día que tuve el sueño no estaba histérica ni tenía miedo ni pensaba en otra cosa que no fuera el trabajo. Y en Santa Pelagia tampoco tuve miedo. Supe lo que sucedía. Era la Virgen. No tenía nada que ver conmigo, lo mismo que usted ahora, que está sentado ahí y puede aparecer o desaparecer según mi voluntad.

Deauchez se recostó en el sillón y suspiró. Estaba claro que no se pondrían de acuerdo.

–Como usted diga. ¿Cuáles son, pues, sus planes?

–Mañana, después de la misa, volaré a Dublín.

Se puso un bollo entero en la boca. Por suerte, era pequeño.

–¿Y?

–No sé –respondió ella con la boca llena, al tiempo que se encogía de hombros–. Todavía debo ocuparme de muchos detalles.

–¿Puedo preguntarle algo?

La hermana Daunsey puso los ojos en blanco y luego asintió.

–Antes de que ocurriera todo esto, ya sentía cierta curiosidad por usted. No lo tome como una crítica, pero... si tiene desacuerdos tan importantes con la Iglesia en cuestiones como el control de la natalidad y el papel de la mujer, ¿por qué sigue en ella?

–Porque he nacido católica, padre. En Irlanda hay millones de católicos. No voy a abandonar a los que creen que aún deben seguir el mandado de Roma y no voy a pedir disculpas por mis creencias. He decidido hacer de la Iglesia católica algo de lo que pueda sentirme orgullosa e intento que represente lo que tiene que representar, por mí misma y por Irlanda.

–Ah –repuso Deauchez con poca convicción.

–¿Puedo preguntarle algo?

–Por supuesto.

–¿Por qué se hizo sacerdote si no cree en Dios?

Deauchez tragó saliva y sufrió una tos convulsiva.

–Yo creo... creo en Dios.

–Como usted diga –replicó Daunsey con un irritante aire de arrogancia.

Se puso en pie, tomó el último bollo de su plato y otra ración de tarta de limón de la bandeja y se dispuso a marcharse.

–Ya nos veremos, padre.

–Me gustaría que estuviéramos en contacto.

–¿Para poder espiarme?

–Lo haré de todos modos. ¿Tiene dirección de correo electrónico?

Tras dudar unos instantes, la monja se la dio.

–Pero voy a estar muy ocupada y ni siquiera sé dónde estaré.

Y con aquella frase de prevención, se alejó.

Deauchez pensó: «Estoy seguro de que va estar muy ocupada».

Nueva York

Hill salió de la iglesia de Abeed un par de minutos antes de que terminara el sermón, al mismo tiempo que los otros reporteros empezaban a desfilar hacia la puerta. Si antes del encuentro no sabían qué noticia estaban cubriendo, en esos momentos sus rostros tensos delataban que se habían forjado una idea perfecta de la noticia que se traían entre manos. La furgoneta del *Times* daba vueltas alrededor de la iglesia y Hill la pescó a una manzana de distancia.

–¡Eh, hombre! No es buena idea andar por aquí solo de noche –se quejó Bucky, el chófer, cuando Hill entró en el vehículo–. Habría pasado por delante de la iglesia dentro de un minuto. ¡Cuando he visto que agarrabas el tirador de la puerta me has dado un susto de muerte!

–No dispongo ni de un minuto, Bucky, amigo.

Hill cogió el portátil del asiento trasero, cargó el procesador de textos y empezó a teclear, furioso.

–¿Adónde vamos?

–Sigue dando vueltas alrededor de la iglesia, pero aléjate algo más, ¿de acuerdo? Quiero ver qué hace la gente.

Bucky gruñó, como si quisiera decirle que poco vería con las narices pegadas a la pantalla del ordenador, pero no lo interrumpió.

Al cabo de diez minutos, Hill terminó su primer borrador. Necesitaba elaborarlo más, pero transmitía una buena energía. Una energía, pensó, procedente de la adrenalina que hasta aquellos momentos no había empezado a helarse en sus venas. Mandó el archivo a su editor y alzó la vista por primera vez.

La furgoneta iba muy despacio y el tráfico era espantoso. Todo el mundo iba hacia el mismo sitio.

–Y ahora, ¿nos acercamos o nos alejamos de la iglesia? –preguntó Hill.

–Nos acercamos. Está en la próxima calle.

Bucky parecía nervioso. Hill comprendió por qué. Aparte de los coches, en las aceras había peatones que caminaban o corrían hacia la iglesia. Algunos eran jóvenes y llevaban bates de béisbol o palos de escoba. Otros eran viejos, hombres de aspecto cansado y mujeres con ajustados pantalones cortos de poliéster y camisetas sin mangas sobre sus gruesos cuerpos. Los viandantes no se prestaban mucha atención entre sí, aunque los más jóvenes intentaban adelantar a los más viejos, los cuales soltaban maldiciones.

–¿Podrías contarme qué ha pasado? –preguntó Bucky con sus encantadores modales.

Hill abrió la boca y se disponía a hablar cuando el timbre de un teléfono móvil lo interrumpió. Se palmeó la chaqueta y no encontró nada y se incorporó para llegar a las zonas recónditas de los bolsillos de sus vaqueros.

Mientras, Bucky sacó un móvil del bolsillo de su camisa y respondió.

–¿Diga? –Lanzó una mirada de desprecio a Hill–. Sí, está aquí.

Bucky pasó el teléfono al periodista.

–Hill.

–Soy Jeanine. ¿Por qué no llevas tu móvil? Hace media hora que intento llamarte...

–Hum... Lo olvidé en la oficina.

Hill sonrió a Bucky con aire de pedirle disculpas, y el conductor puso los ojos en blanco.

–¿Aún estás en Harlem?

–Sí. ¿Alguna noticia?

–Yo diría que sí –respondió Jeanine, excitada.

Las pulsaciones de Hill, que habían disminuido el ritmo tras enviar el artículo a su editor desde la pantalla electrónica, volvieron a acelerarse. Se hurgó los bolsillos en busca de un lápiz, pero advirtió que todavía tenía el portátil conectado. Puso las manos sobre el teclado y dijo:

–Cuéntame, nena.

–El reverendo Fortune Simnali, de Zaire. Hace curaciones mediante la fe y es ministro de una gran congregación protestante. Sagara Bata, un gurú de Calcuta. En la India tiene muchos seguidores y se dice que levita y que hace aparecer cosas de la nada. El padre Polo Dimish, ex monje ortodoxo de la Iglesia rusa y que ahora se dedica a recuperar las tradiciones de Skoptsy. ¿Sabes algo de Skoptsy?

–No, pero sigue.

–La señora Wendy Clark, de Londres, astróloga y médium de la realeza. «Sister Mercy», de Sidney, Australia. Algo así como una predicadora novata.

–¿Alguien más?

–Sí. Yoshiko Tanomaru, de Tokio, gurú de culto. La hermana María Magdalena Daunsey, de Dublín, benedictina. Jürgen Hefner, de Alemania, fundador de una secta mágica basada en las tradiciones de los rosacruces y los *Illuminati*.

–¿En serio?

Hill se secó las manos en los pantalones. Le sudaban copiosamente y resbalaban sobre las teclas.

–Ah, y esto sí que no vas a creerlo: Walter Matthews, de Canadá. Fue el fundador de esa iglesia llamada Primera Iglesia de Jesús Bendito Redentor y ocupa un alto cargo en la Alianza de la Raza Nacional. Los neonazis, ¿sabes?

–¡Dios!

A Hill le dio un vuelco el corazón.

–Exacto –dijo Jeanine.

–¡Guau! Mucha gente. ¿Cuántos en total, Jeanine?

Llegaron a un cruce y Hill vio la iglesia a tres manzanas de distancia, hacia la izquierda. Una gran multitud se había congregado en la puerta. La gente llegaba casi hasta el cruce y, por el lado derecho, aparecía mucha más. Y los reunidos ganaban cada vez más fuerza. Algunos lloraban y gritaban y sufrían convulsiones, pero la mayor parte se dedicaba a romper cosas y a alzar los brazos con gritos de rebeldía.

–Oye, tío, creo que no deberíamos... –opinó Bucky asustado.

A lo lejos sonaron sirenas, muchas sirenas. Alguien lanzó una piedra contra el lateral de la furgoneta. Hill sabía que si el chófer o él hubieran sido blancos, todavía lo habrían tenido más jodido de lo que ya lo tenían dentro de aquel vehículo con el logotipo del periódico.

–Retrocede unas diez manzanas –dijo Hill. Bucky se tranquilizó–. ¿Qué? –dijo Hill, tras volver de nuevo al teléfono.

–¡Nueve, he dicho «nueve»! –gritó Jeanine.

Hill cerró los ojos y contó mentalmente. Ya conocía a siete. Sánchez, Stanton, Andrews, Giri, Abeed, Kratski y Levi. Ahora había nueve más. Un total de dieciséis.

–Creo que hay unos cuantos más, Jeanine. Sigue buscando. Y asegúrate de guardar todo lo que encuentres sobre el asunto, ya sean artículos de prensa, vídeos o lo que sea. Déjalo en mi despacho. Esta noche pasaré por ahí.

Hill seguía con la mirada fija en los acontecimientos de la calle.

–Aquí la gente se está volviendo loca –dijo.

–¿De veras? Ve con cuidado. Ah, y también he encontrado más información sobre el padre Deauchez.

Jeanine elevó el tono de voz para dejarse oír en medio de la creciente algarabía.

–¿Qué es?

–Tal vez no tenga mucha importancia, pero...

–¿Qué, Jeanine?

–Cosas de cuando era niño. Recortes de prensa. Su padre y su abuela sostuvieron una fuerte batalla legal por su custodia.

El padre alegó malos tratos psicológicos por parte de la abuela. El padre obtuvo la custodia y la abuela se suicidó.

Deauchez tenía unos antecedentes familiares extraños para tratarse de un sacerdote tan bien considerado en el Vaticano.

–En fin –dijo Hill.

–También te dejaré esa información en la mesa.

–Gracias. Y hazme un favor, ¿quieres? Asoma la cabeza por el despacho de Ralph y dile que, antes del cierre de la edición, tendré una versión mucho mejor de los hechos de la que ya le he enviado.

–Por descontado.

Hill colgó el auricular y en ese mismo instante otra piedra cayó contra la parte trasera de la furgoneta y rompió el cristal.

–Esto no me gusta en absoluto –gruñó Bucky–. ¿Tienes la puerta cerrada por dentro?

Hill bajó el seguro con el codo. Se habían alejado de nuevo de la iglesia, pero el tráfico seguía siendo lento, debido, sobre todo, a las ambulancias. Hill pensó que la policía cortaría las calles en cualquier momento.

–Aparca y nos acercaremos a pie –dijo.

–Estás como una cabra –replicó Bucky pisando los frenos.

–Vamos, será mejor que no sepan que somos los «lameculos de los blancos».

–¿Qué?

–Nada, no importa. Coge la cámara.

Bucky se acercó al bordillo, murmurando entre dientes.

–Ya sabes que aquí no podemos dejar la furgoneta sola. Estaremos de suerte si cuando regresemos todavía tiene motor. Y seguro que tampoco habrá cámara porque a la que la lleve cinco segundos en la mano, algún hijo de puta me la quitará.

Pese a las quejas, Hill ya abría la puerta del vehículo con su instinto periodístico erecto y deseoso de ponerse en marcha.

–Estos momentos son trascendentales, amigo. Y los momentos trascendentales exigen acciones trascendentales.

Bucky no parecía especialmente inspirado.

Ciudad del Vaticano, Roma

En el rincón había algo. En la oscuridad. Él se arrebujó en la cama y metió la cabeza debajo de las mantas.

Pero eso no cambiaba nada. De hecho, empeoraba la situación, ya que desde debajo de las mantas no veía lo que hacía aquella cosa. Tal vez avanzaba hacia él. Tembló aterrorizado, con aquel pánico semejante a un primo segundo excesivamente cariñoso que dormía con él y se pegaba a su lado como dos guisantes en una misma vaina.

–Dime lo que ves, Michy... –dijo la voz, vieja y rasposa.

Él sintió su peso muy cerca, captó aquella peculiar mezcla de olores fétidos y de lavanda, cálidos y añejos. Sacudió la cabeza bajo las mantas. No.

–Míralo, míralo ahora. Te está llamando, Michy, quiere decirte algo. ¡Mira!

La voz era halagadora, chirriante de excitación, como si se tratara de un tiovivo al que lo invitaran a subir.

Pero la voz era una gran mentirosa. Se escondió más bajo las mantas intentando huir, desesperado. Y entonces sintió las manos que tiraban de las mantas, que trataban de destaparlo, como una babosa deslizándose sobre una tabla, y él se debatió una y otra vez, aun sabiendo que no ganaría.

–¡Michy! ¡Destápate la cabeza ahora mismo! –dijo una voz firme y molesta.

Y las manos, viejas pero fuertes como el acero, tiraban de las mantas mientras él las iba soltando.

–¡Mira, Michy!

Ya no tenía la manta sobre la cara. No había podido evitarlo. Abrió los ojos y miró hacia el rincón. Y allí, en la oscuridad, sí en la oscuridad, oscuridad...

Empezó a sollozar.

–¡No te asustes! ¡Sólo es un espíritu!

Aterrorizado, el muchacho se echó a llorar, pero intentó hacerlo de la manera más silenciosa posible.

–¡Es un don, Michy! Tienes que aprender a hablar con ellos. Escucha y oirás lo que dice este espíritu. ¡Escucha!

Y obediente, su mente captó palabras susurradas, palabras de los tebeos que poseía el chico de dos casas más abajo, palabras de las antiguas leyendas que contaba su abuela, las palabras de sus pesadillas. Eran, sobre todo, palabras acerca de la delicadeza y la dulzura de los muchachos.

–¡Abuela, por favor!

Deauchez se sentó en la cama como si se hubiera activado un resorte. La habitación estaba a oscuras, a excepción de la luz del pasillo que se colaba por debajo de la puerta. Sin embargo, distinguía un poco ese terrible rincón donde, de la nada, se formaban sombras negras y grises y las cosas tenían una naturaleza totalmente distinta de la que poseían mientras estaba despierto. Miró, sin parpadear, el rincón que estaba detrás de la cama. No se movió. Despacio, el corazón volvió a su ritmo normal y dejó de jadear.

–Ahí no hay nada –dijo en voz alta.

Lo repitió dos veces, cada vez más fuerte.

No obtuvo respuesta.

Alargó una mano temblorosa y encendió la lámpara de la mesilla de noche. Durante un momento, justo antes de que se encendiera la bombilla, le pareció que salía algo de debajo de la cama. Pero se hizo la luz y se desvaneció la oscuridad, junto con todo lo que traía consigo, en un momento de brillante racionalidad.

Observó de nuevo el rincón y allí no había más que un escritorio, una silla y una papelera. Se levantó de la cama y se acercó a la pequeña zona de la habitación donde tenía su santuario. Colgada de la pared había una imagen de Cristo, un Cristo sonriente, no un Cristo sangrante, y debajo una mesita con media docena de velas y una alfombra ante ella. Deauchez encendió las velas y se arrodilló. ¿Cuánto tiempo había pasado desde la última vez que hizo eso? ¿Dos, tres años?

Juntó las manos y miró a Cristo.

–Ahí no hay nada –dijo.

Cristo sonrió, como si le diera la razón.

Y Deauchez empezó a recitar su mantra particular por primera vez en la que sería, sin lugar a dudas, una larga noche.

–Padre nuestro que estás en los cielos...

Capítulo 5

Día 6
Ciudad del Vaticano, Roma

La misa fue espléndida. Por más veces que asistiese a ella, Deauchez nunca se cansaría de su magnificencia, su gloria y la emoción que le provocaba. La basílica de San Pedro era majestuosa, con sus paredes de mármol y sus pasillos interminables, sus encumbradas bóvedas y la altísima cúpula sobre el colosal altar pontificio rodeado por las enormes estatuas de bronce de Bernini. Todo ello ensombrecía la oleada de seres humanos que se congregaban allí, como un reflejo de cómo Dios empequeñecía a las personas.

No obstante, la oleada de seres humanos allí presentes también era magnífica. Los cardenales lucían sus vestiduras de ceremonias color escarlata con encajes blancos; los sacerdotes, solemnes sotanas negras cubiertas por albas blancas como la nieve, y el propio Papa iba de brillante oro y crema. La ceremonia estaba cargada de carácter ponderoso: el ritual, la vibración de todas esas voces que brotaban en respuesta, la magia sobrenatural del coro de niños.

Cuando terminó, Deauchez se sintió lleno y satisfecho, como si saliera de un banquete, y decidió pasear bajo el luminoso cielo azul de la ciudad. Salió del Vaticano y se acercó al mercado dominical.

La misa le había permitido librarse de todo lo que lo atormentaba, de las pesadillas, nuevas y viejas, y se había negado a cargar de nuevo con ellas. Muy pronto, al día siguiente, se pondría de nuevo en marcha.

A pocas manzanas de distancia se celebraba el ritual del domingo por la mañana. El mercado dominical duraba pocas horas en vez de prolongarse todo el día, como sucedía los días laborables, y en él había un aire perezoso, como de almuerzo al aire libre: pan recién horneado y salchichón para el almuerzo, tal vez, o un cerdo asado para llevarse a casa para la cena, un ramo de flores envuelto en papel de periódico, un manojo de espárragos atados con un cordel... Los niños jugaban junto a los puestos de venta mientras las madres, detrás de los carros, se quitaban las prendas elegantes que habían llevado en misa y se ponían pantalones cortos de algodón que dejaban al descubierto sus bronceadas piernas. Los más pequeños tiraban de ellas y gritaban, ansiosos por unirse a los demás.

Incluso allí, la sequía mostraba su demacrado rostro. Los puestos de manzanas, en vez de estar llenos a rebosar, estaban medio vacíos. Y las manzanas no eran las robustas y brillantes frutas que Deauchez recordaba de su juventud, sino que se las veía cansadas, como si se quejaran de que hacía demasiado calor.

Y realmente hacía un calor espantoso, incluso para ser el mes de agosto. El suave toque de una ligera brisa aliviaba un poco el agobio. Deauchez deseó haberse cambiado de ropa antes de salir. Tal vez habría podido pasar inadvertido en pantalón corto y camiseta ante sus colegas. ¡Aquello sí que sería un lujo! Pero el sol le daba, como mínimo, en la cara, y pese a su ininterrumpida presencia, se descubrió empapándose de él con la alegría de un niño.

Compró uvas negras a un viejo y un bocadillo de queso de Brie unos cuantos puestos más abajo. Encontró un porche en el que sentarse y comió el pan y el queso y, luego, algunas uvas. Eran pequeñas y estaban un poco secas, pero Deauchez miró a su alrededor y contempló a la gente que disfrutaba de aquel día festivo.

Ante él había una jovencita que vendía flores. Llevaba los cabellos gruesos, negros y brillantes recogidos en una cola de caballo, lo cual dejaba al descubierto un largo y hermoso cuello. Sus ojos eran infinitamente negros. La brisa alborotaba las hebras de cabello de su frente y ondulaba el vestido de algodón que llevaba como si fuera la vela de una embarcación. La chica vio que Deauchez la miraba y sonrió. Fue una sonrisa cálida, tímida y ruborizada. Deauchez sintió que su corazón daba un brinco largo tiempo olvidado y le devolvió la sonrisa sin apenas advertirlo.

Avergonzado, apartó los ojos. No servía de nada alimentar en una pobre chica una hipotética inclinación por los sacerdotes. Con aire ausente, se llevó otra uva a la boca.

Y enseguida la escupió. Notó en la lengua un horrible sabor rancio, como a podrido, y sin pensar para nada en su dignidad, alzó la mano y escupió en ella repetidas veces hasta que no quedó en su boca ni el más leve rastro de aquella fruta amarga.

Después examinó las uvas que tenía en la mano y vio que, en el racimo, varias tenían manchas negras de aspecto canceroso. Estaban podridas. Asqueado, tiró todas las que había comprado en la acera y se limpió las manos en los pantalones.

Miró hacia el carro donde las había comprado, en ademán de ir a quejarse, cuando vio que en un carro más cercano había manzanas con manchas idénticas; mientras las observaba asombrado, advirtió que, ante sus mismísimos ojos, se formaban manchas negras en manzanas que, hasta ese momento, habían estado impolutas.

Cada vez más alarmado, se fijó en los otros puestos del mercado y vio aparecer manchas, sí, las mismas manchas en mazorcas de maíz, y en un cesto de fresas cuyo vendedor las miraba fijamente y movía una mano sobre ellas como para ahuyentar las moscas. Deauchez volvió a fijarse en la muchacha de las flores. Ella le dedicó una amplia sonrisa, y lo miró con timidez, los ojos entrecerrados y una inconfundible sensualidad. Y mientras Deauchez la miraba, empezó a formarse una mancha negra en la carne color caramelo de su cuello que se extendía como una quemadura en un trozo de película. El rostro del cura debió de traslucir su asombro porque la mirada de la chica cambió por completo de matiz y la vio incómoda y asustada. Un instante más tarde, un espasmo de dolor recorrió su cara y se llevó la mano al cuello.

Sin embargo, Deauchez ya no miraba. Se había levantado y corría hacia el Vaticano.

A su espalda se oyeron los primeros gritos.

NUEVA YORK

–¡Hill! ¡Hill!

En algún rincón de la conciencia captaba que lo llamaban. Quizá no la primera vez, pero a la cuarta o la quinta los gritos lo distrajeron y lo molestaron. ¿No veían que estaba ocupado? Estaba leyendo la prensa en Internet, es decir, lo que había publicado la competencia. Leía todos los reportajes y artículos relacionados con Santa Pelagia y casi había terminado. Lo que leía en el *Los Angeles Times* era ridículo.

Ninguno de los otros periódicos trataba con seriedad lo sucedido en Santa Pelagia, y aunque algunos vinculaban esos hechos con el nombre de ciertos profetas (Abeed y Stanton, sobre todo, y Andrews en *Los Angeles Times*), nadie los había mencionado juntos ni había hablado de unas implicaciones más amplias de ámbito internacional. Nadie, excepto Simon Hill.

El periodista sonrió. No. En ningún lugar del mundo nadie había escrito nada parecido al artículo que el *New York Times* publicaba esa mañana. No era el titular del día, pero sí aparecía la noticia con varios párrafos en la primera página, seguida de media página más en la número cuatro. Había citado a dieciséis profetas y resumido las posturas de cada uno de ellos ante lo sucedido. Se había pasado la noche sin dormir, junto con Jeanine, pero estaba muy desvelado. Visto desde esa perspectiva, con todos los profetas de Santa Pelagia juntos, aunque seguro que aún le faltaba alguno, su artículo daba que pensar.

Y en todo el país, aquel hermoso domingo por la mañana, los suscriptores del *New York Times* estarían leyendo el periódico.

Dejarían las tazas de café en la mesa del desayuno y correrían hacia el televisor o la radio, con el diario en la mano, para sintonizar con la WWN y saber qué significaba todo aquello. Pero la WWN todavía no había dado la noticia y recibirían llamadas preguntando por qué. Seguían barajando nombres y el que más aparecía era el de Simon...

–¡Hill! ¡Por el amor de Dios! ¡Ven aquí de inmediato!

Aquella voz pertenecía a Ralph Bowmont, el redactor jefe. Parecía alterado. Hill alzó los ojos y advirtió que todas las personas que estaban en la redacción ese domingo por la mañana, que no eran más de diez, se hallaban mirando por las ventanas que daban a la calle Cuarenta y tres oeste. Hill se puso en pie.

–¡Oh, Dios mío! –exclamó Nancy.

Hill oyó el sonido distante de un accidente de coche y corrió hacia la ventana. Algo sucedía cuatro pisos más abajo. Era domingo, temprano por la mañana, y el tráfico era denso aunque sin alcanzar los niveles de las horas punta. Había gente en las aceras, gente que hacía *jogging*, gente que disfrutaba de su paseo dominical, gente que iba a las distintas iglesias y turistas de fin de semana que recorrían la ciudad. Y, por supuesto, los inevitables indigentes generosamente distribuidos aquí y allá.

Así era como habría tenido que verse, pero algo o alguien había alterado una imagen que, de otro modo, hubiese sido por completo normal. Unos coches pegaban bocinazos a unos conductores que se habían detenido sin motivo aparente. Tres o cuatro vehículos se subían a la acera para intentar saltarse la retención. No estaba claro hacia dónde iban esos coches, pero era evidente que no les gustaba estar donde estaban. Hill vio que un conductor abandonaba su Volkswagen Jetta y corría por la calle, al tiempo que daba manotazos en el aire como si se abanicara mientras huía.

Y no era el único. Los que habían salido a correr lo hacían más motivados que nunca, aunque también actuaban de igual modo aquellos que se habían puesto sus mejores galas de domingo para ir a la iglesia. Algunos se metían en edificios abiertos, otros bajaban las escaleras del metro, los demás intentaban colarse en taxis ya ocupados y el resto simplemente corría. Al otro lado de la calle, en la planta baja, había una panadería que Hill conocía muy bien, y la gente abarrotaba la tienda. El propietario se hallaba en la puerta e intentaba cerrarla, pero la gente no dejaba de empujar hacia dentro. Cada vez que la puerta se abría, Hill veía los rostros del interior, contraídos de dolor. Gritaban.

Detrás de Hill empezaron a sonar teléfonos, todos a la vez.

–¿Qué pasa? –preguntó Hill, sin dirigirse a nadie en particular.

–¡Míralos! –gritó Ralph, con las mejillas enrojecidas por la excitación.

Y entonces Hill vio a un adolescente, un *punk* con el cabello teñido de verde. Se había detenido en medio de la acera y miraba cómo corría la gente. De repente, se quitó la chaqueta de cuero y apareció una camiseta que hacía juego con el cabello. Alzó sus delgados brazos hacia el cielo con gesto de desafío y los puños cerrados. Hill advirtió que el joven tenía manchas oscuras en la cara y que en sus pálidos brazos empezaron a formarse manchas similares. Hill aguzó la mirada.

–Dios mío, ¿qué es esto?

–Si alguien lo sabe, ése eres tú. Tim, llama a los de seguridad. Que cierren las puertas de abajo.

–¿En serio? –Tim, de apenas veinte años, estaba impresionado.

–¡Hazlo ya! ¡Muévete!

Tim echó un último vistazo a la calle y salió.

–Nadie va a bajar a cubrir esa noticia. Al menos hasta que sepamos qué son esas malditas manchas –dijo Ralph.

Ningún periodista puso objeciones.

Susan llegó corriendo desde su escritorio.

–Acabo de hablar con el doctor Mackleby. Dice que también pasa lo mismo en el West Side. Ha examinado un par de esas manchas y dice que, sobre todo, lo que hacen es pudrir la carne. Las que ha visto son del tamaño de una moneda pequeña y parece que no crecen. Ha dicho, textualmente, que «duelen la hostia».

–¿Y qué las causa? –preguntó Ralph.

–¿Un accidente químico? –sugirió Nancy.

–Mackleby dice que no lo sabe, pero que la causa probablemente está en el aire.

–Muy bien. Coge el teléfono –ordenó Ralph–. Llama a la Universidad Johns Hopkins. Mackleby es un buen escritor, pero no apostaría mis huevos por sus conocimientos de medicina.

–De acuerdo.

Susan se dirigió a su mesa.

–Los demás, al teléfono. Si alguno terminaba ahora su turno, lo siento mucho. Esto tiene máxima prioridad. Tú, Austin, llama al Ayuntamiento. Frank, tú a la Casa Blanca. Allison, tú a la policía. Los demás telefonead a nuestras redacciones regionales. Que llamen a casa a todos los que no estén en las redacciones y que se presenten en ellas. Quiero saber si esto está ocurriendo en otros sitios aparte de en la Gran Manzana y qué hace la gente al respecto.

–¿Y por qué tendría que ocurrir en otros sitios? –preguntó Nancy, confundida.

Ralph no se molestó en contestar. Se limitó a asignarle una tarea.

–Llama al encargado de mantenimiento y pregúntale si hay un dispositivo de recirculación del aire. Él ya sabrá de lo que hablo.

Nancy también entendió a qué se refería, porque abrió los ojos como platos y corrió como si su vida dependiera de ello.

–Frank, dile a Susan que pregunte a los médicos si también se propaga en los espacios cerrados y que procure que le den una lista de consejos de emergencia sobre qué debe y qué no debe hacerse.

Abajo, las calles alcanzaban una extraña forma de estabilización. Casi todos los peatones habían encontrado refugio; se veían muchas caras asomadas a las ventanas de las plantas bajas. Más conductores habían abandonado los vehículos y se habían metido en los edificios, mientras que otros habían subido las ventanillas y hacían sonar el claxon, frenéticos, para tratar de seguir avanzando. La puerta de la panadería se había cerrado definitivamente, pero muchas de las personas que estaban dentro se examinaban las extremidades y lo que veían no les gustaba nada.

Hill se dispuso a volver a su escritorio. Se moría de ganas de llamar a Stanton o a Abeed. Sabía lo que Ralph estaba pensando. Él pensaba lo mismo.

–¡Hill, ven a mi despacho inmediatamente! –le gritó Ralph.

El periodista giró sobre sus talones y siguió obediente a su jefe.

–Cuéntame –le dijo Ralph, tan pronto como hubo cerrado la puerta.

–¡Guau! –dijo Hill, que no sabía por dónde empezar.

–Pues tendrás que decirme algo más que eso, hijo.

–¡No puedo creerlo!

Aunque lo que ocurría en la calle lo aterrorizaba, el estado en que se encontraba Hill, al menos por el momento, se parecía más a la excitación del tipo al que le ha tocado el gordo de la lotería y le cuesta hacerse a la idea.

–Sé que debes de estar absolutamente orgulloso de tu reportaje, Hill, pero ¿sabes lo que va a ocurrir aquí, en este mismo edificio, cuando la gente empiece a relacionar lo que sucede en las calles con la profecía de las llagas de la que hablas en tu artículo? Van a caer sobre nosotros como moscas sobre mierda de burro.

–¿Y por eso has ordenado cerrar las puertas?

–Sí, joder. Y empezarán a llamar para pedir explicaciones detalladas, de modo que no tenemos mucho tiempo. Ahora mismo tal vez seas la única persona de esta ciudad que puede responder a las preguntas que haga la gente. Y este asunto es lo único que interesará en las próximas cuarenta y ocho horas o tal vez más, si conseguimos mantener cierta intriga.

–Yo no diría que soy tan importante –replicó Hill, aunque no pudo reprimir una sonrisa.

–No, no lo eres; todo esto es una bobada y yo lo sé, y será mejor que tú también seas consciente de ello. Lo más probable es que no sepas nada más sobre todo este asunto que lo que ya has publicado, pero eso los lectores no lo saben. Y lo mejor será que obtengas nuevas informaciones para que no piensen que no sabes más.

–Estoy en ello –dijo Hill con vehemencia.

–Es lo mejor que puedes hacer. Desde hace cinco minutos tienes detrás de ti a unos dos mil periodistas, incluidos los peces gordos de las grandes cadenas de televisión, por lo que si quieres seguir mandando en la carrera, será mejor que empieces a correr ahora mismo.

–De acuerdo.

Hill se puso en pie.

–Todavía no he terminado –comentó Ralph.

Hill se volvió a sentar.

Ralph era un astuto tejano con unas dimensiones que confirmaban el tópico de que en Texas todo es grande. Hill sabía que Bowmont había obtenido su codiciado cargo gracias a sus modélicas artimañas periodísticas y no, como afirmaban los envidiosos del diario, porque su apellido fuera uno de los grandes en el mundo del petróleo. Hill sentía demasiado respeto por Bowmont como para no hacerle caso, por más que en esos momentos se sintiera como el gato que se come al canario.

Ralph lo miró pensativo. Pulsó el botón de su intercomunicador para hablar con la redacción. Respondió Susan.

–¿Dónde está ocurriendo lo mismo?

–En todo Estados Unidos, eso dicen las agencias con las que he podido hablar hasta ahora. Espera.

Susan pulsó el botón de su intercomunicador y Hill oyó los comentarios de la sala de redacción.

–¡Ralph quiere saber dónde está ocurriendo!

–¡En Munich y en Berlín!

–En Oriente Próximo, dicen en Haifa.

–Rusia occidental también se ve afectada. Sigo comprobando.

Y las voces fueron goteando lugares: Londres, París, Pekín, Calcuta, Tokio, Johannesburgo, México D. F., Hong Kong, Jerusalén. Afirmativo en todas las ciudades.

Cuando terminaron, todos los ocupantes de la sala enmudecieron, pasmados, y lo mismo hicieron Ralph y Simon.

–Buen trabajo. ¡Seguid! –les dijo Ralph. Pulsó el botón para desconectar–. ¡Dios! –exclamó, con una extraña excitación en los ojos.

–Yo no creo que... –dijo Hill, con aire de culpabilidad. La satisfacción por haber sido el primero en divulgar las supuestas profecías de Santa Pelagia se desvanecía por instantes al advertir la magnitud que adquiría el problema. En su lugar aparecía una sombra mucho más oscura–. Dios mío, ¿qué es esto?

–No pierdas los nervios por mi culpa, Hill, todo puede ser pura coincidencia y no tener nada que ver con tu reportaje de Santa Pelagia; es probable que no guarde ninguna relación, pero, por si acaso, voy a poner tu reportaje en alerta roja. Tienes tu equipo, puedes ocupar la segunda sala de conferencias para trabajar y gastar todo lo que quieras del presupuesto que tenemos para viajes. Pide lo que quieras y lo tendrás, pero yo quiero que el *Times* siga liderando esta noticia. ¿Estás preparado para hacerlo?

–Sí, señor.

–Bien.

Hill se disponía a ponerse en pie cuando se abrió la puerta sin que nadie hubiera llamado previamente. Por ella asomó la cara pálida azulada de Susan.

–¿Qué pasa? –preguntó Ralph, alarmado.

–También afecta a los animales, Ralph –dijo ella, con el rostro tenso de pánico–. Y a... a las plantas.

Ambos la miraron sin decir nada.

–Afecta a los alimentos, Ralph –prosiguió Susan–. A la comida.

Ginebra, Suiza

–¿Qué? –rugió Fielding, mirando a todo el mundo como si estuviera a punto de ejecutar al general Brant por ser un bromista tan inoportuno y un mentiroso tan descarado.

Brant no soportaba tener que repetir lo que había dicho, pero lo hizo.

–Afecta a nuestras cosechas, señor presidente, las está pudriendo en los mismísimos campos.

–¿Y cómo demonios puede hacerlo?

Cole pensó que lo que Fielding quería decir era: «¿Quién le ha dado permiso para hacerlo?».

Cole contempló las calles de Ginebra desde la ventana abierta. Nunca había visto vaciarse tan deprisa una sala como cuando llegó la noticia de las llagas a la cumbre de Naciones Unidas. Todos los delegados habían corrido a la sala de prensa de sus respectivos países, desesperados por llamar por teléfono y averiguar lo que estaba pasando en sus lugares de origen. Nadie había lamentado la interrupción de la larga digresión del primer ministro Billingsworth, que había hablado de la buena voluntad y la confianza y de lo desaconsejable que era convertir todo el planeta en un estado policial.

–Estamos en agosto –dijo el general Brant.

–¡Sé perfectamente en qué mes estamos!

–Lo que quiero decir es que estamos en el período álgido que precede a las cosechas otoñales, señor presidente. El maíz, el trigo, las patatas... Todo corre el grave peligro de desaparecer. Y estas cosechas de otoño suponen el ochenta por ciento del total anual...

Mientras asimilaba la magnitud de aquel suceso, la cara de Fielding mudó varias veces de color. Se hundió en silencio en una silla. Tenía el aspecto que Cole siempre había sabido que tendría cuando las cosas se pusieran realmente difíciles: el de un chaval pendenciero de doce años al que, al final, alguien le ha dado su merecido.

–¿Quién ha hecho esto? –preguntó Fielding, con amargura.

El general Brant inclinó la barbilla ligeramente como para defender su honor. Lo hacía siempre que tenía que reconocer su ignorancia.

–No lo sabemos, señor presidente. Los científicos dicen que se trata de una bacteria propagada por esporas. Nunca habían visto nada parecido.

–¡Pues alguien debe ser el causante! ¿No habrá sido el cabronazo de Li?

–Improbable. China está afectada, y también Oriente Próximo y Rusia y... Todo el mundo ha sido atacado con la misma fuerza con la que lo hemos sido nosotros. Ni siquiera sabemos si esa bacteria es de fabricación humana o no...

Todos permanecieron callados unos instantes. Todavía no acababan de comprender la magnitud de lo ocurrido. Cole empezaba a hacerlo y, adoptando un tono sombrío y preocupado, dijo:

–Señor presidente, sé que esta noticia nos ha dejado desolados, pero me gustaría hacerle una sugerencia.

–Diga, Cole.

–El origen de esta toxina puede investigarse más tarde. Ahora mismo, lo más importante es que nos centremos en las cosechas.

–¿Y qué es lo que quiere sugerirnos? –preguntó Brant en tono de burla.

–Si esas esporas se propagan por el aire, lo más probable es que no puedan atravesar un filtro como, por ejemplo, un plástico o una lona. Podríamos construir rápidamente refugios para las cosechas.

Brant miró a Cole como si acabase de decir una inmensa tontería.

–Si pones postes de unos tres o cuatro metros de altura alrededor de los campos –explicó Cole, paciente– y luego cuelgas plásticos o sábanas o lonas entre los postes, eso impedirá que el viento sople entre las cosechas. Es posible que se cuelen algunas esporas por arriba, pero el daño será mucho menor. Tal vez sus ingenieros del ejército podrían perfeccionar esa idea, ¿no cree, general?

Brant sacudió la cabeza, pero Cole advirtió que sopesaba la sugerencia. Lo haría. Sería una auténtica operación militar.

–Hay millones de hectáreas de campos de cultivo –dijo Brant, con tono vacilante.

–Exacto. Sugiero que hagamos público un comunicado de emergencia en todas las emisoras de radio de Estados Unidos en el que se den instrucciones de cómo construir refugios con postes y lonas a todos los agricultores y civiles que vivan cerca de campos de cultivo. Al mismo tiempo, podríamos movilizar al ejército, incluida la Guardia Nacional, para que coordine la construcción de refugios. Seguro que cuentan con mejor material.

Brant calló unos instantes y reflexionó.

–Es muy improbable que podamos salvarlo todo, señor presidente –presionó Cole–, pero si queremos hacer algún bien, el tiempo es un factor vital.

–¡Bien! ¡Adelante, Brant! ¡Hágalo! –dijo Fielding.

Había recuperado la energía y la dignidad como quien recoge los pantalones del suelo y se los sube rápidamente.

El general se puso en pie y salió de la sala a toda prisa.

–Excelente sugerencia, Cole –dijo el presidente, al tiempo que le dedicaba una sonrisa, como si le estuviera concediendo una medalla del Congreso.

La brisa movió los cabellos plateados del presidente y Cole vio que justo debajo del ojo izquierdo de Fielding aparecía un pequeño punto negro.

–Sólo deseo que sirva de ayuda –dijo Cole, al tiempo que le devolvía la sonrisa y veía cómo crecía la mancha.

En algún lugar de Oriente Próximo

El domingo, el vuelo de Roma a Delhi sufrió numerosas cancelaciones. Deauchez consiguió billete sin demasiadas dificultades. En el avión, sentados junto a él había dos ejecutivos italianos y ambos tenían las dolorosas y descoloridas manchas. Discutían la teoría de que las llagas eran un mero accidente bioquímico y que la historia del fin del mundo era sólo una patraña del Gobierno.

Cerca se sentaba una anciana semieslava que tenía el aspecto de ser la primera vez que subía a un avión en su vida. Vestía de negro y rezaba con un crucifijo en las manos. Tal vez se dirigía a su tierra natal para pasar allí los últimos días de vida que le quedaban al planeta. O quizás iba a reunirse con uno de los profetas. A bordo, todo el mundo parecía un poco más nervioso de lo habitual en los vuelos internacionales cuando el avión atravesaba una turbulencia, por pequeña que fuera.

Deauchez no soportaba las turbulencias. Sacó de su portafolios el libro de Kratski, el profeta ruso, y empezó a hojearlo, tan interesado en evitar las conversaciones con sus vecinos de asiento como en sumergirse en la lectura.

Se sintió atraído al instante. Kratski afirmaba que ciertas propiedades del holograma explicarían misterios antiquísimos acerca de nuestro cerebro, de nuestro cuerpo e incluso de la realidad física. Un holograma se construye utilizando un rayo láser dividido que apunta al objeto del que uno quiere hacer el holograma, como, por ejemplo, una manzana. La luz del láser y la luz reflejada en la manzana pasan a través de una película sin revelar y se hace una placa holográfica de la diferencia entre las formas de las dos ondas. En otras palabras, un holograma láser es una forma de interferencia lumínica. A simple vista, la placa holográfica se ve como un manojo de borrones ondulados y no se parece en absoluto a una manzana. Sin embargo, cuando se dirige otro rayo láser a la placa, se proyecta una manzana tridimensional.

Kratski sugería que el cerebro humano también funcionaba así. Los objetos de la vida cotidiana, como las sillas y las mesas, están formados por miles de millones de partículas cuánticas de energía pura, pero los científicos no han comprendido nunca cómo se organizan estas partículas. Tal vez las frecuencias de energía se organizan como patrones de interferencia. Es nuestro cerebro el que interpreta automáticamente los patrones y hace las veces de láser, y eso nos permite «ver» una silla o una mesa. El hecho de que se hubiera demostrado que los otros sentidos (el oído, el gusto, el olfato y el tacto) funcionaban como analizadores de frecuencias daba más peso a su teoría.

Muchas de las propiedades inexplicables del cerebro humano coinciden con el modelo holográfico. Cuando los científicos intentaron localizar la ubicación exacta de la memoria en el cerebro, descubrieron que los recuerdos no tienen ubicación. No residen en ninguna célula concreta, sino que parecen estar presentes en todo el cerebro. Del mismo modo, si se rompe una placa holográfica en cien trozos, cada uno de ellos seguirá proyectando una manzana completa. Cada trozo de patrón de interferencia holográfica contiene la información de la totalidad. Igual que el cerebro. Igual que el mismísimo ADN, un hecho que es la base de la clonación.

La teoría resolvía también algunos misterios de la física cuántica, como por qué un electrón cambia de forma y deja de ser una onda o una frecuencia, que son la base del patrón de interferencia, para convertirse en un sólido, que es como el cerebro lo interpreta, basándose en si está siendo observado o no por un científico.

Kratski, sin embargo, trascendía el análisis científico. Pensaba que el modelo holográfico representaba una explicación válida de los fenómenos paranormales. Si el mundo de la materia estaba formado por frecuencias de energía organizadas como patrones de interferencia y si la mente subconsciente era capaz de leerlas, ¿no era probable también que pudiera alterarlas? De ser así, se explicarían los casos de sanación de cuerpos de manera espontánea mediante la fe, y de las personas que levantaban objetos muy pesados en momentos de crisis, o la telequinesia, los estigmas y otros acontecimientos físicamente imposibles.

Y si todo aquello estaba a punto de corroborarse, como Kratski creía, ¿qué nuevos caminos de intersección se abrirían entre lo sobrenatural, lo religioso y la ciencia? Olvidémonos de la clonación. La tecnología del futuro tal vez permitiría a los humanos alterar el tejido físico de la realidad simplemente modificando los patrones de interferencia de la materia.

Deauchez sintió un escalofrío, y una extraña idea surgió en su mente. Si estábamos a punto de quitarle el velo al rostro de Dios, quizás a Él no le gustaría. Tal vez habíamos comido con demasiada frecuencia del Árbol del Conocimiento y precisamente por eso...

Apartó ese pensamiento de su mente y metió el libro en la bolsa del asiento delantero, como si quisiera archivar para siempre aquel asunto. Fue presa de la ira. Si era Dios el causante de todo aquello, Deauchez se sentiría decepcionado por completo. Pero no era Dios quien lo hacía, y él se obligó a coger aquel pensamiento y mandarlo muy lejos en su mente.

Lo que lo había agitado eran las llagas. Para ser sincero, no había contado con la posibilidad de que se produjeran, ni en el más remoto rincón de sus «¿y si...?». La materialización de las llagas le había producido tal presión en el pecho que le resultaba difícil decidir dónde buscar alivio. Había cambiado la premura de todo, de la necesidad de desautorizar y, paradójicamente, la necesidad de creer. Así pues, se limitaba a hacer lo que el cardenal Donnelley le había dicho que hiciera. Llevar adelante la misión encomendada por el Papa. Y, de hecho, Deauchez había decidido ponerse en marcha enseguida.

El cura suspiró y sacó por enésima vez del bolsillo el artículo de Simon Hill aparecido en el *Times*. El reportaje había aparecido ya, siempre firmado por Hill, en la sección de internacional de muchos diarios del mundo, pero el que Deauchez tenía era el original, tomado directamente de la web del *New York Times*.

Hill había encontrado más profetas de Santa Pelagia, como él los llamaba, bastantes más, aunque al parecer todavía no sabía nada de Will Puma. Hill había leído los comunicados públicos de todos ellos y había hecho un resumen de cómo cada uno definía las reglas del juego. El propio Kratski, por ejemplo, tenía la misión de reunir a todos los artistas e intelectuales de Rusia y llevarlos a Siberia para esperar el inminente Apocalipsis.

Con cada uno sucedía lo mismo: algunos iban a quedarse quietos, otros se dirigirían a lugares remotos del planeta, otros a ciudades, pero todos ellos hacían una llamada a la gente a que se les uniera. Era probable que muchos respondieran, sobre todo en aquellos momentos en los que la profecía de las llagas se había cumplido ya.

¿Y qué iba a pasar? Deauchez no lo sabía. Tal vez lo descubriría en la India. Había elegido la India porque allí había dos profetas: Sagara Bata, en Calcuta, y Dishama Giri, un yogui hindú, en Allahabad. También había otra razón por la que había elegido empezar por la India. Se trataba de un e-mail que le había reenviado Donnelley. Era del padre Hanley, de Goa, la India. El cuerpo de san Francisco Javier, incorrupto desde hacía cientos de años, había empezado a descomponerse.

Capítulo 6

Día 7
Goa, India

Velha Goa seguía siendo la misma ciudad que en el siglo XVI, cuando la población superaba en número a la de Londres o París y era llamada «la Roma de Oriente» por su encanto seductor. Era el mundo el que había cambiado y hacía que Goa, por deslumbrante que fuese todavía, pareciera, a los ojos de Deauchez, una pequeña joya anticuada.

Entre palacios dorados y recargados templos indios se alzaba la Sé Catedral y, en el interior del complejo, se hallaba la basílica de Bom Jesus, con su interior de maderas talladas con devoción y ligeramente exóticas. Allí se exponía el cuerpo de san Francisco Javier.

San Francisco Javier llegó a Goa en 1542 y fue autor de incontables conversiones al catolicismo entre la población local. Fue uno de esos hombres que dedicó su vida y su energía a quebrar la voluntad de quienes seguían sistemas de creencias diferentes del suyo, a moldear sus mentes a su propia imagen, y alcanzó un gran éxito en su misión. Sin embargo, la presencia del templo de Sri Mangesh en las proximidades demostraba que este éxito había tenido sus límites.

En esta ocasión, había muy pocas personas en las calles de Velha Goa y las que circulaban lo hacían envueltas en velos y se desplazaban de un lugar a otro con paso presuroso, como si el aire estuviera muy emponzoñado. Deauchez apreció que algunos ojos negros lo observaban tras una gruesa tela oscura y le chocó lo afortunado que había sido al haberse librado de las llagas. Gracias a Dios, no había estado el tiempo suficiente al aire libre en Roma y las esporas habían desaparecido ya casi por completo.

Llegó a la catedral y descubrió que en el santuario hacía mucho calor. Todas las ventanas estaban cerradas. En los bancos sólo había unos cuantos ancianos que rezaban en silencio. Deauchez experimentó un regusto de decepción. ¿Por qué había acudido allí? Esperaba encontrar... ¿qué? ¿Histeria? ¿Terror? Algo respecto al cuerpo... Sí, había esperado encontrar algo más.

Entró por la puerta auxiliar y cruzó la basílica. La calurosa capilla menor también estaba poco concurrida.

El sepulcro de san Francisco Javier a Deauchez le resultaba fascinante y repulsivo a la vez. La urna de cristal permitía una fácil visión del cadáver, amortajado con finas ropas. Un ataúd de plata y piedras preciosas rodeaba la urna, y el sepulcro externo de piedra reforzaba aún más el efecto.

Recostado en un banco próximo a la tumba había un anciano sacerdote que contemplaba el cuerpo. Deauchez se acercó al ataúd y observó tras la urna de cristal el objeto de la atención del anciano. Los cuerpos de santos que había visto hasta entonces solían tener aspecto de estar momificados, aunque los había muy bien conservados gracias, al menos en parte, a las ceras y los maquillajes. Aquél, en concreto, se estaba desintegrando. Junto a las mangas doradas, donde antes había una mano, quedaba un muñón grisáceo con una larga falange que aún sobresalía. Mientras Deauchez miraba, el rostro de la reliquia, que ya se desmoronaba, lo hizo un poco más. Uno de los globos oculares se hundió en la órbita y desapareció.

Deauchez murmuró una interjección involuntaria de sorpresa y desagrado.

El sacerdote alzó la mirada.

–¿Quién es usted?

El hombre tenía el rostro cubierto de llagas negras.

–Soy el padre Deauchez, del Vaticano. ¿Es usted el padre Hanley?

–Sí. No pensaba que mandarían a alguien tan pronto para esto. Sin duda, hay cosas más importantes ahora mismo. –El sacerdote contempló el cuerpo con tristeza–. Más importantes que un viejo santo cuyas reliquias se convierten en polvo.

–Digamos que estaba por esta zona y...

–No hemos abierto el ataúd desde enero –dijo Hanley casi a la defensiva–. Lo abrimos una vez al año para limpiarlo. Desde entonces, nadie ha vuelto a tocarlo.

Deauchez tomó asiento junto al hombre.

–¿Cuándo empezó a...?

–El sábado.

–¿Sucedió algo más ese día?

El padre Hanley asintió:

–Oímos rumores. Sobre Santa Pelagia. Sobre los profetas.

–¿Qué rumores?

–Fue el jueves, creo. Acudió gente a la iglesia, inquieta, ansiosa por saber si lo que se contaba era cierto. Ni el padre Pavar ni yo habíamos recibido ninguna información del Vaticano, ni sabíamos nada sobre Santa Pelagia, y así lo expusimos. Pero no dejaban de venir a preguntar. Oían historias en boca de otros y tenían miedo. Hasta ayer, la iglesia estuvo llena. De noche y de día, todos rezaban y lloraban... Vaya escena... No sabíamos qué decirles. Esperábamos que el Vaticano diera alguna explicación, pero el Papa sólo ha dicho que el asunto está siendo investigado.

–*Oui.*

–Entonces, el cuerpo empezó a descomponerse y todo el mundo pudo verlo. ¿Qué iba a hacer yo? ¿Ocultarlo? Habría sido peor. Y cuando empezó a descomponerse, la gente se inquietó aún más. Ya sabe que durante mucho tiempo se ha dicho que cuando el cuerpo de san Francisco Javier empiece a descomponerse...

–Ya sé –dijo Deauchez–. Será el fin del mundo. –A lo largo y ancho del planeta, diversas reliquias católicas compartían tal simbología–. ¿Cuándo notó por primera vez el cambio en el cuerpo?

–Como le he dicho, fue el sábado por la noche, durante la misa de medianoche. Había trescientas personas, tal vez, apretadas aquí dentro. Llevaban todo el día susurrando: «¡Velad el cuerpo!». Conocían la profecía y querían estar en la capilla para observar lo que sucedía. Y, hacia medianoche, el cuerpo incorrupto empezó a descomponerse...

–¿Y en ese momento no había nadie afectado por las llagas?

–No. Empezaron a aparecer el domingo, a última hora de la tarde.

–¿Dónde está la gente ahora?

El padre Hanley bajó la mirada, avergonzado.

–¿Que adónde ha ido? Están todos con sus profetas: Sagara Bata o ese yogui de Allahabad. Incluso los que yo creía auténticos... –exhaló el suspiro de quien ha fracasado en el trabajo de su vida–. Dijeron que Dios ha enviado dos profetas a la India y que ninguno era cristiano, así que, ¿qué iban a hacer? La mayoría ha acudido al yogui, creo. Ese Sagara Bata... Hay quien desconfía de su magia. Yo les advertí que los dos eran demonios, que eran paganos. Pero no han querido escucharme.

Deauchez se puso en pie para marcharse.

–Gracias por su ayuda.

–¿Y se marcha así? ¿Qué debo hacer yo? Su Santidad no ha dicho qué tenemos que hacer.

El anciano sacerdote tenía la expresión perdida, como sólo puede tenerla un hombre habituado a seguir órdenes cuando éstas no llegan. El sentimiento de culpa se apoderó de Deauchez como las pezuñas de un perro en busca de una chuchería. Hanley tenía razón: el Papa no había dado muchas directrices a su grey respecto a la cuestión de Santa Pelagia, ¿y quién era el responsable?

–Limítese a rezar, padre Hanley. Rece y confíe en Dios.

Monte Kittatinny, Nueva Jersey

Durante un momento, la imagen sólo recogió electricidad estática; después, apareció ligeramente torcida y, por último, se ajustó. A lo largo y ancho de Estados Unidos, la gente se sentó a contemplar al hombre de los pantalones vaqueros usados de doscientos dólares, la camisa blanca, el chaleco informal a cuadros y unos zapatos de vestir que no combinaban bien con las demás prendas. Su rostro rechoncho aparecía visiblemente pálido bajo la mala iluminación. Sus engominados cabellos plateados, levemente azules, se movían en ondas bajo la intensa brisa. Se mantenía erguido, un poco inestable, con un pie apoyado en un túmulo sobre el cual se alzaba un obelisco de ochenta metros en recuerdo de la guerra. Era el monumento central de High Point Park, una zona boscosa de cuatro mil hectáreas donde se encontraba también el campamento de Stanton. Parecía una extraña mezcla de Billy Graham, Charlton Heston, en el papel de Moisés, y John Travolta en *Cowboy de ciudad*. Tras él, vestida como para un festival de *country and western*, había una mujer con una mata enorme de cabellos plateados a juego que se retocaba el rabillo de los ojos maquillados con un pañuelo doblado.

Y el pueblo norteamericano (en mayor número, al menos, que el público que seguía en aquel instante un episodio de *Expediente X*) esperaba con su lata de coca-cola en la mano, o llevándose a la boca unas palomitas de maíz recién salidas del microondas, al tiempo que se rascaba inconscientemente las dolorosas marcas negras de la piel.

Todos miraban y esperaban. La mayoría de los espectadores eran escépticos. Incluso los menos interesados estaban más pendientes, más pegados a la pantalla, de lo que lo habían estado desde hacía muchísimo tiempo. Y todos intentaban saber de qué estaba hecho aquel hombre.

Por desgracia para el reverendo Raymond Stanton, el día no le iba demasiado bien. El intento de montar el campamento y de poner en marcha el equipo de transmisión en «un par de días» había sido tan oportuno como colocar en el equipo a un defensa veterano que ya hubiera visto demasiadas *melées*. Y Mimí no era de ninguna ayuda. No era mujer para andar por la naturaleza, y por tal entendía cualquier lugar donde quedara a la vista un rincón sin urbanizar. Hacía un par de horas que Stanton había enviado a Sarah, a quien necesitaba desesperadamente a su lado en aquel momento, hasta Port Jervis para que comprase una caravana. Mimí siempre había fruncido la nariz a sus propuestas en ese sentido y argumentaba que eran vulgares. Su idea de viajar era un buen hotel de cuatro estrellas y de confianza. Sin embargo, tras disfrutar del primer atisbo de la vida al aire libre, había cambiado de opinión.

¡Y la gente! Unos centenares los acompañaban desde Georgia en un largo convoy que había sido divertido durante la primera hora. Cada día se presentaban más y, para asombro de Stanton, ya había casi un millar de personas esperando en el lugar cuando él y los suyos llegaron. Sin duda, estaban allí inspirados por aquella peste maravillosa, admirable, innegable y cierta como la sífilis, que Dios había enviado tal como había prometido. ¡Aleluya!

Pero, por poderoso que aquello hiciese sentir al reverendo, le resultaba casi imposible atender todos los detalles. Siempre había alguien a su lado, desesperado por presentarse como si con ello fuese a añadir su nombre a una lista de reclutamiento divina o algo parecido, o impaciente por iniciar una larga y estremecedora conversación sobre lo aterrorizado que estaba, o para preguntarle qué creía que iba a suceder en Miami, en Phoenix o en Tombuctú, porque tenía parientes allí y bla, bla, bla. La aparición de las llagas, alabados fueran Jesucristo y sus ángeles, había significado una verdadera bendición, además de un absoluto éxito de audiencia, pero ahora todos esperaban que anunciara algo más. ¿Por quién lo habían tomado, por Cristo crucificado?

Y Mimí también tenía problemas para conservar la calma y mantener intactos el peinado, el maquillaje y la indumentaria las veinticuatro horas del día. Stanton sabía que Mimí habría querido lanzarse contra él como una locomotora, pero allí había varios miles de personas que le impedían hacer otra cosa que sonreír. Y, por último, estaba el hecho de que Mimí también tenía llagas. Era horrible. A decir verdad, no eran muchos quienes se habían librado, ¡pero ella, por Dios santo, era su esposa! Mimí se había pasado el día tapándolas con maquillaje, sobre todo una, muy desagradable, en la mandíbula.

–Amigos y amigas –dijo a la cámara–, os habla el reverendo Raymond Stanton en directo desde el monte Kittatinny, donde hemos empezado la obra de Dios. Hemos iniciado la reunión del pueblo de Dios como preparación para el Arrebato.

»Sé que a muchos os afligen esas llagas terribles que yo profeticé el día antes de que apareciesen en el mundo. ¡Y esa información no me llegó a través de ningún rito de adivinación de la Nueva Era, no! Fui convocado a Santa Pelagia, México, y allí un ángel del Señor me comunicó la nueva. ¿No querréis, pues, uniros a nosotros? Si creéis en Jesucristo, si lo aceptáis como Salvador, éste es el lugar donde Él quiere que estéis en los días que se avecinan.

»Sois muchos los que me habéis preguntado: "Reverendo Stanton, ¿cómo es que se han desencadenado las plagas del Apocalipsis y no nos ha llegado el Arrebato?". A muchos se les había dicho que Dios se llevaría a su gente antes de que se iniciara la Gran Tribulación. Pues bien, amigos y amigas, os diré lo que he pensado, después de ver cómo actuaban esas llagas. ¡Creo que muchos no estaban jugando limpio con Dios!

Detrás de él, un murmullo de protesta recorrió la multitud.

–La Biblia –continuó Stanton– dice que las llagas aparecerán en quienes lleven la marca de la bestia y adoren su imagen. ¿Y qué es «la bestia»? Siempre pensamos que era el Anticristo y tal vez esté ya entre nosotros y tenga la lealtad de muchos, no lo sé. Pero en este contexto podría significar algo más. Podría ser el dinero. ¿Rendís culto al dinero, amigos? ¿Es lo que impulsa vuestra vida? O podría significar el propio mal y, por lo tanto, cualquier pecado equivale a «adorar su imagen». ¿El sexo, las drogas, la codicia, el egoísmo? ¡Mirad en vuestro corazón, amigos y amigas! ¡Por eso Dios os ha hecho padecer esta plaga, para que podáis comprobar en carne propia si estáis o no preparados para el sonido de las trompetas! ¡Aquí tenéis la ocasión de ser sinceros con Dios antes de que llegue el Arrebato, os lo aseguro! ¡Una vez quede atrás, si aún seguís en la Tierra, no habrá segunda oportunidad!

Quienes ocupaban la montaña tras él rompieron a llorar y a pedir perdón a Dios en voz alta, sin duda porque había cosas de las que debían arrepentirse.

El buen reverendo dejó el micrófono y se subió las mangas. Levantó los brazos hacia la cámara y los movió en un gesto de invitación para que tomara un buen primer plano de su rostro sin marcas.

–¡Hago esto para mostraros que se puede ser sincero con Dios! Y no me vanaglorio de ello. A decir verdad, antes de mi viaje a Santa Pelagia, también yo habría podido quedar afectado. Pero la experiencia de Santa Pelagia me limpió como una espada purificada al fuego y eso mismo quiero para vosotros. ¡Todos debéis purificaros antes de su retorno!

Ante este comentario, la muchedumbre aumentó el volumen de los lamentos y las peticiones de perdón. Stanton rompió a sudar. No estaba acostumbrado a aquellos niveles de respuesta oral en sus sermones. ¿Qué se creían que era aquello, una reunión de los Cumplidores de la Promesa?

–¡Es cierto! Incluso ministros como el reverendo Gentry O'Neal han sido afectados. He oído que tiene la cara tan marcada que apenas le queda un resquicio de piel libre de llagas. ¿Qué secretos guardáis, amigos? Dediquemos un minuto a rezar por el alma del pobre reverendo O'Neal y por todos nuestros hermanos y hermanas que han mostrado físicamente que tenían pecados ocultos que confesar al Señor. También rezaremos por todos vosotros, los que estáis hoy aquí. Pero, antes, tengo algo que debo leeros.

Stanton abrió la Biblia por una página marcada.

–«Y el segundo ángel derramó su copa sobre el mar y éste se convirtió en la sangre de los muertos. Y todos los seres vivos de las aguas murieron.»

»Amigos, esas llagas, por terribles que resulten, no son la última de las plagas que enviará Dios sobre los hombres. ¡Son sólo el inicio! Si no queréis quedaros aquí en la Tierra y enfrentaros al Anticristo y al Apocalipsis y a la persecución final y a todos los terrores del final de los tiempos, dos cosas tenéis que hacer. ¡Debéis rezar a Dios desde lo más profundo de vuestro corazón para que perdone vuestros pecados y entre en vosotros su Gracia, y debéis acudir aquí, al monte Kittatinny! No sé cómo encontraremos espacio para todos, pero seguro que Dios nos ayudará en la logística. Sé que hallaremos la manera. Traed el equipo de acampada que necesitéis y suministros para un par de semanas, por favor; más, si os sobra. Y ahora, recemos juntos por el alma de esos afligidos...

Y muchos espectadores rezaron de verdad esa noche. Muchos lo hicieron por primera vez en años, quizás en toda su vida. Unos cuantos incluso pidieron perdón. Pero la mayoría, los que siguieron la emisión a pesar de que, en mejores días, habrían dejado a Stanton con un mero toque del mando a distancia con la misma seguridad y rapidez con que respondía a una pregunta un finalista de concurso, rezaron por algo completamente distinto. Lo que decían sus oraciones era: «No permitas que ese chiflado tenga razón».

Jerusalén

El papa Inocencio XIV tenía dificultades para encontrar ese poco de paz y la franqueza necesarias para prestar plena atención al interminable discurso de Benzo Zahid de Jordania, cuyo ayudante se apresuraba a traducir. El Papa sabía que debía prestar toda su atención, que era lo mínimo que se merecían los reunidos, líderes de sus naciones, para quienes esas disputas por el agua eran suficiente preocupación como para no asistir siquiera a la Cumbre Mundial sobre Alimentación.

Sin embargo, Inocencio XIV no podía dejar de pensar en la hermana Daunsey, en las llagas, en las noticias de Estados Unidos sobre los esfuerzos realizados para salvar las cosechas y sobre todo en que, en un momento como aquél, debería hallarse en Roma para cuidar de su rebaño.

Como era de esperar, las sugerencias iniciales del Papa con respecto a un reparto justo del menguante suministro de agua (que habían parecido lo suficientemente prometedoras para que se organizase la reunión) eran desechadas en aquel momento con tal minuciosidad y obstinación que daba la impresión de que, en cualquier momento, alguien se daría por vencido y abandonaría la reunión por pura frustración.

A él le correspondía evitarlo. La reunión no iba bien. Tal vez porque aquellos hombres también tenían la mente ocupada en cuestiones de mayor relevancia, pensó.

–¿Qué tiene esto que ver con sus antepasados? Acordamos discutir el asunto desde una perspectiva del siglo XXI y basta –Shimon, primer ministro de Israel, interrumpió a Zahid.

Inocencio XIV levantó los brazos en un gesto apaciguador. Sus grandes mangas blancas obraban milagros para atraer la atención en ocasiones como aquélla.

–No discutiremos sobre derechos ancestrales –dijo con tono tranquilizador–. No es ese el propósito de nuestra reunión de hoy ni tiene relación con lo que perseguimos, que es la utilización óptima del agua por parte de todos los pueblos de esta región.

Aquello detuvo el curso de la discusión. Los dos hombres se recostaron en sus asientos en sendas posturas de desconfianza, ambos algo jadeantes. El Papa suspiró. La parte de las conversaciones entre Israel y Jordania era la más sencilla. No quería ni pensar en las reuniones del mes siguiente entre Etiopía y Egipto por el Nilo ni entre Turquía y Siria por el Éufrates. Tanto Etiopía como Turquía, países desesperadamente necesitados de agua, sobrexplotaban sus respectivos ríos. Los países corriente abajo, cuyos suelos se convertían en dura roca cocida al sol, estaban sedientos, hambrientos y dispuestos a ir a la guerra.

–Caballeros –dijo el Papa–, todos sabemos que hay muchas cosas en nuestros respectivos territorios que requieren nuestra atención en este momento, ¿verdad? Hay asuntos urgentes que todos conocemos. ¿No hay modo de que resolvamos esto rápidamente para que cada cual pueda ocuparse de esos otros asuntos? ¿No podría usted, Benzo, hacer concesiones en los puntos tres y cuatro, que le han parecido cuestionables, a cambio de que mi amigo Abraham dé su consentimiento a los puntos veinte y treinta y tres? Tengo la sensación de que no serían cuestiones que perjudicaran los aspectos beneficiosos de este acuerdo para ninguno de sus países.

–Los acuíferos necesarios están en nuestra tierra. Nunca entregaré más de un diez por ciento del agua extraída a cambio de la maquinaria para extraerla. El agua es nuestra. ¡Un diez por ciento es un precio justo! –dijo Zahid.

–¡Con el diez por ciento estaríamos muertos y usted lo sabe perfectamente! –Shimon estaba blanco como la cera–. ¡Hemos utilizado ese suministro de agua desde el nacimiento de Israel! Que le hayamos permitido seguir en sus tierras no le autoriza a sugerir...

–¡Por favor! –exclamó el Papa–. Benzo, el diez por ciento no es una solución para Israel.

–¡Entonces, que busquen ellos de dónde sacar su agua! –dijo Benzo, irritado.

Y en aquel momento cumbre, una piedra rompió el cristal de la ventana de palacio y fue a caer sobre la gruesa alfombra persa. Añicos de cristal llovieron sobre la mesa de conferencias y todo el mundo se sobresaltó.

–¡Nos escucharéis! –gritó un hombre desde la calle con voz estentórea.

Los cuatro soldados israelíes que formaban la guardia personal de Shimon se acercaron a la ventana y echaron un vistazo con cautela al tiempo que sacaban sus armas.

–Es Levi –dijo uno de los soldados, con un tono de asombro en la voz.

El primer ministro Shimon cerró los ojos con fuerza durante un instante, como si el nombre le causara dolor de cabeza.

–¿Es el de Santa Pelagia? –preguntó el Papa en un susurro.

Shimon asintió.

–Vienen doscientos con él –informó otro soldado.

–Pregúntales qué quieren –dijo Shimon.

Zahid y sus hombres empezaban a ponerse nerviosos. Con una seña, el Papa le indicó a Zahid que se tranquilizase. Al fin y al cabo eran líderes mundiales y no tenían por qué asustarse de unos vulgares agitadores.

–Dice que quiere hablar con usted sobre el tratado del agua. Parece sensato.

–¡Sensato! ¡Por supuesto que es sensato! ¡Es un rabino, no un terrorista! –replicó Shimon con voz cansada.

Se acercó a la ventana y se asomó.

–¡Shimon! –gritó una voz con tono desafiante–. ¿Por qué malgastas el precioso tiempo de nuestro gobierno en unos esfuerzos tan inútiles? ¡Nunca nos pondremos de acuerdo con los árabes y, desde luego, no necesitamos ningún consejo de un católico!

–¡Rabino Levi, *shalom* a ti también! ¿Dónde has aprendido a arrojar piedras?

Alguien de entre la multitud soltó una carcajada.

–¿Y tú, dónde has aprendido a esquivarlas? ¡Lo que Israel necesita ahora son actos, no palabras, te lo aseguro! Deja de perder el tiempo y reúnete conmigo. ¡Es mucho lo que debemos afrontar! El agua es la menor de nuestras preocupaciones inmediatas.

–He oído hablar de tu nueva filosofía, rabino, y respeto tu derecho a creer en ella, pero, por lo que a mí respecta, la vida debe seguir como siempre. *¡Shalom!*

Shimon intentó apartarse de la ventana con aquel saludo, pero los reunidos en la calle seguían gritando. Después, la voz de Levi destacó claramente:

–¡Una cosa más, Shimon!

A regañadientes, el primer ministro volvió a la ventana.

–Yo, en tu lugar, echaría de aquí al católico y al jordano. ¡No es buen momento para una cruzada!

Entre la multitud se alzaron algunas risas. Inocencio XIV notó que un sudor frío le bañaba la piel. No podía ver a Levi, pero su voz...

Shimon dio la espalda a la ventana e hizo una seña a sus hombres. Ellos empezaron a correr las gruesas cortinas. Se oyó el tintineo de un cristal que se rompía y el golpe sordo de una piedra en la habitación contigua.

Shimon dio órdenes a sus hombres en voz baja y regresó a su asiento con la mandíbula encajada de irritación... y de miedo.

–¿Tiene muchos seguidores, ese rabino Levi? –preguntó el Papa sin alzar la voz.

–Antes eran pocos. El hombre era un radical con buena voz, pero ¿ahora? –Shimon sacudió la cabeza–. Algunos dicen incluso que es el Mesías, por supuesto. Y él no lo niega.

–¿Continuamos? ¿Tal vez en otra sala?

Zahid se puso en pie y dejó caer la pluma.

–¡No! ¡Yo, desde luego, no continuaré si mi anfitrión sigue profiriendo esas amenazas!

–Yo no... –empezó a decir Shimon.

–Israel es mi anfitrión –masculló Zahid en árabe.

No fue precisa la traducción.

Zahid se había marchado. Su tormentosa salida se había moderado en parte gracias a la insistencia suplicante del Papa de que se llevara la propuesta y reflexionara sobre ella. Zahid había accedido a hacerlo a regañadientes.

Shimon también acompañó al Papa hasta el pasillo. Mientras se dirigían al vestíbulo central, los ancianos dirigentes oyeron que el alboroto de la calle había aumentado. En aquellos momentos, ahí fuera había tropas; hasta ellos llegó el sonido inconfundible de los jeeps, el taconeo de las botas y unas voces que gritaban órdenes.

–Le agradecemos sus esfuerzos. Quizá las cosas se calmen –apuntó Shimon.

–Rezaremos por que así sea.

–Me parece... –dijo Shimon con diplomacia–, creo que será conveniente poner a su disposición un buen barco para el viaje de regreso, ¿no? Será un viaje agradable a Atenas, y el aeropuerto... puede estar abarrotado en esta época del año.

Inocencio XIV se quedó perplejo ante aquellas palabras. ¿Tan precaria era la situación?

–Lo que usted considere más oportuno.

–Sí, mejor por mar, creo. Y desde Atenas el vuelo a Roma es muy corto.

Llegaron al vestíbulo central. Uno de los soldados de Zahid, un adolescente apenas, estaba allí agachado atándose el cordón de la bota. Se puso en pie, les dedicó una sonrisa y corrió en busca de su jefe.

Día 8
Albergue de Greenpeace, Río de Janeiro

Jennifer Mallard y Pritch Gainer ocupaban dos de los asientos para visitantes de la sala de observación de los primates. Habían acercado las sillas a la gran cristalera y bebían un café amargo brasileño mientras observaban con ojos inyectados en sangre a los animales y al personal que iniciaba el reparto de comida matutino. Había sido otro turno fatigoso de cuidados nocturnos. A pesar de todo, les costaba desconectar, acostarse y dejar a los monos a su destino. O más bien en manos del personal de la mañana.

–¿Crees que deberíamos llamar a alguien? –preguntó Pritch con un titubeo en la voz.

Cuando estaba cansado, se le notaba más el acento australiano.

–El veterinario viene a las diez –respondió Jen, con un bostezo.

–Sí, sin embargo... ¿No crees que tal vez deberíamos llamar a alguien más?

Jen estaba demasiado embotada por la falta de sueño como para entender de inmediato a qué se refería. Observaba a Allison mientras trataba de que *Apolo* comiera un poco de las gachas calientes que le habían preparado como desayuno. *Apolo*, alias Número Siete, apartaba la cuchara y fruncía el rostro con desinterés. Tenía la nariz congestionada. Al otro lado de la sala, Joanne intentaba estimular a *Hermes*, pero éste le dio un empujón y se volvió de espaldas en la jaula, con muestras de querer dormirse otra vez.

–¿Llamar a alguien? ¿A quién?

–Tal vez... –dijo Pritch con aire enigmático.

–¡No digas tonterías, por favor! –Jen no estaba para bromas.

–A la OMS, la Organización Mundial de la Salud.

Ella lo miró sorprendida.

–¿Para qué? Aquí tenemos los mejores veterinarios de esa organización.

–Sí, pero... ¿No has leído nada sobre esos nuevos virus, el ébola y demás? Quizá deberíamos llamar a alguien que realmente sepa lo que se lleva entre manos para que venga a ver qué pasa, para asegurarnos de que sólo es...

–¡Pritch, estos monos están resfriados! *Lady Di* pilló algo cuando estuvo fuera y contagió al resto de los primates. Es lo que dicen los veterinarios.

–¿Y ellos qué saben? Aislamos a *Lady Di* tan pronto como nos la devolvieron, ¿verdad?

–Los virus de transmisión aérea pueden propagarse a través de los conductos de ventilación. Este lugar no es tan seguro...

Pritch sacudió la cabeza:

–La noche que buscábamos a *Lady Di* vi unas cuantas narices más con mocos. Sea lo que sea, no creo que se contagiaran de ella.

Jen se encogió de hombros.

–Entonces, todos se contagiaron de un miembro del personal. ¿Cambia eso las cosas?

–¿Los veterinarios han considerado siquiera la posibilidad de que se trate de algo más?

–Míralos, Pritch. Están resfriados. Se nota enseguida.

Jen estaba irritada. Pritch suspiró y clavó la mirada en sus zapatillas deportivas.

Jen continuó con un tono de voz más neutral:

–En la selva estaban perfectamente y lo estuvieron hasta que llegaron aquí. Lo que tienen, sea lo que sea, lo han cogido de nosotros. El doctor Jim dice que pronto empezarán a recuperarse, que sólo necesitan tiempo para producir anticuerpos.

–No digo que no tengas razón, Jen. Probablemente aciertas. Lo único que digo es que deberíamos asegurarnos.

Jen observó a los monos. *Venus*, la Número Tres, se había despertado y reclamaba atención (con un poco menos de entusiasmo de lo normal, tal vez), subida a las paredes de tela metálica de la jaula en una clara señal de querer que la abrazaran. Joanne se acercó y la sacó.

–Mira eso. *Venus* está mejor –dijo Jen y su rostro se iluminó.

–Eso parece, ¿verdad?

Permanecieron allí sentados un momento, sumidos en sus reflexiones.

Jen se conocía a sí misma lo suficientemente bien para saber que no toleraba las sugerencias desagradables, pero si tenía tiempo para reflexionar, para dar vueltas al asunto, a veces aceptaba el punto de vista de su interlocutor. En esta ocasión, se estaba tomando más tiempo de lo acostumbrado.

–Pritch... ¿Te enteraste del caso de esos monos de Washington? Esos que importaron de Asia para investigación y que empezaron a enfermar en las instalaciones donde los tenían.

–Sí, leí el libro.

–¿Recuerdas lo que les hicieron a esos animales cuando se pusieron enfermos?

–Sí, lo recuerdo –respondió Pritch, pero su expresión indicaba que acababa de acordarse en aquel instante y que no era una imagen agradable.

–Exacto, Pritch. El CDC o el USAMRIID o quienquiera que fuese se cargó a los monos, a todos. Aunque luego descubrieron que el virus que portaban no se transmitía a los humanos.

Pritch agitó la pierna con gesto nervioso y contrajo el rostro. Observó cómo *Venus* tiraba de los cabellos a Joanne entre bocado y bocado de gachas.

–Tienes razón, Jen. No es más que un resfriado.

Afueras de Calcuta, India

El templo de Tarakeshwar estaba a cincuenta y cinco kilómetros al oeste de Calcuta y se llegaba por una estrecha carretera. El paisaje era exuberante, con montañas distantes y colinas onduladas; la tierra seguía verde de arbolado, aunque la hierba y las flores de la zona se habían agostado y muchos de los campos junto a los que pasaban estaban abandonados a su destino bajo el sol.

A lo largo del trayecto no hubo momento en que no se cruzaran con caminantes, muchos de ellos en grupos familiares con gentes de todas las edades. Algunos llevaban pesados recipientes de arcilla sobre la cabeza. El chófer de Deauchez explicó que los recipientes contenían agua del Ganges que llevaban al templo para verterla sobre el *lingam* de Tarakeshwar Babu, un avatar de Shiva. Normalmente, ésta era una peregrinación que se realizaba cuando se celebraban ciertos festivales hindúes, pero el flujo de penitentes de esta ocasión se dirigía hacia algo que no estaba previsto en el calendario anual de festividades.

A medida que se iban acercando a la zona de acampada, el número de vehículos y caminantes se incrementaba. Cuando estuvieron más cerca, la congestión dificultó el poder continuar. El chófer de Deauchez, un hindú de mediana edad, detuvo el coche y declinó la invitación de llegar hasta el campamento a pie. Dijo que esperaría allí y rehuyó la mirada del cura.

Deauchez se había quitado el alzacuello, pero no era tan fácil disimular el color de su piel. Con todo, nadie le prestó la menor atención. Avanzó con la comitiva que, por fin, se movía deprisa como si presintiera la proximidad del objetivo.

Mucho antes de ver nada, escuchó unas voces que entonaban

un responso. A continuación, la multitud aminoró el paso y cuando el sacerdote levantó la mirada y la dirigió al frente, vio que pasaban por una especie de punto de control. Titubeó, rodeó la cola e intentó llegar a la cabeza de ésta. Él era un visitante; no tenía ningún interés en cumplir los trámites habituales.

Cuando llegó al control, observó que un grupo de unos treinta hombres y mujeres, la mayoría de ellos con pantalones o con los saris azules tradicionales, se dedicaba a tomar nombres y a entregar tarjetas de identificación y folletos de instrucciones, y hacían pasar a los recién llegados a una gran tienda de campaña. Junto a ella había varias furgonetas con caduceos rojos pintados en los costados. Los que salían de la tienda por el otro lado podían dispersarse libremente, ya que todos corrían hacia la hondonada de donde procedían los cánticos.

Deauchez decidió llevar aparte a una de las mujeres de sari azul, una mujer mayor, pero no hablaba inglés. Tras diez frustrantes minutos (intentaron convencerlo para que volviera a la fila; Deauchez intentó mostrarles su acreditación del Vaticano), se encontró hablando con una mujer joven que habían hecho salir de la tienda. Iba vestida con una bata blanca de médica y llevaba la tupida cabellera negra peinada en la trenza tradicional. Se acercó a Deauchez mientras se secaba las manos con una toalla. Tenía una expresión cansada por el exceso de trabajo y era muy bonita.

–¿Qué se le ofrece? –le preguntó y, con la manga de la bata, se secó el sudor de la frente.

–Vengo del Vaticano. Soy el padre Michel Deauchez.

–¿No ha venido a ayudarnos?

–Me temo que sólo he venido como observador.

–Bien, si no va a quedarse mucho, puede saltarse el control. Venga, lo acompañaré al otro lado.

–¿Puedo preguntar para qué es todo esto? –dijo el sacerdote mientras avanzaban.

–Cosa del Gobierno. Fue una de sus condiciones para autorizar el acto. Quiere que todo el mundo quede registrado.

–¿Y la tienda?

–Sí –murmuró ella con una sonrisa–. Muchas de estas personas no tienen acceso a cuidados sanitarios, pero aquí nos dedicamos a la prevención. Supongo que, en la India, esto podría calificarse de milagro.

–¿Hacen reconocimientos médicos?

–No, vacunamos. Tifus, tuberculosis... Con el agua sin potabilizar que se consume estos días y con la ingente multitud viviendo en tan íntima proximidad... En fin, nos pidieron que lo hiciéramos y estamos satisfechos por ello.

–Parece que el Gobierno hará grandes esfuerzos por apoyar el movimiento de Sagara Bata.

A Deauchez aquello le había resultado sorprendente.

–No especialmente. Sólo quieren los nombres. Las vacunas las ofreció una organización de ayuda sanitaria internacional. Tendremos suerte si el Gobierno se limita a dejarnos en paz. Sagara Bata dice que lo hará.

Habían llegado a la parte trasera de la tienda sanitaria. Alguien asomó la cabeza e hizo un gesto nervioso a la mujer.

–Y ahora debo... –dijo ella.

–Lo entiendo. Gracias por su tiempo.

–En el extremo oeste del campamento encontrará traductores al inglés.

La mujer ya empezaba a retroceder. Dio media vuelta y desapareció.

Deauchez llegó a la cumbre de la colina y ante sus ojos apareció una hondonada inmensa. La gente llenaba el terreno, sentada o acuclillada en las laderas. Era un enorme anfiteatro natural que necesitaba muy poca ayuda humana para desempeñar su función. No era extraño que Sagara Bata lo hubiera elegido. Deauchez supuso que la figura sentada en el estrado del fondo era la del propio gurú. El estrado estaba formado por una sencilla plataforma de madera perfectamente redonda. Sagara Bata, con las piernas cruzadas, ocupaba un sillón de gran tamaño y de respaldo alto que parecía un decorado barato. El hombre, el asiento y un micrófono eran los únicos elementos en el escenario.

El templo era visible a lo lejos, pero la multitud mostraba poco interés en él. Todos estaban ocupados en llevar sus cántaros de agua al estrado. Largas colas de recién llegados avanzaban en formación por los pasillos, como los radios de una rueda. Un grupo de hombres, cerca del estrado, recogía los cántaros y los llevaba uno por uno a Sagara Bata. Éste, sin interrumpir su plática, introducía una mano en el recipiente y rociaba el aire con unas cuantas gotas de agua. A continuación, el cántaro era devuelto a su propietario. De vez en cuando, se permitía que alguien subiera al estrado para recibir la bendición en persona, aunque Deauchez pudo ver poca cosa de este proceso porque se lo impedía la espalda de la persona que le precedía.

Desde allí, el sacerdote asoció lo que había oído sobre las enseñanzas del gurú con la elección de aquel lugar..., si en realidad había sido el propio Sagara quien lo había escogido y no se lo había ordenado la voz del Universo, como el gurú afirmaba. Sagara Bata no era hinduista, estrictamente hablando, pero el templo de Tarakeshwar, sí. El hombre hacía referencias a los Upanishads y muchos lo consideraban un avatar, un dios viviente reencarnado, un concepto del hinduismo. Pero la mayor parte de las enseñanzas de Sagara Bata eran budistas, y algunas, según se citaba en términos vagos, eran «enseñanzas sólo para este tiempo», lo cual significaba que eran modernas, casi de la Nueva Era. Y en el núcleo de todas las enseñanzas de Sagara Bata, así se lo habían contado a Deauchez, estaba el amor.

Era evidente que aquella verdad revelada resultaba eficaz. Los allí reunidos sabían perfectamente a quién habían acudido a adorar: a Sagara Bata, no a Tarakeshwar Babu.

En el lado oeste, Deauchez encontró al grupo que le había mencionado la doctora. No habría sido difícil reconocerlo aunque las pocas palabras en inglés no le hubieran dado pistas de dónde estaban. Allí había varios cientos de occidentales que prestaban atención a traductoras de saris azules repartidas entre la multitud. Deauchez intentó colarse discretamente en la hierba seca de la parte de atrás, pero una de las traductoras lo agarró de la manga y le indicó con un gesto la larga cola del pasillo más próximo. El cura intentó explicarle que no tenía interés por acercarse al estrado, pero la mujer no dejaba de repetir las palabras de Sagara Bata en inglés y de hacer gestos sin parar a Deauchez para que se pusiera en la fila. Era como intentar conversar con alguien que hablaba con otro. Deauchez se puso en la cola. Mientras ésta avanzaba, tuvo tiempo para observar a la multitud meditativa y captar el mensaje de Sagara Bata.

–... Cuando hemos accedido al observador, el tercer ojo de nuestra conciencia, seremos capaces no sólo de vernos a nosotros mismos desde lejos y sin emociones, sino también de contemplar el tejido entero de la vida. Hemos visto las ondas en el tejido desde hace mucho tiempo. Hemos notado los crecientes temblores en la superficie. Ahora vemos que el trabajo ha empezado. ¿Será el trabajo de un parto o los estertores de la agonía? Preguntemos al observador. Él nos dirá simplemente y sin emoción que son ambas cosas. ¿Qué muere que no renazca? ¿Qué puede nacer si ya está vivo?

»Como el amor y el odio, como la enfermedad y el bienestar, como el miedo y la seguridad, el nacimiento y la muerte forman una dualidad que sólo se opone para la mente ignorante. El observador sabe que son lo mismo, que son una cosa. La muerte y el nacimiento son parte de un flujo continuo, como cuando una corriente de agua pasa primero por una roca y luego por otra. Es estúpido que la corriente tenga miedo de ninguna de ambas rocas. Formamos parte de la corriente y eso no puede alterarlo nada; nada puede detener el flujo del Universo ni impedir que cada uno de nosotros avance en la dirección en la que nos proponemos ir.

Deauchez captó algo por el rabillo del ojo y, al volverse, vio a un occidental que le sacaba una foto. El hombre rondaba los cuarenta y era delgado y de piel bronceada. Llevaba pantalones estilo militar. Deauchez lo observó con el ceño fruncido y el hombre se volvió y tomó otras fotos de la reunión, del estrado y de diversos detalles de la multitud. El cura se relajó.

–... De modo que debemos despojarnos de pensamientos egoístas. Si sentimos apego por nuestro cuerpo físico, si sentimos apego por este concepto basado en la dualidad que llamamos vida, si estamos apegados a ese caparazón de personalidad que cubre al observador infinito que llevamos en el núcleo más auténtico y profundo de nuestro ser, no podremos fluir con la corriente. La corriente es el universo, la corriente es Dios. La corriente es la esencia combinada de todos nuestros observadores. Lo que debemos hacer es intentar conectar con nuestro observador y sumarnos a la corriente con una pureza y un amor absolutos. Nos permitiremos ser llevados por ella en lugar de intentar cambiarla o dirigir su curso. No digamos: «Quiero seguir viviendo en este cuerpo, así que no dejo que le suceda nada malo». Este sentimiento estúpido está formado por dualidades. Nosotros no somos nuestro cuerpo, somos la corriente; debemos identificarnos con el flujo, no con las rocas. Si la corriente quiere separarte de tu cuerpo, fluye con ella sin oponer resistencia. Y, del mismo modo, no hay «cosas malas» que nos sucedan. Cuando el cuerpo está enfermo, aparece la fiebre. ¿Esa fiebre es algo malo? Tal sería el juicio simple de un niño. Un médico sabe que una fiebre es la manera que tiene el cuerpo de acabar con los organismos que lo amenazan. El tejido de la vida debe curarse a sí mismo; la corriente debe curarse a sí misma. Debemos entregarnos a la curación con absoluto amor. Si luchamos contra la curación, nos portamos como niños que se resisten al médico que quiere ponerles una inyección. Si la curación requiere hambrunas, enfermedades, terremotos o inundaciones, recibiremos de buen grado la curación porque nos identificamos con la corriente, con el modelo, y debemos concentrar todas nuestras energías conjuntas en fomentar que la corriente se cure a sí misma, recurriendo a todos los medios que sean necesarios.

Por extraño que resultase, Deauchez sentía la energía de la que Sagara Bata hablaba. No la energía de la corriente o del

Universo, sino la «concentración» de la multitud que lo rodeaba. Mirase donde mirase, sólo veía rostros relajados con esa especial mirada vacía que indicaba reflexión interior o meditación. Algunos tenían la cabeza ligeramente inclinada hacia atrás, otros parecían marionetas caídas sin nadie que manejara los hilos. Había quienes tenían sutiles expresiones de gozo y otros cuyo rostro no reflejaba nada. Sin embargo, nadie estaba asustado. Sí, de vez en cuando veía algún temblor aquí y allá entre la multitud, como el movimiento espasmódico de un músculo largo tiempo agarrotado, pero aquello no era una repetición de lo sucedido en Santa Pelagia. Este acto no estaba marcado por el pánico ni por la histeria colectiva.

Al observar los rostros inexpresivos, Deauchez no se sintió aliviado. A decir verdad, esa nueva realidad, aquel énfasis en «la curación», le parecía, y no sabía por qué, aún peor.

–... Somos uno con la corriente. La corriente necesita nuestra energía y nuestra curación. Entregamos a la corriente toda nuestra energía para curar. Fluimos con el curso de la corriente y contribuimos a su rápido transcurrir, vaya donde vaya.

Deauchez empezó a aproximarse al estrado. Otra occidental, una mujer que se encontraba unos metros delante de él, fue llevada hasta el gurú y éste le tendió algo. Deauchez advirtió que él no tenía un cántaro de agua para ofrecerle y que, como la mujer, era un extraño en aquel entorno. ¿Y si también lo llevaban a él hasta el estrado?

Intentó escabullirse de la cola, pero mientras lo hacía sus temores se vieron confirmados. Dos discípulos vestidos de azul lo agarraron con fuerza por los brazos y lo llevaron hacia el estrado.

–Pero si yo no... –empezó a decir Deauchez, pero ya no podía hacer nada por impedirlo.

Se acercó a Bata con una sonrisa educada y la esperanza de que todo aquello acabase enseguida. Por suerte, no llevaba el alzacuello, pues le habría resultado demasiado embarazoso: un sacerdote yendo a recibir la bendición de un gurú.

Sagara Bata era un hombre bajo y rechoncho, con una larga y

ondulada cabellera negra que le llegaba hasta la cintura y unos rasgos angulosos y unos ojos penetrantes que contrastaban con la redondez de sus carnes. Sonrió a Deauchez y, con una seña, le indicó que se acercase. Seguía hablando sin el más leve titubeo en su voz y Deauchez todavía distinguía las palabras de los traductores al inglés que se hallaban a su izquierda.

Cuando el cura llegó ante el sillón de Sagara Bata, éste levantó las manos. Las mangas de su túnica azul eran tan anchas que le cayeron hasta los codos y Deauchez vio sus brazos desnudos y sus manos vacías.

–El miedo es una puerta cerrada que se interpone entre nosotros y la verdad –decía Sagara Bata a la multitud, al tiempo que sus ojos estudiaban atentamente a Deauchez–. El miedo es la lucha inmadura de nuestro ego mortal para conservar nuestra identidad, para ir en contra de la corriente. La única causa del miedo, su única fuente, es nuestra lucha en contra de la corriente. Cuando luchamos contra la corriente de la vida empezamos a ahogarnos, no podemos respirar y sentimos mucho miedo. Cuando por fin advertimos que, para poder respirar y ponernos a salvo, lo único que debemos hacer es cesar de luchar contra la corriente, entonces nuestro miedo se desvanece. Una vez dejamos de luchar, no queda más que la corriente, y la corriente está siempre en el ojo perfecto de Dios.

Sagara unió las manos y las frotó una con otra vigorosamente. Sus palmas se expandieron despacio, como si entre ellas albergara algo. Luego las abrió en dirección a Deauchez. En el centro de sus palmas había una estatuilla de la Virgen María. Era un objeto inofensivo, una de esas estatuas de resina que pueden encontrarse en cientos de tiendas de imágenes, salvo que ésta llevaba un manto negro, como la Virgen de Santa Pelagia. Pese a todo, verla en las grandes y morenas palmas surcadas de líneas del gurú fue una de las escenas más terroríficas que Deauchez había experimentado en toda su vida. Aquella visión desencadenó en él una oleada de pánico. Una serpiente o un corazón humano no lo habrían asustado más.

Deauchez apartó los ojos de la imagen y miró al gurú. Sagara Bata sonreía y alzaba el objeto, instándole a tomarlo. Al ver la expresión del cura, su sonrisa se desvaneció. Lo miró con ojos escrutadores y su rostro, tan relajado, tan inexpresivo, era como un espejo que prometía puertas abiertas y cortinas descorridas de unos reinos que Deauchez no se atrevía a contemplar. Retrocedió y bajó del estrado dando un traspié. Fue todo lo que pudo hacer para no salir corriendo.

Sedona, Arizona

Trent Andrews se miraba al espejo. Estaba sentado con las piernas cruzadas sobre la pileta del lavabo. La oyó crujir bajo su peso, pero tenía que acercarse al espejo todo lo que le fuera posible.

Estaba desnudo. En su rostro se veía la barba de la semana que llevaba sin afeitarse, y le gustaba. Creía que necesitaba dejarse barba. Le parecía adecuada. ¿Qué otra cosa necesitaba para llegar al lugar adonde iba, para convertirse en lo que se estaba convirtiendo?

Trent se preguntó en qué se estaba convirtiendo. Tal vez el espejo se lo diría.

Fuera ya había seis mil personas. Sabía que algunas de ellas eran personajes excéntricos, seres arrastrados a donde soplaran brisas espirituales. Y otras que ni siquiera creían. Estaban sentadas allí fuera con el mismo espíritu que si hiciesen cola para firmar un seguro de vida, robots ignorantes que hubiesen sido programados con una función primaria, la «seguridad».

Sin embargo, nada de eso cambiaba el hecho de que eran seis mil los que coreaban su nombre. No muy fuerte, pero sin cesar: «Andrews, Andrews, Andrews», y él se sintió absorbido por el torbellino de voces. Pensó que necesitaba ayuda.

Habían abarrotado las calles de aquella pequeña población turística cuyos habitantes no entendían qué ocurría, y Trent había dado instrucciones a Tyna para que los concentrase bajo la ventana de su hotel.

En la habitación contigua, Trent sintonizaba la WWN en la radio. Había que estar al día de las noticias. En ese punto, no se diferenciaba demasiado de la mayoría de sus compatriotas, los cuales estaban siempre atentos a todas y cada una de las fuentes de información, como había ocurrido durante la guerra del Golfo, el caso O. J. Simpson y las aventuras sexuales presidenciales que habían causado tanto revuelo en los noventa. Trent recibía el *New York Times* cada mañana. El día anterior había oído en la WWN que la tirada de ese diario se había triplicado en los últimos tres días. Con un evidente tono de burla, el locutor había calificado el hecho de «milagro».

«La Casa Blanca repitió de nuevo en la conferencia de prensa del mediodía que no tiene cifras oficiales sobre el daño causado a las cosechas por las esporas tóxicas. La Alianza Nacional de Agricultores ha estimado que se ha perdido un sesenta por ciento de la cosecha de otoño, pero el secretario de prensa, Marshall Connor, que volvió de Ginebra el sábado, ha negado que esta cifra fuera exacta y ha dicho que el esfuerzo realizado para proteger los campos debe considerarse "un gran éxito". No ha querido responder a las preguntas de cómo afectarán estos daños a la Cumbre Mundial sobre Alimentación ni a las exportaciones de cereales de este año.»

«No habrá cereales», pensó Trent con tranquilidad. Gentes de todo el país empezaban a pensar en los supervivencialistas. Comenzaban a creer que tal vez habría sido mejor actuar como ellos y que, si ya no fuese demasiado tarde, seguirían acumulando alimentos lo más deprisa posible. Pero eso ya lo pensaban antes de las esporas, cuando corrieron como locos a los supermercados hacía una semana, ¿no? En estos momentos debían de estar pensándolo con muchísimo más empeño.

Sin embargo, esas personas tenían que preocuparse sólo de sí mismas y quizá de unos pocos familiares. Trent tenía seis mil bocas que alimentar y cada día llegaban más.

Acercó las manos al espejo y estudió las líneas de sus palmas. Tenía unos conocimientos básicos de quiromancia, pero en aquellos momentos no le sirvieron de nada. Su línea de la vida no se había cortado por la mitad de la noche a la mañana. Nada había cambiado.

El grupo de Stanton, los «arrebatados», esperaban que los recogieran en cualquier momento. ¿Por qué iban a preocuparse de la comida? Pero Trent había asegurado a toda aquella gente que iban a sobrevivir, a iniciar un nuevo mundo, que allí estarían seguros.

¿Qué debía hacer, pues? ¿Le daría Imrill el poder de convertir piedras en panes?

Cerró los ojos con fuerza. Necesitaba a su terapeuta. Necesitaba entrar en un estado hipnótico y buscar las respuestas. ¿Le había dicho Imrill algo que no recordaba?

Alguien llamó a la puerta del baño con unos golpes titubeantes. Tyna, sin duda. La gente del pueblo empezaba a inquietarse.

Trent se inclinó hacia delante y besó su propio reflejo. Se puso ante él frente a frente e intentó transmitirse imágenes de paz.

Realmente, le daba la impresión de estar besando y tocando a otro. Ya no se reconocía a sí mismo. Estaba asombrado y temeroso de aquello en lo que se estaba convirtiendo. El cambio –el hombre nuevo– empezaba a manifestarse. Era emocionante. Era aterrador. ¿A qué se parecería?

Trent abandonó su posición y bajó del lavabo. Avanzó hasta la puerta del baño y pasó ante Tyna, sin hacer caso de la mirada perpleja de la chica. Finalmente, llegó a la puerta de doble hoja que daba acceso al balcón, la abrió y salió.

Abajo, el ruido de la multitud disminuyó hasta convertirse en un completo silencio, y todos alzaron la vista hacia él. Trent sacó una silla de metal al balcón y se subió en ella para que sus seguidores pudieran verle las piernas. Alzó los brazos formando una V de victoria y se volvió muy despacio para que todos pudieran verlo de todos lados.

A la gente le costó unos minutos asimilar lo que veía. Por fin lo comprendió.

La multitud estalló en aplausos y gritos de adulación, pues su profeta estaba perfecto e impoluto. No había padecido las llagas y, sin duda, aquello era una señal del favor de Imrill, ¿no?

Trent notó que la energía del momento lo invadía y casi lo hacía levitar. Era como si un rayo penetrara en sus venas. Su crisálida se abrió unos centímetros más.

El Mediterráneo

Aquella tarde, al oscurecer, el *Reina del Mar*, cuyo nombre aparecía en la proa tanto en inglés como en hebreo, se encontraba ya lejos de las costas de Israel. Era un enorme yate privado de setenta metros, todo él de teca, blanco y brillante. Salvo su nombre, bastante corriente, no llevaba más distintivos.

Inocencio XIV, el pasajero que había embarcado con tanta discreción, se había retirado a su camarote poco después del almuerzo. Terriblemente cansado, aquello lo hacía sentirse viejo e incompetente. Había querido leer la Biblia, había tenido necesidad de hacerlo y así lo había hecho hasta que le ganó la fatiga. La oscuridad de las imágenes del Apocalipsis competía con la oscuridad del sueño que se apoderaba de su mente. En esta batalla concreta, venció el sueño y no san Miguel.

Las sábanas de aquella elegante cama eran finas, blancas, almidonadas, no muy diferentes de su envejecida piel. La inquietud de su alma se deslizó al país de los sueños, que lo rondaba como una sombra. Había algo parecido a un terremoto. Veía el techo de la Capilla Sixtina que se desplomaba en forma de piedras preciosas y él intentaba agarrarlas antes de que cayeran al suelo y se convirtieran en polvo. Pensó que si no se rompían, podría reconstruirse, si fuese capaz de cogerlas... Sin embargo, corrió con los brazos extendidos, aturdido por tanta destrucción, pero sus piernas no avanzaban.

A la una, unos golpes insistentes lo despertaron. Estaba muy acostumbrado a que interrumpieran su sueño y le costó unos instantes advertir, tras llamar estúpidamente a su secretario, que los golpes no procedían de la puerta del camarote. No eran sonidos hechos por manos humanas, sino que se trataba de un ruido lejano y amortiguado que procedía de las paredes del barco de manera intermitente y acompañado de una moderada agitación. El barco chocaba con algo.

Al principio intentó dormirse de nuevo, pero los ruidos se lo impidieron. Eran sutiles, apagados, pero molestos. No sabía a qué se debían. ¿No se encontraban en medio del mar? Tal vez eran maderas a la deriva o restos de un naufragio, pero los sonidos se mantenían, ya llevaba un buen rato oyéndolos. Consultó su reloj. Habían pasado veinte minutos.

Entonces se le ocurrió pensar que quizá no estaban en medio del mar. ¿Y si el barco había sido secuestrado y estaba entrando en la desembocadura de un río lleno de escombros?

Aquella imagen lo hizo saltar de la cama. Se puso las zapatillas, cruzó la gruesa alfombra y se acercó a una portilla redonda de teca por donde se colaba la luz de la luna. Inocencio XIV miró al exterior.

La portilla de su camarote se hallaba a unos tres metros del agua. Al principio no vio nada en la negra y rizada superficie del mar. Luego apareció algo, una vaga sombra que, a medida que el barco se acercaba a ella, cobró forma. Supo que se trataba del cadáver de un animal, un bulto hinchado que flotaba pasivamente sobre las olas. Y cuando el objeto pasó ante su ojo de buey vio una larga nariz gris, unos afilados dientes blancos y una lengua roja y fláccida que se veía negra por la luz de la luna o por la muerte. Era un delfín. Movió la cabeza para seguir su paso y cuando lo perdió de vista divisó peces más pequeños que flotaban con los lomos plateados hacia el cielo. En el otro lado del barco se oyó un golpe sordo que indicaba que el barco había chocado con una masa más grande.

Se puso su brillante bata roja, se metió un rosario en el bolsillo como cualquier hombre de la calle habría hecho con sus llaves y corrió hacia cubierta.

La tenue luz en el puente de mando recortaba las siluetas de las gorras de los oficiales y de los galones de sus uniformes. Seguro que el capitán Janus, que lo había escoltado a bordo, se encontraba allí arriba, pero la cubierta de popa estaba vacía y el Papa no necesitaba compañía. No necesitaba preguntarle a Janus qué era aquello y cuándo y dónde había comenzado porque en el fondo de su corazón sabía perfectamente lo que ocurría.

Se dirigió a la barandilla para ver el mar, como Moisés mirando desde el Sinaí. Llevaba el rosario en la mano aun cuando no recordaba en qué momento lo había sacado del bolsillo. Sus ojos tardaron unos minutos en adaptarse a la oscuridad.

La luna llenaba el mar de reflejos brillantes. Podía ver muy a lo lejos, pero no con claridad. Supo que en las rizadas olas donde no resplandecía la luna había formas oscuras en la superficie del agua que absorbían la luz en vez de reflejarla. Hacia el horizonte se veían muchas manchas negras. Y, junto al barco, los cadáveres flotaban como picatostes podridos en salmuera.

Antes de dormirse había leído las palabras y, en esos momentos, no necesitó recurrir a su Biblia para recordarlas. Las recitó en un susurro: «Y el segundo ángel tocó la trompeta, y fue como si un gran monte ardiendo en fuego hubiera sido lanzado al mar; y la tercera parte del mar se convirtió en sangre, y murió la tercera parte de las criaturas que vivían en el mar, y la tercera parte de las naves fueron destruidas».

–Virgen María, madre de Dios, ten piedad de nosotros –exclamó en tono lastimoso y se arrodilló ante la barandilla del barco como si se tratase de su altar.

La única respuesta que obtuvo fue el chapoteo del agua contra el barco y el sonido apagado en la quilla al chocar con otro cadáver.

Capítulo 7

Día 9
Allahabad, India

Allahabad era la ciudad donde confluían el Ganges y el Yamuna, dos de los ríos más sagrados de la India. Por esta razón, era punto de destino de numerosos peregrinajes y albergaba, además, una sociedad especialmente frecuentada por yoguis ascetas, llamados *sadhus*, hombres santos de la religión hindú.

El campamento de los *sadhus* estaba situado en la cima plana de una yerma montaña. Deauchez pensó que aquél debía de ser, normalmente, un lugar aislado, pero en aquellos instantes hileras de peregrinos subían y bajaban de la montaña y llevaban a rastras cabras, ovejas que balaban o aves de corral. Caminaban silenciosos o murmuraban plegarias en voz baja. Tenían los rostros hinchados y los ojos inexpresivos.

Se hallaban en el reino de Kali.

El propietario de la pensión en donde se alojaba Deauchez le había recomendado que no subiera a la montaña. Había contado al cura que se encontraban al final de un ciclo de veinticinco mil años. Se hallaban en el Kali Yuga, la era de Kali, la diosa del tiempo y, por ello, de la muerte y la destrucción. Señaló una imagen en la pared en la que se veía una divinidad femenina de color negro, con la boca abierta, llena de colmillos ensangrentados. Llevaba un collar hecho con diminutas cabezas humanas y sus cuatro manos blandían una espada, un dogal, una calavera llena de sangre y varias cabezas cortadas, respectivamente.

Los *sadhus* decían que había llegado el final del Kali Yuga y que la diosa Kali vendría a recoger su sangrienta cosecha. Morirían tantas personas que el ciclo de la reencarnación se rompería durante miles de años. Kali devoraría las almas menos evolucionadas y las destruiría para siempre. La gente que se había congregado en lo alto de la montaña rendía culto a Kali con la esperanza de aplacarla y evitar ese destino.

Los templos de Kali no eran lugar para extranjeros.

Deauchez hizo caso omiso del dueño de la pensión. Lo que el sacerdote buscaba era algo específico. Si pasaba revista a todos los encuentros que había tenido hasta el momento con los profetas de Santa Pelagia, no encontraba nada tangible donde poner el dedo y, sin embargo... Había algo que no dejaba de atosigarle como una voz que todavía hablase demasiado bajo, no la oyera y sólo captase su aliento en el oído. El cuerpo de san Francisco Javier, el encuentro con Sagara Bata. ¿Acaso era que había empezado a ver?

Junto a él, en la lenta y empinada ascensión a la cumbre, se encontraba Chitra, el hijo adolescente del hostelero, que tenía la misión de «acompañar» a aquel estúpido occidental que no quería escuchar los buenos consejos y hacerle de traductor. Chitra, como heredero del establecimiento de su padre, hablaba un buen inglés y Deauchez agradeció sus servicios. Era poco probable que los *sadhus* hablaran una lengua que Deauchez comprendiese.

Al llegar a la cumbre de la montaña, Chitra se detuvo y agarró del brazo a Deauchez. Lo que vieron habría helado la sangre al guerrero más valiente. La amplia y polvorienta meseta estaba atestada de gente. Cada tres metros, aproximadamente, había una fogata en la que uno, dos o tres *sadhus*, a los que se reconocía fácilmente porque iban desnudos y llevaban el cuerpo cubierto de ceniza, los cabellos largos y enmarañados y las extremidades manchadas de sangre, sacrificaban animales para los penitentes. La meseta estaba llena de sangre y de vísceras. Los peregrinos mojaban los extremos de los saris o de sus pañuelos en la sangre. Y alrededor de esos fuegos, a menudo cayendo en ellos o tropezando con la gente que los rodeaba, había fieles en estado de trance. No eran *sadhus*, sino hombres y mujeres que, untados con la sangre de los sacrificios, entraban en comunión directa con Kali. Algunos sufrían violentas convulsiones, con los ojos en blanco, mientras que otros daban vueltas sobre sí mismos, ajenos al hecho de que no había espacio para hacerlo. Y los *sadhus* que no sacrificaban animales se dedicaban a actos de automortificación que Deauchez encontró repugnantes. Uno colgaba de unos clavos hundidos en la espalda. Otro se sostenía sobre la cabeza, pero ésta estaba enterrada en el asfixiante polvo. Un tercero se pasaba una y otra vez una antorcha ardiendo por la piel. Otro se perforaba las mejillas y la lengua con unos largos pinchos de hierro. Era una escena digna de El Bosco.

–Nunca había visto esto –murmuró Chitra con voz temblorosa–. No es como el culto de Vishnu.

Deauchez pensó que no, que era como el culto de Santa Pelagia.

–¿Sabes cuál de ellos es Dishama Giri?

–No, pero...

El chico levantó el brazo y señaló.

En el centro de la planicie, casi oculto por la multitud, había un árbol solitario. Deauchez no reconoció la especie. Su corteza era lisa, de color gris, y sus abundantes y retorcidas ramas no tenían hojas. No era demasiado alto, tal vez medía unos siete metros.

En las ramas había tres *sadhus*, dos de ellos en las ramas superiores y otro en una más baja. Este tercer *sadhu* quedaba casi oculto por la hilera de personas que se acercaba a él y le besaba los pies, los cuales se veían sucios e hinchados. Sí, tres *sadhus* habían ido a Santa Pelagia: Dishama Giri y dos más. Tenía que tratarse de aquellos tres. Los yoguis de los árboles no eran conscientes de lo que ocurría a su alrededor. Tenían los ojos casi cerrados y de ellos sólo se vislumbraba una fina línea de color blanco entre sus párpados.

–Creo que tienes razón, pero no parece demasiado comunicativo, ¿verdad?

–¿Quiere hablar con él?

El chico lo miró como si pensase que sólo un idiota querría hablar con gente como aquélla o imaginar que pudiera hablarse en un sitio como aquél.

–Tengo que hacer algunas preguntas acerca de Dishama Giri. ¿Qué me sugieres?

El muchacho observó unos minutos la planicie, protegiéndose los ojos con la mano. Luego se lanzó corriendo hacia el centro de la confusión. Horrorizado, Deauchez se quedó inmóvil unos instantes, pero no le quedaban muchas opciones. Se metió en el tumulto y siguió como pudo a Chitra.

Cuando llegaron al otro lado de la meseta, Deauchez iba magullado de los golpes que le había dado la gente al empujarlo y también le dolían los pies de los pisotones recibidos. Tenía manchas de sangre y excrementos en la ropa y hasta en la cara. Sacó su pañuelo e intentó limpiarse las más aparatosas.

Entonces vio adónde lo había llevado el chico. A un lado de la planicie había chozas construidas con estacas y arpillera, rodeadas de harapientas banderolas naranjas en palos clavados en el suelo. En una de ellas se encontraban tres *sadhus* en cuclillas, desnudos, sudorosos y con manchas de sangre en el cuerpo. Dos de ellos fumaban cigarrillos liados a mano y el otro lo hacía de una sucia pipa. Por el olor que desprendía el humo y el aspecto de sus ojos, estaba claro que no fumaban tabaco.

Chitra se aproximó a uno de ellos, que era viejo y tenía una tripa gruesa y fláccida. Sus genitales se balanceaban sobre el barro entre sus enormes pies color púrpura. Chitra se arrodilló y besó las sucias uñas de los pies del yogui. Éste murmuró algo entre dientes y miró a Deauchez con ojos húmedos.

El chico empezó a hablar. El cura supuso que le estaba contando que su acompañante quería hacer preguntas sobre Dishama Giri. El *sadhu* gruñó y soltó palabras cortas y agudas. Al cabo de unos instantes, Chitra hizo una seña a Deauchez para que se acercara. El sacerdote inclinó levemente la cabeza a modo de saludo.

–¿Cuáles son sus preguntas? –susurró Chitra.

–¿Qué fue lo que hizo ir a México a Dishama Giri?

El *sadhu* escuchó la pregunta y respondió de manera breve.

–Kali se le apareció en un sueño –tradujo Chitra.

–¿Cómo consiguió el dinero para comprar el billete de avión?

El chico tradujo la pregunta y el asceta respondió con varios estallidos de frases rápidas, como si hiciera pausas entre una y otra para descansar.

–Dice que cuando Dishama Giri le contó a su gurú el sueño que había tenido, el gurú pensó que sólo era un sueño humano, no un sueño divino. Por eso, le dijo a Dishama Giri que tenía que mendigar para conseguir el dinero del viaje y que tenía que hacerlo no sólo para él, sino también para llevar consigo a dos de sus hermanos, porque no podía viajar solo. El gurú pensó que no lo conseguiría, pero al cabo de tres días Dishama Giri volvió con el dinero. Entonces su gurú supo que había sido un sueño divino y le dio permiso para ir con los otros dos.

Deauchez sintió una presión en el pecho. Justo igual que los demás, que habían sido «llamados» a Santa Pelagia.

–Antes de tener ese sueño, ¿Dishama Giri había fumado de eso?

–¿Del *chilam*? –preguntó Chitra, al tiempo que señalaba la pipa.

Deauchez asintió y el chico hizo la pregunta, pero el *sadhu* se limitó a mirarlo con aire compasivo.

–Pregúntale si recuerda que ocurriera algo fuera de lo normal cuando Dishama Giri tuvo ese sueño.

El muchacho habló largo tiempo con el yogui. Al parecer, le resultaba difícil hacerle comprender la pregunta. Deauchez no estaba seguro de que el propio Chitra la hubiese entendido.

–No ocurrió nada. Fue... como todos los días. Se encontraban en el festival, en la ciudad, como todo el mundo.

–¿Qué festival?

–La Mela. Vienen *sadhus* de todas partes, y también gente de todo tipo. La Mela es un festival hindú.

–Y eso, ¿no es raro?

–En Allahabad, no.

–¿Y le ocurrió algo a Dishama Giri durante el festival?

El muchacho hizo un gesto dubitativo, pero, finalmente, se volvió hacia el viejo y le tradujo la pregunta. El *sadhu* se quedó unos instantes pensativo y luego sacudió la cabeza con el ceño fruncido. Entonces, uno de sus compañeros intervino en la conversación.

Los dos *sadhus* discutieron un rato y dio la impresión de que el más joven de ambos evocaba algo en la memoria del viejo. Éste dio una palmada al suelo con una mano sucia y ensangrentada, como si hubiera tenido una revelación. Tras una sonrisa de asentimiento, se dirigió a Chitra con entusiasmo.

El chico se quedó impresionado.

–Lo atropelló un camión –tradujo para Deauchez.

–¿Qué?

El viejo seguía hablando.

–Dishama Giri y otro *sadhu* fueron atropellados por un camión que se dio a la fuga. Los recogió una ambulancia y los llevó al hospital.

El *sadhu* más joven intervino de nuevo en la conversación.

–Pero dice que no les causó heridas graves. Salieron del hospital a las pocas horas.

En la mente de Deauchez se movió algo. Era como un tiburón a punto de salir a la superficie. Se sentó y permaneció pensativo unos instantes.

–Pregúntales por el hospital, por favor.

Chitra habló de nuevo con los *sadhus*, que hicieron unos gestos que señalaban direcciones.

–Sí, lo conozco –dijo Chitra–. El hospital de San Cayetano.

Nueva York

Simon Hill contemplaba, perplejo, el monitor del ordenador y se golpeaba los dientes inferiores con la punta de un lápiz.

–¿Has encontrado algo interesante? –preguntó Susan, que pasaba junto a él camino de la redacción.

–No lo sé.

El e-mail era del padre Deauchez, el que se había cabreado tanto con él en el aeropuerto. O había cambiado de idea o intentaba, de manera intencionada, encaminarlo hacia pistas falsas. ¿Podía ser tan manipulador?

Era una posibilidad; al fin y al cabo, trabajaba para el Vaticano, pensó Hill con sarcasmo.

–Deauchez afirma que se nos ha pasado por alto un profeta, uno de aquí, en River City. Will Puma, de Washington. El estado, no la capital federal. Es un nativo americano que dirige una especie de centro de chamanismo y supervivencialismo radical llamado «campamento Puma».

–¿Y cómo se nos puede haber pasado por alto? –preguntó Susan, que se había detenido tras la silla del reportero.

–Porque tal vez ese tipo huya de los periodistas. Y porque nos hemos dedicado a buscar en el extranjero, sobre todo.

–Todo es posible. Después de la reunión, llamaré a nuestro corresponsal en Seattle –dijo Susan, que se disponía a marcharse.

–No –replicó Hill, en tono pensativo–. Quiero decir, sí. Sí, que investigue a ese tipo, pero que no mande a nadie al campamento. Es posible que vaya yo mismo.

–¿En serio?

–Deauchez quiere que investiguemos unas inoculaciones de hantavirus que se dieron en el campamento Puma hace más o menos un mes. Quiere que averigüemos qué organización las controló, en qué otros lugares se dieron y cosas de ésas.

–¿Y qué tiene eso que ver con el precio del té en China?

–Buena pregunta. –Hill mordía con aire ausente la goma de borrar del extremo del lápiz–. Te dedicarás a averiguarlo, pero creo que... No sé. Tengo la sensación de que ahí hay algo y quiero comprobarlo por mí mismo.

Aunque desconfiara del sacerdote, el periodista que había en su interior notó esa extraña sensación de apremio, de que era importante, porque desafiaba toda lógica, porque no coincidía con datos conocidos sobre el asunto y, por tanto, parecía llegar de un lugar totalmente distinto. No era el mero texto en blanco y negro del e-mail, sino una cierta intuición subconsciente, de su «instinto», como diría Ralph.

Al parecer, Susan no captaba las mismas señales.

–Están esperándote –dijo.

–De acuerdo.

El cuerpo robusto de Hill se levantó de la silla, haciendo que las ruedas se deslizaran hasta chocar ruidosamente con su escritorio. En circunstancias como aquéllas, esa maniobra era tan inherente a la manera de levantarse de Hill que lo único que uno podía pensar era que el ruido actuaba como una especie de señal psicológica para el reportero y lo avisaba de que estaba en lo cierto. Esas artimañas, junto con la incoherente ligereza de sus pasos, le conferían un aspecto de preadolescente regordete y estúpido.

Ese día, sin embargo, la acción dibujó en su rostro una mueca de dolor y, de repente, Hill disminuyó el paso y empezó a caminar muy despacio y con aire pensativo hacia la sala de reuniones. Tal vez era esperar demasiado no verse atacado por las llagas, pensó con amargura, pero ojalá sólo fuese en algún lugar de los brazos o de las piernas, incluso en el pecho o en la espalda. Maldita entrada de aire del cuarto de baño.

Miró a Susan con intensidad y ella intentó esbozar una sonrisa.

Lo esperaban en la sala de reuniones. Allí estaban sus compañeros, periodistas más veteranos que él: Kevin, Marta, Frank, Austin y Susan, más Jeanine, la encargada de documentación, y su jefe, Ralph. Éste se encontraba apoyado contra la pared, cerca de la puerta, como para dejar claro que él no estaba allí para dirigir nada, sino para observar y ayudar en lo que fuera necesario. Hill sabía lo afortunado que era por tener un jefe así en aquella noticia. Todos los superiores que había tenido antes lo habrían dejado de lado para apropiarse de la gloria y el éxito.

–Pasemos revista a los profetas –dijo Hill.

Se acercó a la pizarra en la que había escrita una lista numerada de nombres.

–¿Sánchez?

–En Santa Pelagia se reunieron unas cinco mil personas –dijo Marta–. Mexicanas en su mayoría, algunas estadounidenses. Casi todas católicas. Félix dice que ahora todo está tranquilo, que no ha habido más visiones, pero que el ambiente, cito textualmente, es «muy malsano».

Hill escribió cinco mil y la fecha junto al nombre de Sánchez. Luego, siguieron repasando los nombres de la lista. Hasta el momento, Stanton había atraído seis mil personas al monte Kittatinny. Andrews, unas seis mil quinientas a Sedona.

–¿Y todavía no han aparecido naves espaciales? –bromeó alguien.

–No –respondió Susan–, aunque, al parecer, Andrews se divierte mucho paseando desnudo. No tiene llagas.

–Hasta ahora, ninguno de los profetas las tiene, ¿verdad? –preguntó Hill.

Los periodistas asintieron y se miraron. Cuando captaron la extrañeza de aquel hecho, el ambiente de la sala se cargó de solemnidad.

–Abeed sigue pronunciando el mismo sermón cada noche –dijo Hill–. Harlem está bajo un fuerte control policial, pero no ha habido más algaradas. Estamos averiguando qué ocurre con unos cuatro mil afroamericanos que han llegado de fuera y han acampado en las calles.

Los demás profetas seguían unas pautas similares: entre tres y ocho mil seguidores se habían congregado en los respectivos lugares de encuentro. La señora Wendy Clark se había dirigido a Escocia; Jürgen Hefner estaba en Regensberg; Walter Matthews estaba en Montreal, Canadá, cerca de la frontera con Estados Unidos, y atraía a «cabezas rapadas» de ambos países; los seguidores de Levi literalmente «corrían por las calles de Jerusalén» y daban sermones en el lugar donde se estaba construyendo el templo. El doctor Kratski, con el grupo más pequeño, llamaba a los «intelectuales» a congregarse en Siberia; el lugar elegido por el padre Dimish estaba en las afueras de Kiev.

–Congrega fieles de la Iglesia ortodoxa rusa y griega de toda

Europa del Este –dijo Kevin–. Y escuchad esto: aboga por la castración de los hombres y porque las mujeres se corten un pecho. Es una tradición de una antigua secta rusa llamada Skoptsy. Dice que de esa manera demostrarán a Dios que están dispuestos a dejar esta vida.

–¡Qué maravilla! –exclamó Hill en tono burlón–. Que alguien vaya a ese sitio. Necesitamos fotografías. Para esta noche, preparad un pequeño artículo sobre lo que está haciendo Dimish. A nuestros lectores les encantará.

Ralph asintió con gesto de aprobación.

Los últimos tres nombres de la lista eran hallazgos recientes.

–¿Mohamed Rahman?

–Se dirige a los musulmanes desde un monasterio sufí próximo a Beirut. Anunció la profecía de las llagas antes de que se hiciera realidad. También lo pasamos por alto.

–Investiga esas primeras noticias, si puedes. ¿Y Taruma Sakarro?

–Afirma que es el profeta de todo el Sudeste Asiático –respondió Austin–. ¿Sabéis cuánta gente es eso? Sólo en Indonesia hay ciento cincuenta millones de habitantes.

–Y se encuentra en Singapur, ¿verdad?

–Sí. Y se han reunido con él unas veinte mil personas y cada día llegan más. Son personas religiosas y las ha llenado de miedo. Creen que el mundo va a partirse en pequeñas islas como Indonesia. Sakarro afirma que Singapur es la única ciudad que sobrevivirá.

–¿Y Philip Constant?

–Es un mormón de Sudáfrica. Dice que está a disposición de todos los blancos y todos los negros de África siempre y cuando actúen como mormones. Está divulgando su mensaje a todos los mormones del mundo. Los de Utah están haciendo sondeos y, de momento, le otorgan su confianza. Constant ha dicho a todos los mormones del mundo que vayan a Salt Lake City o que se reúnan con él en Ciudad del Cabo.

Hill asintió y miró todos los números que había escrito junto a los nombres de los profetas.

–Interesante. No es una cantidad excesiva, pero tampoco son pocos.

–La encuesta telefónica de anoche –intervino Marta– indica que sólo el diez por ciento de nuestros lectores cree en el mensaje de Santa Pelagia, pero hay un cuarenta por ciento que «no están seguros».

–Perfecto –dijo Ralph, tras un silbido–. Eso significa que seguirán comprando el periódico hasta que estén seguros, ¿no, chicos?

Todos sonrieron. Se encontraban en el mejor momento de su periódico en décadas y lo sabían.

–Muy bien –dijo Hill–. Haced vuestros informes y mandádselos a Susan. Quiero nueva información para la edición de esta noche, cosas como ésas de la castración. Quiero saber qué están haciendo esos profetas y nuestros lectores también quieren saberlo.

Llegaron al final de los nombres de la lista. Debajo de todo había cinco espacios en blanco numerados del veinte al veinticuatro. Hill escribió «Will Puma» entre interrogantes y contó lo que Deauchez le había comunicado por e-mail.

–Vamos a investigar a Puma, pero aún nos faltan cuatro profetas. Tiene que haber cuatro más. ¿No habéis encontrado nada en Sudamérica?

–Tengo a tres personas rastreando la prensa –respondió Marta–. Los periódicos brasileños también buscan a alguien, pero no han encontrado nada.

Hill se dirigió al mapamundi que había en la pared.

–Seguro que en Sudamérica se nos ha escapado uno. Es una zona inmensa y ninguno de los otros profetas la está cubriendo. Y lo mismo ocurre en China, ¿no, Austin?

–Creo que no, Hill. Pero la Cumbre Mundial sobre Alimentación acapara la atención de todo el mundo. Los líderes chinos han asistido a ella y los periódicos no hablan de otra cosa. Con más de mil millones de estómagos que llenar, están muy centrados en la cuestión de los alimentos.

–De acuerdo, pero no bajes la guardia. No me gustaría ver en el noticiario nocturno de la CBS a ninguno de los profetas de los que nada sabemos.

Estaban obligados a correr un riesgo que Hill aborrecía. Al terminar la edición de la noche anterior, todavía no habían localizado a todos los que Hill consideraba que tenían que ser «los veinticuatro». Ralph había insistido en publicar la cita de Nostradamus y la sugerencia de que se refería a los veinticuatro profetas. Aquello había sido un gran éxito entre el público y los teléfonos no habían parado de sonar, pero en esos momentos todos los periodistas del mundo sabían que aún faltaban algunos profetas y ya habían empezado a buscarlos.

Hill se dirigió al otro lado de la pizarra, a una lista titulada «Acontecimientos».

–Muy bien. Las llagas. ¿Susan?

–Esta mañana, el doctor Robert Tendir ha hecho unas declaraciones desde los laboratorios Telegyn. Las esporas transportan una especie de superbacteria que afecta tanto a las plantas como a los humanos. Produce enzimas que provocan la descomposición de los tejidos celulares. En las plantas son como manchas de podredumbre, pero afecta a los humanos más que el estreptococo. Y sus efectos son muy rápidos. Se transmiten por contacto, como algunos de nosotros sabemos. –Arqueó una ceja mirando a Hill–. Tendir insiste en que la bacteria es una sustancia natural y que, en su opinión, no puede haberse generado en un laboratorio. Tendir es el científico ganador de un premio Nobel que dirige el centro de investigaciones de Telegyn.

–Sí, eso ya lo sabemos, pero ¿qué tiene que ver Telegyn con todo esto?

–Al parecer, decidieron hacer los tests porque cuentan con el equipo adecuado para ello. Es el primer informe serio que he visto. También la Agencia de Protección del Medio Ambiente dice que el noventa por ciento de las esporas han desaparecido, según los tests del aire que han realizado.

–Bien, pero intenta que algún personaje público te diga que

«puede ocurrir de nuevo en cualquier momento». Aunque sólo sea para mantener elevada la presión sanguínea de los lectores.

–De acuerdo –asintió Susan, al tiempo que tomaba nota–. Además, hay áreas que no se han visto afectadas: Groenlandia, Siberia y algunas zonas de las montañas Rocosas.

Hill se golpeó los dientes con el lápiz.

–Quiero una lista de todos los lugares que no se han visto afectados, y cuando digo todos, quiero decir todos. Me gustaría que alguien como Stanton explicara eso. Frank, ¿alguna noticia nueva sobre los daños a las cosechas?

–Todas las fuentes coinciden en afirmar que ha quedado destruida la mitad de las cosechas de este año, pese a que Washington lo desmiente. Europa, la Federación Rusa y casi toda Asia se han visto muy afectadas. Y todas las fuentes coinciden en que hubo diez horas críticas. Se calcula que en el resto del mundo se ha perdido entre un sesenta y un ochenta por ciento de las cosechas.

–¡Dios! ¿Y para cuándo está previsto el anuncio oficial por parte de Washington?

–Para esta noche, en Ginebra, justo después de que el presidente pronuncie su discurso en la cumbre.

–Manténte informado de ello.

Todos los presentes palidecieron ante lo que implicaba lo que acababan de oír. Hill respiró hondo e intentó no pensar en la comida, que era uno de sus placeres favoritos. Se acercó a las palabras «Marea roja», escritas en la lista de acontecimientos.

–¿Kevin? Háblanos de la marea roja.

Kevin hojeó sus notas y se inclinó hacia delante, en su habitual pose viril, con las rodillas separadas.

–Anoche, el reverendo Stanton dijo una y otra vez en su programa que la marea roja era la segunda señal.

–Esta mañana, Yoshiko Tanomaru ha dicho lo mismo –intervino Austin.

–Pero la noticia de la marea se divulgó en Estados Unidos a última hora de ayer y, de momento, en la prensa nadie la ha relacionado con Santa Pelagia.

–No, todavía no –dijo Hill, con vehemencia–. Esta noche daremos esta noticia, pero lo haremos a lo grande. Tenemos muchas imágenes, ¿verdad?

Ralph asintió.

–Bien. Kevin y yo nos pondremos con ello tan pronto como acabemos la reunión. ¿Alguien más tiene alguna otra cosa que añadir?

Todos callaron unos instantes y, luego, Austin dijo:

–Esto no va a mejorar en absoluto lo de la comida.

Hill asintió. La cuestión de la pesca no le había pasado por alto.

–Gracias –dijo–. Y ahora, coged los teléfonos y obtened declaraciones para la edición de esta noche. Tenemos un montón de cosas que hacer. Nos reuniremos después.

–¿Simon? –Marta alzó la mano con gesto rápido–. Greenpeace ha puesto su versión de las siete señales del Apocalipsis en su página de Internet. Lo primero es algo que ha ocurrido hace muy poco en Brasil. Greenpeace se hizo cargo de un par de hectáreas a las que llamó el «Corazón de la Amazonia». Llevan diez años trabajando para protegerlo. Era el hábitat de varias especies raras, entre ellas el mono luna brasileño.

–Sí, lo recuerdo –asintió Hill.

–Hace unas seis semanas, el Gobierno brasileño expropió los terrenos y mandó excavadoras. A Greenpeace se le concedieron cuarenta y ocho horas para que se llevaran todo lo que pudieran, monos incluidos. Y eso fue lo que ocurrió. Greenpeace lo llama «la violación final».

–Y la semana pasada, ¿no hubo un buen lío porque Blade robó uno de esos monos para su concierto de rock? –preguntó Frank en tono burlón.

–Exacto. Blade dice que él no lo robó y Greenpeace no ha presentado ninguna demanda.

–¡Vaya sabueso!

–Eh, no menospreciéis a mi hombre –dijo Kevin–. ¡Blade es honrado! Actuará el viernes en el Palladium y tendremos pases de prensa.

–Muy bien, muy bien –lo interrumpió Hill en tono festivo–. Entiendo la posición de Greenpeace, Marta, pero no estoy seguro de que guarde una relación con lo de Santa Pelagia. Kevin, ¿vamos a la sala de vídeo?

–Pensé que podía ser importante –murmuró Marta, decepcionada, pero Hill ya se dirigía a la puerta.

El bueno de Ralph... Había demostrado su implicación en aquella noticia de muchas maneras y lo hizo de nuevo. No sólo dejó que Hill y Kevin dispusieran a sus anchas de la sala de vídeo, sino que además ya había llamado a un experto, un biólogo de la cercana Rutgers. Normalmente, ese tipo de investigaciones tenían que hacerlas los reporteros por sus propios medios.

El biólogo se llamaba Fendmann. Llevaba una oscura y descuidada barba, mocasines sin calcetines y una mochila a la espalda. Observó en silencio la lista de zonas afectadas que Kevin le mostró, pero asintió con la cabeza sin cesar al tiempo que pasaba páginas.

–¡Esto es increíble!

–Vamos a echar un vistazo a las imágenes –dijo Hill–. A ver qué tenemos, Carl...

–Las primeras son de esta mañana. –Carl pulsó botones en su mando a distancia–. El mar de Japón. Son imágenes de la WWN.

Estaban tomadas desde un helicóptero que volaba a cierta altura sobre el agitado mar. Carl bajó el volumen del sonido de las hélices. Cuando la cámara enfocó el mar, se vieron unas inconfundibles y enormes manchas rojas.

–Eso es, ¿no? –preguntó Hill.

Fendmann contemplaba la escena como hipnotizado, con el informe que Kevin le había dado aún entre sus manos.

–Sí, son las algas. Se trata de un alga muy pequeña. Lo que vemos ahora son miles de millones de dinoflagelados.

–¿Había visto antes algo así?

–Sí, una vez. En el golfo de México, pero no de esta magnitud.

Fendmann les explicó qué era la marea roja aderezado con jerga científica, mucha más de la que los periodistas necesitaban. Sin embargo, mientras hablaba en tono monótono, las imágenes del vídeo se sucedían y Hill oyó que Kevin soltaba entre dientes una maldición. No necesitó mirar a su compañero para saber qué era ese bulto que tenía en la garganta. El propio Hill intentaba combatir uno del tamaño de una pelota de béisbol. No eran las grandes manchas rojas lo que lo impactaba. Tampoco sabía tanto de ciencia como para emocionarse, como Fendmann, con un montón de algas. Eran los cadáveres que cubrían la superficie del océano lo que lo apesadumbraba.

El mar se moría.

Durante una hora pasaron varias veces las escenas y Hill sintió que una parte de él también moría. Fendmann seguía dando su conferencia y Kevin estaba demasiado aturdido para serle de ayuda. No obstante, aquel sentimentalismo tan impropio de su compañero sí era una ayuda, porque Hill sabía que, cuando el público viera esas imágenes, todo el mundo experimentaría lo que Kevin y él mismo sentían. Dictó el principio del artículo a una minigrabadora y sus colegas escucharon. Como era habitual, el lenguaje que utilizaba por escrito parecía proceder de un alma mucho más culta y refinada.

–Hoy, en el mar de Japón, no hay pequeños barcos de pesca. Aun cuando hubiesen tenido el coraje de intentar salir al mar y correr el riesgo de capturar peces envenenados, no habrían podido hacerlo porque habrían quedado encallados entre miles de cadáveres. Como la peste bubónica que asoló Europa en el siglo XIV, los animales marinos se han visto afectados por una plaga. Sin embargo, no es un virus lo que se ha cobrado tantas vidas, sino un diminuto dinoflagelado, un tipo de alga que produce toxinas que afectan al sistema nervioso. Como la bacteria *E. coli*, que está presente siempre en nuestro cuerpo, estos dinoflagelados también lo están siempre en el mar, pero en cantidades tan pequeñas que, normalmente, no crean problemas.

Miró a Fendmann en busca de confirmación. El científico asintió en señal de aprobación.

–Por alguna razón que no comprendemos, de vez en cuando estas algas sufren espectaculares explosiones demográficas y forman colonias tan vastas que pueden detectarse a simple vista. Cuando el alga muere aparecen las manchas rojas. En ese estado, atrae a las especies que se alimentan de algas y la atracción es fatal.

Apagó unos instantes la grabadora y contempló una vez más cómo el helicóptero se aproximaba a las playas cercanas a Seúl. En el agua, entre los peces muertos, unos monjes budistas chapoteaban seguidos de una multitud de devotos que se abría paso en el mar para ofrecer libaciones. La cámara no se acercaba lo bastante a ellos como para ver sus rostros, pero Hill sintió el mismo dolor que esas gentes aunque no distinguiera sus acciones. ¿Cómo combatían el hedor y el horror de los peces muertos que les rozaban los muslos y las espaldas? Algunos llevaban incienso y quizá rezaban a los dioses de las aguas, mientras que otros vadeaban con los brazos abiertos como si se ofrecieran ellos mismos.

Dijo a Carl que detuviera la imagen en un fotograma y pensó lo que se proponía decir. Cogió la lista de Kevin que Fendmann aún tenía en las manos y siguió hablando:

–Lo que hace que estemos ante una enorme tragedia es su alcance. En las profundidades del gran océano Pacífico y del Atlántico, la vida continúa sin problemas. El océano Ártico y el Índico todavía albergan vida. No obstante, cientos de miles de kilómetros de costas y mares interiores han muerto. Esta noche, el mar de Japón, con sus innumerables islas, ha quedado contaminado. El mar de China también está afectado. En Australia, el mar de Coral está lleno de cadáveres y teñido por los dinoflagelados muertos. El golfo de Bengala, en la India, el canal entre Mozambique y África y el Mediterráneo están completamente contaminados de marea roja. El mar del Caribe, el golfo de México, la Costa Este de Estados Unidos y el golfo de Alaska son las zonas cercanas a nuestro país que se han visto más afectadas.

Es la primera vez en la historia de la humanidad que se produce una irrupción tan repentina y devastadora de mareas rojas en zonas tan alejadas unas de otras.

Apagó la grabadora. Kevin se veía revitalizado, como si hacer el informe de la tragedia le hubiese dado coraje. Hizo una seña a Hill para que pusiera en marcha la grabadora.

–¿Cuál es la causa exacta de estas mareas?

Fendmann respondió y luego Kevin resumió su respuesta en la grabadora.

–Algunos dicen que la causa de la marea roja es el calentamiento global, que las algas tóxicas se reproducen más cuando hace calor. Otros alegan que la causa son las aguas residuales procedentes de los seres humanos y de las explotaciones ganaderas, ya que su alto contenido en nitrógeno actúa como fertilizante para las algas. Y hay quien afirma que son los vertidos tóxicos, los productos químicos que vertemos a los mares alteran su equilibrio natural.

Hill asintió con aire de aprobación. Fendmann estaba pensativo, se acariciaba la barba y tenía los ojos clavados en sus pantalones color caqui. Kevin respiró hondo y prosiguió:

–Vertemos productos químicos en los ríos. Los fertilizantes, los pesticidas. Y los aceites de motor llegan al mar a través de las alcantarillas. Hemos hecho pruebas nucleares en los océanos, como si fueran un planeta remoto y no la base de la vida en la Tierra.

En la pantalla aparecía un primer plano de una ballena muerta, con el estómago blanco y manchado bajo el sol, y luego la imagen se cortaba. Final de la cinta.

–Así pues, los ecologistas tal vez tengan razón –decía Kevin–. Quizá la marea roja es la primera señal de que nuestros mares ya no toleran más nuestros vertidos tóxicos, aunque lo cierto es que ignoramos cuál es el origen de la marea roja.

Kevin apagó la grabadora. Hill se la cogió, la puso en marcha de nuevo y dijo:

–Lo único que sabemos es que las terribles muertes que ha

ocasionado en el día de hoy escapan a nuestra comprensión y a nuestra capacidad de lamentarlas.

Apagó el aparato y permanecieron unos instantes en silencio.

–Tengo dos cintas más –ofreció Carl.

Hill sacudió la cabeza. Ya había visto bastante.

Sabía que Ralph tacharía casi toda la intervención de Kevin, al menos los últimos párrafos. Los periódicos no publicaban amonestaciones. No era eso lo que la gente quería leer. Los ecologistas publicarían su propia versión en diarios de menor tirada y en Internet.

Sin embargo, ya nadie les hacía caso.

Ginebra, Suiza

El presidente Fielding había sido informado de la situación de la marea roja momentos antes de iniciar su intervención. Miró a Cole con aire de impotencia. ¿Con qué más tendría que vérselas? Cole le dijo que siguiera adelante con el plan y que omitiera la cuestión de la marea roja. No era tan importante como el problema de los cereales, y era éste el que los ocupaba.

Sin embargo, Cole sugirió que eliminara del discurso la parte en la que decía que cada país era responsable de cosechar todos sus recursos y, sobre todo, la frase en la que se refería a la plena utilización de los dones del mar que sustenta la vida y que siempre es generoso.

Cuando entraron en la sala, Cole advirtió que todo el mundo estaba ya allí, incluidos el presidente Li y, junto a él, el omnipresente y siniestro Tsing Mao Wen. Y también estaban los representantes de la prensa, de unos cuantos diarios escogidos. Había un periodista y un fotógrafo del *New York Times* y reporteros de varias cadenas de televisión.

–Señoras y caballeros de Naciones Unidas, compañeros dignatarios, miembros de la prensa... –Fielding empezó con energía, tan pronto como estuvo ante el micrófono. Lo que allí se necesitaba era una actitud de firmeza inquebrantable y de apremio, o al menos eso era lo que le había aconsejado el secretario de prensa, Connor, por teléfono–. Nosotros, Estados Unidos, hemos reconocido la importancia de esta cumbre y de lo que se discute en ella. Hemos decidido hacer todo lo que esté en nuestras manos para asegurarnos de que este año y los años sucesivos todos los que tengan hambre puedan ser alimentados. Hemos hecho un hueco en nuestra agenda, cargada de asuntos nacionales de vital importancia, para poder asistir y dar nuestro apoyo a esta cumbre.

»Pero estoy seguro de que voy a expresar la opinión de muchos de los líderes aquí presentes si digo que el coste de esta cumbre empieza a exceder su valor, al menos de momento. Debido al peligro actual que corren las cosechas, mi papel de líder es mucho más necesario ahora en mi país, a fin de trabajar con los agricultores y los científicos de Estados Unidos para asegurarnos de que tanto unos como otros comprenden por completo y optimizan al máximo nuestra producción anual de alimentos. Supongo que muchos de ustedes se encuentran en la misma situación.

Fielding, el hombre que nunca sudaba, se secó la frente y Cole no supo si lo hacía por puros nervios o por auténtica necesidad. Se hallaba detrás del presidente y veía que su nuca estaba cada vez más enrojecida. Por encima del hombro de Fielding veía a Li. La expresión del presidente chino era cada vez más sombría.

–Muchas naciones han perdido sus cosechas por culpa de las esporas tóxicas. Queremos expresar nuestro pesar por este inoportuno contratiempo. –Fielding respiró hondo–. Las primeras estimaciones indican que en Estados Unidos se ha perdido el cuarenta por ciento de la cosecha, pero se trata sólo de las primeras estimaciones.

Cole notó que los presentes contenían exclamaciones. «Mentiroso», pensó con calma. Se había perdido el cincuenta por ciento en un año que, ya de por sí, había sido malo. La decisión de decir que se había perdido el cuarenta por ciento se había tomado tras un acalorado debate, pues por una parte se pretendía convencer a los poderes extranjeros de que Estados Unidos se encontraba en un mal momento y de que no podría exportar, y por otra, se trataba de evitar otra oleada de pánico en el país.

–En cambio, disponemos de grandes invernaderos en todo el país que producen alimentos todo el año y zonas que no se han visto afectadas en absoluto por las esporas. Lo cierto es que no tenemos datos suficientes para seguir adelante con estas discusiones. Mis planes son volver a casa y trabajar con un grupo de expertos para determinar qué producción obtendremos este año. Les aseguro que Estados Unidos seguirá trabajando en cooperación con la FAO a fin de decidir el plan de acción más apropiado. Los cereales de Estados Unidos no serán subastados al mejor postor bajo ninguna circunstancia. Cuando hayamos calculado cuáles serán nuestras exportaciones de este año, fijaremos precios que serán similares a los del año pasado para cada nación importadora.

Aquél era el quid de la cuestión. Los propietarios de los excedentes en Estados Unidos se pondrían furiosos; la situación era el sueño erótico de cualquier vendedor. Pero Naciones Unidas había escuchado con mucha atención la propuesta de China y nadie sabía cuánto más había empeorado la situación por culpa de las esporas.

No pareció que el presidente Li fuera a ceder. Cruzó los brazos con fuerza sobre el pecho, con los labios apretados y los ojos llenos de odio. Junto a él, la expresión del monje se mantenía inescrutable.

Mar Mediterráneo

El *Reina del Mar* se dirigía a Atenas. En su camarote, Inocencio XIV daba los últimos toques al discurso que iba a pronunciar al día siguiente, después de haber hablado con el padre Deauchez una vez más. Mientras leía el borrador, su pluma temblaba sobre la página, igual que había temblado todo él al escribirlo, con las palabras que le salían a trompicones y la mente dividida entre el instinto religioso y la precaución política.

Cuánto lo había confundido el retraso de aquel viaje... En Roma lo necesitaban desesperadamente. El viaje por mar no era nunca rápido, pero el barco tenía que ir aún más despacio debido a las masas de peces muertos. Sin embargo, sabía que Dios lo había puesto allí por alguna razón, y sabía cuál: tenía que ser testigo presencial de aquella señal. Era un auténtico prisionero en medio de ella. Estaba allí para que sus ojos vieran la realidad y el alcance de lo sucedido, para que su nariz captase el olor, el hedor de muerte y putrefacción que llegaba a bordo con la más leve brisa y que se olía incluso en el interior de la nave, con las puertas cerradas.

Había sido testigo de ello. Lo entendía en su alma de una manera que jamás habría comprendido si no lo hubiese vivido, si se lo hubieran contado. Había llegado el momento de volver a casa. Tomaría un avión de Atenas a Roma. Su secretario le había dicho que su avión privado estaría a punto y algunos de sus cardenales predilectos se hallaban en Atenas esperándolo para tener una reunión antes del vuelo, tal como él había solicitado.

Suspiró y dejó de lado el discurso. Ya no podía elaborarlo más, y entregó el borrador a su secretario para que lo mecanografiara. La luz solar y el azul del cielo lo llamaban a asomarse a la ventana, pero era una ilusión. Allí fuera había un cementerio y ya había visto bastante. Abrió su Biblia y leyó el Libro de Job.

Se encontraba leyendo cuando, a veinte millas del puerto, el mundo físico que lo rodeaba se desmoronó. Primero oyó el ruido, como un cañonazo fuerte aunque amortiguado en la proa del barco. Al instante siguiente, todo estaba ardiendo.

Murió casi instantáneamente. La terrible explosión tardó unos segundos en cobrarse su vida, el tiempo suficiente para que se recuperara de la brutal conmoción y de lo incomprensible de la misma, el tiempo suficiente para pensar con coherencia: «Me han matado».

Y sí, lo habían hecho.

ACTO II: ROJO

Y mientras tanto [aparecerá] una plaga tan grande que las dos terceras partes del mundo perecerán y se descompondrán. Tantos [morirán] que nadie conocerá los verdaderos dueños de los campos y de las casas, las hierbas en las calles de las ciudades llegarán a la altura de las rodillas y habrá una desolación total entre el clero.

NOSTRADAMUS, *Epístola a Enrique I*

La humanidad se verá diezmada por epidemias, hambrunas e intoxicaciones. Después de la catástrofe, emergerán de las cavernas y se reunirán y quedarán sólo unos pocos para construir el nuevo mundo. El futuro se acerca a paso veloz.

PROFETISA REGINA
(antes de la Segunda Guerra Mundial)

Y ésta será la plaga con la que el Señor castigará a todos los pueblos que han luchado contra Jerusalén: su carne se consumirá mientras estén en pie y los ojos se les pudrirán en las órbitas y la lengua se les consumirá en la boca.

ZACARÍAS (160 a.C.) 14, 12

En el oeste se fraguará una guerra horrible, al año siguiente llegará la peste, y será tan horrible que nadie, ni los jóvenes ni los animales [sobrevivirá a ella]. Sangre, fuego, Mercurio, Marte, Júpiter en Francia.

Nostradamus, 9, C 55

El bosque tropical es el soporte del cielo. Corta los árboles y el desastre sobrevendrá.

Leyenda tribal sudamericana

Sin lugar a dudas, en las sombras acechan enfermedades todavía desconocidas, pero que tienen el potencial de ser el sida del mañana.

Informe de la Organización Mundial para la Salud de Naciones Unidas, 1996

Capítulo 8

Día 10
Washington, D. C.

Michael Smith gruñó cuando el timbre de su despertador sonó por quinta vez aquella mañana. Alargó la mano y golpeó el botón para detener el zumbido, pero no lo consiguió. Luego, tras un momento de resistencia, sacó la parte inferior del cuerpo de debajo de las sábanas y lo deslizó hacia el suelo. Cayó de rodillas y el ligero dolor que sintió lo despertó, y abrió los ojos. Bostezó, alargó la mano y, finalmente, consiguió apagar el despertador. Se puso en pie y sus articulaciones crujieron como cada mañana. Camino del baño, tropezó con la ropa sucia y las revistas apiladas en el suelo.

Todo el mundo sabía que el virólogo nacido en Ohio no tenía la mente clara por las mañanas. Aquello había vuelto locos a sus padres cuando era adolescente porque siempre se perdía las primeras clases. Y la situación no había mejorado demasiado aunque ya tenía treinta y seis años. Era cierto que hacía jornadas de doce horas en el Laboratorio de Control y Prevención de Enfermedades de la sección panamericana de la OMS, pero no era ésa la causa de que se levantara tarde. Eran las cuatro o cinco horas que dedicaba por la noche, después del trabajo, a sus dos pasiones: las películas antiguas y las novelas de misterio.

Un cuarto de hora después, cuando salió del baño, sus cabellos cada vez más ralos estaban limpios y ahuecados a fuerza de secador. Se puso unos pantalones de color caqui y una camisa de Madrás, las dos piezas con apresto permanente, y se hizo el lazo de una corbata de punto. Cruzó la sala y se dirigió a la puerta principal, donde la noche anterior había dejado sus mocasines de cuero. Su gata siamesa, *Callie*, protestó con maullidos ante aquella maniobra, como siempre hacía. Los hábitos de sueño de la gata eran muy distintos de los de su amo. Se sentó y mostró los afilados dientes en un gran bostezo desde su lugar favorito, en el sofá de terciopelo.

–*Callie*, cariño, todavía no me voy –dijo Mike con un tono de impaciencia, como era habitual en él.

La gata saltó y se dirigió a su bol de comida, que estaba en la cocina. Mike lo llenó, rascó la espalda del animal y se dirigió hacia la puerta, esta vez con decisión. Justo en el momento en que la abría, el teléfono sonó. Lo miró un instante y, luego, cerró de un portazo y se dirigió hacia el coche.

Llegó al laboratorio veinte minutos más tarde. Josh Bergman lo abordó tan pronto como entró.

–¿Dónde te habías metido, Mike? Hace siglos que te estamos llamando.

El joven doctor Bergman, con un doctorado tan reciente que aún le brillaban los ojos cuando oía pronunciar su nombre, parecía un lápiz blanco con gafas y una melena afro, rojiza en lo alto. Tenía el nivel de energía de las personas muy delgadas y el entusiasmo y la ingenuidad de los que sólo hacían gala los internos más nuevos. Aquella mañana se le veía aún más excitado.

–De camino hacía aquí, Einstein.

–Voy a decirle a Stanley que estás aquí. Ve a su despacho ahora mismo, ¿vale?

Josh se marchó como una exhalación y Mike suspiró. Dejó el portafolios en su despacho y se sirvió una taza de café de la máquina comunitaria que había en el vestíbulo. Allí pasaba algo, eso estaba claro. Mike no sabía si alegrarse o preocuparse. Hacía mucho tiempo que no realizaba un trabajo de campo y la perspectiva siempre resultaba estimulante. En cambio, se hallaba en medio de la investigación de un virus que creía que estaba genéticamente relacionado con el ébola y que ayudaría a explicar los orígenes de esa enfermedad mortal. No era el mejor momento para salir del laboratorio.

Cuando entró en la oficina de Stanley y vio el aire solemne, brillante e intenso de sus dos colegas, la curiosidad pudo más que él.

–Contadme –les dijo.

Con una seña, Stanley le indicó que cerrara la puerta. Mike lo hizo y luego tomó asiento.

–Mike, necesito que tú y Josh vayáis a Río de Janeiro. Esta misma mañana.

–¿Río? ¿Qué pasa en Río?

–Todavía no lo sabemos. Esta mañana hemos recibido una llamada de Greenpeace. Tienen allí un refugio con veinticinco monos luna brasileños.

La palabra «monos» hizo subir la presión sanguínea a Mike.

–Bien, bien...

–Dicen que, hace unas seis semanas, cuando los recogieron, parecían completamente sanos, pero que han empezado a enfermar. Los veterinarios han dicho que es un virus de la gripe. Ayer empezaron a morir. En las últimas veinticuatro horas han muerto diez. Pero, con estas fases finales, bueno, seguro que no ha sido la gripe.

–¿Qué pasa en esas fases finales?

Mike estaba del todo despierto y ni siquiera había probado el café.

–Es difícil de decir. Tenemos información de uno de sus veterinarios. Nos ha hablado de hinchazones y erupciones.

–¿Erupciones? ¿Con heridas sangrantes?

Era un término incrustado en el mito y el horror del ébola. Describía lo que ocurría en la fase terminal de la enfermedad, la licuefacción de los órganos y tejidos corporales y su subsiguiente expulsión por todos los orificios del cuerpo.

–No sé. Pero me gustaría calificarlo de brote potencial de Nivel Cuatro hasta que sepamos más al respecto.

Lo que Stanley decía era que los primates eran los vectores confirmados de la mayor parte de los virus mortales hasta entonces descubiertos. En aquel momento, había quince monos de una raza que nunca antes había estado en contacto con el hombre y que sufrían una enfermedad infecciosa.

–Estoy de acuerdo contigo –dijo Mike.

Josh asintió, como si hubiera llegado a la misma conclusión pero hubiese esperado a que ellos lo decidiesen primero.

–Bien, como es en Sudamérica, la sección panamericana de la OMS tiene que encargarse de eso. Tú, Mike, dirigirás la investigación y tendrás a Josh de ayudante. También dispondrás de todo el apoyo de la OMS local. Es un centro pequeño, o sea que no esperes mucho. Si el problema es serio, te mandaremos un equipo, probablemente de Ginebra, tal vez con algunos miembros del Centro de Control y Prevención de Enfermedades.

–Ya estoy listo –dijo Mike, al tiempo que se ponía en pie.

–Yo también –añadió Josh, que se levantó como movido por un resorte.

–Pues venga, al aeropuerto. El avión sale dentro de una hora y media.

–¿Podrás dar de comer a mi gata? –preguntó Mike.

–¿Te he defraudado alguna vez? –preguntó Stanley en tono jocoso.

La Casa Blanca

En el gabinete presidencial de la Casa Blanca estaban reunidos los secretarios de Finanzas, de Estado, de Defensa, de Interior, de Comercio, de Trabajo, de Salud y Asuntos Sociales, de Urbanismo y Desarrollo, de Transporte, de Energía, de Educación y de Ex combatientes, así como el fiscal general, el vicepresidente y, por supuesto, el presidente Fielding. Se hallaban todos sentados alrededor del equivalente de la tabla redonda en la Casa Blanca. Permanecían en silencio y observaban con aire de solemnidad al secretario de Agricultura, el doctor Samuel Purvue, de Atlanta, que presentaba su informe de emergencia.

Un joven y atractivo ayudante, un chico de Yale a quien Anthony Cole había recomendado personalmente, trajo una jarra de agua helada con limón. Cole sonrió al muchacho y éste le devolvió la sonrisa.

–Señor presidente, me temo que no hay otra manera de afrontarlo –decía el doctor Purvue, con una sonora y aterrorizante seriedad–. Nuestra tasa de consumo para este año, sin racionamiento, se previó en treinta y dos millones de toneladas de trigo y ciento noventa y siete millones de toneladas de otros cereales. Eso supone doscientos veintinueve millones de toneladas en total. Sólo disponemos de seis millones de toneladas de existencias utilizables; en los dos últimos años hemos agotado las reservas. Hemos perdido la mitad de la cosecha de otoño, lo cual indica que la cosecha total de trigo y cereales de este año será de entre ciento cuarenta y ciento sesenta millones de toneladas, no de los trescientos tres que habíamos previsto. Incluso en un racionamiento de grado tres, la demanda interna seguirá siendo de ciento noventa millones de toneladas, más de lo que tenemos.

–¿Y... y... y los invernaderos? –preguntó Fielding, con la dicción de alguien que ha sufrido una apoplejía.

–Señor presidente, esos invernaderos son para alimentar una elite que compra especialidades del mercado. Suministran pequeñas cantidades de productos orgánicos fuera de temporada y a unos precios muy elevados. Perdone mi franqueza, pero son como un meado en el Misisipí.

–¿Está absolutamente seguro de sus datos, señor? –preguntó el general Brant.

–Todavía no tenemos noticias de todos los agricultores del país, general –dijo Purvue con sequedad–, pero si estas estimaciones no son ciertas, un dos por ciento arriba o abajo, presentaré, encantado, la dimisión.

–¿Puedo dimitir yo también? –preguntó el señor Arnold, secretario de Comercio.

El comentario provocó risitas nerviosas.

Ésa no era la actitud que uno mostraría ante el presidente en circunstancias normales. El hecho de haberlo dicho y que, además, Fielding fingiese no haberlo entendido indicaba lo mucho que habían cambiado los tiempos.

–En otras palabras –intervino Cole–, este año no tenemos cereales para la exportación. Ni un solo kilo.

–Me temo que la primera dificultad, señor secretario, será dar esa noticia. La segunda será planificar qué significa un racionamiento de grado cuatro. –La voz de Purvue rezumaba ironía.

–¡Sea cual sea ese plan, tenemos que ponerlo en marcha ahora mismo! –insistió Liz Haron, secretaria de Salud y Asuntos Sociales–. La moratoria en la distribución de cereales a los silos está causando graves desórdenes. Las tiendas se han quedado sin existencias, la gente siente pánico ante la situación y la prensa se lo está pasando de maravilla divulgando todas esas tonterías sobre las profecías bíblicas.

–Algunos teóricos de la conspiración difunden rumores de que las esporas han destrozado el ochenta por ciento o más de las cosechas. Dicen que mentimos. Dicen que no habrá final de la moratoria, que no habrá reabastecimiento. Tenemos que hacer algo para acallar esos rumores antes de que se conviertan en un problema más serio.

–Absolutamente de acuerdo –asintió el señor Arnold–. El sector comercial pide sangre. Si no pueden transportar cereales, no pueden hacer dinero. Esto se está convirtiendo en una catástrofe económica.

–Creo que estamos de acuerdo en que, en las próximas cuarenta y ocho horas, debe entrar en vigor un plan de racionamiento –dijo el doctor Purvue en voz alta–. En este estado de cosas, creo que a nuestros ciudadanos los tranquilizará ver que tomamos decisiones, aunque eso signifique que tengan que sacrificarse.

Todos los que estaban sentados a la mesa asintieron excepto Fielding. Era como si su mente estuviese muy lejos.

–He estado pensando en eso –dijo Purvue–. Como ustedes saben, el grado tres divide los alimentos en categorías y asigna a cada ciudadano cierta cantidad de cada categoría. Esa cantidad es la menor que todavía cubre las recomendaciones alimentarias mínimas de la Food and Drug Administration, «Administración de Alimentos y Fármacos» (FDA), por lo que es evidente que no podemos reducirla más, aunque eso es lo que debemos hacer.

Nadie dijo nada. Se les veía demasiado cansados y conmocionados como para proponer ideas.

–Me gustaría hacer una sugerencia –prosiguió Purvue–, aunque sé que al señor Arnold no va a gustarle nada. Lo cierto es que muchos de los productos de nuestras listas tienen muy poco valor nutritivo o no tienen ninguno. Si limitamos la producción a alimentos que sean absolutamente integrales, podremos disminuir la cantidad de cereales por ciudadano y seguir manteniendo los valores mínimos diarios recomendados. Podría bastarnos con ciento cincuenta y seis millones de toneladas.

–¿Qué esta diciendo? –pregunto Arnold con voz tensa.

–Lo que digo es que no estoy seguro de que, en la situación actual, en la que estamos negando el pan básico a naciones que se mueren de hambre, podamos justificar la fabricación de esos tentempiés y aperitivos sin ningún valor nutritivo.

El señor Arnold se quedó boquiabierto y la cara se le puso de color escarlata, como si acabase de tragarse una concha de ostra. Cuando Brant, sentado junto a él, ya se disponía a darle unas palmaditas en la espalda, Arnold respiró hondo y recobró el habla.

–¿Me está diciendo que vamos a obligar a una industria que mueve miles de millones de dólares, con miles de productos que compiten entre sí y millones de empleados estadounidenses, a reconvertir sus fábricas para producir sólo pan de nueve cereales?

–¿Tiene usted alguna idea mejor, señor secretario?

Purvue cruzó los brazos sobre el pecho.

–Estamos hablando de nuestras vidas, señor Arnold –intervino Liz Haron–. Si el doctor Purvue ha encontrado una manera de que podamos terminar el año sin que nuestros ciudadanos se mueran en las calles, en mi opinión, creo que su idea debe ser apoyada.

–Pero... esto es como decirle a la industria automovilística que ahora todos tendrán que fabricar bicicletas idénticas. No pensemos en lo mucho que se enfadarían, sobre todo los que donaron fondos para esta campaña presidencial. ¡Pensemos en el país! No tenemos ni idea del colapso que produciría un sector de negocios tan grande como el alimentario. ¡Podría provocar que se desintegrase toda nuestra infraestructura económica!

–Eso me parece un poco exagerado, ¿a usted no? –dijo el general Brant con impaciencia.

–No, general Brant, no me lo parece –respondió Arnold.

Salida de la nada sonó una voz familiar que rugió con tanta rabia y arrogancia como sólo una voz concreta podía hacerlo:

–¿Quieren callarse todos de una vez, joder?

Los reunidos se volvieron hacia el presidente.

–¡Todos, sí, todos! ¡Se les está escapando el quid de la cuestión! –El rostro de Fielding retumbaba como un volcán a punto de entrar en erupción–. Purvue dice que podemos alimentar a nuestros ciudadanos. ¡Muy bien! ¡No creo que, ahora, nuestro principal problema sea el sector económico! ¡Estúpido perro faldero!

Esta última frase iba dirigida a Arnold. De la boca del presidente salía saliva con cada palabra que decía. Arnold parecía haberse tragado un insecto del tamaño de Wall Street.

–¿Cole? –gritó Fielding.

–¿Sí, señor presidente?

Fielding lo miró fijamente unos instantes mientras recobraba la compostura. La habitación estaba tan silenciosa que casi se oía el tictac de los relojes y de los marcapasos.

–¿Qué cree que harán?

–¿Se refiere a los chinos, señor presidente?

–Sí, demonios, a los chinos. Y a los malditos árabes y también a los dementes de Reino Unido. ¡A todos ellos! Usted es el secretario de Estado. ¿Qué cree que harán?

Fielding pronunció aquellas palabras con un veneno más lento, dirigido a Arnold. Cole supo que, en aquellos instantes, el presidente no lo odiaba personalmente a él, sino al mundo en general. En realidad, Fielding había empezado a respetarlo un poco, incluso a necesitarlo, quizás. Eso le resultaba gratificante aunque, llegados a aquel punto, también era discutible. Las opiniones de Fielding no serían relevantes durante mucho tiempo.

–Todos los países del planeta, salvo, tal vez, Canadá, Australia y Sudamérica, están peor que nosotros, señor presidente –explicó Cole–. Mucho peor. China, Oriente Próximo, la India, África, ninguno de ellos tiene comida suficiente para mantener viva a una tercera parte de sus respectivas poblaciones. Europa ha perdido hasta un setenta por ciento de su cosecha por culpa de las esporas, o eso nos han dicho. Y ya estaban en un nivel de racionamiento muy estricto. Y a los rusos no les va mucho mejor. En mi opinión, será un año de desesperación. Las personas que mueren de hambre no tienen demasiadas opciones. Harán cualquier cosa por conseguir comida.

Fielding hizo una pausa, sopesó esas palabras y preguntó:

–¿Todos ellos?

–Todos y cada uno de ellos –respondió Cole.

–Oh, Dios mío –murmuró Fielding.

–Somos la primera potencia militar del mundo, señor presidente –dijo el general Brant con jactancia.

–¿Y nuestros aliados?

El presidente se dirigió a Cole, haciendo caso omiso de la intervención del general.

Cole juntó las manos y apoyó la barbilla en la punta de los dedos con aire pensativo. La sala esperó.

–Señor presidente, tengo una sugerencia –dijo.

–Adelante –replicó Fielding sin asombrarse en absoluto.

–Nos pongamos como nos pongamos, no podemos exportar cereales suficientes para contentar a todo el mundo.

–¡No podemos exportar nada! –intervino el doctor Purvue.

–Tenemos que tomar decisiones muy meditadas. En las circunstancias actuales, nunca podremos suministrar suficientes cereales a China para evitar que haga lo que vaya a hacer, sea lo que sea. Ni que lo haga ningún otro país asiático, o incluso Rusia. Son estados muy densamente poblados.

El doctor Purvue sacudía con fuerza la cabeza para demostrar su desacuerdo.

–Pero si podemos conseguir una reserva de veinte millones de toneladas en total, de trigo, maíz y cualquier otro cereal, podría bastar para...

–¿Bastar para qué? –preguntó el vicepresidente Davies.

–Si somos diplomáticos, bastaría para comprar la lealtad de la Unión Europea, por ejemplo.

–¡No hay veinte millones de toneladas! –El doctor Purvue sacudía la cabeza con tanta fuerza que sus largos cabellos de liberal se agitaban en el aire de manera grotesca–. ¡Es imposible!

Sin embargo, Fielding miraba a Cole con la misma tensión que un náufrago mirando un punto en el horizonte. ¿Un bote? ¿Una isla? Se incorporó en la silla y suspiró ruidosamente. Agarró el vaso de agua que tenía delante y se lo bebió entero.

–Pasemos a discutir el grado cinco de racionamiento –dijo Fielding, tras secarse la boca.

–No podemos –replicó el doctor Purvue, cuyo rostro se ponía cada vez más púrpura.

–¿Cómo tenemos el asunto de los alimentos enlatados? –preguntó amablemente Cole, a modo de sugerencia.

–Podemos complementarlos con carne –dijo Fielding.

–Buena idea, señor presidente. Sobre todo durante los primeros meses –comentó Cole con entusiasmo.

Todos lo miraron.

–Ya sé que hemos reducido el consumo de carne de res porque utiliza mucho cereal, pero ha llegado el momento de que sacrifiquemos todo el ganado que nos queda, y los cerdos también, excepto, tal vez, una mínima reserva de vacas para la producción de lácteos, claro, y quizá conservar las aves de corral. Los pollos pueden comer los restos de las reses.

–Buena idea, Cole –dijo Fielding, agradecido.

El señor Arnold hundió la cabeza entre las manos y empezó a llorar.

Allahabad, India

El padre Deauchez salió del hospital de San Cayetano. Era mediodía y el sol caía de lleno. Caminó unos metros y notó que las piernas le temblaban. Intentó seguir adelante, puesto que la pensión se encontraba a unas diez manzanas de distancia, pero no pudo. Se le nubló la visión y sus rodillas amenazaban con doblarse.

A pocos pasos vio unas sillas de mimbre y unas mesas bajo la lona apedazada de una casa de comidas. Llegó hasta allí, se dejó caer en una de las sillas, puso la bolsa del ordenador entre las piernas y hundió la cabeza en las manos, a la espera de que se le pasara el aturdimiento.

Unos instantes después, se percató de la voz molesta del camarero que parecía llegar de muy lejos.

Consiguió alzar la cabeza y pedir un Nimbu, zumo de lima con soda. Cuando tomó la bebida, el azúcar y el sabor ácido de la lima, así como la sombra bajo la que se había resguardado, lo ayudaron a poner en orden sus sentidos. El mareo había pasado.

¿Había sido por culpa del calor? ¿O de la mezcla de olores astringentes y fétidos del hospital? ¿La visión de vendajes manchados de sangre y de pus? ¿Los mendigos sin extremidades sentados en las escaleras del hospital o los niños de costillas prominentes y rostros enjutos por la inanición que llenaban sus salas? La visión de la sangre y del sufrimiento siempre le revolvía el estómago y un hospital indio no era lugar para un francés de estómago débil como él. Sin embargo, estaba seguro de que no se trataba de eso, ni del curry de la noche anterior.

No. Le había mareado algo que había captado en el hospital. Aun cuando la sensación todavía era muy vaga, sabía que no salía de allí de vacío, que algo se había enganchado en el anzuelo de sus investigaciones y que, de hecho, había capturado el tiburón que amenazaba con subir a la superficie allí, en la cima plana de aquella montaña.

Sólo Dios sabía si sería capaz de afrontar las consecuencias.

Cuando se hubo recuperado lo suficiente, miró a su alrededor. Deauchez vio a un occidental sentado en un banco, al otro lado de la calle. El cura esbozó una sonrisa vacilante, pero el extranjero desvió la mirada. Tal vez era un ateo, pensó Deauchez, por improbable que eso fuese en la India. Colocó el maletín sobre la mesa, lo abrió y puso en marcha el portátil. Probó el móvil Telegyn y consiguió conectarse a Internet en un abrir y cerrar de ojos. Sí, le esperaban tres mensajes. Ansioso, abrió la bandeja de entrada.

Uno de los correos electrónicos era de Simon Hill. Deauchez esperaba que, de los otros dos, hubiera uno de la hermana Daunsey, pero no fue así. Al escribir a Hill, también le había escrito a ella para formularle una sencilla pregunta. Estaba frustrado pero no sorprendido por su falta de respuesta. De los otros dos mensajes, uno era de Donnelley y el otro de la Oficina de Prensa del Vaticano, algún comunicado oficial o algo así. Ambos tenían la señal de «urgentes».

Deauchez sintió pánico ante la lectura de ambos mensajes. Uno era una nota oficial y en el otro Donnelley le hablaba de ella. ¿Habría dicho el Papa algo nuevo, habría dado pleno apoyo a los sucesos de Santa Pelagia? No, no podía ser. Rezó para que no fuese así. Estaba a punto de hallar nuevas pruebas que aportar.

Deauchez abrió primero el mensaje de Hill. Se limitaba a decir.

> Estoy en el campamento Puma investigando las vacunaciones. Lo tendré informado.

Sí, había sido una estupidez esperar más. Esas cosas llevaban un tiempo.

Con cierto temblor, Deauchez abrió el correo electrónico de Donnelley.

> Querido Michel:
>
> Una terrible noticia: el papa Inocencio XIV ha muerto. Su barco explotó ante las costas de Creta, a las cuatro y diez minutos de la tarde, hora de Creta, las tres y diez minutos, hora de Roma, ayer.

Dicen que la explosión fue tan grande que todos los que estaban a bordo fallecieron al instante. Podemos dar gracias a Dios de que, al menos, no sufrió.

Regresa al Vaticano de inmediato, por favor. En momentos de conmoción como éstos, aquí es donde debes estar. Desde este instante, todas las investigaciones quedan suspendidas indefinidamente. Vuelve a casa, Michel.

Tu afligido hermano,

BRIAN DONNELLEY

Tardó unos instantes en asimilar la noticia. Lo hizo a través de un mar de resistencia, como un bulto de plomo que se deslizase por una cuerda untada con una sustancia pegajosa. Hacía mucho, mucho tiempo que no experimentaba un dolor tan grande y profundo como aquél.

No le salían las lágrimas, pero notaba que una honda pena se instalaría en su pecho durante una larga temporada. Pobre Antonio Girelli, un niño, un joven monaguillo que había llegado tan alto que lo habían derribado por la audacia de la que había hecho acopio, por la blasfemia de que un alma sensible pudiera volar con tanta libertad en un mundo sin sensibilidad.

Sin embargo, en el mismo momento en que Deauchez pensó en ello vio que lo estaba idealizando. El papa Inocencio XIV había sido sensible, había sido un buen hombre, un gran hombre, pero también un político. Sin lugar a dudas era un mártir, pero no un santo.

Sin embargo... Sí, sin embargo, había sido amigo de Deauchez, ¿no? Casi como una figura paterna. Y era el Papa. Alguien había matado al Papa. ¿Quién? Y, por el amor de Dios, ¿por qué alguien había querido matarlo? ¿Y por qué en esos momentos?

Dentro de su mente, Deauchez tenía un mensaje para el Papa, una pequeña chispa que quería transmitirle. Tal vez era sólo una consideración o quizás algo más. Había averiguado unas cuantas cosas y el Papa debía saberlas. ¿Quién se haría cargo de aquellas averiguaciones?

Deauchez cerró los ojos y presionó los párpados con los dedos. Después, dio un trago a su refresco. Fijó la mirada en el monitor y suspiró bajo el peso de aquel inmenso dolor.

«Vuelve a casa, Michel.»

Miró esa frase durante mucho tiempo, con las palabras recibidas de Donnelley centelleando en la pantalla.

«... las investigaciones quedan suspendidas indefinidamente. Vuelve a casa, Michel.»

Antes de pensar demasiado en esa decisión, movió el ratón sobre la barra del menú y pulsó «borrar». El e-mail desapareció. También borró el mensaje de la Oficina de Prensa del Vaticano sin abrirlo siquiera. Sabía que se trataba del anuncio oficial de la muerte del Papa.

Tras haber eliminado ambos mensajes, tenía la boca seca y los nervios alterados por aquella insólita insurrección. Era como si, en aquel momento, no supiera que el Papa había muerto; él no había recibido nada. En cambio, Donnelley tenía razón en una cosa: había llegado el momento de marcharse de la India.

Empezó a hacer reservas de vuelos desde su portátil, pero se detuvo. La agencia era del Vaticano, así como su tarjeta de crédito. ¿Estaba paranoico? No, en absoluto, pero el Papa había muerto, y él había planeado desobedecer una orden directa.

Detuvo un taxi y, con un sentimiento de idiotez y subversión, pidió que lo llevara al Swiss Bank de la ciudad. Allí sacaría fondos de su cuenta corriente de Roma y compraría un billete en el aeropuerto. No albergaba ninguna intención de volver a casa.

Lago Larkspur, al este de Washington

Simon Hill no esperaba que el estado de Washington fuera tan seco y caluroso. ¿No decían que allí siempre llovía? ¿O eso sólo ocurría en Seattle? Había alquilado un coche con aire acondicionado y al llegar a la oficina de Will Puma estaba bañado en sudor. Era una de las muchas cabañas que había en el extremo opuesto de una calzada circular sin asfaltar que recorría el campamento. Las puertas y ventanas estaban abiertas para que entrara la brisa. En el interior no había nadie, salvo una hermosa chica india americana que estaba sentada ante el escritorio y hablaba por teléfono. Hill no esperaba encontrar un sitio así. La saludó con la cabeza y ella sonrió.

–No, está bien. Pero mañana vendrán más. Con hacerlo el lunes bastará... Creo que ahora ya somos unos siete mil.

Con timidez, Hill se acercó a las estanterías y empezó a leer los títulos. Había muy poca cosa. O no dedicaban mucha atención a ello o una reciente oleada de compradores había acabado con casi todas las existencias. De Puma sólo había un libro, *El viaje chamánico*, que destacaba con su portada de brillantes colores en una estantería vacía. Hill lo cogió.

–Bien, si no nos queda otro remedio... –decía la belleza por teléfono–. Will Puma quiere que le deje claro que no estamos dispuestos a que esto se repita cada semana. Seguro que ustedes tampoco. Muy bien, gracias.

La chica colgó el auricular con un gesto de irritación, se puso en pie y se desperezó.

–¿Puedo servirle en algo?

Hill se giró un poco más deprisa de lo debido y lo pagó con una punzada de dolor en la parte inferior del cuerpo. Se dirigió con paso titubeante y gesto de dolor hacia el escritorio.

–Hola, soy Simon Hill, del *New York Times*.

Se cambió el libro a la mano izquierda y le tendió la derecha.

–Oh. –El rostro de la muchacha se iluminó cuando le estrechó la mano–. Finalmente nos ha encontrado, ¿eh, señor Hill?

–¿Han leído el *Times*?

–Por supuesto. Es el único diario que sabe realmente lo que está ocurriendo.

–Vaya, gracias. –Hill se sintió absurdamente halagado–. Pero creo que ustedes me llevan ventaja.

–Me llamo Danza Sagrada.

–¿En serio? Qué nombre tan bonito. Pero... pero, ustedes tendrían que haberme avisado.

–Will Puma dice que hemos hecho lo que los espíritus nos pidieron. No había ninguna necesidad de que nuestro mensaje llegase a todo el mundo. Nuestra misión es otra.

–¿Cuál es su misión? –Hill sintió una oleada de codicia periodística–. ¿Cree que es uno de los veinticuatro?

–Will Puma sabe que los espíritus le hablaron. Sabe que también hablaron a otros. Aparte de eso, probablemente diría que las etiquetas que ponen ustedes, los periodistas, no le interesan en absoluto.

–Eso es casi como una cita literal. ¿Lo conoce muy bien?

–Lo conozco.

–¿Y no estará por aquí, por casualidad?

Hill cambió el peso de su cuerpo de una pierna a la otra. Sus ojos escudriñaron la sala en busca de la puerta a una oficina interior o un busca o un intercomunicador. No vio nada.

–Sí, pero está muy ocupado –dijo Danza Sagrada con aquel terrible aire de irritación–. No creo que quiera recibirlo. Me dio instrucciones muy estrictas acerca de los periodistas. Todos los que vengan se irán con una circular que acaba de imprimir. No tiene nada más que decir al respecto.

Sacó una hoja del cajón de su escritorio y se la dio. Hill la leyó por encima y no quedó impresionado.

–Muy considerado por su parte. Muy bien redactado, sí señor, pero...

–Pero ¿qué, señor Hill?

–Mire, yo he venido expresamente desde Nueva York y esperaba poder hablar con el señor Puma. Me gustaría hacerle una entrevista. Para que diga lo que sepa con sus propias palabras. La gente está muy interesada en lo que esos profetas tengan que decir, señorita, eh... Danza Sagrada.

–Nada de señorita, sólo Danza Sagrada. Y usted no va a llegar a ninguna parte llamándole señor Puma. «Señor» es un título del hombre blanco. Él se llama Will Puma y nada más.

–Lo siento –murmuró Hill.

Había que ser políticamente correcto incluso en las reservas.

–No importa. Sin embargo, no creo que Will Puma tenga interés en ser entrevistado por el *New York Times*.

La chica sonrió con cortesía, pero cruzó los brazos sobre el pecho y calló, una señal segura de que esperaba que él se marchase. Resultaba obvio que no conocía a los periodistas.

–Muy bien, entonces, ¿podría hacerle unas preguntas a usted? Sólo unas pocas... –le preguntó Hill con una esperanzada sonrisa.

–No sé qué puede querer preguntarme.

–Bueno, veamos... ¿Estaba usted aquí cuando se administraron esas vacunas de hantavirus, hace aproximadamente un mes?

–¿Por qué me pregunta eso?

Danza Sagrada dejó caer los brazos sorprendida.

–¿Por qué? Bueno, porque...

–¿Cómo ha sabido lo de las vacunas?

Por su tono de voz, Hill supo que la chica no estaba enfadada, pero que actuaba con cautela, como si no quisiera mancharse los pies en un charco de barro.

–Hum, las hizo la Health Relief, ¿no? Eso es de dominio público.

–Supongo. Pero ¿por qué le interesa?

Un hombre se detuvo en el umbral de la puerta que había detrás de la chica. Fue una sorprendente aparición: de tez oscura, expresión severa y absolutamente silencioso. Por más que llevara mono de trabajo, guantes y botas, era evidente que se trataba de un tipo peligroso. Sus ojos negros no eran los de un ranchero, sino los de un brujo, como sacado de un sueño amenazador.

El hombre avanzó hasta Danza Sagrada y aunque se detuvo tras ella sin hacer ningún ruido, la chica captó su presencia ya que Hill vio que su espalda se tensaba.

–¿Quién es? –preguntó el hombre a la chica y sólo a ella.

–Simon Hill, periodista del *New York Times*.

–¿Tiene algo que contarnos, señor Hill?

La voz de Will Puma era llana, neutral, pero sus ojos no lo eran en absoluto. Hill sintió el deseo de retroceder, pero se contuvo. Pensó en tenderle la mano pero luego cambió de opinión.

–Hola –dijo–. Usted debe de ser Will Puma. Me alegro mucho de conocerlo.

–¿Tiene algo que contarnos sobre las vacunaciones, señor Hill?

El periodista se quedó pensativo unos instantes, se rascó la barbilla y respondió.

–No, señor. Creo que no.

Will Puma gruñó. Miró a Hill con una expresión indescifrable y se marchó de la habitación.

Hill suspiró, feliz de haberse librado de la penetrante mirada de aquel hombre, aunque unos instantes antes hasta habría bailado la Macarena con tal de ver a Puma, con llagas o sin ellas. Se quitó la gorra de béisbol y se secó el sudor de la frente.

–Iba a cerrar la oficina, señor Hill.

–Una cosa más. –Hill alzó un oscuro índice en señal de petición–. Cuando entré, usted estaba al teléfono. ¿Por casualidad no estaría hablando de...?

Danza Sagrada estaba del todo desconcertada ante aquellas preguntas.

–Como usted se entera de todo, será mejor que se lo diga. El condado nos exige que vacunemos a los que vengan. Dicen que la sequía ha aumentado la población de ratones. No nos permiten tener a la gente aquí sin esas vacunas.

–Sí... eso era lo que pensaba.

–¿Hay algún problema?

–Oh, no. Pero, quiero decir, ¿es sólo una medida preventiva? ¿La primera vez no ocurrió algo? La última vez... quiero decir.

–¿Algo? ¿Como qué? –preguntó Danza Sagrada tras estudiarlo unos instantes.

–No lo sé. Como que las vacunas hicieran enfermar a alguien o algo por el estilo...

–¿Enfermar de hanta?

–Sí, de hanta, o tal vez de gripe. ¿Nada de nada? ¿Ninguna hospitalización?

–No. –Danza Sagrada se veía aliviada–. Y ahora, lo siento mucho pero tengo que irme, señor Hill, por favor.

–Sí, claro. No hay problema.

Hill se dispuso a marcharse y entonces sacó su cartera. Le dio un billete de diez dólares y su tarjeta.

–Esto es por el libro y la tarjeta es para usted. Nunca se sabe cuándo puede ser útil un reportero, ¿de acuerdo?

Hill esbozó una sonrisa y ella aceptó lo que le daba sin devolvérselo. El periodista sintió una punzada de dolor. Era una maldición profesional tener que irritar a la gente, y una auténtica mala suerte irritar a una mujer hermosa. Regresó a su coche y se preguntó qué le habrían ocultado aquel par y si había alguna manera de poder descubrirlo. Lo dudaba, pero fue a coger su teléfono móvil para llamar a Jeanine y descubrió que lo había olvidado en el hotel.

Will Puma lo vio marchar desde la sombra que le proporcionaba el edificio de la oficina. Estaba apoyado contra la pared junto a una ventana abierta. Al salir del despacho, se había quedado allí a escuchar. Vio que el reportero se metía en el coche, arrancaba y desaparecía. Pero no desaparecía por completo. Simon Hill había dejado una marca en Will Puma.

Y Will Puma lo sabía.

Capítulo 9

Día 11
En algún lugar de Oriente Próximo

Cuando Deauchez despertó, el avión sobrevolaba unas colinas secas y polvorientas y unos valles con unas escasas manchas verdes de campos irrigados. Estos retazos de verde quedaban empequeñecidos por la magnitud del marrón, como el marrón de los campos que habían sido abandonados al polvo. Deauchez pensó que tenía que tratarse, probablemente, de Turquía.

Había pensado ir a Oriente Próximo después de la India, no sólo sobrevolarlo. En Jerusalén estaba el profeta Levi y Deauchez tenía muchísimas ganas de volver de nuevo a esa ciudad. Había incluso imaginado que coincidiría allí con el Papa. El Papa y él, solos allí, lejos del Vaticano, lejos de la sombra protectora de Donnelley, lejos de las cautelas extremadas hasta la náusea.

Y por lo que Deauchez sabía, Jerusalén seguía en el mismo sitio y Levi estaba allí, pero el Papa no. Después de lo ocurrido a Inocencio XIV, ya no tenía sentido ir a Jerusalén, al menos de momento, y no sabía lo largo que podía ser aquel momento.

Deauchez se preguntó con una punzada de dolor quién sería el sucesor del Papa y si estaría abierto a lo que él tenía que decir. Le vino a la cabeza Pedro de Roma. Frunció el ceño y se preguntó de dónde había sacado eso. Ah, sí. El padre Carnesca, la profecía de Malaquías. Tonterías.

Echó el asiento hacia atrás para ponerse lo más cómodo posible en su butaca de clase turista y movió los dedos de los pies. Al otro lado del pasillo, un ejecutivo caucásico, con las mangas de la camisa arremangadas y la corbata aflojada, dormía profundamente. Llevaba una gasa en la frente que, sin lugar a dudas, cubría una llaga, y tenía el *Wall Street Journal* en el regazo. No parecía muy alterado. Tenía la mano a pocos centímetros del periódico y la curvaba hacia él como haría inconscientemente una madre para coger a su hijo incluso dormida. No, aquel hombre de Dios era un materialista. Los materialistas serían los últimos en preocuparse por todo aquel revuelo de los profetas. Por suerte, había muchos como él.

Como si quisiera contradecir los pensamientos de Deauchez, el hombre se movió en su sueño. Frunció el ceño y la mano de su regazo se crispó. Emitió un leve y quejumbroso suspiro.

Preocupado por aquel cambio, Deauchez miró el periódico en busca de pistas y vio que el titular anunciaba que el mercado de valores había caído en picado en Estados Unidos. Con cuidado, Deauchez quitó el diario al hombre dormido. Los valores de las empresas de alimentación estadounidenses registraban pérdidas récord. Todos los productos agrícolas, como los cereales, las patatas, el azúcar y el algodón, estaban por los suelos. De la noche a la mañana, las industrias pesqueras que cotizaban en Bolsa se habían derrumbado. Hasta el sector de la carne sufría pérdidas considerables y las acciones de empresas como Kellogg, Post, Dolly Madison, Nabisco, Quaker, Keebler, Betty Crocker, Starkist, Bumblebee y muchas otras se desplomaban. Estados Unidos había anunciado su nuevo plan de racionamiento y eso, en parte, explicaba el porqué. Y los informes sobre los daños causados por la marea roja, también.

Deauchez suspiró y devolvió el periódico al hombre dormido. Se había enterado de lo de la marea roja en un quiosco del aeropuerto de Calcuta. Lo había impresionado incluso más que las llagas. Su primera reacción había sido la de arrodillarse y mostrar arrepentimiento. Había sentido terror, un terror irracional. Era la segunda señal, no albergaba dudas respecto a eso.

En ese aeropuerto, durante unos instantes, vio de nuevo el ciprés del campo de los Sánchez agitarse en el viento. Fue presa del pánico y tuvo que correr al primer lavabo, donde descubrió que el contenido de sus intestinos se había licuado. Se quedó sentado en la taza, con fuertes retortijones, y mirando hacia la cegadora luz del techo, empezó a recitar el mantra lo más deprisa que pudo, una y otra vez.

«Cúmplase tu voluntad, cúmplase tu voluntad...»

Había sido un mal momento, uno de los peores de toda su vida, pero había pasado y había dejado aquella obstinación cuya naturaleza inexorable lo sorprendía incluso a él.

Deauchez sacó el portátil que había dejado bajo el asiento. Conectó el teléfono móvil a la salida del módem. Después de un centelleante mensaje PRIME ONE LINK entró en Internet y abrió su correo electrónico. Sí, había noticias de Hill. Impaciente, Deauchez hizo doble clic en la cabecera del mensaje.

Padre Deauchez:

¿Dónde está? Intenté llamarlo a Roma, me pasé más de veinte minutos preguntando por usted y al final me dijeron que no estaba. Quería decirle que lamento profundamente lo ocurrido al Papa. Usted lo conocía personalmente, ¿verdad? Tiene que haberle afectado. Yo pensaba que lo encontraría en Roma, con el funeral y todo eso...

Estuve en el campamento Puma. Gracias por darme esa pista. He aquí lo que he averiguado: tienen programadas más vacunaciones esta semana para los que van llegando. Es un requisito del condado. Yo mismo lo he comprobado. El grupo que hace las vacunaciones es Health Relief. Hacen labores de todo tipo en zonas desfavorecidas, sobre todo en las reservas del sudoeste. Por eso vacunan en el noroeste, donde está apareciendo la enfermedad. El hantavirus se transmite a través de los excrementos de los ratones de campo. La gente puede contagiarse sólo con respirar partículas de esos excrementos. En la zona de Spokane se han dado casos aislados y precisamente por eso se ha empezado la campaña. La sequía ha propiciado una explosión demográfica de ratones en todas partes.

¿Y entonces? Eso es lo único interesante que puedo contarle. De todos modos, creo que la mujer con la que hablé en el campamento Puma me ocultó algo, pero no lo pude saber porque no se me ocurrió qué preguntarle. ¿Y usted, qué anda buscando? No puedo hacer mucho más a menos que sepa lo que para usted es relevante en todo esto. Llámeme, por favor. Estoy otra vez en Nueva York.

Simon Hill

Deauchez leyó el mensaje varias veces. En él había buenas y malas noticias. Una vez más se le escapaban las vinculaciones y la ambigüedad que habían aparecido desde el principio en aquella investigación. Un vislumbre de algo y muchas confirmaciones de nada.

Pensó en qué responder. Hill se había tomado sus molestias y merecía una respuesta. Y, sin embargo... Deauchez seguía su intuición, la sensación de que necesitaba hablar con uno de los presuntos profetas, cara a cara, y ya sabía qué preguntas debía formular. En San Cayetano se había hecho una idea de lo sucedido en el hospital, pero no había obtenido ninguna prueba de ello. Y Giri estaba demasiado ido como para proporcionarle respuestas. No obstante, si estaba en lo cierto, cualquier otro de los profetas le serviría, pero ¿y si estaba equivocado...?

Sin embargo, estaba seguro de que no se equivocaba. Tenía la sensación de que si podía formular las preguntas adecuadas a la persona apropiada lo sabría todo. Y no tenía sentido contárselo a Hill hasta que lo hubiera hecho.

Pulsó la tecla de responder y escribió una rápida nota.

Señor Hill: Gracias por sus esfuerzos, para mí son muy valiosos. Yo sigo investigando. Lo tendré al corriente tan pronto como sepa algo más.

Deauchez

Asintió con la cabeza, satisfecho de cómo había enfocado el asunto. Situó el cursor sobre la opción de guardar el mensaje para enviarlo al aterrizar y entonces recordó que estaba conectado a través del móvil. Hizo clic sobre «Enviar».

Mensaje enviado.

Nueva York

Simon Hill soltó una maldición en un tono tan elevado que todos los que estaban en la sala de redacción se volvieron a mirarlo. Susan se levantó de su asiento y fue hacia él con una expresión de curiosidad en el rostro. Ralph Bowmont también abandonó su despacho y se acercó a él.

–¿Qué pasa, héroe?

Hill señaló el monitor con exasperación.

> Señor Hill:
>
> Lo siento si lo he mandado tras una pista falsa. Pensaba que podía ser una buena idea, pero al final no ha servido de nada. No importa.
>
> Deauchez

–Lo siento Hill –dijo Ralph tras un largo y silbante suspiro–. A veces, las cosas van así. A mí, desde el principio, ya me pareció que todo esto olía...

–Hombre, pues parecía importante.

–Sí, pero con una historia como ésta cualquiera puede perder la chaveta.

Sin embargo, Hill seguía sacudiendo la cabeza como si no diera crédito a lo que tenía ante sus ojos.

–¿Has descubierto algo? –le preguntó Bowmont.

–Bien –respondió Hill, al tiempo que se recostaba en el asiento–. Stanton tuvo dolores en el pecho y pensó que iba a sufrir un infarto. Pasó dos noches en el hospital y luego le dieron el alta. Sólo fue un ataque de pánico.

–¿Sí?

–Health Relief recibe fondos de la HAI, la Health Aid International. Las autoridades del condado exigieron las vacunaciones, pero sólo después de que Health Relief les contara una historia de terror. La HAI paga las vacunas. Son una organización con fines no lucrativos.

–Y muy respetada, al parecer.

–Health Relief ha vacunado a todo el condado y hubo dos brotes de hanta cerca de Spokane esta primavera, por lo que ahí no hay nada que sea ilegal.

–¿Algo más?

–Nuestro corresponsal en Moscú dice que Kratski y su grupo fueron vacunados antes de partir hacia Siberia, aunque, al parecer, eso no es insólito.

–¿Y?

Hill cogió un lápiz, lo golpeó como para evitar la pregunta y luego volvió a dejarlo en la mesa, disgustado.

–Eso es todo. Ninguno de nuestros corresponsales ha podido acercarse a los supuestos profetas.

–¿Y Andrews?

–Nada. Hace un año que ni ha sido visitado por su médico de cabecera.

–¿Y Abeed?

–No quiere hablar con nosotros.

–Hill, creo que todo esto no lleva a ningún sitio –dijo Bowmont, tras rascarse la barbilla.

Hill hundió la cara entre las manos.

–Hombre, no sé, tenía el aspecto de ser algo importante.

–En este asunto hay miles de datos que comprobar. Todo el mundo hace turnos de dieciséis horas y no damos abasto. Estas dos últimas cuestiones...

–Lo sé. Dejaremos lo de los exámenes médicos –dijo Hill con amargura.

–Buena idea, hijo. La gente quiere saber qué hacen y dicen esos profetas. Y todos los datos que podamos aportar sobre la hambruna, claro, y sobre las señales.

–Lo sé.

Bowmont dio unos golpes en la espalda a Hill, un gesto de masculinidad tejana con el que pretendía transmitirle su apoyo, y luego volvió a su despacho. Hill tenía que decir a su equipo que no perdieran más el tiempo, pero antes miró de nuevo el mensaje, sacudió la cabeza disgustado y borró aquellas malditas palabras.

Río de Janeiro

La piel del mono ardía de fiebre. La tenía tan caliente que el doctor Smith notaba el calor a través de sus gruesos guantes protectores. El mono no ofrecía resistencia al examen que le realizaba el virólogo. Estaba tumbado boca arriba, sobre la mesa, y lo miraba con unos ojos que querían cerrarse, unos ojos empañados y distantes. A Mike le habría gustado saber qué veía el mono mientras lo miraba. Viera lo que viese, el científico estaba seguro de que el Número Seis ya no era consciente de las brillantes jaulas cromadas de la sala de los monos.

En la habitación contigua había dieciséis cadáveres almacenados en unos frigoríficos portátiles que el equipo había llevado consigo. Enseguida los examinaría, pero primero quería ver cómo actuaba la enfermedad en sus peores momentos. Había ido directamente desde el aeropuerto, tras una breve pausa para registrarse en el hotel. Era obvio que la oficina local se tomaba el caso en serio, pese a las suspicacias de Stanley. El edificio estaba acordonado. Frente a él había un camión que repartía los suministros básicos del Nivel Cuatro, entre ellos trajes anticontagio, pero ellos habían llevado los suyos.

El traje de Nivel Cuatro estaba recubierto de cera, tenía mangas largas y varios pares de guantes de goma extragruesos, botas también de goma y una mascarilla para respirar. Mike había intercambiado unas breves palabras con Rodrigues, el encargado de la oficina local de la rama panamericana de la OMS. Le dio instrucciones para que instalasen una caja de cal y las «duchas» desinfectantes, que consistían en grandes cubos de agua caliente con lejía. Era obvio que a Rodrigues le preocupaba hacer algo más visible en la calle, pero accedió sin rechistar. Mike comprendió cómo se sentía. Sería una vergüenza provocar el pánico local y descubrir luego que el agente era inocuo, pero no podían correr el riesgo de propagar un posible Nivel Cuatro ni siquiera a través de las suelas de sus zapatos.

Dentro había poca gente. Nadie estaba tranquilo teniendo

cerca casos como ésos y el personal del albergue había ingresado en un hospital local. Rodrigues les contó que la mitad de los trabajadores del refugio tenía síntomas graves de gripe y que el resto empezaba a moquear. Mike también tenía que ir a verlos, y cuanto antes mejor.

Pero primero una cosa y luego otra. Si averiguaban qué estaba matando a los monos, podrían buscar ese germen en la sangre de los humanos del refugio. Todavía cabía la posibilidad de salvarlos a todos.

El reconocimiento del Número Seis acabó enseguida con esas esperanzas.

La buena noticia era que no parecía ébola. El Número Seis era el más enfermo de los monos que quedaban con vida. En realidad, estaba a punto de morir y Mike pensó que, por el bien del mono, cuanto antes muriera, mejor.

Durante todo el proceso, el Número Seis no había vomitado, ni sangre, que era habitual con el ébola, ni ninguna otra cosa. Las heces no presentaban restos de sangre ni tenía diarrea. Según los partes, los movimientos intestinales se habían hecho más lentos hasta detenerse casi por completo. Los monos no comían nada.

No se veía sangre en la boca, que solía ser el primer síntoma de las fiebres hemorrágicas. Cuando el doctor Smith puso un estetoscopio sobre el tórax del mono no oyó ningún fluido. Todo lo contrario: el Número Seis no podía producir ni una gota de fluido de ningún tipo que le salvara la vida.

El primate tenía el tronco muy hinchado, así como el abdomen y los genitales. El abdomen estaba tenso y tirante como la piel de un tambor. La cara y las extremidades también estaban hinchadas, pero no tanto. La piel estaba caliente y seca, sin sudor ni secreciones. Mike separó cuidadosamente el pelaje y comprobó si había sarpullidos o heridas en la piel. No encontró nada. Los ojos estaban inflamados e irritados por la carencia de secreción lacrimal. En sus fosas nasales no había nada, salvo la piel seca y resquebrajada de su interior. Tenía la lengua hinchada y sin saliva.

Mike examinó los ojos del mono con una linterna de bolsillo. El iris no respondía y el primate tampoco seguía el movimiento de los dedos del científico con su mirada. Chasqueó los dedos ante la oreja del mono: nada.

El doctor Smith se apartó del Número Seis y miró al animal unos instantes. La mascarilla de goma ocultaba el desconcierto de su rostro.

–¿Es el ébola? –preguntó Josh Bergman en voz baja.

Mike alzó la cabeza. Bergman se veía más flaco que nunca con su enorme cabellera afro aplanada bajo el gorro quirúrgico.

–No. A no ser que haya mutado –respondió Mike–. No presenta ninguna licuefacción ni las fiebres hemorrágicas típicas de ese virus. En realidad, está completamente deshidratado. Han desaparecido hasta las mucosidades del resfriado.

–Y entonces, ¿qué es?

–Tiene lesiones cerebrales –Mike sacudió la cabeza para indicar que estaba perplejo–, probablemente el cerebro esté hinchado como todo lo demás. No me sorprendería que fuese ésa la causa de la muerte.

–¿Una encefalitis?

Josh miró al mono con horror y fascinación a la vez.

–Quizá, pero los demás órganos también están hinchados, no sólo lo está el cerebro. Mira lo distendido que tiene el estómago. Lo sabremos mejor cuando hagamos la autopsia a uno de ellos.

–La encefalitis la transmiten los insectos, normalmente los mosquitos, ¿no?

Josh miró nervioso a su alrededor como si esperase ser picado por uno de ellos en aquel mismo momento.

–Los brotes de encefalitis de San Luis y de California sí. Pero la inflamación del cerebro puede ser también posterior a la infección, una complicación causada por otro virus, como el del sarampión, por ejemplo. Lo que está claro es que aquí hay mucho más que una simple encefalitis. Yo diría que es más un síntoma que la causa.

–Entonces, ¿cuál es la causa? Maldita sea, ¿te das cuenta de lo contagiosa que es esta enfermedad? Todos los monos la han contraído, y a menos que la gripe que tienen las veinte personas que estuvieron en contacto con ellos sea una coincidencia...

Mike miró alrededor. Los pocos monos que quedaban vivos le devolvieron la mirada.

–Aun en el caso de que el personal haya contraído la infección primaria, tal vez no progrese tanto en un huésped humano. Quizá se desarrolle como un resfriado común.

–Es posible –dijo Josh, pero no parecía convencido y Mike admitió para sí mismo que él tampoco lo creía.

Fuera lo que fuera lo que los monos tuviesen, era muy extraño y mortal. Mike no pudo evitar acordarse del virus B, un virus de herpes que afectó a los monos rhesus. Entre 1975 y 1989, veintiocho cuidadores de animales contrajeron la enfermedad de los monos y veinticinco de ellos desarrollaron una encefalitis. Sólo cinco sobrevivieron a la enfermedad. Si las personas que establecieron contacto con esos animales habían contraído la enfermedad, eran muchas las probabilidades de que, en los humanos, los resultados fueran los mismos.

La única buena noticia era que esos monos eran muy raros y que los cuidadores eran menos de veinte. Con muchas precauciones y una buena dosis de suerte, tendrían la posibilidad de aislar aquel brote antes de que se extendiera.

Londres

Aquella enjuta y pequeña monja lo miraba con los ojos impersonales de un entomólogo. Incómodo, Deauchez cambió de mano su bolsa. La puerta de la oficina de la hermana Daunsey estaba entreabierta y el cura oyó la conversación que tenía lugar en el interior.

–No puedo decirle lo mucho que agradecemos esto –decía la hermana Daunsey–. Es una respuesta a nuestras plegarias. Necesitamos alojamientos con urgencia.

–Los pisos son confortables, siempre y cuando no les importe el polvo –replicó un hombre con acento británico–. No íbamos a inaugurarlos hasta dentro de un mes, ¿sabe? No están terminados del todo.

–Estoy segura de que estarán de maravilla. Es usted tan generoso...

–Hermana, por favor. Soy yo quien tiene que darle las gracias por haberme convencido de que lo sucedido en Santa Pelagia es real. Después de su conferencia en el instituto, empecé a preguntarme qué es verdaderamente importante. La proximidad del fin produce ese efecto en la gente.

El hombre rió. El sonido de su carcajada fue horrible.

Deauchez se aclaró la garganta y miró nervioso a la monja. La expresión de ella no cambió.

–No lo considere un final, señor Friedalow. Piense que será como... como tener un primer ministro nuevo... Y será un primer ministro realmente divino.

–Bien, pues si sube los alquileres, le pediré que me devuelva esos pisos, hermana –cloqueó el tipo.

«Oh, las delicias de unas bromitas apocalípticas», pensó Deauchez con amargura.

La puerta se abrió del todo y de la oficina salió un hombre tocado con un anticuado bombín. Su rostro de alabastro resplandecía y tenía los ojos llorosos. Era un hombre que se regocijaba en el esplendor de una buena obra.

La hermana Daunsey siguió con la mirada al benefactor y vio a Deauchez que esperaba en el vestíbulo. Primero se quedó boquiabierta y luego cerró la puerta de golpe. Deauchez se sobresaltó y sonrió con cara de cordero degollado a la monja y al caballero del bombín, como si quisiera decirles que ella sólo estaba sorprendida de verlo y que, en realidad, le intrigaba lo que tuviera que decirle.

Ambos miraron a Deauchez como si fuera un espécimen raro de algún animal especialmente desagradable. Luego, el hombre se marchó y la monja dio unos golpecitos en la puerta y entró.

Al cabo de un momento, la puerta se abrió de nuevo y apareció la hermana Daunsey. Había recuperado la compostura.

–Qué sorpresa, padre Deauchez.

No intentó disimular su disgusto, pero lo hizo entrar.

–Hermana Daunsey, qué bien haberla pillado.

–Todavía no me ha pillado, padre.

–Quiero decir... –la sonrisa de Deauchez se borró de sus labios–..., quiero decir que me alegro mucho de haberla encontrado aquí. ¿Podría dedicarme unos minutos?

–Estoy muy ocupada, padre. He tenido reuniones y llamadas telefónicas toda la mañana y ahora debo salir por unas gestiones.

–Hermana, por favor. He venido a Londres sólo para verla. –Deauchez la miró con expresión implorante.

–Muy bien, padre –suspiró ella–. Supongo que, ya que ha viajado hasta aquí, tendría que concederle diez minutos. Hermana Raquel, puede retirarse.

La monja vieja seguía en el umbral de la puerta con los ojos clavados en Deauchez. Se marchó despacio, sin dejar de mirarlo hasta el último instante.

–¿Qué ocurre, padre? ¿Cómo es que no está usted en Roma?

Deauchez intentó encontrar una explicación, pero no lo consiguió. Lo único que le venía en mente era la verdad, pero no era fácil explicarla. Antes de que hablara, la hermana Daunsey lo miró con el ceño fruncido y dijo:

–Si no ha asistido al funeral es que sucede algo mucho más importante. Tendría usted que haber estado allí, no por usted mismo, sino por el Papa. El cielo sabe que, de haber podido, yo...

–¿Por qué no ha ido?

–Porque soy una monja radical –respondió Daunsey con una amarga sonrisa–. No me han invitado. Además, ahora mismo no puedo dejar Londres. El Papa lo comprendería.

Deauchez se acercó al escritorio, miró el portátil que había en él y dijo:

–Le he mandado un e-mail.

–Y yo lo he eliminado. Lo siento, padre, pero sus teorías no me interesan. –En sus palabras había coraje, pero parecía una niña que se sintiera culpable. Se compuso el hábito con timidez.

–¿Entonces?

–Entonces, ¿qué?

–¿Recibió algún tratamiento médico el mes anterior a tener ese sueño?

–¿Eso es lo que ha venido a preguntarme desde tan lejos?

–Sí. Responda, por favor.

–Debería avergonzarse de esa idea –lo regañó ella–. ¿Cómo puede seguir persiguiendo fantasmas cuando las pruebas son tan claras? ¿Y las llagas? ¿Y la marea roja? ¿No ama usted a Dios? ¿No le preocupa su alma?

Deauchez dio un respingo. El comentario le había hecho daño, tal vez más del que ella había deseado hacerle. De hecho, estaba muy preocupado.

–Me gustaría discutir estos asuntos con usted, hermana, se lo prometo, pero sólo me ha concedido diez minutos, y necesito una respuesta a esa pregunta.

–¿Cómo quiere que me tome en serio tamaña estupidez? Supongo que se refiere a cualquier cosa, desde un empaste de muelas hasta una vacuna antes de visitar a un enfermo. ¡Soy una monja! Veo gente de todo tipo cada día. ¿Cómo quiere que le responda si usted se comporta como si el acto más simple y ordinario hubiera empequeñecido de algún modo lo más glorioso que me ha ocurrido en la vida?

–Yo no he dicho nada de empequeñecer.

–No necesita hacerlo. Eso es lo que ha pensado en voz alta desde el primer día que nos vimos.

La monja desvió la mirada. Quería que su voz revelase enojo, pero sonaba demasiado despectiva, y sus palabras eran, en cierto modo, evasivas. A Deauchez le pareció que la monja se exclamaba de una manera excesiva.

–¿Le pusieron alguna vacuna, hermana?

–¡No!

Deauchez notó que le pasaba algo y le tocó el brazo.

–¡Está usted temblando! –exclamó.

Ella se apartó con brusquedad, fue al otro lado del escritorio y cogió su bolso. Por el aspecto de su rostro Deauchez supo que la monja no lo escucharía más. ¿De qué tenía miedo?

–¡Escuche, por favor! Escuche primero y luego dígame si soy un idiota.

La hermana Daunsey sacudió la cabeza con determinación mientras sus manos seguían agarrando el bolso. A pesar de todo, el cura empezó a hablar.

–Cuando visité a María Sánchez tenía a su médico privado junto a ella. Trent Andrews mencionó que había tenido un terapeuta durante muchos años. Will Puma recibió una vacuna de hantavirus una semana antes de la visión. El reverendo Stanton estuvo en el hospital y allí tuvo su sueño. Dishama Giri, el yogui hindú, fue atropellado por un camión. Lo llevaron al hospital para curarlo. Y fui a visitar a Sagara Bata y, justo fuera de su campamento, estaban administrando vacunas.

La monja dejó el bolso sobre el escritorio. Miró al sacerdote con el ceño fruncido y murmuró:

–Yo no...

–Y mientras Giri estaba en el hospital, allí también administraban vacunas. En la ciudad había un festival religioso y el grupo que las administraba dijo al hospital que sería un buen día para poner vacunas ya que ese día iría al hospital más gente de lo habitual. Ese día, todos los pacientes fueron vacunados, lo que significa que Giri también lo fue.

–Todo eso no tiene nada de extraño.

–El grupo que administró las vacunas en Allahabad fue Health Aid International. Son los mismos, con furgonetas blancas y caduceos rojos, que las administraron en el campamento de Sagara Bata a las afueras de Calcuta hace sólo unos días.

–¿Sí? ¿Y qué significa todo esto? La Health Aid International trabaja en todo el mundo.

–Pero Allahabad y Calcuta están a miles de kilómetros de distancia. Además, en los dos casos, ¿por qué entonces? ¿Por qué allí? ¿No le parece una coincidencia demasiado grande?

La hermana Daunsey sacudió la cabeza, con las mejillas encendidas.

–No le creo –dijo–. Y aunque fuese cierto, no significaría nada.

–¿Que no significaría nada? ¿No cree que todo esto es demasiado...?

–¡No significa nada!

La monja había alzado la voz. Sus palabras y su expresión estaban cargadas de ira. Deauchez la miró pasmado, como un niño al que hubieran abofeteado de manera inesperada. No había esperado nada concreto de aquella entrevista, y mucho menos aquello.

–Sí, sí, padre, me ha entendido perfectamente. Y ahora, ¿qué?

–No... no sé. ¿Y si esos sueños fueron inducidos por los fármacos?

–¡No! Todos fuimos llamados a Santa Pelagia. ¿Cómo explica eso? ¿O lo que ocurrió allí? Sus coincidencias no son muy convincentes, padre. La medicina forma parte de nuestra vida. De la misma manera, podría decir que todos los que estuvieron en Santa Pelagia comieron la semana anterior. ¡Se agarra usted a un clavo ardiendo!

Deauchez intentó replicar, hallar algo con que rebatirla, pero no sabía qué pensar y mucho menos qué decir.

–Nada puede cambiar lo que ocurrió en Santa Pelagia –dijo la hermana Daunsey.

La monja estaba algo más calmada.

–Y lo que ocurra ahora mismo tampoco lo va a cambiar. Las señales, padre Deauchez. ¿Ha olvidado las señales?

Deauchez sacudió la cabeza. Se llevó una mano a la boca como para indicar que tenía que contener algo, palabras o tal vez un vómito incontrolado.

–Mire, padre –dijo Daunsey con aire de satisfacción–, lo que usted tiene que hacer es rezar a Dios para que le ayude a aceptar Su voluntad.

–Siento haberla molestado. –Deauchez tragó saliva y se quitó la mano de la boca–. No sé... No. Supongo que usted no comprende.

–Vuelva a casa, padre. Vaya a Roma y reconcíliese con Dios. O quédese aquí, si quiere. Usted es católico.

–Católico sí, pero no inglés ni irlandés. ¿Y los católicos de Italia, hermana? –La voz de Deauchez sonaba distante, como si no fuese la suya–. ¿O los de Francia, Alemania y España? Sánchez atraerá a los católicos de México y de Estados Unidos, pero ¿y los demás?

Deauchez vaciló unos instantes, como si aquel pensamiento también se le hubiese ocurrido a ella.

–Yo estoy segura de que Dios tiene sus razones, padre.

Deauchez podía haber esgrimido un argumento teológico, pero se limitó a asentir. Se sentía muy fatigado.

–Sólo sé que no quiero que aquí ocurra nada malo, hermana. A su gente, a usted.

–¡Yo hago lo que Dios me ha pedido que haga, padre! No soy yo quien está en peligro –gritó Daunsey, enfurecida.

Deauchez salió de la oficina tras estrecharle la mano. Sin embargo, ella no lo miraba. Sus ojos ya lo habían despedido, de una manera total e irrevocable, pensó Deauchez, y no sin ganas ni sin alivio.

Cuando el cura llegó a la puerta principal, alguien le susurró:

–Psssst, padre Deauchez.

El sacerdote se volvió y vio a la monjita arrugada que lo había mirado tanto rato. La cabeza de la hermana Raquel asomaba por el arco del vestíbulo. Miró nerviosa alrededor, pero estaban solos. Lo llamó con un ridículo y apremiante gesto de conspiración.

Deauchez no quería hablar con ella. Estaba muy cansado, no recordaba haber estado nunca en su vida tan descorazonado. Le dolían el estómago y el corazón. La hermana Daunsey tenía razón. Explicadas en voz alta, sus «pistas» sonaban ridículas e irrelevantes. ¿Cómo había podido extraviarse tanto? ¿Volvería a encontrar alguna vez el camino correcto?

Dio dos pasos resignados hacia el vestíbulo y la hermana Raquel lo agarró por el brazo con una fuerza tremenda.

La monja sacó un papel del bolsillo lateral de su hábito y se lo tendió. Era una carta dirigida al convento de la hermana Daunsey en Dublín. Pedía un envío urgente de sangre debido a «las reservas extremadamente bajas de plasma sanguíneo». Sugería una posible fecha y esa fecha era dos semanas anterior al inicio de los sucesos de Santa Pelagia. El membrete de la organización remitente era de la Health Aid International.

–He visto el e-mail que ha enviado, padre. Soy yo quien se encarga de su correspondencia. Y he intentado recordarle todo lo ocurrido, pero no ha querido escucharme, padre. ¡No ha querido hablar de ello! Y luego usted ha mencionado el nombre de esa organización en su oficina y...

Era obvio que la monja había estado escuchando detrás de la puerta. Deauchez la habría besado por ello.

–¿Y ella dio sangre?

–¡Sí, claro! Siempre lo hace, pero eso no es lo peor. Lo peor es que se desmayó y tuvieron que reanimarla. Nunca se había desmayado...

–¿Cuánto... cuánto tiempo estuvo inconsciente? –A Deauchez le costaba articular las palabras.

–Quince o veinte minutos, creo.

–¿Estuvo alguien con ella?

–No, ninguna monja estuvo con ella, pero sí dos médicos de esa organización. Yo estaba preocupada, esperando fuera, pero los médicos dijeron que ocurría con frecuencia y al final salió. Yo pensé que tuvo que ser por el cansancio. Trabaja tanto, día y noche, ¿sabe usted?

–Gracias, hermana –dijo Deauchez al tiempo que sus temblorosas manos se guardaban la carta en el bolsillo.

–De nada, padre, pero ¿usted qué opina? ¿Le hicieron daño?

Tal vez tratan de envenenar a todos los profetas, quizá son los seguidores de la bestia.

Aquellas palabras lo hicieron sentir mejor, como si, en comparación, sus propias teorías fueran aún más descabelladas.

–No lo sé, hermana Raquel. Pero dígame una cosa, ¿la ve... enferma o... o cambiada?

La hermana Raquel asintió, con la barbilla hacia delante en señal de determinación. Sí, haría todo lo que estuviera en sus manos para proteger a la hermana Daunsey. Aun así, su arraigada lealtad al infalible alzacuellos había resultado todavía mayor. Deauchez le dio su tarjeta.

–De momento, no haga nada, hermana. Me pondré en contacto con usted lo antes posible. Si me necesita, estoy alojado en el Hotel Brown.

–Llámeme, padre, por favor. Tengo miedo de que se trate de un veneno.

–Lo comprendo. Confíe en Dios, hermana.

Deauchez se alejó de ella y salió del edificio. Sus náuseas habían desaparecido de manera milagrosa.

Río de Janeiro

Cuando el doctor Smith llegó al pabellón de cuarentena del hospital era ya muy tarde. En aquella fase de una epidemia siempre se sentía como en una carrera contra reloj y como si todo se le escapase de las manos. Había realizado unos exámenes superficiales a los dos últimos monos que quedaban con vida. El menos enfermo, el que sólo presentaba los síntomas de la gripe, justo empezaba a tener fiebre y todavía no estaba hinchado. El otro tenía el abdomen muy dilatado.

Había hecho autopsias a algunos de los animales muertos y cuando abrió las cavidades abdominales de los monos, los órganos se derramaron sobre la mesa de operaciones. Los estómagos eran como bolsas abultadas, los hígados tan grandes como los de las vacas y hasta los intestinos parecían tubos hinchados. Al diseccionar uno de los hígados quedó claro que los órganos no estaban inflamados porque retuvieran líquidos o gases, eran los propios tejidos los que se habían expandido debido a algún trauma o veneno, del mismo modo que el brazo de un hombre se hinchaba tres o cuatro veces su tamaño tras una mordedura de crótalo. La presión interna de la inflamación y la obvia ulceración de los órganos les habría causado terribles dolores de no haber sido por las lesiones cerebrales que habían sufrido en el otro extremo del cuerpo.

Unos instantes antes de morir, el cerebro empezaba literalmente a derramarse del cráneo, como si fuera un emparedado excesivamente cargado de mermelada. El primer mono que examinó, el Número Seis, todavía no había llegado a la fase que a Smith le interesaba. Sin lugar a dudas, su cerebro estaba inflamado y presionaba contra la cavidad craneana en todas las direcciones, lo que convertía a la criatura en un vegetal sin inteligencia. Sin embargo, todavía no había hecho lo que todos hacían al final, lo que había provocado que los veterinarios informasen por error a la OMS de que los animales habían «sangrado» al morir.

El cerebro, después de haberse expandido en el cráneo más allá de las leyes de desplazamiento, empezaba a salir a chorros por las orejas, por la nariz y por la boca. Los ojos se hinchaban en sus órbitas. Eso era lo que había visto en todos los monos muertos y eso era lo que le ocurría en aquel momento al Número Seis, al tiempo que Mike lo observaba, dos horas después de su examen inicial.

En eso pensaba el virólogo mientras esperaba a la puerta del pabellón de cuarentena del Hospital Municipal Souza Aguiar. Tras la pequeña ventana de cristal estaban los pacientes. Diez camas en hilera a cada lado de la pared y todas ellas ocupadas. En unas barras del techo había cortinas de lino blanco, el único elemento de intimidad de los enfermos, algunos de los cuales agonizaban entre sus compañeros de trabajo, pero ninguna de ellas estaba corrida. Tal vez habían sido amigos, tal vez uno estaba secretamente enamorado de otra, quizá los había que se detestaban, pero fueran cuales fuesen sus sentimientos, lo cierto era que ninguno de ellos se habría presentado voluntario para jugar una ronda de «pásame la cuña». Se merecían algo mucho mejor durante aquellos que muy bien podrían ser sus últimos días, pero no lo tendrían. Las enfermedades infecciosas dejaban a los agonizantes sin dignidad. Tal vez ésa era su faceta más despiadada.

Bienvenido al albergue de Greenpeace en Río de Janeiro. Por los esfuerzos realizados, esos jóvenes ecologistas se veían recompensados con una fiesta de sopor, una reunión de compañeros de trabajo con catéteres y bolsas para transfusiones como aperitivo, confituras como plato principal y zumo de cerebro recién exprimido como postre. Y cada uno tenía que llevar su propia cuchara.

Dios. El doctor Smith se sentía cada vez más cansado.

Cerró los ojos y se obligó a alejar los pensamientos negativos de su mente. Cuando creyó haberlo conseguido, abrió la puerta y entró en la sala.

–¿Eres Jennifer?

Utilizó el tono de voz más alto que pudo a través del respirador. Había cogido el informe prendido a los pies de la cama, por lo que sabía que sí, que se trataba de Jennifer Mallard, directora del albergue de Greenpeace en Río de Janeiro. Sin embargo, la joven, rubia y con aspecto de niña extraviada, estaba vuelta de lado, de cara a la pared, y Smith le preguntó si era ella porque quería llamar su atención.

Lo consiguió. Se volvió y se incorporó en la cama, al tiempo que lo estudiaba con mirada intensa y preocupada. El cuerpo pequeño de la chica engañaba. Mike vio que era muy fuerte, sus ojos se lo habían dicho.

–¿Quién es usted? –preguntó Jennifer.

–Soy el doctor Michael Smith, pero puedes tutearme y llamarme Mike. Soy de la Organización Mundial de la Salud.

–¿Ha visto ya a los monos?

–Sí, Jennifer...

–¿Están todos...?

–Hay dos que siguen con vida.

–Pero ¿no mejoran?

–No, en mi opinión creo que siguen la misma evolución que los demás –respondió con tono neutral.

Como persona era amante de la verdad, pero como médico aquello le dificultaba las cosas.

–Me han dicho que ustedes iban a... –Jennifer lo miraba con mucha intensidad–. ¿Es el ébola?

Mike se sentó con cuidado a los pies de la cama. Vio que otros pacientes, los que no dormían, también escuchaban la conversación.

–En la sangre de los monos no se ha detectado el ébola. Todavía estamos haciendo pruebas, claro, pero hasta ahora todavía no hemos averiguado qué enfermedad es. Ni siquiera estamos seguros de si se trata de un virus o de una bacteria.

–Pero, sea lo que sea, nosotros también lo tenemos, ¿verdad?

–Padecéis algo parecido. Es probable que proceda de los monos, pero aunque éste sea el caso, recuerda que nunca hemos visto esta enfermedad en un huésped humano. Tal vez sea benigna.

Mike oyó que alguien se sonaba y respiraba con jadeos, pero Jen no se veía congestionada. Le puso la mano en la frente. Estaba caliente. Llamó a una enfermera y ordenó que le pusiera un termómetro debajo de la lengua. Luego, palpó el cuello y la garganta de Jen para ver si había inflamaciones y le examinó los brazos. Con un gesto, indicó a la enfermera que corriera la cortina blanca. Mike bajó la sábana que cubría el cuerpo de Jen.

–Quiero ver tu abdomen –le dijo.

Jennifer lo miró sin parpadear con el termómetro en la boca.

Le subió el camisón. No debía de pesar más de cuarenta y dos kilos. Tal vez hubiera una pequeña inflamación en el abdomen, pero resultaba difícil saberlo. Palpó suavemente la región con las manos enguantadas.

–Uy –dijo Jen, al tiempo que arqueaba la espalda.

–¿Te duele?

La chica asintió. La enfermera le sacó el termómetro de la boca y se lo tendió a Smith. Treinta y ocho grados.

–¿Has tenido alguna molestia abdominal antes de que yo te examinase? –le preguntó, tras bajarle el camisón.

–Sí –asintió ella–. Esta mañana tuve un dolor, antes de ir al baño, como si hubiera comido algo en mal estado.

–¿Qué cenaste anoche?

–Unos espaguetis horribles. Creo que llevaban algo de pollo.

Le examinó los ojos con una linterna. Los tenía normales.

–¿Alguna otra cosa inusual?

–Sí, algo que remotamente recordaba a los guisantes.

–No –sonrió él–. Quiero decir si has notado algún otro síntoma inusual.

–Un terrible dolor de cabeza.

Era algo sencillo de decir, pero su voz se quebró al hacerlo y Mike supo que la chica había visto morir a alguno de los monos.

–Jennifer –le dijo, tomándola de la mano. Malditos guantes y maldita mascarilla, que dificultaban el contacto humano–, quiero que recuerdes que los monos son animales biológicamente muy diferentes de las personas. ¿Te acuerdas de la gripe porcina? Mató muchos cerdos, pero muy pocos humanos murieron de ella, sólo enfermaron y luego se recuperaron. Estos monos tienen un sistema inmunológico muy primitivo. Como viajera que eres, en comparación, tienes muchas más defensas que ellos. Y además, eres joven, estás sana y tienes todo un hospital a tu disposición.

Ella desvió la mirada y frunció el ceño, como diciendo que, fuera lo que fuese, corría un grave peligro y que lo sabía.

–¿Han descubierto la causa de las inflamaciones de los monos?

–No, pero la descubriremos.

–También se les ha inflamado el cerebro, ¿verdad? ¿Eso es lo que los ha matado?

–Sí –respondió Smith, tras dudar unos momentos.

Ella calló y posó la mirada en la cortina blanca que rodeaba la cama.

–Me siento mejor del resfriado –dijo finalmente.

–Gracias a tus anticuerpos. Están trabajando mucho, por lo que debes ayudarlos durmiendo todo lo que puedas y bebiendo agua y zumos en abundancia para que puedan eliminar el veneno, ¿de acuerdo?

Por alguna razón, pese a la pobreza del argumento, esas palabras la hicieron sentirse mejor.

–Lo haré –dijo.

Smith se puso en pie y descorrió las cortinas.

Al otro lado de ellas lo esperaba un joven.

–Soy Carlo, de la delegación local de la sección panamericana de la OMS. Tengo las listas de contactos que me ha pedido.

–¿Todo el mundo ha cumplimentado una?

–Sí, doctor Smith. Todos los miembros del personal. La señorita Mallard también ha hecho una lista de todas las personas que visitaron la clínica. Y todas esas personas, a su vez, han hecho su lista de contactos.

–Muy bien.

Mike tomó las páginas y el bolígrafo que Carlo le ofrecía y empezó a hojearlas. A primera vista, advirtió que eran muchas menos de lo que era razonable esperar. Al parecer, esos chicos no hacían nada más que estar en el refugio o salir de él en pequeños grupos o por parejas. Ninguno de ellos tenía familia en Río.

–¿Qué va a pasarles a las personas de las listas? –preguntó Jen.

–Las traemos al hospital a medida que las vamos encontrando –le contó Carlo–. Están abajo, en el vestíbulo.

–¿Y no pueden venir aquí? Mi amiga Lucrecia...

–No, señorita. A menos que enfermen. Lo siento.

Mike llegó al final de las páginas.

–¿Saben cuándo empezaron los monos a contagiar la enfermedad? –preguntó Jen.

Su voz sonó extraña.

–Todavía no –respondió Mike, tras sacudir la cabeza–. Como medida preventiva, me gustaría que se contactara con todas las personas que se han visto expuestas a ellos desde que los trajeron de la selva.

–Ah.

–¿Por qué lo preguntas? –Mike alzó la vista y la miró–. ¿Has olvidado a alguien en tu lista?

Jen asintió. Parecía asustada.

–No sabía por dónde empezar. Quiero decir que no sé quién es toda esa gente. Había policías... Iba a contárselo en cuanto llegara, doctor Smith. Me dijeron que usted ya venía hacia aquí.

–¿Podrías decirme de qué estas hablando? –preguntó Mike con el bolígrafo sobre las cifras.

Jen miró a Mike y a Carlo y de nuevo a Mike:

–Bueno, teníamos a los monos en cuarentena, pero Gillian, una de las chicas del albergue...

Capítulo 10

Día 12
Londres

No tenía intención de dormir toda la noche. Cuando por fin se registró en el hotel, después del encuentro con la hermana Daunsey, estaba muy cansado. Mientras se tumbaba en la cama pensó que dormiría sólo unas cuantas horas, porque había muchísimas cosas que hacer, pero no despertó hasta entrada la mañana.

Llamó al servicio de habitaciones y ordenó un desayuno continental. Puso en marcha el televisor. Cuando salió de la ducha, lo esperaban la bandeja del desayuno y las noticias. El primer ministro británico decía que el Reino Unido apoyaba la decisión estadounidense de no exportar más cereales ese año. Su nuevo plan de racionamiento, decía, era mucho más agresivo que los que se habían implantado en Europa hasta el momento y no se podía esperar que volvieran atrás. El Reino Unido también implantaría un plan de racionamiento basado en el de Estados Unidos y Billingsworth aseguró a sus compatriotas que tendrían alimentos suficientes para capear el año, pese a los daños sufridos en las cosechas.

Una atractiva presentadora explicó que el discurso del primer ministro y otros similares de los dirigentes de Francia y Alemania marcaban una línea muy clara. Muchas naciones, encabezadas por China, habían presentado el día anterior una protesta formal a Naciones Unidas, en la que repetían su demanda de que los cereales se repartieran entre todos los países según su población. Naciones Unidas aún no había respondido a esta petición.

Deauchez tomó un sorbo de su café, con los ojos clavados en la pantalla.

«Esto provocará una guerra», pensó.

Pero ése no era su problema. Su problema era Santa Pelagia.

Sí. Aquel día esperaba averiguar algo de la señora Wendy Clark. El último *New York Times* que había estado hojeando decía que se hallaba en Escocia, por lo que pensó que, estando en Londres, podría enterarse de alguna cosa y luego decidir si merecía o no la pena viajar a Escocia.

Sus pensamientos se detuvieron al advertir que en la mismísima pantalla del televisor aparecía el nombre de la mujer que le interesaba. «La señora Wendy Clark: profetisa de Santa Pelagia.» Las palabras estaban escritas al pie de la imagen de una mujer mayor, con el cabello negro azabache, los labios rojo rubí y un jersey de punto con lentejuelas doradas.

–Sí, preveo una guerra –decía con un marcado acento nasal–. Pero no crean que sé cómo será. Esos detalles no nos fueron revelados, ¡menos mal! Si supiéramos todo lo que va a ocurrir, dudo mucho de que alguien pudiera afrontarlo. Sin embargo, quedó muy claro que unos cuantos cataclismos sacudirán el planeta. Como es natural, la hambruna es parte del plan de Dios y la guerra también. Yo espero que el Reino Unido se mantenga neutral, pero lo que es seguro es que habrá guerra. Eso es indudable.

–¿Y el Reino Unido se mantendrá neutral? –La imagen de la presentadora sustituyó a la de Clark–. Hay partidos que ya están criticando al primer ministro Billingsworth por el discurso que ha pronunciado. Es evidente que la Unión Europea ha tomado la decisión de respaldar a Estados Unidos. Lo que no está claro es por qué se ha decidido adoptar esta postura de una manera tan determinante, sobre todo si tenemos en cuenta que son muchos los que expresan su deseo de que el Reino Unido se mantenga al margen.

Sin embargo, Deauchez ya no pensaba en la guerra. Pensaba que ya no tenía que tomarse la molestia de ir a Escocia a hablar con Clark. No necesitaba preguntarle si se había sometido a algún tratamiento médico en los últimos meses ya que la anciana aparecía en una silla de ruedas. Tenía esclerosis múltiple, una enfermedad que la obligaba a pasar controles médicos regulares.

Deauchez, acostumbrado a utilizar el móvil, lo cogió, se acercó a la ventana y la abrió después de descorrer las gruesas cortinas del hotel. Marcó el número que encontró en la tarjeta de Hill mientras el aire le refrescaba la cara y le serenaba los nervios.

Abajo, el día acababa de empezar. A aquella hora de la mañana había muy poca gente por la calle. Un taxi se detuvo y de él se apeó un viajero de aspecto cansado. Al otro lado de la calle había aparcada una furgoneta de color beis.

Deauchez la miró con el ceño fruncido mientras oía la señal de marcado del teléfono. Estaba aparcada de frente, pero el resplandor del sol le impedía ver si estaba ocupada. ¿No había visto una igual en la calle tras visitar a la hermana Daunsey?

«Sólo es una furgoneta de color beis –pensó–. No es la misma. No seas infantil», se dijo.

Oyó la voz de Hill, pero advirtió, decepcionado, que se trataba de un mensaje grabado. Claro, en Nueva York eran las dos de la madrugada.

–Señor Hill, soy el padre Michel Deauchez. Tengo para usted esa información sobre el aspecto médico del asunto.

En pocas palabras le contó lo mismo que le había dicho a Daunsey: acerca de Andrews, Puma y Stanton, las vacunaciones en el campamento de Sagara Bata y el atropello de Giri. También le contó que Daunsey se había desmayado tras una donación de sangre pocos días antes de su sueño.

–Le sugiero que publique esta información, señor Hill. Ya va siendo hora de que en los periódicos aparezcan algunas teorías nuevas. Todavía estoy en Londres y he pensado que tal vez sepa usted el nombre del médico de la señora Wendy Clark. Podría pasarme por su consulta y preguntarle si alguien se puso en contacto con él para que examinara a esa dama o para que probase un fármaco nuevo. Me alojo en el Hotel Brown. *Au revoir*.

Sedona, Arizona

Llegaba el final de agosto y hacía calor, pese a la brisa otoñal que se adivinaba en el aire. En las calles de Sedona se preveía que ese día la temperatura alcanzaría los cuarenta grados, pero en esos momentos, a las ocho y media de la mañana, no pasaba de veintidós. Al cabo de media hora, las tiendas de comestibles de la población abrirían sus puertas por primera vez en varios días.

Trent Andrews sintió la brisa de la mañana, la sintió en sus piernas desnudas debajo de la túnica, la sintió en sus brazos desnudos dentro de las amplias mangas. Había mandado hacerse a medida aquella prenda. Era de algodón blanco, larga hasta las pantorrillas y con un profundo escote en pico. Aquel tejido fino, como una gasa, resaltaba el contorno de su pecho y de sus piernas y, según como soplaba la brisa, le marcaba un oscuro bulto en la entrepierna. Aquellos días, se había soltado la coleta y sus rubios y abundantes cabellos le llegaban más abajo de los hombros. Tenía el rostro bronceado y su barba parecía la de un joven inmaduro.

Se sentía a gusto con aquel aspecto y sabía del impacto que causaba en los demás. Era hermoso, poderoso pero, en aquellos momentos, estaba un poco asustado.

La multitud que caminaba con él por la calle contribuía mucho a esa sensación de poder y también de miedo. Había más de mil pares de pies que lo seguían, y eso que él no les había pedido que lo acompañaran. Al salir del hotel con sus colaboradores de confianza, lo habían seguido y se habían arremolinado a su alrededor como polillas que se golpearan contra una bombilla. Y había muchos más a las afueras de la población, donde habían aparcado y levantado tiendas de campaña. Mientras caminaban, no cantaban ni rezaban, ya que su credo no tenía himnos. Sólo se oía el vago e indistinto sonido de miles de pies que caminaban en silencio, y aquello también daba algo de miedo.

Pasaron ante los restaurantes de la calle principal. El Gibson' s Grill estaba cerrado. En un cartel de la ventana se leía: «Estamos preparando el nuevo menú de racionamiento. No sabemos cuándo abriremos». El Taco City estaba cerrado a cal y canto y parecía abandonado. El Desert Café estaba abierto. En un letrero de la ventana se leía: «Sólo café y refrescos». La dueña, una vaquera de aspecto robusto y cincuenta y tantos años, salió al umbral y los miró con ojos penetrantes, masticando chicle con un ritmo tenso.

–¡Está todo cerrado! ¡Está ocurriendo de verdad! –gritó, presa del pánico, una mujer que caminaba detrás de Trent.

«Pues claro, idiota –pensó él–. ¿No lo había profetizado?»

Aquel pensamiento era propio del Andrews más grande, del que avanzaba por la calle con una túnica blanca. Sin embargo, en algún rincón de su mente había otro Andrews, uno al que todavía le preocupaban los problemas logísticos y la responsabilidad, uno que no era más que un chico de Orange County, tan alterado por las repentinas señales de hambruna «aquí y ahora» como la mujer que había hecho aquel comentario.

Unos cuantos habitantes de la población esperaban a la puerta del supermercado más grande de la zona. Al oír el ruido de los pasos que avanzaban en su dirección, volvieron la cabeza todos a una. Si la multitud los intimidó, no lo demostraron. Se arracimaron junto a las puertas para indicar que ocupaban los primeros lugares de la cola y miraron a Andrews con caras de determinación.

Cuando Trent llegó al supermercado, dos coches patrulla se detuvieron en el pequeño aparcamiento. De ellos se apearon el sheriff del pueblo y tres policías uniformados. El sheriff era un hombre delgado, de mediana edad, con la piel curtida por el sol del desierto y un sombrero de alas anchas beis. Tomaron posiciones frente al supermercado para mantener la paz en el primer día de racionamiento.

Probablemente no esperaban encontrar tan concurrido el lugar.

Trent se detuvo unos metros antes de la puerta del supermercado y alzó la mano para que sus seguidores se detuvieran. A sus espaldas, el sonido de los pies se desvaneció como un eco agonizante. El corazón le latía con fuerza, pero no dio muestras de ello. Subió a la plataforma de madera y se encaró con el sheriff.

–Soy Trent Andrews.

–Sí.

–Me gustaría saber cómo se desarrollará la operación de reparto de comida.

El sheriff se rascó la oreja y miró a Andrews con tranquilidad.

–Muy bien. Cuando se abran esas puertas, mis hombres y yo dejaremos entrar a la gente. Como veo que hay tantas personas, creo que las dejaremos entrar en turnos de veinte o así. Estoy seguro de que Paul nos lo agradecerá.

Trent intentó prestarle atención, pero le resultaba difícil concentrarse debido a su estado de agitación nerviosa y al zumbido de los pensamientos que llenaban su cabeza.

–Entre en el supermercado como si todo fuera normal. Elija los productos que quiera llevarse. Unos letreros le indicarán qué puede comprar. Es inútil intentar llevarse más. Antes de llegar a la caja, encontrará un mostrador en el que comprobarán lo que ha comprado, anotarán su número de la Seguridad Social, le harán dejar algunas cosas si consideran que ha comprado demasiadas y luego pasará por caja y pagará. Anotarán lo que ha comprado, y algunos productos sólo podrá adquirirlos una vez por semana.

–¿Y si no tengo número de la Seguridad Social?

–Debe tenerlo. Debe tener la tarjeta. Son las reglas que ha establecido el Gobierno.

El profeta miraba fijamente al sheriff e intentaba asimilar lo que le había dicho. Hizo un esfuerzo para permanecer tranquilo, tranquilo y ecuánime, ecuánime y tranquilo.

–En mi grupo hay personas de todo el mundo que han venido para estar conmigo. No tienen tarjeta de la Seguridad Social.

–Pues eso va a ser un problema. El Gobierno dice que todos los visitantes extranjeros tienen que volver a su país. Claro que pueden dirigirse a Tucson y solicitar un permiso si es que tienen buenas razones para estar aquí.

–En Tucson no hay autoridad que pueda decir cuáles son las buenas razones y cuáles no lo son.

–Yo no dicto las normas, hijo. El racionamiento es un hecho

real. A mucha gente no le va a gustar, pero, de momento, puede comprar todos los lácteos que quiera y también dulces. En cuanto a la carne, todavía pueden comprarse buenas cantidades.

Trent no se volvió para mirar a su gente, no habría soportado ver sus caras por más que quisiera hacerlo, pero sintió la intranquilidad de sus seguidores a sus espaldas como una presión que se acumulaba tras una válvula.

–Entonces, ¿cómo van a impedir que compre mi cuota aquí y que luego vaya a otro supermercado?

–Sí, eso es algo que deben tener en cuenta. Una vez hayan utilizado su número de la Seguridad Social en un supermercado, este número pasará a un registro nacional. Y no podrán ir a otro supermercado, tendrán que seguir comprando cada día en el mismo a menos que hagan una solicitud de traslado. El número sólo es válido para un supermercado, a fin de poder llevar el control de lo que compra cada persona. Han dicho que esto quizá cambiará cuando todos los supermercados estén unidos por una red informática, pero llevará tiempo. Lo cual me recuerda, señor Andrews, que tal vez sea una buena idea que algunos de ustedes se apunten al supermercado de Ray. Otros, incluso, podrían apuntarse en Phoenix e ir allí una vez por semana a buscar las provisiones. ¿Cuántos son ahora?

–Unos veinticinco mil.

Esa mañana Trish le había dado una cifra y ésa fue la que le dijo al sheriff. El sheriff arqueó las cejas. En su rostro impasible se adivinó un amago de sorpresa. Seguro que había visto los coches y las tiendas de campaña, pero, al parecer, se había quedado un poco corto en sus estimaciones.

–¿Veinticinco mil? Oh, Dios mío. ¿Ve? Sería muy difícil hacer entrar y salir a tanta gente del supermercado de Paul. No creo que pueda atender diariamente a más de mil personas de su grupo, y también tiene que atender a los clientes habituales. Como cierra los domingos, serían unas seis mil a la semana. ¿Y otras seis mil en el supermercado de Ray? Sí, creo que tendrán que dividirse, señor Andrews, y tal vez mandar a un nutrido grupo de los suyos a

Phoenix una vez a la semana. Además, supongo que, aparte de comida, necesitarán otros suministros que aquí, en Sedona, no...

Mientras, habían llegado más vecinos. Unos treinta se habían situado en el extremo izquierdo de la plataforma de madera y observaban con curiosidad al tipo de la túnica blanca y a los que le seguían. Los vecinos de Sedona tenían cara de pocos amigos y Trent intentaba obviar su presencia, pero no le resultaba fácil.

Veía esas caras, y la del sheriff, justo a pocos centímetros, y pensaba en lo que acababa de oír. ¿Sedona sólo podía alimentar a doce mil? Pero si ellos ya eran el doble... Y el sheriff parecía no entender que aquello sólo era el principio.

–¿Y han llegado hasta aquí sin sus propios suministros? –le preguntó el sheriff en voz baja.

Trent sintió ganas de estrangularlo.

–Sheriff –le susurró–, no puedo mandar quince mil personas a Phoenix, que está a tres horas de distancia, una vez a la semana.

–Bien, déjeme ver... –El sheriff asintió pensativo y se rascó la frente–. En Flagstaff hay media docena de supermercados. Está a media hora hacia el norte; Mormon Lake, Rimrock, Cornville, Cottonwood, Clarkdale... Son pueblos pequeños, a poca distancia de aquí, y tienen, al menos, un supermercado cada uno.

No era demasiado, pero algo era algo, podía salvar la cara y volverse hacia su gente. Asintió y dijo:

–Ha dicho doce mil semanales aquí, en Sedona, ¿verdad? Haré que mis ayudantes se ocupen de esto.

–Agradezco su colaboración, señor Andrews.

Trent se volvió para marcharse. Le ardía la cara y deseó haber estado solo. La voz de niño de Orange County que tenía en la mente se preguntaba cómo demonios iba a resolver el problema logístico.

Sin embargo, cuando se volvió, vio sonrisas de amor en los rostros de sus seguidores y oyó sus murmullos de aliento. Algunos alzaban los brazos hacia él. Fue como una oleada de energía pura, una transfusión espiritual. Se sumergió en ella y observó a la multitud desde su posición privilegiada en la plataforma. Sintió el deseo que tenían de él, la confianza que habían depositado en él, vio la adoración en sus ojos. Su incómoda vergüenza se desvaneció. Nada lo asustaba. Por algo había sido elegido. Era Sedona la que debía asustarse.

Se volvió de nuevo hacia el sheriff y ya no le habló en voz baja.

–Tiene que comprender que lo que estoy haciendo aquí es de vital importancia para la supervivencia de la humanidad. Nosotros somos el futuro.

–Nadie intenta impedírselo, hermano –replicó el sheriff, impasible.

Los ojos de Andrews, todo su ser, resplandecían ante el sheriff. Notaba toda la energía que emanaba de él.

–Por el momento, haré lo que usted dice, pero a medida que se intensifiquen los cambios en el planeta, vendrá más gente. Si las medidas que usted tome no pueden soportar la presión, caerán. Somos gente de paz, pero tenemos nuestros límites.

–Comprendo bien la situación, señor Andrews.

El sheriff hablaba despacio, muy tranquilo, con una expresión de firmeza en la mirada.

Ya no había nada más que decir. Andrews asintió con aire lacónico y bajó de la plataforma. Alzó los brazos al cielo y caminó hacia la gente. Sus seguidores lo absorbieron y lo tocaron a su paso.

Londres

Alguien llamó a la puerta. Deauchez se sobresaltó y luego recordó que había dado el nombre del hotel a la hermana Raquel. ¿Sería ella, o quizá la propia Daunsey, que había cambiado de opinión?

Se dirigió a la puerta con una sonrisa de bienvenida en los labios. Sin embargo, no se trataba de la hermana Raquel ni de la hermana Daunsey. Ni siquiera de una mujer. En el pasillo había un cardenal.

–La paz esté con usted, padre Deauchez.

El tono de su voz indicaba cualquier cosa menos paz. El cardenal lo echó a un lado y entró con aire imperioso. El hábito negro y el bonete rojo eran una clara muestra de su rango, y cuando el hombre se volvió y Deauchez pudo mirarlo por segunda vez, vio un rostro grueso, encarnado, de mediana edad. Lo recordaba vagamente, pero no conseguía situarlo. Aunque su llegada no lo hubiera pillado desprevenido, tampoco habría sido capaz de ponerle un nombre.

–¿Eminencia?

–Soy el cardenal McKlennan. Creo que nunca hemos sido presentados formalmente.

El cardenal tendió su mano derecha en una clara solicitud. Deauchez, molesto e incómodo, inclinó la cabeza y le besó el anillo pastoral. La mayor parte de obispos consideraba peregrina esa práctica y otros la detestaban. Estaba claro que el cardenal McKlennan era una excepción. O intentaba hacer ostentación de su autoridad.

–Es un honor conocerlo, cardenal McKlennan –dijo Deauchez tras alzar la cabeza–, pero me sorprende profundamente verlo aquí.

Era una declaración de modestia exagerada. Deauchez conocía el nombre, aunque no había logrado asociarlo con una cara. El cardenal McKlennan era el arzobispo de Armagh, un hombre enérgico, el cardenal más poderoso de Irlanda. Y en aquellos instantes, la central de energía se veía un tanto malhumorada.

–Padre Deauchez, permítame que vaya directamente al grano. El cardenal Donnelley se ha puesto en contacto conmigo a primera hora de la mañana. Le ha sido imposible comunicarse con usted y está muy preocupado. Le había dado órdenes de regresar al Vaticano hace dos días, y usted no sólo no ha respondido, sino que ha viajado a Londres.

–Bueno, yo...

Iba a decir que no había recibido el mensaje de Donnelley, pero en esos momentos, ante los ojos del cardenal, mentir sobre algo como eso le parecía un pecado mucho más grave que urdir todo el plan en aquella casa de comidas de Allahabad.

–¡No quiero excusas! Seguro que ha tenido algún mal pensamiento, pero no estoy aquí para confesarlo, Deauchez; he venido para recogerlo y llevarlo conmigo a Roma. El avión sale dentro de dos horas.

Aquellas palabras le resultaron tan inesperadas que lo único que pudo hacer fue mirar boquiabierto a McKlennan.

–¿Y bien? No se quede ahí plantado. Haga su maleta o perderemos el vuelo.

–¿Y cómo ha sabido el cardenal Donnelley que yo estaba en Londres? –preguntó Deauchez para ganar tiempo.

–¡Eso no importa! –le espetó el cardenal McKlennan. Luego suspiró–. Ha dicho algo de la tarjeta de crédito del Vaticano. Supongo que, al ver que usted no aparecía, se preocupó y llamó al banco para saber si ya había reservado su vuelo a Roma. Y ahora, vamos. Recoja sus cosas.

–Pero si yo no...

–Además, siempre que viaja a Londres se aloja en este hotel, como hacen todos nuestros emisarios.

–Oh. Comprendo.

Pero Deauchez no comprendía. No había utilizado su tarjeta de crédito para comprar los billetes de avión, sino que los había pagado en efectivo. ¿Por qué iban a mentir McKlennan o Donnelley? ¿Y cómo sabían que estaba en Londres?

Y entonces lo comprendió. Daunsey. ¿Había llamado la monja a Donnelley para delatarlo o para formalizar sus quejas por su interrogatorio?

Aturdido, Deauchez se acercó a la cama y cogió su reloj, que estaba en la mesilla de noche.

–¿Por qué no me ha llamado el propio cardenal Donnelley? Siento mucho que usted haya tenido que desviarse de su camino para venir a buscarme, eminencia.

–Claro que tiene que sentirlo mucho. Y por lo que a Donnelley se refiere, eso tendrá que arreglarlo personalmente con él. En realidad no sé si está muy enfadado.

McKlennan consultó su reloj con impaciencia.

Deauchez se sentía como un niño malo. Se acercó a su bolsa

y, con manos temblorosas, empezó a llenarla con la ropa y el teléfono móvil que había dejado sobre la mesa.

–Me sorprende que no esté usted ya en Roma, eminencia.

–Dése prisa, Deauchez, por favor. Unos asuntos me han retenido en Londres.

Deauchez viajaba ligero de equipaje y enseguida terminó con el dormitorio. Luego se dirigió al baño, llevando su bolsa consigo. Qué cosa tan rara. Aun cuando recogía sus cosas, una voz en su cabeza gritaba que no quería ir a Roma, que no tenía ninguna intención de ir.

Recogió sus pocos objetos de aseo personal, los metió en la bolsa despacio y entonces se le ocurrió enfocar las cosas desde otro ángulo.

–Sé que probablemente piensa que soy un desobediente, cardenal, pero tengo una información vital, una información que he estado recopilando por orden del propio Papa.

–Su Santidad ha fallecido, Dios acoja su alma.

McKlennan hizo una genuflexión.

A Deauchez este gesto le abrió un camino para la conversación.

–Sí, es una gran tragedia, pero estoy seguro de que quien ocupe su lugar a continuación estará igualmente interesado por lo... lo sucedido en Santa Pelagia.

–Eso es indudable –replicó el cardenal en tono gélido.

–Me ha resultado muy difícil hablar con el cardenal Donnelley porque se ha mostrado especialmente inclinado a considerar un milagro lo sucedido en Santa Pelagia, pero he recogido cierta información que puede resultar de vital importancia para la Iglesia en los días por venir. He creído que mi más alto deber era seguir adelante con esa investigación.

–Sus pequeños secretos no me interesan, Deauchez –dijo McKlennan con el ceño fruncido–. Sea cual sea esa información, sólo les incumbe a usted y a su superior en la curia. ¿Ha quedado claro?

–Comprendo, eminencia.

–¿Ha terminado de recoger?

Había terminado y no tenía medios de impedir lo que le esperaba. Salió del baño y dejó su bolsa de viaje junto al portátil. Luego se volvió hacia su superior con aire suplicante.

–¿A usted no le preocupa el mensaje de Santa Pelagia, eminencia? ¿No está alarmado, como tantos católicos irlandeses que están dejando su casa y su trabajo para venir a Londres? ¿No le preocupa lo que puede ocurrir cuando no llegue el Apocalipsis?

–¡Debería estar avergonzado, padre! ¡Usted mismo estuvo en Santa Pelagia y lo niega!

Aquellas palabras bastaron para acallar a Deauchez.

–Vamos.

El cardenal McKlennan abrió la puerta de par en par.

–No voy a ir con usted, cardenal –dijo Deauchez tras tragar saliva.

Las palabras sonaron extrañas a sus propios oídos, como si no fueran realmente suyas.

McKlennan se detuvo y lo miró fijamente, con el rostro encendido de ira.

–El Santo Padre ha muerto, Deauchez, y a usted lo necesitan en Roma. Ése es su deber. ¿Se niega a cumplirlo?

El cardenal pronunció esas palabras con toda la gravedad y solemnidad del Juez Supremo. Sonaban intimidatorias y a Deauchez se le hizo un nudo en el estómago.

–Cardenal, por favor, sólo necesito un día más. Le doy mi palabra de honor de que mañana volaré a Roma, pero aquí queda una línea más de investigación que puede dar solidez al informe que presentaré al nuevo Papa.

–¡Deauchez! –gritó McKlennan, encolerizado–. ¡O viene conmigo ahora mismo o tendrá que afrontar todas las repercusiones de haber desobedecido dos órdenes directas: la de Donnelley y la mía!

Deauchez evitó su mirada. Clavó los ojos en el suelo, con la mandíbula apretada de obstinación.

–Mañana lo seguiré a Roma, eminencia, y una vez allí, afrontaré lo que deba afrontar.

Sin mediar palabra, el cardenal se giró sobre sus talones y salió al vestíbulo dando un portazo.

Diez segundos de silencio siguieron al golpe, diez segundos

durante los cuales el estómago de Deauchez se encogió varias veces hasta que todo su cuerpo empezó a temblar. Durante los primeros de esos segundos su mente se quedó en blanco y luego los pensamientos empezaron a moverse en ella como en una secadora de ropa.

«¡No puedes hacer esto! ¡Te van a excomulgar!» «¡Eres un sacerdote! ¡Has hecho voto de obediencia a la Iglesia!»

«¿Cuánta información más sonsacarás al médico? ¡Nada importante, seguro! Te da miedo presentar el informe porque crees que tal vez no sea lo bastante bueno, pero no puedes hacer nada más.»

Su pequeña habitación en el Vaticano, el hermoso Vaticano, la hermosa Roma. Sus amigos de allí, el compañerismo. ¿Cómo iba a renunciar a todo eso? Era la única vida que conocía. ¿Le aplicaría McKlennan el castigo supremo? ¿Perdería incluso un modesto puesto en el Vaticano? El cardenal se había enfadado tanto...

–¡Espere! –gritó Deauchez. Agarró su bolsa y el portátil del suelo, abrió la puerta y corrió al vestíbulo–. ¿Cardenal McKlennan?

Tomó el pasillo principal y fue hacia los ascensores. Estaban vacíos. Entonces vio algo que se movía al otro extremo del corredor. Era una puerta que se abría. Tras ella desapareció la figura del hábito negro. Deauchez pensó en las escaleras. Corrió hacia la puerta, con la bolsa que le golpeaba las piernas.

La puerta llevaba, efectivamente, a las escaleras. Cuando entró en ellas no vio al hombre, aunque sí oyó los suaves pasos de suela de cuero de sus zapatos.

–¿Cardenal McKlennan? –llamó.

El profundo hueco de la escalera amplificó su voz, pero los pasos no se detuvieron. Deauchez empezó a correr lo más deprisa que pudo, cargado con la bolsa.

Se detuvo ante la puerta del tercer piso, pero los pasos seguían bajando. Hizo lo mismo ante la puerta del segundo y los pasos no se detuvieron. El cura pensó que el cardenal se dirigía al vestíbulo de la planta baja.

Al llegar al primer piso, Deauchez hizo una nueva pausa y en esta ocasión oyó que se abría una pesada puerta y que después se cerraba más abajo de donde se encontraba él. Bajó de dos en dos el último tramo de escaleras, agarró la bolsa y abrió la puerta que daba a la planta baja.

Entró en un corto pasillo alfombrado de rojo. No sabía muy bien dónde estaba, miró alrededor y no vio a nadie, pero a su derecha había una puerta doble que se movía como si alguien acabase de utilizarla.

Intrigado, caminó hacia ella y la empujó para entrar.

De repente, y para su asombro, se encontró en la cocina del hotel, en la que unos cuantos jóvenes cocineros cortaban verduras y ponían ollas al fuego para preparar el almuerzo. Ante la puerta había dos hombres de mediana edad, con aspecto de ser empleados del hotel, enfrascados en una conversación. Dejaron de hablar y lo miraron de manera inquisitiva. Uno de ellos tenía la piel muy morena y llevaba un largo delantal negro.

–Lo... lo siento –tartamudeó Deauchez–. Creo que me he perdido.

Salió de la cocina y se maldijo a sí mismo. ¡No había seguido al cardenal! Lo más probable es que McKlennan ya se hubiera ido y con él la carrera de Deauchez.

Desesperado, el cura miró alrededor. Vio un letrero que indicaba la salida sobre una puerta. Corrió hacia ella y la empujó con fuerza. Quizá, si Dios estaba de su lado, todavía encontraría a McKlennan esperando un taxi delante del hotel.

La puerta daba a un callejón de adoquines. Vio cubos de basura y camiones de mercancías. Los esquivó y se dirigió lo más deprisa que pudo a la entrada principal del hotel.

Al llegar a aquella ajetreada calle londinense advirtió que se hallaba a media manzana de distancia de la puerta del hotel. Vio el toldo verde que la cubría, el portero uniformado, la hilera de taxis que esperaban y vio también al cardenal McKlennan.

Gritó su nombre a pleno pulmón, pero sus palabras se perdieron entre el ruido de la calle. Aliviado y, sin embargo, ansioso por llegar a tiempo, echó a correr.

Y todo esto –el reconocimiento, el grito, la tensa carrera–

ocurrió en cuanto Deauchez reconoció las vestiduras y el sombrero del cardenal y su corpulenta figura. Pero al instante siguiente vio algo más que lo hizo detenerse en seco.

El cardenal McKlennan caminaba hacia su coche, un bruñido coche negro. Pasaba junto a la furgoneta beis, que se había movido a este lado de la calle y había aparcado a pocos metros de la puerta del hotel. De ella se apearon dos hombres, el conductor y su acompañante. Esperaron el paso de McKlennan camino de su coche y éste, al llegar a su altura, se volvió hacia ellos, sacudió la cabeza en señal de negativa y, con un gesto del pulgar, señaló hacia el hotel.

El conductor de la furgoneta asintió, se compuso la chaqueta y metió la mano derecha en el bolsillo. Ambos caminaron deprisa hacia el hotel al tiempo que McKlennan llegaba a su coche y subía. El coche arrancó y se marchó.

Sin embargo, a Deauchez ya no le preocupaba haber perdido de vista al cardenal McKlennan. De manera instintiva, se agachó detrás de un cartel porque los hombres caminaban directos hacia él; entonces asomó la cabeza para poder verlos bien. Gafas oscuras, perfectamente afeitados, unos elegantes trajes oscuros y unos buenos zapatos. Podían ser hombres de negocios italianos de visita comercial en la capital británica.

Sin embargo, no lo eran. Eran los hombres de la furgoneta beis. Entraron en el hotel.

Confundido por completo, también muy asustado y sin saber bien por qué, Deauchez cruzó la calle sólo con la atención subconsciente necesaria para esquivar los coches que pasaban. Al llegar al otro lado, hizo una pausa para echar un buen vistazo a la fachada del hotel.

Cuarto piso. Ahí estaba la ventana de su habitación, lo sabía seguro. Estaba justo en medio de la planta, así como la puerta que daba a su cuarto estaba en la mitad del pasillo, y era la única que tenía la ventana abierta. La fina cortina blanca se movía ligeramente con la brisa. Deauchez la había dejado de aquella manera. Ni siquiera había devuelto la llave de su habitación.

Tenía la boca seca.

Miró hacia la ventana y luego hacia la puerta principal del hotel sin saber seguro qué esperaba ver, y entonces lo advirtió. Algo se movió en su ventana. La cortina se abrió y tras ella asomó un hombre de traje oscuro, con barba, que se inclinaba hacia delante para ver si había algún balcón o saliente. No lo había.

El hombre tenía algo negro en la mano que brillaba al sol.

Fue suficiente. Deauchez giró sobre sus talones y echó a correr.

Munich, Alemania

La voz de Blade sonaba absolutamente asquerosa.

Georg, quien, dicho sea de paso, no era precisamente un admirador del cantante, miró al artista que se movía en el escenario y sacudió la cabeza. Al público no parecía importarle que el rockero tuviese un resfriado de mil demonios, que su voz congestionada se quebrase en las notas más altas y que la calidad de su tono fuese como el ruido de un papel de lija. Cierto que aquel tipo no era precisamente Pavarotti ni cuando estaba en sus mejores momentos, pero Georg captó la enfermedad que crujía como un disco rayado en sus sensibles y expertos oídos.

Un cantante de verdad nunca subiría a un escenario con un resfriado como aquél. Esos rockeros –veinte días, veinte ciudades– nunca cancelaban un concierto ni aunque estuvieran agonizando, ya que en cada uno de ellos ganaban medio millón de dólares. Y allí estaban los admiradores, desesperados de adoración, y que pagaban el precio de toda la entrada por la mitad de la función.

Georg se movió entre la parrilla de focos amarillos y comprobó que estuvieran bien alineados. Fue entonces cuando vio al hombre que salía de la habitación del aire acondicionado.

No era un empleado del teatro local y nadie más podía subir allí durante la actuación salvo él. Tal vez era uno de los miembros de la banda de Blade, pero, aun así, ¿qué se le había perdido en la sala del aire acondicionado?

Era un hombre delgado que llevaba pantalones negros, una camiseta negra de manga larga y guantes también negros. En la cabeza lucía una gorra de béisbol bien encajada y la visera le ocultaba el rostro. Al pasar ante un foco rojo, el bulto que llevaba a la espalda cobró forma de mochila.

Georg se alarmó y caminó deprisa hacia el hombre gracias a su experiencia de moverse entre cables y focos. El tipo lo vio, se quedó paralizado y luego le dedicó un saludo educado y empezó a retirarse hacia la escalera trasera.

Experimentado o no, se movía más deprisa que Georg, pero él conocía un atajo.

Estaba cruzando la parrilla por una viga diagonal cuando el hombre de negro, que se encontraba a unos diez metros de distancia, pasó por el reflejo de un foco blanco y Georg vio perfectamente su rostro. Tan extraño le resultó lo que vio que se detuvo, aterrorizado. Aquella cara extraña le devolvió la mirada y luego se volvió y corrió hacia la escalera. Georg supo seguro que, fuera quien fuese, no quería acercarse a él y se quedó donde estaba, viéndolo marchar.

Blade terminó *Girl from Liverpool* a duras penas. Sintió que se iba a desmayar e hizo una seña a la banda para que tocase un tema instrumental: guitarra, batería, teclados y saxo, una pieza un tanto sincopada que pudieran improvisar. El cantante consiguió dejar el escenario sin caer al suelo.

Jimmy, su representante, lo estaba esperando.

–¡Blade, querido! ¿Cómo estás? ¡Darlene, trae una silla!

–¿Que cómo estoy? Estoy hecho una mierda, estoy enfermo, por Dios.

Blade empezó a desplomarse, pero, por suerte, Darlene llegó antes con la silla. Él se dejó caer en la silla, se dobló por la cintura y puso la cabeza entre las piernas para intentar que cesara el mareo y evitar que todo le diera vueltas.

–No puedo volver a salir.

No recordaba haberse sentido tan mal en toda su vida. La garganta le ardía como si tuviera fuego en ella. La cabeza se le partía por la mitad. Su cuerpo pesaba como si fuera de plomo y le dolía tanto la tripa que ansiaba liarse a puñetazos con algo.

–Dios mío, Jimmy, está ardiendo –dijo Darlene, tras tocarle la frente.

–Treinta y siete y medio –dijo Jimmy mientras lo comprobaba con su propia mano–. No está tan mal. –Su voz intentaba transmitir ánimos.

–¡Nada de treinta y siete y medio! ¡Más de treinta y ocho, seguro! De pequeña tuve fiebres altas y sé lo que es eso...

–Gracias por tu opinión, Darlene, pero haz el favor de callar, coño. Acortaremos las dos últimas canciones y haremos un bis –dijo Jimmy dirigiéndose a Blade en su tono más tranquilizador–. Si quieres, podemos cancelar el concierto de mañana en Berlín, pero no podemos dejar éste a medias, eso tú lo sabes. Toma, aquí tienes tu té.

Alguien intentó poner a Blade en posición erguida en la silla y colocarle una taza caliente entre las manos.

–Lo siento, Jimmy. No sé qué me está pasando. Anteayer era sólo un resfriado.

–Sí, sí, lo sé. No fuerces la garganta –dijo Jimmy, que también se sentía algo congestionado.

Había pillado un resfriado en algún sitio y se sonaba ante la cara de Blade.

–Te juro por Dios que no puedo volver a salir. Estoy hecho polvo.

Empezó a tiritar. Le dolían todos los músculos del cuerpo, y el estómago lo estaba matando.

–Sí, querido, ya lo sé. –El tono de voz de Jimmy era como el de un entrenador deportivo–. Tres canciones más y se habrá terminado, ¿de acuerdo? Después, te meteremos de inmediato en la cama. Voy a llamar a un médico para que te vea en cuanto termines. ¿Vale?

–¡Jimmy, por Dios, míralo! –exclamó Darlene.

Blade tenía los ojos cerrados. Todavía sostenía la taza con la mano derecha, pero no era consciente de ello. Estaba tan cansado... Quería dormir, Dios, por favor, que lo dejaran dormir, pero el dolor que sentía en el estómago era tan insoportable que no podría. Necesitaría fármacos, un montón de ellos.

–¡Vamos, Blade! Eres un profesional, el mejor del mundo. Tres canciones más mientras esperamos que llegue el médico. ¡Venga, vamos allá! Toma un sorbo de té. ¡Ánimo!

La mano con la taza llegó hasta su boca. Quería terminar el recital, de veras lo quería. Uno no se marchaba de un escenario a media actuación. Sacudió la cabeza para despejarse un poco y bebió un trago de la taza que Jimmy le sostenía. Tenía la boca tan caliente que notó el líquido helado sobre su lengua ardiendo. ¡Tenía sed! Bebió todo el té casi hirviendo como si fuera agua.

–Muy bien, chico. Eso es. Tres canciones más y ya está. Descansa unos segundos.

–¿Jimmy? –dijo una voz joven con acento alemán.

–¡Vete a la mierda! –gritó Jimmy.

–Ahí atrás hay unos hombres que quieren... hablar con Blade.

–¡Pues no lo harán hasta que el concierto haya terminado! ¡Largo de aquí!

–Sé que no es el momento oportuno, pero dicen que son de... Bueno, creo que debería recibirlos ahora mismo.

Blade abrió los ojos e intentó fijarlos en el tipo que hablaba. Era un chico alemán, un empleado del teatro. Se le veía asustado. El cantante trató de ponerse en pie.

–¡Exacto! ¡Eso es! ¡Vamos allá!

Los brazos de Jimmy eran los únicos soportes de Blade. El rockero sacudió de nuevo la cabeza para despejarse. Tensó las rodillas, vio que mantenía el equilibrio y, con una seña, indicó que se encontraba bien.

–¡Esto es un artista! ¡Allá vamos!

Jimmy lo llevó abrazado unos cuantos pasos hacia el escenario.

Entonces, Jimmy lo soltó y cuando Blade intentó dar el primer paso él solo, el mundo se puso a dar vueltas bajo sus pies.

Se inclinó hacia la izquierda y la rapidez del brazo de Jimmy impidió que cayera de cabeza contra una barra de hierro del escenario.

–Lo siento. No sé qué les pasa a mis puñeteras piernas. No consigo mantener el equilibrio.

–¡Olvídalo, Jimmy! ¡Déjalo que se tumbe, por Dios! ¿O es que quieres matarlo?

–Cállate, Darlene, joder.

–¿Jimmy Swan? Me temo que no podemos dejar salir a Blade al escenario.

La voz desconocida tenía un tono muy extraño. Por un momento, el cantante creyó que estaba perdiendo el oído. Entonces, sin embargo, Jimmy se volvió y Blade, que estaba apoyado contra su pecho, se volvió con él. Los ojos del rockero creyeron ver una alucinación. Allí había diez hombres, todos ellos con mascarillas, batas blancas y guantes de goma. Era la mascarilla lo que hacía que la voz sonase extraña.

–¿Y ustedes quiénes coño son? –preguntó Jimmy.

–Soy el doctor Michael Smith. Somos de la OMS. Estamos trabajando en un caso de infección de Nivel Cuatro y creemos que Blade ha sido expuesto al contagio. Tendremos que ponerlo bajo control. De hecho, vamos a poner en cuarentena a toda la banda y a todas las personas que han estado en contacto con él desde el concierto de Río de hace nueve días.

–¡Oh, demonios! –Darlene soltó un gritito–. ¿Y qué ha cogido?

–¿Están ustedes en sus cabales? –preguntó Jimmy, en tono beligerante–. No tienen ni la más remota idea de quién es Blade...

–Señor Swan, sabemos perfectamente quiénes son todos ustedes. ¿Hay algún otro miembro del grupo con síntomas de resfriado?

–¿Resfriado? ¡Joder, toda la banda está resfriada! ¡Y la mayor parte del equipo técnico!

–¡Calla, Darlene!

Mientras, en el escenario, los músicos estaban cada vez más nerviosos, como Blade muy bien podía oír. Con sus notas se preguntaban dónde coño se había metido el cantante.

–Tengo que salir –murmuró, al tiempo que se soltaba de Jimmy.

Una de las figuras dio un paso para detenerlo.

–¿Blade? Soy el doctor Smith. Si vuelves al escenario pondrás en peligro la vida de todos tus fans. El mono luna de Brasil con el que actuaste en Río puede haberte contagiado una infección de Nivel Cuatro. Si has cogido esa enfermedad, puedes contagiar a mucha gente.

–¡Oh, Dios mío! –gritó Darlene y empezó a retroceder.

–Pues bien, suspenderemos el resto del espectáculo –dijo Jimmy, que intentó aparentar decepción, aunque quedó claro que estaba horrorizado. Blade nunca había visto a Jimmy horrorizado–. ¡Joder, si la noticia corre y yo no lo suspendo, nos van a llover miles de pleitos!

–¡No! –gritó Blade, camino del escenario.

–¡Cogedlo! –ordenó alguien.

Blade intentó escapar, pero su cuerpo lo traicionó. Perdió el equilibrio y cayó sobre las cortinas negras del lado izquierdo del escenario. Unas manos firmes lo cogieron por los brazos y otras por las piernas.

–¡No estoy enfermo! –quiso gritar, enojado, pero se echó a llorar.

Cuatro hombres lo alejaron del escenario. El doctor Smith se acercó para examinarlo. Blade vio los rostros tras las mascarillas y sintió un terror mortal.

–¡No me estoy muriendo!

El doctor Smith le tocó la frente y luego le puso dos dedos en el cuello para tomarle el pulso.

–Te prometo que haremos todo lo que podamos para ayudarte. Ahora, lo más importante es que ingreses en un hospital y que te baje la fiebre. Si no lo hacemos, esa fiebre te matará, ¿comprendes?

–¡Pero si no me estoy muriendo! –chilló Blade con todas sus fuerzas, al tiempo que sacudía la cabeza.

Entraron una camilla y pusieron en ella al cantante. Darlene lo miraba todo desde lejos, con los ojos como platos.

–¡Jimmy! –gritó Blade en tono suplicante.

Aquel hijo de puta permitía que se lo llevaran.

–Yo también estoy un poco resfriada –sollozó Darlene sin dirigirse a nadie en particular.

–Vamos a trasladarlo en helicóptero –dijo Smith–. Los demás iréis en furgonetas. Los que tengan síntomas de resfriado irán en una y los que no los tengan irán en otra.

–¡No! –gritó Blade.

Y entonces Smith se inclinó sobre él y Blade vio aquella pavorosa cara. Advirtió claramente de quién se trataba. Aunque se hiciera llamar «doctor Smith» y no llevara la capucha negra y la hoz, el rockero sabía muy bien quién era. Al fin y al cabo, estaban en el siglo XXI y aquél era el rostro de la muerte en versión tecnológica y enfundada en goma.

Iba a decirle a la muerte que a él no podría engañarlo cuando alguien más apareció en escena. Era un chico joven, del equipo técnico del teatro. Tiró a la muerte de la manga.

–¿Sí? –preguntó la muerte.

–¿Es usted el doctor Smith, el jefe de grupo de los médicos de la OMS?

–Sí.

–Ja –se burló Blade.

–Esto... ¿Ha venido alguien de ustedes por aquí hace un rato? –preguntó el chico, nervioso–. ¿Un hombre vestido de negro? Vi a alguien en el cuarto del aire acondicionado. Yo... yo no lo sabía, pero, ahora que lo pienso, creo que también llevaba una mascarilla.

El muchacho hizo un gesto con la mano ante su cara.

–En nuestro equipo nadie va vestido de negro –replicó la muerte, algo impaciente.

Blade quería decirle al chico que hacer preguntas a la muerte no era una buena idea.

–Ah, bueno.

El chico se marchó, indeciso, y la muerte se volvió hacia el cantante.

–Nos vamos –dijo la muerte.

Capítulo 11

Día 13
Monte Kittatinny, Nueva Jersey

Alguien despertó a Stanton a las cinco de la mañana con unos golpes en la puerta de su caravana. Se levantó de mal humor. ¿No podían dejarle en paz ni siquiera unas horas por la noche? Stanton pensó que mejor que fuese el arcángel Gabriel en persona, con su trompeta. Cerró despacio la puerta del dormitorio –sólo habría faltado que Mimí se despertase y empezara a quejarse–, se puso las zapatillas y cruzó el espacio que hacía las veces de sala de estar en la caravana.

Sin embargo, no era Gabriel el que llamaba a la puerta, sino Clement Franklin, un acicalado y joven predicador que se había ganado el puesto de segundo de Stanton a base de adulaciones y lisonjas, el mejor lameculos que el reverendo había conocido. Pese a la aparentemente sincera y justificada adoración que le mostraba, Stanton confiaba tan poco en él como confiaría en un chino para que jugara en un equipo de fútbol. Clement Franklin, con sus cabellos aceitados, su cara limpia y reluciente y sus serios trajes, llevaba siempre consigo una gran Biblia blanca en la mano derecha. La Biblia iba con él a todas partes, incluso al baño, y la dejaba en su regazo mientras comía. Nunca se separaba de aquel maldito libro. Stanton no creía que pudiese haber alguien tan obsesionado que no pensase en llegar a ser la estrella del equipo. Sin embargo, Franklin tenía una especial habilidad para ser oportuno y, con la tensión que se vivía en la montaña, en la que ya habían acampado unas cincuenta mil personas, Stanton necesitaba toda la ayuda que fuera posible.

–Lamento mucho despertarlo a esta hora, pero tiene que ver esto.

Franklin subió al remolque, que se tambaleó unos instantes debido al peso añadido del joven.

Tenía una cinta de vídeo en la mano. Con un gruñido malhumorado, Stanton asintió. Adormilado o no, aquello había despertado su curiosidad.

–Un buen amigo cristiano me lo ha dado. Trabaja en la WWN –explicó Franklin, mientras ponía la cinta en el reproductor.

No dio ninguna otra explicación.

La imagen que apareció era una chillona y brillante toma de vídeo en un estudio barato de televisión. En una sucia pared blanca había una bandera que Stanton no reconoció. Los únicos elementos de decoración eran un escritorio y una silla vulgares. Sentado tras el escritorio aparecía un joven árabe, de unos treinta y cinco años. Stanton, muy consciente de la importancia de tener un buen físico ante la cámara, lo encontró atractivo. Vestía un traje militar de camuflaje y llevaba una boina naranja en la cabeza.

En el extremo inferior izquierdo de la pantalla aparecieron las palabras que indicaban la procedencia de la filmación: Shebab Television, Bagdad. El discurso estaba doblado al inglés con una desagradable voz que, obviamente, había sido añadida a posteriori.

–Me dirijo a los seguidores del islam del mundo entero. Yo soy aquel al que conocéis como Mal Abbas. Durante toda mi vida he luchado por la dignidad y el poder de los países árabes. He formado parte de la Hermandad Musulmana. He combatido con Hamas. Iz al-Din al-Kassam y yo demostramos al mundo que los países árabes no cederíamos ante la fuerza del capitalismo y el latrocinio israelí. He luchado en muchos frentes, he vencido muchas batallas, algunas de las cuales han sido titulares en la prensa y otras no porque Estados Unidos, avergonzado por su falta de control, ha impedido que se divulgaran.

La mirada de Franklin iba de la pantalla a Stanton y de nuevo a la pantalla con regocijo y ansiedad. Stanton tuvo la sensación de que ya sabía adónde llevaba todo aquello y por qué Franklin lo había despertado de madrugada. Pese a su inmediato deseo de que no fuese verdad, su pulso se aceleró.

–El asesinato del Papa, líder de los bárbaros cristianos de Occidente, ha sido sólo el primer atentado de la *jihad* más poderosa que el mundo haya visto nunca. Yo, Mal Abbas, me presento ante vosotros, al decimotercer día de la manifestación de la palabra de Alá en Santa Pelagia. El propio Alá me dijo que esperase hasta hoy para revelárosla. Dijo que el decimotercer día sería el elegido, y sus palabras fueron realmente verdaderas, porque mirad, si no, todo lo que ha cambiado el mundo en estos trece días...

»¡Yo soy uno de los veinticuatro profetas, yo, Mal Abbas! Alá me ha dado una misión distinta de todas las demás. Apelo a la unidad de los musulmanes de todo el mundo. Ha llegado el momento de que olvidemos las diferencias que nos separan. Ha llegado la hora de que nos alcemos en justa ira contra el pecaminoso materialismo y la corrupción de Occidente. Para demostrar que soy quien digo ser, os voy a presentar a Mohamed Rahman, maestro sufí y profeta de Irán que estuvo en Santa Pelagia.

En la pantalla aparecieron unas imágenes borrosas tomadas por algún videoaficionado en las que se veía a aquel jodido pagano sufí. Stanton lo reconoció, no sólo por la fotografía que el *New York Times* había publicado de él repetidas veces, junto a las de los demás profetas, sino que además creyó recordar que lo había visto en el mismo pueblo de Santa Pelagia. Rahman abrazaba a Mal Abbas y le besaba en las mejillas. Tomó un sobre lacrado y lo pasó a una serie de «testigos» que lo esperaban. En el vídeo, siguió sonando la voz de Mal Abbas.

–Rahman y yo nos conocimos en México. Le dije que yo tenía que esperar trece días para revelarlo al mundo, por lo que él firmó una declaración en la que daba fe de mi presencia, con él, en Santa Pelagia. Este sobre está fechado hace trece días y estos testigos pueden confirmarlo. Su interior guarda las palabras de

Rahman en las que me declara su hermano profeta del islam, y mi propia declaración, en la que profetizo las llagas.

Las imágenes volvieron a mostrar aquel sencillo despacho instalado en un estudio de televisión.

–¡Rahman es el profeta islámico del espíritu, del amor de Alá! Yo, Mal Abbas, soy el profeta de la ira de Alá. ¡Olvidad vuestras querellas, hermanos! Todos los que practican las enseñanzas del Corán y creen en Alá y en que Mahoma es su más grande profeta son llamados a la guerra santa. ¡Ya tenemos aliados muy poderosos! ¡Estad preparados! Os ha hablado Mal Abbas, profeta de Alá.

El vídeo terminó de repente. En el remolque se hizo un profundo silencio.

«Mierda santa», pensó Stanton, antes de empezar a hablar sin soltar tacos.

–¿Y bien? ¿Qué le ha parecido? –espetó Franklin, orgulloso como un gatito que llevase un ratón muerto a su madre.

–Me parece –respondió Stanton con cautela–, me parece que debemos estudiar las Sagradas Escrituras. No podemos permitirnos lanzar la pelota hasta que nuestro hombre esté en su sitio. Todo esto es demasiado trascendental.

La advertencia de Stanton rozó a Franklin como si fuera un hedor momentáneo en la brisa, y Franklin empezó a citar de memoria unos versículos del Apocalipsis.

–«Y vi a una mujer sentada sobre una bestia bermeja, henchida de nombres de blasfemia, y la bestia tenía siete cabezas y diez cuernos.»

Stanton apretó los dientes, irritado. Aquel chico quería empezar a dejarlo en ridículo. Y se puso a buscar su Biblia.

–«Y la mujer iba vestida de púrpura y escarlata, y adornada con oro y perlas y piedras preciosas, y llevaba en su mano una copa rebosante de abominaciones y de las inmundicias de su fornicación.»

–¡Calla un maldito segundo, Clement!

¿Dónde estaba su Biblia? ¿Qué habría hecho con ella Mimí, en su infinita ineptitud o por rencor? Con un brillo de satisfacción en los ojos, Franklin le tendió la suya, la de color blanco. Stanton la tomó a regañadientes. En su recital, Franklin nunca fallaba una nota.

–«Y en su frente llevaba unas palabras escritas: BABILONIA LA GRANDE, LA MADRE DE LAS RAMERAS Y DE LAS ABOMINACIONES DE LA TIERRA.»

Stanton pasaba hojas a toda prisa.

–«Y vi a la mujer ebria de la sangre de los santos y los mártires de Jesús. Y me maravillé, al verla, con gran sorpresa.»

Stanton encontró la página. Franklin citaba el capítulo 17 del Apocalipsis.

–«Y el ángel me dijo: "¿Por qué te maravillas? Te explicaré el misterio de la mujer y de la bestia que la lleva, que tiene siete cabezas y diez cuernos".»

–Ya lo veo –dijo Stanton, con impaciencia.

–«La bestia que has visto –prosiguió Franklin sin hacerle caso– era y no es, y va a subir del abismo e ir a la perdición. [...] Y los diez cuernos que has visto son diez reyes, los cuales todavía no han recibido el reino, mas recibirán potestad como reyes por una hora junto con la bestia. Ellos tienen un mismo designio, y su potencia y su potestad se la entregan a la bestia. Todos harán la guerra al Cordero, y el Cordero los vencerá, porque es Señor de señores y Rey de reyes, y todos los llamados, elegidos y fieles vencerán con Él.»

–Franklin, por Dios, ¿podrías callar un momento?

Franklin cerró la boca despacio. Estaba desconcertado. Stanton leyó las Escrituras, con la Biblia temblándole en la mano.

–«Y el ángel me dijo: "Las aguas que has visto, donde está asentada la ramera, son pueblos, y muchedumbre, y naciones, y lenguas. Y los diez cuerpos que viste y la bestia acabarán aborreciendo a la ramera, y la dejarán devastada y despojada, y devorarán sus carnes, y la abrasarán con fuego, porque Dios puso en sus corazones que ejecutasen su designio, y entregasen su reino a la bestia hasta que se cumpliera la palabra de Dios. Y la mujer que has visto es la ciudad grande, la que reina sobre los reyes de la tierra".»

El capítulo terminaba allí. Stanton se sentó unos instantes con aire pensativo. ¿Por qué Franklin lo miraba de aquel modo?

–Babilonia, esa gran ramera, ahora se llama Bagdad –dijo Franklin en un tono de voz inquietante.

–¡Ya sé que la antigua Babilonia es hoy Bagdad! Sin embargo, dice: «Y la mujer que has visto es la ciudad grande, la que reina sobre los reyes de la tierra». Y Bagdad no reina sobre nada.

–Ahora no, pero lo hará. A la bestia se le dará poder y triunfará, lo que significa que Bagdad reinará.

Stanton soltó una maldición para sus adentros e intentó concentrarse en la Biblia. Qué astucia la de aquel hombre, que había repasado todo aquel capítulo antes de ir a verlo, con el único propósito de ponerlo en ridículo... Pero Franklin aún no había terminado.

–Las «siete cabezas» son siete países árabes donde «ella se sienta» y los «diez cuernos» son los diez líderes que se aliarán con la bestia. «Porque Dios puso en sus corazones que ejecutasen su designio, y entregasen su reino a la bestia hasta que se cumpliera la palabra de Dios.»

Stanton se preguntó cuántas naciones árabes había. ¿No eran sólo tres o cuatro? Sabía, sin embargo, que aquella maravilla de chico que tenía delante ya lo habría averiguado o quizás incluso ya lo supiera de antes.

–Pero si los diez cuernos son los diez líderes árabes y si la ramera es Bagdad –arguyó Stanton–, ¿por qué dice: «Y los diez cuernos que has visto y la bestia acabarán aborreciendo a la ramera, y la dejarán devastada y despojada, y devorarán sus carnes, y la abrasarán con fuego»?

Franklin asintió con gesto comprensivo, como si ensalzase a Stanton por habérsele ocurrido aquel pensamiento.

–Eso mismo me pregunto yo. Lo que está claro es que, al final, lucharán contra la bestia, pero no lo harán hasta que Mal Abbas haya ganado muchas batallas. De otro modo, ¿cómo es posible que «la ramera» se embriague de la sangre de los santos y de los mártires? O bien los «diez líderes» se volverán, finalmente, contra Bagdad o permitirán que Bagdad reciba el impacto del contraataque. Tal vez se trate de un ataque nuclear.

Stanton pensó en ello. Era factible. Más o menos.

–Reverendo Stanton, usted ya sabe lo mucho que lo admiro. Sé que es el profeta de Dios en la Tierra, pero las personas que están fuera de este remolque tienen miedo y esperan ver señales y milagros todos los días para poder combatir ese miedo.

Stanton gruñó con aire evasivo, pero el corazón le dio un brinco en el pecho. ¡Era cierto! ¡Querían que convirtiera las piedras en panes! Ya se lo habían insinuado con esas mismas palabras.

–Y han oído hablar del final de los tiempos durante años, reverendo. Usted mismo ha predicado sobre eso muchas veces, alabado sea Dios...

Eso también era cierto. Cómo iba a saber que él mismo se encontraría en medio de todo aquel lío y que tendría que dar cuenta de todas las palabras que había pronunciado al respecto, muchas de las cuales las había dicho más para causar efecto que porque creyera realmente en ellas, al menos en el pasado. Las maldiciones se volvían contra quienes las pronunciaban.

–¡Esperan otras señales! Quieren saber quién es la bestia, quién es el Anticristo. Les da miedo haber hecho, de manera involuntaria, algo que haya ofendido a Dios. ¡Quieren oír que nuestro presidente no es el Anticristo y que haber votado por él hace dos años no los condena al infierno!

Stanton cerró los ojos. ¿Por qué aquel cachorro no callaba unos instantes para que él pudiera preguntarle al ángel qué debía hacer?

–¡Y aquí estamos, a pocas horas del Juicio Final! –prosiguió Franklin–. Usted nos ha predicado mucho sobre él, y yo lo creo con todo mi corazón, reverendo. El Apocalipsis se acerca y lo único que debemos hacer es leer los titulares para saber quién está de cada lado.

–El Apocalipsis se acerca. Yo mismo lo dije anoche.

Buena parte de su «sermón de la montaña» se centraba en ese tema.

–Exacto, lo dijo. ¿De dónde cree que lo he sacado? De lo que usted dijo, claro.

Stanton pensó que Franklin era un tipo de lo más desagradable.

–Así pues, piense en el vídeo que acaba de ver. ¿No está claro? Mal Abbas tiene su cuartel general en Bagdad, o sea, Babilonia. Va a llevar a la guerra a las naciones árabes, probablemente aliado con los chinos y esos indios y africanos. ¡Mal Abbas es la bestia!

Stanton lo miró perplejo. Se pasó la mano por los cabellos, encontró gomina seca y se la arrancó.

–Pero dice que recibió su mensaje en Santa Pelagia –comentó, con aire preocupado.

–Bueno, pero eso es una cosa totalmente distinta...

A Stanton le sorprendió que, por una vez, el joven no tuviera una respuesta más precisa. Franklin tenía la vista clavada en la alfombra y Stanton captó lo que pensaba, y fue como si le hubiera caído encima un defensa de ciento veinte kilos. Franklin estaba pensando: «Sí, en Santa Pelagia, igual que usted. Está usted aliado con el Anticristo».

–En eso estás equivocado –le espetó Stanton.

–¿En qué? –replicó Franklin con aire inocente.

–Que Abbas haya estado en Santa Pelagia no es un problema. Lucifer era un ángel de Dios antes de la caída, ¿no? Sabemos que Dios lo controla todo, que ahora mismo controla el fin del mundo y da permiso al Anticristo para actuar.

–Aquí nos estamos metiendo en arenas movedizas, reverendo –dijo Franklin, tras sacudir la cabeza, dubitativo–. Entre que Dios permita el mal y que le dé órdenes de actuar hay mucha diferencia.

Stanton estaba a punto de replicar con una crítica, pero, de repente, le llegó la inspiración.

–Espera un momento... Judas era uno de los doce, ¿verdad? Entonces, el Anticristo también podría ser uno de los veinticuatro, ¿no?

–Hummm.

–A fin de cuentas, Cristo no le dijo a Judas que lo traicionara, le dio el mismo mensaje que dio a todos los discípulos. La mente de Judas lo interpretó a su modo y lo convirtió en una especie de mensaje político. Pero Dios sabía que lo haría, ¿comprendes? Era parte del plan.

–Sí, me gusta esta explicación –asintió Franklin.

Stanton se sintió invadido por una oleada de triunfo tan fuerte como cuando los Falcons consiguieron llegar a los *play-off*. Entonces se le ocurrió algo más y volvió a hojear la Biblia.

–Pero ¿y todo ese otro capítulo, el capítulo sobre la bestia, el que dice que tiene «pies de oso» y todo lo demás?

–¿Se refiere al capítulo trece? –preguntó Franklin.

Stanton encontró la página. Efectivamente, era el capítulo 13. El corazón le dio otro brinco en el pecho y exclamó:

–¡Loado sea el Señor!

–Amén. Creo que todos esos acontecimientos de este capítulo están aún por llegar. Se hará heridas en la cabeza y todo eso a medida que aumente su poder. Lea y verá.

–¿Y qué hay del número de la bestia, el 666?

–Todavía no lo he averiguado. –Franklin frunció su limpia y reluciente frente–. Fue el vigesimosegundo profeta anunciado, y se anunció a sí mismo en el decimotercer día, pero los sumes como los sumes, esos números no dan 666. El amigo que nos ha enviado este vídeo ha hecho averiguaciones sobre ese tipo. Su nombre auténtico es Rafael Abbas. Es un fanático. Ha estado vinculado con grupos terroristas desde muy joven. Es probable que el 666 se relacione con su fecha de nacimiento o con su nombre en hebreo o con una marca de nacimiento, vaya usted a saber, pero no se preocupe porque lo descubriremos.

–Es lo mínimo que deberíamos descubrir. –Stanton tamborileaba los dedos sobre la Biblia de Franklin–. Es lo primero que la gente nos preguntará.

–Lo conseguiremos, pero no creo que sea necesario esperar. Este vídeo todavía no ha llegado a los medios de comunicación de Estados Unidos. Si damos la noticia esta mañana, no sólo habrá descubierto usted la bestia al mundo de habla inglesa, que ni siquiera ha oído hablar de ella, sino que además...

–¡Habré encontrado al veinticuatro!

En el rostro de Stanton se dibujó una amplia sonrisa. El chico tenía razón. Stanton no sólo sería el primer buen cristiano temeroso de Dios que descubriera el tan temido y tan largo tiempo esperado Anticristo, sino que, además, le robaría la pelota a aquel maldito periodista, Simon Hill.

«Dios bendiga a Clement Franklin», pensó.

MUNICH, ALEMANIA

El doctor Smith no había dormido desde que aterrizara en Munich el día anterior. Se desplomó sobre una silla de la sala reservada a los médicos, con el cuerpo tembloroso de fatiga y de tensión. Blade tenía 39,5 grados de fiebre y la infección muy avanzada. Presentaba un abdomen hinchado y señales inconfundibles de encefalitis. Debido a la fiebre y al dolor, los momentos en que estaba consciente sufría muchísimo. Deliraba y el dolor lo enfurecía. Tenían que mantenerlo sedado con codeína. Afortunadamente, el dolor cesaría enseguida, tan pronto como la lesión cerebral estuviera más avanzada.

Mike no tenía ninguna duda de que avanzaría. Pensaba que Blade viviría veinticuatro o cuarenta y ocho horas más, como mucho. Nada de lo que le habían hecho había conseguido bajarle la fiebre ni detener la inflamación. Mike calculó que a los otros miembros de su banda les quedaban un día o dos para llegar a su mismo estado, y a los técnicos del equipo de sonido, de dos a cuatro. Nadie se había librado de la enfermedad.

Los médicos de Munich habían seguido las instrucciones del equipo de la OMS sin que su ego se sintiera demasiado dolido. Aquello los había pillado tan desprevenidos y la gravedad del caso era tal que no había lugar para exhibiciones de prepotencia. Y cuando esos médicos examinaron a Blade y a sus compañeros en la sala de cuarentena, Mike advirtió que cada vez estaban más asustados. Él, que sabía mucho más del desarrollo de la enfermedad, estaba absolutamente aterrorizado.

El doctor Regar, director del hospital, entró en la sala con tres altos cargos de la OMS. Sam Richards era un estadounidense que trabajaba en la sede central, en Ginebra. Hilder y Fenson eran de la oficina europea de Copenhague.

–¡Dios mío, Mike! –exclamó Richards.

Se sirvió un café y se sentó ante la mesa. Se le veía demacrado y desalentado.

–Como es obvio, la contención sigue siendo el objetivo prioritario –empezó a decir Mike, mientras los otros se sentaban.

–¿Y el concierto de anoche? Se han hecho cargo de los empleados del teatro, pero al público lo han mandado a casa –comentó el doctor Regar con preocupación.

–No podíamos retener a todo el público –dijo Fenson, que era sueco–. A una multitud de veinte mil personas no se le puede decir que ha estado expuesta a una enfermedad peor que la peste bubónica. Habrían salido en estampida.

–¡Pero ahora, esas veinte mil personas pueden estar extendiendo la enfermedad por toda Alemania!

–Me preocupan más las personas que han tenido contacto físico con el grupo –dijo Mike, tras sacudir la cabeza–. El personal de los aviones, los empleados de los hoteles, los empleados de los locales donde han actuado, los periodistas con quienes han hablado... El público no está lo bastante cerca para correr peligro.

–Pero si se transmite por el aire... –insistió Regar.

–Bueno, sí. Es evidente que se contagia con mucha más facilidad que otros virus que se propagan por contacto sexual o por haber compartido jeringuillas. Lo único que digo es que creo que hay pocas probabilidades de que el público se haya contagiado. El volumen de aire que hay en una sala de conciertos es mucho mayor, digamos, que el de un avión. Y los que están sentados en primera fila, ¿a qué distancia se encuentran de los músicos? ¿A quince o veinte metros? Esperemos que sea así. Dios mío, Río de Janeiro incluido, ha dado diez conciertos en diez días. Y según el representante, a ellos han asistido un mínimo de diez mil personas y un máximo de sesenta mil.

Todos se quedaron pensativos ante la inmensidad de aquellas cifras.

–Al menos deberíamos advertir a esa gente –dijo Hilder.

–Lo haremos –convino Mike–. Daremos un comunicado para la prensa. Y, por cierto, vendrán investigadores del Centro de Prevención y Control de Enfermedades y del USAMRIID, el Instituto Médico de Investigación de Enfermedades Infecciosas del ejército estadounidense. Están muy interesados porque Blade dio cuatro conciertos en territorio de Estados Unidos.

–Un comunicado para la prensa no basta –terció el doctor Regar–. De ese modo, dejamos en manos de cada individuo cómo responder a esa noticia, si considerarse enfermo o hacer caso omiso de ella. ¿Quiénes asistieron mayoritariamente a esos conciertos? ¡Los adolescentes! Yo tengo uno en casa. A esa edad, la responsabilidad todavía no está bien desarrollada.

–Pero sus padres verán la noticia. Y, repito, las probabilidades de que el público se haya contagiado son bajas. No sé qué más podemos hacer. Nos hemos pasado la noche pidiendo nombres a Jimmy Swan. Intentaremos encontrar a todos los que él dice que han estado en contacto con el grupo y sólo eso ya será una pesadilla. La realidad es que no hay un registro de todas las personas que han asistido a esos conciertos. Tendremos que hacer público nuestro comunicado de la manera más agresiva posible.

–También tendremos que preparar una lista de instrucciones para los hospitales –dijo Sam Richards–. Casi ninguno sabe cómo afrontar casos de Nivel Cuatro. Si esas personas ingresan en un hospital sin las medidas de seguridad adecuadas, pueden infectar a todos los que estén dentro.

–Sí, en efecto –asintió Fenson.

–De acuerdo –convino Mike–. Haremos un informe para la comunidad médica de la OMS. Lo que realmente necesitamos es un análisis virológico. Yo no he tenido demasiado tiempo para analizar la sangre, pero en nuestra delegación de Washington lo están haciendo. También hemos mandado muestras al Centro de Prevención y Control.

–¿Y no se sabe qué es? –preguntó Fenson.

–No. De momento, lo único que se ha hecho es descartar, saber lo que no es. Y hasta que el análisis vírico no se haya completado, me temo que habrá mucha gente que, por culpa del pánico, acabará con un resfriado común.

–Más vale prevenir que curar –dijo Regar, con aire sombrío.

Lo que no se había dicho, aunque lo habían comprendido, era que hasta que no tuvieran el resultado de los análisis, lo más probable es que todas las personas de las listas de contactos tuvieran que ser puestas en cuarentena. Una cuarentena colectiva, sin análisis de sangre, era como una pena de muerte. Que nadie sacase a relucir aquel punto demostraba lo horrorizados que estaban ante aquella epidemia. Mejor ellos que yo, o, para ser más altruista, mejor ellos que el resto de nosotros.

–¿Y la facilidad de contagio, Mike? –preguntó Richards, irritado–. Todos los músicos, y el equipo técnico... Nunca había visto nada igual.

Antes de que Mike respondiera, alguien habló por el altavoz e indicó al doctor Smith que atendiera una llamada por la línea uno del teléfono. Regar le señaló el aparato, que estaba en la pared. Mike suspiró, fatigado, se levantó y pulsó el botón.

–Aquí el doctor Smith.

–¿Mike? Soy Josh.

–¡Buenos días, ya era hora de que os levantarais, chicos! –dijo Mike, aliviado–. ¿Qué demonios ocurre?

–Mike... creo que deberías regresar. Ahora mismo.

La voz de Josh sonaba como si estuviera al borde de las lágrimas. Era como la de un niño.

–¿Qué? ¿Qué ocurre?

–Jennifer Mallard ha muerto esta mañana, Mike.

–Lo siento. –Mike asintió conmovido.

Le habría gustado estar con ellos, con todos los miembros de Greenpeace. Los había visto tan asustados... Pero, a decir verdad, la noticia no le sorprendió.

–Y muchos de los otros jóvenes están realmente mal.

–Cuando murió, ¿estaba igual que los monos?

–No sé... Bueno, sí, pero peor. Era un ser humano, Mike, y sólo tenía veintiséis años.

–Lo sé.

–Al final, su cerebro se desparramó por todas partes.

Mike se apoyó en la pared y sintió náuseas.

–Lo lamento, Josh, pero aquí hay sesenta personas en cuarentena. La mitad de ellas ya presenta síntomas. Y no hemos conseguido contener nada...

–Mike, no te digo que tengas que volver por Jen o por los otros chicos de aquí. –La voz de Josh temblaba de emoción–. Aquí pasa algo, Mike. Dios, estoy tan asustado...

–¿Qué ocurre?

Mike estaba muy alarmado.

Josh respiró hondo al otro lado del teléfono.

–Ha venido gente al hospital. Mucha gente. No damos abasto. Y recibimos llamadas de hospitales de todo Brasil, de todo, ¿entiendes?

–¿Qué estás diciendo?

–Digo que esas personas parecen estar en las fases secundarias de lo que sea esa mierda. Sus familias dicen que llevan una semana resfriadas y que los han ingresado debido a las altas fiebres y los dolores. Algunos empiezan a presentar inflamaciones. Mike, te lo juro por Dios, creo que es lo mismo. Se ha extendido, no sé cómo, pero se ha propagado.

Durante un momento, Mike se quedó inmóvil con el teléfono en la mano.

–¿Mike?

–Voy hacia allí.

Nueva York

Sentado ante su escritorio, Simon Hill repasaba los artículos que le había propuesto su equipo para la edición de aquella noche. Bostezó y bebió otro sorbo de café. Casi todo eran noticias conocidas y material viejo con alguna actualización aislada. Había información nueva sobre el médico londinense de la señora Wendy Clark, que había fallecido en el incendio declarado en su consultorio la noche anterior, pero eso quedaba muy lejos del tema principal. La señora Clark ni siquiera estaba ya en Londres. Tenían la lista de las «siete señales», como cada día, sacadas directamente del Apocalipsis.

Los lectores estaban ávidos de información sobre lo que ocurriría a continuación, según la lista de las siete señales. Sin embargo, la tercera, que decía que los ríos se convertirían en sangre, todavía no se había cumplido. Los profetas afirmaban que, con la marea roja, se había cumplido la segunda señal, ya que los océanos se habían convertido en sangre, pero la marea roja no había infectado los ríos. Tampoco se sabía nada de los profetas veintiuno, veintidós, veintitrés y veinticuatro, a excepción de que el corresponsal en China había oído rumores de que Tsing Mao Wen, la sombra del presidente Li, era uno de ellos. Al parecer, ese rumor había circulado por todo el país, pero ni Tsing Mao Wen ni nadie más lo había confirmado.

Hill tuvo la deprimente sensación de que estaban perdiendo impulso. A Bowmont no parecía importarle, ¿para qué, si la venta de ejemplares se había multiplicado por cinco en los últimos diez días con respecto al mes anterior? La gente no sólo compraba el *New York Times*, sino todo lo que prometiera información sobre Santa Pelagia, que solía ser refritos de lo que ya había aparecido en el diario. La encuesta de opinión era aterradora. El 25 % de los que habían respondido creía al pie de la letra en el mensaje de Santa Pelagia. Otro 40 % «no estaba seguro». Por sorprendente que fuese, el 35 % que decía que lo ocurrido en Santa Pelagia no significaba nada era el que reaccionaba peor. Exhortaban, enfurecidos, a «los científicos» a dar explicaciones sobre las llagas o la marea roja. Querían pruebas, puras y duras, pero lo que deseaban en realidad, y Hill lo sabía, era encontrar una cajita donde meter todo aquello y poderlo olvidar. Hasta ese momento, la falta de «explicaciones científicas» los había decepcionado y enloquecido más allá de lo imaginable.

Hill suspiró y sacó un pañuelo de papel de una caja. Se sonó la nariz, se aclaró la garganta y tomó otro caramelo Halls contra la tos. Maldito resfriado.

Se revolvió, incómodo, en su asiento. Malditas llagas.

Con un nuevo suspiro, se puso en pie porque ya no aguantaba más tiempo sentado. Una ligera presión en los riñones le indicó adónde tenía que ir y se dirigió al baño.

Hill estaba de pie ante el urinario, haciendo sus necesidades despacio porque eso le suponía un gran alivio. La puerta que había tras él se abrió y entró un hombre. Hill vio su reflejo en el espejo y luego desvió la mirada. No lo conocía. Tenía aspecto de turista: pantalones anchos hasta las rodillas, camisa hawaiana, gafas de sol y gorra de marinero.

Aquello puso nervioso al periodista, pues aunque en el vestíbulo había un equipo de seguridad que se encargaba de retener a cualquier sospechoso, las oficinas del periódico estaban abiertas como siempre y ya se habían colado en ellas algunos zumbados que habían intentado crearles problemas. Hasta entonces, sólo lo habían hecho de palabra, no con pistolas, pero Hill sabía que eso podía cambiar en cualquier momento.

Terminó, se subió la cremallera y se volvió.

El tipo de la camisa hawaiana se encontraba justo detrás de él. Tan cerca que Hill captó el olor de su aliento. Recordaba ligeramente al anís. El reportero contuvo una exclamación, al principio, más sorprendido que asustado y, entonces, el hombre le puso un dedo sobre los labios. En la confidencialidad de aquel gesto había algo que lo aterrorizó, el hecho de ser conocido y no conocer al interlocutor, pero estaba tan desprevenido que ni siquiera gritó. El hombre señaló los retretes, bajo la puerta de los cuales se entreveían dos pies, para explicar la necesidad de guardar silencio.

Hill miró los pies y de nuevo al hombre que tenía delante. Él se quitó la gorra y las gafas de sol.

El reportero tardó unos instantes en comprender lo que estaba viendo, por muy improbable que resultara, pero al final lo entendió: el hombre de la camisa hawaiana no era otro que el padre Michel Deauchez.

Una hora más tarde, Simon Hill recorría las salas de la Biblioteca Pública de Nueva York. Después de llegar hasta la última de ellas y volver atrás, tomó la gran escalera de piedra que llevaba al sótano de archivos. Hacía muchos años que no había estado allí. Durante su primera época de periodista la utilizaba a menudo, un hábito que había adquirido en sus tiempos de estudiante. Sin embargo, entre los propios archivos del *New York Times* y las posibilidades de investigación que poseía la red, no merecía la pena acercarse a la biblioteca. La escalera le dio una extraña sensación de *déjà vu* y casi sintió el peso de su macuto verde lleno de libros colgado al hombro.

Cruzó la sala de lectura de la planta baja y saludó con la cabeza a la bibliotecaria. Luego entró en la hemeroteca y la sala de archivos de documentos. Allí, sentado a una de las mesas, encontró a Deauchez.

–Y bien, padre, ¿qué pasa? –preguntó Hill al tiempo que se sentaba–. ¿Qué es toda esta historia de capa y espada?

–¿Le ha dicho a alguien que me ha visto? –preguntó Deauchez con aire preocupado.

–No.

–¿O que usted iba a venir aquí?

–Dios, no. Ya le dije que no lo haría. ¿Se puede saber de qué va todo esto?

–Creo... creo que alguien intenta secuestrarme. –Deauchez hablaba en voz baja y con tono de gravedad.

–¿En serio? ¿Quién? –Hill arqueó una ceja, escéptico.

–No tengo ni idea.

Deauchez le explicó con todo detalle la visita que recibió de cierto cardenal cuando estaba en su hotel de Londres, le habló de la furgoneta beis y de los dos hombres con sendas pistolas. Había tomado un taxi a la estación y de allí un tren al aeropuerto de Liverpool. No se atrevía a salir por Heathrow, dijo, nervioso. Se le veía totalmente paranoico, pero también era evidente que no mentía.

–Esos dos hombres deben de trabajar para el Vaticano –sugirió Hill–. McKlennan le pidió de buenas maneras que volviese, pero estaba dispuesto a llevarlo a la fuerza, de ser necesario. Ya sé que todo esto es muy duro, pero...

–No, Simon. El Vaticano no utiliza matones a sueldo.

–¿De veras? ¿No se dice que el Vaticano tiene ciertas conexiones, con, diríamos, la Mafia?

–Lo dudo –dijo Deauchez con una mueca de desaprobación–. Y aunque así fuera, ¿por qué los mandarían tras de mí? Yo no he hecho nada excepto intentar investigar este asunto. ¿Recibió el mensaje que le dejé en el contestador?

Hill frunció el ceño y recordó el último mensaje del cura y su preocupación.

–El último mensaje que he recibido de usted era un e-mail en el que decía que la cuestión médica no tenía ninguna importancia.

–Le dije que seguía investigando sobre ello. ¿No recibió el mensaje que dejé en su contestador?

–Yo no he recibido ese mensaje, padre.

–¿Cree que alguien ha podido tener acceso a su contestador automático? –preguntó Deauchez, con aire de estar cada vez más preocupado.

–¡Pues claro que no! ¿Está seguro de que lo dejó en el número correcto?

–¡Oí su voz, Simon, en su mensaje grabado!

Deauchez estaba tan alterado que Hill notó una punzada de sospecha. Que él supiera, nunca antes había perdido un mensaje de su contestador. Sin embargo, ¿qué le sugería Deauchez? ¿Que había alguien en el *New York Times* confabulado con esos matones de Londres? Aquello era absurdo.

–Lo averiguaré –dijo–. Y mientras, cuénteme qué me decía en ese mensaje.

Deauchez lo hizo. Cuando terminó, Hill estaba mucho más interesado en el cura y en su historia. Se incorporó en su asiento y golpeó la mesa con las puntas de los dedos como si estuviera tecleando.

–¡Sabía que había algo en esa historia médica! La HAI, Health Aid International, está asociada con Health Relief, el grupo que hizo las vacunaciones de hanta en el campamento Puma.

–¿Está seguro? –preguntó Deauchez, que estaba tan excitado como Hill–. Porque cuando recibí su e-mail acerca de Health Relief, me pregunté si...

–Del todo. Health Aid International es como la organización «madre» de Health Relief, yo mismo lo comprobé.

–Tiene que publicar esto, Simon, tiene que publicarlo –le instó Deauchez con los ojos brillantes.

–Sí, claro, pero ¿qué significa?

–La HAI ha influido de alguna manera en todos los profetas antes de que fueran a Santa Pelagia. Lo único que no consigo entender es cómo gentes tan desvinculadas entre sí se sintieron de repente atraídas hacia ese pueblo.

–¿Qué quiere decir con que «ha influido»? ¿Y por qué? ¿Y qué hay de lo que ha ocurrido desde entonces, las señales y todo eso? ¿Y las vacunas que se administraron en el campamento de Sagara Bata? Y ya que hablamos de eso, ¿y las que realizan en el campamento Puma? Si las inyecciones eran sólo una tapadera para llegar hasta los profetas, ¿por qué siguen administrándolas?

Deauchez sacudió la cabeza con el ceño fruncido.

–No tengo ni idea. Pero alguien puede encontrar las respuestas a estas preguntas si las busca. Mire, Simon, yo sólo soy un sacerdote. Espero que usted y su periódico...

–De acuerdo, de acuerdo. –Los pensamientos de Hill eran un torbellino en el que se movían nuevas posibilidades–. Empecé a hacer indagaciones sobre la cuestión médica, pero no llegué muy lejos. Con estos nuevos datos, podremos trabajar mucho más. Y cuanto antes lo hagamos, mejor.

Se puso en pie y dejó a Deauchez sentado ante la mesa. Encontró lo que buscaba y regresó.

–Hace unos días busqué la HAI en Internet. Fue fundada hace veinte años, pero no encontré mucho más, sólo un logotipo y un breve resumen de su misión. Con esto nos enteraremos de algo más.

Dejó un grueso volumen sobre la mesa.

–¿Qué es?

–Un registro de grupos internacionales. La ley les exige que enumeren todas sus actividades. –Hill empezó a pasar hojas–. Health Aid International. Fundada hace veinte años. Tiene un cuadro de directores entre los que se cuentan científicos y médicos. Su sede central está en Washington. Funcionan, hum... siguiendo las directrices de Naciones Unidas para los grupos de ayuda sanitaria. Su principal fuente de ingresos son las donaciones particulares.

–¿Puedo verlo, por favor?

Deauchez tomó el volumen y empezó a pasar hojas afanosamente. Hill lo miraba divertido. Si Bowmont lo hubiera visto, habría dicho que era como un sabueso siguiendo un rastro.

–Todos los países que tienen profeta están en la lista de esta organización –dijo Deauchez.

–Bueno, pero eso no significa nada. La HAI trabaja en todas partes.

Deauchez siguió hojeando el libro. De repente, se detuvo ante algo y lo estudió con tensión en el rostro.

–¿Qué es, padre?

Deauchez dio la vuelta al volumen para que Hill pudiera verlo. Se trataba de la lista de miembros de honor y de los médicos principales. Deauchez puso el dedo sobre el nombre que encabezaba el listado, el del presidente.

–¿Y bien? –preguntó Hill–. La doctora Louise Janovich. Nunca he oído hablar de ella.

–Pues yo sí. El día que usted y yo nos conocimos, fui a ver a María Sánchez y oí que ella le preguntaba a su médico cuándo regresaría la doctora.

Hill miró al cura con intensidad. Deauchez parecía sincero y Janovich era un apellido muy poco común... Sin decir nada, el reportero se levantó de nuevo y volvió a acercarse a la estantería. Al regresar, Deauchez seguía absorto en la lectura y las manos le temblaban ligeramente.

–La doctora Janovich –dijo Hill, al tiempo que se sentaba y dejaba sobre la mesa otro grueso volumen de color rojo, un «quién es quién» de todos los profesionales de la medicina. Lo abrió por la página en la que había puesto el dedo y leyó–: Doctora Louise Janovich, bioquímica, psiquiatra. Se graduó en la Escuela Médica de Harvard en 1978. Presidenta de la HAI estos dos últimos años. Antes trabajó para la industria durante ocho años. Y antes de eso dio clases de psiquiatría e hizo trabajos de investigación en Harvard. Sus especialidades son, hum... las funciones cerebrales, la esquizofrenia y los fármacos.

–¿Y por qué es presidenta de la HAI?

–No sé, tal vez por su especialidad en farmacología.

–Pues a mí me interesa más la vertiente psiquiátrica –dijo Deauchez, preocupado.

–Mire lo que dice aquí: «La doctora Janovich llamó la atención de sus colegas de Harvard con su controvertido estudio sobre la esquizofrenia paranoide a finales de los ochenta. En 1990 lo presentó a la Conferencia Mundial de Psiquiatría de Ginebra y a partir de esa presentación se realizaron muchas investigaciones». –Hill hizo una mueca–. Creo que todo eso me pasó por alto.

–Y yo tampoco he estado al día de las publicaciones psiquiátricas como debiera –dijo Deauchez con pesar. Sacudió la cabeza–. No, no me suena familiar. Creo que debería leer esa presentación.

–¿Cómo dice?

–De una conferencia así tuvo que publicarse un resumen.

–¿De veras cree que ese discurso puede tener relevancia? –Hill no lo veía claro.

–Por supuesto que sí –respondió Deauchez con aire de decisión. Su seguridad era contagiosa.

–Bien, espere un minuto –dijo Hill, con un suspiro.

Se puso en pie por tercera vez y fue a la mesa de la bibliotecaria, pero no le sirvió de nada y regresó con las manos vacías. No lo tenían. Fue todo lo que dijo mientras volvía a sentarse.

–¿No hicieron ningún resumen ni memorándum? –preguntó Deauchez, decepcionado.

–Sí que lo hicieron, pero la bibliotecaria me ha dicho que tienen copias de todos los memorandos desde 1980, más algunos vídeos de las presentaciones. Sin embargo, no tienen el de 1990.

–¿Y por qué no?

–La bibliotecaria ha ido a buscarlo y ha visto que estaba prestado. Se lo llevaron hace un mes y no lo han devuelto.

–¿Y quién se lo llevó en préstamo?

–La mujer me ha dicho que no había ningún nombre, pero yo creo que no es un procedimiento habitual.

Deauchez empezó a retorcerse las manos, con la mirada perdida en el vacío.

–Alguien se lo ha llevado sin permiso, Simon. Debe inculparlos y ellos lo saben.

–¿Ellos? ¿Quiénes son ellos?

–No lo sé. ¿Janovich? No lo sé...

Hill volvió a experimentar la sensación inconfundible de que estaba hablando con un paranoico, pero, a decir verdad, el periodista no sabía qué pensar. En su carrera de reportero había seguido pistas más extravagantes.

–Mire, voy a llamar a la redacción. Haré que alguien busque una copia en vídeo de esa conferencia de Janovich.

–¡No! –protestó Deauchez, como si Hill se hubiese propuesto quemar a unos cuantos niños.

–¿Qué quiere decir ese «no»? –preguntó el periodista con el ceño fruncido.

–Llame si quiere, pero no diga que me ha visto. No diga nada que pueda dar indicios de esta línea de investigación. Pedir el vídeo de esa conferencia nos delataría.

–¿A quién nos delataría? Mire, padre, esas personas son mis colaboradores y no van a...

Deauchez se inclinó sobre la mesa y puso su cálida mano sobre la de Hill.

–Amigo, le pido que confíe en mi intuición. En estos últimos viajes me he sentido espiado. En la India, un hombre me tomó una foto. Cuando aterricé en Londres para hablar con la hermana Daunsey, en el aeropuerto había dos hombres que ahora creo que me seguían. Y la furgoneta beis de la que le he hablado también estaba aparcada ante la casa de la monja. Todo eso me pasó por alto hasta que vi que ese par de matones entraban en mi habitación. Durante mi vuelo hasta aquí he pensado mucho en todo eso. Si hay alguien responsable de esto, y sólo Dios sabe por qué razón, no se trata de un juego de niños. Sea quien sea, no quiere que lo descubramos.

–Mire, yo no puedo dejar mi trabajo –dijo Hill, con un gruñido–. Digamos que soy el encargado de todo lo relacionado con Santa Pelagia.

–Pues diga a sus compañeros que está investigando otra cosa, profecías antiguas, por ejemplo. Ya encontraremos alguna manera de dar con ese vídeo.

–Muy bien, amigo –repuso Hill con un suspiro de resignación–. No voy a discutir con usted. Tengo la nariz muy congestionada y me duele la garganta. Permítame telefonear a la redacción, saber qué ocurre y ya buscaremos ese vídeo por otro lado. –Empezó a buscar su móvil. Cuando llegó a los bolsillos de sus vaqueros supo que se trataba de una búsqueda inútil. Allí no cabía ni la cartera–. Maldita sea, lo he dejado en la oficina.

–Utilice el mío –le ofreció Deauchez. Sacó un móvil de su bolsa y se lo tendió. Hill marcó el número de Susan y ella respondió. Tenía noticias. Hill la escuchó y sintió aquella excitación profesional tan especial–. ¡Fantástico! Espera un segundo.

Tapó el teléfono con la mano y le pasó la información a Deauchez.

–¡Tenemos confirmados otros dos profetas! Stanton anunció el Anticristo en su telesermón de hoy y ahora la WWN está pasando vídeos de ese tipo. Es un terrorista iraquí que se hace llamar Mal Abbas. ¿Ha oído hablar de él?

–No... no exactamente –respondió Deauchez con una mueca.

–Al parecer, estuvo en Santa Pelagia, pero allí recibió órdenes de no revelar su mensaje al mundo hasta pasados trece días.

–¿Y el otro? ¿Quién es?

–Tsing Mao Wen, el monje taoísta que se ha convertido en la sombra del presidente Li. Habíamos oído rumores sobre ello, pero anoche pronunció un discurso ante un grupo de militares chinos en el que afirmó que era el profeta chino de Santa Pelagia. Dijo que también recibió órdenes de callar hasta el decimotercer día.

Deauchez se veía preocupado.

–Es una pena que Stanton y la WWN hayan descubierto lo de Mal Abbas. ¡Maldito predicador barato! Me pregunto cómo lo habrá conseguido.

Pero Deauchez tenía la mente en otro sitio.

–Los monjes taoístas, ¿llevan túnicas color azafrán?

–Todo esto me está sacando de quicio. En la Cumbre Mundial sobre Alimentación, Tsing Mao Wen no llevaba ninguna túnica color azafrán. Lo vi en el noticiario. ¿Por qué?

Deauchez sacudió la cabeza con aire ausente.

Hill volvió a hablar por teléfono y le prometió a Susan que más tarde pasaría por el diario. Mientras devolvía el móvil a Deauchez, dijo:

–Así que sólo nos quedan dos profetas por descubrir. ¿Tiene idea de quiénes podrían ser?

–No.

–¿Qué pasa con el color de la túnica? ¿De dónde ha sacado eso?

Sin embargo, era obvio que había algo más que preocupaba al cura. Cogió el teléfono, lo metió en la bolsa y frunció el ceño, incómodo.

–¿Podríamos...? ¿Le importa que nos marchemos de aquí, Simon?

–No, pero ¿por qué?

–No sé por qué, amigo –respondió Deauchez–, pero, de repente, me ha entrado mucha hambre. Además, está claro que aquí no encontraremos ese vídeo.

–Muy bien, pues vayamos a comer.

Hill no quería perder de vista al cura y, estuviera resfriado o no, comer siempre le apetecía. Como los restaurantes estaban cerrados, tendrían que ir a su casa. La semana anterior había comprado unos solomillos y aún guardaba una botella de vino del último Cuatro de Julio.

Advirtió que Deauchez ya se había puesto en pie. En realidad, ya había desaparecido entre los libros.

–¡Vaya! Sí que tiene hambre... –murmuró Hill–. Espéreme, padre, espéreme.

Capítulo 12

Río de Janeiro

Cuando el taxi en el que viajaba el doctor Smith llegó al hospital, él ya se había puesto su traje de Nivel Cuatro. Se había cambiado en el mismo vehículo, haciendo caso omiso de las miradas asombradas del taxista por el retrovisor. Por lo que Josh le había dicho por teléfono, ni siquiera estaba seguro de habérselo puesto a tiempo.

¿Se había propagado tanto el virus? ¿Era posible que flotase, como motas de polvo, en el húmedo aire de la ciudad más grande de Sudamérica? No, era imposible.

El chófer entró en la calzada del hospital con aquella conducción apresurada y alocada tan propia de los taxistas locales. Para mantener el equilibrio, Mike se apoyó con la mano en la puerta del pasajero y su cerebro registró las imágenes que le mandaban los ojos. Habían montado una zona de esterilización justo ante la puerta del hospital. Personal con trajes anticontagio, duchas de plástico, fosas con cal... Tuvo la sensación de que se encontraba en un pequeño pueblo aislado y no en un aparcamiento en el centro de Río. Eso sólo podía significar una cosa: que todo el hospital se consideraba contaminado.

De puro espanto, se le erizó el vello de la nuca. Había sacado el dinero antes de ponerse los guantes, pero aun así las manos le temblaban tanto que dárselo al taxista le resultó problemático. Cuando el vehículo se hubo alejado, se detuvo unos instantes para identificarse ante el personal de la OMS encargado de la zona. Lo que ocurriese dentro del hospital tendría que averiguarlo por sí mismo. Pasó por la ducha como un hombre que llegase tarde a una cita y luego descorrió las gruesas cortinas de plástico que protegían la entrada del edificio.

Y llegó al vestíbulo. Éste y todo lo que veía de la planta baja estaban llenos de enfermos. Había pacientes en las sillas, sobre las mesas y tumbados por el suelo de todos los pasillos. Entre todos esos cuerpos se movía el personal facultativo, identificable por sus mascarillas, sus anteojos y sus guantes. Los pocos familiares que aguantaban de pie al lado de sus seres queridos tenían expresiones de sufrimiento y de conmoción. Ninguno de ellos llevaba material de protección, aunque los que tenían ojos para ver y la inteligencia todavía activa, a pesar del miedo y del dolor, se tapaban la boca con pañuelos. Era un gesto irónicamente patético, ya que muchos de los que sostenían pañuelos ahogaban sus toses en ellos y los empapaban del virus del que ya, a buen seguro, se habían contagiado.

La última esperanza que quedaba de que Josh se hubiese equivocado se disipó en el mismo momento en que Mike vio en directo la escena. Sin embargo, hizo caso omiso de lo que sus ojos le decían. Enseguida empezó a reconocer enfermos. Era la única manera de contener las ganas que tenía de salir huyendo de allí.

Los pacientes eran pobres, iban harapientos y olían a muerte. Notaba la fiebre que tenían incluso a través de los guantes de látex. Un hombre de piel cobriza y un corte de pelo a lo indio amazónico tenía el abdomen y los genitales hinchados. Abultaban el doble que en circunstancias normales. Un niño de dos o tres años respiraba con dificultad debido a la sequedad de las fosas nasales y de la tráquea y tenía las piernas y los brazos hinchados como salchichas cocidas. Unos cuantos ya presentaban síntomas de lesión cerebral: no se les dilataban las pupilas y babeaban. Los más conscientes sufrían dolores intensos.

La verdad era innegable. Todo el hospital estaba contagiado de un virus surgido en la sala de los monos del albergue de Greenpeace.

En el interior de su traje especial, la piel de Mike estaba sudorosa. Se sentía mareado y tenía ligeras náuseas. Después de examinar a una joven embarazada, se incorporó despacio. Si no lo hacía caería encima de aquellas gentes y su traje se mancharía por completo. Hizo caso omiso de las súplicas y de las manos que se alzaban hacia él y avanzó por el pasillo, con cuidado de no pisar a nadie. Echó un vistazo al personal sanitario que se hallaba por allí, pero no encontró lo que buscaba.

Se abrió paso hasta el segundo piso, donde la sala de cuarentena originaria se había convertido en una sala de agonizantes, repleta de pacientes que se encontraban en la fase terminal de la enfermedad. Había salpicaduras recientes de sangre y fragmentos de cerebros en paredes que aún no habían sido limpiadas. Mike reconoció a un par de miembros del albergue de Greenpeace agonizando en sus camas y al verlos lo conmocionó advertir el poco tiempo que había pasado desde que se habían contagiado. Sin embargo, casi no conocía a ninguno de los enfermos de aquella sala.

Vio a Josh en el otro extremo de la estancia. Era imposible confundirlo aunque estuviera de espaldas. Parecía un palillo al que alguien hubiera vestido con ropa quirúrgica para burlarse de él. Era como si hubiese perdido cuatro kilos desde que había llegado a Brasil. A Mike le parecía imposible que Josh pudiese perder nada. El chico tenía muy poca experiencia para afrontar un caso como aquél, y mientras se acercaba al joven médico para darle una palmada en la espalda, Mike sintió una punzada de remordimiento.

–¡Mike! ¡Gracias a Dios que ya estás aquí! –Josh lo abrazó con incomodidad debido al traje. Abrazarse no era algo que se soliese hacer cuando uno lo llevaba puesto. Mike le dio un suave empujón para apartarlo–. No esperaba verte por aquí hasta dentro de cinco horas, como mínimo.

–¡No puedo perder el tiempo en aeropuertos y escalas! Stanley recurrió a sus influencias y me consiguió un avión militar. Me han traído directamente a Río.

–Siento mucho haber tenido que llamarte para que regresaras, Mike.

Mike sacudió la cabeza para quitarle importancia al hecho y para ocultar su propia frustración.

–Supongo que no tendría que haberme marchado. ¿Podemos hablar unos instantes?

–Sí, pero no aquí. Todo el hospital está contaminado por culpa del sistema de ventilación. En la calle tenemos una furgoneta.

–Pues vamos.

Cruzaron aquella terrible escena de muerte que tenía lugar entre la sala de cuarentena y la puerta principal sin detenerse, sin decir ni una palabra. Entraron en la zona gris del exterior y Mike agradeció la ducha desinfectante, en la que se quedó un buen rato, pese a lo mal que olía. Echaron los trajes a una tina de lejía y volvieron a rociarles las manos y los zapatos con aquel cáustico y picante aerosol. Llevaron consigo a la furgoneta toallas limpias y uniformes verdes hospitalarios nuevos.

El espacio era muy pequeño, pero resultaba enormemente cómodo porque, al menos, existía la vana esperanza de que, en el interior de la furgoneta, no había gérmenes. Había asientos forrados de pana a lo largo de ambas paredes y éstas estaban recubiertas con amplias láminas de papel blanco. Apoyado contra los asientos delanteros había un tablón con un mapa de Sudamérica pegado en él.

Durante unos instantes, Mike y Josh se limitaron a mirarse. Sus ojos cansados hablaban por sí solos, todo se reducía a una sola cosa: aquél era un asunto muy grave y extraño. Mike sintió que el corazón le latía con fuerza, como si hubiese corrido un par de kilómetros, y notó que el sudor de sus axilas empapaba el uniforme nuevo que se acababa de poner.

–Todas esas personas de ahí dentro no pueden estar relacionadas con el concierto de Blade –empezó a decir–. Casi todos parecen granjeros o campesinos.

–Muchos vienen de los arrabales pobres cercanos a Río y otros de pueblos de la jungla. Al principio les preguntamos por el concierto de Blade, pero está muy claro que no estuvieron allí. Mira, Mike, todavía no he conocido a nadie que haya asistido a ese recital.

–¿Y no has encontrado ningún denominador común?

–Lo único que hemos podido hacer ha sido atender a esa riada humana que ha acudido al hospital –respondió Josh con tono de fatiga–. Esto es increíble, Mike, y no sólo aquí, ¿sabes? Hemos recibido llamadas de hospitales de todo el país: São Paulo, Porto Alegre, Salvador, incluso de Asunción, en Paraguay. Y hace unos instantes nos han llamado de Rosario, Argentina.

–¡De Argentina! ¡Dios mío! Pero ¿de dónde puede venir este virus?

–No lo sé, Mike; lo que está claro es que no proviene únicamente de los monos luna. Es imposible. No hay tantos monos de ésos. Aun en el caso de que hubieran salido de su hábitat natural y se hubiesen diseminado por todas partes, aun en el caso de que hubiera muchos más monos de los que pensamos, no se habría producido un contagio tan fácil y tan rápido como éste.

Josh tenía razón. Allí ocurría algo muy raro.

–Si los monos luna no son los transmisores, entonces tal vez contrajeron la enfermedad a partir de la misma fuente que estos enfermos recién llegados –sugirió Mike.

–Visto así, podría ser. Esas personas están en fase terminal, pero ¿cuál podría ser la fuente? ¿Cómo es posible que algo tan mortal aparezca y se transmita de una manera tan repentina? Nunca nos habíamos enfrentado a una enfermedad semejante. Ahora está en todas partes.

–En todas partes no, Josh. En unos pocos sitios de Sudamérica.

Aquellas palabras le hicieron sentirse bien. Notó que podía volver a razonar. Se puso en pie, agachó la cabeza y se acercó al mapa. Buscó los nombres que Josh había mencionado. São Paulo y Porto Alegre se encontraban al sur de Río. Salvador, más al norte, en la costa. Asunción, en Paraguay, estaba tierra adentro, a unos ochocientos kilómetros al sudoeste de Río; Rosario, a unos setecientos kilómetros al sudoeste de Asunción. La propagación no seguía ninguna pauta o, al menos, él no sabía verla.

–Todos esos sitios son ciudades grandes, ¿verdad?

–Son las que tienen los mejores hospitales.

–Pero ¿los pacientes son de la misma ciudad o llegan de poblaciones más pequeñas?

–En su mayoría son de poblaciones poco habitadas. Hemos anotado los nombres y el lugar de procedencia de todos los que han venido. Y he visto un fax con datos de los pacientes que han acudido al hospital de Salvador. Les hemos mandado personal para que puedan organizarse.

–Bien. Manos a la obra.

Josh mandó un mensaje al hospital. Al cabo de cinco minutos tenían una versión esterilizada de las admisiones de Río y el fax de Salvador. Josh empezó a leer nombres.

–Éstos son los nombres de las localidades de procedencia de los ingresados en los hospitales de Salvador: Juazeiro, Curaçá, França, Remanso, São João de Piauí, Oeiras, Picos, Floriano, Paulistana, Bom Jesus da Lapa. ¡Vaya nombrecitos, Señor!

Mike estudió el mapa y marcó cada pueblo con una X.

–¿Listo? –preguntó Josh.

–Sigue.

–Ahora te diré los lugares de procedencia de nuestros pacientes: Pirapora, Bocaiuva, São Francisco, Carlos Chagas, Paranã, Nova Ponte, Centralina, Itumbiara, Tanabi...

–Espera.

Mike marcaba las equis con rabia. Se detuvo y miró el mapa.

–¿Quieres que siga?

Mike sacudió la cabeza. Con el dedo sobre el mapa, siguió las líneas que unían las poblaciones, primero los nombres de la zona de Salvador, y luego hizo lo mismo con los de los pueblos de los pacientes de Río.

–Josh –dijo Mike con voz trémula.

–¿Sí, Mike?

–¿Tienes idea de dónde vivían esos monos luna?

–En un sitio cercano a un pueblo llamado Santarém. Lo ponía en los folletos que había por todo el albergue de Greenpeace, ¿no te acuerdas? Me hizo pensar en Santa Claus, lo cual es un poco irónico, ¿no crees?

Pero Mike no lo escuchaba. Buscaba con rabia en el mapa.

–No está exactamente en el corazón de la Amazonia, como decían ellos –prosiguió Josh–, sino en una zona densa y virgen. En realidad no está en el centro. Se halla más al norte.

Mike ya lo había encontrado, siguiendo aquellas líneas del mapa que parecían ramas, las líneas que unían las poblaciones donde se habían dado casos de la enfermedad. Puso el índice sobre Santarém.

–Está en el nacimiento del Amazonas.

–¿De veras?

–¡Dios mío! –exclamó Mike.

–¿Qué ocurre?

Mike estudió el mapa de Sudamérica. En realidad, era la primera vez que lo miraba con detenimiento. Todo él estaba lleno de afluentes, como si fuera el rostro de una vieja con las venas rotas bajo su arrugada piel. Tarde o temprano, el río Amazonas se rompía como una de esas venas y daba lugar a otros ríos, como el San Francisco, el Paraná, el Madeira y todos los demás ríos y afluentes que surcaban el continente. Siguió con los ojos las finas líneas azules que se extendían en la amplitud del continente y descendían hasta su extremo. Allí, las aguas de todos los ríos vertían su sangre al mar.

–¡No lo tenían los monos! ¡Estaba en la jungla!

–¿Qué dices? –preguntó Josh, pero en ese mismo instante lo comprendió y su rostro se ruborizó.

–Ahora han talado los árboles y con ellos el terreno se desliza hacia los ríos. ¡Está en los ríos, Josh, en los ríos!

En las afueras de Nueva York

La casa estaba encima de Port Chester, una zona lujosa, aunque la propiedad ocupaba unas pocas manzanas y unos pocos miles de metros cuadrados, modesta en comparación con las espléndidas mansiones de primera línea de mar que habían visto en su camino hasta allí. Se trataba de un edificio de ladrillos estilo Tudor con el aire de una casa de familia numerosa que hubiera perdido poco a poco al grueso de sus habitantes. En esos instantes daba la impresión de ser la vivienda de una viuda solitaria. Tal vez se debía al hecho de que todas las persianas del primer piso estaban cerradas y algo polvorientas. Sin embargo, no se trataba de la residencia de una viuda solitaria. Era la casa de un psiquiatra viudo, el doctor Ernkin.

Aparcaron en la calzada a las seis de la tarde. Hill quería recoger sus mensajes con el móvil de Deauchez antes de entrar en la casa, y el cura cedió a aquella impaciencia obsesiva tan propia de los norteamericanos. En el correo del periodista no había nada importante y llamaron a la puerta a las seis y cinco.

El doctor Ernkin tenía algo más de setenta años. Era un hombre delgado, con un suéter de los años cincuenta, como los viejos que Deauchez recordaba haber visto en los cafés de París.

–¡Hola! –los saludó el doctor Ernkin, en tono cordial–. Uno de ustedes debe de ser el caballero con el que he hablado por teléfono.

–Sí, soy yo, doctor Ernkin. –Hill le tendió la mano–. Soy Simon Hill y éste es mi compañero, *monsieur* Deauchez. Le agradecemos de veras su colaboración.

–¡No tiene que agradecerme nada! Estoy impaciente por ver ese artículo terminado.

Hill le había contado que quería escribir un artículo sobre psiquiatras influyentes, aunque iban detrás del vídeo y, finalmente, lo habían encontrado. El doctor Ernkin había sido el psiquiatra número treinta de la guía de teléfonos a los que habían llamado. Deauchez daba gracias a Dios de que el hombre no se hubiese apellidado Zemeski.

–Es curioso cómo pasa el tiempo –comentó el doctor Ernkin, camino del salón–; 1990 y parece que fue ayer.

–Sí, ya sé lo que quiere decir –asintió Hill.

Deauchez sonrió con cortesía. Pensaba en el vídeo que estaban a punto de ver. Ernkin y Hill siguieron intercambiando palabras amables mientras el anciano cargaba el vídeo y ponía en marcha el televisor.

–Una buena conferencia, la de 1990. Yo iba todos los años, claro. Ahora llevo tres, no, cuatro años sin asistir.

–Qué lástima.

–¡Ginebra! Qué ciudad tan bonita. Querían ver la conferencia de Louise, ¿verdad? Era una mujer muy brillante, pero eso ustedes ya lo saben, porque si quieren escribir un artículo sobre ella...

Ernkin pulsó una tecla del mando a distancia y cuando las interferencias previas llenaron la pantalla, Hill lanzó una mirada a Deauchez. El periodista estaba satisfecho de sí mismo por haber encontrado lo que buscaban. Sin embargo, Deauchez no. Estaba muy ansioso, incluso asustado. No sabía por qué, pero el instinto le decía que aquella grabación era importante: podía contener la desagradable cantidad de porquería que llevaba tiempo intentando desenterrar y que tal vez contendría sorpresas que no le gustaría presenciar. Se retorció los dedos de una mano con la otra en un gesto de aprensión.

En la pantalla aparecieron unas letras blancas sobre fondo negro:

Los esquizofrénicos paranoides, la dopamina
y el mundo de fantasías bioquímico.
Conferencia de la doctora Louise Janovich,
Universidad de Harvard

Era una filmación hecha por un videoaficionado, demasiado oscura porque la sala estaba iluminada para el pase de diapositivas. Janovich llevaba una clásica blusa beis, de esas con un largo pañuelo incorporado, y una falda hasta las pantorrillas. Tendría unos treinta y cinco años y el cabello castaño, era de constitución robusta y llevaba unas grandes gafas. No tenía el aspecto de bruja malvada que Deauchez había esperado ver, aunque ni siquiera se había dado cuenta de que era eso lo que esperaba.

–Los estados que llamamos «enfermedades mentales» constan, a menudo, de elaboradas fantasías –empezó a decir la mujer–. Cuando los pacientes oyen voces, insisten en que hay una absurda conspiración mundial o contactan con habitantes de Venus, se les diagnostica una esquizofrenia paranoide. Sin embargo, las personas consideradas normales también tienen fantasías. ¿En qué punto cruza la línea el paciente esquizofrénico?

La doctora describió un cuestionario que había creado para estudiantes universitarios. Descubrió que a las personas presuntamente normales se las podía clasificar en tres categorías: los deficientes en fantasías, los moderados en fantasías y los hiperactivos en fantasías. Estas clasificaciones no tenían correlación con la raza o el sexo, pero sí predecían las futuras profesiones de dichos estudiantes. Los escritores, los artistas y los ministros religiosos tendían a ser hiperactivos en sus fantasías, los ingenieros y biólogos eran moderados, y los administrativos y contables apenas tenían fantasías. También había comprobado que la capacidad para la fantasía coincidía con la de uno de los progenitores, al menos, cuando se les hacían las mismas pruebas. En otras palabras: la mayor o menor capacidad para la fantasía era, en parte, si no por completo, una cuestión genética. Si este rasgo genético se desarrollaba excesivamente, ¿el resultado acaso no podía ser la esquizofrenia?

Para probar su teoría, Janovich había realizado estudios con fármacos antipsicóticos y con drogas psicodélicas. Había visto los efectos de ambas sustancias en el cerebro humano mediante los escáneres BEAM. Cuando su discurso se llenó de palabras técnicas, Hill perdió el hilo y miró a Deauchez. El cura seguía absolutamente concentrado en el vídeo, inclinado hacia delante, al tiempo que se retorcía los dedos.

Toda la investigación se basaba en el estudio de un neurotransmisor llamado dopamina, en la región límbica del cerebro.

Los fármacos antipsicóticos hacían descender el nivel de dopamina, que en los esquizofrénicos era excepcionalmente alto. Las drogas psicodélicas lo incrementaban.

–Caballeros –decía Janovich–, los neurotransmisores actúan como potenciadores o inhibidores. En términos químicos, nuestro cuerpo se compone de una serie de controles y equilibrios. Cuando nuestra bioquímica produce demasiada cantidad de algo bueno, entra en acción el inhibidor. Cuando el inhibidor ha reducido los niveles más allá de lo que se considera seguro, entra en acción el potenciador. Este sistema puede fallar.

»La dopamina es un inhibidor. ¿Podrían ciertas regiones del sistema límbico, en especial el *nucleus accumbens*, actuar como filtro de realidad de las señales que proceden de nuestros sentidos, nuestros centros emocionales y nuestra memoria? ¿Y podría ser la dopamina el inhibidor natural de este proceso y, por ello, provocar en la esquizofrenia que el "filtro de realidad" esté excesivamente inhibido? Esto podría explicar por qué los esquizofrénicos tienen tantas dificultades para distinguir entre realidad y fantasía. Literalmente hablando, su cerebro "archiva mal" los acontecimientos.

Se oyeron murmullos entre los asistentes a la conferencia. La doctora Janovich sonrió y alzó una mano en demanda de silencio.

–Una manera de probar esta teoría consistía en plantear otra pregunta. Si las fantasías de un esquizofrénico paranoide podían controlarse con fármacos antipsicóticos, ¿podía convertirse en esquizofrénica a una persona? Las drogas psicodélicas tradicionales y los alucinógenos provocan una hiperestimulación del cerebro en su conjunto, con un moderado aumento de la dopamina, que no es más que un efecto secundario. Lo que se necesitaba era un fármaco que estimulara la producción a niveles mucho mayores que las drogas psicodélicas.

Deauchez ya no pudo contenerse más. Alargó el brazo, apretó nervioso la mano de Hill, luego la retiró y siguió retorciéndose los dedos.

Janovich describió cómo había creado ese fármaco, el IF1 (inductor de fantasía 1), y sus experimentos iniciales con ratas. En las pruebas no se apreciaron efectos secundarios a largo plazo y había recibido permiso para hacer pruebas con seres humanos en Harvard.

Detrás de Janovich apareció una pantalla. En el vídeo, una mujer joven, universitaria seguramente, estaba tumbada en una cama y Janovich le ponía una inyección.

–Ésta es Sandra, una estudiante de arte en Harvard –decía Janovich en la conferencia de Ginebra–. En nuestras pruebas fue catalogada de «fantasiosa hiperactiva moderada». Creí conveniente empezar con alguien que tuviera que recorrer menos camino para llegar al nivel que yo deseaba.

La filmación se cortaba y en la siguiente toma Sandra estaba fuera de la cama, de pie encima de ella, para ser más precisos, y Janovich al lado de ella.

–No puedo ir contigo. Sí, lo comprendo. Sí, gracias –decía Sandra a alguien que, obviamente, no era Janovich, ya que tenía la vista clavada en el techo. Hablaba con la voz entrecortada de emoción, con lágrimas y reverencia–. De acuerdo. Sí. Lo comprendo. ¿Qué quieres? Oh...

–¿Sandra? Soy la doctora Janovich. ¿Podrías decirme con quién estás hablando?

–Con mi ángel de la guarda –respondió Sandra–. ¡Shhhh!

La filmación dio un extraño salto hacia delante. Sandra estaba sentada en la cama y bebía agua.

–Aquí el efecto del fármaco ya ha desaparecido –explicaba Janovich en Ginebra.

–Sandra, ¿podrías contarme qué te ha ocurrido?

–He visto a mi ángel de la guarda. Me ha contado muchas cosas de las clases, de mis padres y de mi novio.

Se la veía aturdida, pero entusiasmada.

–¿Y cómo era?

Sandra hizo una larga y coherente descripción del típico ángel. Parecía realmente enamorada.

–Y ahora, ¿lo ves?

Sandra negó con la cabeza.

–¿No lo habrás soñado? ¿O imaginado? –le preguntó con amabilidad la doctora.

–¡No! ¡Estaba justo ahí! ¡No lo he soñado!

Sandra se mostró molesta por aquella insinuación.

La Janovich de Ginebra detuvo el vídeo y prosiguió su conferencia.

–Sandra hoy les diría que vio realmente a su ángel de la guarda. Los otros sujetos sometidos a la prueba tuvieron experiencias similares. Lo que resulta interesante es que todos vieron cosas distintas. Un chico vivió un terrible episodio en el que era llevado al infierno. Otros hablaron con familiares muertos.

»La impresión era tan fuerte que no bastaron nuestras explicaciones sobre los efectos de este fármaco. Los sujetos se negaban a creer que lo que habían visto no fuese real. Un joven incluso me dijo que la droga había "corrido" el velo que separaba los mundos. Su capacidad de autoengañarse era realmente sorprendente. Así vemos que cuando hay un exceso constante de dopamina en un cerebro que ya la produce de manera natural, puede sobrevenir una crisis mental.

»No necesito señalar –prosiguió, pensativa, la doctora Janovich, tras una pausa– que esta investigación ha reafirmado mis creencias sobre las llamadas experiencias cercanas a la muerte. Me atrevería a afirmar que el nivel de dopamina se eleva al máximo durante el trauma de la muerte, pero aún he de confirmar esta teoría.

Hill miró a Deauchez con una pregunta en los ojos. Por toda respuesta, Deauchez asintió con la cabeza.

–Quisiera exponer un resultado más, totalmente inesperado –dijo Janovich en la pantalla.

Puso su vídeo otra vez en marcha. En esta ocasión, aparecía un hombre.

–La capacidad de sugestión de la mente humana está muy bien documentada en pruebas realizadas mediante hipnosis. He descubierto, sin embargo, que el IF1 provoca que la sugestión sea prácticamente ilimitada. Si, por ejemplo, sugiero que en la habitación acaba de entrar un dragón, ese dragón entrará a formar parte de la fantasía del sujeto. Aquí vemos de nuevo que los filtros del cerebro que, en circunstancias normales, clasificarían la idea de sugestión verbal y no de información sensorial, han dejado de funcionar bajo los efectos del fármaco.

»Pero lo que aún resulta más increíble es el potencial de los pacientes para inducir manifestaciones físicas a partir de sus fantasías.

El volumen de la grabación presentada por Janovich subió; ella empezó a hablar con el chico.

–Mark, vamos a hacer un experimento, ¿de acuerdo? Voy a restregarte hielo en el brazo. Notarás un poco de frío, pero no te dolerá.

Janovich utilizó unas largas tenazas para sacar un carbón ardiendo de una lata y se lo puso en el brazo.

–Oh, qué frío –dijo el chico.

Se revolvió un poco, aunque parecía que no le dolía.

La cámara tomó un primer plano. El ascua presionaba directamente la carne. Tras diez segundos descorazonadores, Janovich la retiró. El chico alzó la mano y se frotó la piel como si le picase. Janovich le alzó el brazo para que la cámara lo captase bien. La piel se veía un poco rosada pero sin ninguna quemadura.

–Ahora te pondré una piedra caliente. Sólo la dejaré un segundo, ¿de acuerdo? Sólo quiero ver cuánto te ha protegido el hielo.

Janovich sacó un trozo de hielo de una taza. Mark parecía nervioso. Torció la cara con desazón, pero extendió el brazo despacio.

Janovich movió el hielo con un gesto rápido sobre la piel del chico. La cámara se acercó para intentar captarlo, pero Mark gritó de inmediato y apartó el brazo.

–Muy bien, gracias, Mark. ¿Quieres mostrarme el brazo?

–Ay.

Mark lo extendió y la barbilla le temblaba. En la piel había una quemadura de color rojo intenso.

Janovich se dirigió al público.

–Para terminar, quiero decir que estos experimentos suscitan preguntas muy interesantes. La aplicación práctica más evidente está en el diagnóstico y en el tratamiento de la esquizofrenia. Y, en cuanto a otras aplicaciones, caballeros, las dejo a su imaginación.

El público se puso en pie y aplaudió. El doctor Ernkin paró la cinta.

–¡Dios mío! –exclamó el doctor Ernkin–. Había olvidado lo buena que era. Su conferencia fue la más comentada del congreso. A mí me interesó mucho. Es una lástima, realmente.

–¿Qué es una lástima, doctor Ernkin?

Hill dio un codazo a Deauchez, pero él apenas escuchaba. Se le había secado la boca, le dolía el estómago, le dolía el alma y necesitaba aire fresco.

–Bueno, creo que no continuó las investigaciones. Empezó a trabajar en una empresa farmacéutica y nunca más he oído hablar del asunto, de fármacos para tratar la esquizofrenia, quiero decir. ¿Y ustedes?

–No –respondió Hill.

–¿Y que habrá estado haciendo estos últimos años? Era una mujer muy brillante...

–Es la presidenta de la HAI.

–¿De veras? Vaya, vaya. Bueno, eso es algo importante, ¿no? Son una organización benéfica o algo así, ¿verdad? No veo la relación entre los trabajos de Janovich y su pertenencia a esa entidad.

–Tengo la impresión de que la doctora Janovich ha hecho una contribución mucho más importante de lo que usted imagina –dijo Deauchez.

No era su intención decirlo, pero se le había escapado. Su tono era amargo y Hill le dio un codazo, preocupado.

–¿Sí? Tal vez. Sin embargo, no puedo decir que fuera culpa suya. Habría necesitado mucha fortaleza, ¿no?

–¿Que habría necesitado mucha fortaleza? –preguntó Hill.

–¿Qué? Bueno, como ya he dicho, esa conferencia suscitó muchas controversias, algo así como diagnosticar que un eunuco padece «trastornos hormonales leves». Muchos médicos no prestaron ninguna atención a los métodos de Janovich o a sus conclusiones. Opinaban que tenía que ser reprendida por sus experimentos con humanos, aunque hubiese conseguido todos los permisos para hacerlos. Se decía que era una cuestión de ética. Yo les diré cuál fue el auténtico problema: un grupo de científicos que se consideraban creyentes.

Ernkin movió el dedo negativamente.

–Sé lo que están pensando, pero existen, hay hombres que no tienen problemas en creer en la ciencia y creer en Dios al mismo tiempo. No les gustó lo que las investigaciones de Janovich podían significar: que todas las visiones místicas, que esa tontería de las experiencias cercanas a la muerte e incluso la práctica religiosa eran simplemente el producto de una secreción elevada de dopamina, que no se diferenciaban de las demás fantasías y que eran primas hermanas de las enfermedades mentales. No les gustó, no señor, y sus respectivas iglesias se enfrentaron a ella. Harvard sufrió las iras de todas ellas, desde los católicos hasta los integristas cristianos. Y Janovich era el blanco de todas las miradas. Comprendo muy bien que tomase la vía más fácil y suspendiera sus experimentos.

Hill dio otro codazo a Deauchez. El sacerdote había cerrado los ojos. Todavía se sentía mal.

–¿Y sabe adónde se fue cuando dejó Harvard? –preguntó Hill.

–A alguna empresa. Hizo investigaciones sobre genética, creo recordar.

–¿Genzyme? –sugirió Hill–. ¿Genentech?

–No, no. Recuerdo que tenía algo que ver con el doctor Robert Tendir. ¿Lo conoce?

–Ganó un premio Nobel por sus investigaciones sobre el ADN.

–Exacto. Estuvo en el congreso del noventa. No entiendo por qué, la verdad, porque no es psiquiatra. De todas formas, lo recuerdo porque cuando supe que Janovich dejaba Harvard pensé que él debía de haber oído esa conferencia y había quedado impresionado. Y ella se fue a trabajar con él, eso fue lo que ocurrió. En esa empresa, hummm...

–¿Telegyn? –apuntó Hill.

Deauchez abrió los ojos de repente. El nombre le sonaba. Empezaba a aclarársele la cabeza. Agua, necesitaba beber agua.

–¡Exacto! Telegyn, pero no sé cuánto tiempo estuvo allí, lo único que sé es que trabajó con Tendir. En aquellos momentos parecían un tándem muy prometedor, Janovich y Tendir. Un equipo estupendo, pero como ya les he dicho, nunca he sabido que de esa colaboración surgiera algo.

Ernkin miró a Deauchez con obstinación, como si hiciera acopio de fuerzas para defender el altruismo de Janovich, pero el cura se limitó a aclararse la garganta.

–¿Podría tomar un poco de agua, doctor Ernkin?

–¡Por supuesto! ¿No prefieren un poco de té? Tenía que haberlo pensado hace rato. Disculpen. Mi esposa murió hace unos años y yo ya no soy la persona que solía ser.

–Hum, creo que deberíamos... –empezó a decir Hill, tras consultar su reloj.

Deauchez le lanzó una mirada de advertencia y dijo:

–Un té nos sentaría de maravilla, doctor Ernkin.

El anciano salió, camino de la cocina.

–¡Por todos los demonios! –susurró Hill–. No sabe la que se va armar ahí fuera. Necesito una copia de esa cinta.

–Lo publicará, ¿verdad?

Deauchez agarró al reportero por el brazo.

–¿Cómo quiere que no lo publique? Nos jugamos el Pulitzer. Y si Janovich ha influido en los profetas, tengo que averiguar por qué.

Deauchez se sintió mejor y las preguntas comenzaron a asaltarlo también a él. Se puso en pie porque necesitaba estirar las piernas.

–¡Ya lo sabía! De un modo u otro, les implantaron esos sueños. Ya ha oído lo que ha dicho de la susceptibilidad. ¿Quién puede ser más susceptible a los sueños y a las visiones que personas como la hermana Daunsey, Andrews o Stanton? ¡Ya ha oído lo que dijo la doctora!

–Sí, lo he oído. Personas religiosas. Fantasiosos hiperactivos.

Ya veo por dónde va. –Hill consultó otra vez su reloj–. Me gustaría grabarlo hablando de todo esto, padre, tan pronto como salga de aquí. ¿Por qué no espera un minuto?

Sin embargo, Deauchez no podía esperar nada.

–Pero... pero las visiones de Santa Pelagia. Tuvieron que ser... Pero, allí, ¿cómo las potenciaron? Yo no vi personal médico en el pueblo, ¿y usted?

–Tampoco.

–Bueno, pero estoy seguro de que la histeria colectiva formaba parte de ello.

–Todo es posible –dijo Hill, en tono dubitativo–. Pero recuerde que este vídeo fue grabado hace quince años, antes de que Janovich entrara a trabajar en Telegyn. Desde entonces, ha tenido mucho tiempo para perfeccionar ese fármaco. Tal vez utilizase algún mecanismo, como el de mantener la sustancia en el torrente sanguíneo y hacerla actuar en un determinado momento. Las visiones son una cosa, pero las llagas...

–¡No sólo se trata de Janovich, Simon! Tiene que ser algo de mayor envergadura. Ella nunca habría reunido los recursos necesarios. El hecho de que haya sido nombrada presidenta de la HAI, el puesto idóneo desde el que llegar a los profetas, ya indica que hay fuerzas mucho más poderosas en juego. Esos dos hombres del hotel de Londres, por ejemplo. No me imagino a Janovich haciéndose cargo de eso.

–Entonces, ¿quién más está implicado?

–¿Sabe algo de Telegyn? –preguntó a su vez Deauchez después de sopesar la pregunta de su compañero–. Algo como esto tiene que haberse planeado durante mucho tiempo, quizás años. Antes de ser presidenta de la HAI, trabajaba en Telegyn, ¿no?

–Tal vez. Telegyn se dedica a la genética y a las telecomunicaciones. Es una empresa privada. Al parecer, tienen todo tipo de inversores millonarios y silenciosos. Se supone que serán los dueños de la comunicación de este siglo con lo de la red global y todo eso... Anthony Cole, que fue quien inició el proyecto, es multimillonario. Y carismático. Los entusiastas de Internet lo consideran una especie de «cibergurú» porque Telegyn significa la fusión del satélite y la biotecnología. Pero eso es pura palabrería; por lo que sé, no hay intercambio de ideas. Son dos divisiones separadas, con Tendir al mando de la rama genética. Y además, ahora Cole es nuestro secretario de Estado.

Deauchez se detuvo, asombrado.

–¿Quiere decir que el fundador de Telegyn es ese Cole? ¿El secretario de Estado de Estados Unidos?

–Pues sí. –Hill frunció el ceño, incómodo–. Cuando salió elegido Fielding, hace dos años, lo nombró para ese cargo. Utilizó a Cole como ejemplo del lema de su campaña electoral: «No utilices políticos, busca a las personas más brillantes de la nación y ponlas a trabajar en el Gobierno». Cole es realmente popular. La gente cree en él. Habla un montón de idiomas.

–¡Dios bendito! ¡Secretario de Estado!

Hill se incomodó ante la reacción de Deauchez.

–¿Y esos dos tipos de Londres? ¿Cree que trabajaban para Telegyn? ¿Piensa que Telegyn está detrás de todo esto? ¿Por qué?

–No tengo ni idea.

–Mire, permítame que llame a la oficina y le diga a Susan que reúna información sobre Telegyn y cuando lleguemos a la ciudad ya la tendremos a punto.

Deauchez asintió con aire distraído. Por tercera vez en ese día, tendió su móvil al periodista y él llamó a su oficina.

–Pero no me mencione ni cuente nada de todo esto –le susurró el sacerdote.

Simon hizo un gesto de impaciencia con la mano.

–¿Susan? Hola, soy Simon. Lo sé, lo sé, lo siento. Es que estoy en medio de algo importante.

Al parecer, Susan le dio alguna noticia.

–¿Qué? ¿Qué tipo de virus? –Hill tapó el teléfono–. Se ha producido un brote de un virus nuevo en Sudamérica. Al parecer, el cantante Blade lo tenía y han emitido partes de advertencia para los que asistieron a sus conciertos. Menos mal que no fui.

Deauchez frunció el ceño. ¿Qué estaba pasando allí?

–Sí –Hill hablaba de nuevo por teléfono–. Guarda un espacio para eso en la edición matinal. Oye, ¿podrías escucharme un momento? Lo siento, pero tendrías que hacerme algunas averiguaciones acerca de Telegyn: la empresa, sus proyectos actuales, el personal, cualquier cosa, todo. Eso es.

Deauchez observaba al periodista y de repente vio la marca del móvil que utilizaba. El cura la miró con horror. Hill tuvo que notarlo porque tiró a Deauchez de la manga y le preguntó qué pasaba. El cura no respondió. Le quitó el teléfono a Hill y pulsó el botón de desconexión. Estuvo a punto de tirarlo al otro lado de la sala, pero se contuvo, y lo sostuvo con dos dedos como si fuera una serpiente.

–¡Eh! –le amonestó Hill.

Sin mediar palabra, Deauchez volvió el teléfono de lado y le mostró el nombre que llevaba grabado: Telegyn.

Hill lo leyó asombrado, pero cuando alzó la vista para mirar a Deauchez, su expresión revelaba escepticismo.

–De acuerdo, pero ¿no creerá usted que...?

En ese momento, Deauchez alzó la mano como para pedir «tiempo muerto» e intentó ordenar sus ideas, que amenazaban con desbocarse.

–Mire, Simon, llevo utilizando este teléfono desde que salí de Roma. Me lo dio Donnelley.

–¿Quién es Donnelley?

–Un cardenal. Mi superior.

–¿Y entonces? ¿Quiere decir que él también está metido en el ajo?

–Un momento, por favor. Estoy intentando pensar. Usted me ha dicho que no recibió el mensaje que le dejé en el contestador.

–Seguro que no.

–Y ha dicho que en su despacho nadie manipularía sus mensajes.

–Imposible.

–Yo le dejé un mensaje pidiéndole el nombre del doctor de Clark en Londres. Eso...

–¿Cuándo dejó ese mensaje, padre?

La mirada de escepticismo de Hill se había convertido en una mirada de alarma.

–Uh... *merde*, ayer al mediodía, hora de Londres. Con el cambio de horario parece que haga mucho más tiempo.

Hill se quedó boquiabierto y, con aire de gravedad, dijo:

–Deauchez, anoche mataron al médico de Clark. Toda su clínica voló por los aires. Creen que fue una acción terrorista.

–¿Que qué?

En esos instantes era Deauchez el que se había quedado boquiabierto.

–¿Y el e-mail que me mandó? Esta mañana hemos hablado de ello, ¿se acuerda? Yo le escribí uno hablándole de la cuestión médica y recibí una respuesta en la que me decía: «Eso no tiene importancia. Olvídelo». Usted dijo quc no...

–No, Simon. Yo pensaba que usted estaba parafraseándome. Mi mensaje decía que seguía investigando la cuestión médica y que ya volvería a ponerme en contacto con usted.

–¡Imposible! ¿Cómo pueden interceptar un e-mail? ¡Dios mío!

Hill empezó a morderse las uñas con aire de preocupación.

–Simon –Deauchez puso una mano en el brazo del reportero–, creo que tenemos que marcharnos de aquí. Ahora mismo.

–¿Qué quiere decir? –Hill miró el teléfono y también empezó a verlo como si fuera una serpiente a punto de atacar–. No podrán localizar dónde estamos. Ni siquiera se lo dije a Susan.

–Pero el móvil utiliza una transmisión vía satélite, ¿no? Seguro que el satélite puede identificar las coordenadas de una señal.

A Hill aquello le pareció lógico y razonable, porque dijo:

–Muy bien. Vámonos.

– *Bon*.

–¿Y Ernkin?

–No le importará que nos marchemos.

Hill hizo una pausa para sacar la cinta de vídeo del reproductor y luego corrieron hacia la puerta principal.

–¿Doctor Ernkin? –gritó el periodista antes de salir–. Tenemos que marcharnos ahora mismo. Le devolveré el vídeo tan pronto como haya hecho una copia.

–¿Qué? –respondió una voz entre el sonido de tazas, pero Hill y Deauchez ya estaban en la calle.

El coche de Hill estaba a tres manzanas de distancia cuando oyeron una enorme explosión procedente de la casa de Ernkin. Hill titubeó y paró el coche en medio de la calle. Soltó el volante y alzó las manos como si lo hubieran detenido. Deauchez se volvió para mirar por la ventanilla trasera.

–¡Dios santo! –exclamó–. ¡Han puesto una bomba en la casa de Ernkin! Que Dios me perdone, teníamos que haberlo sacado de allí.

Deauchez estaba histérico. Y, además, tenía miedo, un miedo tan mortal, caliente y repentino que era como si un relámpago hubiese atravesado su cuerpo y sus músculos se hubieran convertido en cola derretida.

–No es culpa suya, padre, ¿cómo iba a saberlo?

Sin embargo, Hill también estaba asustado y algo desconcertado.

El periodista permaneció allí sentado, como aturdido. A Deauchez le costaba articular las palabras, pero finalmente dijo:

–Vamos, Simon. Marchémonos de aquí.

Con manos temblorosas, Hill se obligó a agarrar de nuevo el volante y a levantar el pie del freno. El coche empezó a moverse otra vez y al cabo de unos instantes ya corría todo lo que el terreno permitía.

–Se lo dije –La voz de Deauchez temblaba de emoción. Se volvió para mirar de nuevo hacia atrás. No vio faros tras ellos. «No le ocurrirá nada si nos vamos.» ¡Qué idiota!–. Le dije que estaban allí, que estaban allí y que nos espiaban.

Deauchez sabía que sus palabras sonaban a demencia, pero tal vez sí se estaba volviendo loco.

Hill no respondió. No dijo ni una sola palabra en todo el camino de regreso a Manhattan.

Capítulo 13

Día 14
Retransmisión de la WWN

Al decimocuarto día, a primera hora de la mañana en la costa este, la WWN dio la noticia del nuevo virus que se propagaba desde Sudamérica. Tan temprano, el índice de audiencia era bajo. Se trataba de madrugadores que se vestían para ir al trabajo o de amas de casa que daban de comer a sus hambrientos bebés ante el televisor. El resto de estadounidenses se enteraría de la noticia a lo largo del día, muchos de ellos conectándose a la página web de la WWN porque se lo había dicho un compañero de trabajo. Sin embargo, los que ya estaban despiertos, vieron a la bonita presentadora que leía el texto siguiente:

–Hoy, la Organización Mundial de la Salud ha hecho público un comunicado. Un nuevo virus, apodado Santarém, ha sido descubierto en Sudamérica. El continente ha sido... Al parecer, el continente sudamericano ha sido puesto bajo cuarentena, decisión tomada en una reunión de urgencia de Naciones Unidas. Todos los vuelos, excepto los militares y los que transporten ayuda humanitaria, han sido cancelados.

»Los síntomas aparecen a los cinco días de exposición al virus. Durante la primera fase, los síntomas son los propios de un fuerte resfriado. En la segunda fase se presenta la fiebre, y ésta no deja de aumentar. La... la muerte ocurre entre el décimo y el duodécimo día debido a una encefalitis. Por el momento, no se dispone de ningún tratamiento.

»Pero el Santarém ha salido de Sudamérica. El pasado 2 de septiembre, el cantante de rock Blade murió de esta enfermedad. Estaba haciendo una gira mundial cuando, en Río, se contagió del virus, del que era portador un mono luna brasileño. Después del contagio, actuó en las ciudades siguientes: Los Ángeles, Seattle, Nueva York, Atlanta, Madrid, Londres, Estocolmo, París y Munich. Todas estas ciudades pueden haber estado expuestas al virus. En el momento presente, no se sabe si los asistentes a los conciertos se han contagiado ni, de ser éste el caso, cuántos son.

La presentadora hizo una pausa, dejó los papeles sobre la mesa y se mordió el labio con aire pensativo. Se arregló el pañuelo que llevaba en el cuello y tras unos segundos de silencio, espontáneamente o porque alguien se lo indicó, cogió de nuevo los papeles y prosiguió la lectura.

–Todos los que hayan asistido a esos conciertos deberán presentarse de inmediato en el hospital de su ciudad. Los hospitales ya han tomado medidas para hacer frente a este contagio de Nivel Cuatro. Contener la transmisión del virus es la máxima prioridad de la OMS y del Gobierno de Estados Unidos. La cooperación del público será vital.

Volvió a dejar los papeles en la mesa con sumo cuidado. Se llevó una mano a la oreja, asintió y dijo:

–Más información sobre esta noticia tan pronto como llegue a nuestra redacción.

Lago Larkspur, al este de Washington

Danza Sagrada condujo al grupo de recién llegados hasta el atestado vestíbulo y cerró la puerta de doble hoja. Desde su lugar en la oscuridad, Will Puma observaba a los que hacían cola para recibir las vacunas. Le gustaba la oscuridad del extremo del vestíbulo. Allí se sentía anónimo. Los campistas, por supuesto, sabían que los miraba. Will Puma no se hacía ilusiones a ese respecto. Fingió pereza, con las piernas estiradas y la espalda apoyada en la mesa. Danza Sagrada se acercó a él. Él la vio y no la vio a la vez. Puma observaba a los médicos.

Había cuatro colas y cada una de ellas llevaba a una mesa donde una enfermera tomaba datos en un cuaderno. Después, decía a la persona que pasara al otro lado de una cortina, que estaba allí para que los que esperaban su turno no tuvieran que ver las inyecciones. Sin embargo, Will Puma sí los veía a ellos. Por esa razón había elegido sentarse en aquel lugar.

Cuando Danza Sagrada se acercó, vio que ella retrocedía un poco, sorprendida. Seguramente había visto que Puma no estaba en absoluto relajado, sino que lo estaba observando todo.

–Deténte, mujer –le dijo, cuando ella estuvo a unos tres metros.

–Will Puma –empezó a decir Danza Sagrada. Luego suspiró.

Estaba preocupada. Ella le había preguntado si le pasaba algo, pero no obtuvo respuesta. Sin embargo, era muy intuitiva. Había planteado la idea de llamar a aquel reportero, Simon Hill, pero eso había enojado a Puma. Se había presentado en el despacho de la chica, había cogido la tarjeta del periodista y la había roto en mil pedazos.

Danza Sagrada se acercó sin hacer ruido. Le dedicó una mirada llena de necesidad, una mirada de mujer. Quería abrazarlo, consolar su alma. Su alma, sin embargo, no necesitaba a ninguna mujer, como tampoco necesitaba emborracharse. Lo que necesitaba era librarse de aquel mal sentimiento que lo carcomía por dentro.

Los cuatro médicos de Health Relief eran de raza blanca. Eran los mismos que habían estado allí la primera vez: con ojos corteses y falsos. Cuando la enfermera acababa de tomar la información, los médicos examinaban el formulario y luego miraban al campista de arriba abajo. A veces le formulaban preguntas. Después cogían una jeringuilla, le ponían alcohol en el brazo y le administraban la inyección.

–Esta mañana he llamado a Spokane –dijo Danza Sagrada–. Han dicho que ésta será la última vez... a menos que tengamos más de cinco mil residentes nuevos.

Will Puma no respondió.

–¿Crees que lo conseguiremos? ¿Congregar a cinco mil más?

–Sí.

–¿En serio? –A Danza Sagrada no pareció alegrarle la respuesta–. ¿A cuántas personas más crees que puede acoger el campamento?

Will Puma no respondió. Deseó que lo dejara en paz. Había visto algo en una de las hileras. Se trataba del grupo de supervivencialistas llegado de Montana el día anterior. Habían traído consigo equipamiento y se movían por la zona en grandes camiones como si fueran los dueños del lugar. Tenían armas. Will Puma no había requisado las armas de los demás acampados y no encontraba ninguna excusa para requisarlas a los de Montana, pero que aquellos hombres estuvieran armados no era una buena idea. Eran blancos de esos que creían que divertirse consistía en disparar contra animales salvajes y dejarlos vivos para que sufrieran. Sus ancestros habían hecho lo mismo. Habían disparado a los búfalos desde trenes en marcha hasta que no quedó ninguno. Will Puma no entendía cuál era el objetivo del Gran Espíritu al poner a hombres como ésos en la tierra, pero allí estaban, y en gran número.

Los supervivencialistas estaban allí, en la cola. Hacían bromas y actuaban con dureza. Querían demostrar que una inyección no les daba miedo. Cuando llegaban a la cabeza de la cola, la enfermera fruncía el ceño. Tal vez lo fruncía al ver los uniformes de camuflaje y los cuchillos que llevaban. El primero del grupo respondió a las preguntas de la mujer en tono de burla. Will Puma se sentó despacio y observó.

El hombre pasó al otro lado de la cortina. Sus botas eran tan altas que parecía que llevase pantalón largo. Extendió un brazo y se subió la manga. Miró al médico con aire torpe, al tiempo que mascaba chicle. Will Puma vio que llevaba la calavera de la muerte tatuada en el brazo.

El médico sacó una jeringuilla del armario. En esta ocasión no la cogió de la estantería, sino que la sacó de una caja que estaba al fondo del armario y le puso la inyección.

Will Puma se levantó de su asiento y se acercó al médico con paso rápido y silencioso. Cuando llegó junto a él, el siguiente supervivencialista apareció de detrás de la cortina, pero Will Puma lo obligó a salir con un empujón. El hombre le lanzó una mirada de odio pero obedeció.

–¿Por qué has cogido la última jeringuilla del armario? –preguntó Will Puma en voz baja.

El médico no tendría más de treinta años y se le veía sobresaltado y nervioso.

–Lo siento.

–Has cogido jeringuillas de la bandeja, pero la última ha salido de esa caja del armario.

Puma la señaló.

–¿Qué ocurre, Will Puma? –preguntó Danza Sagrada, que llegaba en ese momento.

Con una seña, Will Puma le indicó que callase.

–Ah, sí. Ya sé a qué se refiere. –El médico esbozó una falsa sonrisa–. Las del armario llevan una dosis mayor. ¿Ve?

Tomó una jeringuilla de la bandeja y otra de la caja y se las mostró. Era cierto. La del armario contenía más líquido. De no haber sido por ese detalle resultarían iguales, aunque la jeringuilla del armario tenía una banda roja en la parte superior y la de la bandeja no la tenía. Y uno de los líquidos era más rosado que el otro. Will Puma examinó las jeringuillas pero no dijo nada.

–El último paciente era un tipo grande. Queremos asegurarnos de que cada uno reciba la dosis necesaria –dijo el médico, con la misma sonrisa falsa en los labios.

Los amigos del hombre que estaban al otro lado de la cortina estallaron en risas.

–¡Es un tipo grande! –se burló alguien–. ¡Un pez gordo! ¡Doctor, doctor, yo también quiero una jeringuilla grande!

Danza Sagrada se ruborizó, pero Will Puma ni se inmutó. Seguía mirando fijamente las jeringuillas. Hizo todos los esfuerzos que pudo para ver algo, pero no vio nada. Asintió con la cabeza, se volvió y, a grandes zancadas, salió del edificio.

Will Puma se encontraba en el porche cuando llegó Danza Sagrada.

–Les ha puesto dosis grandes a todos –dijo en voz baja–. No lo comprendo. ¿En qué piensas? ¿Hay algo de malo en esas inyecciones?

–Esas cosas no son de tu incumbencia, mujer.

–Will –dijo Danza Sagrada con voz suplicante.

Le puso una mano en el brazo. Él la miró a los ojos y vio que estaba herida. Habría tenido que ser ciego para no verlo.

Le tocó el hombro e intentó sonreír.

–Ya sabes que no confío en el Gobierno ni me gustan las medicinas. Pero este grupo será el último. Pensemos en otras cosas. La cena de esta noche es un buen modo de empezar a hacerlo. Tengo hambre y tenemos que poner las mesas en orden. Sam te ayudará a hacerlo.

Puma vio que la chica no sabía si creer en su cambio repentino de humor, pero asintió y se marchó en busca de Sam.

Cuando hubo desaparecido, Puma dejó de sonreír. Ver trabajar a los médicos no hacía que se sintiera mejor, tal como había esperado. No había detenido aquello que lo carcomía por dentro. En todo caso, aquello que lo carcomía por dentro tenía aún más fuerza. Y seguía sin saber qué era lo que iba mal.

Nueva York

Hill se despertó. La habitación del hotel estaba vacía. La cama del cura estaba revuelta, pero su ocupante no se encontraba en ella. Tampoco estaba en el baño, pues el periodista lo veía perfectamente desde la cama. Hill se sentó y suspiró, con la nariz muy congestionada. Mala suerte. Había permanecido despierto toda la noche, deseoso de hablar, pero los sonoros ronquidos del sacerdote lo habían frenado. En esos momentos, Deauchez ya se había levantado y no estaba en la habitación.

Se pasó la mano por sus cortos cabellos y se levantó para ir al baño. Mientras su vejiga se vaciaba, miró la taza del inodoro y volvieron a su mente todas las conversaciones que había tenido consigo mismo durante la noche. En aquella sesión silenciosa, Hill había tenido mucho que decir. Había evaluado la situación y no de una manera favorable, precisamente. Vio a dos hombres desarmados. Uno era un obeso reportero afroamericano y el otro un sacerdote francés. Sus recursos físicos eran muy pocos. Deauchez tenía algo de equipaje, gran parte del cual eran los trajes de sacerdote que no podía utilizar. Hill no tenía más que lo que llevaba puesto. Tenían el portátil del cura y un móvil que no podían usar. Hill tenía el coche, pero tal como iban las cosas, pronto no podrían utilizarlo con plena seguridad. Deauchez había dicho que tenía algo de dinero en efectivo, pero Hill sólo disponía de veinte dólares.

También estaba la otra parte de la ecuación. Al cura lo acechaba alguien desconocido. En esos momentos, ese alguien también debía de acecharlo a él, por lo que el periodista no podía regresar a su apartamento ni al diario.

En efecto, vista así, la situación era bastante penosa, y sin embargo...

Hill se puso los pantalones y abrió el grifo para lavarse las manos, con sus negros ojos, acostumbrados a su propio reflejo, mostrando una mirada de preocupación.

Y, sin embargo, ese hombre, ese reportero de ahí llamado Simon Hill, tal vez estaba detrás de la pista del reportaje más importante que la humanidad hubiese leído nunca. Si pudiera encajar las piezas que faltaban y construir una teoría sólida...

Si vivía el tiempo suficiente para ello...

La puerta se abrió y entró el sacerdote con un par de vasos de plástico y una bolsa de color marrón. El olor a café invadió los sentidos de Hill pese a su congestión nasal. Su estómago clamaba con fuerza pidiendo su dosis matutina de azúcar.

–No he visto a nadie sospechoso –dijo Deauchez, como si el verdadero objetivo de su salida hubiese sido la vigilancia.

Hill sonrió y pensó que el europeo, con aquella ridícula camisa de turista americano, era de lo más sospechoso.

–Bien, bien.

Se secó la cara con una toalla para ocultar su sonrisa, salió del baño y cogió un vaso de café.

–Espero que esto sea comestible –dijo, al tiempo que señalaba la bolsa.

–Lamentablemente no lo es. Es una medicina para el resfriado. A los de la tienda de comestibles no les han interesado nuestras desgracias.

–Mierda. Me había olvidado del racionamiento –gruñó Hill decepcionado–. Supongo que más tarde podré conseguir algo.

¿Podría hacerlo? ¿No lo esperarían a la puerta de su supermercado habitual? Ya había descartado ir a su apartamento. ¿Cómo iba a ir al supermercado? Ante aquella perspectiva, su estómago rugió de nuevo en una especie de ataque de pánico del aparato digestivo.

–¿Ha pensado en lo que hablamos anoche? –se aventuró a preguntar Deauchez.

Hill se frotó el estómago y suspiró.

–Mucho, he pensado mucho. Tendríamos que conseguir un periódico para asegurarnos de que la explosión fue en casa de Ernkin.

Deauchez sacó un periódico de la bolsa y se lo pasó. Era el *Times*. La noticia principal era el anuncio del descubrimiento del virus Santarém. Hill se olvidó de su estómago y leyó el primer párrafo. Seguro que los profetas dirían que el virus era la tercera señal. Hill esperaba que alguien pudiera controlar las cosas.

En la página diez, Hill encontró la noticia de la explosión. Había sido en la casa de Ernkin, por supuesto. Con desgana, dejó el periódico sobre la mesa.

–Mire, padre, yo tendría que ir al trabajo.

–¿Y no podría mandar su reportaje sin tener que ir en persona?

Era obvio que Deauchez también se había exprimido el cerebro por su cuenta.

–Sí, pero de lo que no estoy seguro es de tener el reportaje, al menos uno completo. No puedo escribir nada sin tener una idea del móvil ni del culpable.

–¿Y la doctora Janovich?

–El vídeo es fantástico, pero aunque tengamos pruebas de que esa mujer ha mantenido contacto con algunos de los profetas, al *Times* eso no le basta para acusar a la presidenta de la HAI de... ¿de qué podríamos acusarla?

–De inducir las visiones de Santa Pelagia –respondió Deauchez con firmeza.

–De acuerdo.

–De intentar sembrar un pánico apocalíptico.

–Sí, supongo que sí, claro.

–De ser la responsable de que miles de personas hayan dejado su trabajo para seguir a religiosos fanáticos. De provocar la muerte de millones de animales marinos y de dañar la mitad de las cosechas de todo el planeta en un momento de hambre y sequía como éste.

–Dios mío, padre –Hill hizo una mueca de duda y repugnancia a la vez–, ¿por qué alguien haría algo así?

–¡No lo sé! Llevo dos días intentando comprenderlo.

El cura se frotó la sien, malhumorado y frustrado.

–Mire. Estamos de acuerdo en que Janovich pudo haber inducido las visiones de los profetas, ¿verdad? Dejémoslo así y hablemos un momento de las señales.

Deauchez asintió y ambos callaron, pensativos. Hill fue al baño y cogió papel higiénico para sonarse la nariz. Al volver, tenía los ojos llorosos y el cerebro no le respondía como él hubiese querido.

–Si alguien puede hacer algo así –dijo Deauchez–, tiene que tratarse de una persona que tenga acceso a instalaciones bioquímicas. Como el ejército de Estados Unidos o...

–¿Los militares? Hum, no creo. Creo que Telegyn es la opción más clara, aunque no sé muy bien a qué se dedican. Claro que si estuviesen fabricando armas químicas, estoy seguro de que nadie lo sabría. Sin embargo, hay una cosa: Tendir fue uno de los primeros científicos que anunció que se podía descartar una manipulación humana en el origen de las llagas.

Para el sacerdote, aquello era una novedad.

–¡Claro! Con la autoridad que tienen, están en una posición perfecta para ocultar su trabajo. –Empezó a caminar de un lado a otro de la habitación con la energía renovada–. Y si Cole está metido en el ajo, entonces tal vez sea el Gobierno el que...

–¿Y qué interés tendría el Gobierno en hacer algo así? –preguntó Hill, como si le molestara que Deauchez acusara por segunda vez al Tío Sam–. Pero si con las esporas lo único que se ha conseguido es empeorar la falta de alimentos que sufrimos... El mercado de valores se está volviendo loco. Nuestras relaciones exteriores no pueden ir peor. No veo por qué...

Deauchez asintió con desgana.

–Entonces, tal vez lo haya hecho algún grupo subversivo dentro del mismo Gobierno...

–No lo sé. Mire, hablemos un rato del porqué y del cómo y quizás entonces podamos saber quién.

–Muy bien –asintió Deauchez–. No puedo pensar por qué alguien haría algo así, pero he estado pensando en lo que hay de racional detrás de las señales. Primero, las llagas. Con las llagas se ha cumplido la primera señal del Apocalipsis, *oui*? Y también han confirmado las historias que han contado los profetas de Santa Pelagia.

Hill asintió.

–Así pues, las llagas han conseguido dos cosas. Y hay una tercera: las esporas también han dañado gran parte de las cosechas.

–Eso puede haber sido un efecto secundario –dijo Hill, poco convencido.

–Si alguien como Tendir inventase la toxina, sabría exactamente qué daños produciría.

Hill tuvo que admitir que lo que el cura decía tenía sentido, pero aun así preguntó:

–Lo que no entiendo es que alguien quiera acabar con nuestros suministros de alimento.

En esos momentos, Hill hubiera matado por una hamburguesa doble con patatas fritas y no comprendía que alguien deseara destruir algo tan maravilloso como el trigo y el maíz.

–La hambruna –dijo Deauchez.

Fue como un murmullo, pero cuando Hill lo miró, la cara del sacerdote denotaba una profunda concentración, como si montara mentalmente un rompecabezas.

–¿Cómo ha dicho?

–La hambruna. Es uno de los cuatro jinetes del Apocalipsis. –Deauchez abrió su portátil y cargó el CD-ROM de la Biblia–. En los periódicos sólo se ha hablado de las siete copas del capítulo 16 del Apocalipsis, pero también están los jinetes.

–¿Sí? ¿Y qué relación guardan los jinetes con todo lo demás?

Mientras leía las Escrituras, el sacerdote se hacía la misma pregunta.

–En muchos escritos esotéricos, una misma cosa suele repetirse tres veces. Se supone que es para dar fuerza mágica al mensaje. El Apocalipsis es un texto de ese estilo. Los mismos acontecimientos se repiten tres veces, como las siete copas, las siete trompetas y los cuatro jinetes. Los cuatro jinetes son, realmente, los símbolos del transcurso completo del fin del mundo, unas categorías más amplias que los propios signos.

–Muy bien. –Hill se frotó los ojos. Aquel argumento le producía dolor de cabeza–. ¿Y el primer jinete es la hambruna?

– *Mais oui*. Ya estamos viviendo la hambruna en muchas zonas del mundo por culpa de la sequía y ahora estamos destinados a que la hambruna sea mucho mayor porque las esporas han destruido las cosechas. Y la marea roja hizo que se cumpliera la segunda señal, que dice que los océanos se convertirán en sangre, pero, además, ha provocado que la hambruna aumente porque pescar es imposible.

–¡Sí, padre! Tiene razón.

Hill experimentó una oleada de excitación.

El cura parecía satisfecho de sí mismo.

–Espere un momento. Los ecologistas dicen que lo que causó

la marea fueron los vertidos químicos y de aguas residuales, lo cual significa que su origen es humano.

–¡Exacto! Inventaron un fertilizante o una hormona de crecimiento para ese tipo específico de algas. ¡Esto empieza a tener sentido, padre!

–Pero ¿y la transmisión? –Deauchez parecía preocupado de nuevo–. Las llagas y la marea roja aparecieron por todo el mundo. ¿Cómo pudieron esparcir esas cosas por el aire y el agua sin que los vieran? ¿Y cómo lo hicieron por áreas tan grandes y distantes las unas de las otras?

Para admitir su derrota, Hill se dejó caer sobre la cama con los brazos extendidos. El cura seguía caminando de un lado a otro de la habitación.

Los dos permanecieron callados largo rato, pero, finalmente, Hill tuvo una idea.

–Déjeme su ordenador –dijo.

Cogió el portátil, lo puso sobre la desvencijada mesa de formica, sacó el cable del módem y buscó una clavija de entrada de la línea telefónica.

–¿Que está haciendo? –preguntó Deauchez nervioso.

–Voy a navegar por Internet.

–¿Cree que es prudente?

Hill encontró la clavija y conectó el cable del módem.

–Mire, padre, si no utilizamos su móvil, no creo que puedan localizarnos.

Deauchez seguía sin verlo claro, pero no discutió la decisión de Hill. El periodista tardó unos momentos en encontrar lo que buscaba, el sitio web de Telegyn. Deauchez se puso tras él y contempló la pantalla.

Allí estaba Telegyn en toda su gloria empresarial. Pese a la excitación creciente de Hill ante ese mero nombre, no sintió nada parecido a encontrarse cara a cara con un monstruo. Al fin y al cabo, era una página web más, con un atractivo logotipo y un buen diseño profesional.

–¿Qué está buscando? –preguntó Deauchez.

–Información sobre la red global.

No tardó mucho en encontrarla. En la base de la página principal había un icono de la red global: se trataba de un estilizado símbolo de un satélite y una pequeña cúpula. Hill hizo doble clic sobre él, el portátil hizo un gorgoteo como si fuera una cafetera y apareció la página web.

–¿Ésta es la página de los teléfonos móviles?

–Sí.

Hill encontró un detallado dibujo de lo que parecía una gran cúpula, algo así como una cabina con aparatos de alta tecnología. Lo denominaban «la cabina de la red global».

–Cuando Telegyn insistió con la cuestión de la red global, la gente dijo que estaban locos. Que era demasiado caro disponer de un sistema que tuviera una cobertura total del planeta y que no resultaba nada práctico. ¿Cuántas personas van a querer hacer una llamada telefónica desde el desierto de Arabia? Pero Telegyn siguió adelante con el proyecto. Ahora todo el mundo lo considera una estrategia brillante. Es como aquella compañía telefónica que instaló la red de cables de fibra óptica. Fue algo excesivamente costoso, pero la empresa se convirtió en el principal servidor de Internet. Luego llegaron los móviles. Y se supone que, con el sistema red global, Telegyn pretende conseguir lo mismo.

–¿Cómo sabe todo esto? –preguntó Deauchez con curiosidad y los ojos a pocos centímetros de los del periodista.

–Tengo un poco de dinero invertido en Bolsa y mi agente siempre se queja de que es una lástima que no pueda poner ese dinero en Telegyn, ya que no tienen acciones. Y debido a Telegyn, siempre me ha recomendado que no invierta en ninguna otra compañía telefónica. ¿Y sabe lo que ocurrió con Rembrandt, los fabricantes de ordenadores personales clónicos? Pues que llegaron a un acuerdo con Telegyn y por la compra de unos de esos ordenadores te regalan un móvil de esa marca. Mi agente me recomendó que comprase de inmediato acciones de esa empresa. Los corredores de Bolsa van locos detrás de cualquier cosa relacionada con Telegyn, ¿sabe?

Ambos estudiaron el dibujo. Cada una de aquellas cabinas de alta tecnología tenía unos dos metros de alto por uno y medio de diámetro. Estaban metidas en recintos de plástico duro para protegerlas de actos de vandalismo. El equipo receptor del satélite estaba instalado en el interior. En la parte superior había una pequeña antena parabólica para la recepción.

–Así que tienen varios satélites en órbita, ¿no? –dijo Deauchez–. ¿Y estas cabinas de la red global están conectadas a ellos desde el suelo?

–Eso parece. Según lo que dice aquí, tiene que haber una cabina de la red global en un radio de doscientos kilómetros de la persona que llama o a una distancia menor si el terreno no es llano.

–Y estas cabinas, ¿ya están instaladas por todas partes?

Hill miró con atención la pantalla y desplazó el texto con el cursor.

–Aquí dice que la red global cubre en estos momentos un noventa y cinco por ciento de la...

En un ataque repentino de inspiración, hizo doble clic sobre el hipervínculo «Mapa de instalaciones de la red global». Una vez allí, seleccionó Estados Unidos y luego Colorado. Mientras empezaba a formarse un mapa detallado, Hill señaló el pie de ilustración con un dedo tembloroso. Unos puntos amarillos señalaban cabinas que ya estaban en activo y unos puntos verdes indicaban los emplazamientos de las futuras instalaciones.

–Sí, pero no sé...

–¡Claro que sí! –lo interrumpió Hill–. Mire esto. Tenemos puntos amarillos cerca de Vail y de Aspen, y también cerca de Denver y de todas las ciudades importantes, ¿cierto?

Deauchez asintió con aire perplejo.

–Pero los alrededores de estas poblaciones de montaña más pequeñas, como Burns, por ejemplo, todavía son puntos verdes. Forman parte del cinco por ciento que aún no está completado.

–¿Y entonces? Supongo que, desde el punto de vista comercial, esto es absolutamente lógico. ¿Cuánta gente visita Burns, en Colorado?

–¡Ya lo sé, padre! Pero son precisamente esas zonas las que no resultaron dañadas por las esporas.

–¿Qué?

–¡Sí! Tenemos una relación de las zonas no afectadas por las esporas. Se encargó de hacerla uno de los reporteros de mi equipo. Estamos buscando una explicación a lo ocurrido, como, por ejemplo, si los presuntos profetas son hombres santos o no. Lo que quiero decir es que ha habido personas que han tenido las llagas y otras que no, pero en algunas zonas, nadie las ha sufrido.

Deauchez miró de nuevo el mapa con el rostro en tensión y el iris de los ojos convertido en dos diminutos puntos negros como el carbón.

–¿Qué otras zonas no se han visto afectadas?

Hill recordaba otras, pero quiso comprobarlo. Partes de Groenlandia, el norte de Alaska. Hizo doble clic en esa zona del mapa y aparecieron puntos verdes.

–Dios mío.

Hill soltó el ratón y se secó el sudor de las manos en los pantalones.

–¡Excelente! Esto es una prueba, ¿no?

–Muy circunstancial, pero sí, lo es. De todas formas, no eche las campanas al vuelo. Quiero comprobar lo de la marea roja.

Hill retrocedió hasta la página principal de la red global. Justo debajo de la información sobre las cabinas había un párrafo dedicado a «las boyas y los barcos de la red global».

Las boyas eran unos recipientes de plástico grueso en el interior de los cuales se hallaba el equipo receptor. Estaban ancladas al lecho del océano y, según aquella información, sólo cubrían las zonas costeras. Las instalaciones para las comunicaciones con alta mar estarían a cargo de barcos o de aviones intercontinentales.

–Precisamente por eso, la marea roja sólo se produjo en zonas costeras o mares interiores –dijo Hill–. ¡No tienen boyas en medio de los océanos!

–Muy hábil –asintió Deauchez–. Con las cabinas y las boyas sería posible propagar una toxina sin que los trabajadores lo supieran. Manufacturan la toxina en la fábrica, la meten en cajas negras que se activan por control remoto o...

Se interrumpió porque vio algo que le llamó la atención.

–Simon –dijo, intranquilo–. ¿Un sitio web puede saber quién se conecta a él? –preguntó al tiempo que señalaba su nombre de usuario: *deauchez@vatican.com*.

–Sí, pero no creo que eso sea un problema. Probablemente, el *webmaster* no sea más que un simple empleado.

–Salga de esa página –dijo Deauchez.

–Pero, padre...

–Por favor.

Hill alargó el brazo por detrás del portátil y desconectó el módem.

–¿Tranquilo? Ya nos hemos desconectado.

Intentó aparentar tranquilidad, pero la paranoia del cura era puñeteramente contagiosa. Tembló como si un dedo helado le recorriera la espalda.

–Me parece que tenemos que dejar el hotel –sugirió Deauchez.

–Le sigo, padre.

En realidad, fue Hill quien abrió la marcha hacia la puerta y esperó a que Deauchez recogiera sus cosas. Mientras lo hacía, dijo:

–Así que la primera señal está relacionada con el primer jinete, ¿no? La hambruna. ¿Y cuál es la segunda señal?

Deauchez cogió el periódico que había encima de la mesa y lo sostuvo en el aire. El comunicado que acababa de hacer público la OMS llevaba como titular la palabra «Plaga».

Monte Kittatinny, Nueva Jersey

Ya no le resultaba incómodo ponerse ante la cámara en medio del campo, lejos del apoyo protector del estudio. En realidad, lo que a Stanton le costaba era mantenerse alejado de aquel ojo de cristal, sobre todo si tenía algo nuevo que decir, y aquella noche, loado fuera el Señor, iba a marcar otro gol.

–¡Hijos de Dios! –empezó Stanton con sombría exuberancia.

La multitud que tenía delante gimió al unísono. Fue como un poderoso trueno, una fuerza abrumadora, la exclamación de cien mil.

–¡Hoy es el día en que se cumple la tercera señal del Apocalipsis!

Se oyeron gritos de sorpresa y de miedo y, sí, hasta de alegría. Stanton tuvo que reprimir una sonrisa. Franklin tenía razón. Tenía que decirlo en directo, ante las cámaras.

–Apocalipsis 16, 4-6: «Y el tercer ángel derramó su copa sobre los ríos y sobre las fuentes de las aguas, y se convirtieron en sangre. Y oí al ángel de las aguas que decía: "Justo eres tú, el que eres y el que eras, el santo, al haber hecho tal justicia; ya que ellos derramaron sangre de santos y profetas, sangre a ellos también les diste a beber: se lo merecían"».

Stanton inclinó la cabeza hacia arriba como si clamara a los cielos.

–¡Les has dado sangre a beber!

La multitud gimió y gritó a sus espaldas. Hizo una pausa para disfrutar del momento y levantó un ejemplar del *Times* de aquel día.

–Permitidme que os lea algo del *New York Times*.

Leyó las citas con una voz atronadora y quejumbrosa, con unas palabras que escocían como la sal en una herida.

–El virus Santarém se transmite por el agua de las redes fluviales de Sudamérica. –Hizo una pausa dramática y miró a la cámara de manera penetrante–. La muerte se produce a los diez o doce días del contagio debida a una encefalitis. ¿Sabéis lo que es una encefalitis? Es como si el cerebro te estallase literalmente dentro de la cabeza. –Dedicó otra mirada cargada de significado a la cámara antes de volver al periódico–. Hasta el momento, no se dispone de ningún tratamiento.

Stanton tiró al suelo el periódico con un visible desdén.

–Sé que los que me veis desde vuestra casa, confortablemente sentados en el sofá, preferiríais no enteraros de una noticia como ésta. Tal vez la hayáis leído en el periódico y tengáis el corazón en un puño. Pero al final, ¿qué habéis pensado? Habéis dejado el periódico y habéis pensado que todo eso está ocurriendo muy lejos, que no va a ocurrir aquí. Que no os va a ocurrir a vosotros.

»Bien, pues cogedlo de nuevo y leedlo otra vez. Ese virus ha entrado en nuestro país del mismo modo que entra toda la cocaína que se consume aquí. ¡Esto es una plaga de Dios y su voluntad es mucho más grande de lo que alcanzamos a comprender! ¡El Señor eligió como portador a un cantante de rock and roll! ¡Su espada caerá primero sobre los que cometan el pecado de la indecencia, de complacerse en el vicio, de bailar y drogarse al son del rock and roll!

»¡El pecado y vosotros seréis juzgados! ¡Tal vez hayáis asistido a alguno de esos conciertos, o quizás, a través del pecado de la permisividad, lo contraigáis de un hijo o de una hija a los que habéis permitido participar en tal porquería!

Stanton hizo una pausa. No podía hacer nada más. A sus espaldas, la multitud alzaba sus voces en gritos de éxtasis.

–¡Señor, ten piedad de nosotros! ¡Señor, por favor, llévanos contigo ahora, no nos hagas esperar! ¡Estamos preparados, oh, buen Jesús, ven ahora! Destruye a los malvados, limpia la tierra, te lo suplicamos. Esperamos anhelantes la llegada de tu Reino. ¡Hágase tu voluntad! ¡Hágase tu voluntad!

Stanton oía esa frase con más frecuencia cada vez. La había pronunciado unos días antes, en un sermón, cuando habló del Anticristo. Había acentuado los puntos más dramáticos del sermón con esa misma frase y en esos momentos la gente que lo había seguido a la montaña la repetía como un grito de guerra. Destruye a los malvados, y hágase tu voluntad. Tormento eterno para los que no acepten a tu Hijo, y hágase tu voluntad. Envía a las llamas eternas a los abortistas y a los homosexuales, y hágase tu voluntad.

–Y nosotros, en esta montaña, estamos haciendo exactamente lo que nos has pedido, por lo que te pedimos que no nos hagas daño ni nos hagas sufrir. Arrebátanos pronto y hágase tu voluntad.

»Y ahora que ya ha llegado a Estados Unidos –continuó diciendo Stanton–, esa tierra que pertenecía a Dios pero que ahora ha caído en manos de Sodoma y Gomorra, ahora que está en los cuerpos de sus ciudadanos, ¿cuánto tiempo creéis que tardará en llegar a nuestros ríos? ¿Al Misisipí, quizás? ¿O al Colorado, al Ohio, al Columbia? Es posible que un adolescente rockero escupa en vuestro suministro de aguas. ¿Lo mata la lejía? Eso es lo que os pregunto, hijos e hijas del Altísimo, ¿puede la lejía matar la cólera de Dios?

–¡Hágase tu voluntad! ¡Hágase tu voluntad!

–Pero esta noche quiero ponerle otro nombre a ese virus, a esta plaga. No se llama Santarém, sino otro nombre elegido por Dios, y por sus frutos lo conoceréis. Está descrito en el capítulo 8 del Apocalipsis, versículos 10 y 11: «Y el tercer ángel tocó la trompeta, y cayó del cielo una estrella grande, ardiente como una antorcha, y cayó sobre la tercera parte de los ríos y sobre las fuentes de las aguas; y la estrella se llama "el ajenjo", y muchos de los hombres murieron a consecuencia de las aguas, pues se habían vuelto amargas».

»¡Oh, hijos pródigos! ¡Este virus no apareció por sí solo en la selva! Fue Dios quien lo depositó en el nacimiento del Amazonas, y el nombre de ese virus es ajenjo. Y las aguas contaminadas tienen sabor amargo.

–¡Hágase tu voluntad!

–Aquí, ante vosotros, profetizo que muchos millones de personas morirán de esta plaga. Dios os ha dicho dónde tenéis que estar estos días, estos días finales. ¡Si os negáis, si seguís haciendo caso omiso de las señales, moriréis! ¡Vuestra alma inmortal arderá para siempre en el infierno!

Tuvo que gritar para hacerse oír sobre el público que rugía en masa «hágase tu voluntad» una y otra vez, como si un tren cargado de horror se acercara por la vía.

–¿Va a llegar el Arrebato? ¡Tal vez tengáis tiempo de uniros a nosotros antes de que llegue, pero si no dejáis ahora mismo vuestras casas, tarde o temprano acudiréis a rastras a esta montaña, con vuestras manos y rodillas enfermas, al tiempo que le rogáis a Dios que no sea demasiado tarde y que no os encontréis con que ya nos hemos marchado!

Miró a la cámara durante un minuto entero al tiempo que sus seguidores rugían como un volcán a sus espaldas. Tenía los ojos colmados del fuego del Espíritu Santo y transmitió ese fuego con todas sus fuerzas a las cámaras de televisión. Luego, cerró la Biblia de un golpe.

–¡Hágase tu voluntad!

Capítulo 14

Día 15
Río de Janeiro

Tal como iban las cosas, el reverendo Stanton se había equivocado. El virus no tenía potencial para matar a millones de personas. El reverendo había fallado la cifra por un cero, tal vez dos o quizá tres.

El doctor Michael Smith, que había oído hablar de la fascinante intervención en televisión de Stanton en Estados Unidos la noche anterior, pensaba que podía contarle un par de cosas al reverendo acerca de los ceros. Se encontraba en la nueva furgoneta, el doble de grande que la anterior y que llevaba incorporada una sala de control. Miraba el mapa y se preguntaba qué debió sentir un médico londinense cuando la peste negra asoló Europa en 1349. ¿Cuánta gente había muerto entonces? ¿Una tercera parte de la población? ¿La mitad?

Sin embargo, por grave que hubiese sido, no podía ser tan grave como lo que ocurría en esos momentos. De hecho, nunca había sucedido nada tan grave.

Mike había renunciado a entrar en el hospital, aunque se encontraba sólo a unos ocho metros de la furgoneta. ¿Qué sentido tenía hacerlo? Era siempre la misma historia, contada una y otra vez. Además, habían llegado médicos del Centro de Prevención y Control y también del USAMRIID, y había dejado que esos doctores se divirtieran, que desplegaran todo su entusiasmo creyendo que podrían controlar la situación. Les permitiría revolcarse entre la sangre y los cerebros hasta que se convencieran de que nunca controlarían la situación, hasta que cayeran en la más completa y total desesperación.

No. El doctor Michael A. Smith ya estaba harto del interior de ese hospital. Y allí, en el puesto de mando, contemplaba el ajetreo de los médicos recién llegados, que tomaban notas, hacían llamadas y hablaban con tono de apremio para dirigirse luego a un gran mapa de la pared en el que clavaban o desclavaban alfileres con banderas de colores.

Era un mapamundi. Las banderas verdes señalaban las poblaciones en las que se habían dado entre uno y veinte casos; las amarillas, los lugares donde se habían dado entre veinte y cien; las azules, donde había entre cien y mil personas contagiadas, y las rojas señalaban los puntos donde los casos superaban los mil. Además de esos colores habituales, el día anterior se había añadido uno nuevo, el rosa, en honor de su nuevo amigo, el virus Santarém. Eran las banderas que marcaban las poblaciones y ciudades con más de diez mil casos registrados.

Mike miró el mapa con tensión en el rostro. Sus ojos perplejos se fijaron en el familiar contorno de Estados Unidos.

Los Ángeles era de color rosa. Hacía tres días que habían aparecido allí los primeros asistentes al concierto que presentaban los síntomas de la fase dos de la enfermedad, seguidos enseguida por sus familiares más próximos. Alrededor de Los Ángeles, como los círculos de la onda expansiva de una explosión, se apiñaban las banderas rojas, luego las azules y en lugares más alejados, como Bakersfield y San Diego, las que se veían eran amarillas y verdes.

Seattle y Nueva York también eran de color de rosa, esta última ciudad desde hacía sólo una hora. Portland, Boston, Filadelfia y Atlanta eran rojas. Hartford, Albany, Concord, Vancouver, Spokane, Birmingham y Charlotte eran azules. Las zonas verdes y amarillas se encontraban en Vermont, Pittsburgh y Washington, D. C., en el norte; Florida, Tennessee y Carolina del Norte en el sur, y Idaho y el sur de Oregón en el noroeste.

«¿Sabes lo del concierto de Blade? Sólo va a tocar en Nueva

York. ¿Por qué no nos acercamos hasta allí y nos corremos una buena fiesta?»

Y desde pequeñas poblaciones llegaban llamadas de los médicos de cabecera que contactaban con los teléfonos de ayuda del Centro de Prevención y Control para decir, con voz temblorosa, que creían que allí había un caso, un joven que había estado en el concierto de Blade y que se había resfriado y que tenía treinta y ocho de fiebre y que sufría intensos dolores...

Mike oía esas llamadas, oía decir que el paciente estaba asustado y que sus familiares también lo estaban, y que no sabían si una mascarilla quirúrgica y unos guantes bastaban y que, en cualquier caso, era todo lo que tenían. Oía que preguntaban si debían cerrar sus consultas, si debían fumigar, si tenían que tomar vitaminas o ponerse a sí mismos inyecciones de quinina. Algunos preguntaban si era mejor que hicieran el testamento y comentaban que en los pueblos en los que estaban no había instalaciones para contagios de Nivel Cuatro y que no sabían qué hacer.

Mike se había equivocado acerca del nivel de contagio en los conciertos. Se había equivocado por completo. Mucho más que Stanton, había subestimado la cólera divina. Había tripulaciones de avión y personal de hoteles en cuarentena: los pilotos y las azafatas que habían transportado a Blade y a los músicos de su grupo, las mujeres de la limpieza de los hoteles que les habían cambiado las sábanas. Casi todos ellos estaban enfermos, ya contaba con eso. Los habían buscado como si fueran perros rabiosos y los habían encontrado. En esos momentos, se hallaban en el proceso de encontrar a los que los habían tocado. Sin embargo, los asistentes a los conciertos llamaban a cientos, a miles, a decenas de miles, y él se había equivocado tanto en eso...

Se preguntaba, compungido, qué podía propagarse desde un escenario y contagiar a las miles de personas reunidas en un estadio durante dos horas.

Y aquella era la razón de que, en esos momentos, se hubiese quedado helado contemplando el mapa. Como el virus aún no estaba contenido, aunque muchos de sus colegas virólogos todavía no lo habían admitido, era altamente improbable que pudieran contenerlo. Los hospitales y las clínicas privadas no contaban con el equipamiento necesario. Y con una tasa tan alta de contagio en los conciertos, ¿cuáles podían ser los pronósticos, contando todas las personas que habían estado en contacto con los asistentes? El concierto de Los Ángeles tuvo lugar sólo un día después de que Blade apareciera en Río con el mono. ¡Un solo día! Lo cual significaba que todas esas personas que habían ido a los conciertos, los representados con banderas rosas y rojas, ya contagiaban el primer día, cuando volvían a casa y al instituto o a los dormitorios universitarios o a sus puestos de trabajo o a una reunión familiar de final de verano y entonces...

Dios. Mike pensaba en un simulador de la USAMRIID llamado SVN5, Simulador de Virus de Nivel 5. Había sido desarrollado como táctica disuasoria para conseguir fondos para las investigaciones sobre la guerra bacteriológica. Pero la OMS había permitido que su personal experimentado lo utilizara, también quizá para meterles miedo en el cuerpo. El SVN5 era una obra mediocre y tenía un tipo de lógica absolutamente simplista. Un Nivel Cinco era un agente hipotético, era cien por cien mortal, se propagaba por el aire, era altamente contagioso y tenía una amplia expansión inicial, casi siempre mediante bombas u otras tácticas terroristas. Un paciente infectado pasaba el agente de Nivel Cinco a cuatro nuevas personas en un día. Como cualquier otra curva exponencial, el número de los infectados ascendía rápidamente hasta que se extinguía toda la vida en el planeta. Si se seleccionaban también las opciones que indicaban viajes aéreos frecuentes y una declaración de cuarentena tardía, el simulador calculaba que la enfermedad alcanzaría a todos los hombres, mujeres y niños del planeta en veinte días.

Sin embargo, el SVN5 era sólo un simple programa en lenguaje C y, por muchas razones, entre las que se contaban las fronteras regionales y otras barreras geográficas, resultaba muy poco fiable. O al menos Mike así lo había creído.

–¿Mike?

Alguien lo llamaba con poca convicción. Se volvió y vio a Josh, que se encontraba detrás de él. Las manos y los delgados brazos de Josh estaban enrojecidos debido a un reciente lavado con lejía. Se había cortado la cabellera afro en un ataque de histeria, después de comprobar que no podía quitarse el desinfectante con el peine. Parecía un prisionero de un campo de concentración. Mike habría sentido lástima por él si no hubiese sentido tanta por sí mismo.

–Hemos recibido noticias de Stanley. Dice que van a retirar a los mandos de Sudamérica, que van a llevarlos a Washington, D. C., y que nosotros, si queremos, podemos ir con ellos. Yo ya le he dicho a Stanley que iré y que, probablemente, tú también.

–Sí –dijo Mike.

Volver a casa le pareció una idea magnífica.

–Están preparando una gran tarea conjunta de contención en la que intervendrá mucho personal, seguramente desde la sede central del Centro de Prevención y Control. Podemos apuntarnos a ella, claro.

–Sí, claro.

–Y aquí se quedarán algunos equipos, ¿sabes? Para intentar controlar la situación.

–No podrán hacerlo.

El tono emocionado en que pronunció esas palabras hizo que sonaran más contundentes y letales. Josh miró a Mike y luego apartó los ojos, compungido.

–Sin embargo, en Estados Unidos aún podremos contenerlo.

En su tono de voz había un deje de desafío.

–¿Cuándo nos vamos? –preguntó Mike sin molestarse en contradecirlo.

–A las cuatro. Salimos en un avión militar que nos llevará sin escalas a la capital.

Entonces Josh debió de notar algo, porque se acercó al mapa caminando con pasos cansinos pero medidos. Sin saber por qué, a Mike le recordó esos documentales en los que se veía a un paciente que agonizaba avanzando hacia la luz. Pero Josh no avanzaba hacia la luz, avanzaba hacia la muerte o, para ser más exactos, hacia las banderas que la representaban. Hacía varias horas que Josh había salido del centro de mando y las cosas habían cambiado de manera considerable. Mike oyó que Josh preguntaba a alguien el significado de las banderas rosas.

Josh se quedó inmóvil ante el mapa un largo rato. Mientras, la gente pasaba junto a él, yendo de los teléfonos al mapa y viceversa. Tres banderas amarillas se convirtieron en azules. Las verdes llegaron a Denver y a Tulsa. ¿Personas que estaban de vacaciones? En Ohio aparecieron dos amarillas. San Diego ya era de color rojo.

Cuando regresó, Josh estaba aún más afligido. Se agachó junto a Mike y le susurró al oído:

–Dios mío, Mike, estoy tan asustado...

Mike no dijo nada. No había nada que decir.

–Pero tú habías supuesto que los asistentes a los conciertos no...

–No tendría que haber ocurrido. Nada de lo que ocurre tiene sentido. –Mike no quería hablar de ello.

–Pero muchos se contagiaron, ¿no? El público, quiero decir. ¿Incluso en Los Ángeles?

–Sí, Josh, se han contagiado muchos. Incluso en Los Ángeles.

Josh se hundió en una silla. Siguió inclinándose hacia Mike como si fuera la torre de Pisa y su cabeza se entrometía en el espacio de Mike. Él deseó que se largara.

–Pero ¿cómo? Aun en el caso de que tosieran, lo cual no ocurrió en Los Ángeles ni en Seattle, ¿cómo pudo contagiarse gente que estaba sentada tan lejos? Sin toser, quiero decir. ¿Cómo?

–No tengo ni idea, joder.

Josh parpadeó sorprendido. Su viejo colega Mike había utilizado aquella palabra que empezaba con jota. Nervioso, se lamió sus casi inexistentes labios y miró a Mike con aire de decepción, como si quisiera decirle que después de admirarlo tanto, lo veía al fin derrotado. Y entonces, al ver la expresión del rostro de Josh, una chispa se encendió en el interior de Michael Smith. Advirtió que su primera suposición y la certeza que tenía de ella volvían a su cabeza como si salieran de la tumba. Pensó que Josh tenía razón, que él tenía razón. ¡Era imposible!

Mike miró el mapa de nuevo. Lo que veían en él era sólo la punta del iceberg, pero, aun así, las cifras eran enormes. El concierto de Los Ángeles había sido hacía once días, el de Seattle hacía diez, el de Nueva York nueve. El de Atlanta había tenido lugar ocho días atrás. Todas aquella banderas que veían reflejaban a los asistentes a los conciertos y sus familiares y amigos.

Lo cual significaba que el índice de infección en los conciertos era astronómico, de una cuarta parte, al menos, de un público de cuarenta mil personas. Pero en salas tan grandes, aun cuando las toses de los miembros del grupo estuvieran cargadas de virus, era imposible que pudieran causar un contagio tan grande. Era como... era casi...

La idea surgió de la nada y con ella el recuerdo que había enterrado bajo una hedionda carga de desesperación. Mike se puso en pie de un salto. La silla donde había estado sentado cayó al suelo tras de sí.

–¿Qué pasa, Mike?

–Tengo que regresar a Munich. Tengo que ir allí de inmediato.

Nueva York

para: ralph.bowmont@nytimes.com

de: guest01@cyberjava.nyu.net

Ralph: Hola, soy yo, Simon. He tropezado con un aspecto que da un ángulo nuevo de la historia de Santa Pelagia. Al parecer, todo fue un montaje. Tengo una cinta de vídeo de una mujer, la doctora Janovich (presidenta de la HAI), de una conferencia que dio en 1990. En ella hablaba de cómo pueden inducirse fantasías. Incluso demuestra a las claras que era posible implantar sueños y visiones a los veinticuatro profetas. También tenemos pruebas de que muchos de los profetas mantuvieron contacto con la HAI antes de soñar con Santa Pelagia.

Y hay más. Antes de tener ese cargo en la HAI, Janovich trabajó varios años para Telegyn. Telegyn posee el conocimiento técnico (Tendir) y las instalaciones (todas las cabinas y las boyas de la red global, puedes verlo en su sitio web) para poder fabricar y propagar las esporas tóxicas y la marea roja. Pregúntale a Susan qué zonas no se vieron afectadas por las esporas y advertirás que son los lugares donde todavía no funcionan las cabinas de la red global (también puedes verlo en su sitio web).

Además, al padre Deauchez lo persiguieron dos tipos armados cuando estaba en Londres. La casa del médico donde conseguimos el vídeo saltó por los aires anoche justo después de que nos marcháramos (es esa noticia sobre el doctor Ernkin). Pensamos que fue porque utilicé el móvil Telegyn de Deauchez para llamar a la redacción.

En cualquier caso, voy a seguir investigando. Como tú dirías, «allá vamos». Si alguien pregunta por mí, di que estoy en paradero desconocido desde anoche. Un muerto no puede contar secretos, ¿verdad? Además, el padre Deauchez piensa que debemos asegurarnos de que el FBI esté al corriente de esto. ¿Podrías hablar con tu contacto en el Buró y pasarle esta información? Ya sé que suena extraño, pero hay conexiones entre los hechos. Como es obvio, tú no puedes ponerte en contacto conmigo, pero en cuanto tenga alguna prueba más, te mandaré el primer reportaje. Resérvame la fama y los laureles.

HILL

Bowmont cogió el teléfono y marcó el número de línea directa de un tal Peterson. Era un número que tenía muy poca gente. No pasaba por la centralita del FBI. Respondió el propio Peterson y Bowmont se dio a conocer.

–¿Qué pasa, Ralph? He visto que tu equipo está haciendo unos reportajes de primera clase. Os he leído cada día.

–Gracias. Oye una cosa, ¿tus chicos han investigado algo de lo relacionado con Santa Pelagia?

Se produjo una pausa.

–Bueno, digamos que hemos seguido de cerca el transcurso de los acontecimientos. En mi opinión, lo que más nos preocupa son los cuatro profetas que tenemos aquí, en Estados Unidos. Los demás están fuera de nuestra jurisdicción.

–Sí, lo comprendo.

–Los hemos vigilado para asegurarnos de que son pacíficos y no van a causar problemas. Hasta ahora, todo ha ido bien.

–¿Y las esporas tóxicas? ¿No habéis descubierto nada al respecto?

Otra pausa.

–Pues, en realidad, no, Ralph. Fue un acontecimiento global y el Departamento de Estado descartó la posibilidad de que se tratara de armas biológicas extranjeras. La verdad es que los científicos dicen que fueron debidas a causas absolutamente naturales.

–Sí, eso fue lo que dijimos en el reportaje.

–Ralph, tú quieres decirme algo...

–Sí, creo que sí, Ted –respondió Ralph en tono dubitativo–. Uno de mis reporteros, Simon Hill, cree que detrás de todo esto hay una conspiración o algo así. Desapareció hace dos noches y hoy he recibido un e-mail suyo sobre el asunto. Creo que está escondido y tiene muy buen olfato, Ted. Si ha olido algo, ten por seguro que lo descubrirá.

Una nueva pausa.

–¿Hay alguien más que sepa esto?

–Que yo sepa, no. Creo que debería mandarte ahora mismo ese e-mail.

–Pues reenvíamelo.

–Hecho.

–Y si tienes más noticias del señor Hill...

–Serás el primero en saberlas. Si quieres que te sea sincero, Ted, estoy un poco preocupado por él. La última vez que lo vi tenía muy mal aspecto.

Se produjo una nueva pausa.

–Bien, intentaremos protegerlo, pero, lamentablemente, cuento con muy pocos hombres. Nosotros también hemos tenido muchas bajas.

–Haremos lo que podamos y lo que debamos, como decía mi padre –replicó Ralph–. Te deseo mucha suerte, Ted.

–Y yo a ti también, Ralph. Mucha suerte.

Washington, D.C.

El cinco puertas azul estaba aparcado junto al bordillo, entre un camión rojo y una motocicleta. El tipo que lo ocupaba hacía todo lo posible para parecer inofensivo, aunque no lo conseguía, tan ansiosa y tensa era su vigilancia del edificio que estaba al otro lado de la calle y tantos sus sobresaltos cada vez que pasaba un viandante.

El edificio en cuestión era la sede central de la HAI y el hombre del coche era Simon Hill. Habían pedido prestado el vehículo y algunas otras cosas a un amigo suyo, y el periodista y el cura habían decidido que la HAI era el siguiente paso en la investigación. En realidad, tenían tres opciones: la HAI y Janovich; la sede de Telegyn en Baltimore, y Cole, del Departamento de Estado. Desde un punto de vista machista, Janovich parecía la menos intimidante.

Y cuanto más fáciles fueran las cosas, mejor, porque el tiempo pasaba. Aquella mañana, mientras circulaban por Nueva Jersey, habían oído en la radio del coche la noticia de que los cardenales católicos se habían reunido en cónclave para elegir al nuevo Papa. Por unos instantes, Deauchez perdió de vista todo lo que lo rodeaba y quedó sumido en un estado de introspección profunda y de conflicto. ¿Qué estaba haciendo en América? ¿Por qué no había ido a Roma? Tendría que haber hablado ante la Curia. ¿Y si elegían el Papa incorrecto, basándose en la suposición de que lo ocurrido en Santa Pelagia era de origen divino cuando, en realidad, no lo era? Y si ocurría eso, ¿qué haría el nuevo Papa? ¿Mandar a Londres a todos los católicos del mundo?

Y entonces sufrió algo parecido a una embolia, pero no de sangre, sino de palabras. «No, no les dirá que vayan a Londres –pensó–. No lo hará.»

–¡No! –dijo en voz alta, como si protestase de sus propios pensamientos.

–¿Qué?

Hill, que conducía, lo miró con pánico en los ojos. Echó un vistazo alrededor como si esperase ver al tercer jinete que cabalgara tras el coche.

Pero no vio nada, sólo al cura, sentado junto a él.

La puerta del conductor traqueteó y Deauchez se sobresaltó. Era Hill, que volvía a entrar en el coche.

–¿Ha encontrado su oficina? ¿Estaba allí la doctora? –preguntó el sacerdote, nervioso.

–Sí. La vi un momento cuando su secretaria abrió la puerta. Estaba hablando por teléfono.

Hill parecía tan inquieto como Deauchez.

–¿Y ella no lo vio a usted?

–No, pero hay malas noticias. Será imposible colarnos ahí dentro de noche a no ser que tengamos un equipo y una experiencia de los que carecemos.

–¿Hay guardas jurados?

–Seguro, pero lo que más me preocupa son las cerraduras. Las hay en los ascensores y también en las puertas que dan a las escaleras. Para entrar fuera de las horas de oficina se precisa una llave. Y arriba, en la décima planta, hay sólo una entrada a la HAI. Tiene una cerradura principal y luego cada oficina tiene la suya. Sería capaz de entrar en una casa normal, pero no aquí. Es imposible. Necesitaríamos dinamita o algo así.

Deauchez cerró los ojos y los apretó con fuerza. Rezó a Dios para que los ayudara a encontrar una solución.

Antes de los sucesos de Santa Pelagia, Deauchez no solía rezar pidiendo ayuda. Su visión de Dios no era la de un ser supremo que estuviera dentro de todas las mentes y que manipulase la vida de todo el mundo. Deauchez creía en pautas. Creía en un universo con leyes y normas, como la de plantarse delante de un camión y que éste te aplastase. Si había milagros, procedían de la parte subconsciente de cada uno, algo que el Creador nos había dado, del mismo modo que nos había dado la inteligencia para inventar camiones y el tipo de cuerpo que puede ser aplastado por éstos. Pese a ello, en los últimos tiempos a Deauchez lo había aliviado mucho pedirle a Dios que lo guiara. Tal vez se debía a que nunca en la vida se había sentido tan pequeño e impotente.

–Y la gota que colma el vaso –murmuraba Hill– es que hay cámaras en todo el edificio...

–Decepcionante –dijo Deauchez.

Si no podían entrar en la HAI, no encontrarían los datos que esperaban hallar en los archivos de esa organización. Algo más concreto que esas cabinas de color verde y una conferencia de Janovich de hacía quince años. Simon lo necesitaba para tranquilizar a los abogados del *Times*. Él lo necesitaba para presentarlo al colegio de cardenales. Si no conseguía dar coherencia a toda aquella historia, Donnelley haría que lo encerraran en un manicomio.

–Entonces, ¿tenemos algún plan alternativo? –le preguntó a Hill.

–No se me ocurre nada, padre.

Aun así, Deauchez intuyó que el reportero sí tenía una idea, pero le importaba un comino cuál fuera.

La Casa Blanca

Aquellos hombres y mujeres sentados alrededor de la mesa en la sala de reuniones no parecían los mismos que habían aprobado el plan de racionamiento hacía aproximadamente una semana. El primer grupo se había mostrado preocupado y frenético, con los labios apretados de acuciante tensión, pero su aspecto físico era perfecto, desde los almidonados cuellos de las camisas hasta los zapatos tan lustrados que uno podía verse en ellos. El grupo reunido en aquel momento estaba absolutamente destrozado.

Cole notó que casi todos ellos tenían las narices hinchadas, los ojos llorosos y las voces roncas por unos catarros que, según decían, habían surgido de la nada. Se los veía a punto de perder aquel brillo de los profesionales de la política de Washington y de adquirir una pátina más sombría y penetrante: la de la desesperación.

A Liz Haron, por ejemplo, secretaria de Salud y Asuntos Sociales, cada mañana le costaba más trabajo encontrar una buena razón para ponerse maquillaje. Sin su perfilador de cejas, su rostro reflejaba un increíble aire de sorpresa. Y el secretario de Comercio, Arnold, tampoco había encontrado esa mañana ninguna razón para esmerarse en el nudo de su corbata ni para prepararse el muesli de gran aporte energético que tanto había recomendado a Cole en tiempos mejores. Por las manchas de su solapa, lo más probable era que hubiese desayunado los cereales con bocaditos de chocolate de su hijo y que no hubiera considerado necesario el esfuerzo de subir de nuevo a su habitación y cambiarse de traje.

Los demás tenían también un aspecto deplorable tras haberse sumido en aquella espiral de decadencia, sobre todo Fielding, que llevaba varios días atascado en ella. Todos, es decir, todos menos Anthony Cole. Se le veía impecable, como si acabase de salir de una foto de una revista de moda masculina. Sin embargo, aquella mañana, al mirarse al espejo, había visto algo, un amago de oscuridad bajo los ojos, como el polvo que deja un perfilador de ojos de mujer.

Sí, hasta Anthony Cole tenía sus demonios.

–Creo que este virus Santarém es la principal preocupación del momento –decía alguien.

–... Disturbios en Los Ángeles y en El Paso. Los inmigrantes ilegales se agrupan en bandas a modo de guerrilla y saquean las tiendas de comida. Tendríamos que mandar a la Guardia Nacional, señor presidente. No podemos permitirnos dar ni una hogaza de pan a los no estadounidenses. ¿No es eso cierto, doctor Purvue?

–... El mercado de valores se derrumba. La caída en el sector alimentario y todas estas patrañas del fin del mundo en los medios de comunicación han afectado a la confianza de los inversores. Los inversores ya no tienen confianza. Me temo que estamos ante un nuevo 1929.

–¿Piensan que... tal vez debamos al menos considerar...? Las encuestas indican que hay un número nada despreciable de ciudadanos que creen que el mensaje de Santa Pelagia es cierto. Señor presidente, si no respondemos a esto...

–El Gobierno de la India ha anunciado hoy su apoyo a Santa Pelagia.

–Los cardenales católicos están reunidos en cónclave y tengo entendido que el caso de Santa Pelagia y cómo manejarlo es su principal consideración a la hora de elegir al nuevo...

–Nuestras fuentes de información dicen que Palestina y Líbano han anunciado ya su adhesión al gilipollas de Mal Abbas.

La gran cantidad de puntos que discutir se sucedían de manera caótica, sin orden ni concierto, como si cada uno hablase para sí mismo, aunque de vez en cuando alguien se enfadaba lo suficiente como para espetar algo como «jódete, Tom» y cosas por el estilo. Por raro que sonase, nadie parecía advertir que aquél no era el modo en que se desarrollaban las reuniones y se discutía, pero tampoco nadie hacía ningún esfuerzo por encarrilar el debate.

Fielding, al igual que Cole, miraba a los demás como si estuviera sentado en un banco del zoológico. Sostenía una taza de té con limón y a pocos centímetros de la otra mano tenía una caja de Kleenex con el sello presidencial.

–Esperen un momento –dijo, por fin.

Su voz, ronca por el catarro, apenas se oyó, y los que la oyeron hicieron caso omiso de ella. Agarró un grueso volumen que tenía sobre la mesa y lo dejó caer con todas sus fuerzas.

–¡Callen! –gruñó, al tiempo que todas las cabezas se volvían hacia él–. ¿Podemos tener un poco de orden, o es mucho pedir?

Resultaba extraño, pero tras haber perdido la voz, Fielding era como un león sin sus dientes o sus zarpas. Era muy tentador hacer caso omiso de él.

Con un esfuerzo supremo, todos le prestaron atención.

–Ustedes, los de los números –dijo con voz bronca, dirigiéndose al señor Arnold–. Bajen los tipos de interés, acuñen más moneda, hagan lo que demonios quieran. Preséntenme un informe y si no es un disparate absoluto, yo lo firmaré.

Arnold parecía resentido, como si le hubieran dejado solo para sacar a flote un barco que se hundía, y, sin embargo, asintió con vehemencia.

–Y en cuanto a los disturbios, general Brant, mande, si quiere, la maldita Guardia Nacional, pero sólo a las zonas más problemáticas. No podemos permitirnos el lujo de utilizarla como elemento disuasorio. Tal vez la necesitemos en otros lugares.

»Y no me importa lo que haga la India ni ningún otro Gobierno, ¡qué caray! Ni me importa si el primer ministro Billingsworth empieza a levitar delante de la BBC. Este Gobierno no va a anunciar ningún apoyo a ninguna majadería como ésta del fin del mundo, joder.

–Pero las señales... –lo interrumpió el señor Grover. El secretario de Transporte era de Alabama y un hombre religioso.

–¡Una maldita coincidencia! A mí me importan sólo dos cosas: el brote de ese jodido virus y lo que puedan llevarse entre manos China y ese payaso de Mal Abbas. Liz, quiero que la OMS, el Centro de Prevención y Control, el USAMRIID y todos los que crean que pueden hacer algo en el caso tengan todo el apoyo que necesiten, ¿me ha oído? Si necesitan más dotación humana, podemos considerar la posibilidad de utilizar la Guardia Nacional. Redadas, cuarentenas, lo que sea. Tenemos que actuar de una manera brutal. Si debemos acordonar ciudades enteras para controlar ese virus, lo haremos. Ahora no podemos ser débiles.

–Sí, señor presidente.

Liz Haron se puso pálida, pero no replicó.

–Bien, y ahora, ¿cuál es la situación en el extranjero? ¿Cole?

Cole miró a todos los reunidos en la mesa con una sonrisa, como si dijera «ya sé que esto es muy serio, pero no cuesta nada ser amable» y respondió:

–En China se cuece algo, señor presidente. Nuestros satélites han detectado movimientos de tropas; llevan días saliendo de Pekín y Shanghai. Y han lanzado una campaña de reclutamiento que ha tenido mucho éxito. Cualquier ciudadano fuerte y sano que se aliste en el ejército obtiene un cupón para la comida que puede ceder a sus padres, a su esposa o a sus hijos. Los que no se enrolen ni tengan cupones no podrán comprar comida en China.

Todo el mundo contuvo una exclamación.

–Según las primeras noticias, los chinos han aceptado estas condiciones. Los campamentos de reclutamiento están abarrotados, y se ha producido una avalancha de suicidios entre los ancianos que no tienen hijos o que tienen un nieto que necesita el cupón para comer. Como es natural, la limitación de los nacimientos impuesta en las últimas décadas ha provocado que esta crisis afecte a muchas familias.

–¡Qué salvajes! –murmuró Liz Haron.

–Ésta es la situación en China, señora Haron –dijo Cole tras mirarla con expresión funesta–. Sé que todos han visto las cifras. En realidad, no es tan sorprendente.

–Y entonces, ¿cómo alimentarán a las tropas? –preguntó el general Brant.

–Claro –carraspeó Fielding, con la cara iluminada por la esperanza–, ¿cómo alimentarán a los soldados?

–No podrán y no lo harán, al menos durante mucho tiempo –respondió Cole–. Precisamente por eso no creo que dediquen muchos días a la instrucción de los soldados. Esas tropas saldrán del territorio chino.

–En territorio chino o fuera de él, tendrán que alimentarlos igual –insistió Brant, como si Cole hubiese dicho una estupidez.

Cole arqueó una ceja, como si pensara que el estúpido era Brant.

–Hace pocos días, en Pekín, Tsing Mao Wen pronunció un discurso ante las tropas. Les dijo que iban a embarcarse en una guerra santa y que el mejor billete para llegar al «nuevo y glorioso equilibrio del Universo» era comprometerse a luchar. Creo que de ese Gobierno lo único que cabe esperar es una mentalidad kamikaze. No escatimarán en bajas.

Más allá de los síntomas de congestión, los ojos de Fielding desprendían pavor.

–¿Y quién los apoya? –preguntó.

–La India está indecisa. Mal Abbas ha mantenido varias conversaciones telefónicas con Tsing Mao Wen. No sabemos qué se han dicho, pero es obvio que van a unir fuerzas. Hasta ahora, se ha confirmado que Pakistán, Afganistán, Irán y Arabia Saudí van a ponerse del lado de Abbas, si no lo han hecho ya.

–¿Y África?

–Igual que en China, los africanos tienen dos opciones: quedarse quietos y morir de hambre o moverse y luchar por la comida, pero su principal problema será sacar tropas del continente. La mayor parte de países africanos no cuentan con buenos medios de transporte marítimos o aéreos. Francamente, no creo que África suponga una amenaza seria para Estados Unidos. En todo caso, si van a crear problemas, lo harán en Europa.

–¿Y los rusos?

–El presidente Yekov ha hablado con Li varias veces en los últimos días –respondió Cole al tiempo que unía las manos con los dedos hacia arriba–. Imagino que quieren estar en buenas relaciones con China, pero sin unir fuerzas.

Fielding calló unos instantes y luego hizo una extraña mueca.

–¿Y si mandáramos algunos de nuestros afectados por el virus Santarém a China y África? Ja, ja, ja. Un par o tres de prostitutas, ¿no? Con un poco de suerte, ya no tendrían problemas de hambruna nunca más. ¡Ja, ja!

Fielding miró alrededor para ver si alguien más reía. Los labios sin carmín de la señora Haron se fruncieron en una mueca de asco. El general Brant murmuró algo con indiferencia. Arnold se entretenía despegando leche seca de su solapa. El doctor Purvue y el vicepresidente lo miraban inexpresivos.

–Señor presidente, sé que no lo ha dicho en serio –intervino Cole–, pero creo que deberíamos considerar los hechos. Sudamérica está absolutamente infestada. El virus está aquí, en Estados Unidos, y también se ha extendido por la Comunidad

Europea, que son nuestros aliados. Sería prudente considerar la desafortunada posibilidad de que este virus pueda hacer muchísimo daño. ¿No es cierto eso, señora secretaria?

–Por completo, señor secretario –respondió Liz Haron.

–Ahora, si nosotros y nuestros aliados nos vemos obligados a dedicar recursos para luchar contra el virus, para contenerlo, eso nos costará, como mínimo, la Guardia Nacional. Y si nuestros hombres de servicio se contagian, eso tendrá un gran impacto en la fuerza de nuestro ejército. Por eso, si nosotros y nuestros aliados nos comprometemos en librar esa batalla, sería aconsejable que nos asegurásemos de que nuestros enemigos también están comprometidos en ella.

Todos los reunidos miraron a Cole con absoluta incredulidad.

Por la expresión de Liz Haron se adivinaba que ella pensaba que Cole era un frío hijo de puta. Pero no lo dijo en voz alta. Nadie, ni siquiera Fielding, pronunció la más mínima palabra de protesta.

Edgewater, Maryland

Recorrieron una carretera que cruzaba una urbanización al borde del mar, uno de esos monstruosos barrios residenciales construidos para los nuevos ricos del país. La casa que buscaban tenía una fachada georgiana, pero en la parte trasera había una moderna galería acristalada que daba al mar. Lucía su exorbitante tamaño con la misma gracia que una gorda en minifalda y su aspecto era estrafalario y chillón a la vez.

La mujer que abrió la puerta hacía juego con la casa, del mismo modo que muchos perros se parecen a sus amos. Era gorda, de mediana edad, y vestía una camiseta acanalada de algodón. Miró con aire inexpresivo a los dos hombres que habían llamado a su puerta y luego alzó la vista hacia la moderna lámpara del porche que no funcionaba. Sin embargo, antes de alzar la mirada, ya se había percatado de lo que ocurría. Sus ojos examinaron la bombilla rota y cuando volvió a bajar la mirada en su rostro había miedo, asombro y pasmo ante lo improbable, como si hubiera encontrado a una tía solterona de Toledo en una fiesta de cocainómanos en Hollywood. Al parecer, sabía muy bien quiénes eran aquellos hombres.

–La doctora Janovich, supongo –dijo Simon Hill.

La apuntó con una pistola y ella retrocedió hasta el interior de la casa, sin intentar cerrar la puerta siquiera. Hill entró con ella tan sincronizado como un compañero de baile. El sacerdote entró después y cerró la puerta a sus espaldas.

Una vez dentro, Hill examinó las persianas y vio que ya estaban cerradas. Janovich se sentó en el sofá con Deauchez. Cuando Hill se sentó con ellos se estudiaron como si fueran primos que llevasen mucho tiempo sin verse pero que guardaran resentimientos. En sus rostros había una especie de fascinación y odio mutuos.

–¿Qué quieren? –le preguntó Janovich a Deauchez.

–Que nos cuente qué les hizo a los profetas de Santa Pelagia.

–No sé a qué se refiere.

–Usted visitó a María Sánchez antes de que empezaran las visiones. Oí a María Sánchez pronunciar su nombre.

–Se equivoca. Yo nunca he visto a esa mujer.

–¿Intenta decirme que existe otra doctora Janovich?

–No tengo ni idea.

Janovich se volvió para mirar impasible al vacío, como si toda aquella historia la aburriera, pero en realidad estaba tensa, con las manos rígidas en el regazo. Deauchez empezaba a impacientarse. Hill advirtió que las negativas de la mujer estaban enojando al sacerdote.

–Padre –dijo Hill, al tiempo que señalaba un gran pila de periódicos nacionales e internacionales que había sobre la mesa–. Veo que es usted una adicta a la prensa, ¿verdad Louise?

Janovich frunció los labios con gesto de desdén. Hill pensó que en persona se la veía mucho más vieja que en el vídeo, mucho más vieja de lo que era de esperar, teniendo en cuenta los años transcurridos desde aquella grabación. Aparentaba, por lo menos, cincuenta años, y la figura carnosa bajo la suelta camiseta no era precisamente amenazadora. Sin embargo, el cura la miraba como si fuera un monstruo y tal vez tenía razón. Aquel tipo tenía tanto olfato como pulgas un perro, una frase que Bowmont solía decir.

–Vamos, Louise –dijo Hill–. Sabemos quién es usted.

–Y yo sé quién es usted, Simon Hill. –Se volvió y lo atravesó con la mirada–. Y, dígame, ¿el *New York Times* aprueba sus tácticas? ¿Entrar en mi casa por la fuerza? ¿Amenazarme con un arma mortal? ¿Es así como consigue escribir sus reportajes? De haberlo sabido, nunca los habría leído.

–¡Una admiradora! ¡Guau, me siento halagado! ¿Conoce tan bien a todos los periodistas?

Janovich parecía molesta; volvió a mirar al vacío al tiempo que cruzaba los brazos con aire de desafío.

–Tenemos que ceñirnos al plan, Simon. –Deauchez estaba nervioso, como un chico de doce años ante su primer acto de gamberrismo, haciendo una pintada en una pared–. Hemos visto un vídeo de la conferencia que dio en Ginebra en 1990, doctora Janovich. Conocemos el fármaco que usted inventó y sabemos que la HAI mantuvo contactos con los profetas antes de que tuvieran las visiones. Usted ha inducido las visiones de Santa Pelagia y queremos saber por qué.

–¡Yo no tengo nada que ver con Santa Pelagia!

Sus ojos desmentían sus palabras. Iban de un lado a otro de la habitación como si buscaran un botón que pulsar en caso de pánico. Se fijaron en el teléfono.

–¿Quién le pidió que lo hiciera y por qué?

La cara de la Janovich era una máscara inexpresiva.

Deauchez se puso más nervioso. Su tono de voz era cada vez más alto y forzado.

–¿Sabía usted lo que estaban planeando? ¿El daño a las cosechas? ¿La marea roja? ¿Qué razón le dieron para que provocase tantas muertes?

–¿Y a usted qué le pasa? –Janovich se volvió hacia él con agresividad–. Usted es un sacerdote. ¿No tiene fe en sus propias creencias? En su mente hay algo que funciona mal.

Deauchez se recostó en el sofá como si lo hubiesen abofeteado.

Hill tosió, nervioso. Aquello no conducía a ninguna parte y, en caso de que fuese a alguna, iba a alguna muy maloliente.

–Tendríamos que registrar la casa –le dijo a Deauchez–. Tal vez tenga aquí una especie de oficina, unos archivos, lo que sea.

Janovich miró al frente, pero su mandíbula se tensó de nuevo y Hill lo vio.

–Sí, hagámoslo –instó el periodista–. Aquí tiene que haber algo. ¿Qué prefiere? ¿Buscarlo usted o quedarse aquí con la pistola?

–Yo lo buscaré.

Deauchez se puso en pie de un salto, temeroso de que Hill le pusiera la pistola en la mano. Miró de nuevo a la doctora con expresión de perplejidad y se marchó hacia el vestíbulo.

Janovich continuó mirando la pared, con los labios apretados. A Hill no le importaba que la mujer no quisiera hablar. En aquellos momentos, pasada la excitación inicial tras la irrupción con un arma en la mano, el reportero recordó lo mal que se sentía. Se cambió la pistola a la mano izquierda para poder sacar un Kleenex del bolsillo y secarse la nariz.

–¿Desde cuándo tiene ese resfriado, señor Hill?

En la voz de Janovich había un amago de sadismo.

–¿Deauchez? –gritó Hill sin responder a la pregunta de la doctora–. ¿Ha visto algo?

–Sí. En el piso de abajo hay un despacho.

Hill movió la pistola hacia Janovich y le dijo:

–Bien, doctora, acompáñenos.

Hill llevó a Janovich hacia el vestíbulo, con el cañón de la pistola clavado en los pliegues de la piel de su espalda. El rostro de la mujer desprendía una agitación calculada que no era del agrado de Hill.

El despacho era una gran estancia, con un escritorio de madera de cerezo y estanterías con libros en las paredes. Había incluso una chimenea, con sus útiles y troncos correspondientes, como si fueran un decorado, y Hill pensó que nunca había sido utilizada. La casa estaba en una pendiente, y el despacho, que se encontraba en el piso más bajo, se abría a un jardín trasero. Unos grandes ventanales daban al mar. Hill oyó el ritmo de las olas, aunque no las veía debido a la oscuridad de la noche.

Y también había un ordenador y unos archivadores. Cuando Hill y Janovich entraron en la estancia, Deauchez ya estaba registrando los archivadores.

–Hasta ahora solamente he encontrado documentos personales –explicó–. Impuestos, recibos, copias de artículos publicados por ella...

–¿Ha mirado si hay alguna caja fuerte en la pared o algo así?

–No.

Deauchez se alejó de los archivadores y registró las estanterías, las paredes y el baño.

–No encuentro nada, Simon.

Sin embargo, Hill sabía que allí había algo. Lo adivinaba por la expresión de la mandíbula de Janovich y por el sobresalto que había tenido cuando Deauchez había gritado que había encontrado el despacho. Miró a la desaliñada psiquiatra y le puso la pistola en la sien.

–Aquí no hay nada –dijo ella, pero torcía la boca en una mueca falsa y sus ojos se negaban a fijarse en nada concreto.

–Deauchez, ponga en marcha el ordenador –dijo Hill.

Deauchez lo hizo.

–Ahí no hay nada, salvo datos personales. Nunca traigo material de la HAI a casa.

El tono de Janovich delataba impaciencia y cansancio.

Deauchez examinaba grupos de programas y directorios de documentos a toda velocidad, pero no encontraba nada.

–Y usted, señor Hill, ¿no lee su propio periódico?

–¿Qué dice, Louise?

–Que si ha leído algo sobre el virus.

La voz de la doctora era grave, chirriante y repulsiva.

Hill empezó a sudar y se secó la frente con la mano con la que sostenía la pistola.

–¿Simon? –Deauchez sonaba excitado.

Hill miró hacia el ordenador. En la pantalla había un icono blanco que decía «Conectando con el satélite». Bajo él, parpadeaba un cursor verde en señal de espera.

–¿Qué es eso? ¿Un navegador de Internet?

–Creo que no. He hecho doble clic sobre un icono que parecía un cuchillo rojo. Estaba dentro de un grupo de programas llamado «personal».

–No oigo el tono de marcado. Voy a ver si está conectado a la línea telefónica.

Hill se agachó para mirar debajo del escritorio.

Fue un grave error. La rechoncha placidez de la mujer que tenía detrás llegó a su fin de una manera violenta y repentina. Janovich golpeó a Hill en la nuca con las manos entrelazadas.

–¡Ah!

Su grito de aviso a Deauchez fue como una exhalación. Cayó sobre una rodilla y la pistola le tembló en la mano. Janovich pudo haberla cogido, pero hizo caso omiso del arma y se abalanzó hacia delante, volando literalmente por encima de él.

Hill se puso en pie y vio que la mujer se había lanzado sobre Deauchez. El cura retrocedió, sobresaltado por aquel torpedo de carne, y luego la agarró sin demasiada convicción por sus gruesas caderas. Sin embargo, Janovich no trataba de huir, lo único que hacía era permanecer tumbada sobre el escritorio. Antes de que Hill y el cura pudieran reaccionar, se oyó un clic y luego un ruido amortiguado. Un humo de olor acre y metálico llenó el aire.

Cabreado, Hill alargó la mano para agarrar a Janovich. El olor... ¿Habría cogido la pistola? ¿Se le había disparado de manera involuntaria? Deauchez debió de pensar lo mismo porque se puso en pie de un salto, con la cara pálida. Pero Janovich se levantó del escritorio de una forma un tanto extraña. No tenía nada en las manos. No intentó huir ni nada por el estilo. En su cara se dibujó una sonrisa de triunfo.

Hill y Deauchez miraron el escritorio y vieron que salía humo del teléfono.

–¿Qué demonios...?

Hill pasó la pistola a Deauchez y se sentó en la mesa.

–¿Qué ocurre? –preguntó Deauchez.

–¡Guau! –exclamó Hill–. ¡Ha quemado el maldito teléfono! Está... ha quedado totalmente fundido.

–¿Cómo es que...?

–Por Dios, Deauchez, es un móvil Telegyn. Tiene la base para cargarlo y en el lateral hay un botón rojo, protegido por un plástico duro. Creo que eso es lo que ha ocurrido. Ha pulsado el botón y el teléfono ha estallado.

Hill estaba impresionado. Lo que acababa de ocurrir parecía sacado de un viejo episodio de Dick Tracy.

–Pues ése debe de ser el «satélite».

Hill miró la pantalla. Como era de esperar, la ventana del mensaje y el cursor en señal de espera habían desaparecido. En su lugar apareció otro mensaje: «No es posible establecer conexión. Conexión a satélite inexistente». Hija de puta.

Hill se puso en pie y cogió la pistola. La blandió ante el rostro de Janovich y gritó:

–¿Qué ha hecho?

La cara de Janovich se retorció en un gesto de rabia. Escupió a Hill en la suya y le dijo:

–Es usted hombre muerto. Lo que ocurre es que todavía no lo sabe.

El periodista no pudo contenerse. Durante la última media hora había empezado a odiar a Janovich. En esos momentos la odiaba de manera incontrolable. Alzó el brazo y la golpeó con todas sus fuerzas. El golpe, causado por el costado de la pistola, pero también por la mano que la sostenía, cayó sobre la mejilla derecha de la doctora. Se oyó un sonoro crujido y Janovich se desplomó inconsciente.

Deauchez temía que la destrucción del móvil hubiese alertado a... a los individuos que habían volado y reducido a cenizas la casa de Ernkin. Quería marcharse de allí enseguida, pero Hill se negó en redondo.

–En ese ordenador hay algo. Si no, no habría quemado el maldito teléfono.

Dejaron atada a Janovich con unos cables que había en una bolsa de Barnes & Noble que encontraron en el armario. La dejaron en el suelo del despacho para poder vigilarla si recobraba la conciencia. Mientras lo hacían, la mujer ni siquiera parpadeó. La mitad derecha de la cara se le estaba hinchando como una burbuja de color púrpura que le saliera de la boca. Deauchez se preguntó si moriría, si se convertiría en un asesino a sangre fría, además de ser ya responsable involuntario de una muerte, la de Ernkin, de haber entrado armado en una casa y de ser un prófugo del Vaticano.

Hill examinó la parte trasera del ordenador. Explicó que la base de recarga del móvil estaba conectada al puerto B del módem. Como el teléfono Telegyn funcionaba vía satélite no necesitaba estar conectado a una clavija de la pared. En el puerto A del módem había otro cable telefónico, conectado a la línea mediante una clavija en la pared.

Accedieron a Internet. La conexión se realizó perfectamente, y lo supieron por el tono de marcado del módem A. Hill examinó la lista de sitios web favoritos y no vio nada inusual. No había, por ejemplo, ningún vínculo interno de acceso a la red de la HAI. Desconectaron.

–Bueno, la línea regular de teléfono va bien –dijo Hill–. Ahora nos conectaremos por el módem B y veremos si funciona para ese programa que usted ha encontrado.

Se agachó detrás del ordenador y cambió los cables telefónicos. Deauchez abrió la ventana de programas personales e hizo doble clic sobre el icono del cuchillo rojo. Entonces apareció el mensaje: «Imposible realizar conexión. Entrada de puerto no válida».

–Me parece que no le gusta la línea telefónica.

–¡Mierda! –exclamó Hill al tiempo que salía de debajo de la mesa.

Deauchez miró el móvil Telegyn fundido. El aparato ya se había enfriado un poco. Lo sacó de la base, que no se veía muy deteriorada. El móvil estaba casi carbonizado. Pulsó la tecla ON, pero no obtuvo ninguna respuesta y lo dejó.

–¡Maldita sea! –gritó Hill al ponerse en pie.

Hizo una mueca de dolor y soltó un sonoro suspiro.

Ambos clavaron la vista en la pantalla, en aquel irritante icono.

–Esto tiene que significar algo –insistió Hill–. Cuando usted empezó a registrar el ordenador, ella le saltó encima. ¿Y qué significado tiene este cuchillo rojo? ¿Algo relacionado con cirugía? Tal vez sea el acceso de entrada a la red de la HAI.

–Si fuera de la HAI, probablemente sería un caduceo.

El caduceo rojo, como el que Deauchez había visto en el camión del campamento de Sagara Bata, la serpiente enroscada alrededor de la vara, el símbolo de la medicina, el símbolo de Hermes... El cuchillo rojo de la pantalla no era exactamente un cuchillo, al menos no era un cuchillo de cocina. Parecía más bien una...

Deauchez se inclinó hacia delante y frunció el ceño.

–Es una vara roja y no un cuchillo rojo.

–Eso no me dice nada.

–Bueno, podría ser la HAI.

–Tengo una idea, padre.

Deauchez cerró los ojos, consciente de lo que le esperaba. De hecho, lo sabía desde que había tocado aquel móvil carbonizado.

–Simon, por favor.

–Padre, tenemos que hacerlo. ¿Dónde está?

–¿Es usted un suicida, señor Hill? –Deauchez estaba muy enojado con el periodista–. Me parece que ha visto muchas películas de espías.

Pero Hill era todo vehemencia. Tenía aquel brillo hambriento en la mirada.

–Mire, padre, si no conseguimos conectar a dondequiera que

lleve esa vara roja, no podemos seguir adelante. ¿Tengo o no razón? Será el fracaso de nuestra misión.

Deauchez asintió, convencido. Tenía la misma necesidad de descubrir algo que el periodista.

–¡Bien! Entonces, debemos hacer una buena planificación –dijo Hill–. Nos conectaremos a Internet, husmearemos un poco y luego nos largaremos. Esto no es Nueva York, es Maryland, padre. Hemos tardado una hora y media en llegar desde Washington. Y no creo que los tengamos más cerca que eso.

–¿Y si no funciona? ¿Y si está en una frecuencia incorrecta o necesitamos una contraseña o...?

–Eso es lo más fácil. Si no podemos conectar, nos marcharemos enseguida. Zuuuum.

Con la mano, Hill hizo el gesto de volar y sonrió, pero Deauchez no estaba para bromas.

Nunca había tenido tanto miedo en toda su vida. Había tenido miedo de fantasmas, había sufrido pesadillas, pero aquel miedo a plena luz del día, despierto y con las palmas de las manos que le sudaban y temiendo por su mismísima vida, nunca lo había sentido. Lo que quería decir era: «Tiene razón, Simon, hay que hacerlo, pero hágalo usted. Yo esperaré en la calle, en algún rincón oscuro, y si sale con vida de ésta, recójame para volver a la ciudad».

Sin embargo, no tuvo fuerzas para ser tan cobarde y lo que dijo fue:

–Voy a buscar el teléfono.

ACTO III: NEGRO

Y llegará un cambio, un cambio como ningún mortal habría esperado. En esta lucha se enfrentarán el cielo y el infierno. Los viejos Estados perecerán y la luz y la oscuridad se enfrentarán entre sí con espadas, pero serán espadas de distinta clase. Con estas espadas será posible cortar los cielos y partir la Tierra. Un gran lamento caerá sobre la humanidad y sólo un pequeño grupo sobrevivirá a la tempestad, a las pestes y al horror.

Pastor Bartolomeus (1642)

El siglo XX traerá muerte y destrucción, apostasía por parte de la Iglesia, discordia en las familias, en las ciudades y en los gobiernos; será el siglo de tres grandes guerras en un intervalo de pocas décadas. Serán todavía más devastadoras y sangrientas, y no sólo Germania quedará convertida en ruinas, sino además todos los países de Oriente y de Occidente.

Profecía de la abadía de María Laach
(siglo XVI)

Si bien, en teoría, no hay nada que sea absolutamente inevitable, en realidad hay cosas que son casi inevitables. La gente cree que en el futuro habrá guerras, mientras que, en realidad, ocurren en el pasado; la lucha no es más que una consecuencia de muchos hechos que ya han sucedido. Visto desde esta perspectiva, todas las causas de la tercera guerra mundial ya se han dado. Por lo tanto, sólo hay una remota posibilidad de que ese conflicto no tenga lugar.

Osho (1982)

Y después de una segunda gran guerra entre las naciones llegará una tercera conflagración universal, que todo lo determinará. Habrá armas absolutamente nuevas. Morirán más hombres en un día que en todas las guerras anteriores juntas. Las batallas se librarán con armas artificiales. Se producirán catástrofes gigantescas. Las naciones de la Tierra se enfrentarán a esas catástrofes con los ojos abiertos. No sabrán lo que está ocurriendo y los que lo sepan y lo cuenten serán silenciados. Todo será diferente que antes y, en muchos lugares, la Tierra será un gran cementerio. La tercera gran guerra supondrá el final de muchas naciones.

Stormberger (siglo XVIII)

El hombre blanco luchará contra otras gentes de otras tierras, contra los que poseían la primera luz de la sabiduría. El resultado será terrible.

Pluma Blanca, del clan hopi del Oso,
citado por el reverendo David Young (1958)

Mabus morirá muy pronto y entonces tendrá lugar una horrible destrucción de personas y de animales.

Nostradamus, 2, c62

Capítulo 15

Día 16
Edgewater, Maryland
12.01 horas

Pusieron el móvil de Deauchez en la base de recarga como si fuera el zapato de cristal de Cenicienta. Intercambiaron una mirada. Deauchez pulsó el botón «ON» y luego hizo doble clic en el icono de la vara roja.

Apareció una ventana: «Conectando con acceso satélite». Además decía: «Esperar». Ellos obedecieron.

La pantalla se puso negra. Luego apareció un mensaje en letra de tipo grande y color rojo.

ESTABLECIDA CONEXIÓN CON CANAL UNO

Pausa

BIENVENIDO, CARDENAL DONNELLEY

Los nervios de Deauchez estaban en estado de alerta máxima. Se sobresaltó ante las palabras, el corazón le dio un brinco en el pecho y una oleada de calor recorrió sus venas. Por un momento, sintió el miedo irracional de que lo habían localizado, delatado y atrapado.

Entonces advirtió que el ordenador no le notificaba una videoconferencia con Donnelley, sino que se dirigía a él.

–¿Qué demonios es esto? –preguntó Hill, decepcionado.

–La red nos ha identificado a partir del móvil. Creen que soy el cardenal Donnelley. El teléfono debe de estar registrado a su nombre.

–¿Registrado? Cuando compras un teléfono no tienes que registrarlo. ¿Cómo saben que éste es de Donnelley?

–Buena pregunta.

Tan buena que Deauchez se sintió incómodo. Si aparecía el sistema del servidor y era el Vaticano, entonces tendría que reconsiderar la teoría de Hill acerca de los dos matones de Londres, tendría que considerar la posibilidad de que toda aquella trampa, por incomprensible que fuese, estuviera relacionada con la Iglesia católica.

Sin embargo, las palabras empezaron a desaparecer y fueron sustituidas por una imagen en pantalla completa en la que se formaba un escudo heráldico. En él se veía un rey, con una armadura de caballero muy antigua, sentado en un trono. En una mano sostenía un brillante cetro rojo. Deauchez advirtió que la vara del icono no era tal, sino un cetro. Los pies del rey reposaban sobre una piedra. Alrededor del trono había varios símbolos: una calavera y los dos huesos cruzados en forma de X, la Justicia con los ojos vendados, un globo con una especie de halo a su alrededor, una cortina o un velo y una reluciente espada. Sobre el escudo había una frase en latín.

–¿Qué dice? –preguntó Hill, señalándola.

–*Utrum deus sit necne, Sceptrum Rubrum*. «Haya o no haya Dios, el Cetro Rojo.»

–Haya o no haya Dios, ¿el cetro rojo qué?

–Creo que es un nombre propio. Haya o no haya Dios, el «Cetro Rojo» existe, actúa, reina, gobierna, cree. El verbo está implícito.

–Entonces, ¿podría ser el nombre de un grupo o algo así?

–Tal vez, pero nunca lo había oído. ¿Y usted?

–No.

Se miraron el uno al otro. No era Telegyn. No era la HAI.

No era el Vaticano. Entonces, ¿qué era? Deauchez hizo clic en el botón del ratón. La pantalla con el emblema se disolvió y fue sustituida por otra con un menú de opciones.

EL CETRO ROJO

Utrum deus sit necne, Sceptrum Rubrum

ESTATUTOS
LISTA DE MIEMBROS
ARCHIVOS

CONSEJO MUNDIAL
PROGRAMA ANUAL
PROYECTOS EN CURSO

–Guau –dijo Hill, a quien ya se le había pasado la decepción–. ¿Qué es esto? ¿Un club? ¿Una sociedad secreta? Vaya a «estatutos».

Deauchez, sin embargo, dudaba. Sentía la presión del tiempo sobre ellos, lo sentía con todo su peso y su oscuridad, como si alguien cerrara sobre él la tapa de su propio ataúd.

–No nos queda mucho tiempo.

El cura tenía sus propias ideas acerca de lo que era importante, y era él quien tenía el ratón. Hizo clic sobre «proyectos actuales».

–De acuerdo –convino Hill.

Apareció la pantalla de los proyectos y allí, en lo alto de la lista, había dos simples palabras:

PROYECTO APOCALIPSIS

–¡Mierda santa! –exclamó Hill, al tiempo que se mordía las uñas.

Deauchez respiró hondo para tranquilizarse e hizo clic en el título. De una manera fantasmal, apareció en la pantalla el menú del «Proyecto Apocalipsis».

PROYECTO APOCALIPSIS

Los que imposibilitan la revolución pacífica
hacen inevitable la revolución violenta.
John F. Kennedy

PREÁMBULO DE ANTHONY COLE PARA EL CUERPO
DE RATIFICACIÓN
OBJETIVOS DEL PROYECTO
MAPA DEL PROYECTO

FASE UNO	FASE DOS
FASE TRES	FASE CUATRO

EL NUEVO MILENIO
ESTADO ACTUAL DEL PROYECTO

Ambos se quedaron paralizados. Hill estaba boquiabierto y no sólo se debía a que ya no podía respirar por la nariz.

–¡Dios mío, padre! ¿Quién demonios es esa gente?

–No lo sé –respondió Deauchez, ceñudo.

Se disponía a seguir adelante para encontrar respuestas a esa pregunta, pero Hill empezó a mirar a su alrededor, frenético. Encontró una impresora y la puso en marcha mientras Deauchez movía impaciente la flecha del ratón sobre OBJETIVOS DEL PROYECTO.

–Espere un minuto, ¿quiere? Veamos antes si es posible imprimir esta pantalla, hombre de Dios. De otro modo, nadie se lo creería.

Deauchez no quería esperar un minuto. Notaba un sudor frío en la nuca. Tenía el escroto tenso y apretado contra su cuerpo, como un gatito acosado que intentase hacerse lo más pequeño posible en un rincón. Casi oía el estruendo de una explosión junto a él, al cabo de unos segundos. ¿Qué ocurría? ¿Se pondría todo negro o viviría lo suficiente como para experimentar las sensaciones de morir carbonizado?

Movió el ratón hasta la parte superior de la pantalla en busca de un menú desplegable. No había nada.

–No veo nada –dijo con impaciencia–. No hay un menú «archivo» con la orden de imprimir página. ¿Cree que iban a permitir...?

–¡De acuerdo, pero pulse la tecla de «imprimir pantalla»!

Deauchez la buscó en el teclado, la encontró y la pulsó.

En la pantalla apareció una ventana con el mensaje siguiente: «IMPRIMIR PANTALLA DESACTIVADO».

–¡Mierda! –gritó Hill–. Tal vez Louise tenga alguna cámara por aquí.

Deauchez, sin embargo, ya tenía bastante con aquello. Movió el cursor hacia OBJETIVOS DEL PROYECTO.

–¿Qué dice de la fase uno? –preguntó Hill mientras miraba alrededor y a la pantalla al mismo tiempo–. ¿No será lo de los profetas? Me gustaría ver cómo...

–¡Simon, por favor! Ya sabemos lo de los profetas. Lo que no sabemos es por qué.

Hill se pasó las manos por la cabeza y, con la respiración entrecortada, dijo:

–Creo que lo que usted quiere es salir de aquí dentro de cinco minutos.

–Dentro de dos.

–Pues dése prisa y averigüe todo lo que pueda. Yo voy a la cocina a buscar algo de comer y también intentaré encontrar una cámara. Luego nos marcharemos.

–¿Quiere ir a buscar comida? ¿Ahora?

–¡Me estoy muriendo de hambre! ¡Mi estómago me está matando! Y si no vamos a regresar a Nueva York, que es donde puedo comprar comida, ni usted ni yo comeremos.

Hill tenía razón. Aquel día no habían comido y, si no cogían alimentos de la casa, al día siguiente tampoco comerían.

–Muy bien, pues. Vaya. Pero en dos minutos nos marchamos.

Hill salió como una exhalación. El cura volvió a concentrarse en el ordenador, hizo clic en el vínculo y empezó a leer. Al cabo de diez segundos, se había olvidado de la comida, de Simon Hill, e incluso de la seguridad de que la muerte cabalgaba hacia él en la noche de la Costa Este.

Hill encontró la cocina enseguida. Era una cálida estancia con un inmenso fogón estilo restaurante y cacharros de cobre colgados del techo. La ventana de la puerta trasera tenía una cortina que hacía juego con el mantel de la mesa. A Hill se le hizo la boca agua al pensar en los apetitosos platos que aquella cocina sugería.

En la estantería había una foto. La miró y luego la cogió. Era la fotografía de una boda, la de Janovich, y en ella ya no se la veía joven. Hill la estudió con detenimiento. Había algo familiar en ella... Miró alrededor y encontró correspondencia a nombre del doctor Tendir. ¡Janovich se había casado con Tendir! Lo cual significaba que Tendir también vivía en aquella casa y Deauchez y él habían entrado sin saberlo siquiera. ¡Vaya par de incompetentes! Hill se dispuso a buscar comida con más ganas que nunca de marcharse de allí.

Cuando encontró la despensa vio que tenía una puerta de acero sólido. El interior era grande, equipado profesionalmente, y lleno de comida. Había hileras de verduras y sopas enlatadas, botes con alimentos deshidratados y, en una de las paredes, un gran recipiente cerrado al vacío. Dentro del cristal vio cajas de galletas, bollos y hogazas de pan. En el congelador había carne y más pan congelado. No había lugar a dudas: Janovich y Tendir se habían preparado bien.

Por un instante, Hill se sintió tan atacado por el hambre y la codicia que no supo por dónde empezar. Abrió una caja de donuts que sacó del congelador y empezó a metérselos en la boca, fríos y helados. Mientras masticaba, miró lo demás, incapaz de decidirse. Después de desperdiciar unos preciosos segundos con la masticación y la confusión mental, vio un paquete de bolsas de basura y empezó a llenarlas de comida.

Cuando Deauchez terminó de leer los objetivos del proyecto, unas gruesas lágrimas surcaron sus mejillas. No había mucho texto; la dificultad radicaba en asimilar lo que había más allá de las barreras que la razón no cesaba de poner en su camino hacia la comprensión. Sus lágrimas indicaban que, finalmente, lo había entendido. Retrocedió hasta la primera pantalla de opciones del Cetro Rojo, con los dedos tan entumecidos que apenas podía utilizar el ratón. Hizo clic en el botón del REGISTRO DE MIEMBROS. Lo que apareció no fue una lista completa, sino una casilla en la que podía hacerse la búsqueda de un nombre. Deauchez maldijo en francés y utilizó palabras que no había usado desde sus años mozos, unas palabras que ya casi no conocía y que incluso le resultaron raras al oído. Le habría gustado leer toda la lista de miembros, pero al parecer no existía esa opción. Lo que sí podía hacer era averiguar lo que más le interesaba. Tecleó «DONNELLEY» y pulsó «Enter». Al cabo de un segundo, apareció una entrada:

CARDENAL BRIAN DONNELLEY, CIUDAD DEL VATICANO
JEFE DEL CONSEJO VATICANO PARA LA CAUSA
DE LOS SANTOS.
FORMACIÓN: DOCTOR EN FILOSOFÍA/TEOLOGÍA (OXFORD, 67);
DOCTOR EN FILOSOFÍA, COLEGIO
PONTIFICIO NORTEAMERICANO, ROMA, DIVINIDAD (72); ESTUDIOS SOBRE SEGURIDAD, R. S.,
HISTORIA NIVEL 3, POLÍTICA NIVEL 4
LUGAR DE NACIMIENTO: DROGHEDA, IRLANDA
NÚMERO DE CANAL PREFERENTE: 10731,12301
STATUS: INCORPORADO EN 1968, FAJA ROJA
MIEMBRO DEL CONSEJO DE RELIGIÓN, MIEMBRO DEL CUERPO
SUPERIOR
NOTAS: UTILIZAR SOLAMENTE EL 12301 PARA CONTACTAR
CON DONNELLEY

Deauchez hizo clic en cancelar; se sentía presa de una negra ira. La pantalla de opciones del Cetro Rojo apareció en la pantalla y volvió a hacer clic en el «REGISTRO DE MIEMBROS». Con amargura, tecleó «MCKLENNAN» en el cajetín de búsqueda de dicha página.

CARDENAL JOHN MCKLENNAN, ARCHIDIÓCESIS DE DUBLÍN,
IRLANDA
ARZOBISPO DE LA DIOCÉSIS DE IRLANDA
FORMACIÓN: DOCTOR EN FILOSOFÍA/TEOLOGÍA (OXFORD, 66);

DOCTOR EN FILOSOFÍA POR EL SEMINARIO ALL HALLOES DE IRLANDA, DIVINIDAD (71); ESTUDIOS SOBRE SEGURIDAD, R. S., HISTORIA NIVEL 3, POLÍTICA NIVEL 4, ESPIONAJE NIVEL 2

LUGAR DE NACIMIENTO: BRAY, IRLANDA

NÚMERO DE CANAL PREFERENTE: 9381

STATUS: MIEMBRO DESDE 1967, FAJA DORADA

PRESIDENTE DEL CONSEJO RELIGIOSO, MIEMBRO DEL CONCILIO SUPERIOR

–Hijos de puta –exclamó Deauchez con repugnancia.

Dentro de la Curia, Donnelley estaba tan romanizado que a Deauchez se le había olvidado que era irlandés. Y se había doctorado en Oxford un año después que McKlennan. Seguro que McKlennan lo había metido en aquello. Después, ambos habían elegido un seminario católico de la máxima categoría y su ascensión en el Vaticano había sido meteórica.

¿Por qué habían elegido el seminario? ¿Para infiltrar a la Iglesia o porque el Vaticano estaba vinculado con el Cetro Rojo? ¿Había alguien más de Roma metido en aquello?

Sin embargo, no tenía tiempo de averiguarlo. No tenía tiempo para introducir nombre tras nombre en los cajetines mientras los repasaba en su memoria. Aunque debía asegurarse, al menos, de uno de ellos.

Volvió a la función de búsqueda del registro de miembros e introdujo la palabra «CARNESCA».

MIEMBRO NO ENCONTRADO

Cerró los ojos, agradecido. Gracias a Dios. Gracias a Dios. Al menos tenía un contacto en el que confiar. Hizo clic en el botón de retroceder para volver de nuevo a la pantalla de menú del Proyecto Apocalipsis. Había una última cosa que quería saber, aunque habría dado lo que fuera para apartar aquel cáliz de su mano. Rezó para pedir fuerzas, pero la suya fue una plegaria vacía, hueca, porque la pantalla de los Objetivos del Proyecto todavía pesaba tanto en su corazón que le imposibilitaba creer en la existencia de un Dios.

Seleccionó FASE UNO. Cuando le dijo a Hill que no tenía necesidad de saber, le había mentido. Había algo que sí necesitaba saber.

Hill había llenado dos bolsas de basura de los mejores alimentos y, cuando iba a empezar con la tercera, le pareció oír algo. Se quedó helado.

Sí, allí estaba, un sonido muy apagado y lento. Era el sonido de la llave que giraba en la cerradura de la puerta trasera.

Vivió un instante de un terror tan mortal y primitivo que su vejiga soltó un momentáneo chorro caliente y se le cayó la bolsa de plástico vacía que tenía en las manos. Temblando de pies a cabeza, Hill cerró la puerta de la despensa cuidando de que no se corriera el pestillo. Si se corría el pestillo, probablemente no podría salir de allí. Luego, cogió la pistola que había dejado sobre una estantería. La sostuvo a la altura de la oreja y oyó que su uña golpeaba ligeramente contra ella, como una señal de angustia en código Morse.

Escuchó el crujido casi inaudible de la puerta trasera y luego le llegó el sonido de unos pasos en la cocina. Quienquiera que fuese el recién llegado, enseguida sabría que había intrusos en la casa. Era imposible que se tratase de un vecino ni de Tendir que volviera a casa sin advertir lo que había ocurrido.

Hill cerró los ojos con fuerza para combatir una oleada de pánico. Quería huir, esconderse en la despensa o, mejor aún, intentar salir por la puerta trasera en cuanto los pasos se hubieran alejado.

Sin embargo, no podía escabullirse por la puerta trasera, aun cuando no encontrara dificultades para ello, porque el cura estaba en el piso bajo, en la oficina, y ese lugar sería el primero al que irían los malos. Y él, Hill, era quien tenía la pistola.

Maldito fuera Deauchez, que había insistido en que dejara la munición en el coche.

Deauchez miraba la lista de los veinticuatro nombres en la pantalla absorto y horrorizado. Llevaba así sesenta segundos. Para él, el tiempo se había convertido en algo líquido. Su mente estaba muy lejos, corría a través de acontecimientos y conversaciones y significados para volver, siempre, a aquel campo horrible, a aquel ciprés maldito y repulsivo. Fue uno de esos momentos de epifanía en los que se dice que la vida pasa ante los ojos de uno, toda entera, en el destello de un instante.

Muchos científicos dudaban de que tal fenómeno fuera posible porque no tenían explicación para él. Quizá, sin embargo, si el modelo holográfico de Kratski tenía alguna validez, podían plantearse la hipótesis de que el mecanismo de acceso que recuperaba pautas de interferencia almacenadas en el cerebro tuviese la capacidad de... de brillar en todas las pautas de memoria al mismo tiempo y sacarlas a la luz, no de una manera lineal, como trabaja casi siempre la mente consciente, sino como un cielo lleno de fuegos artificiales en el que todos los recuerdos se encendieran en un único y brillante destello.

Después del primer estallido inducido por el shock, la mente de Deauchez podía haberse deslizado a ese lugar oscuro y temible que había esperado absorberlo y tragárselo desde su llegada a Santa Pelagia; ese lugar del que, posiblemente, no había regreso. No obstante, los demonios fueron interceptados por algo que rompió la concentración de Deauchez, como un dardo que pinchara un globo.

De repente, volvió la cabeza en dirección a las escaleras. Del vestíbulo del primer piso llegó un ruido amortiguado y una especie de gruñido, como el forcejeo de un perro que quisiera entrar. Su instinto de conservación se avivó y Deauchez recordó dónde estaba y el terrible peligro que corrían. Sólo pensar en ellos, pensar en que abrían la puerta y lo encontraban allá abajo, solo y vulnerable, iluminado por el brillo eléctrico de la pantalla...

Agarró lo más parecido a un arma que vio, corrió hasta el pie de la escalera y apagó las luces.

Hill forcejeaba con un hombre. Tenía el voluminoso estómago clavado contra la espalda de él y los brazos alrededor en una llave de inmovilización que Hill no había practicado desde las clases de lucha del instituto. Se había asomado al vestíbulo y había visto una forma oscura que se movía hacia la puerta del despacho, había visto los pies que cruzaban el umbral al tiempo que obstaculizaban la luz que salía por la rendija. Entonces, Hill había saltado sobre él, un acto realizado no tanto por valentía como por el temor de que si no pillaba desprevenido a aquel hijo de puta, estornudaría o pisaría una tabla suelta o haría cualquier cosa que delatase su presencia y el otro le pegaría un tiro.

El hombre inmovilizado entre los brazos del reportero era de estatura mediana y constitución fuerte, pero resistió bien el peso de su asaltante. Se debatió con rabia y furia, retrocedió y echó a Hill de espalda contra la pared. Se tambaleó hacia delante y hacia atrás y volvió a golpear al reportero.

Hill resolló, pero aguantó, porque sabía que soltarlo significaba la muerte. Tenía la pistola en la mano derecha, pero daba lo mismo porque no poseía munición y su valor para asustar a un oponente de tal tamaño y en la oscuridad era más que cuestionable. Hill pasó la pierna izquierda alrededor de la pierna izquierda del hombre y tiró hacia atrás. El tipo se tambaleó para mantener el equilibrio, pero o era muy fuerte o los muslos de Hill eran débiles. No cayó al suelo. Intentó alzar el brazo derecho y Hill en parte intuyó y en parte supuso que su contrincante tenía una pistola. Hill movió su brazo derecho hacia abajo para inmovilizar por el codo el brazo derecho del individuo. Hill alzó el brazo derecho y lo pasó por delante del cuello del hombre en una llave de cabeza. De ese modo, el brazo izquierdo del desconocido quedó libre y enseguida intentó pegar a Hill en el costado izquierdo, pero estaba en mala posición y los golpes no le dolieron.

Hill adelantó más la pierna izquierda y apoyó todo su peso en el costado izquierdo del hombre para intentar derribarlo. A fin de conseguirlo, tensó más el brazo que le había pasado por el cuello. El periodista esperaba que, de un momento a otro, llegaran refuerzos y rescataran al tipo, pero no llegó nadie.

El hombre, como un árbol que, al principio, se niega a reconocer que lo están arrancando de raíz, empezó a precipitarse hacia delante. Hill vivió un momento de triunfo y entonces el hombre dejó de pegarle con la mano izquierda. De repente, el periodista vio que había pasado por alto una posibilidad y un movimiento extremadamente fatal. El hombre sólo tenía que alargar el brazo y coger la pistola que tenía en la mano derecha con su izquierda y Hill no podría hacer nada por evitarlo.

De repente se encendió la luz del vestíbulo. Los dos hombres enzarzados en la pelea parecían unos insectos que se apareasen bajo una piedra alzada con una palanca. Parpadearon ante el brillo repentino de la luz, con los rostros enrojecidos por la tensión, pero no se soltaron. Al parecer, tampoco habían visto al cura.

Deauchez estaba en el umbral de la puerta del despacho, con la mano todavía en el interruptor. Observó la situación, con las fosas nasales ensanchadas en señal de alarma y dispuesto a apagar la luz en cualquier momento.

Se oyó un fuerte estallido. El ruido hizo entrar en acción al sacerdote. Cogió el atizador de la chimenea del despacho y descargó un golpe con todas sus fuerzas contra el cráneo del asaltante como respuesta al disparo de pistola.

El hombre soltó a Hill y se desplomó en el suelo. El periodista se incorporó, tembloroso.

–¿Lo ha alcanzado? –preguntó Deauchez.

Hill no lo sabía. Se examinó el cuerpo y las piernas.

–No, no había conseguido apuntarme todavía, pero un minuto más y lo habría logrado.

Deauchez miró el atizador que tenía en la mano. La piel de sus brazos era completamente blanca y en ella había manchas de sangre y de tejidos. Sintió náuseas ante lo que había hecho y el atizador se le escurrió de la mano.

–Tenemos que marcharnos de aquí cuanto antes, Simon. Si este tipo ha venido solo, pronto vendrán más.

–Creo que está muerto –replicó Hill al tiempo que daba unos ligeros golpes al hombre tendido en el suelo. Después, lo volvió boca arriba y exclamó–: ¡Dios mío, pero si es Tendir!

–¿Tendir? ¿Está usted seguro?

–Es su marido. En la otra habitación hay una foto de ambos. Supongo que volvía a casa cuando nos conectamos. Apuesto a que lo llamaron a su móvil y le dijeron que estábamos aquí. Sus refuerzos no tardarán en llegar.

Deauchez miró el cadáver. Era la primera vez que veía a Tendir, pero la cara del hombre de los lentes era la de un científico y no la de un matón. Durante un instante, la repulsión que sentía por lo que había hecho fue sustituida por la alegría e incluso por el orgullo. Después de lo que había leído en el despacho, estaba realmente contento. Pensó que aquello era un pecado horrible.

–Vámonos, Simon.

Y se marcharon, pero antes Hill volvió a la despensa a recoger la comida.

Capítulo 16

Alrededores de Bagdad, Iraq

Hubo un tiempo en que se llamó Rafael Abbas. En el momento de la visión, el ángel le dio un nombre nuevo: Mal Abbas. Una vida nueva, un renacimiento, y el nombre lo dejaba muy claro. El nombre era lo menos importante de todo lo que Alá le había dado.

De joven, lo único que Rafael quería era convertirse en un hombre. No en un hombre cualquiera, sino en un hombre como su hermano mayor, que había luchado con las fuerzas de Hamas. Por Iraq, decía su hermano, por el Corán. Decía que todo el islam, todos los pueblos árabes estaban siendo aplastados por los judíos y sus aliados, los países de Occidente. Rafael había escuchado todo lo que su hermano decía con una fe incuestionable. Y cuando éste murió en un atentado con bomba, Rafael dejó su casa, dijo que tenía dieciocho años cuando, en realidad, tenía sólo trece y se alistó en Hamas. Desde entonces, había pasado de un grupo a otro. No encontraba ninguno que igualara su fervor y su impulso a actuar.

En esos momentos sabía por qué. Alá le había marcado un destino. Había elegido a Rafael para que liberase a su pueblo de la esclavitud. Como Moisés. Eso era lo que el ángel había dicho: «Como Moisés». Y ante él, Alá dividiría las aguas.

Y el mismo Rafael también las dividía. El pueblo lo había aceptado como profeta con una gratitud histérica. Sus gentes llevaban mucho tiempo esperando la justicia de Alá y se tragaron la promesa de Abbas con la misma facilidad con que un americano se tragaba un perrito caliente. Hacía tres días que se había anunciado como profeta. Y en esos instantes se encontraba en un búnker de hormigón, con los líderes del mundo árabe y hablando por teléfono con el presidente Li y Tsing Mao Wen de China. En tres días, se había convertido en el hombre más poderoso de todo el islam. El profeta Rahman también tenía seguidores, eso era innegable, pero se trataba de gentes de una elite pacífica y se hallaban lejos, en Beirut. Sin embargo, lo que los países árabes necesitaban en aquel momento no era la paz y lo sabían. Necesitaban a Abbas.

–¿Se alía con nosotros? –le preguntó el presidente Li.

–¡Iraq está con usted! –respondió Mal Abbas al tiempo que se levantaba de su asiento.

Amin Hadar, presidente de Iraq, asintió con brusquedad, hundiendo las mejillas en un gesto que le servía para autocontrolarse. Era un revolucionario que había liderado el derrocamiento de Hussein. Cuando lo hizo, Occidente lo aplaudió, aliviado de librarse de aquel viejo mercenario. Sin embargo, los que se sintieron aliviados jamás habían mirado de frente los ojos fríos y grises de Hadar.

Los demás dignatarios sentados alrededor se inclinaron hacia la mesa y movieron la cabeza en señal de asentimiento.

–Irán se ha comprometido.

–Líbano se ha comprometido.

–Jordania se ha comprometido.

Hablaron Arabia Saudí, Afganistán, Pakistán, Turquía y algunos de los países del norte de África. Todos se habían comprometido antes de ser invitados al búnker, pero la reunión aún tenía aire de gravedad, de juramento.

–¡Les damos la bienvenida a todos! –dijo Li–. Doy por supuesto que Mal Abbas será su líder y el principal contacto de China. ¿Es ésa la decisión a la que han llegado?

Mientras se sentaba de nuevo, Abbas contuvo el aliento. A su lado, las mejillas de Hadar estaban más hundidas, como si una simple espiración pudiera convertirse en una protesta. Los otros eran más sutiles, pero no necesariamente menos peligrosos. ¿Se atreverían a desafiar al profeta de Alá? No, ninguno lo hizo.

–¡Bien! –exclamó Li–. Lamento tener que decir que la India todavía duda. La religión hindú estrangula su coraje. Escuchan más a sus profetas que a sus estómagos. –Se produjo una pausa al advertir que lo que acababa de decir era un insulto–. Y... y sus profetas no los incitan a la guerra.

–Si Alá no los ha incitado a la guerra quiere decir que no los necesitamos –replicó Abbas con dureza.

–Es cierto. Sin ellos ya somos bastante numerosos. Sin embargo, nuestra tarea no es fácil. Queremos mantener un canal abierto con usted y los demás para discutir la estrategia, general Abbas.

Abbas se inclinó hacia delante, ansioso. Estrategia. Sí, tenía algo que decir al respecto.

–Por favor, hable, presidente Li. ¿Quiénes considera que son nuestros enemigos?

–Estados Unidos, naturalmente. Y sus aliados europeos, que han sido sobornados por la gran ramera occidental para que los apoye. Debemos neutralizar el Reino Unido y Francia. Alemania todavía tiene tropas estadounidenses. También debemos atacarlos.

Mal Abbas asintió con fuerza aun cuando Li no lo veía.

–Estoy completamente de acuerdo. ¿Y Europa del Este?

–Todo parece indicar que esos países se mantendrán neutrales –respondió la voz de Tsing Mao Wen.

–Nadie más tendrá los recursos necesarios para ponerse de parte de Estados Unidos –comentó Li en tono de burla–. Con el mercado de valores por los suelos, incluso su chantaje se verá reducido. Nuestro único interrogante es Israel. No hemos podido averiguar cuáles son sus intenciones.

–La confusión de ustedes al respecto es comprensible, presidente Li –intervino el dignatario libanés–. En Israel ha habido un cambio en el poder. Su profeta, Rabbi Levi, ha derrocado al primer ministro.

–Sí, eso nos han dicho. ¿Lucharán a favor de Estados Unidos?

–Levi ha dicho que no irán a la guerra mientras su preciado

templo no esté terminado. Eso les llevará varios meses, como mínimo. –El líder libanés daba a entender que podía llevarles algún tiempo.

–Si eso es verdad, nos será de gran ayuda –replicó Li, en tono meditabundo.

–Es verdad –dijo Abbas–. Y ahora hablemos de cómo nos dividiremos el trabajo. Nosotros estamos cerca de Europa y podemos infiltrarnos allí. Eso fue lo que Alá me dijo. Y ustedes tendrán que vérselas con Estados Unidos.

Se produjo una pausa, una negativa silenciosa por parte de Li, tal vez debida al tono autoritario de Abbas. Sin embargo, cuando habló, el presidente chino dijo:

–Tal como están las cosas, general Abbas, prácticamente opinamos lo mismo.

Abbas sonrió, aliviado. Entonces advirtió que, en la mesa, había unos cuantos dignatarios, entre los que se contaban el libanés y, por supuesto, Hadar, que lo miraban con enojo y desaprobación. Sus ardientes miradas indicaban que querían enfrentarse a la Gran Ramera. ¡Idiotas! Sentados en aquel búnker se sentían lo bastante valientes para hacerlo, pero siempre se habían marchado con el rabo entre las piernas cuando se había tratado de hacer frente a Estados Unidos. No obstante, la mayoría de los líderes asintió en señal de aprobación. Que fuese China quien luchara contra aquel gran demonio que vivía al otro lado del mundo. Cuando Estados Unidos sufriera la invasión china, las riquezas de Europa serían para los países árabes.

–Tal vez deberíamos hablar de sus planes, presidente Li. Supongo que tiene la intención de invadir Estados Unidos –indicó Abbas, que hablaba de nuevo por teléfono.

–Todavía estamos trabajando en la estrategia, general Abbas, pero ha llegado la hora de que los estadounidenses afronten una guerra en su propio territorio. Creo que no podrían soportarlo, viven con demasiadas comodidades, están muy mimados. Y nosotros estamos dispuestos a sufrir grandes pérdidas. Sin embargo, las fronteras de ese país siguen siendo un problema...

–Precisamente de eso quería hablarle. –Abbas apenas podía contener la excitación–. Alá me ha dado un mensaje para usted, una profecía.

–¿De veras? –preguntó Li en tono precavido–. Ya he hablado de ello con Tsing Mao Wen. Él también tiene ideas muy interesantes acerca de lo de Santa Pelagia.

–Sin embargo –interrumpió Wen con cortesía–, también he pensado que nuestros hermanos orientales podían sernos muy útiles. Tal vez deberíamos permitir que el general Abbas nos comunicara sus pensamientos.

–Muy bien, estoy dispuesto a escuchar –dijo Li en un tono un tanto antipático.

Los hombres reunidos en el búnker miraron a Abbas con suspicacia. Como Li, creían en las profecías hasta cierto punto.

–Gracias, presidente Li. Tengo el día y la hora del ataque y la promesa del éxito. Alá ha dado su palabra de que estará con nosotros, que protegerá los ejércitos chinos con sus propias alas si usted se prepara según sus instrucciones.

–¿Qué día y qué hora? ¿Cuáles son esas instrucciones? –preguntó Li, con frialdad.

–Le diré las palabras que me fueron transmitidas en Santa Pelagia, pero antes deseo hacerle una pregunta. Alá me dio dos profecías. La primera hace referencia a la invasión por parte de las tropas chinas. Y en cuanto a la segunda, ¿no podría usted obtener armamento de sus vecinos, los rusos? Seguro que quieren conservar su amistad.

–Hummm. Tal vez sea posible. –Por el tono de Li, Abbas supo que era más que posible que Rusia ya se lo hubiera ofrecido.

–Supongamos que conseguimos esas armas –añadió Tsing Mao Wen en tono respetuoso–. ¿Para qué quiere que las utilicemos? Es poca la tecnología de los rusos que nosotros no tengamos, a excepción de sus misiles nucleares de largo alcance. Sin embargo, cualquier país que utilice armas atómicas contra América cometerá un suicidio.

Abbas sintió una oleada de alegría, de regocijo, como un niño a punto de revelar un maravilloso secreto. Era él quien tenía las profecías. Sólo él conocía la voluntad de Alá. Vivía un momento de poder absoluto, con China al otro lado del teléfono que esperaba pacientemente sus instrucciones, y los líderes del islam sentados a sus pies.

–No sugiero que las desplieguen ustedes... –dijo, con precaución, incapaz de reprimir una sonrisa de loco ante aquella broma.

Se produjo una pausa durante la cual Li y Wen hablaron en voz baja en chino. Detrás de Abbas, Hadar murmuró en voz baja y en tono furioso:

–¡Tendríamos que discutir la estrategia antes de hacer promesas a los chinos, general Abbas!

Abbas se volvió para mirar a Hadar. El revolucionario se había puesto en pie, con el ceño fruncido en aquella expresión de cólera tan propia de él. A Abbas aquella réplica lo sorprendió e interrumpió sus pensamientos. Fue como un jarro de agua fría. Sobresaltado, miró alrededor. Sí, todas las caras estaban con Hadar. Estaban enojados ante las perspectivas de lo que podía decir a los chinos. ¿Aceptarían sus ciudadanos y los de los pueblos vecinos la profecía de Alá? ¿Tendrían fe suficiente?

–¿Qué tiene en mente, general Abbas? –preguntó Li.

–Yo... ah... tengo que rezar por los detalles y discutir la cuestión con los otros líderes aquí reunidos. Pero me alegra saber que tiene acceso a ese armamento.

Hadar lo hizo callar con una expresión de advertencia, como si fuera una serpiente de cascabel.

–Esto... Sí. Podemos discutirlo después. De momento, propondría retomar el tema del ataque inicial de China a Estados Unidos.

Abbas se estremeció. Se veía acatando la voluntad de Hadar. Entonces, un pensamiento lo invadió como un haz de luz. ¿No le había dicho el ángel que fuera discreto?

Sí, en aquel momento se acordaba. Alá le había advertido que no comentara la profecía con los países árabes. Tenía que hablar sólo con China. ¡Qué idiota, lo había olvidado! Se había dejado llevar por el poder que sentía en ese momento.

El pánico de su desobediencia, de su error, era agobiante. Intentó convencerse a sí mismo de que no lo había estropeado todo. Como Moisés. Como Moisés.

Sin embargo, a Li le parecía oportuno posponer las conversaciones porque dijo:

–Muy bien. Lo dejaremos para otro día. Entonces escucharemos sus sugerencias acerca de cómo debemos invadir Estados Unidos.

El momento de terror, el borde del abismo había pasado. Abbas regresó a su asiento y empezó a hablarles de la primera profecía.

Carretera interestatal 40 oeste

Hill no despertó hasta el mediodía. Se había dormido antes de que llegaran a Washington y tras haber engullido unos emparedados de mantequilla de cacahuete y otros de queso danés.

Deauchez no tenía mucho apetito, pero había comido unas rebanadas de pan hacia las ocho, aunque sólo fuera para mantenerse despierto. De vez en cuando, tomaba la temperatura con la mano, preocupado, al hombre que dormía junto a él.

Simon Hill estaba ardiendo.

El reportero se movió en una de esas tomas de temperatura. Se incorporó adormilado y gimió. Permaneció sentado unos instantes en el asiento del pasajero, parpadeando, perdido en sus pensamientos. Se llevó la mano a la frente y dijo:

–Tengo fiebre. Y también dolor de cabeza. Mierda.

Hablaba malhumorado y su rostro tenía una expresión extraña, una mirada pétrea y opaca que, sin embargo, transmitía amargura.

Deauchez sintió una punzada de dolor que era empatía y lamento a la vez, quizás incluso pena.

–Sí. Lo siento. ¿Quiere que paremos a comprar aspirinas?

–Llevo algunas en la bolsa.

Hill alargó el brazo hasta el asiento trasero y agarró su mochila negra, la única cosa que llevaba encima el día que Deauchez se había presentado. Sacó un frasco.

Al ir a tomarse la aspirina, sus pensamientos se perdieron en algo. Permaneció unos instantes con dos comprimidos en la mano, el frasco inestablemente apoyado en su regazo, unos insignificantes comprimidos blancos en sus grandes y oscuras manos. Miró por el parabrisas con rostro inexpresivo.

–Tal vez sería mejor que tomase tres –sugirió Deauchez en voz baja.

Hill no respondió. Se llevó los comprimidos a la boca, sacó otro del frasco, hizo lo propio y las tragó con lo que quedaba en una vieja lata de coca-cola.

Justo en el momento en que Hill levantaba la cabeza pasaron ante una gran señal verde que indicaba la salida de la autopista.

–Perdone, padre, pero ¿esa señal decía Memphis ciento veintiocho kilómetros?

–Creo que sí.

–¿Memphis, Tennessee?

–¿Hay algún otro Memphis en esta parte del país? –preguntó Deauchez, que lo ignoraba por completo.

–Padre, perdone la expresión, pero ¿qué coño estamos haciendo cerca de Memphis? Cole y Telegyn están en Washington, por no mencionar al FBI y a todas las otras personas con las que deberíamos hablar. ¡Y después de eso, a mí me gustaría regresar a Nueva York!

Sus últimas palabras fueron una queja y una exigencia a la vez. Deauchez apretó la mandíbula en gesto de obstinación.

–¿Padre Deauchez?

–Pensaba que íbamos a Sedona.

–¿A Sedona? ¿Está usted loco?

–Pensaba que íbamos a investigar las vacunas que allí se administran todavía.

–¿Como las vacunas de hanta del campamento Puma, quiere decir? –preguntó Hill confundido.

–Sí, ésas, las mismas que en el campamento de Sagara Bata,

en la India. Estoy seguro de que en Sedona también las administran y Sedona está más cerca que el campamento Puma.

Aquello no aclaró las cosas al periodista. Se llevó la mano a la frente e hizo una mueca de dolor.

–¿Y Abeed o Stanton? Ésos sí que están mucho más cerca que...

–No vacunarán a los seguidores de Abeed ni a los de Stanton. En este país sólo lo harán con los de Puma y los de Andrews, sólo ellos... creo.

Deauchez frunció el ceño, preocupado. Intentaba aparentar más confianza en sí mismo de la que realmente tenía.

–Muy bien. Usted leyó algo en Internet que yo ignoro, lo acepto, pero tengo que decirle que no estoy muy seguro de que esta pista nos lleve a... –Hill hizo una pausa y se volvió hacia la ventanilla–. Quiero decir que tal vez deba seguir usted solo. Yo, por mi parte, quiero volver a casa. –Hizo otra pausa–. No me siento nada bien, padre.

Deauchez apenas podía soportar su lastimero tono de voz. Alargó el brazo y le tocó el hombro.

–Lo sé, Simon. Precisamente por eso tenemos que ir a Sedona.

Hill se volvió con dolor en los ojos.

–Será mejor que me explique por qué...

–Sí, claro. Lo haré, aunque todo es pura especulación. Pero es posible que... Sí, será mejor que se lo diga.

–Siga.

–Mire –dijo Deauchez tras respirar hondo–, en la red informática en la que entramos vi las biografías de los profetas. Y algo más. No estoy seguro de lo que significa exactamente, pero tras el nombre de cada profeta había un calificativo entre paréntesis. Decía «amigo» o «no amigo».

–¿Amigo o no amigo?

–Sí.

–Amigo o no amigo –recitó Hill como si hablase una lengua extranjera.

–Exacto, Simon.

–¿Y qué demonios significa?

Deauchez deseó haberlo sabido. Sin embargo, respondió.

–Bueno, ya le he dicho que todo son sólo suposiciones, pero escuche quiénes eran los amigos: Puma, Andrews, Sagara Bata, Kratski, Clark, Rahman, Hefner y...

–¿Sí?

–Vi uno más. Su nombre era Lamba Rimpoché y es un budista tibetano. Según los datos de la red, actualmente reside en Sierra Blanca, Texas, lo cual es otra razón que me ha hecho pensar que sería útil ir en esa dirección. Tal vez después de Sedona...

Hill se incorporó en el asiento, con el rostro anhelante pese a lo mal que se encontraba.

–¿Lamba Rimpoché? ¿Es uno de los veinticuatro? ¿Y cómo es que no se ha dado a conocer?

–Me gustaría saberlo. Tal vez sea importante.

–De acuerdo, pero ¿y el último?

–¿Perdón? –Deauchez se ruborizó; las mejillas le ardían.

–El último. Todavía faltaban dos profetas.

Hill se sonó la nariz, seca y enrojecida. Sus ojos miraban a Deauchez de manera implacable.

–No... no tuve mucho tiempo.

Deauchez volvió la cabeza para corregir la posición del retrovisor externo y evitar la mirada del periodista.

–¡Maldita sea!

Hill golpeó su puerta.

–En cualquier caso sólo esos ocho profetas estaban calificados de «amigos». Los demás eran «no amigos».

Hill suspiró decepcionado y se volvió en su asiento. Se frotó de nuevo la nariz y miró hacia la carretera como si se concentrara en una pregunta. Al cabo de unos instantes, sacudió la cabeza.

–No. No lo entiendo.

–Yo tampoco estoy seguro de entenderlo, pero lo que sí es seguro es que esos ocho tienen algo en común.

–¿Qué?

–Todos ellos comparten inclinaciones metafísicas. Andrews y Puma podrían ser calificados de gurús de la Nueva Era, Hefner está metido en los rosacruces y otras sectas ocultistas. Rahman es un sufí, pertenece a una rama mística del islam relativamente liberal. Clark es vidente y astróloga, y yo mismo oí hablar a Sagara Bata. Es un hindú de la Nueva Era que juguetea con la filosofía budista. Y este nuevo, este Lamba Rimpoché, es un budista tibetano. Los tibetanos son muy esotéricos y, además, son pacifistas.

–Comprendo. Todos ellos son, por decirlo de alguna manera, la otra cara de la moneda de Abeed.

–¡Exacto! O que Stanton. Piense en ello. En el bando de los «no amigos» están Abeed y Mathews, ambos racistas.

–Amén –dijo Hill, al tiempo que sacaba su cuaderno para tomar notas.

–Tenemos un mormón, un baptista y dos católicas, es decir, Daunsey y María Sánchez. Tsing Mao Wen es atípico dentro de su fe. Los taoístas tienden al esoterismo, pero ese hombre es un anarquista.

–Exacto. –El periodista garabateaba a toda prisa–. Quiere incitar a China a la guerra.

–Hay también un hindú, un protestante en África y un cristiano integrista en Australia. Dimish es de la Iglesia ortodoxa rusa. Levi es un judío ortodoxo... ¿Ve por dónde voy?

Hill se golpeó los dientes con la punta del lápiz.

–Sí, pero ¿qué tiene que ver todo esto con las vacunas?

–Mire, Simon, sólo es una suposición, pero... lo he pensado durante las últimas horas, mientras usted dormía. Creo que ese virus Santarém puede hacer más daño del que la gente imagina. Si eso es cierto, nuestra investigación acerca de la vacuna será crucial.

«Especialmente para usted», añadió mentalmente el sacerdote.

Hill lo miró a los ojos un buen rato. Cuando habló, lo hizo con una voz perfectamente controlada.

–¿Quiere decirme que... que esas vacunas podrían ser el antídoto del Santarém?

Deauchez asintió y miró al reportero el tiempo que pudo, pues estaba conduciendo, con una expresión optimista y de apoyo. Sin embargo, los ojos de Hill seguían extraviados.

–Pero... –dijo–, pero puede que no sea eso.

–De acuerdo, Simon. Puede que no sea eso, pero piense una cosa. Si fuera al revés, si se hubiera vacunado al grupo de los «no amigos», sugeriría que contenían lo contrario, es decir, el propio virus. ¿Comprende?

La expresión de Hill dejó de reflejar abstracción y en su rostro apareció un gesto de horror.

–Dios, sí, lo comprendo.

–Al fin y al cabo, toda esta historia de los profetas... Sí, han divulgado todo ese pánico apocalíptico y, además, lo han hecho de una manera efectiva. Pero ¿cuál es el objetivo de esa tontería de «reunir a todos los creyentes»? La hermana Daunsey en Londres, que congrega a todos los católicos de Irlanda, y Stanton en el monte Kittatinny, y Andrews en Sedona. Tal vez sirvan a los fines del Cetro Rojo, ¿no? Y el único fin debe de ser reunirlos en campos adecuados y aislados para... para...

Era un pensamiento que no podía ni se atrevía a terminar. Hill estaba a punto de desmayarse, con el bloc de notas olvidado en el regazo, pero sus ojos seguían brillando con aquella chispa periodística que los caracterizaba. Incluso en esos momentos seguía pensando en su reportaje, en su ídolo, que era la página impresa.

–Si tiene razón –dijo Hill, al tiempo que hacía un esfuerzo para pensar con coherencia–, si están dando vacunas contra el Santarém a todos los «amigos», eso implica que... ¿Leyó algo sobre el virus en la red? ¿Tan peligroso es?

–No. –Deauchez sacudió la cabeza con frustración–. No tuve tiempo de buscar tantas cosas. Teníamos que salir de allí muy deprisa.

–Pero seguro que vio algo.

Deauchez asintió a regañadientes. Miró a Hill con miedo y apremio.

–Se lo diré, Simon, pero tiene que publicarlo hoy. Mándeselo a su editor. ¿Cree que podrá hacerlo?

–¡Pues claro! Cuénteme.

–Muy bien –Deauchez respiró hondo–, miré la página de los

objetivos del proyecto. El objetivo número uno del Proyecto Apocalipsis es... hacer descender la población mundial.

–¿De veras?

Hill puso unos ojos como platos.

–Ahora mismo, la población de la tierra es de unos seis mil millones de personas, ¿verdad? ¿O casi siete? Mire lo que han hecho hasta ahora. Usted se preguntaba por qué alguien querría destruir los recursos alimentarios, ¿recuerda? En ese momento pensé que lo único que querían era que se cumplieran las profecías, pero hay algo aún más importante: la hambruna matará, ¿no? Quizás a cientos de miles.

–Millones, padre.

–Millones, sí. Luego está el virus y, tal vez, la guerra.

Hill lo observó un instante con ojos vehementes y monótonos, con aquella expresión que Deauchez recordaba de la primera vez que se habían visto en Santa Pelagia. Parecía que hacía siglos.

–Muy bien. Lo que leyó, ¿decía cuántos debían morir?

El cura clavó la vista en la carretera.

–¿Decía cuántos, padre?

–El objetivo real, según leí, Simon, era de dos mil millones.

Mientras lo decía, Deauchez sintió en el pecho una aguda punzada, honda y fría, como la de una flecha que hubiera pasado a través de la nieve. Era la primera vez que se había permitido pensar en ello desde que lo leyera la noche anterior en la pantalla de la doctora Janovich. Durante toda la larga noche de conducción hizo un esfuerzo consciente para borrar aquello de su mente. Además, estaba Simon y su salud era preocupante, y de ahí la idea de ir a Sedona. Le había parecido una buena idea porque Sedona estaba lejos y había una buena y noble razón para ir hacia allí. De esa forma no necesitaría reconocer el hecho de que estaba huyendo.

–¡Dios mío, padre! –Hill alargó el brazo y tiró a Deauchez de la manga–. ¿Ha dicho dos mil millones?

Deauchez, sin embargo, tenía un nudo en la garganta y las palabras no le salían.

–¿Dos mil millones de muertos?

–No, Simon –dijo el cura con voz entrecortada–. Dos mil millones de supervivientes.

Munich, Alemania

Hacía sólo cuatro días que Mike había estado en Munich. Sólo cuatro días desde que habían recogido a Blade y habían suspendido el concierto. Sin embargo, le parecía que todo eso había ocurrido en otra vida, que eran recuerdos de una reencarnación anterior, una vida que tal vez había vivido en un universo alternativo donde las cosas, realmente, tenían sentido.

En el hospital de la Universidad de Munich todavía mantenían en cuarentena a unos cuantos técnicos de sonido y promotores en la misma sala en la que había muerto Blade. Fuera, el césped del hospital estaba lleno de coronas de flores depositadas por los afligidos seguidores del cantante. Dentro, agonizaban los últimos diez supervivientes del grupo de Blade.

A Mike le dijeron que los alemanes se habían hecho cargo de todo. Era evidente que estaban haciendo un esfuerzo descomunal. Sam Richards seguía a la cabeza del grupo de la OMS, pero el Gobierno alemán había intervenido con contundencia. Tenían a unas cinco mil personas en cuarentena, la mayor parte de ellas en contra de su voluntad, y todavía no habían localizado ni a una cuarta parte de los asistentes. Las horribles noticias que llegaban de América sobre el contagio hacían más difícil encontrar a los que no se presentaban por decisión propia.

Lo único positivo, había comentado Richards, era que los medios y la población en general apoyaban con entusiasmo aquella caza del hombre, con vecinos que denunciaban a vecinos de los que sospechaban que habían estado en el concierto o en contacto con asistentes a éste. Aquello no sólo ocurría en Alemania, sino también en otras ciudades del mundo. Además, los alemanes conocían lo que sucedía en Los Ángeles, Seattle, Atlanta y Nueva York.

Y así, a las veinticuatro horas del primer síntoma precoz en los que habían estado en el concierto esa noche, todos los alemanes contenían el aliento para ver si la muerte se había ensañado también con ellos.

Mike no tenía ninguna duda al respecto.

Encontró al joven, llamado Georg, mientras fumaba un cigarrillo en el vestíbulo de día. Se le veía abatido, derrotado. Era el rostro de alguien que esperaba la muerte.

Munich había distribuido trajes blancos Racal contra la contaminación biológica entre el personal. Llevaban bombona de aire incorporada, cierre presurizado, la BMW de control de enfermedad y una importante indicación de su nivel de gravedad. Mike no estaba muy seguro de si inspiraban confianza o terror, pero sabía lo que pensarían los que estaban en cuarentena. De ese modo, Mike hizo lo que no resultaba fácil hacer con un Racal: sentarse. Apoyó las nalgas en el borde de la silla, junto a Georg, y esperó que él advirtiera su presencia. El chico lo hizo y lo miró con ojos enrojecidos.

–¿Georg? Soy el doctor Michael Smith. No sé si me recuerdas, pero yo dirigía el equipo que te recogió hace cuatro días.

Georg dio una honda calada a su cigarrillo y no respondió.

–Quiero preguntarte algo. Es muy importante.

–Voy a repetir lo que ya he dicho mil veces. –Georg acercó la punta del cigarrillo al cenicero–. Estuve en la sala del concierto una hora antes de que comenzara la actuación. No pude contagiarme de nada, ¿verdad?

–No se trata de eso. Esa noche me dijiste una cosa. Me preguntaste si alguien de nuestro equipo había estado en la sala del aire acondicionado, hablaste de un tipo que llevaba una máscara. ¿Te acuerdas?

El chico alzó la cabeza con la cara torcida en una extraña mueca.

–Culpa del jodido tiempo –dijo.

Una hora más tarde, Mike y Sam Richards mostraban sus acreditaciones en el cordón de seguridad que había alrededor del teatro. Salió un hombre con traje Racal y los hizo pasar.

Después de ponerse el traje y rociarse con un aerosol, entraron en las entrañas del auditorio y contemplaron, asombrados, el espectáculo. El recinto era enorme, con asientos para veinte mil personas, y cada uno de esos asientos había desaparecido o estaba siendo desmantelado en ese mismo momento. Incluso descolgaban los focos.

–Dios mío, Sam, ¿en Estados Unidos están haciendo lo mismo?

–Sí, ahora han empezado a hacerlo –respondió Sam con amargura–. Me han dicho que el USAMRIID ha mandado equipos de descontaminación.

Sí, ahora, cuando el número de infectados ya se había disparado. Mike se preguntó qué había ocurrido en esas salas entre la actuación de Blade y el momento en que fueron clausuradas. ¿Exposiciones de arte, de coches antiguos, de productos para bebés, partidos de baloncesto? Hasta ese momento no se le había ocurrido y se estremeció.

–Nos gustaría ver la sala del ventilador –explicó Richards a su acompañante.

–¿Arriba? ¿En la parrilla de luces?

–Sí.

Los condujeron a una escalera de la parte trasera del escenario y los dejaron solos. Mike miró los estrechos peldaños y se acongojó.

–Espero que esto no sea una absoluta pérdida de tiempo –gruñó Sam.

Mike apretó los dientes y empezó subir.

Encontrar la sala del aire acondicionado no les resultó difícil. Se trataba de un recinto cerrado en un extremo de la parrilla. Llegar hasta allí les costó algo de tiempo. Cuando miraba hacia abajo, lo único que Mike veía era el borde del casco de su traje de plástico. Tenía que andar a tientas por las vigas de acero, tanteando con los pies.

A sus espaldas, Sam imprecaba en voz alta.

La puerta de acceso a la sala del aire acondicionado estaba abierta. No tenía cerradura y era obvio que nadie la había forzado. Era un recinto de tres por tres metros, ocupado casi todo él por maquinaria.

–¿Y ahora qué? –preguntó Sam, al tiempo que se llevaba las manos enguantadas al casco.

–Vamos a echar un vistazo –respondió Mike.

Era más fácil decirlo que hacerlo, ya que el recinto estaba lleno de cantos afilados y corrían el gran riesgo de que se les pincharan o desgarraran los trajes. Con sumo cuidado, Mike examinó el mecanismo del ventilador. Era una caja grande, más alta que él. En la parte trasera del aparato había dos anchos conductos de goma que se dirigían hacia arriba y salían al exterior a través del techo. El médico se tumbó en el suelo para examinar la base del aparato. Allí había un gran ventilador que absorbía el aire viciado del teatro. De la parte central de la máquina salían tres tubos que se dirigían hacia direcciones distintas a lo largo de la pared y que sin duda terminaban en varias boquillas de salida que renovaban el aire de todo el auditorio.

–Yo no veo nada raro, Mike.

–Yo tampoco. –Mike se puso en pie–. Lo único que está claro es que este ventilador renueva el aire de todo el edificio. Si lo hubieran manipulado...

–No tenían por qué hacerlo. Todo el aire pasa por este aparato, el que llega viciado y el que sale renovado. Así se explica por qué el virus de Blade se propagó entre todos los asistentes.

–No, no lo explica. Aun cuando tosiera como un loco y este aparato capturase los virus, algunos los habría expulsado por esos conductos de salida. Y los que se propagaron a través de la máquina no bastarían para justificar el elevado número de infectados. En los conciertos de Estados Unidos se contagiaron miles de personas.

Sam no sabía qué replicar. Se llevó las manos de nuevo a los labios y permaneció inmóvil, como si esperase que Mike dijera que se marchaban de allí, pero Mike no tenía prisa. Con las manos enguantadas tocó los laterales de la caja. No encontró nada inusual.

–Échame una mano, ¿quieres? –dijo, mientras señalaba los conductos de goma.

–¡Mike!

–Vamos. Tú junta las manos. Iré con mucho cuidado.

Muy a su pesar, Sam entrelazó los dedos y se inclinó hacia delante. Mike puso la bota en los guantes de Sam y se impulsó hacia arriba. Miró los conductos.

–¿Qué significa *ausgang*?

–Salida, escape.

–¿Y *eingang*?

–Entrada.

Mike siguió el tubo de entrada con los ojos, desde el techo hasta el aparato. Entonces lo vio. Medio metro por encima de su cabeza en el tubo había un trozo de cinta aislante negra, de la utilizada para conexiones eléctricas. Con Sam que se retorcía debajo, Mike tocó la cinta con los dedos enguantados y buscó una manera de arrancarla.

–¡No puedo sostenerte, Mike!

–Sólo un minuto.

Encontró un saliente y tiró de él. Bajo la cinta había un orificio pequeño y regular de unos dos centímetros de diámetro. Lo habían hecho en la gruesa goma marrón con un cuchillo o una navaja. El interior del conducto estaba limpio y nuevo, lo cual contrastaba con la deslustrada y polvorienta superficie exterior. Mike descendió despacio y utilizó los hombros de Sam para apoyarse.

–¿Podemos irnos ya? –gimió el joven.

Mike le tendió la cinta adhesiva y señaló hacia arriba.

Sam la aceptó, receloso, la examinó unos momentos y dijo:

–Tal vez sea vieja.

Sin embargo, su rostro, tras la máscara, se veía conmocionado.

–No es vieja.

–Mike... ¿Has leído la prensa, últimamente? ¿Toda esa historia de Santa Pelagia y los profetas que anuncian el fin del mundo?

–Sí. Precisamente leí la última recapitulación de los hechos publicada en el *New York Times* cuando volaba hacia aquí.

–Dicen que el Santarém es el segundo jinete, la plaga. Unos cuantos médicos del hospital están muy asustados, Mike. Dicen que lo que ocurre se les ha ido de las manos a tanta velocidad porque es la voluntad de Dios.

Mike cogió de nuevo la cinta adhesiva y esbozó una sonrisa sarcástica.

–Pues creo que nosotros tenemos otra teoría.

Pero era una fanfarronada.

–Mike, no puedo creerlo... La historia del chico es absurda a menos que...

–¿A menos que qué?

–Hay quien dice que a veces los ángeles adoptan forma humana... –Sam parecía avergonzado.

Mike sintió una oleada de rabia tan grande que tuvo que contenerse para no golpear a su colega.

–Mira, Sam, si Dios quisiera que todas las personas que acudieron a este teatro se contagiaran del virus Santarém, ¿tú crees que mandaría a un ángel enmascarado para que echara un vial de ese microorganismo en el tubo de la ventilación?

–No, supongo que no. –Sam evitaba los ojos de Mike–. Pero no sabemos qué vio exactamente ese chico, podría ser alguien del equipo de mantenimiento, por ejemplo. Y en cuanto al agujero...

–¿De mantenimiento? ¿Completamente vestido de negro y con una máscara?

–Tal vez tengan que limpiar de vez en cuando los tubos.

Mike estaba furioso.

–Por el amor de Dios, Mike, piénsalo bien. ¿Quién haría una cosa así? E incluso suponiendo que alguien quisiera hacerlo, ¿cómo habrían conseguido el virus? ¡Pero si nosotros acabamos de descubrirlo!

Ante aquellas palabras, Mike notó como si le hubiera caído algo encima, un conocimiento tan denso y sólido como los de las verdades recién sabidas. Miró a Sam con aquella expresión de sorpresa que precedía a la ira.

–¿Lo hemos descubierto nosotros, Sam? ¿Tú crees que sí?

Capítulo 17

Carretera interestatal 40 oeste

El reportaje o, mejor dicho, el gran reportaje, se escribió a base de dosis masivas de aspirina, azúcar y cafeína carbonatada. Y pese a ello, Simon se encontraba sentado en el asiento del pasajero, con el portátil apoyado en el tablero, y no paraba de sudar. Desprendía un hedor desesperante mientras sus danzantes dedos tecleaban en el ordenador. Al cabo de un tiempo, empezó a emitir unos pequeños gruñidos involuntarios, como si escalara una montaña de piedras en vez de componer un texto a base de palabras. El olor impregnó el coche de tal manera que casi se saboreaba, y no podían abrir las ventanillas porque si lo hacían Simon empezaba a sufrir unas tiritonas incontrolables.

Y Deauchez no podía hacer otra cosa que conducir e intentar, sin éxito, leer por el rabillo del ojo la pantalla de cristal líquido del portátil. Eso y luchar para no dormirse.

Sedona aún se encontraba a unas veinticuatro horas de viaje.

Russellville, Arkansas
17.00 horas

Mientras Simon entraba en la estación de servicio con su carnet de periodista y preguntaba al encargado si, pagando, podía utilizar una de las líneas telefónicas privadas del establecimiento, Deauchez llenó el depósito de gasolina. Se trataba de algo muy simple, pero ponerse de acuerdo sobre ello en el coche había resultado violento y lamentable. Los teléfonos públicos no tenían conexiones para módems y el móvil, aquella mierda de tecnología que se había implantado entre ellos como un tumor, fue rechazado con contundencia por Deauchez, el cual se negó a ver la ironía que llevaba implícita su utilización. Hill tenía razón, estaban de viaje, pero si Telegyn averiguaba hacia dónde se dirigían, posiblemente encontrarían a alguien esperándolos en su destino.

Así, el reportero, que se había puesto fatalista justo después de dar a luz su reportaje, se contuvo con una impaciencia apenas controlada hasta que llegaron a la gasolinera.

El reportaje era como un pájaro cuyas garras se le clavaban pidiendo que lo enviara.

Y por lo que a Deauchez se refería, él también tenía algo que contar.

Ciudad del Vaticano, Roma

El cónclave para elegir al nuevo Papa se prolongó hasta casi medianoche. En su despacho, el padre Angelico Carnesca esperó hasta que le dijeron que los cardenales se retiraban a descansar. Las explicaciones que le habían exigido lo habían dejado del todo exhausto. Y cuando finalmente lo dejaron marchar, fue a su habitación, se quitó la ropa y la dejó caer en el suelo.

Estaba en su habitación porque no formaba parte del cónclave. Lo habían llamado para que hablara ante la asamblea y había sido escoltado de entrada y de salida por la Guardia Suiza. En aquella sala, entre aquel mar de cardenales había visto tantas caras afligidas... sobre todo después de empezar a hablar. Cuando cerró los ojos para dormir, todavía las veía. A pesar del cansancio, le costó conciliar el sueño.

Poco después de la una de la madrugada sonó el teléfono e interrumpió su primer sueño profundo. Medio dormido y lleno de frustración, cogió el aparato y, por una vez, deseó no haber tenido el privilegio de contar con una línea privada en su habitación, un privilegio del que disfrutaba debido a su cargo de relaciones públicas de la Biblioteca Vaticana. Era una persona que tenía que ser accesible al clero de todo el planeta.

–Aquí Carnesca –consiguió articular.

–Soy Deauchez –dijo la voz al otro lado del hilo, que siguió hablando.

Tras haber escuchado un par de frases, Carnesca estaba totalmente despierto. Diez minutos más tarde, cuando hubo escuchado todo aquel torbellino de información, estaba sentado en la cama, tenso como una vara. En la oscuridad, su ojo malo parpadeó de manera incontrolada.

Colgó el teléfono e intentó pensar qué debía hacer. Si Deauchez no estaba loco, aquella información era vital para el cónclave y el próximo Papa tenía que saberla. Pero Deauchez no parecía estar loco, al menos no más de lo que estaría cualquiera, en sus circunstancias, si toda aquella historia era verdad. Y, por otro lado, no era deber de Carnesca juzgar las noticias del cura, era deber de los cardenales.

¿Sería cierto? ¿Podía ser verdad?

Una parte de él quería sentirse alborozado ante aquella idea. Si Deauchez estaba en lo cierto, para él sería un gran alivio. Y, sin embargo, no acababa de creérselo del todo, no comprendía por completo las implicaciones de aquello. Porque si lo sucedido no era obra de Dios, sino del hombre, entonces, ¿qué? ¿Qué pasaría?

Y los cardenales McKlennan y Donnelley implicados... ¡Aquello era demasiado!

Intentó serenarse, abstraerse de los detalles y concentrarse en la comunicación del relato. Después de darle muchas vueltas, trazó un plan de acción. Aquella misma noche reuniría a un grupo de cardenales de confianza y lo discutiría todo con ellos. Deauchez lo había advertido de la existencia de espías y de intrusos, pero él conocía a unos pocos hombres en los que podía confiar. Tenía que hablar con alguien, alguien que lo aconsejara y lo apoyara. A la mañana siguiente, cuando volviera a aparecer ante el cónclave, no lo haría solo.

Carnesca se levantó y se vistió despacio. Seguía exhausto, pero también sentía una mareante ansiedad y las manos le temblaban. ¿Cómo entraría en el cónclave sin que nadie lo citase a comparecer? La reclusión del cónclave era inviolable. Pero él, Carnesca, no era un desconocido en el Vaticano. Hablaría con Mystanza, jefe de la policía del Vaticano, la *Vigilanza*. Conocía bien a Mystanza y era él quien lo había escoltado el día anterior, cuando lo citaron. Le diría que tenía noticias urgentes e importantes para uno de los cardenales, tal vez para el cardenal Talbot. ¿Lo aceptaría Mystanza? Carnesca pensó que sí si conseguía que lo viera por completo desesperado, pero eso no era difícil. Mystanza pensaría que eran noticias de algún nuevo desastre y, en cierto modo, así era.

Carnesca se arrodilló junto a la cama y rezó para pedir orientación, fuerza y sabiduría. Luego, salió de la habitación.

Nueva York

Cuando sonó el teléfono, Ralph Bowmont estaba en su despacho.

–¿Ralph? Soy yo, Simon.

–¡Ya era hora, maldita sea!

Bowmont se puso en pie y se acercó a la ventana de su despacho que daba a la sala de redacción. Casi todas las mesas estaban abandonadas.

–¿Se puede saber dónde demonios estás?

–Eso no importa. Mira, ahora mismo voy a mandarte un reportaje por e-mail. Lo único que quiero es hacerte saber que va para allá.

–Pero ¿de qué vas? Desapareces, y el último mensaje que recibo de ti ni sé de dónde era... Si quieres que te sea sincero...

–¿Has mirado el correo? No es que eso importe demasiado, tengo el reportaje aquí. Sigue en la línea de lo publicado. He visto las pruebas con mis propios ojos. Tienes que publicarlo. Mañana. En portada.

–Lo publicaré, maldita sea. Pero vuelve ahora mismo.

–Sí.

–De todos modos, sácale todo el jugo que puedas. ¿Cómo estás? ¿Dónde estás?

Se produjo una pausa.

–Estoy bastante enfermo.

–¿Sí? –preguntó Bowmont en voz baja–. Bueno, eso complica las cosas, pero no me sorprende en absoluto.

–¿Los otros también...?

–Toda la redacción. El maldito Kevin, que fue al concierto de Nueva York...

–Lo sé.

–Murió anoche, Simon.

–Dios.

–Casi todos los demás están en el hospital.

–Mierda. –La voz de Hill se quebró. Ralph lo oyó aclararse la garganta al otro lado de la línea–. Y... y, ¿cómo es que no te han puesto en cuarentena?

–En esta ciudad tienen tantas cosas que hacer que a nadie le preocupa lo que le ocurra a un pobre editor de periódicos.

–¿Te encuentras bien? –preguntó Hill con voz esperanzada.

–Funciono.

–Te oigo bien.

–Estoy bien –dijo Bowmont con rudeza–. Mira, chico, ¿por qué no me dices dónde estás? Mandaré a alguien a buscarte.

–Ya tengo a alguien. ¿Llamaste al FBI, Ralph? Sé que todo esto te va sonar a chifladura, pero no tienes ni idea de lo que está ocurriendo. Es una macroconspiración, todo, todo ello. Bueno, ya lo leerás, pero dime, ¿hablaste con el FBI?

–Sí. Les dije lo que tú me habías contado.

–Bien. ¿Les mandarás el reportaje en cuanto lo tengas?

–Sí, seguro. No te preocupes.

–Gracias. –Hill parecía muy aliviado.

Se produjo un momento de extraño silencio.

–Ese alguien... ¿todavía estás con el cura?

–Sí. Mira, será mejor que cuelgue.

–Eh, Simon, conoces las normas, ¿no? Pues asegúrate de que esto no se filtra a nadie más. Y asegúrate de que el cura tampoco se lo cuenta a nadie. No quiero que nos pisen la exclusiva.

–Vale, de acuerdo, pero esto es realmente importante, mucho más importante que el hecho de que nos pisen la exclusiva, ¿de acuerdo? O sea que tienes que prometerme que mañana estará publicado en primera plana.

Las palabras de Hill sonaban a súplica postrera.

–¿Ralph?

–Sí, Simon. Te lo prometo.

–Gracias. Bueno, hum..., nos vemos.

–¡Cuídate, Hill! –exclamó Ralph con sinceridad y cariño.

Bowmont se quedó unos instantes sentado ante su escritorio con el rostro inexpresivo. Luego, cogió el teléfono y llamó a Ted Peterson, del FBI.

Hill contuvo las lágrimas y conectó el portátil de Deauchez. Adjuntó y envió el reportaje y luego decidió consultar su correo. Tal vez habría algo, un mensaje de alguno de sus colegas, algo quizás enviado desde el hospital. Pensó en las reuniones de trabajo que había tenido con ellos hacía pocos días, en aquellas caras familiares sentadas alrededor de la mesa, todas ellas embarcadas en una gran singladura con Hill al timón. Se acordó de su escritorio, con todas sus manchas y rasguños, de los murmullos de sus compañeros en la sala de redacción cuando trabajaban a toda máquina. Cómo le ponía las pilas oírlos... Lo hacían saltar y desear salir de allí a husmear, a descubrir, a cobrar la pieza de caza y llevarla de vuelta a la redacción, orgulloso, para que todos la vieran. Y su nombre había ascendido desde los clasificados, avanzando página a página con los años hasta aparecer por primera vez en portada. Era una sensación adictiva, que lo llenaba y lo saciaba tanto que se había convertido en el centro de su vida y no precisaba ni deseaba otras cosas. Durante los últimos doce años de su vida no había necesitado nada más. Ni esposa, ni hijos ni siquiera media docena de conversaciones que no girasen en torno a su trabajo de reportero.

Tal vez era más fácil perderse de esa manera cuando uno quería olvidar de dónde procedía y lo que había sido. Hill lo había conseguido.

Por seguir al cura, había dejado atrás a todos los que lo habían apoyado desde que terminara la carrera. Su mundo de la sala de redacción se había desvanecido tras su marcha. Aun cuando pudiera volver a ella, su gente ya no estaría allí. Había tenido tres vidas: la de aquella infancia de niño negro y obeso en Misisipí; la del florecimiento en su época de universitario, unos estudios que le había pagado la abuela, una época en la que había descubierto su talento y su voz, y su vida en Nueva York, donde había llegado a ser alguien. Veía aquellas vidas como algo totalmente ajeno a él, como si fueran la biografía de otro, como si fuera un gato que se reencarnaba en sus distintas existencias y no un humano que llegaba a la madurez. En esos instantes se encontraba en su cuarta y, al parecer, última vida, un breve y desesperado entreacto antes de cerrar los ojos para siempre.

Miró por la ventanilla y vio que el cura salía de la cabina telefónica. Todavía tenía que llenar el depósito, por lo que le quedaba tiempo de hacer clic en el icono de la bandeja de entrada donde esperaba encontrar palabras de aliento de sus colegas del *Times*. No había ninguna.

Se reunieron de nuevo a las puertas del supermercado, vacío de comida. Hill leyó a Deauchez el e-mail que había recibido de un alto cargo de la OMS, un médico llamado Michael Smith. Era una misiva confusa sobre los índices de contagio en virus transportados por el aire y acerca de un hombre vestido de negro en la sala de ventilación del teatro de Munich. En realidad, no tendría ningún sentido si ellos no hubiesen sabido lo que sabían.

–¿Le contestamos? ¿Qué le decimos? –preguntó Deauchez, excitado.

–Ya lo he hecho. Le he dicho que se reúna con nosotros en Albuquerque.

–¿Qué?

Deauchez miró a Simon como si la fiebre le estuviera afectando el cerebro.

–Es médico. Un virólogo. Si en esa teoría suya acerca de las vacunas hay algo de cierto, él podrá confirmarlo, ¿no? Además, si esas inyecciones son una vacuna, un antídoto o lo que sea, alguien como Smith sabrá qué hacer con ello. Si obtenemos una muestra, él podrá llevarla a los laboratorios de la OMS.

–No había pensado en eso –admitió Deauchez. Contuvo un enorme bostezo–. Sí, supongo que tenemos que correr ese riesgo. Lo único que espero es no equivocarme en lo de las vacunas.

–Y yo también –dijo Hill en voz baja, al tiempo que empezaba a caminar hacia el coche.

–Yo no... Lo siento, Simon, pero creo que hay muchas posibilidades.

Deauchez no pudo reprimir otro bostezo.

–Pues venga, vamos –dijo Hill con brusquedad–. Yo conduciré.

–No, Simon. Sé lo mal que se siente.

–Padre. –Simon miró al cura con vehemencia–. Todavía nos quedan casi dos mil kilómetros. Si no me deja conducir ahora, tal vez después no pueda hacerlo y no podemos permitirnos perder tiempo parándonos a dormir en un área de descanso. Lamento tener que decirle esto, pero lo más probable es que usted se haya contagiado de mí y necesite esa vacuna tanto como yo. Y ambos necesitamos llegar a Sedona lo más enteros que podamos.

A Deauchez lo invadió una oleada de vergüenza y sus mejillas se ruborizaron.

–Muy bien –dijo.

Y empezaron a caminar hacia el coche.

Aunque los libros de historia nunca lo reflejarían, la primera acción auténtica de la Tercera Guerra Mundial no fue la invasión de Estados Unidos por parte de China ni ninguna agresión oficial encabezada por Mal Abbas y su contingente. La llevó a cabo un puñado de agentes de la CIA y de informadores internos a sueldo, cumpliendo órdenes de la Casa Blanca.

Cole decidió el momento oportuno para realizar la acción. Si iban a actuar, tenían que hacerlo de inmediato. Si esperaban un día más, tal vez no podrían contar con el ejército porque posiblemente estaría inmovilizado en algún sitio o embarcado hacia su destino, por no hablar de que cada vez resultaba más difícil entrar o salir de determinados países.

Por tanto, no debía perderse tiempo en discusiones oficiales. Mientras el general Brant ponía a trabajar a sus chicos en la cuestión logística, el portavoz de la Casa Blanca se reunía en privado con el presidente, con Cole y con el vicepresidente. Accedió al plan con aire de muda conmoción. Aceptó que el Congreso no debía ser informado de él, lo cual lo alegró porque ahorraría a los otros representantes una terrible carga de complicidad. Por su aspecto, se diría que jamás volvería a dormir tranquilo.

Por los canales habituales, los doce agentes recibieron, a hurtadillas, sendos dispositivos, unos cilindros de acero de unos quince centímetros de diámetro y treinta de altura creados por un departamento del ejército especializado en armas bioquímicas. Cuando se activaban, la parte superior del cilindro se elevaba y aparecían unos orificios por donde salía una neblina que se dispersaba del mismo modo que si fuera lanzada con un aerosol, lo cual garantizaba su correcta propagación en el aire. Cada uno de aquellos cilindros contenía cien centímetros cúbicos de suero sanguíneo amarillo obtenido de los pacientes contagiados por el virus Santarém.

Con los doce dispositivos se hizo lo siguiente:

Cuatro fueron detonados en las pobladas calles de las capitales de Irán, Iraq, Libia y Jordania.

Tres fueron detonados en los mercados de El Cairo, Argel y Calcuta.

Dos lo fueron en los inmensos aeropuertos de Shanghai y de Cantón.

Dos más fueron detonados en «enclaves militares estratégicos» de China: un bar frecuentado por soldados a la entrada del campamento de Nanjing y un pequeño restaurante de comidas preparadas que abastecía a la mitad de los soldados acuartelados en Changsha.

Y uno fue lanzado al Gran Canal de Pekín.

Aquellos ataques silenciosos serían mil veces más mortales que los de la bomba atómica en Hiroshima y Nagasaki. Sin embargo, salvo los que conocían el plan de antemano, nadie sabría nunca quiénes lo habían perpetrado.

Día 17
Ciudad del Vaticano, Roma
06.00 horas

Cuando empezaron a tocar las campanas, casi todos los reunidos en el cónclave se encontraban entregados a sus abluciones matutinas. Las campanas no sólo sonaron más temprano de lo acostumbrado, sino que, además, su llamada era insistente e interminable. El cardenal Brian Donnelley esperaba las campanadas, ya vestido y sentado en la cama de la habitación que, temporalmente, ocupaba en la Capilla Sixtina. Al primer tañido se puso en movimiento: se echó agua en la cara como si se acabara de lavar y salió de su estancia. En el pasillo vio que otros asomaban la cabeza por sus respectivas puertas.

El cardenal Capras, de Barcelona, se le acercó y le preguntó:

–¿Qué ocurre, cardenal Donnelley?

Su rostro hinchado estaba a medio afeitar.

–No tengo ni idea –respondió Donnelley, al tiempo que se encogía de hombros con amaneramiento.

Su ayudante le hizo una apresurada reverencia y dijo:

–Eminencia, ha habido un...

–¡Hable!

–Es que no sé, eminencia. Esta mañana han encontrado a algunos hombres muertos en sus habitaciones. Nos han pedido que inspeccionemos todas las estancias.

–¡Muertos! –repitió Capras, al tiempo que se santiguaba.

Donnelley también se santiguó y empezó a recorrer el pasillo. Había sido una noche de auténtico horror, de un horror implacable, y se sentía exhausto. Los cardenales, algunos de los cuales conocía bien y otros que no eran más que nombres en su lista privada de filiaciones, se arremolinaban por todas partes. Donnelley oyó la palabra «plaga» entre susurros. A su paso, algunos le hicieron preguntas y él repitió sus negativas, una y otra vez, como san Pedro, y siguió adelante. Capras fue tras él como un monaguillo.

Doblaron una esquina y vieron a un grupo de hombres congregados ante una puerta cerrada. Eran cardenales, con sus capelos rojos, sus caras maduras o ancianas, gordos y delgados, todos con aire preocupado. También había unos cuantos secretarios, enviados probablemente por sus superiores para que se informasen. Junto a la puerta había un oficial de la *Vigilanza*.

–¿Está dentro el cardenal Intiglietta? –le preguntó Donnelley.

–Sí –respondió, respetuoso, el oficial.

Intiglietta era el camarlengo, el jefe de la Administración mientras el trono papal estuviera vacante y el presidente del cónclave. En unos cinco o seis años más, quizás el propio Donnelley podría haber ocupado aquel cargo, pero no habría otros cinco o seis años. Por eso Donnelley se había ganado la amistad de Intiglietta como compañero de la curia. Intiglietta se había mostrado de lo más cooperador.

–Entonces, entraré a verlo –dijo Donnelley al tiempo que abría la puerta.

El oficial se mostró vacilante, pero no lo detuvo. La *Vigilanza* no solía desobedecer a los miembros de la Curia. Donnelley cerró la puerta en las mismísimas narices del preocupado Capras.

Dentro había unos cinco hombres que acababan de llegar. Y por los cálculos que hizo Donnelley tenía que ser así. Si estaba en lo cierto, hacía exactamente siete minutos que se había descubierto el primer cadáver. El doctor Barciento, uno de los médicos más respetados del Vaticano, examinaba el cuerpo que yacía en la cama. En la habitación estaban también el capitán Mystanza, jefe de la *Vigilanza*, dos de sus oficiales y el cardenal Intiglietta. Intiglietta era un italiano delgado de cabellos plateados. Sostenía un pañuelo ante la nariz y saludó a Donnelley con la cabeza, con aire agradecido. Era el cadáver del cardenal Francesco Marconi, que tenía la mirada clavada en el techo y la boca de un color azul eléctrico.

Mystanza hizo una reverencia a Donnelley y le dedicó una apenada sonrisa.

–Eminencia, me temo que hemos precintado la habitación para realizar las investigaciones.

–Quería ofrecer mis servicios al cardenal Intiglietta.

–Sí, está bien –dijo Intiglietta.

–No es el Santarém –dijo Barciento, al tiempo que se incorporaba–. Parece veneno.

–¡Veneno! –exclamó Donnelley con convincente sorpresa.

El corazón le latía con fuerza y tenía la piel pegajosa de miedo, todo lo cual se añadía a su actuación.

–Eso creo, aunque es difícil asegurarlo sin una autopsia. Y son las autoridades vaticanas quienes tendrán que realizarla.

Donnelley se preguntó dónde estaría McKlennan. Cuanto antes llegase, mejor.

–He oído que hay otros muertos –dijo a Intiglietta.

Éste asintió, todavía conmocionado.

–Sí, eminencia –dijo Mystanza–. Esta mañana hemos encontrado cuatro. Seguimos registrando las habitaciones. Y el Servicio Secreto y la Guardia están peinando la zona.

–¿Quiénes son los otros muertos?

Mystanza sacó un bloc de notas para consultarlo, pero Intiglietta ya tenía los nombres en la punta de la lengua.

–El cardenal Gazin, de Portugal; el cardenal Simpson, de Estados Unidos..., y el cardenal Talbot y el padre Carnesca del Vaticano –dijo con voz compungida.

Antes de que Donnelley pudiera hacer algún comentario, se abrió la puerta y entró el cardenal McKlennan.

–La paz sea con vosotros.

Su saludo fue grave y solemne. Se inclinó levemente ante Intiglietta, pasó por alto a los demás y se abrió camino hasta la cama.

Mystanza miró a Intiglietta con la boca abierta, dispuesto a protestar, pero Intiglietta lo hizo desistir con un gesto de la mano. Hasta Intiglietta respetaba a McKlennan. Aquel hombre era un león irlandés, un guerrero, y se había mostrado muy activo y poderoso en las sesiones del cónclave.

McKlennan se hizo con el dominio de la situación. Se inclinó sobre el cadáver y cerró los ojos de Marconi. Subió la sábana hasta taparle el rostro ante la mirada preocupada del doctor Barciento.

–¡No toque nada, por favor! –suplicó Mystanza, inseguro de su autoridad.

McKlennan hizo caso omiso de él y, volviéndose hacia Intiglietta, dijo:

–Hay que discutir esto.

–¿Qué quiere decir? –preguntó Mystanza.

–Esto. –McKlennan señaló el cuerpo con la mano–. ¿Se detectó anoche la presencia de algún intruso, capitán?

–No, no vimos nada, ni el Servicio Secreto ni la Guardia Suiza. Tampoco vimos actividades inusuales alrededor del recinto.

–El doctor Barciento acaba de mencionar la necesidad de una autopsia –intervino Donnelley con precaución–. Sospecha que se trata de un envenenamiento.

–¡Parece imposible! –exclamó Intiglietta.

McKlennan asintió, con rostro serio y pensativo.

–Con todo mi respeto, cardenal Intiglietta –dijo–, ¿podría sugerirle que el capitán Mystanza se encargue de la investigación y que esta noticia no salga del Vaticano?

Era una propuesta audaz y todo el mundo se sorprendió. Barciento fue el primero en hablar.

–Con el debido respeto, eminencias, pero no contamos con el equipamiento necesario para realizar pruebas forenses del todo fiables. Ni tampoco –añadió, con una mirada de disculpa a Mystanza– para realizar una investigación completa. ¡Cuatro clérigos han sido asesinados en sus camas!

–Sí –gruñó Mystanza al tiempo que asentía a regañadientes–. Sería preferible trabajar con la policía romana. Aquí dentro nadie tiene demasiada experiencia en homicidios.

Estaba en lo cierto. De hecho, McKlennan ya se lo había hecho notar antes a Donnelley. La Ciudad del Vaticano era un estado independiente que contaba con tres fuerzas de seguridad distintas: la Guardia Suiza, el Servicio Secreto y la *Vigilanza*. La Guardia Suiza eran los residuos de los ejércitos papales. Con trajes de colores, armaduras y plumas, aportaban la pompa y la circunstancia. Como los soldados de la Torre de Londres, su función era vigilar el territorio del Vaticano y defender al Papa de los ataques, pero, básicamente, orientaban a los turistas y posaban para las fotos de éstos. La *Vigilanza* era la fuerza policial de la ciudad-estado, pequeña en número, y acostumbrada a poner multas de tráfico y a detener a ladrones y carteristas. El Servicio Secreto protegía al Papa. Ninguno de esos tres grupos podía realizar una investigación adecuada aunque, teóricamente, era tarea de la *Vigilanza*.

Intiglietta asentía para mostrar su acuerdo con Mystanza, pero se volvió a McKlennan y le preguntó:

–¿Cuáles son sus razones, cardenal?

–Si notificamos estas muertes a las autoridades exteriores, caerán sobre nosotros en manada, con lo cual se romperá nuestra reclusión y nos harán exigencias que retrasarán seriamente el cónclave. No podemos permitirnos ninguna pérdida de tiempo. El cónclave tiene que llegar a un voto de mayoría en los próximos días. Usted sabe que lo que digo es cierto. No nos pueden interrumpir.

–Es cierto. Estamos en la fase más crítica –dijo Intiglietta, despacio–, pero no creo que esa decisión esté en nuestras manos.

–Las muertes son trágicas y muy dolorosas, pero si las afrontamos de la manera debida, no tienen por qué repercutir en el cónclave.

–No obstante –insistió Barciento–, hay que hacer una investigación cualificada.

–La policía investigará –dijo McKlennan en tono conciliador–. Lo único que hago es sugerir que sea nuestra policía la que realice las pesquisas. Cuando conozcan todos los datos tal vez estén de acuerdo en que podemos afrontar el caso dentro de nuestra propia sociedad. Si lo hacemos, evitaremos el impacto en el cónclave y que la prensa divulgue la noticia. En un momento como éste, en que millones de almas necesitan desesperadamente la fe, un escándalo de esta magnitud en el Vaticano tendría un efecto devastador.

Donnelley asintió con solemnidad, como si fuera la primera vez que lo oyese y acabase de convencerse de ello. Tenía el corazón en un puño.

–¿Tiene nueva información, cardenal McKlennan? –preguntó Intiglietta con cortesía.

–Me temo que sí –respondió el cardenal tras un afligido suspiro–. Creo que nuestros pobres hermanos se suicidaron. Dios se apiade de ellos.

–¿Suicidio? –Intiglietta se había quedado pasmado–. ¿Por qué unos hombres como éstos cometerían un pecado así, sobre todo en este momento?

–El Apocalipsis fue lo que los impulsó a hacerlo, porque las señales recientes son prueba del regreso inminente de Nuestro Señor, prueba del Apocalipsis de san Juan y prueba, por tanto, de la inviolabilidad de todas las palabras de las Sagradas Escrituras, incluidas las que describen lo que aguarda a los pecadores.

Intiglietta pensó en aquellas palabras con el ceño fruncido.

Mystanza se santiguó, pálido de miedo. Era un buen católico y, al parecer, no estaba al día de lo que ocurría en el resto del mundo.

–Continúe, por favor, cardenal McKlennan– dijo Donnelley.

–Ayer –prosiguió McKlennan con un rostro que era la imagen del dolor–, el padre Carnesca me abordó con una pregunta de lo más extraña. Quería saber qué pecados eran imperdonables. ¿Podía Dios perdonar algo que era parte de la mismísima naturaleza de una persona? Aun cuando esa persona se arrepintiera, quería saber, ¿era un pecado que permanecía en ella, en su interior, incluso momentos después del acto de contrición?

–¿Sabe a qué se refería? –le preguntó Intiglietta.

–No, pero se mostraba muy agitado. Ahora veo que tenía que haber hablado con él largo y tendido. Supuse que era una pregunta retórica, pero queda claro que hablaba de su propio pecado, de su propia naturaleza. Su suicidio pesará en mi conciencia el resto de mis días.

–¿Quiere... quiere decir que Carnesca era... era homosexual? –inquirió Intiglietta en voz baja–. No puedo creerlo...

–A decir verdad –intervino Donnelley–, habían llegado a mí rumores al respecto, pero, como es natural, no había hecho caso. De todas formas, ¿no es un poco tarde para preocuparnos por los pecados del padre Carnesca? Aunque nunca lo sepamos, Dios sí lo sabe. Lo que sí me consta es que Carnesca estaba convencido de que el Apocalipsis era inminente y tenía un hondo conocimiento de los horrores que estaban por llegar. Ahora que lo pienso, últimamente parecía muy inquieto. Con todos los problemas que estamos afrontando, no pude ocuparme de investigar sobre eso.

–¿Y los otros tres? –preguntó el doctor Barciento, al tiempo que sacudía la cabeza, preocupado.

–También ellos debían de tener sus razones para querer escapar del Juicio Final. ¡Como si eso fuera posible! –concluyó McKlennan con vehemencia.

–¡Pero yo conocía muy bien al cardenal Gazin! Era un hombre muy agradable y sincero –protestó Intiglietta.

–Eminencia –McKlennan le lanzó una mirada ceñuda–, usted y yo somos lo bastante mayores para saber que se puede conocer a un hombre durante años y nunca imaginar lo que acecha en su corazón.

Intiglietta hizo girar su gran anillo en el dedo con los ojos distantes. Tal vez recordaba a Gazin, Marconi y Carnesca cenando juntos, cosa que hacían a menudo.

–Sí –admitió despacio–. Eso es del todo cierto.

–Si fue un suicidio pactado, las investigaciones lo revelarán –intervino Mystanza.

–Sí, pero ¿qué investigaciones? –McKlennan se acercó a Intiglietta y le puso una mano sobre el hombro. De no haber provenido del cardenal irlandés, aquel gesto paternal hacia un hombre de tan alto rango como el camarlengo habría sido absurdo–. ¿Cree que podremos justificar una investigación interna? Como mínimo, el capitán Mystanza puede reunir las pruebas y preparar un informe preliminar. Luego, dentro de unas semanas, si es que se nos conceden unas semanas y si Mystanza lo cree necesario, podemos considerar la posibilidad de emprender alguna acción.

–¿Y la autopsia? –preguntó Barciento, pero en su tono se captaba ya que se daba por vencido.

–Usted dijo que creía que era un envenenamiento –McKlennan se volvió hacia él.

–Sí, pero...

–¿Y se ha encontrado veneno?

–¡Sí! –intervino Mystanza, con un brillo de excitación en los ojos–. Lo hemos encontrado, en la habitación del padre Carnesca, una botella de vino, cuatro vasos y un frasco vacío de estricnina.

–¡Ah! –exclamó McKlennan, como si ya todo estuviera resuelto.

–¡Tal vez alguien los envenenó deliberadamente! –intervino Barciento, enrojecido.

–¿Quién? –El tono de McKlennan era desdeñoso e increpante–. El cónclave está aislado. Sólo permanecemos aquí los miembros del colegio de cardenales, algunos secretarios y el personal auxiliar. Y el capitán, aquí presente, ya ha comprobado que el recinto no ha sido violado. No puede pensar que uno de los nuestros... –No terminó. Era demasiado descabellado.

Donnelley escuchaba todo aquello con los nervios tensos y, sin embargo, su rostro aparentaba serenidad y preocupación, como si le hubieran pegado una máscara a la cara. McKlennan llevaba el asunto tan bien que apenas necesitaba el apoyo de Donnelley, pero había llegado la hora de intervenir para inclinar más la balanza.

–Estoy de acuerdo con el cardenal McKlennan. El cónclave no puede interrumpirse y esta noticia debe ocultarse al público. Ahora es de vital importancia que la fe de la gente no se vea sacudida por el escándalo y evitar que, Dios no lo quiera, la congregación empiece a suicidarse siguiendo el ejemplo de los fallecidos. En realidad, creo que debemos tomar medidas para que esto no se sepa fuera de estas cuatro paredes. –Se volvió hacia Mystanza–. ¿Puede garantizarnos el silencio de sus hombres?

–Por mi honor –Mystanza se llevó la mano al pecho.

–Sí –suspiró Intiglietta–. Comprendo que no podemos permitir que eso ocurra. Esas muertes son inconcebibles y trágicas, pero se han producido. Ahora debemos evitar que se extienda la tragedia. Demos reposo a esas pobres almas en la cripta y prosigamos con nuestro trabajo. Capitán Mystanza y doctor Barciento, ¿trabajarán coordinados, y en silencio, para presentarnos un informe?

Barciento inclinó la cabeza a regañadientes y Mystanza ya se veía escribiéndolo.

Media hora más tarde, McKlennan y Donnelley se reunían en privado en la habitación de este último, para tomar el desayuno que les habían servido. Hasta McKlennan se veía exhausto y viejo. Donnelley pensaba, aturdido, que tenía que cambiarse de ropa antes de que el cónclave se congregase de nuevo. Tenía el hábito manchado de sudor y el capelo mojado.

–Nos hemos salvado por los pelos –dijo un airado McKlennan para romper el silencio.

–Lo sé. –Donnelley se miraba las manos sobre la mesa.

–Si no llega a ser por el cardenal Evans...

–El cardenal Evans se hizo amigo de Carnesca porque se lo dije. Yo sabía que Carnesca estaba muy unido a Deauchez.

–Sí, pero ha sido una suerte que Carnesca cooperase. Si anoche no hubiera despertado a Evans...

–Pero lo hizo.

–¡No fue al primero que despertó! –dijo, furioso, McKlennan en voz baja–. ¡Cuatro asesinados, dentro del Vaticano! Si sale bien, será un milagro que no nos descubran.

Donnelley se miró las manos. Las tenía a cada lado del plato y casi veía que los dedos le sangraban y manchaban la brillante clara del huevo frito del desayuno. Era terrible que se hubiese producido una crisis como aquélla en esos momentos. El cónclave seguía recluido. Él, McKlennan y Evans habían tenido que encargarse en persona de la neutralización. En persona.

Desde la puesta de sol habían ocurrido tantas cosas... Evans había llamado a su puerta con la cara pálida de temor. Lo habían convocado a una reunión secreta con otros cuatro cardenales. Lo sabían. Carnesca lo sabía. Evans se había excusado para ir al baño y había ido a ver directamente a Donnelley. Juntos habían ido a la estancia de McKlennan.

Donnelley había propuesto que Evans volviera con una botella de vino envenenada, pero McKlennan se había opuesto a la idea. Los cardenales no se la beberían de golpe y cuando el veneno empezase a hacer efecto, gritarían y despertarían a todo el mundo. No. Tenían que entrar los tres, armados, y garantizar su silencio. Y así lo habían hecho. Habían amordazado a los enojados y asustados clérigos. Después, les habían inyectado nitroglicerina y los habían visto morir. A continuación introdujeron por sus gargantas el vino envenenado con estricnina. La estricnina daría a esas muertes la apariencia de suicidio. Una autopsia también descubriría la nitroglicerina, pero sólo si se realizaba enseguida. Tal como se desarrollaban las cosas, lo más probable era que esa autopsia nunca llegara a realizarse.

Donnelley había sido preparado para matar, pero jamás pensó que tuviera que hacerlo. Había sido monstruoso. Los ojos desorbitados de los agonizantes, que intentaban vomitar, las bocas amordazadas...

–Si Deauchez se entera de estas muertes, hará algo todavía más extremo –decía McKlennan–. Sólo Dios sabe con quién intentará ponerse en contacto o qué prueba habrá obtenido en casa de Tendir.

–Esas muertes no aparecerán en los periódicos –señaló Donnelley con aplomo–. No lo descubrirá.

Sin embargo, en su mente, no cesaba de repetir la palabra «monstruoso».

–No entiendo cómo no lo han capturado todavía –replicó McKlennan–. Ese cura es una bomba de relojería, de cuya espita usted es absolutamente responsable. Fue usted quien lo propuso para esta investigación.

Donnelley se limitó a mirar los huevos fritos.

Las Cruces, Nuevo México

Al amanecer, Deauchez se detuvo en una gasolinera. Miró el dispensador, pero luego se dirigió a la tienda a comprar un periódico. Eligió el *New York Times*, la edición de aquel día.

El titular decía:

PLAGA APOCALÍPTICA: LA CIFRA DE MUERTOS SE DISPARA

Empezó a pasar hojas allí mismo. El reportaje de Hill no estaba en primera plana, ni en la página dos ni en ningún sitio. Tras el mostrador, la chica lo miraba con ojos aburridos, unos ojos que ya no se sorprendían por nada, y mucho menos por un psicópata que pasaba hojas del periódico a toda prisa en el mismo quiosco sin leerlas siquiera.

Deauchez pagó el diario y la gasolina y compró además tres largos tramos de cable eléctrico que encontró en la zona de ferretería. Volvió al coche y tiró el periódico al asiento trasero con rabia. Estaba irritado, furioso. Se sentía mal, temeroso y terriblemente decepcionado. Sin embargo, no podía hablarlo con nadie. El hombre que ocupaba el asiento del pasajero estaba dormido y, cuando estaba despierto, deliraba. Deauchez respiró hondo para tranquilizarse y empezó la tarea de atar al periodista al asiento trasero con los cables para que estuviera cómodo y no se cayera.

Cuando puso el coche en marcha, vio a la chica de la tienda en la ventana, y lo miraba. O tal vez no. Tenía las palmas de las manos y la frente apoyadas en el cristal. Su cara estaba tan pálida y su mirada era tan inexpresiva como la de un muerto.

Esa imagen y el titular del *Times* lo perseguirían durante muchos kilómetros.

Albuquerque, Nuevo México

El aeropuerto de Albuquerque era pequeño y las posibilidades de confundirse eran pocas. El doctor Michael Smith se dirigió a la recepción de equipajes. Miró a las diez o doce personas que se encontraban en aquel lugar, pero ninguna se parecía al periodista. Mike asomó la cabeza y miró hacia los coches que esperaban en la calzada. Allí tampoco había ningún hombre regordete y con aspecto de estudiante.

De repente pensó en el virus y se preguntó, por enésima vez, qué estaba haciendo allí sin el traje protector.

Pero no, el virus aún no había llegado a Nuevo México. Al menos eso era lo que se sabía cuando había salido de Munich. Pero allí había algo, porque si no, no le habrían pedido que acudiera.

Mike estaba seguro de no haberse contagiado del virus durante el trayecto por la escasez de viajeros. Por primera vez en muchos años, el avión de línea regular iba medio vacío. Todavía quedaban hombres de negocios que se movían de acá para allá como si en el mundo no ocurriera nada, pero tenían unas marcadas ojeras y sus miradas saltaban de un lado a otro, como si algo los persiguiera.

Al principio, Mike sintió el vago terror de que los aeropuertos estuvieran vacíos a causa del virus, de que ya no quedara gente. Entonces se acordó del racionamiento de comida. Él mismo había saqueado los suministros del personal de la OMS y llevaba, en la maleta, provisiones para una semana. Otros no tendrían tanta suerte. Si había poca gente que viajara en avión, también lo harían menos virus.

Sin embargo, aquello era un pequeño consuelo comparado con lo que advirtió en el aeropuerto. Había estado tan absorto en el virus que no se había dado cuenta de que era sólo un problema entre muchísimos más. El mundo estaba al borde de la guerra. Los periódicos llamaban a filas a los estadounidenses. Había abundantes rumores sobre las intenciones de China. Todas las personas a las que vio, incluidos los empleados de las líneas aéreas, parecían muertos vivientes. Había visto esa expresión muchas veces en la última semana, pero la había atribuido al virus. No esperaba encontrarla también allí.

¿Cuándo, exactamente, el mundo se había vuelto del revés?

Sabía cuándo, sabía que era algo relacionado con lo sucedido en Santa Pelagia. Por esa razón había escrito a Hill al *Times*, y por esa misma razón, él, Smith, sorprendido por la respuesta recibida, había reservado el billete de avión. Llevaba consigo una copia impresa del e-mail. Lo había leído muchas veces y en ese momento lo sacó de nuevo para ver si podía leer entre líneas.

> Estoy trabajando en algo así. Necesito su testimonio y su ayuda. Voy de camino a Arizona a averiguar unos hechos sospechosos relacionados con el virus. Me gustaría tener cerca a alguien como usted. Llegaremos a Albuquerque, Nuevo México, entre las siete y las nueve de la mañana del miércoles. Pasaremos en coche ante la zona de recogida de equipajes del aeropuerto. Esperaremos quince minutos. Si acude quizá su tiempo se vea recompensado. Simon Hill.

¿Qué significaba aquel mensaje? ¿Qué hechos sospechosos? No podían ser hombres vestidos de negro en la sala de ventilación porque en Arizona no había habido concierto. Y menuda oferta: pedirle a alguien que encontrara la manera de llegar en quince horas al otro lado del mundo sin apenas dar explicación. Y, encima, decirle que sólo lo esperarían un cuarto de hora. Si los aviones no hubiesen ido tan vacíos, no lo habría conseguido. No había tenido tiempo de llamar a la sede central de la sección panamericana de la OMS, y aun en el caso de haberlo tenido, ¿qué explicación les habría dado? Por eso, decidió esperar a oír la historia de Hill antes de llamar a Stanley.

Mike vio su bolsa al otro lado de la sala. La recogió y salió a esperar bajo la tenue luz del amanecer.

A medida que se acercaban a los límites de la ciudad de Albuquerque, Deauchez se sentía cada vez más aterrorizado. Llevaba a un hombre atado en el asiento de atrás. Si alguien los veía, llamaría a la policía para que los pusieran en cuarentena.

Y aparte del miedo, sentía vergüenza. «Lo más seguro es que usted también esté contagiado», le había dicho Hill. Si él supiera... El periodista deliraba y gemía de dolor. Deauchez tuvo que subir las ventanillas y poner la radio a todo volumen para que no se oyeran los gritos de Hill en las vacías calles de la ciudad. El calor que se acumulaba en aquel coche barato sin aire acondicionado no contribuía a que el periodista se sintiera mejor.

Cuando llegó al aeropuerto, Deauchez estaba exhausto, sudoroso y desesperado. La única persona que se encontraba en la recogida de equipajes era un hombre de unos treinta años, con calva incipiente y el rostro ingenuo y cansado. Sólo llevaba una bolsa de mano y un maletín. Deauchez se acercó con el coche y el hombre no se movió.

Deauchez aparcó a pocos metros y se apeó. Mientras se acercaba, el hombre intentó mirar por la ventanilla delantera del coche.

–¿Es usted el doctor Michael Smith?

–¡Sí! ¿Está usted con el señor Hill? ¿Es ése de ahí?

–Sí, lo es, y yo estoy con él.

El doctor Smith sonrió aliviado y le tendió la mano. Deauchez sacudió la cabeza y el doctor Smith la retiró con una expresión de confusión en la cara.

–Yo, de usted, no me acercaría más.

Smith se detuvo. Miró a Deauchez y luego hacia el coche.

–Oh, Dios mío –dijo.

–Me temo que el señor Hill tiene el virus.

–¡Dios!

El doctor Smith empezó a hurgarse los bolsillos. Sacó una mascarilla de papel y se la puso sobre la nariz y la boca.

–Doctor Smith, por favor. Ocurre algo realmente importante. Creo que Hill hizo muy bien en citarlo aquí.

Sin embargo, Smith había retrocedido unos pasos y miraba al cura y hacia el coche con unos ojos como platos.

–Usted, él, el coche, están todos infectados.

–Ya lo sé. Por eso he pensado que lo mejor será que alquile un coche y nos siga.

–¿Seguirlos? ¿Adónde?

–Simon dijo que usted sospechaba que la propagación del Santarém había sido provocada.

El doctor Smith dejó de retroceder y parpadeó.

–Bien, tenemos las pruebas de que fue provocada –siguió Deauchez.

–¿En Sudamérica?

La voz de Smith sonaba amortiguada tras la máscara.

–No sólo allí.

–¿Por qué?

El virólogo lo miró asombrado.

–Eso podemos discutirlo después. Ahora no tenemos mucho tiempo. Simon no tiene mucho tiempo.

Deauchez señaló el coche con un movimiento de cabeza.

–Lo siento –dijo Smith–. ¿Puedo hacer algo por él?

–Sí –respondió Deauchez con firmeza–. Sí puede.

Capítulo 18

Sedona, Arizona

A media tarde, a partir de Flagstaff por la interestatal 17 había un flujo constante de coches. En su aventura a través de Estados Unidos, Deauchez había visto tan poco tráfico que había llegado a la errónea conclusión de que, en aquella parte del mundo, se circulaba muy poco y de una manera nada agresiva. Miró el mapa que tenía delante y se preguntó si los otros coches se dirigían a Phoenix o más al sur, a México.

No iban en esa dirección.

Eso quedó claro cuando apareció la salida de la autopista hacia Sedona y lo que tendría que haber sido un trayecto de veinte minutos se prolongó una hora. Una rampa de salida descendía hasta una carretera de dos direcciones que transcurría paralela a la I-17. Según un plano que vio en una gasolinera, Sedona se encontraba a ocho kilómetros de distancia. Los coches empezaron a detenerse antes de la salida y Deauchez supuso que se había producido algún accidente. Preocupado, miró de soslayo a Hill, que parecía haber caído en el sueño de la muerte. Sin embargo, cuando el coche hubo avanzado lo suficiente para ver la carretera de abajo, Deauchez advirtió que no se trataba de un accidente, sino de kilómetros de coches que obstruían la salida y abarrotaban aquella carretera comarcal hasta que se perdía de vista en el horizonte del desierto. Y en la I-17, procedentes del norte, también había grandes colas para salir hacia Sedona.

Todos los coches de la I-17 iban a Sedona.

Deauchez sintió un escalofrío de horror. Pensó que aquellos hijos de puta iban a salirse con la suya. Tuvo mucho tiempo para darle vueltas al asunto, ya que tardaron una hora más hasta llegar a una señal que indicaba que Sedona estaba a tres kilómetros. A partir de allí, muchos abandonaban sus vehículos, ya fueran utilitarios o coches de lujo, en las arenas del desierto, puesto que preferían llegar hasta la población andando en vez de soportar ni un momento más el atasco. El desierto era como un inmenso aparcamiento.

Deauchez miró a Hill y siguió en la carretera, con el coche que avanzaba lentamente. Pasó otra hora.

Apareció la población, unas burdas construcciones que se alzaban entre la arena. El paisaje se había vuelto rojo, con grandes rocas bermejas que se alzaban en la distancia, y un polvo rojo y grueso que se arremolinaba en el aire. Una arena finísima como de rubíes pulverizados bordeaba la carretera y se extendía hacia el desierto. En cualquier otro momento, Deauchez se habría detenido a disfrutar del panorama. Y tal como iban las cosas, tenía todo el tiempo del mundo. En una de las largas pausas, cuando todavía se encontraba a un kilómetro de la población, salió del coche e intentó ver qué pasaba más adelante.

Había un control de carretera. Unos hombres registraban los coches. Fuera lo que fuese lo que buscaran (armas, comida, baptistas), Deauchez sabía que no les gustaría lo que verían en el asiento de atrás. Miró alrededor, desesperado. La gente que caminaba lo miraba. Por fortuna, había puesto una toalla en la ventanilla del lado de la cabeza de Hill. Para alguien que mirase desde el lado del conductor, Hill podía pasar por una persona dormida, si no se acercaba demasiado.

Detrás de él, Smith salió de su coche, se detuvo junto a él y miró al sacerdote. En su rostro estaba escrito que tenía mil preguntas que hacer, y que el miedo lo mantenía a distancia.

–Tengo que salir de esta carretera –le gritó Deauchez.

Smith asintió y señaló hacia el desierto. Más adelante, en el lado derecho, salía una carretera sin asfaltar que se dirigía hacia el norte y después bordeaba la ciudad por el lado oeste. Deauchez hizo un gesto afirmativo y montó en el coche. Tuvo que esperar que la cola avanzara un poco. Cuando estaba cerca del desvío, miró hacia el punto de control y vio que arrancaba un gran autobús escolar pintado de fluorescente. Los hombres que realizaban el control de carretera subieron todos a él.

Deauchez no lo pensó dos veces. Dio un golpe fuerte al volante y el vehículo se bamboleó sobre la arena del desierto. Tras él, el coche alquilado de Smith lo siguió.

Condujeron hasta que la carretera tomó hacia el oeste, levantando una nube de polvo a su paso. A su derecha se alzaban las grandes rocas rojas. En el resplandor del sol poniente los monolitos parecían manchados de sangre.

Sin duda, dos coches en un camino solitario se verían desde el pueblo, sobre todo si los dejaban aparcados. Deauchez siguió conduciendo en busca de algún rincón donde esconderse. Lo encontró: era una roca con un gran saliente bajo el cual había una sombra de más de cinco metros. Deauchez redujo la velocidad y aparcó el coche bajo la formación rocosa. La frescura de la sombra impregnó el vehículo de inmediato y los alivió del calor seco del día. Smith estacionó detrás de él.

La población se veía como un espejismo en medio de aquel paisaje rojo. Debía de encontrarse a unos tres kilómetros. Deauchez se apeó y Smith se acercó.

–Espero que esté bien ahí dentro –dijo Deauchez tras un suspiro.

Era más una invocación que una afirmación.

–¿Está consciente?

–No.

–¿Cuándo apareció la fiebre?

–Esta mañana, temprano. Antes, estaba resfriado.

Deauchez estudió al médico en busca de alguna clave, pero Smith asimiló aquella información sin que su expresión cambiara.

–En un hospital no estaría mejor, ¿sabe? No puede hacerse mucho por ellos, a excepción de sedarlos para que no sufran.

Deauchez asintió, como para darle las gracias por aquel mínimo intento de descargarlo de responsabilidades con respecto al reportero. Le habría gustado pedirle que lo examinara, que comprobara si ya tenía lesiones cerebrales, pero no lo hizo. No habría sido justo. Habría sido adecuado, pero no justo. En cambio, con voz grave, dijo:

–Espere un momento.

Abrió la puerta trasera del coche, sacó una manta y envolvió a Hill en ella. Desató el cable que lo inmovilizaba por los brazos y le puso en la mano una botella de limonada tamaño familiar que había comprado unos kilómetros antes.

–Simon –le dijo. No obtuvo respuesta–. ¡Simon! –repitió.

Le aterrorizaba pensar que Hill tendría, tal vez, un momento de lucidez, quizá justo antes de morir, y que vería que lo habían abandonado a su suerte sin darle ninguna explicación. Pero el periodista no se movió. Deauchez miró hacia atrás y vio que Smith se encontraba a unos ocho metros y los observaba, incómodo.

Deauchez subió la ventanilla del lado del conductor y la dejó abierta unos milímetros. Dentro del coche todavía hacía calor, pero se encontraban en el desierto, y en cuanto se pusiera el sol, la temperatura bajaría de un modo considerable. Luego, abrió la puerta trasera y cogió una linterna. Smith y él echaron a andar.

Descendieron por un terraplén de polvo rojo, camino de la población. Smith se mantenía a distancia y llevaba puesta la mascarilla de papel, pero ninguna de estas dos precauciones le impedían hablar.

–Hay tantas cosas que me habría gustado preguntarle cuando nos encontramos en el aeropuerto.

–Pues ahora es un buen momento, ¿no? –comentó Deauchez con ironía.

Los límites de Sedona estaban vigilados. Los guardias tenían un aspecto muy poco profesional para ser militares o policías, pero iban armados. Deauchez y Smith recorrieron los lindes de la población y se escondieron detrás de rocas o matorrales.

Podían haber entrado en el pueblo por cualquiera de los distintos accesos porque la patrulla de vigilancia estaba demasiado espaciada y sus hombres no estaban por la labor. Se dedicaban a charlar y a fumar con sus compañeros. Era más un teatro que un auténtico cerco de control, pensó Deauchez, aunque no comprendía que se hubiesen tomado aquellas molestias a menos que esperasen a agentes del Gobierno enojados o a los chinos. O a menos que quisieran asegurarse de que todos los que entrasen en la población lo hicieran a través del punto de control de la carretera.

Deauchez no quería entrar todavía en Sedona, buscaba algo. Y lo encontró cuando desandaban lo andado y volvían al centro de control. Se trataba de un inmenso aparcamiento requisado, atestado de personas, que eran escoltadas a voces hacia unas colas por unos supervisores que utilizaban megáfonos. A la cabeza de cada una de las colas había una mesa y... sí, personal sanitario. Entonces Deauchez las vio, detrás de una especie de edificio comercial que bordeaba el aparcamiento: tres furgonetas de la HAI estacionadas junto a un gran camión blanco.

Cerró los ojos, aliviado, y dio gracias a Dios por haberlos encontrado allí.

Había llegado a la conclusión de que los «amigos» recibían vacunas mediante una lógica que, en aquel momento, le pareció razonable. Pero la lógica, por más razonable que hubiese parecido tras encontrar los datos sobre el Proyecto Apocalipsis, nunca estaría a la altura de Spinoza ni de Sherlock Holmes.

–Tal vez sería mejor que volviéramos a la entrada principal –sugirió Smith–. Si Hill no va con nosotros, no tienen ninguna razón para impedirnos el paso.

–Nos mandarán a esas colas.

Deauchez señaló hacia el aparcamiento.

–¿Y no es eso lo que queremos?

–Lo que quiero es obtener una muestra de lo que están administrando, pero no por vía intravenosa. Además, necesitamos una jeringuilla llena para Simon.

–Sí –dijo Smith, con incertidumbre. Tenía la expresión turbada–. Mire, hasta ahora no he querido decir nada, pero... una vacuna, aun cuando se trate de una vacuna, no es lo mismo que un antídoto. Para curar a alguien se necesita...

–Calle –lo interrumpió Deauchez, con respiración jadeante.

Smith lo miró con unos ojos como platos.

–Si han sido ellos los que han creado el virus –murmuró Deauchez, como si hablara para sí mismo–, también es posible que hayan creado el antídoto, una especie de bomba de relojería que se activa en un momento dado para combatir la enfermedad. No pueden haber infectado a la gente que se ha presentado en el campamento para que se muera al cabo de unos días. Eso arruinaría toda la ilusión, provocaría pánico y la gente se marcharía. No, eso jamás lo harían.

–Supongo que es posible, pero... –Smith debió de pensar que no merecía la pena insistir en ello, porque calló.

–Y también necesitamos jeringuillas para usted, para que las lleve al laboratorio –prosiguió Deauchez, como si las frases anteriores no hubiesen existido–. Si nos ponemos en esa cola no creo que nos den dosis extra, por más que las pidamos amablemente.

–No, supongo que no.

–Además, Simon es distinto... no tiene nada que perder. Pero si yo fuera usted, no les permitiría que me inyectaran nada hasta que no supiéramos a ciencia cierta de qué se trata.

Contemplaron la escena desde lejos durante unos minutos. Había varios vigilantes a la vista, dos en un callejón que se encontraba al otro lado del edificio oficial y otro más hacia el oeste, pero ninguno de ellos parecía estar muy alerta.

Al cabo de un rato, un hombre vestido de blanco abandonó la zona de vacunación, se dirigió a la parte trasera del edificio y se acercó al camión grande. Sacó unas llaves y abrió la puerta. Unos minutos después, reapareció con una caja de cartón blanca que llevaba impresa una cruz roja. Cerró la puerta a sus espaldas con un golpe perfectamente audible en la silenciosa noche del desierto y, tras rodear el edificio, volvió a las mesas.

–¡Las jeringuillas están en el camión! –susurró Smith.

–Sí, ya lo veo.

Apareció un hombre armado procedente de la parte delantera del camión, como si fuera una burla de lo que acababan de descubrir. Tenía un aspecto mucho más profesional que el de los vigilantes que controlaban los accesos a la población. Se acercó a las puertas traseras y se quedó allí unos instantes, con el rifle en la mano, mirando hacia el desierto. Luego desapareció por el otro lado.

–¡Vigilan el camión! –dijo Smith, decepcionado.

–Pero sólo hay un guardia.

–¿Se le ocurre algo?

–Esperaremos a que oscurezca –respondió Deauchez, por toda explicación.

Washington, D. C.

El secretario de Prensa Ross esperaba, ansioso, ante la puerta del dormitorio del presidente. Tenía la desagradable sensación de que ya sabía todo lo que le iba a contar y que, hasta ese momento, había evitado afrontar. El tiempo jugaba en su contra.

Elissa Fielding también estaba presente y él la habría llenado de adulaciones de no ser por el hecho de que la mujer estaba resfriada. La primera dama era un mujer diminuta, tan delgada que casi resultaba esquelética. Llevaba el pelo peinado en un estilo juvenil y su brillante exuberancia contrastaba con la edad de la piel de su cara, por más que quisiera ocultarla a base de cirugía estética. Tenía la nariz enrojecida y en su mano sostenía un pañuelo de seda azul marino.

En el vestíbulo había algunos subordinados más, pero su rango era tan bajo que Ross no se molestó en recordar sus nombres. En cambio, no se había presentado ningún pez gordo.

Ross decidió no preguntarse por qué era así. Que el mismísimo presidente hubiese evitado durante tanto tiempo ser examinado era una muestra de su fuerza de voluntad... y su cobardía.

Cuando salió el médico, Elissa Fielding corrió hacia él.

–¿Qué... qué tiene, doctor?

–No lo sabremos a ciencia cierta –dijo el doctor Kent en tono grave– hasta que hagamos la analítica pertinente, pero... Lo siento. Parece el Santarém.

La señora Fielding soltó un grito agudo y se dejó caer al suelo, hasta quedar sentada. Permaneció en esa postura, con el rostro laxo y las piernas, cubiertas por las medias, abiertas a cada lado como una muñeca de trapo. Ni Ross ni ninguna otra persona se movió para ayudarla a levantarse. En realidad, todos retrocedieron un paso o dos.

–Pensaba que esos análisis no podían realizarse todavía –dijo Ross, nervioso.

Descubrió que en los últimos segundos había retrocedido hasta la pared y apretaba las nalgas contra ella con tanta fuerza que notaba su aspereza.

–Aún no hay pruebas de laboratorio que sean fiables, cierto, pero si mandamos una muestra de su sangre al CDC (Center for Disease Control, «Laboratorio para el Control y Prevención de Enfermedades»), allí podrán buscar el virus de manera artesanal. Por el amor de Dios, se trata del presidente. Tenemos que ocuparnos de ello ahora mismo.

–De acuerdo –convino Ross, sin separarse de la pared.

La mirada deprimida de Kent hizo que Ross volviera la cabeza y ordenara a uno de los subordinados que preparase un coche y llamara al CDC para comunicarles que iban hacia allí. El subalterno salió del vestíbulo agradecido y a Ross le entraron ganas de salir corriendo detrás de él.

–Tenemos que precintar la sangre en un par de bolsas de plástico o no la aceptarán –intervino Kent–. Y deberíamos poner al presidente en cuarentena. En el departamento de Nivel Cuatro del George Washington estará bien.

–¡No! –gritó Ross. En cierto modo, no esperaba escuchar aquella sugerencia–. ¡Si lo trasladamos al hospital, los medios de comunicación se enterarán!

–¿Y cuánto tiempo cree que podremos mantener en secreto esta noticia?

–Al menos hasta que tengamos un positivo en el análisis de sangre. ¡China nos está invadiendo, por Dios! –Ross temblaba de pies a cabeza. La carne de sus nalgas se restregaba contra la pared como si le picaran–. Ahora mismo tendría que estar en la sala de mando. ¡Todo el mundo reclama su presencia, desde el ejército hasta el Imperio británico! ¡Esta situación es muy delicada!

Ross miró al médico con respiración jadeante. Kent soltó un largo suspiro de impaciencia. Abrió su maletín y sacó un par de guantes nuevos y una mascarilla.

–Muy bien, señor Ross... –Hizo una pausa para mirar a la primera dama–. Lo que quiero decir es que en el hospital, el presidente no estará mucho más cómodo. Diremos al CDC que necesitamos una respuesta dentro de una hora, como mucho. Yo me ocuparé de sacarle sangre. Necesitaremos dos recipientes con alcohol o agua oxigenada, toallas y una caja de bolsas de plástico grandes. Enseguida.

Otro joven ayudante salió corriendo en busca de lo que el médico había pedido. Kent sacó una jeringuilla y dos frascos vacíos de su maleta.

–Y una vez lo hayan trasladado, deberán fumigar y luego precintar sus aposentos privados. El CDC les mandará instrucciones por fax. Supongo que habrá que hacer lo mismo con su oficina, las salas de reuniones y todos los lugares donde el presidente haya estado en estos últimos tiempos.

Ross asintió, aturdido. En el suelo, la señora Fielding emitió un gran sollozo, pensando, tal vez, en ciertos lugares donde el presidente había estado últimamente.

–¿Y yo también...? ¿Yo también...? –consiguió articular.

–Es absurdo preocuparse hasta que no tengamos los resultados de ese análisis –dijo Kent, en tono amable. Luego miró a Ross.

–Se trata... de todo el gabinete –susurró Ross.

El gesto fue de lo más estúpido, ya que no estaba dispuesto a dar un paso para acercarse y por lo tanto tenía que alzar la voz para que lo oyeran todos los que estaban en la estancia.

–Lo sé. Llevo días recibiendo llamadas telefónicas. –Kent dio un paso hacia Ross y, en voz baja, añadió–: Señor Ross, le sugiero que empiece a hacer una lista de los altos cargos de este Gobierno. Les haremos análisis de sangre a todos hasta que encontremos a alguien que no esté infectado. Entonces, los que no estén infectados tendrán que recluirse en algún lugar herméticamente cerrado y que haya sido desinfectado previamente.

Ross miró a Kent con rostro inexpresivo. ¿Por qué el médico le decía todo aquello? Él no era el superior, tenía que haber alguna otra persona por encima de él que no estuviera infectada.

–Sólo es una sugerencia, señor Ross. Al fin y al cabo, yo no soy más que un médico.

–Er..., sí. Gracias.

El médico se acercó a la señora Fielding y le ofreció su enguantada mano para ayudarla a levantarse. Ella la tomó y se incorporó, con los ojos extraviados. Luego, Kent volvió a entrar en el dormitorio del presidente.

Ross, que no había despegado las nalgas de la pared, contuvo el aliento mientras la puerta estuvo abierta y, cuando se cerró, emitió un sonoro suspiro. Entonces, le entró una risa tonta, una risa histérica que acompañó el sonido de las arcadas de Elissa Fielding.

Sedona, Arizona

Deauchez dio a Smith dos posibilidades: o esconderse dentro del contenedor de basura o empuñar la piedra.

Smith no discutió el plan de Deauchez, pero el médico que había en él prefirió meterse en el contenedor de basura antes que hacer daño a alguien. Unos días antes, Deauchez se habría sentido del mismo modo. Habría experimentado una culpa terrible ante la perspectiva de un acto violento y una espantosa inseguridad acerca de su capacidad para cometerlo.

Sin embargo, los sentimientos de culpa se habían desvanecido gracias a lo que había visto en aquel ordenador: cualquier duda que tuviera sobre su aptitud para la violencia había muerto con Tendir. No era valentía, sino que se sentía auténticamente decepcionado por la jactancia, la maldad y la manipulación de aquellos científicos, o lo que fueran. No podía soportar la manipulación teológica cuando la realizaban los Jerry Falwell de aquel mundo, pero aquellos tipos del Cetro Rojo se habían pasado de la raya.

Caminaron hacia la derecha, hasta que su ángulo de aproximación quedó oculto desde el aparcamiento por el propio edificio. Cuando estuvieron seguros de que ninguno de los guardias de las proximidades miraba, echaron a correr hacia el contenedor de basura.

Y llegaron a él. Se encontraba a pocos metros de la pared de ladrillos del edificio oficial y era un recipiente muy grande, de esos que el camión levantaba metiendo unos brazos de acero en las mangas de metal del contenedor. De haber estado vacío, en su interior habría habido espacio para una decena de hombres, pero, por desgracia, no era el caso. Deauchez ayudó a Smith a levantar la pesada tapa de metal y a entrar en el receptáculo. El hedor era terrible y Smith aceptó la mano de Deauchez con una expresión de repulsión en el rostro. La proximidad del cura había dejado de importarle ante la perspectiva de un contacto más inmediato y abrumador con la basura.

–¡Uggg! –exclamó Smith, al tiempo que intentaba meter los pies entre las bolsas de plástico.

–¡Chitón!

Se produjo un tintineo de cristales y un crujido de papeles. A Deauchez le pareció que se oía muy fuerte.

–¡Chitón! –repitió.

Smith masculló algo ininteligible y luego se quedó inmóvil.

–Muy bien –dijo Deauchez–. Ahora voy a cerrar la tapa.

Smith le dedicó una lastimosa mirada y la tapa se cerró al tiempo que sus fosas nasales se hinchaban en señal de alarma.

Deauchez se escondió entre el contenedor y el edificio. Había cogido una piedra de canto plano del suelo del desierto, del tamaño de una pelota de béisbol. Era una piedra roja, no sabía de qué tipo, pero su consistencia era sólida, no granulada como la de una piedra pómez. Aquella roca no se desmoronaría cuando impactara contra el cráneo de alguien.

Oyó unos pasos que se acercaban y asomó la cabeza.

Era un hombre de bata blanca. Pensó que era el mismo que habían visto acercarse al camión un rato antes y, también como antes, iba solo. Deauchez caminó alrededor del contenedor para comprobar si el hombre abría la puerta, entraba en el camión... El cura contuvo el aliento.

El guardia que había junto al camión fue hacia la parte trasera. Miró la puerta y luego se apostó ante ella. Cuando Deauchez le vio la cara, advirtió que tenía un aire eficiente, casi militar: era un tipo duro. El hombre empezó a caminar hacia la parte delantera del camión.

«Deprisa –pensó Deauchez–, deprisa.»

El hombre de la bata blanca salió del camión, cerrando la puerta de golpe.

«¡Deprisa, deprisa!»

El hombre llevaba dos cajas, ambas blancas y con sendas cruces rojas. Caminó hacia el contenedor de basura. Deauchez echó un último vistazo al camión. No veía los pies del guardia de seguridad, ya que los neumáticos eran muy gruesos, pero pensó que no hacía mucho rato que se había dirigido a la parte delantera del camión. Mientras estaban escondidos en el desierto, habían calculado que el guardia necesitaba sesenta segundos para dar una vuelta completa al vehículo y eso les había parecido tiempo suficiente.

Mientras estaban escondidos entre las sombras les había parecido suficiente; en aquellos momentos las cosas se veían distintas.

Deauchez se deslizó junto al contenedor. A su paso, le dio un golpecito y luego se agachó, con la piedra en la mano.

Oyó que los pasos se acercaban. Eran pasos ligeros. Los zapatos del hombre eran blancos, tenían suelas de goma y el piso del aparcamiento era liso. Deauchez rezó a Dios para que Smith pudiera oírlos desde dentro del contenedor. Estaba a punto de dar otro golpecito porque el hombre se acercaba cuando, de repente, oyó algo.

–¿Miau? –La voz tenía un volumen suave, pero era aguda y sinuosa, como la de un niño o un gato muy extraño.

A Deauchez el corazón le dio un brinco en el pecho.

–Miau. –Era un sonido tan leve que el guardia no lo oiría.

El ruido de pasos cesó. Desde su escondite en las sombras, Deauchez vio las perneras blancas de los pantalones y los zapatos. Contuvo el aliento.

–Miau. –En esta ocasión, el maullido terminó con unos ligeros arañazos en la parte interior de la tapa.

Aparecieron dos brazos que dejaron las cajas en el suelo con todo cuidado. Los brazos desaparecieron. Un segundo después, Deauchez oyó el crujido de la tapa del contenedor que se abría.

En aquellos instantes no tenía tiempo de ir hacia el otro lado y buscar al guardia. Tenía que actuar de inmediato. Deauchez se movió agachado y al llegar junto al hombre se puso en pie. El individuo aún intentaba abrir la tapa, aquella pesada tapa, para inspeccionar la oscuridad del interior. Vio a Deauchez una décima de segundo antes del golpe. Sus ojos sorprendidos se encontraron con los del cura, pero tenía ambas manos en la pesada tapa. Fue sólo un momento, pero bastó y Deauchez lo golpeó en la sien izquierda.

El hombre no se desplomó.

–¡Ah! –dijo. Pretendió que sonase como un grito, pero no fue más que un susurro normal–. ¡Ah! –consiguió articular de nuevo, un poco más fuerte.

Horrorizado ante la escena, Deauchez alzó el brazo de nuevo y golpeó al hombre en el mismo lugar. Tampoco cayó y Deauchez lo atizó otra vez, al tiempo que lo invadía una oleada de repulsión.

«Estoy matando a golpes a un hombre», pensó.

Y entonces, al cuarto intento, el tipo se desplomó, con los ojos en blanco.

Deauchez alzó la mirada y vio los pies del guardia que aparecían por la parte delantera del camión. Cogió al enfermero por los brazos y lo arrastró hacia atrás, hasta ocultarlo en la sombra que proyectaba el contenedor. Smith abrió la tapa e hizo algo de ruido.

Deauchez se agachó, jadeante como un perro. Esperaba que alguien gritara o se acercara a investigar. Nadie se acercó. El chico de la bata blanca yacía a sus pies como un enorme saco de harina. La cabeza le sangraba en abundancia. Deauchez sintió náuseas.

«Mira las obras de tus manos», pensó.

Era como Caín escondiendo el cuerpo de su hermano. Luego, alzó la vista y vio las dos cajas en el suelo, iluminadas por la luz, a plena vista. Empujó el cuerpo y se arrastró sobre él para ver qué ocurría en la parte delantera del contenedor. El guardia seguía cerca de la puerta trasera del camión con la mirada perdida en el desierto. Llevaba el arma colgada del hombro y tenía un cigarrillo en la mano. No miraba hacia el contenedor.

–¡Tenemos que irnos! –dijo Deauchez con unos golpecitos en el recipiente de la basura.

La tapa empezó a alzarse. Deauchez ayudó a Smith a levantarla y a salir de allí. En aquellos momentos, la cuestión del contacto físico carecía de importancia. Smith se posó en el suelo y pateó para sacarse de encima un filtro de café usado que se le había pegado al zapato.

–¡Vamos! –lo instó Deauchez.

Cogió una de las cajas e indicó a Smith con un gesto que agarrara la otra. Smith miró al hombre que yacía en el suelo y Deauchez le dio un empujón.

Se marcharon a la carrera del aparcamiento y corrieron como ratas hacia la oscuridad del desierto.

Detrás de la roca donde habían urdido sus planes habían dejado una linterna. Se agacharon, Smith sacó una navaja del bolsillo y rasgó la cinta adhesiva de la caja.

Miró con cautela a Deauchez y luego se inclinó para inspeccionar el contenido. Smith volvía a guardar distancias y al cura le pareció muy bien, dado lo mal que olía el médico.

Dentro de la caja había cuatro bolsas de plástico transparentes que contenían veinte jeringuillas con su correspondiente tapón.

–¡Bingo! –susurró Smith. Con sumo cuidado, cogió una de las bolsas–. Llevan un código en rojo en la parte superior: DS100.

–Y eso, ¿le dice algo?

–No.

El líquido era transparente. Alrededor de la parte superior de cada jeringuilla, cerca de la aguja, había una diminuta cinta roja.

Smith cogió la caja que todavía estaba cerrada y la inspeccionó. En ella no había nada escrito, sólo el blanco del cartón, la cruz roja y algo más.

–Hay un círculo verde a cada lado –dijo Smith. Volvió a mirar la caja abierta–. Espere un momento, esa caja tiene cuadrados rojos.

Abrió la segunda. Las diferencias en las etiquetas lo puso nervioso, e hizo una pausa para ponerse aquella ridícula máscara de papel. En la segunda caja sólo había una bolsa de plástico, llena de jeringuillas, que ocupaba toda la caja. Al parecer, había en ésta tantas jeringuillas como en las otras cuatro bolsas juntas.

Smith levantó la bolsa como si fuera una serpiente.

–WV103 grabado en verde –dijo.

Deauchez deseó haber tenido más tiempo para dedicarse a aquel ordenador. Tal vez hubiera descubierto qué significaban exactamente «DS100» y «WV103». Quizás en la fase dos y en la fase tres hubiera encontrado información sobre el virus y también sobre las vacunas.

–¿Deauchez? –dijo Smith para llamar su atención.

–¿Sí? Perdone.

–Aquí hay dos tipos de suero. El segundo, el WV103, es de

color rosa y cada jeringuilla contiene medio centímetro cúbico de líquido. Además, las de la primera caja tienen una pequeña cinta roja y éstas no.

Deauchez iluminó de nuevo la bolsa grande con la linterna.

–¿Y eso tampoco le dice nada?

–No son jeringuillas normales. Sin un microscopio no puedo saber nada.

–Entonces tendrá que llevarlas al laboratorio.

–Exacto. Pero, entonces, ¿qué hacemos con el señor Hill?

Deauchez se quedó perplejo. No podían ponerle una de cada, claro.

–No... no sé.

–¿Sabe de alguna razón por la que pueda haber sueros de dos tipos distintos?

Deauchez interpretó que, con aquella pregunta, Smith echaba por tierra la hipótesis de que administraban el virus Santarém. Si lo hicieran, no habría dos sueros distintos.

–No –respondió Deauchez, descorazonado–. Lo siento.

–Bueno, entonces tal vez será mejor que nos acerquemos e investiguemos.

Entraron en la población por el patio de un restaurante cerrado. Una vez en la calle, nadie reparó en ellos, ya que el lugar estaba abarrotado de gente. A cada lado de la avenida principal había tiendas que vendían artesanía de los indios y esculturas de cristal, restaurantes mexicanos cerrados y vendedores de alfombras del sudoeste. El tráfico rodado estaba prohibido. No había espacio para los coches.

–¿Han venido siguiendo a uno de esos profetas? ¿De esos que ha publicado el *Times*? –preguntó Smith en un susurro.

–Sí. A Trent Andrews. Cree en los extraterrestres.

–Ah, sí –dijo Smith, que se lamía los labios, nervioso–. Inquietante, quiero decir, es como Jonestown y Woodstock juntos.

Deauchez no pudo reprimir una sonrisa. Smith había dado en el clavo, aunque aquello no era divertido. Casi todos los presentes eran los típicos seguidores del movimiento de la Nueva Era de la Costa Oeste. Algunos iban vestidos como si todavía estuvieran en los sesenta: faldas de gasa, pantalones estilo indio, cabellos largos y descuidados, sin maquillaje de ningún tipo. Había otros que era obvio que tenían dinero, aunque su aspecto también era igual de deslumbrante y extravagante, con unas grandes joyas de esas que supuestamente captaban toda la energía universal, sacadas de un catálogo de cristales de una tienda especializada.

Había «círculos del amor» por toda la calle: gente tomada de la mano en círculos que cantaba o recitaba plegarias. Otros estaban sentados en posturas de meditación y unos cuantos miraban hacia el cielo con expresión de dicha. Sí, pensó el cura, en conjunto toda aquella gente había visto cómo se hacían realidad sus fantasías más extremas. El cielo había empezado a desplomarse y a ellos les brillaban los ojos de satisfacción por haber seguido sus intuiciones, por ser los «elegidos».

Sin embargo, había unos pocos que con su actitud mostraban que habrían preferido haberse equivocado en cuanto a que el fin del mundo estaba a punto de llegar.

–Por aquí –susurró Smith.

Pasaron ante un grupo de guardias que estaban a la puerta del hotel más lujoso. Deauchez supuso que Andrews se alojaba en él. Luego cruzaron la calle y se dirigieron al aparcamiento.

El paso estaba cerrado por una valla móvil de plástico hecha con red de color naranja. La entrada principal al aparcamiento estaba más adelante, cerca del punto de control de la carretera. Allí había el único acceso desde el cual los vacunados podían pasar a la tierra prometida. Un guardia vigilaba la entrada y miró a Deauchez y a Smith con curiosidad.

–Hola –dijo Smith, en tono cordial–. Estamos esperando a una amiga. ¿Le importa que la busquemos por aquí?

–Háganlo, pero sólo en este lado de la valla.

El hombre sonrió antes de desviar la mirada.

Desde allí se encontraban sólo a unos diez metros de la mesa de vacunación más cercana. La cola se extendía hasta la entrada y la gente que había en ella parecía cansada o excitada. Después de dar información a una enfermera, el hombre que encabezaba la cola desapareció tras una cortina.

Smith empezó a recorrer el camino que habían seguido junto a la valla en un intento de ver qué pasaba al otro lado. El guardia los miró con el ceño fruncido, Deauchez lo advirtió e intentó aparentar indiferencia, pero estaba claro lo que Smith pretendía.

–Necesito unos prismáticos –susurró el médico.

–Pues tendrá que arreglarse sin ellos –replicó.

Smith se puso de puntillas y se frotó la cara, cansado.

–Tengo la visión borrosa. Me ocurre siempre que estoy agotado.

–Permítame –dijo Deauchez.

El cura ocupó el lugar de Smith y entrecerró los ojos para mirar al médico que estaba tras las cortinas. En ese momento, entraron tres personas: una mujer de unos treinta años y sus dos hijos adolescentes.

–¿Ve algo? –preguntó Smith cuando salió el tercero.

–Coge las jeringuillas de una bandeja que tiene en un carrito. Desde aquí no veo qué tipo de jeringuillas utiliza.

Entonces la suerte se puso de su lado porque un enfermero joven con bata blanca se acercó al médico con una de las cajas. La dejó encima del carrito, la abrió y colocó las jeringuillas en la bandeja superior. El médico no le prestó la más mínima atención, pero aprovechó aquella pausa para desperezarse. Por su aspecto se diría que llevaba allí todo el día.

–Uno de los enfermeros está llenando la bandeja con jeringuillas que saca de una caja. Tiene que ser la caja del círculo verde, porque dentro sólo hay una bolsa grande.

–Bien, porque el guardia ya se está impacientando con nosotros.

Smith sonrió y saludó al guardia con la mano.

El médico salió al otro lado de la cortina para coger los nuevos formularios que le tendía la enfermera. Alzó la vista para mirar a la persona que esperaba. Era un hombre que rondaba los cincuenta años. Era de constitución endeble y llevaba un grueso jersey marrón de cuello alto. Siguió al médico hasta el otro lado de la cortina y éste miró la mesa de las jeringuillas. Luego, cuando los de la cola ya no los veían, le formuló una pregunta y charlaron un rato. El hombre se subió la manga, el médico alargó la mano y...

Tomó una jeringuilla de la caja que se encontraba en la base del carrito.

–*Mon Dieu* –dijo Deauchez con voz vacilante.

–¿Qué?

–Que ahora ha cogido una jeringuilla de otra caja, de debajo de la bandeja. –El hombre desvió la mirada mientras el médico le inyectaba la hipodérmica–. Es una caja como las que tenemos, pero las tapas están hacia abajo y no veo si tiene un círculo verde o un cuadrado rojo.

–¡Maldita sea!

El tipo del jersey marrón se dirigió a la salida.

–Hable con ese hombre, doctor Smith. Procure descubrir la razón del cambio de jeringuillas.

–De acuerdo.

Smith se alejó y Deauchez siguió vigilando.

Un adolescente, una jeringuilla de la bandeja. Otro adolescente, otra jeringuilla de la bandeja. Tres mujeres jóvenes, tres jeringuillas de la bandeja. Deauchez miró a sus espaldas, descorazonado. Vio a Smith que hablaba con el tipo del jersey marrón.

Mientras Deauchez seguía observando, el guardia le dirigió una ceñuda mirada y lo señaló con el dedo. Seguro que pensaba que era un pervertido, un sádico o algo así...

Deauchez se revolvió, avergonzado. Fingió no haber visto al guardia. Miró de nuevo al médico. El tiempo volaba.

Y entonces volvió a ocurrir. Deauchez lo notó enseguida. Junto a la mesa había una mujer mayor, de unos cincuenta años, regordeta, acompañada de un chico joven vestido con una camiseta de rugby. La mujer hablaba con una enfermera, y abrazaba al chico. En la constitución del joven y en la manera de protegerlo de la mujer mayor había algo que... Sí, cuando el joven se volvió, Deauchez vio que tenía el síndrome de Down. La mujer lo cogió por el brazo y pasaron al otro lado de la cortina. El médico tomó el formulario que le tendía la enfermera y echó una rápida mirada al chico, una sola, y de repente, Deauchez comprendió.

El médico le decía algo con una sonrisa en los labios, le preguntaba qué tal estaba, si el viaje había sido bueno o algo así, y la mujer le sonreía agradecida mientras el chico asentía con la cabeza. Entonces, el médico se agachó y cogió una jeringuilla de la caja que estaba en la bandeja inferior del carrito.

Smith se acercó a Deauchez y éste notó que se aproximaba. Tenía los ojos llenos de lágrimas.

–Ese hombre del jersey es de Encino. Tiene cáncer de próstata.

–Sí –dijo Deauchez. Retrocedió un paso–. Menuda pandilla de nazis de mierda.

No lo dijo en voz baja. Tenía un nudo en la garganta y parecía que quería empezar a gritar.

–¿Qué? –preguntó Smith, incómodo–. Mire, tal vez será mejor que vayamos a dar una vuelta.

–¡Sí, sí, vayámonos de aquí! –replicó Deauchez en un tono fuerte.

El guardia que los había vigilado se volvió de repente y empezó a avanzar hacia ellos con una expresión ceñuda en el rostro.

Smith tomó a Deauchez por el brazo, estuviera o no infectado, y tiró de él.

Cuando llegaron a una distancia prudencial del aparcamiento, Smith intentó detenerse, pero Deauchez le dijo que allí ya no había nada que hacer, que quería marcharse. No esperó la respuesta del médico y se dirigió al restaurante a través de cuyo patio habían entrado en el pueblo. Smith lo siguió sin rechistar.

Al cabo de diez minutos llegaron a la roca detrás de la cual habían dejado las cajas. Nadie las había tocado.

–Coja una de las jeringuillas de la caja verde e inyéctesela a Simon –dijo Deauchez, todavía jadeante de rabia.

–¿Qué? ¿Qué ha visto? –preguntó Smith, al tiempo que sus ojos se precipitaban hacia las cajas.

–Las jeringuillas de las cajas verdes son vacunas. ¿No lo entiende? Esa gente elige a sus supervivientes. Incluso entre esa multitud de «amigos», siempre habrá algún «indeseable».

Smith lo miró con una expresión de animal atrapado que denotaba que sabía muy bien a qué se refería el cura, pero que no quería creerlo.

–No... de veras que no lo comprendo.

–¡Pues sí, es verdad! Y encaja perfectamente con todo lo demás, si se piensa con malicia suficiente para advertirlo.

Smith desvió la mirada hacia el desierto al tiempo que se mordía el labio inferior.

–Entonces, ¿qué hay en las jeringuillas rojas?

–No lo sé. Placebo, en el mejor de los casos. Algo mortal en el peor, quizás el propio virus...

–Dios –dijo Smith al tiempo que inspeccionaba la caja con la marca roja.

–Exacto. Ahí tiene la vacuna. Una caja entera de ellas.

–No estamos seguros de eso.

–Lo bastante seguros como para ponerle una a Simon.

–Sí –asintió Smith.

Deauchez vio que pensaba que, al fin y al cabo, no le haría ningún daño.

–Pero tiene que hacerlo usted, doctor Smith. Usted le pondrá la inyección a Simon. Yo tengo que volver al pueblo.

Después de todo lo que había visto y oído aquel día, una cosa tan nimia no tendría que haberlo sorprendido, pero así fue.

–Oh, no. No puedo...

–¡Deje de pensar en sí mismo, Dios Santo! –Deauchez cogió a Smith por el brazo–. Tengo que volver a Sedona e intentar convencer a Andrews, intentar parar todo esto. Y alguien ha de ocuparse de Simon. ¡Lo merece!

–Usted no ha visto cómo actúa esta enfermedad. –Smith sacudía la cabeza, nervioso–. No tengo el equipo necesario...

–Si esto es un antídoto, aunque sólo sea una vacuna, no tiene que preocuparle el hecho de contagiarse. Y si no lo es, estamos perdidos de todos modos. ¿No lo comprende?

Deauchez advirtió que le apretaba el brazo con fuerza, que le hacía daño, y lo soltó. Smith miró al sacerdote con aire inexpresivo.

–Sí, creo que sí.

–Pues, por favor, se lo suplico, póngale a Simon una de las inyecciones de la caja verde. Procure que esté lo más cómodo posible y luego márchese. Vaya a Phoenix con el resto de las jeringuillas. Llévelas a la delegación de la OMS o adonde crea más oportuno. Pero tenga mucho cuidado en quienes confía. No corra ningún riesgo.

–De acuerdo.

Smith estaba exhausto, se sentía vencido.

Deauchez notó que su ira se disolvía. Se frotó los ojos. Estaba tan cansado...

–Tal vez sería mejor que dejase unas cuantas jeringuillas debajo del asiento del coche. Por si acaso... Simon está muy mal.

–Y usted también necesita una –dijo Smith.

Deauchez no se molestó en responder.

Smith cogió las cajas, visiblemente molesto por el hecho de tocar la roja, y Deauchez lo ayudó con la linterna en su mano temblorosa.

–Gracias –dijo Smith.

Deauchez no supo si lo decía de veras.

–Gracias a usted, doctor Smith. Lamento mucho haber tenido que pedirle esto. Que Dios lo acompañe.

El médico se marchó con las cajas, camino del coche. Deauchez se santiguó y elevó una pequeña plegaria por Simon.

Capítulo 19

Sedona, Arizona

Avanzó deprisa por las calles hacia el hotel que había visto antes, miró al guardia de la manera más razonable que pudo y le pidió que le permitiera hablar con Andrews. Le dio su nombre completo, padre Michel Deauchez, ya que temía que, de otro modo, Andrews no lo reconocería. Aquello despertó su paranoia, como si su camisa hawaiana fuera un disfraz y decir «padre» lo despojara de él. Pero más o menos tenía la pinta de seguidor de Andrews y nadie le prestó la menor atención.

No sabía qué esperar, aun cuando Andrews reconociera el nombre. La despedida entre ambos no había sido precisamente cordial y cualquier iniciativa que le llevara a pensar que el cura quería hablar de Santa Pelagia, esa *terra divina*, probablemente no sería bien acogida.

El guardia se dirigió a un hombre barbudo y de mirada lánguida al que presentó como «Scott». A él le recordó uno de esos chicos de los sesenta apodados *Jesus Freaks* por los estadounidenses, de esos que se sentaban en la hierba y tocaban la guitarra alentando a los demás a dar una oportunidad a la paz. Insistió en que quería hablar con Andrews, Scott lo escuchó y respondió que «iba a ver qué podía hacer». Al cabo de unos instantes volvió con una cordial sonrisa en los labios y lo acompañó al interior.

Dentro, el aire resultaba sofocante tras el frescor de la brisa nocturna. En el vestíbulo, alguien avivaba las llamas en una chimenea de estilo indio. Advirtió que la gente, muchas mujeres muy hermosas y algunos jóvenes también muy guapos, tenían un aire relajado y sereno. Por los pasillos del hotel se cruzó con más criaturas de ese estilo, luminiscentes y pasivas. O estaban locos o muy colocados. El cura no vio a ningún empleado del hotel y se preguntó qué habría sido de esas personas de cuya población Andrews se había apoderado.

–¿Es usted sacerdote? –le preguntó Scott, mientras subían unas escaleras.

–Sí.

–Bien, pues adelante –sonrió Scott–. Lo de Santa Pelagia está relacionado con esto, ¿no? Dios muestra su amor a gentes de creencias muy distintas, ¿verdad?

A Deauchez casi le ofendió el comentario. ¿Santa Pelagia? ¿Amor? Sin embargo, forzó una sonrisa. Sabía que si hablaba, perdería el control de sus nervios.

Al llegar al segundo piso entraron en un pasillo de baldosas de cerámica. De la puerta ante la que se detuvieron, hasta hacía poco una puerta ordinaria de roble, se había arrancado el número y en lugar de éste alguien, con muy buena mano, había pintado un ángel. Aquel ente no tenía nada de querubín. El ángel ocupaba toda la puerta, desde lo alto, donde lucía una gran corona, hasta la base, en la que un dedo gordo del pie se posaba, de manera indecisa, en la tierra. Mostraba las palmas de las manos abiertas, en un gesto típico de las imágenes de Jesucristo. Su masculino y magnífico tórax estaba desnudo y llevaba la parte inferior del cuerpo cubierta con una tela fina y con caída. En su rostro había una expresión triunfante y trascendente y, en cierto modo, también sexual. Advirtió que era la cara del propio Trent Andrews.

–Ya hemos llegado –dijo Scott, con tono de mayordomo eficiente.

En un momento de lucidez comprendió que no tenía que haber ido hasta allí, pero ya era demasiado tarde. Scott lo hizo pasar a la habitación y lo dejó solo.

Mike llegó a los coches. Sus brazos temblaban de cansancio tras haber llevado las dos cajas de cartón mientras intentaba sujetar la linterna. El esfuerzo le había impedido pensar. Dejó las cajas sobre el capó de su coche y estiró los brazos, con una mueca de dolor seguida de un estremecimiento de alivio. Podía habérsele caído todo en la oscuridad.

¿Y qué pasaba con el cura? Si es que realmente se trataba de un cura. Mike lo dudaba. ¿Por qué esa urgencia tan imperiosa le había impedido ayudarlo a llevar las cajas y atender a Hill? Para Mike, el asentamiento y todos sus integrantes estaban locos de atar. Si pensaba que iba a encontrar allí a alguien sensato era que él también estaba como una cabra.

Sin embargo, Mike estaba allí. No se le habían caído las cajas y la irritación y el sudor se evaporaron en la fría noche del desierto. Cogió la linterna del coche y enfocó hacia el otro vehículo, aquel horrible cinco puertas de color azul.

No, horrible no. Pasmosamente contaminado.

Las ventanas traseras estaban cubiertas del polvo rojo de la carretera, pero Mike distinguió la oscura cabeza de Hill en el asiento trasero. Al parecer, no se había movido.

¿Cuánto tiempo hacía que Hill tenía fiebre? Deauchez se lo había dicho, pero Smith no se acordaba. ¿Veinticuatro horas? Entonces, era imposible que ya tuviera lesiones cerebrales. Casi imposible. Mike suspiró nervioso y se dirigió a su coche.

Sacó la bolsa de viaje y empezó a revolverla. Se puso una gruesa camisa de algodón, abrochada hasta el cuello. Sobre los vaqueros se puso unos pantalones de estilo militar. Se colocó unos calzoncillos sucios –todo lo que llevaba en la bolsa estaba sucio– en la cabeza y metió el cabello dentro. También se puso la mascarilla de papel y sacó tres jeringuillas de la caja verde. Luego, volvió a su bolsa, encontró un par de gruesos calcetines blancos, se los puso en las manos y agarró las jeringuillas sin hacer fuerza con las manos, de la manera más suave que pudo sin que llegaran a caerse.

Se acercó al otro coche con la esperanza de que Hill no despertara a lo largo de aquel proceso, porque, probablemente, ambos se morirían del susto.

La habitación era una sala de estar, parte de una pequeña suite. En el lado izquierdo, un arco llevaba al dormitorio. Estaba decorada con los elementos típicos del sudoeste: franjas de color turquesa y coral junto al techo, las paredes crema y la alfombra turquesa que ocupaba todo el suelo. Sin embargo, los adornos menos permanentes habían sido sustituidos por objetos más propios de los gustos de Andrews: telas de satén dorado, pinturas celestiales y un amorfo mobiliario de cuero.

Al principio, Deauchez no vio a Andrews. La única luz de la habitación procedía de una especie de lámpara en forma de globo, situada cerca de la puerta. Luego, sus ojos se acostumbraron a la oscuridad y vio al profeta tumbado en un sofá situado junto a la pared. Vestía sólo una diáfana tela blanca enrollada a la cintura que le dejaba al descubierto el tórax y las piernas. Yacía boca arriba, con las manos bajo la cabeza, y tenía los ojos abiertos, aunque no volvió la cara hacia el sacerdote.

–Padre Michel Deauchez –dijo con suavidad, sin emoción.

–Gracias por recibirme, señor Andrews.

Deauchez se sentía muy incómodo. El cambio experimentado por Andrews era fascinante y horrible a la vez, pero no propiciaba la discusión que el cura tenía en mente.

Andrews se sentó despacio y bajó las piernas hasta que los pies tocaron el suelo. Miró a Deauchez con los ojos entrecerrados.

–Llámeme Trent, por favor. Si ha venido a informarme de algo, hágalo ahora. ¿O es que finalmente ha entrado en razón?

Su aire felino era tan acusado que Deauchez pensó que empezaría a lamerse las zarpas.

–Sí, desde la última vez que nos vimos me he enterado de muchas cosas.

–Yo también.

Andrews se puso en pie con calculada apatía y se acercó.

–¿Qué tal si tomamos una copa? Usted bebe vino, ¿verdad, Michel?

Deauchez pensó que el que lo llamara por el nombre de pila denotaba interés por intimar. Se aclaró la garganta y respondió.

–Ahora mismo, no. Gracias. Estoy bastante cansado y me produciría sueño.

Como si no lo hubiera oído, Andrews llenó dos vasos.

–Eso es una excusa de chica de pueblo americana, pero un francés como usted... Aunque sí que lo veo cansado, Michel. –Andrews se acercó y le tendió un brazo. Luego se quedó plantado ante el cura y estudió su rostro–. Sí, se le ve muy cansado y avejentado.

Deauchez reprimió el impulso de alejarse de la excesiva proximidad y la desnudez de Andrews y cambió de tema.

–De camino hacia aquí he visto que la carretera está llena de coches.

–Sí. Viene gente. De todas partes. –Para alivio de Deauchez, Andrews se acercó a la ventana y miró al exterior–. Con el cumplimiento de cada una de las señales, la ignorancia del rebaño se disuelve un poco más. Al final, tendremos que cerrar la frontera. Hace días que les advertí que vinieran. Si todavía no han llegado, es que no están preparados para el gran cambio. –Andrews miró a Deauchez en busca de asentimiento–. Yo no puedo salvar a todo el mundo.

Deauchez se negó a morder aquel anzuelo.

–Ahí fuera hay un grupo que administra vacunas.

–Sí –dijo Andrews con indiferencia.

–¿Sabe para qué sirven esas inyecciones?

–Son vacunas contra la tuberculosis o algo así –respondió Andrews con un gesto de impaciencia.

–¿El condado lo ha exigido?

–¡Michel! Yo ya no puedo preocuparme por las penosas leyes de este país. ¡Para mí, Estados Unidos ya es historia! Yo no hago nada que no quiera hacer.

–Entonces, ¿quién lo convenció de que permitiera la vacunación?

–¿Por qué tengo que perder el tiempo hablando de esas vacunas? –Andrews estaba cada vez más molesto–. Son cosas para el cuerpo, y el cuerpo es, en el mejor de los casos, un recipiente temporal. Usted quería entrevistarse conmigo. Supongo que quiere hablarme de algo más importante que eso.

Deauchez se acercó a la barra del bar y dejó el vaso sobre ella.

–Por supuesto. Lo lamento. Le diré lo que he venido a contarle. Lo único que le pido es que me escuche con una mentalidad abierta.

Andrews se apoyó en el saliente de la ventana y una ligera brisa alborotó sus cabellos. Inclinó la cabeza a modo de asentimiento, con los ojos llenos de curiosidad y mofa. Deauchez intentó pasar por alto el significado de aquella mirada y comenzó.

Mike abrió el coche despacio y miró lo que quedaba de Simon Hill. El rostro regordete y de color chocolate del reportero se había convertido en una hinchazón amarilla que era la fase previa de la putrefacción. Tenía los labios inflamados y echados hacia atrás debido a la tirantez de la piel de su cara en las mejillas y en el cráneo.

Mike dejó las jeringuillas en el suelo, bajo el asiento del pasajero, y luego le bajó la manta con cuidado. El torso del periodista se veía muy constreñido por la ropa y los cables eléctricos. Emitió un gemido.

Con el rostro lo más alejado posible, Mike desató los cables con las manos metidas en los calcetines. Comprendió muy bien por qué había sido necesario atarlo mientras Deauchez conducía, pero los cables habían dejado unas profundas marcas en el hinchado abdomen de Hill. Mike también le aflojó los vaqueros. Realmente, habría sido mejor quitárselos, pero lo único que pudo hacer fue abrir la bragueta y aflojarlos a la altura de la cintura. Mover él solo a Hill le resultaba imposible.

El reportero tenía el estómago duro y caliente. Mike notó el calor a través de los calcetines que llevaba como guantes. El médico le levantó la manga del brazo derecho y sacó una de las jeringuillas que había depositado bajo el asiento. Le quitó el capuchón. Pese a su determinación, no podía impedir que le temblase la mano. Pensara lo que pensara el cura, aquello podía ser virus Santarém en estado puro.

Sin embargo, era la única opción que quedaba. Mike le clavó la aguja en el brazo y apretó el émbolo. Al notar el pinchazo, el periodista abrió los ojos, y cuando Mike alzó la mirada vio unas órbitas amarillas y vidriosas. Se apartó de manera impulsiva y se golpeó la cabeza con el techo del coche.

–¿Estoy muerto? –preguntó Hill con la voz ronca y reseca.

–No. Y le estoy poniendo una inyección que tal vez lo hará sentir mejor.

–¿Hay agua?

Mike miró a su alrededor y vio un vaso con una pajita. Dejó la jeringuilla bajo el asiento y le puso la pajita en los labios, intentando no mojarse de saliva los calcetines. No le resultó difícil: Hill tenía la boca tan seca como las manos de una vieja.

–¿La inyección? –preguntó febrilmente el periodista tras unos cuantos sorbos–. ¿Era la inyección que...? ¿Y Deauchez?

–Deauchez volverá enseguida. Ha ido a hablar con Trent Andrews, pero sí, es la inyección... Y ahora, descanse.

–¿La inyección? –murmuró Hill, entre gemidos de dolor, antes de dormirse otra vez, de repente, como si aquella corta conversación lo hubiese dejado exhausto.

–La inyección –repitió Mike, aunque sabía que Hill ya no lo escuchaba.

Volvió a taparlo con la manta. Era lo peor que se podía hacer con aquella fiebre, pero si Hill se despertaba con una de aquellas terribles tiritonas que provocaba el Santarém, no habría nadie para darle calor. Cerró la puerta, caminó de nuevo hasta el límite del desierto y enfocó su linterna hacia la oscuridad. De Deauchez no había ni rastro.

Echó una última mirada de culpabilidad al cinco puertas y luego se desnudó. Se quitó todo lo que se había puesto encima y lo que llevaba debajo. Desnudo, miró alrededor con desesperación. Entonces procedió a frotarse el cuerpo con la arena y el polvo del desierto hasta que su piel se irritó y la nariz y la garganta se llenaron de aquel material. Volvió a su coche, se puso ropa sucia de la que llevaba y dejó la contaminada en el suelo del desierto.

Metió las cajas de cartón en su coche, lo puso en marcha y se dirigió hacia la carretera principal, por la que todavía circulaban muchos coches camino de la población.

Deauchez habló sin interrupción. Cuando describió el vídeo de la doctora Janovich, Andrews perdió aquel aire ausente y aquella mueca divertida de la comisura de los labios. Después, cuando el cura habló de la red de comunicaciones del Cetro Rojo, Andrews se incorporó y sus ojos adquirieron una expresión nueva e indescifrable, salvo que ya no era de burla y diversión.

Al terminar, Deauchez se apoyó contra el bar y bebió un sorbo de vino. Esperó y observó a Andrews, aguardando a que su expresión le diera alguna pista.

Durante unos instantes, Deauchez se sintió lleno de poder. Hill y él conseguirían divulgar la verdad. En esos momentos, el Vaticano ya tendría, gracias a Carnesca, pruebas evidentes, y el jefe de Hill tal vez había querido comprobar algunos datos y había reservado el reportaje para publicarlo al día siguiente. Smith llevaría la vacuna a la OMS y Hill viviría para contarlo, para escribir sobre la conspiración, y él continuaría su lucha. Tenía previsto entrevistarse con la hermana Daunsey tan pronto como le fuera posible. Convencería a todos los profetas, uno a uno, de que dejasen marchar a sus seguidores, y éstos se marcharían cuando los periódicos empezasen a admitir que todo era una mentira.

Andrews se llenó de nuevo el vaso e hizo lo propio con el de Deauchez.

–Creo que tiene razón en eso de que los profetas recibimos vacunas antes de acudir a Santa Pelagia... contra las llagas y el Santarém. Pudieron haberlo hecho, como usted dice, mientras nos daban el mensaje. Pero a mí no me inyectaron nada en la consulta de mi terapeuta, en eso está equivocado. Lo hicieron en la nave extraterrestre.

–Sí..., supongo que eso es posible.

La sonrisa incipiente de Deauchez se marchitó como flor de un día.

–Quiero que me dé los nombres de todos los humanos que ha mencionado, los que están implicados.

Andrews se acercó a una mesa y cogió papel y lápiz. Incómodo, Deauchez repitió los nombres: Janovich, Tendir, Donnelley, McKlennan, Cole y probablemente otras personas de Telegyn. Andrews los apuntó.

–¡Muy bien! ¿Y qué hay del teléfono?

–¿El teléfono?

–El que conecta directamente con el servidor del Cetro Rojo.

Era obvio que Andrews había escuchado al cura con toda su atención.

–Esto... No lo llevo encima.

–¿Lo tiene en el coche?

–No entiendo su interés por ese teléfono –dijo Deauchez, indeciso.

Andrews dejó el bloc de notas y se acercó. Para asombro de Deauchez, le cogió el rostro con ambas manos. En sus labios tenía la sonrisa de un gato que acabara de comerse un canario y, tras ella, un amago de compasión mucho más aturdidor.

–Es usted tan limitado... ¡Lo ve todo pero no comprende nada!

Deauchez hizo una mueca de incomodidad.

–Sus ojos ven la verdad y usted la niega...

–Pero...

–Calle.

El rostro de Andrews estaba a pocos centímetros del de Deauchez. Sus ojos eran carnívoros.

–No comprendo –dijo Deauchez en tono lastimero.

No le gustaba que nadie lo acosara de aquel modo, y mucho menos con una sonrisa como la que tenía Andrews en el rostro. El corazón le dio un brinco en el pecho y se debatió para liberarse, como si lo tuvieran literalmente agarrado.

–Nuestro Gobierno lleva en contacto con los alienígenas desde 1952, como mínimo. Claro que deben de tener que ver con todo esto. No se me había ocurrido, pero encaja perfectamente.

–No creo que sea...

–Nosotros sabíamos que gente del Gobierno tenía conocimiento de la existencia de los alienígenas. Han ocultado la verdad, incluso a los estamentos superiores. Los presidentes son demasiado políticos para ser creídos. Usted ha descubierto quiénes forman ese grupo, el Cetro Rojo. Ha tenido suerte. Los ufólogos llevan décadas buscando pruebas de su existencia.

Deauchez intentó sacudir la cabeza, pero no pudo porque Andrews seguía agarrándolo por la cara.

–No, el Cetro Rojo es anterior a los cincuenta porque su escudo...

–Calle. –Los ojos de Andrews denotaban locura, ensoñación–. Así que hay humanos que conocen este proyecto, el Proyecto Apocalipsis. Es indudable que Telegyn está con los alienígenas. Tal vez incluso sea una empresa extraterrestre. Cole podría ser uno de ellos, ¿sabe? En él hay una perfección más allá de lo humano. Tendría que haberle prestado más atención.

Deauchez advirtió que Andrews alucinaba. Intentaba salvar lo que pudiera.

–Bien, así que hay un pequeño grupo de humanos metido en esta conspiración alienígena. Pero todas esas señales han sido provocadas de manera intencionada. Su plan es matar a más de dos tercios de la población. Usted... usted no estará de acuerdo con eso, ¿verdad?

Andrews miraba al sacerdote con aire apesadumbrado.

–Permítame preguntarle algo –dijo–. ¿Qué diría usted si todo esto fuera cosa de Dios? ¿No cree usted que Dios sabría por qué lo estaba haciendo?

–No, no creo que lo hiciera.

–Tiene una visión muy limitada –dijo Andrews tras emitir un chasquido–. Mire en qué mierda se ha convertido este planeta. ¿No quiere evolucionar? ¿No quiere ser como yo? ¡Míreme!

Soltó a Deauchez y retrocedió unos pasos. Alzó los brazos y se volvió despacio. Su piel brillaba en la tenue luz de la habitación.

–¿No ve cómo he sido alterado?

–Yo veo un hombre ordinario –respondió Deauchez en voz baja.

Sabía que era lo peor que podía decir, pero no consiguió reprimirse. Estaba harto de todas aquellas fantasías.

Andrews clavó la vista en el suelo y sacudió la cabeza en un absorto gesto de negativa, como un padre que respondiera a un error de un hijo.

–No, usted no está en sintonía y no puede verlo. Me estoy reconvirtiendo. Pronto, incluso la ignorancia que usted atesora ya no enmascarará mi gloria. Me convertiré en un ser de luz, capaz de adoptar cualquier forma física que desee, en el momento en que lo desee.

–¿Y los miles de millones que morirán? ¿No significan nada para usted?

–Usted ha resuelto mi única duda –respondió Andrews con una sonrisa–. ¿No se da cuenta, Michel? No entendía por qué los alienígenas habían elegido a personas como Stanton, pero ahora ya lo sé. Sólo hemos sido elegidos unos cuantos iluminados, los «amigos», como usted nos ha llamado. Nosotros seremos los auténticos padres del nuevo milenio. El resto... zas.

Alzó el brazo como si llevara la espada de un ángel y lo bajó en un gesto inconfundible.

–No puedo creer que quiera eso –dijo Deauchez, tras cerrar los ojos con fuerza, aunque no pronunció las palabras con demasiada convicción y retrocedió un paso.

–Nuestros protectores opinan de otro modo. ¡Tenemos que evolucionar! ¡Ha llegado la hora! Los capaces han sido elegidos y su número es de dos mil millones. Francamente, es mucho más de lo que esperaba. Nos han dado miles de años de reencarnación para que nos preparemos. Los que no se han preparado no pueden echar la culpa a nadie salvo a ellos mismos. Han sido un peso para la humanidad durante demasiado tiempo.

–Tengo... tengo que irme.

Deauchez estaba cada vez más irritado y se dirigió hacia la puerta. Andrews lo siguió.

–Si se queda aquí, tal vez sobreviva. No estoy seguro de que esté preparado para ello, pero si se queda a mi lado, si lo intenta... –Andrews extendió los brazos al tiempo que avanzaba hacia el cura–. Quédese conmigo, permita que el amor y la luz llenen su cuerpo y quizá se salvará.

Deauchez contuvo una exclamación al comprender lo que ocurría. Retrocedió un paso más y se encontró con la espalda contra la puerta. Intentó encontrar el tirador, pero antes de que pudiera abrirlo, Andrews le tomó la cara con ambas manos, como había hecho antes. En esta ocasión, presionó los labios contra los de Deauchez y también todo su cuerpo aceitado y duro. Deauchez estaba aprisionado: sus músculos, sus labios, todo. Con un grito de asco, apartó a Andrews de un empujón.

–¡Por favor! –dijo, tras secarse la boca con el revés de la mano.

La cara de Andrews se torció en una extraña mueca de rabia.

–¡Scott! –gritó, y el tipo rubio abrió la puerta y entró.

–¡Mete a este «visitante» en la cárcel!

Andrews respiró hondo y exhaló el aire despacio, como si quisiera purificarse por todo lo ocurrido. Luego, se volvió.

–¿Qué está haciendo? –protestó Deauchez.

–Aíslalo. No quiero que hable con nadie.

–Sí, Trent.

Scott tomó a Deauchez por el brazo. El cura lo miró con aire suplicante, pero el joven tenía una expresión neutral y apartó los ojos.

–Pero ¿por qué hace esto? ¿Qué derecho...?

–Como usted es tan ignorante, temo que desee tentar a otros con pensamientos negativos. En estos momentos, la situación es muy delicada. Muy delicada.

–¡Me iré de inmediato, se lo juro! No hablaré con nadie.

–Me temo que eso no bastará.

La voz de Andrews sonó tan fría que fue como si ya lo hubiera despedido, enterrado y olvidado.

Mientras Scott lo escoltaba por el edificio y lo sacaba a la calle, Deauchez elevó una plegaria, aunque sabía que no sería escuchada. Se había metido en aquel lío por su ciego deseo de demostrar que Andrews estaba equivocado, para oírlo admitir que se había equivocado y para oír cómo decía a sus seguidores que se había equivocado. Había sido orgullo, un estúpido orgullo intelectual, y Deauchez pagaría las consecuencias. ¿Cuántos más se verían condenados a la muerte por su pecado de orgullo?

Las cajas estaban en al asiento trasero, tapadas con la chaqueta de Mike. Pensó en ponerlas en el portaequipajes, pero en cierto modo era más seguro tenerlas a la vista. El coche alquilado se bamboleó sobre el suelo del desierto y, de vez en cuando, Mike creía oír un clic procedente de la caja. Aquello era una estupidez, claro, porque las hipodérmicas eran de plástico y estaban bien empaquetadas en sus correspondientes cajas.

«Sal a la carretera principal –pensó– y serás libre.» En la dirección en que iba había poco tráfico, por lo que calculó que en media hora llegaría a la I-17. Y de ahí al aeropuerto de Phoenix... Bueno, al amanecer podía estar en Washington.

Cuando iba a entrar en la carretera principal, la luz de los faros iluminó a cinco hombres apostados en el cruce. Le pareció que lo esperaban y que miraban sus faros. Mike levantó el pie del acelerador y pisó el freno para reducir la velocidad. ¿Qué hacían allí? Cuando Deauchez y él habían llegado, no habían visto a nadie que vigilara el desvío. ¿Habrían visto sus faros?

El médico empezó a sudar. Deseó haber guardado las jeringuillas en el portaequipajes, pero ya no podía hacerlo. ¿O sí? Detuvo el coche y puso el freno de mano. Sacó las llaves del encendido y, después de dudar un instante, dejó los faros abiertos.

Se apeó a toda prisa y corrió hacia el portaequipajes. Le costó cuatro intentos acertar con la llave correcta y el tiempo pasaba deprisa. Volvió a abrir la puerta trasera, sacó las cajas y las metió en el portaequipajes lo más deprisa que pudo.

Le pareció oír gritos.

Puso la chaqueta sobre las cajas, cerró la portezuela, corrió de nuevo al asiento del conductor y giró la llave en el encendido, tras dar un portazo.

Sí, los hombres corrían hacia él. Se encontraban a mitad de camino entre su coche y la carretera principal, y seguían corriendo hacia él. Pensó en dejar el sendero y meterse en el desierto, pero la inmensidad y la dificultad del terreno lo hicieron desistir. Aparte, no había mucho tiempo para pensarlo bien. Al cabo de veinte segundos se cruzó con los hombres.

Algunos de ellos alzaron los brazos, haciéndole señales para que se detuviera. El corazón le latía con fuerza, pero obedeció. Uno de los tipos abrió la puerta del conductor.

–¡Salga, por favor!

–¿Cómo? Yo quiero salir a la autopista, pero me he perdido, ahora estaba buscando el mapa.

–¡Salga del coche! ¡Ahora mismo!

A Mike le temblaban las piernas. Salió a trompicones. Una linterna le iluminó los ojos.

–¿Qué está haciendo aquí?

El hombre de la linterna tenía una abundante cabellera blanca y cara juvenil. Su tono de voz no denotaba enfado, pero sí decisión. Otros dos empezaron a registrar el interior del coche.

–Soy de esta zona –mintió Mike–. Lo único que quiero es llegar a Phoenix, pero como hay tantos atascos en las carreteras...

La cara del tipo de cabellos blancos apenas se veía sobre el resplandor de la linterna. Era un rostro pétreo, inexpresivo.

–¿Puedo ver su permiso de conducir, señor?

–Claro. –Mike sacó la cartera–. Mire, todavía estoy registrado en Washington, D. C., por cuestiones de impuestos. Sedona es como mi segunda residencia, mi lugar de vacaciones, pero vengo mucho por aquí. Ya sabe cómo son estas cosas...

El hombre miró el permiso de conducir de Mike y luego lo miró a él y le tendió el carnet.

–¿Es usted médico, doctor Smith? ¿De qué especialidad?

–Medicina general.

–Necesitamos las llaves del portaequipajes, Hart –dijo uno de los hombres que registraban el vehículo.

Mike miró al que hablaba y no pudo disimular una expresión de pánico. Cabellos Blancos, alias Hart, tomó las llaves de las manos de Mike y se las lanzó al otro.

–¿De dónde viene? En esta carretera no hay casas, no hay nada. Yo mismo la he recorrido. Lo único que hace es bordear el pueblo y termina en el otro lado.

–Bueno, sí, yo estaba en el otro lado del pueblo. Me metí por aquí porque quería evitar los atascos.

El ruido de la tapa del portaequipajes resonó en la oscuridad. Mike miró hacia la parte trasera del coche y consiguió esbozar una sonrisa amable.

–Doctor Smith, ¿puede explicarme por qué se ha metido por este camino de polvo? –La voz de Hart se había endurecido de manera perceptible.

Mike sonrió de puro nerviosismo. Se secó el sudor de la frente con la mano.

–Es que mi perra...

–¡Mierda! –gritó uno de los hombres–. ¡Ven aquí, Hart!

A Mike se le doblaron las rodillas y se apoyó contra la puerta del coche. Hart lo agarró por el brazo y lo llevó hacia el portaequipajes.

–Sólo es material médico –dijo Mike.

Mientras Hart inspeccionaba las cajas, nadie dijo nada. Mike oyó pasos que se movían, inquietos, en la arena.

Hart le enfocó los ojos con la linterna.

–Tenemos que contárselo a Scott –dijo uno de los hombres.

–Esas cajas son de nuestras vacunas. –El tono de voz de Hart había cambiado de nuevo y Mike se dio cuenta de que no presagiaba nada bueno.

–No, sólo son medicinas. Las llevaba dentro del coche, pero pensé que...

Hart le pegó un bofetón en la cara. Produjo un sonido fuerte y crujiente en la noche. Mike se llevó la mano a la dolorida mejilla, asombrado.

–¿Cómo las ha conseguido?

–Dios, habría que ir a buscar a Scott.

–¡No iremos a buscar a nadie! –ordenó Hart, sin dejar de mirar a Mike–. Ahora, cuénteme.

–Sí. Las cogimos.

–¿Por qué? ¿Porque pensaban que era una droga buena? Se quería pinchar una dosis, ¿verdad? ¿O quería venderlas?

–¡No! Yo soy médico. Lo que quería...

–Sí.

–Era llevarlas a unos amigos que no quieren venir al campamento –improvisó Mike con dificultad.

–Mentira podrida –murmuró uno de los tipos.

–Lo que quiere es ganarse una pasta vendiendo esas jeringas –dijo alguien–. Encerrémoslo en la cárcel.

–Sí –asintió Hart. Retrocedió un paso y miró a los demás–. Yo lo llevaré. Vosotros terminad de registrar el coche, rasgad los asientos, todo. Y devolved esas cajas a los de la HAI. Manejadlas con cuidado. Y que algún enfermero se asegure de que no falta ninguna jeringuilla. Si faltan, quiero saber cuántas.

–Yo iré contigo –dijo un hombre pequeño y flaco.

–No, gracias. Yo me ocupo de él. ¿Por qué no vas a buscar a Scott? Hace unos minutos estaba en la puerta principal.

–¿Estás seguro de que no me necesitas?

–Tengo una pistola, ¿no?

Hart tomó a Mike del brazo y tiró de él. No lo llevó a la población siguiendo la carretera, sino que cruzaron el desierto directamente.

Mientras caminaban, ninguno de los dos dijo nada. Hart agarraba a Mike con la mano izquierda y sostenía la pistola con la derecha. Mike estaba perdido en sus pensamientos. Creía que tal vez había perdido para la humanidad la vacuna contra el virus, o al menos para los humanos a los que el Cetro Rojo dejaba morir sin administrársela.

Una cosa era cierta: Mike nunca se había creído del todo la historia de Deauchez. Había sido como ver un documental realmente convincente sobre la existencia de los OVNIS. Mientras lo mirabas, tenías la inquietante sensación de que podía ser cierto. Al día siguiente, parecía menos verosímil. A los dos días, lo habías olvidado por completo.

Sin embargo, Mike seguía inmerso por completo en medio de aquella historia concreta de OVNIS, y aunque su mente racional le mandaba señales de aviso, había creído en ella lo bastante como para arriesgar su vida a fin de obtener esa vacuna y llevarla al laboratorio. No sería un test difícil: se trataría de poner cierta cantidad del virus Santarém en una cápsula de Petri esterilizada y añadir unas gotas del líquido de la jeringuilla. Si mataba el virus, sería el hombre más feliz del mundo.

Y luego se autoinyectaría la vacuna porque había estado realmente en contacto con el virus. De hecho, tendría que haberlo hecho en el coche. Aun cuando no supiera seguro si se trataba de la vacuna, era mejor correr ese riesgo que una muerte segura. Y, según Deauchez, en las jeringuillas verdes no podía haber nada malo, ya que contenían la sustancia que daban a los «amigos» jóvenes, sanos y guapos.

Hart se detuvo cuando ya llevaban un buen rato caminando por el desierto. Mike volvió la vista atrás y vio que alguien se llevaba su coche alquilado. Allí, en la oscuridad, no había nadie más, sólo él y el tipo que lo escoltaba. Se preguntó por qué Hart habría hecho una pausa, pero no sintió miedo. Mentalmente, ya se veía en esa cárcel, sin la vacuna, y eso ya era suficiente desastre.

Al parecer, Hart no pensaba lo mismo. Puso la pistola ante los ojos de Mike y quitó el seguro con gran deliberación mientras le apuntaba en la frente.

–Quiero que me diga la verdadera razón de por qué cogió esas jeringas. –El rostro de Hart estaba totalmente relajado y en su voz no había ni un asomo de emoción.

El corazón de Mike empezó a latir con fuerza y lo invadió una oleada de miedo como la que había experimentado en el coche.

–¿Qué quiere decir?

–Usted no se ha complicado la vida para robar esas jeringuillas porque contenían una vacuna contra la tuberculosis, así que, dígame, ¿por qué las ha cogido?

Mike intentó descifrar la expresión del hombre, pero no pudo. No tenía ningún motivo para confiar en él, eso era cierto. Sin embargo, lo que en definitiva era más apremiante era su capacidad de convencer siempre a los demás de sus opiniones. Una rectitud moral básica: Mike tenía fe en los demás del mismo modo en que otros tenían fe en Dios. Y aquel hombre, aquel hombre no podía saber lo que realmente estaba ocurriendo.

–De acuerdo. Las jeringas pueden contener una vacuna para el virus Santarém. Tenemos pruebas de que tras estas señales apocalípticas hay una conspiración. El virus, sin duda, es obra humana. ¿Ha leído los periódicos? Ese virus podría matar a todos los hombres, mujeres y niños del planeta. Y puedo explicarle exactamente lo que está sucediendo, por improbable que parezca. Puedo explicárselo a usted, a Trent Andrews o a quien quiera.

–¿Qué significa «tenemos»? –preguntó Hart con voz calmada–. ¿Quién ha ayudado a robar las jeringas? ¿Quién ha contado todo esto?

–Yo... –Mike titubeó. Tenía la sensación de que las cosas no iban del todo bien–. Pues... un par de tipos que conocí. Dos que ya han dejado el lugar.

Hart lo miró fijamente.

–Mire –continuó Mike–, puede llevarme de vuelta al pueblo, si quiere, y dejarme comentar todo esto con Andrews o con quien sea. Pero si lo que quiere es salvar vidas de verdad, déme un par de esas vacunas. Trabajo para la Organización Mundial de la Salud y podría hacer que analizasen el contenido. Cada hora de retraso en hacerlo puede costar millones de muertos. Diga que me escapé.

Hart hizo un gesto casi imperceptible de asentimiento.

–Sí. Que intentó escapar. Eso será lo que diré.

–¿Eh?

Hart se relajó y retiró la mano con la que sujetaba por el brazo a Mike. En la otra, el arma apuntó con firmeza hasta que la boca del cañón fue un túnel negro frente a los ojos de Mike.

–¡Corre! –dijo Hart.

Mike comprendió lo que se avecinaba. Sin pensárselo un momento, movido sólo por un pánico cerval, hizo lo que Hart le ordenaba. Giró sobre sus talones y corrió por las dunas a la velocidad que sus piernas le permitían. Un breve grito de miedo surgió de algún rincón de su vientre.

Uno, dos, tres, cuatro pasos.

Mike oyó el disparo, como un portazo, al tiempo que se daba cuenta de que ya no tenía los pies en el suelo, de que volaba por los aires. Fue el último sonido que escuchó. Sus oídos, ya sordos, ni siquiera registraron el ruido de su propio cuerpo al caer.

Capítulo 20

Día 18
Washington, D. C.

Fueron a buscar a Cole a su casa de Georgetown a las tres de la madrugada. El equipo iba bien preparado, y era eficiente y respetuoso. Un médico examinó a Cole en la cama. Una mujer joven, con el cuerpo envuelto en los pliegues de su traje blanco, le sacó sangre con unos gruesos guantes de látex. Por la sutileza de su comportamiento y por su febril actividad, Cole supo que él sólo era uno de los muchos políticos a los que habían despertado de aquel modo. Después, le pidieron que se pusiera un traje similar a los de ellos. Los nuevos trajes Racal eran delgados y flexibles, pero seguían siendo engorrosos. Cole no les dijo que él no necesitaba un traje de aquéllos.

Lo condujeron en un coche con la calefacción en marcha hasta una reunión de urgencia que se celebraba en la Cámara de Representantes. El comité estaba formado por senadores y congresistas. Algunos de los presentes se encontraban en las primeras fases de contagio del virus Santarém y lo sabían. La enfermedad, detrás de las enmascaradas caras, sólo daba un carácter más urgente a la tarea del comité. El objetivo era encontrar vestigios de un Gobierno no infectado antes de que el liderazgo del mundo libre desapareciera por completo.

El presidente y el vicepresidente agonizaban. El portavoz de la Casa Blanca y el presidente provisional del Senado también habían caído presas del Santarém. Todo esto se expuso en la primera media hora. A continuación, se debatió si los procedimientos habituales de sucesión podían aplicarse en un caso como aquél. Decidieron que sí, al menos hasta que quedase claro que todos los candidatos razonables de la lista de sucesión estaban contagiados. Cole, que era el siguiente en la lista, parecía estar sano, aunque eso no se confirmaría hasta que tuvieran el resultado de sus análisis de sangre.

Nadie comentó ni al parecer advirtió que Cole tal vez no fuera la mejor opción como presidente. Había sido un secretario de Estado popular, que se dejaba ver. Era evidente que ninguno de aquellos hombres dudaba de su ambición. Y, por supuesto, tenía quienes lo apoyaban y le eran fieles, unos hombres que compartían su visión.

Llegado este punto, Cole se retiró de la reunión para que el comité conservase su imparcialidad. Y lo que era más importante, sus deberes lo llamaban a otra parte. Cuando se marchó, todos los miembros se pusieron en pie, con un silencio respetuoso, propio de una delegación de astronautas. Cole fue llevado en coche al Pentágono, donde tenían lugar otras reuniones de urgencia.

A las cinco y cuarto de la mañana, lo que quedaba del Consejo de Seguridad Nacional se reunió en la sala de mando. Eso significaba que asistían Anthony Cole y Norman King. King no sólo era un viejo amigo de Cole, sino que era también el director de la CIA, circunstancia ésta que distaba mucho de ser una coincidencia y cuyos resultados, en los últimos meses, habían sido de lo más valiosos. El general que sustituía temporalmente a Brant se llamaba Myers. Era el general de más alto rango del ejército de Estados Unidos, y no era un viejo amigo de Cole. Todos se preguntaban si estaba contagiado o no antes de ponerse el traje.

–Vienen de las dos direcciones –dijo Myers al tiempo que señalaba las imágenes de un mapa electrónico proyectado en la pared–. El ala este de su ataque llegará por el Atlántico Norte; el ala oeste, por el Pacífico. Ambas alas se encuentran a un par de horas de distancia y ya han empezado a desplegarse. En mi opinión se trata de una formación que se dispersará. Tal vez incluso sitúen algunas unidades para cruzar la frontera por México y Canadá.

Myers tenía un aire tranquilo y confiado. Se encontraba como pez en el agua. Desde Pearl Harbor, Estados Unidos nunca había sufrido una invasión, pero Myers no parecía preocupado.

–Lanzaremos el contraataque inmediato desde nuestros submarinos en alta mar y neutralizaremos a unos cuantos antes de que se acerquen más. Sin embargo, el grueso de nuestras fuerzas se situará entre treinta y cincuenta kilómetros de distancia de la costa. Todos nuestros efectivos se dirigen ya hacia sus puestos.

–¿Y cómo nos defenderemos de su armamento pesado, general? –preguntó Cole, aunque ya sabía la respuesta.

–Lo mejor que tienen son los SU-27, aproximadamente la mitad de su división de ataque. El resto es una combinación de modelos más antiguos. De todas formas, están apoyados por portaaviones capaces de transportar cuatrocientos o quinientos hombres cada uno. Los buques de guerra navegan delante de los portaaviones, cerca de ellos, como una especie de vanguardia protectora. Si nos basamos en esta configuración, yo diría que a China le interesará menos librar combates aéreos que acercar esos transportes lo máximo que pueda a la costa. Tienen muchos hombres en el aire y no pueden hacerlo todo a la vez.

–¿Es eso probable, general? ¿Que consigan llegar a tierra? –preguntó King.

–Tan probable como que un niño de coro tenga tetas. Nosotros tenemos radar en todas las costas. Podemos localizar una paloma en el aire, y nuestros aviones de combate son veinte años más modernos que los suyos. No, no tendrán ninguna posibilidad de desembarcar, pero será una batalla sangrienta. Los tiburones tendrán mucho que comer.

Cole juntó las manos y unió las puntas de los dedos, embutidos en los finos guantes blancos.

–Me alegra saberlo. Y, general, confiamos en su liderazgo.

–Por supuesto –repitió Norman King con una sonrisa.

6.45 HORAS EN LA COSTA ESTE, 14.45 HORAS EN IRAQ
CENTRO DE MANDO DE LAS FUERZAS ÁRABES UNIDAS, ALREDEDORES DE BAGDAD

Aquella tecnología, comparada con la estadounidense, era muy rudimentaria. Se trataba de una hilera de pantallas de 17 pulgadas con unas interferencias de color amarillo y unas gruesas letras. Sin embargo, con eso ya les bastaba. Mal Abbas presenciaba cómo las fuerzas de choque chinas se acercaban al espacio aéreo de Estados Unidos.

Mal Abbas sudaba, enfundado en su uniforme verde y oro, con los nervios tan tensos como las cuerdas de la lira de Gabriel. No dudaba de la veracidad de la profecía. Había estado en Santa Pelagia, ¿no? Y Alá le había dado otras profecías que ya se habían cumplido. De lo que realmente dudaba era de su capacidad de actuar como portavoz de Alá. Le preocupaba haber cometido un nuevo error, algo que instara a Alá a abandonarlo. Quizás había interpretado mal las instrucciones que le había dado el ángel.

No comentó ninguna de esas preocupaciones con los chinos ni con nadie. China había aceptado su petición: el día y la hora señalados. Nervioso, Abbas miraba el reloj para confirmar por enésima vez que no se había equivocado. La hora se acercaba y los aviones estaban en el aire. Abbas sabía, sin embargo, que Li había accedido a atacar en aquel momento porque le convenía y no porque sintiera ningún respeto por Alá. ¿Protegería Alá a un hombre como aquél?

Abbas consultó de nuevo el reloj y exhaló con fuerza tras contener la respiración unos instantes. Sonó como un gemido y apretó los dientes fuertemente para reprimirlo. «Pronto, pronto –pensó–. Alá, he obedecido tu voluntad. Haz que se cumpla tu juramento. Por mi pueblo, por el Corán.»

–¿Hay señales de alguna actividad inusual? –le preguntó al operador del radar.

–¿Como qué, señor?

Abbas sacudió la cabeza de manera vigorosa para darle a entender que lo olvidase. ¿Por qué lo había preguntado? Todavía no había llegado la hora.

En la sala contigua, Hadar, líder titular de Iraq, coordinaba el ataque de las Fuerzas Árabes Unidas contra Europa, dentro de ciertas limitaciones, claro. Abbas había insistido en que, de momento, los centros de los profetas se mantuvieran intactos, y China se había avenido a ello. Sin embargo, Abbas tendría que estar allí, en la sala de mando, ya que de otro modo Hadar obtendría demasiado poder. Pero Abbas no podía separarse de aquellas pantallas, de los puntos brillantes que señalaban el avance de los chinos. El ataque árabe estaba formado sólo por fuerzas humanas. Con China volaba el Anfitrión Celestial.

Un secretario se aclaró la voz a sus espaldas.

–El presidente Li está al teléfono, general.

Abbas agarró el aparato con una mano sudada que se pegó al frío plástico.

–Aquí Abbas.

–¡General Abbas! –Le pareció que Li hacía el máximo esfuerzo posible por no gritar–. Nos estamos acercando a la frontera de Estados Unidos.

–Sí, lo veo desde aquí.

–¿Y dónde está el milagro que nos ha prometido?

Abbas pensó que un malvado como Li no merecía ningún milagro, pero no lo dijo. Volvió a consultar el reloj y empezó a apretar la mano que tenía libre, y su corazón con ella, para golpear con fuerza la mesa al cabo de un momento:

–Llegará pronto, presidente Li.

Abbas notó que había alguien junto a él. Se trataba de Hadar. El revolucionario lo miró con ojos fríos, luego dirigió la vista hacia el reloj y después a los monitores. No dijo nada, pero observó a Abbas con aire prepotente. Si la predicción no se cumplía, Hadar se encargaría de que todos los hombres, mujeres y niños de Iraq lo supieran. Y lo que era más importante: no habría ninguna posibilidad de que obtuviera cooperación para la segunda profecía. De Hadar ya no la esperaba, pero tampoco tenía segura la de China.

–Debo irme, presidente Li... –empezó a decir Abbas, que se sentía mareado.

–¡Se quedará al teléfono hasta que termine todo esto! –replicó Li. Luego, en un tono más moderado, añadió–: Si puede...

–Por supuesto. –Abbas se lamió el sudor de los labios.

El aire estaba cargado de aprensión y silencio. Los ojos de Abbas fueron de la pantalla al reloj y de nuevo a la pantalla, como si siguiera el vuelo de un murciélago por la sala. A las tres de la tarde, la segunda manecilla del reloj cayó en su lugar con la misma determinación que el hacha de un leñador. Abbas apenas podía sostener el teléfono en la mano, aunque si no colgaba probablemente se desmayaría. Y si no se sentaba, también. Con brusquedad, sus ojos volvieron a las pantallas.

No había cambiado nada. Los puntos brillantes estaban uno junto al otro.

–Abbas... –empezó a decir Li, al borde del pánico.

A su lado, Hadar sonrió con despecho.

Entonces, las pantallas se apagaron.

El Pentágono

Anthony Cole y los demás se encontraban mirando el radar cuando éste se apagó. En un momento, dejaron de verse los puntos brillantes de los chinos que se acercaban a los puntos que representaban las defensas estadounidenses. Todos los indicadores del mapa desaparecieron. Nervioso, el general Myers se puso en contacto con los expertos en informática, pero no lograron recuperar la señal.

Lo que sucedió durante los diez minutos siguientes fue un auténtico caos profesional. Cole aportó pocas ideas y dejó que fuera Myers quien tomase la iniciativa. Y él se puso en contacto con uno de los expertos en radar de las Fuerzas Aéreas.

–Capitán Wilson, ¿qué demonios está pasando? –le gritó Myers, como si Wilson no sólo lo hubiese jodido todo personalmente, sino que además fuera el responsable del debilitamiento del ejército estadounidense.

–La flota china acaba de atravesar nuestra línea defensiva, general. –La voz de Wilson sonó aguda y llena de tensión–. Y hace diez minutos todos los sistemas de radar con base en Estados Unidos han fallado. Nuestros satélites de infrarrojos y las instalaciones de fibra óptica siguen funcionando, pero no nos serán de gran ayuda. Nos hemos quedado ciegos, señor.

Por más aterrorizado que sonara, Wilson había asimilado lo que acababa de decir. Myers, en cambio, se llevó la mano al estómago y gimió como si hubiese recibido una patada en los genitales.

–¡Dios Santo! ¿Nos están atacando con armas nucleares?

–No es probable, señor. La estación de seguimiento de misiles balísticos de Groenlandia todavía es operativa. No hay misiles balísticos intercontinentales en el aire. Repito: no hay ningún MBI en el aire. Sin embargo, el problema del radar interferirá en nuestra capacidad de detectar submarinos hostiles. También existe el problema de saber qué armas llevan los aviones chinos, pero, en estos momentos, nos enfrentamos a un ejército convencional.

Myers miró a Cole.

–¡Jesús! –siguió, aunque su tono de voz sonaba aliviado–. Los chinos no tendrán ni una sola posibilidad de alcanzar nuestras instalaciones nucleares utilizando sólo submarinos y aviones. Por eso, dudo mucho de que empiecen a atacarnos por ahí.

–Es una buena noticia oírle decir eso –dijo Cole, tras intercambiar una mirada con el señor King.

Myers asintió repetidas veces, demasiadas veces.

–¿No tenemos a ninguno de nuestros pilotos en el aire, general? –apuntó Cole.

–A eso iba. ¿Wilson? ¿Qué pasa con la señal de radio?

–Hay... hay una gran confusión. Han despegado muchísimos aviones nuestros, pero la radio no funciona, no podemos comunicar con ellos. La mayor parte intenta regresar. Hemos perdido unos veinte o veinticinco debido a un error de funcionamiento o a una... una colisión. Ahora mismo tenemos cazas volando, general, pero, sin radar, lo único que tienen son ojos. En algunos de los bombarderos más nuevos, la visibilidad desde la cabina no es...

–Al grano, capitán... –ordenó Myers con el ceño cada vez más fruncido.

–Sí, señor, al grano. Yo diría que tenemos en el aire una tercera parte de nuestros efectivos, pero que su eficacia está gravemente mermada. Algunos de nuestros sistemas de armamento, como los misiles Stealth, por ejemplo, utilizan el radar para localizar los objetivos. Por ello, hemos tenido que limitarnos a las armas manuales, que tienen un alcance mucho menor y que también requieren visibilidad, claro.

–Eso ya lo sé, capitán.

–La situación en la Costa Oeste es aún más problemática. Ahí todavía es de noche y las previsiones indican que por la mañana habrá una densa niebla sobre California y Oregón. En esas circunstancias, la visibilidad será...

–¡Comprendido! –gritó Myers.

Como nadie más lo dijo y Myers estaba demasiado estupefacto para pensar por sí mismo, intervino Cole con una sugerencia.

–Perdone, general, ¿podría tratarse de tecnología HAARP?

La cara de Myers se encendió de excitación. Se lanzó hacia aquella idea como un toro que embistiera a un torero.

–¡Claro! ¡Teniente, tiene que ser el programa chino de Investigación de Auroras Activas de Alta Frecuencia! ¿Cómo demonios no atinamos en eso?

El joven sacudió la cabeza una sola vez, pero con contundencia.

–Negativo, señor. El HAARP de los chinos es muy rudimentario. No se le puede atribuir esto.

–¡Pues tiene que ser el HAARP, teniente! Eso es exactamente lo que hace ese programa, calentar la ionosfera y confundir las ondas de radar, ¿verdad? A nuestro servicio de inteligencia le ha pasado por alto, pero los chinos deben de tenerlo.

–General, nosotros solamente tenemos unas pocas estaciones HAARP con base en tierra. China ni siquiera tiene esa cantidad. Para provocar un efecto tan amplio como éste se necesitaría, como mínimo, un programa de satélites.

Norman King lanzó una mirada a Cole, pero él no se la devolvió. Estaba muy ocupado examinándose sus pulcras y cuidadas uñas. Pensaba que el teniente tenía razón: el programa HAARP de Estados Unidos era rudimentario. No se trataba de que los estrategas militares no comprendieran su potencial, la importancia de conseguir que todas las ondas rebotaran en la ionosfera terrestre. La ionosfera se calentaba si se dirigían contra ella cantidades de energía extraordinariamente altas, lo cual afectaría a las señales que la utilizaban como medio de transmisión. Pero aquel programa era un legado de la guerra de las galaxias de Reagan, un tema que políticamente nunca había despegado por su elevado coste. El proyecto HAARP que surgió más tarde se había visto obstaculizado por las protestas de los defensores del medio ambiente, los «verdes», que se movilizaron para protestar por cuestiones como la manipulación de la ionosfera. Así era cómo funcionaba la democracia, se dijo Cole. Telegyn, en cambio, no tenía nada de democrática.

Se escuchó la voz del capitán Wilson por el comunicador.

–General Myers, señor, es verdad que hay ciertas semejanzas con el HAARP, pero supongo que todavía no tienen noticia de... El fenómeno parece producirse en las zonas donde es de día y no sólo en Estados Unidos. Nuestras bases en Alemania han informado de dificultades similares. Televisiones y radios han dejado de funcionar, el control del tráfico aéreo civil está fuera de servicio... Y nos llegan noticias de... hum... bueno, una especie de... de actividad solar que provoca daños por quemaduras en las ciudades. Si hubiera aumentado la actividad en la superficie del sol, si hubiera erupciones, tal vez se calentaría la ionosfera y se produciría el mismo efecto que con nuestro programa.

Myers miró a Cole con expresión de desconcierto.

–¿Quemaduras?

Esas palabras dispararon una alarma en la mente del general. Cole lo advirtió en sus ojos, igual que lo había notado ya en la voz de Wilson. A aquellas alturas, como todo el mundo en el planeta, sus acompañantes debían de haber leído mucho sobre las profecías. Vio que los demás establecían una asociación y el daño y el rechazo que ésta evocaba.

–Necesitamos detalles acerca de la actividad solar –dijo Cole, dirigiéndose a una de las secretarias–. Vea qué puede averiguar.

La mujer empezó a replicar, pero enmudeció ante la intensidad de la mirada de Cole. Hizo un cortés asentimiento y salió de la sala.

–Y en cuanto a la invasión... –Cole se volvió hacia Myers, haciéndose cargo de la situación con un aire de firme eficiencia–, parece que tenemos que estar preparados para combatir tierra adentro. ¿Sabemos hacia dónde se dirigen las fuerzas chinas?

–Todavía no –respondió Wilson–. No podemos verlas en...

–¡Sí lo sabemos! –espetó Myers.

–Sí, señor. Iba a decir que tenemos informes que indican que avanzan tierra adentro.

–Pues búsquenlas –ordenó Cole–. Envíen patrullas de nuestras bases, lo que haga falta.

–Por supuesto –replicó Myers con frustración y terquedad–. Lamentarán haber pisado el suelo de Estados Unidos.

Dio órdenes al teniente y él las transmitió por teléfono al centro de mando.

Cole asintió con aire de aprobación y dirigió una tranquilizadora sonrisa a Myers para recordarle que eran cómplices en todo aquello. Cole sabía, sin embargo, que tardarían días en localizar a todos los chinos porque se desplegarían en zonas no previstas.

Era una sensación extraña y tal vez fuese el primer líder en la historia que la experimentaba. Se encontraba tras las filas de un ejército después de haber diseñado la estrategia de otro y, mientras tanto, hacía unos cálculos que ninguno de ambos podía imaginar. Cole conocía los planes de China, había colaborado en la creación de los detalles.

En el corazón de la fuerza invasora china había numerosos equipos independientes a los que los chinos llamaban *Pa woo* o «zorros sigilosos». Según las estimaciones del proyecto, al anochecer, entre doscientos y seiscientos equipos habrían invadido poblaciones agrícolas estadounidenses cercanas a la frontera con Canadá. Los *Pa woo* tomarían rehenes, se apoderarían de las tiendas locales de comestibles y se atrincherarían. Y mientras tanto, las fuerzas estadounidenses se dirigirían como gaviotas hacia la costa o acecharían al enemigo cerca de objetivos estratégicos. Los mandos del ejército no esperaban problemas en zonas alejadas, en lugares sin importancia militar, en las que se alzaban silos de granos en vez de misiles.

Si el general Myers y sus consejeros hubiesen pensado realmente en los chinos, en su psicología y en sus motivaciones, tal vez habrían previsto algo semejante. Por ello, la estrategia implantada por Tsing Mao Wen y Mal Abbas era tan brillante. A los chinos no les interesaban los combates cuerpo a cuerpo con los estadounidenses. Les interesaba la cosecha de cereales, hacerse con la producción de alimentos.

En primavera, los *Pa woo* supervisarían la actividad agrícola y se apoderarían de las cosechas para distribuirlas según las órdenes que recibieran de sus superiores. Ése era el sueño que albergaban los dirigentes chinos. Ésa era la promesa. Había, por supuesto, estrategias que los estadounidenses podrían utilizar para desalojar a tiempo a los *Pa woo*. Eso, hasta los dirigentes chinos lo entendían. Sin embargo, lo que no entendían era que había un tercer jugador en liza, el Santarém, y que el virus tenía aún más hambre que los *Pa woo*.

Regresó la secretaria con información para Cole. Tenía una cinta de vídeo en las manos y dijo:

–Todas las cadenas de televisión están fuera de servicio, pero la WWN nos ha mandado esta filmación a través de su servicio de mensajería. Es lo que está ocurriendo fuera, ¿sabe? El sol. Sí, justo ahí fuera.

Tras pronunciar estas palabras, la mujer permaneció inmóvil

con los labios fruncidos como si estuviese muy desconcertada. A Myers le costó cierto esfuerzo quitarle el vídeo de las manos.

–Que alguien ponga esto –ordenó.

Un joven cabo tomó la cinta y la metió en el reproductor. Todos los ojos se volvieron hacia la pantalla.

Eran unas tomas del exterior del Capitolio. Había unas veinte personas que subían y bajaban las amplias escaleras de mármol. Unas diez más se habían detenido a hablar entre ellas. A saber por qué la WWN habría ido allí... A primera vista, casi parecía una escena normal, con el sol que brillaba de manera benévola. O así habría sido de no haberse visto las mascarillas quirúrgicas de papel y los guantes de goma que llevaban esas personas, ni los policías que había en la acera, a la caza de cualquiera que estuviera resfriado, ni el vendedor de batidos hechos con leche de cabra a veinte dólares cada uno y galletas rancias envueltas en plástico a cincuenta dólares la pieza. Tal vez era eso lo que había ido a filmar la WWN, ya que la cámara tomó un primer plano del vendedor y de la cola que esperaba ante el puesto. Cole casi oía los comentarios banales que acompañaban a las imágenes.

Sin embargo, la escena cambió muy deprisa. La cámara se tambaleó y se oyó la voz del técnico que la manejaba.

–¿Qué pasa, joder?

A su alrededor se alzaron gritos. El cámara se volvió a tiempo de filmar a las personas de las escaleras que chillaban y se precipitaban hacia las puertas. Un hombre calvo corría con su portafolios de cuero levantado para protegerse la cabeza. La gente que hacía cola en el puesto de batidos se dispersó. Entonces el propio cámara echó a correr.

–¡Dios mío! ¡Cómo quema aquí fuera! –decía.

A continuación, hubo unos minutos de imágenes confusas y de personas que huían. Entonces, el técnico se detuvo. Se puso la cámara al hombro y grabó la escena.

La parte delantera del Capitolio había quedado desierta, a excepción de un indigente o un borracho que dormía en un banco. Cuando la cámara lo enfocó, humeaba. Entonces, de repente, ardió en llamas y cayó del banco entre gritos de agonía.

–Ocurre algo –jadeó el técnico–. Aquí no lo noto, pero en las escaleras hace un calor del demonio. Tal vez sea gas sarin o algún tipo de... No lo sé...

Sin embargo, no era gas sarin. Al contemplar las imágenes, Cole experimentó una subyugadora satisfacción. Había sido lo más difícil de todo, de eso no había ninguna duda.

La cámara dejó de enfocar la pira ardiente en que se había convertido el indigente y captó imágenes de los laterales. Las personas que habían huido de la escena yacían en el suelo con quemaduras de segundo y tercer grado en la cara y en las manos. Algunas de ellas tenían los cabellos chamuscados. Y también había policías heridos. Uno intentaba utilizar su radio, que, al parecer, no funcionaba.

Las heridas, a ojos de un médico experimentado, podrían haber sido catalogadas de quemaduras de láser siempre que ese médico hubiese visto quemaduras de láser difusas. Cole sabía, sin embargo, que casi todos los médicos que habían utilizado el láser, lo habían hecho con un único rayo concentrado, un rayo que, con su potencia, rebanaba la piel y abría la carne. Un rayo difuso no rebanaba, asaba. Cuanto más difuso fuera el rayo, más sutil era el daño. Un rayo de ese tipo no tenía aplicaciones médicas.

En las imágenes confusas del vídeo apareció un vecino, un visionario apocalíptico. Tal vez lo había atraído al lugar el olor a carne asada. Cole oyó su letanía antes de que la cámara lo enfocara. Cuando lo hizo, vio a un tipo de aspecto enloquecido que alzaba una pancarta en la que se leía: EL FINAL HA LLEGADO. Se quedó en la acera junto a los heridos y los transeúntes que contemplaban cómo se carbonizaba el indigente.

–¡Arrepentíos! ¡Arrepentíos! ¡Arrepentíos! ¡Antes de que sea demasiado tarde!

Unos enfermeros lo apartaron hacia un lado. Un joven con

aire competente extendió un brazo, se acercó a la zona que quemaba y gritó a sus compañeros:

–¡No ocurre nada! ¡Ya ha pasado! ¡Venid!

Se acercaron a apagar lo que quedaba del indigente.

–¡Retrocedan! –gritó un policía, pero el enfermero tenía razón. El calor que había azotado las escaleras del Capitolio había desaparecido, aun cuando se oían gritos de agonía procedentes de una calle cercana.

–«Y el cuarto ángel vertió su copa sobre el sol –dijo el visionario–, y le fue dado abrasar a los hombres con fuego. Y se abrasaron los hombres con grandes ardores y blasfemaron el nombre de Dios, que tenía potestad sobre esas plagas, e impenitentes, no quisieron darle gloria.»

–Es... es verdad –dijo una mujer a los desconocidos que había alrededor. Mostraba los dientes en una tensa mueca que ponía de relieve el perfilador rosa intenso de sus labios, como si estuvieran pintados con el lápiz de un niño–. ¡Esta mañana lo le leído en el *Times*! ¡El sol! ¡Es la cuarta señal!

En la sala de mando, Anthony Cole suspiró aliviado.

Durante el resto de la mañana y las primeras horas de la tarde, Cole lidió con gran aplomo las dos crisis del momento: la invasión china y las quemaduras solares. A media tarde, había avanzado mucho en su camino a la presidencia. Pronto sería un hecho.

Hasta pasadas las cinco no disfrutó de unos momentos de soledad. Le asignaron unas habitaciones en el Pentágono, pero no durmió. Tenía la mente hiperactiva y había conseguido el número de código de su móvil.

No creía que en la suite hubiera micrófonos ocultos ni que el teléfono estuviese intervenido, pero, de todos modos, utilizó su Telegyn. De esa manera, no podrían escucharlo desde la centralita y podría hablar con claridad. Anthony Cole opinaba que, en ciertas ocasiones, había que correr riesgos, pero no riesgos estúpidos.

Llamó a la sede central de Telegyn en Baltimore, al número privado de su hermano Peter.

Peter Cole trabajaba en Telegyn desde que se había graduado en Yale, y había llegado a presidente del consejo de administración cuando Anthony se marchó para dedicarse a la política. Tenía treinta y tres años y era tres años más joven que Anthony, el único familiar que le quedaba con vida. El padre había sido banquero y miembro de la Comisión Superior del Cetro Rojo. Murió de cáncer de próstata sin llegar a ver los frutos de las carreras de sus hijos. La madre había muerto muy joven.

Aunque Anthony apenas se acordaba de su madre, creía que Peter era como ella. Su hermano era una persona emocional, leal hasta lo indecible y cuando se comprometía en algo llegaba al final, pero aun así era un tipo emocional. En cambio, Anthony era el favorito de su padre: brillante, metódico, entregado a la causa de la humanidad, aunque en el plano personal era muy frío.

Hubo una época de su vida en la que Cole lamentó aquella carencia de sentimientos y la consideró un obstáculo, pero, más tarde, cuando se comprometió con la dura necesidad del Proyecto Apocalipsis, advirtió que sólo una persona como él podría hacerlo, que su falta de emotividad era exactamente lo que se requería para lo que era preciso hacer.

Cuando respondió al teléfono, Peter incluyó en la conversación a su jefe de seguridad, un hombre llamado Ted Rodgers, y al doctor Morton, que sustituía a Tendir. Peter le explicó la razón de que le hubiera enviado el código. La razón era el doctor Michael Smith.

–Ya se ha confirmado el origen de la filtración. Se trata de Deauchez y de Hill –explicó Peter–. El doctor Smith voló a Albuquerque. O lo telefonearon o se citaron con él y le contaron lo que sabían. Lo que ignoramos es si fueron juntos a Sedona o no.

–Mala suerte –comentó Cole en tono neutral.

Sin embargo, y pese a lo que habría sido un día agotador para cualquier dirigente, aquélla fue la primera vez en muchas horas en la que se veía ante una amenaza real, ante un auténtico contratiempo. No entendía por qué el cura y el periodista no habían sido eliminados mucho antes. Telegyn estaba preparada para actuar rápidamente ante la más mínima señal de filtración y, sin embargo, Deauchez y Hill habían sido más listos y afortunados que ellos durante muchos días. Cole sintió una oleada de amarga frustración. No era enojo lo que sentía hacia esos dos hombres, al fin y al cabo eran ratas que intentaban escapar de la persecución. La amargura que sentía se debía a la incompetencia de su equipo.

–Pero la buena noticia es que no ha habido más filtraciones –decía Rodgers.

–Que ustedes sepan –lo corrigió Cole.

–No hay motivos para pensar que se hayan producido más –dijo Peter–. Smith habló con un técnico de luces que vio a nuestro hombre en el concierto de Munich. Eso explica el e-mail que mandó a Hill. Como respuesta, el periodista le pidió que tomara un avión hasta Albuquerque. La parada que hicieron en Russellville confirma que Deauchez y Hill fueron hacia allí.

–¿Qué parada?

–Hemos inspeccionado la gasolinera de Russellville –respondió Rodgers–. Aunque parece que no está contaminada, hay que tener en cuenta que el periodista es portador del virus.

–Bien. Pero tuvieron que detenerse en otros lugares, ¿no?

–Aún no tenemos confirmación de ello. Sabemos que se detuvieron en Russellville porque Hill llamó desde allí a la redacción del *Times*. También allí, Hill recibió el mensaje de Smith y Deauchez llamó al padre Carnesca.

–Ese e-mail fue un error –dijo Cole en voz baja y tono prosaico, pero cuando Rodgers replicó, notó que estaba alterado.

–No utilizó nuestro teléfono, y de ese modo se necesita tiempo para que su correo se registre en nuestro sistema y se pueda borrar.

–Un error, repito.

–¿Podría hacer una sugerencia? –preguntó Morton en tono conciliador–. Es casi imposible que Deauchez y Hill consiguieran llegar a Sedona debido a la enfermedad del periodista. Tal vez fueron a un hospital y se registraron con nombres falsos.

–Ahora mismo lo estamos comprobando –dijo Rodgers.

–Y deberíamos suponer que Hill ya no es una amenaza. O ha muerto o está a punto de morir.

–Pues yo creo que no. –Cole dio una deliberada gravedad a su tono de voz–. Ha dicho que la persona a la que encontraron anoche tenía algo en su poder, ¿no?

–Sí –respondió Rodgers–. Dos cajas de jeringuillas: una de WV103 y la otra de DS100. En las cajas faltaban tres jeringuillas del tipo WV103.

–Entonces sugiero que, de momento, no demos a nadie por muerto. ¿Encontrarán esas jeringuillas que faltan?

–Le doy mi palabra.

–¿Cuántos hombres tenemos en Sedona? –preguntó Morton.

–Tres –respondió Rodgers–, pero son excelentes, sobre todo Hart. Si Hill y Deauchez están en la zona, vivos o muertos, él los encontrará.

Cole empezaba a impacientarse y esperaba transmitirlo a los demás aclarándose la garganta. Aquello era urgente y peligroso y de haber podido él mismo se habría encargado de resolverlo. Pero no podía. Tenía que cumplir con su deber en otro sitio.

–Caballeros, no creo que sea necesario hacer hincapié en la eficacia que se espera de ustedes. No la espero sólo yo, la exige la importancia del asunto que tenemos entre manos.

–Por supuesto, Anthony –dijo Peter.

–Sí, señor –añadió Rodgers.

–Y ahora, tengo que irme. Les deseo buena suerte.

–Y también a usted, señor presidente –replicó Morton.

Al momento, los demás repitieron: «señor presidente», «señor presidente».

Era un tratamiento algo prematuro, pero era la primera vez que a Cole lo llamaban así y lo complació. De no haber sido por aquellos dos nombres, Deauchez y Hill, que se le clavaban como cristales rotos en la mente, incluso hubiera sonreído.

Deauchez se pasó casi todo el día durmiendo. Cuando despertó, faltaba poco para la puesta de sol, y la luz que se colaba por la única y diminuta ventana de su celda estaba teñida con los tonos dorados del atardecer. Se quedó un rato tumbado en el catre y observó las paredes que lo rodeaban. La noche anterior, alguien había abierto la puerta y lo había empujado al interior. Dentro no había nadie más. En esos momentos veía que en la estancia sólo había un camastro. El suelo era de cemento y la puerta de madera maciza. En la pared había un lavabo, con las tuberías oxidadas y unos grifos que antaño debían de haber sido para lavarse las manos. Por lo que veía desde la ventana (unos pies que pasaban), dedujo que se encontraba en un sótano, posiblemente un lavabo público reconvertido.

Sin nada más que observar, su mente empezó a divagar. Empezó pensando en la hermana Daunsey. Evocó, con todo detalle, cada encuentro que había tenido con ella, las cosas que la monja había dicho. Recordó su cara, tan sencilla y enérgica, y su aire infantil.

Aquellas evocaciones le dolieron en lo más hondo. Deauchez sabía por qué el hecho de pensar en la hermana Daunsey le hacía daño: porque la habían engañado vilmente, por estar tan equivocada y por ser responsable de que otros la hubieran seguido. Pero en todo ello había algo más personal. Tal vez, el fracaso de la hermana Daunsey era un reflejo del suyo.

¿Había algo más triste que el hecho de que un hombre o una mujer dedicaran por completo su vida a un Dios que no cuidaba de ellos, que tal vez ni siquiera existía? ¿Había algo más penoso que dejar de lado un estilo de vida, unos objetivos, unas opciones personales, incluso las propias ideas acerca del mundo para mirarlo a través de un filtro que era una falacia absoluta?

No, no había nada más triste que eso. ¿Qué habría conseguido la hermana Daunsey si hubiese concentrado sus energías en el campo de la medicina o de la reforma social fuera del marco de la Iglesia católica? Porque, pese a todo lo conseguido con sus obras de caridad, sus fundamentos se hallaban en arenas movedizas. Su compasión se había construido sobre el concepto de Dios, y como ese concepto era ilusorio, imposible de conocer, podía disfrazarse y distorsionarse, como realmente había sucedido, del mismo modo que también habían existido quienes habían dado rienda suelta a su cólera en nombre de Dios a lo largo de los siglos.

Mejor no hacerse ilusiones al respecto.

No había que hacerse ninguna ilusión. En aquellos últimos días, Deauchez había pensado mucho en sí mismo, en por qué se había hecho sacerdote, en sus propias creencias. Qué irónico que las conclusiones a las que había llegado se le revelasen tan tarde... Demasiado tarde.

Deauchez se echó a llorar. Se tapó la boca con la mano para apagar el sonido de sus gemidos, porque no quería dar a nadie la satisfacción de oírlo, si, por casualidad, había alguien por allí escuchando. No era el miedo ante una situación personal de peligro lo que lo había hecho llorar, sino el carácter terminal de esa situación, y la manera como lo habían silenciado a la fuerza. Nadie sabía que estaba allí. A nadie le preocupaba. Nadie lo dejaría salir de allí. Era impensable que Andrews lo hiciera. ¿Y Dios? ¿Le preocupaba todo lo que sucedía en la tierra? Al parecer, no. Dios no iba a sacarlo de allí. No, Deauchez y sus investigaciones habían llegado a un punto muerto, no había otra manera de verlo.

Pensó que eso significaba que había perdido. Y el pobre Simon... Pobre Simon, solo allí fuera. El reportero también había perdido.

Simon Hill soñaba con una localidad, una extraña localidad europea, refinada y amenazadora a un tiempo, como sacada de *Fantasía*. En algún lugar de sus laberínticas calles se encontraba la corresponsalía del *Times*, y tenía que llegar hasta allí para enviar su reportaje, aquella asombrosa y horrible historia... Tenía que contar al mundo lo que estaba sucediendo. Pero no podía encontrar el camino y alguien lo seguía; oía unos malintencionados pasos en las calles empedradas. Corría y corría...

Lo que finalmente se apoderó de él fue el frío. Tiraba de él con unos dedos helados y, al cabo de poco, advirtió que el frío significaba subir a la superficie, despertar, y se dejó llevar por él. Cualquier cosa era mejor que seguir en aquel laberinto de calles.

Abrió los ojos y vio el parabrisas del Honda. En la distancia, camino de la ciudad, el sol se ponía en el horizonte. Su brillo dorado iluminaba las rocas del desierto y las hacía relucir con cálidos y suaves matices rosados. Pero el brillo no llegaba hasta el coche, que estaba a la sombra de la pared de piedra que se hallaba justo al lado de la puerta del pasajero. No podía dejar de temblar y los dientes le rechinaban.

Se moría de sed.

Buscó a tientas con un débil brazo, encontró la limonada y se la llevó a la boca. Abrió los labios, secos y agrietados, los cerró en torno a la pajita y chupó con avidez. La terminó y oyó el aire que sonaba con fuerza en el interior de la caña de plástico. Intentó sentarse, pero la cabeza le dolía. ¿Era posible que le doliera menos? Decidió que sí. Recordó que, en algún momento, había sentido que su cabeza era como una trituradora de carne. En esos momentos sentía un dolor apagado, como unos constantes batacazos, como si todo su cerebro fuera un inmenso morado. Era mejor tener un morado que tener el seso triturado.

Tenía que orinar.

Encontró el cable eléctrico aflojado alrededor de su cuerpo. Se deshizo de él, abrió la puerta del coche y consiguió sacar una pierna, que no era más que una protuberancia temblorosa, y luego la otra. Se debatió para mantener el equilibrio y utilizó la puerta como punto de apoyo. El coche se inclinó hacia la derecha.

La pared de roca del exterior se elevaba por encima de él hasta perderse de vista. Era una piedra inmensa, casi una montaña.

Con andares tambaleantes, dio un par de pasos. Entonces sintió un espasmo en el estómago y un retortijón en la tripa, con un movimiento en sus intestinos que parecía el avance de Moctezuma. Emitió una exclamación de dolor e intentó caminar más deprisa. Llegó al borde de la formación rocosa y siguió pegado a la pared, al otro lado del coche.

Se debatió con los pantalones. Le quedaban muy apretados, aunque tenía la bragueta abierta. Era como si hubiese aumentado de peso ocho kilos con los mismos pantalones puestos. Al cabo de un rato, consiguió bajárselos y se agachó, tembloroso, en la arena del desierto.

Y evacuó. Nunca había defecado de una manera tan dolorosa y abundante. Sintió contracciones en el estómago y como si le clavasen una daga en el abdomen al tiempo que depositaba unas heces casi líquidas. La brisa de la mañana llevó el hedor a su nariz y tuvo náuseas. Se tapó la nariz con la mano y siguió haciendo sus necesidades. Al parecer, no le quedaba otra opción.

Pasaron muchos minutos hasta que se recuperó lo suficiente para ponerse en pie, con las piernas todavía temblorosas, como si fuera un viejo de noventa años con un terrible Parkinson, y se alejó. Intentó subirse los pantalones, pero se le quedaron trabados en la base de unas nalgas que se habían vuelto repentinamente inmensas. Siguió caminando hacia el coche, apoyado en la pared de roca, y al llegar junto a él se desplomó en el asiento del pasajero, al tiempo que se preguntaba dónde estaría Deauchez y por qué lo habían dejado en aquel estado.

Tenía la vaga noción de que le habían puesto una inyección y de que Deauchez llevaba unos calzoncillos en la cabeza, pero seguro que eso era pura alucinación. Se preguntó cuánto tiempo le quedaría de vida y si moriría en aquel maloliente utilitario, completamente solo. Todo aquello le pasó por la mente muy deprisa y, para su sorpresa, con una absoluta carencia de emociones. Luego, volvió a dormirse.

Emisión de la WWN

La plaga del sol había durado exactamente doce horas. Fueron doce horas sin televisión ni radio, y ningún estadounidense sabía qué estaba pasando. No se alejaron ni un minuto de sus aparatos, como anfitriones ansiosos deseando complacer a sus invitados, y vieron las interferencias sin comprender nada. Habían oído que estaban a punto de ser invadidos, y con la caída de los medios de comunicación temían un ataque nuclear. Los acontecimientos de la semana los habían concienciado de la existencia de los pulsos electromagnéticos y aquélla era la mejor excusa que se les ocurría para explicar la falta de recepción. Los que tenían refugios y sótanos los utilizaron, pero siguieron atentos a sus aparatos de radio y de televisión.

Transcurridas las doce horas, la WWN empezó a emitir para todo el mundo que sintonizara esa cadena. Lo hicieron millones de ciudadanos. Era obvio que al redactor del noticiario le había costado un esfuerzo elegir los titulares. Los aviones civiles no habían funcionado, la guerra acababa de empezar y los rayos del sol se habían vuelto asesinos. Pero también continuaba la plaga del Santarém. El Santarém no era una noticia nueva, pero todavía se merecía los honores más altos del telediario. Las últimas estadísticas de muertos y contagiados eran horribles, brutales. A la preciosa presentadora se le trabó la lengua varias veces con las cifras, al tiempo que desviaba sus ojos de la cámara, como si preguntara a sus colegas de trabajo si los números que le habían dado eran ciertos.

Sólo en Estados Unidos habían muerto doce millones de personas, se estimaba que había cuarenta millones en la fase dos y cien millones infectadas. Las instrucciones de la OMS habían cambiado: la presentadora no dijo que cualquiera que creyese tener síntomas de resfriado se presentase a las autoridades sanitarias, sino que advirtió que esas personas se pusieran en cuarentena en sus propias casas, colgando una bandera blanca, una sábana o una toalla en las ventanas para que los posibles visitantes lo supieran. La locutora no lo dijo, pero el espectador inteligente comprendió que o no había más autoridades sanitarias a las que dirigirse o éstas estaban desbordadas.

Los telespectadores escucharon esas cifras con horror. Habían puesto el televisor para enterarse de la guerra. Las cifras de afectados por el virus eran una sorpresa extra, como un escorpión en el interior de una caja de galletas. En las zonas rurales, muchos no sabían nada de la plaga del sol. Contemplaron las noticias del día con sensación de irrealidad, como si vieran una elaborada ficción de Orson Welles con toques propios de las producciones de Spielberg.

El sol asesino había actuado sólo en las grandes ciudades. Sydney, Tokio y Hong Kong eran las que menos lo habían sufrido por encontrarse en la cara oscura del planeta. En cambio, la Costa Este de Estados Unidos lo había padecido de lleno. Las radiaciones no se dieron al mismo tiempo en todas las ciudades. Los rayos cayeron en forma de manchas y estallidos, siempre en zonas de unos cien metros cuadrados, en localizaciones diversas que cambiaban al azar y sin previo aviso.

En París, un tranvía se había quedado sin suministro eléctrico y al mismo tiempo había sufrido la radiación mortal. Todas las personas que viajaban en un vehículo de aluminio habían muerto carbonizadas. En Madrid, los rayos habían afectado cien metros cuadrados de asientos de un anfiteatro al aire libre, con un resultado de trescientos muertos y la consiguiente estampida. En Atlanta había explotado una planta de gas debido al calor. En Los Ángeles, los incendios habían empezado a mediodía, y se habían extendido por las zonas verdes de la ciudad. En el mundo, cuatro grandes aviones comerciales se habían perdido debido a la ausencia de control del tráfico aéreo.

Pero aquellos accidentes civiles eran poco importantes comparados con las vicisitudes del ejército. Los chinos habían tenido al diablo de su lado en el momento del ataque. Habían sido abatidos cientos de aviones chinos, pero se ignoraba cuántos habían conseguido cruzar las fronteras, sobre todo en la Costa

Oeste, dijo la locutora. Los informes iniciales indicaban que los objetivos de China eran las comunidades agrícolas.

El efecto acumulativo de aquellos reportajes tardó en asimilarse. Muchos telespectadores tuvieron que verlos cinco o seis veces antes de conseguir pensar con claridad. Pero cuando lo hicieron, el impacto fue duro. La cuarta señal se había confirmado de una manera innegable y espectacular. Los racionalistas que habían conseguido explicar que las llagas, la marea roja y el virus eran una coincidencia ya no podrían calificar como tal aquella cuarta señal.

Y entonces, muchos se levantaron de sus sillones y se movieron. Veinte millones de estadounidenses empaquetaron unas pocas cosas, las pusieron en sus coches o bicicletas y dejaron sus casas en busca de su profeta preferido de entre los veinticuatro. Los agnósticos dejaron de serlo. Los ateos estaban atormentados. Y diez mil personas, con catarros que podían o no ser de importancia, se quitaron la vida a causa del pánico.

El mundo había empezado a creer.

Capítulo 21

Día 20
Monte Kittatinny, Nueva Jersey

Stanton estaba adormilado y en su sueño veía a la multitud. Había retransmitido en directo sin parar durante casi dos días y, aunque estuviese medio dormido, su mente no podía dejar de pensar en la gran audiencia que había tenido, allí mismo, ante su puerta y a través de las cámaras. Calculaba su propio valor, sumaba la puntuación de su fama del mismo modo que un avaro contaría sus monedas. Antes de hacerse predicador, había visto muchos partidos de fútbol en la tele y, en esos momentos, su mente le ofrecía la repetición que él quería de las mejores jugadas y las imágenes más interesantes a cámara lenta.

Pensaba que era la estrella de los veinticuatro. Era el profeta más popular de Estados Unidos. El único cuyo rostro aparecía todas las noches en las pantallas de televisión. Y el aumento del índice de audiencia que había experimentado la cadena, gracias a él, hacía llorar de alegría a los ejecutivos de la empresa. Los medios apenas habían prestado atención a Abeed, ese fanático de Nueva York. Sus seguidores habían planeado un asalto y los periodistas pensaban que si no lo mencionaban, tal vez desistirían de ello. Los medios tampoco decían demasiado de Puma, el pagano, a excepción de haber divulgado su fotografía. Y por lo que a Andrews se refería, ese extravagante profeta de la Nueva Era, la prensa ya sabía que estaba colgado en el espacio exterior. En alguna ocasión habían aparecido sus seguidores en televisión, pero a él ni siquiera lo habían entrevistado.

No. Era él, Stanton, el que iba a ganar los *play-off*. Dios hacía tiempo que lo sabía. Todos esos años pasados como predicador, luchando para lanzar ese programa de televisión... La mano de Dios le había ayudado a conseguirlo, estaba convencido. Le había ofrecido aquella carrera de telepredicador a fin de prepararlo para aquel día, para que fuera la estrella de los veinticuatro. En México, Dios había hablado a personas de otras confesiones religiosas, pero ahora apostaba fuerte por los baptistas.

Cuando sonaron unos golpecitos en la puerta, le molestó más que le interrumpieran aquellas visiones de gloria que el hecho de que lo hubiesen despertado. Respondió con un gruñido.

–¿Qué demonios ocurre ahora?

–La televisión –dijo Franklin, al tiempo que entraba a toda prisa.

Tenían un televisor de pantalla grande que ocupaba casi todo el espacio vital del remolque. En las imágenes apareció una inmensa llanura negra. Un humo negro se elevaba en grandes espirales movidas por el viento.

–Santo Dios –exclamó Stanton.

–Sí –asintió Franklin, satisfecho de sí mismo.

No tuvieron que comentar nada de lo que veían en la pantalla. Hacía dos días que se había presentado la cuarta señal y, desde entonces, Stanton había rezado para que se produjera la quinta. «Y el quinto ángel tocó la trompeta, y vi un astro caído del cielo en la tierra, y le fue entregada la llave del pozo del abismo. Y abrió el pozo del abismo, y subió humo del pozo, como humo de un gran horno, y se oscurecieron el sol y el aire con el humo de aquel pozo. Y del humo saltaron langostas a la tierra, y se les dio poder, como tienen poder los escorpiones de la tierra.»

–¿Dónde es? –preguntó Stanton.

–Es Paks, en Hungría. Ha habido una explosión en una central nuclear. Creo que es...

–Chitón –dijo Stanton, con un movimiento impaciente de la mano.

La presentadora estaba hablando.

–... Las noticias sobre una emergencia grave empezaron a llegar de la central media hora antes de la explosión. Decían que el tanque de combustible ya utilizado se estaba sobrecalentando. Al parecer, llevaba toda la mañana haciéndolo, pero los termómetros registraban una temperatura normal. Cuando vieron el vapor que se elevaba de la superficie del tanque ya era demasiado tarde. Se paró el reactor principal, pero la temperatura ya superaba los...

–Langostas, radiaciones, ¿comprende? –Reírse de un desastre era un poco excesivo, hasta para Franklin, pero estuvo a punto de hacerlo–. Las radiaciones son las langostas del Apocalipsis y...

Stanton lo interrumpió con una mirada que le decía que era un hijo de puta, que iba a matarlo por habérsele anticipado. El brillo de satisfacción en el rostro de Franklin se desvaneció al instante.

–No se descarta la posibilidad de que se trate de una negligencia o un sabotaje. No se han facilitado cifras oficiales sobre los daños, pero casi toda la ciudad de Paks ha sufrido la onda expansiva. Este nivel de desastre nuclear puede emitir hasta trescientos millones de curios de radiación, una cantidad tres veces superior a la radiación emitida durante el desastre de Chernóbil, y esa central se encontraba en una zona remota. Por el humo de las imágenes parece que sopla un ligero viento en la zona. Nos hemos puesto en contacto con el presidente de la Comisión de Seguridad Nuclear y esperamos poder contar con su presencia en directo ante las cámaras en unos...

Stanton quitó el sonido con el mando a distancia y se sentó en el sofá de cuero, con el ceño fruncido.

–Reverendo, si grabamos la emisión de esta noche un poco antes, podré hacer llegar las imágenes a Nueva York. Lo más probable es que nos hagan un hueco en la WWN, si usted se aviene a ser entrevistado. ¿Cree que debemos esperar y golpear fuerte con la emisión de la noche en vez de...? Si conseguimos aparecer en la WWN, esta noche tendremos muchísima más audiencia.

–No –dijo Stanton.

–¿Eh?

–He dicho que no.

Franklin lo miró con expresión de asombro, como si quisiera decirle que había oído las palabras de su superior, pero que sus oídos no debían de funcionar bien porque lo que había dicho era absurdo.

–Franklin, por favor, ¿puedes dejarme pensar un minuto? ¿Es pedir demasiado? Te pido tiempo muerto para pensar.

Franklin apretó los labios. Volvió los ojos hacia el televisor y se concentró en las imágenes. Stanton también las miraba.

Hmmm. Sí, eran horribles. Se trataba de una zona muy amplia. Absolutamente negra, carbonizada, con humo que se movía en el aire como las faldas de las animadoras de los Dallas Cowboys. No, las faldas de esas chicas eran blancas. ¿De qué equipo eran las que las llevaban grises? Le extrañó no recordarlo, pero luego pensó en sí mismo y se dejó de tonterías para concentrarse en la pantalla. Un reactor nuclear. Eso, sin lugar a dudas, era malo. Una explosión en una central nuclear, eso era aún peor. Sin embargo, no se trataba exactamente de un pozo.

–No lo sé –dijo en voz alta.

–La Biblia dice: «Y abrió el pozo del abismo, y subió humo del pozo...».

–Conozco la Biblia, Franklin.

–Entonces, ¿qué es lo que no sabe?

–No... no me parece lo bastante grande –afirmó Stanton.

–¿No le parece lo bastante grande? –Franklin miraba la pantalla, confuso–. Reverendo, creo que no podemos permitirnos perder la oportunidad de...

–¿Quién estuvo en Santa Pelagia? ¿Tú o yo?

–Usted, reverendo Stanton, por supuesto.

–Entonces, ¿confías en mi intuición? Dame un minuto, sólo un minuto.

–Sí, señor.

Franklin calló. Stanton miró las imágenes con aire pensativo.

–Yo pensaba en algo más grande. Las llagas, la marea roja, ese virus, caramba con ese virus. Luego, lo que le ocurrió al sol y facilitó la invasión. Ésas sí fueron cosas grandes.

Franklin estuvo de acuerdo en que sí lo habían sido.

–Yo creía que sería algo como...

–Usted ha profetizado erupciones volcánicas –replicó Franklin–. O tal vez un gran terremoto que abrirá una gran sima en la tierra. O la caída de un cometa.

–Cierto. Pensaba que sería algo de ese estilo.

Stanton cruzó las piernas y se arrellanó en el sofá. Sospechaba que se estaba comportando de un modo infantil. Si quería, Dios podía provocar un desastre nuclear, por supuesto, pero había algo que no encajaba.

Stanton subió el volumen y ambos contemplaron el noticiario.

–Mire, es bastante grande –dijo Franklin.

Stanton no respondió.

Dos horas más tarde, Stanton se encontraba en su diminuto cuarto de baño vistiéndose para la emisión nocturna. No sabía qué decir. ¿Desastre nuclear o no? ¿O era mejor que pasara por alto el tema, con un par de crípticas alusiones? Pese a lo hablado con Franklin, no estaba del todo seguro. ¿Y si decía que era la quinta señal y después caía un cometa? Eso sería terrible. Pero, si no lo decía, y realmente era la quinta señal, le habrían robado la pelota.

Se puso los gemelos de bisutería en las mangas de la camisa roja y entonces oyó la palabra «volcán» que retumbaba en la sala y lo pillaba absolutamente desprevenido. Salió corriendo del baño y miró la pantalla. En las primeras imágenes vio una enorme fisura humeante de lava que se desplazaba montaña abajo. El comentarista decía que se trataba del monte Semeru, en Java. Afirmaba, además, que la erupción había empezado sin previo aviso. La explosión había sido tan grande que se había oído a cuatro mil kilómetros de distancia. Los seiscientos mil habitantes de la vecina ciudad de Malang habían muerto. Según los expertos, esas personas habían muerto debido a los gases emitidos por el volcán antes de que la lava llegara a las casas.

Al parecer, la erupción del Semeru tenía su origen en el fondo de la placa del Pacífico, ya que otros dos volcanes habían entrado en erupción de manera casi simultánea: el Talakmau, en Sumatra, y el Pulog, en Filipinas. La del Pulog había sido una erupción menor comparada con la del Semeru, pero había significado el fin del mundo para unas diez mil personas que vivían en los pueblos vecinos de San Fernando y Bauang. El comentarista utilizó las palabras «fin del mundo» y las imágenes de los cráteres las confirmaban. La WWN lo llamaba «el triple anillo de fuego».

Stanton contempló las tomas un buen rato. Luego, sus labios esbozaron una lenta sonrisa. Estaba en lo cierto, tenía razón. Bendito fuera Dios, y que le dieran una patada en el culo a ese niñato de pantalones ridículos.

–¿Has visto eso, Franklin? –preguntó Stanton con aire de triunfo a una habitación vacía–. ¿Lo has visto? Ahora sí que es grande.

WASHINGTON, D. C.

El juramento tuvo lugar en el Despacho Oval. Cole apenas lo reconoció ya que en los últimos días lo habían vaciado, remozado, esterilizado del todo y vuelto a llenar con muebles nuevos. Era una ceremonia insólita, con todos los presentes vestidos de blanco y muy poca gente: sólo miembros del comité, algunos jueces y su hermano Peter en lugar de la esposa que no tenía.

Al cabo de muchos años, cuando la gente viera aquellas imágenes, pensaría cuán al borde de la crisis total se encontraba el mundo en aquellos momentos. Sólo los trajes Racal ya servirían de recordatorio. Dirían cuán afortunados habían sido de que Cole no se hubiese contagiado, de que hubiera podido tomar las riendas, que era justo el hombre que necesitaban. Les extrañaría verlo tan joven, tan nuevo en el cargo, y esas imágenes serían como ver la primera película de un astro legendario de la pantalla. Pero eso sería más tarde, cuando no fuese sólo el presidente de Estados Unidos, sino el presidente del Consejo Mundial.

Al menos, ése era el futuro que Cole imaginaba para sí mismo mientras pronunciaba el juramento. No estaba previsto que la ceremonia lo conmoviera demasiado. Cuando uno trabajaba con gran esfuerzo durante mucho tiempo para conseguir algo, la consecución solía ser todo lo contrario de un clímax. A fin de cuentas, su mente no podía hacer planes a más de unas horas vista mientras asimilaba los acontecimientos que se estaban produciendo. No obstante, sí experimentó algo. Acababan de nombrarlo primer dignatario del país. Cuando se volvió hacia Peter para recibir sus felicitaciones y vio la brillante sonrisa de su hermano tras la máscara, Cole sintió algo parecido a la felicidad o al amor.

Después, en una habitación esterilizada, le permitieron sacarse el traje para que ofreciera su discurso televisivo al público estadounidense. Lo había escrito él mismo y sus trivialidades no carecían de inspiración. Después del discurso tuvo lugar una breve recepción. Fue breve porque era imposible comer con los trajes puestos. Breve porque todo el mundo llevaba muchas noches sin dormir.

Le resultó extraño porque a las dos horas de haberse convertido en presidente, Anthony Cole ya se encontraba instalado con su hermano en las habitaciones temporales habilitadas en la Casa Blanca. Habían acordado que no se quitarían los trajes hasta encontrarse instalados, sanos y salvos, en el búnker presidencial. Sin embargo, Cole se sacó el casco porque ya no lo soportaba más. Peter lo imitó, como había hecho siempre. Sintonizaron con la WWN para ver el reportaje de la toma de posesión. La WWN, sin embargo, todavía no se había enterado del relevo presidencial, aún no les habían llegado las imágenes. No fueron tan eficientes como solían ser.

Cole frunció el ceño y cambió de cadena. Acababa de empezar el telesermón de Stanton y proclamaba que los volcanes eran la quinta señal. A Cole no le gustó y miró a su hermano.

Peter se encogió de hombros. Conocía a fondo las miradas de reprimenda de su hermano y no dijo nada, pero su expresión de «quién sabe» transmitía mucho más que las palabras.

–¿Sabes que esta mañana ha habido una explosión en una central nuclear situada en Paks, Hungría? –preguntó Peter, para escurrir el bulto.

–¿En serio? –preguntó a su vez Cole al tiempo que volvía a la WWN y a los volcanes humeantes.

–Sí, la WWN lo ha dicho antes, pero la última noticia es la entrada en erupción de los volcanes. Tres a la vez. Uno se cargó una ciudad entera. Qué ironía, ¿no?

Cole contempló la imagen y hundió las mejillas, como hacía siempre que las cosas no iban como él había previsto.

–Hmmm –murmuró.

–Es mucha coincidencia, pero... –Peter se interrumpió, incapaz de hallar las palabras que expresaran lo que realmente quería decir sin tener que decirlo.

«Pero no es gran cosa», se dijo Cole, terminando el pensamiento de su hermano. La quinta señal había aparecido, pero ¿realmente importaba? La quinta señal no había sido una de las más difíciles o espectaculares, y al fin y al cabo, se había producido una quinta señal.

Pero sí importaba. Al principio, Cole había atribuido la incomodidad que sentía a su vanidad perfeccionista. Cuando trazaba un plan, esperaba que las cosas salieran exactamente como había previsto, al pie de la letra. Sin embargo, al ver la erupción del volcán comprendió que en todo aquello había algo más, que los acontecimientos eran realmente demasiado irónicos. El brillo del día, su día, empezó a desvanecerse.

Al cabo de unos minutos la WWN dejó de lado los volcanes y dio la esperanzadora noticia de que Estados Unidos ya tenía nuevo presidente. Pero, en aquel momento, era como si aquello ya no le importase. Sin mediar palabra, Cole volvió a la cadena que transmitía el sermón del reverendo Stanton.

–¡Eh! –se quejó Peter.

–Calla –lo regañó Cole.

Monte Kittatinny, Nueva Jersey

–¡Queridos penitentes! Quiero transmitiros la revelación que me ha sido dada, que he visto con claridad al tiempo que contemplaba el desarrollo de esta última señal...

Los presentes estaban callados. Gracias a los generosos donativos de sus seguidores y al acceso gratuito al satélite de Telegyn, unas grandes pantallas tachonaban el rocoso paisaje, y sus palabras llegaban a millones de personas congregadas en el monte y a los telespectadores en sus casas.

–¡Ahora mismo, Satán tiene las riendas del mundo! ¡Sí, sé que es una situación lamentable encontrarse en este planeta mientras sea Satán y no Dios quien tenga la sartén por el mango! Pero todo eso, queridos míos, ya fue profetizado. ¡Y no penséis ni por un momento que Lucifer tendrá ventaja mucho más tiempo!

La muchedumbre estalló en alabanzas y gritó amén.

–Hemos asistido al cumplimiento de las señales. La cuarta plaga: la plaga del sol. La quinta plaga: los volcanes. La gente me pregunta por la sexta plaga y esta noche hablaré de ella. Creo, amigos, que la sexta señal tiene que ver con la guerra. El Apocalipsis dice: «Y el sexto ángel tocó la trompeta, y oí salir de los cuatro cuernos del altar de oro una voz que decía al sexto ángel: "Suelta a los cuatro ángeles que están atados junto al Éufrates, el gran río". Y fueron soltados los cuatro ángeles, que estaban preparados para la hora, el día, el mes y el año para matar a la tercera parte de los hombres».

»Aquí hay palabras muy importantes. Primero, se libera a ángeles atados. ¿Qué ángeles fueron atados, amigos míos? Ya lo sabéis: Lucifer y su ejército de ángeles rebeldes. La otra palabra que tener en cuenta es *Éufrates*. Ese río discurre por Iraq, cerca de Bagdad, llamada también Babilonia. Creo que la sexta señal nos habla de la guerra del Anticristo, la guerra que ahora mismo libramos. Dios liberará los poderes de Satán y éstos se sublevarán en Oriente Próximo y por un tiempo vencerán.

»La Biblia dice que Satán obtendrá algunas victorias antes de ser derrotado para toda la eternidad. Ahora os contaré algo sobre los chinos: ¡No serán nuestro adversario principal! ¡Los chinos morirán por millones con el único objetivo de debilitar nuestras fuerzas, porque Satanás es un cobarde! Cuando las fuerzas de Estados Unidos y de China estén exhaustas, ¡llegará Mal Abbas y las aniquilará a ambas!

La multitud gritó, desesperada.

–América será conquistada por las fuerzas demoníacas del Anticristo, y Dios permitirá que eso ocurra. ¡Mirad cómo la cuarta señal instigó la invasión china! ¿Y por qué? ¡Porque a Estados Unidos le ha llegado la hora de hacer una cura de humildad! ¡Nos hemos alejado mucho de Dios desde que nuestros ancestros llegaron a esta tierra y loaron su nombre!

–¡Alabado sea el Señor! ¡Amén! ¡Hágase tu voluntad!

Stanton hizo una pausa, sudoroso. Sabía que la cámara captaba el color remolacha de su rostro. «No daba una buena imagen», había dicho esa comadreja de Franklin. Como si el profeta de Dios tuviera que preocuparse por su imagen. Seguro que Ezequiel también había enrojecido al ver aquel carro de fuego. Pero la cara roja de Stanton y su tendencia a escupir cuando hablaba sobreexcitado eran detalles de poca importancia comparados con la imagen que daba Mimí. Franklin había empezado a ocultarla en las sombras todo lo que había podido, pero no se había atrevido a prescindir por completo de ella en la retransmisión. Así, Mimí estaba en la parte trasera, con la cara muy mal maquillada y los labios apretados. Vistos de cerca (la cámara nunca los enfocaba), los ojos de Mimí parecían tan extraviados que cada uno miraba en direcciones opuestas. Cada vez tomaba más sedantes, lo cual, en cierto modo, era una ventaja.

–Muchos de vosotros me habéis preguntado por el Arrebato. ¿Cuándo se producirá? Sabéis tan bien como yo que ningún hombre tiene el privilegio de leer por completo la mente de Dios. Pero yo vi algo, algo tenue, queridos, y pido a Dios que me guíe antes de comunicaros esta profecía...

La gente escuchaba con vehemencia e intentaba permanecer

callada, siguiendo las instrucciones de Franklin, pero en muchos rostros aparecieron lágrimas y hubo quienes estallaron en incontenibles sollozos.

–Esto es lo que creo que va a llegar, y lo hará pronto. Las señales han hecho acto de presencia sin demora y tal vez se deba a la compasión de Dios. Ya he apuntado que la sexta señal está relacionada con la guerra, con la victoria del Anticristo. No obstante, amigos, esta noche, mientras leía la Biblia, recibí la inspiración de ver más allá. He visto la séptima señal. Escuchad: «Y el séptimo ángel derramó su copa en el aire, y de dentro del santuario salió una gran voz, procedente del trono, que decía: "Es un hecho". Y se produjeron relámpagos, y voces y truenos, y sobrevino un gran temblor de tierra, como no lo hubo desde que existieron hombres sobre la tierra. Y la gran ciudad se partió en tres partes, y las ciudades de las gentes se desplomaron. Y Babilonia la grande se presentó a la memoria de Dios, para darle la copa de vino del furor de su ira. Y toda isla huyó, y los montes desaparecieron».

»¡Es una catástrofe, amigos! ¡Hará que todas las demás señales que nos han llegado parezcan un juego de niños! ¡Veo terremotos de gran intensidad y calamidades de todo tipo! ¡Y sé por qué! ¡El mismísimo planeta se rebelará contra la victoria de Satán, porque la tierra es creación de Dios, amigos! ¡Cuando los fariseos pidieron a Jesús que acallara la adulación de sus seguidores, Cristo dijo que si ellos no lo alababan, lo harían las mismísimas piedras! Es precisamente de esto de lo que estoy hablando. ¡Los cimientos de la tierra se alzarán y protestarán por el reinado del Anticristo!

La multitud escuchaba, hipnotizada.

–Sobreviviremos a la invasión de Estados Unidos por parte de Mal Abbas porque no se acercará a este monte. Ya hemos visto que no ha atacado Londres ni Roma. ¡Por eso habéis sido llamados aquí, para estar bajo la protección de Dios!

–¡Loado sea el señor! ¡Gracias, Dios mío! ¡Hágase tu voluntad!

–Sobreviviremos a la sexta señal y presenciaremos la aparición de terremotos y *tsunamis* en la tierra. Y cada vez serán más frecuentes. Entonces, cuando la batalla contra el Anticristo llegue a su punto álgido, los fieles vivirán el Arrebato y dejarán sus cuerpos mortales en un abrir y cerrar de ojos para entrar en el ámbito espiritual, porque ningún ser humano sobrevivirá a lo que sucederá a continuación. ¡El mundo se desmoronará!

El gentío gritó al unísono.

–El libro del Apocalipsis dice que toda la faz de la tierra cambiará, y que volverá a reinar el poder de la Creación. ¡Dios dará una forma nueva a la tierra y la limpiará de toda maldad y de toda contaminación! Todos los seres vivos morirán, como ocurrió con el diluvio universal, incluidos los seguidores del Anticristo. No podemos pensar que Dios regresará para reinar en un planeta corrupto. ¡No, primero lo tendrá que limpiar!

Se había metido al público en el bolsillo. La gente tenía hambre y frío y estaba cansada de vivir en un campamento, pero las palabras de Stanton tuvieron poder suficiente para que lo olvidasen.

–Viviremos el Arrebato del mismo modo que Noé se salvó en su arca. ¡El mundo será destruido, sacudido en sus cimientos, y se producirá una nueva Creación! ¡Entonces volveremos con todos los que han sido fieles a Dios desde el principio de los tiempos para vivir en un nuevo paraíso!

–Loado sea el Señor. ¡Cristo, ven y limpia la tierra! –coreó la multitud.

–¡Crea un paraíso nuevo!

–Hágase tu voluntad.

–¡El mundo, tal como lo conocemos, será destruido!

–Hágase tu voluntad.

–¡Por un terremoto!

–¡Hágase tu voluntad!

–¡Por un poderoso volcán!

–¡Hágase tu voluntad!

–¡Por los océanos que no se frenarán en las costas! ¡Nueva York, Los Ángeles, San Francisco, Seattle... perecerán bajo las olas de los mares!

–¡Hágase tu voluntad!

–¡Los continentes se romperán en pedazos!

–¡Hágase tu voluntad!

–¡La roca fundida procedente del núcleo de la tierra lo limpiará todo con el fuego de la virtud y todos los pecados y pecadores se hundirán en sus terribles profundidades!

–¡Hágase tu voluntad!

A sus espaldas, en las sombras, se oyó un extraño y estridente grito, como el de un conejo que cayera en una trampa. Stanton no pudo contenerse. Se volvió y vio a Mimí, con la boca abierta al tiempo que se arañaba la cara con sus largas uñas.

Entonces, la tierra bajo su pies vibró en un suave movimiento ondulatorio.

Lago Larkspur, al este de Washington

Will Puma estaba sentado con las piernas cruzadas y la cabeza inclinada hacia delante en el interior de la choza sagrada, ajeno a todo lo que le rodeaba. Se hallaba en el tercer día del viaje del espíritu, sumido en lo más hondo de lo que algunos llamarían mente subconsciente y que Will Puma sabía que era el mundo de los espíritus. Desde que había empezado, no había ingerido nada y sus funciones corporales se habían reducido a un hormigueo de sus ondas alfa. De hecho, no se había movido en absoluto.

En esta ocasión le había costado cierto tiempo encontrar el camino porque tenía la cabeza llena de preocupaciones: el campamento, la insistencia de Danza Sagrada para que se ocupara de la gente y la frustración dc la mujer al ver que Puma se desentendía cada vez más del asunto. Seguía atado a la tierra por pensamientos de cosas que había que hacer y, en un plano mucho más hondo, por unas dudas acerca de sí mismo que lo bloqueaban. Sin embargo, a última hora del día anterior finalmente lo había encontrado y, en esos momentos, iba en busca de la verdad.

Se había pasado horas siguiendo a una mujer, una hermosa

mujer espíritu, hija de los lobos y del viento. Vestía una túnica gris y nebulosa. Había sido ella la que le había hablado de Santa Pelagia y la que se había comunicado con él una vez allí. Estaba decidido a apresarla, a poner fin, para bien o para mal, a aquella preocupante y desgarradora duda.

La siguió hasta un paraje en el que no había estado nunca, un terreno aterrorizador y pavoroso. Había llegado a un mal sitio y lo que quería, por encima de todo, era marcharse de allí. Pero no cejaría en su empeño. Continuaría siguiéndola adonde fuese.

La mujer corrió y él la persiguió por unos paisajes baldíos, chamuscados por el fuego, con troncos de árbol carbonizados que se alzaban del suelo y amenazaban con atravesarlo. Había cadáveres, cadáveres de seres humanos y de animales, clavados en árboles como espadas y también esparcidos por el suelo. Notó crujidos de huesos bajo sus pies descalzos. El mundo era un gran matadero hediondo.

Pasaron junto a un río de sangre. Las estrellas gritaban en los cielos, lloraban y se movían como si alguien las quisiera arrancar de su órbita.

La mujer seguía corriendo.

Aquel lugar era la Muerte y Puma lo sabía. No la muerte, sino la Muerte. La Muerte del mundo. ¿Por qué lo había llevado allí? ¿Qué quería que viese? ¿Por qué quería que lo viese?

Y entonces la tierra empezó a abrirse y él corrió, mientras bajo sus pies el polvo, los huesos y los muertos caían por las grietas. La mujer se encontraba a unos seis metros de distancia cuando ante ella surgió de la tierra una montaña que se elevaba como un falo. Creció, retumbó y se expandió. Era una roca negra que se encumbraba cada vez más. Un sordo retumbar sacudió la mismísima alma de Puma.

La montaña bloqueó el camino de la mujer, que dio un traspié hacia atrás para alejarse de aquella cima creciente. Para Puma, allí estaba su oportunidad. Corrió, con la tierra que temblaba bajo sus pies, hasta que asió el esbelto y frío brazo de la mujer.

La volvió hacia él y observó su rostro, su dulce rostro, pero la tenía tan cerca que ya no sabía si aquello era una cara o una máscara pintada.

Alargó la mano para quitársela del rostro y... y se encontró con el suyo.

Puma gritó y su aullido resonó más fuerte aún que el rugido del infierno adonde ella lo había llevado.

Will Puma salió de su choza. El aire de la noche era frío. Había llegado septiembre y en la zona este de Washington las temperaturas bajaban enseguida. La brisa secó las gotas de sudor de su piel.

Vio a Danza Sagrada que dormía en una tumbona a la entrada de la choza. En los labios de Puma se dibujó una triste sonrisa. Se agachó frente a ella y le sacudió un brazo con suavidad. Ella abrió los ojos.

–¿Will Puma?

–Sí, soy yo.

Danza Sagrada se incorporó y se frotó unos ojos de largas pestañas.

–¿Has terminado tu viaje del espíritu?

–Sí.

–¿Has encontrado lo que buscabas?

–Sí –asintió él con solemnidad–. Voy a decirle a la gente que ya no tiene por qué quedarse aquí. Los que quieran, pueden hacerlo; tenemos comida. Pero son libres para marcharse.

Los ojos de Danza Sagrada se nublaron de pánico y pena. A él le dolió verla así, le dolió haberla metido en aquello, no por las palabras que acababa de pronunciar, sino porque todo había ido mal desde el principio.

–¿Qué quieres decir?

–Yo mismo debo irme. Esta noche.

–¡Pero esa gente esta aquí... por ti!

–El mensaje de Santa Pelagia fue una mentira –afirmó Will Puma en tono categórico, aunque sintió una oleada de ira al pronunciar esas palabras en voz alta.

–¡Oh, no! ¡No, Will Puma, no!

–El lago Larkspur no es seguro.

–¡No!

–No hay ningún sitio seguro.

Danza Sagrada se echó a llorar.

–La tierra está enferma, muy enferma.

–¿Por qué, Will Puma? –preguntó Danza Sagrada entre sollozos.

–No lo sé. Precisamente por eso debo partir. Tengo que emprender el viaje de la muerte. Tal vez, si los espíritus me perdonan, me dirán qué hacer.

–Will Puma –suplicó Danza Sagrada–. No te vayas, por favor. ¿Y si no sobrevives? Un viaje a la muerte es...

–No se habrá perdido nada –se limitó a responder–. Y ahora, ayúdame. Necesitaré ropa de abrigo y agua.

Se dirigió al campamento, con los ojos ya perdidos en el viaje.

ACTO IV: GRIS

Entonces, los elementos del mundo serán destruidos: el aire, la tierra, el mar, el ardiente fuego, y el cielo y la noche, todos los días se fundirán en el fuego y de ellos saldrá una masa informe y baldía.

ORÁCULOS DE LA SIBILA (siglo II a.C.)

... y cuando el mar se levante... todas las almas sabrán que todo está a punto [para el Juicio Final].

MAHOMA (620-630 d.C.) Corán LXXXI, 12, 14

Cuando las olas del océano no obedezcan a las costas, la tierra perderá su equilibrio.

QUETZALCOALT (947 d.C.)

Ahora, en el momento señalado, la serpiente Midgard [que rodea la tierra y los mares en la tradición noruega] se agita con una ira tremenda. Tiembla y vibra en el resbaladizo lecho del océano, de forma tan violenta que sus movimientos provocan que las olas barran... la tierra, tan altas como montañas... Al mismo tiempo, las montañas del mundo tiemblan y las piedras trepidan... Los mortales... mueren en gran número y sus sombras pueblan el camino al Hel [infierno de los vikingos]. El cielo empieza a expandirse y, al final, se parte en dos.

De Ragnarok. Antigua profecía noruega

Se tambaleará, de fijo, la tierra como un borracho y cabeceará como una choza; y pesará sobre ella su pecado, caerá y no volverá a levantarse.

Isaías 24, 20

El sur se volverá el norte y la tierra se pondrá boca abajo.

De un papiro egipcio (a.C.)

Y toda isla huyó, y los montes desaparecieron.

Apocalipsis 16, 20

Capítulo 22

Día 23
Sedona, Arizona

El hombre que andaba a trompicones por el desierto tenía una figura y un porte no muy distintos de los de Charles Laughton en *El jorobado de Notre Dame*. Cojeaba sensiblemente de la pierna izquierda y erguía el tronco a cada paso, como si necesitase ese impulso adicional para caminar. Los pantalones eran un par de tallas más grandes de la que necesitaba y los llevaba sujetos con un cable eléctrico. Su rostro tenía una tirantez y una pigmentación grisácea que recordaban las cenizas de un cementerio.

Desprendía un hedor horrible.

Tenía una vaga idea de dónde se encontraba, el paisaje de rocas rojas se lo indicaba, pero seguía perplejo y asombrado por lo que veía. No había visto de cerca la población, ni antes de que se convirtiera en un santuario de los aficionados a los OVNIS y de gente de la Nueva Era, ni unos días antes, no sabía cuántos, cuando había llegado hasta allí. Aun cuando no tenía la posibilidad de comparar, lo que veía lo dejaba pasmado.

Hill no era el único que se dirigía al pueblo a pie aunque, con toda seguridad, era el que tenía el aspecto más lamentable. Desde todas las direcciones concebibles, cientos de personas marchaban hacia la población. En ella había un gran tumulto que se oía, incluso, desde aquella distancia. Más allá de los confines de edificios permanentes se había alzado una nueva población, compuesta de tiendas de campaña, furgonetas y remolques. Y de esta población improvisada salía una hilera de coches aparcados que se extendía por la carretera de acceso hasta perderse de vista, además de haber otros vehículos abandonados en la arena. Todo lo que sus ojos alcanzaban a ver, que era mucho en aquel llano paisaje desértico, tenía el brillo metálico de las carrocerías.

Calculó que allí habría unos dos millones de personas, pero no podía estar muy seguro de ello.

Necesitaba un periódico desesperadamente.

Ya había llegado al círculo externo de tiendas de campaña y encontró gente. Esas personas, caminantes como él, captaron el hedor que despedía y se alejaron. Empezó a pensar que realmente necesitaba una ducha aunque él no olfateaba nada.

Y al parecer, tampoco olía nada un anciano caballero vestido con traje de tweed y gabardina. Hill y el hombre se cruzaron y él no se apartó.

–Perdone –se excusó el periodista–. ¿Podría decirme qué día es hoy?

El hombre le dedicó una larga mirada para evaluar su estado.

–Parece que alguien te haya robado el alma, chico.

–He estado enfermo.

–Yo, de ti, no lo diría muy alto. –El hombre arqueó una ceja, enigmático–. Aunque con el aspecto que tienes, tampoco puedes engañar a nadie. –El anciano lo estudió–. Aunque no parece que tengas un resfriado.

–No tengo ningún resfriado.

–¿Y fiebre?

–No creo.

El hombre alargó la mano y tocó el cuello de Hill con unos dedos ligeros como el papel.

–No, no tienes fiebre. Entonces no es una plaga, pero tal vez quieras lavarte un poco. Del lugar de donde vengo, ahí fuera, si tienes un aspecto como el tuyo te queman en medio de la calle. Hice bien en marcharme, pensarás, y tienes toda la razón.

Simon se esforzaba por seguirle el paso, aunque el hombre había reducido el suyo. Se sentía cada vez más cansado y se preguntaba si lo conseguiría. Había pasado dos días practicando junto al coche. Pensó que habían pasado dos días desde que había tenido aquel destello de lucidez. Desde entonces, se había dedicado a recuperar fuerzas y a contemplar el pueblo a lo lejos con aire de cautela, del mismo modo que Evil Knievel habría contemplado el Gran Cañón del Colorado.

–¿De dónde viene? –le preguntó Hill.

–De Oakland. Trabajaba de profesor. Todos los habitantes están completamente histéricos.

–No... no será cierto eso de que están quemando gente por la calle, ¿verdad?

–Si tienes aspecto de estar contagiado, te queman. –El hombre miró a Hill con una expresión de asombro–. Primero te matan a balazos, claro. Pero, dime, ¿dónde has estado? Según las noticias, en todo el país ocurre lo mismo.

–Dios. Esto..., perdone que insista, pero ¿qué día es hoy?

–Oh, sí, perdona. Soy un viejo desmemoriado. Hoy es doce de septiembre.

A Hill le cambió la expresión de la cara. Experimentaba una terrible sensación. Todo había empeorado desde que él había estado fuera del mundo, y de eso hacía ya unos cuantos días. ¿Por qué había empeorado todo? Su reportaje tenía que haberse publicado. A esas alturas, la conspiración debía haber terminado o, al menos, haberse debilitado mucho.

–¿Qué día pensabas que era?

–Hum, no sé. Creo que he estado desconectado.

–¿Por qué será que no me sorprende?

–Así que ha venido como seguidor de Andrews, ¿no? –preguntó Hill a su vez, para escurrir el bulto.

–Mira, querido amigo, yo esperaba tener que pasar alguna prueba de fe, pero no con ese hombre en concreto ni en un sitio como éste.

–Lo lamento.

–Sí, es cierto. Vine para seguir a Andrews y demostraré mi lealtad o lo que quieran que haga.

–O sea que cree, ¿no? ¿En Andrews? No parece usted el tipo de persona que crea en los alienígenas.

–Yo tampoco lo pensaba, pero hay tanta gente muriendo por ahí... Sobre todo en California. Es como si no fueran seres humanos, sino hierbas cortadas con una segadora. Dios mío, es... –El anciano hizo un esfuerzo para reprimir una mueca de dolor–. Mira, chico, yo soy un viejo tozudo, pero sé cuándo arrodillarme y empezar a rezar como todo hijo de vecino.

–¿Tan terrible es la plaga?

El hombre de la gabardina lo miró de nuevo con incredulidad.

–No te has enterado de nada, ¿eh? Mira, hijo, hay cadáveres en las alcantarillas. ¿Sabes lo extraño que resulta eso en el siglo XXI y en una ciudad como Oakland? Y no sólo los indigentes, sino gente a quien sus familiares echa de casa.

–Jesús –murmuró Hill.

–Eso parece –dijo el hombre con profunda amargura–. Hay quienes afirman que esta plaga matará a todo el que no sea elegido para sobrevivir en el nuevo milenio. Lo cual, a juzgar por nuestros méritos, significa que seremos muy pocos.

–Pero... pero hay una cura. Un antídoto. ¿No ha visto nada de eso?

El viejo se detuvo de repente y se volvió para mirar a Hill.

–¿Qué quieres decir? –preguntó con aire de enfado.

–¿No... no han descubierto una vacuna? –Hill preguntó a su vez con cautela.

–¡No! –le espetó el hombre–. El presidente Cole dice que se están haciendo todos los esfuerzos, pero que, por el momento, no hay solución. ¿Cómo quieren que la haya? No es una enfermedad normal. ¡Es una plaga apocalíptica! ¡Es la ira de Dios!

–¿El presidente Cole? –preguntó Hill, horrorizado.

–Ponte al día, muchacho –gritó furioso el hombre.

Se volvió y echó a correr como si Hill fuese portador de algo mucho peor que el Santarém.

Hill cruzó los suburbios de lona y de aluminio. Seguía obsesionado con ese periódico cuando vio unas cuantas antenas parabólicas en lo alto de algunos remolques y caravanas. La gente se congregaba en grupos ante televisores portátiles. Él también quería escuchar, pero la gente lo miraba muy mal cuando se acercaba. Finalmente, vio un remolque con un hombre grueso, de mediana edad, que dormía en una tumbona junto a la puerta. Roncaba ligeramente. Una mujer corpulenta preparaba hamburguesas en un hornillo de butano y veía la televisión, que estaba situada en una mesa plegable de plástico. No había nadie más a la vista. Se puso detrás de la mujer, en contra del viento. Veía la BBC.

–... Los paisajes desolados por la guerra en Inglaterra, Escocia, Irlanda y Gales. Las Fuerzas Árabes Unidas han atacado sin piedad Glasgow, Dublín y Liverpool. Hay, como mínimo, cien personas muertas y unas trescientas heridas. El centro de Liverpool es una gran ruina, con catedrales, museos de arte y edificios históricos destruidos en los seis días de intensos bombardeos. La RAF, con todos sus efectivos, no ha conseguido mantener a los bombarderos fuera del espacio aéreo del Reino Unido. Es comprensible que los afligidos supervivientes vuelvan sus ojos resentidos hacia su capital, Londres, en la que no se ha efectuado ni un solo disparo ni ha caído ninguna bomba.

La imagen pasó de las ruinas británicas a unos disparos aéreos sobre el Vaticano. Las calles estaban llenas de gente.

–La otra ciudad europea que se ha librado de las iras de Mal Abbas es Roma, donde se han congregado millones de católicos, al igual que en Londres. ¿Es posible que el «loco de Bagdad» sienta respeto por los otros líderes fanáticos? ¿O se trata, verdaderamente, de protección divina?

»El nuevo primer ministro británico, que apenas lleva dos días en el cargo, no ha hecho comentario alguno acerca de la aparente inmunidad de Londres, pero esta mañana ha viajado a Escocia diciendo que era allí donde lo necesitaban.

»Independientemente de lo que piensen los políticos, las ideas de la gente respecto a este asunto están claras como el agua.

Continúan llegando a Londres riadas de personas, pese al peligro del Santarém ocasionado por un concierto que dio Blade en la capital hace unas semanas. Las bombas han hecho lo que la fe por sí sola no ha podido: convertirlos en creyentes de «santa María de Dublín», la profetisa de Santa Pelagia en Londres.

En la pantalla apareció la filmación de una monja delgada y morena en medio de un mar de seguidores. Tenía una expresión sobrenatural en los ojos.

–La hermana María Magdalena Daunsey es una monja de Dublín, fundadora de un comedor para indigentes y ahora convertida en profetisa. Sus seguidores afirman que tiene el don de los estigmas, un don que «compartió» durante el reciente oficio que celebró ante las cámaras de la BBC.

Daunsey rezaba, con la barbilla inclinada hacia arriba. Tenía los párpados casi cerrados, pero entre las pestañas oscuras se veía una estrecha franja completamente blanca. Tenía las manos juntas, apoyadas en el escritorio que estaba ante ella y, de repente, empezaron a sangrar y mancharon la pulida superficie de roble.

–Esta exhibición ha sido calificada de «fraudulenta» y de «embaucamiento» por algunos escépticos, pero al parecer la monja ha obtenido más conversos que críticos. La auténtica controversia se produjo cuando Daunsey contradijo públicamente a las autoridades sanitarias, que habían advertido a los ciudadanos que no viajaran a Londres ya que era uno de los puntos potenciales de brote del Santarém. Sin embargo, mientras el resto del mundo parece sumido en el caos y en el horror, el consuelo y la esperanza se cotizan más que la vida misma. La gente sigue llegando a Londres en tropel, siguiendo las instrucciones de santa María y, si es necesario, morirán en las calles, con tal de estar cerca de su profetisa.

Las cámaras mostraron un vídeo tomado en los vestíbulos de un recién estrenado complejo de apartamentos de Londres. La gente estaba tumbada sobre mantas en los pasillos, agonizando. Los apartamentos estaban abarrotados de enfermos y muertos. En el pie de la filmación, se leía: «Católicos irlandeses».

–Al parecer, santa María no puede garantizar a sus seguidores otra cosa que no sea la esperanza. Aunque las cifras de infectados en Londres no son tan horripilantes como las que se han dado en otras ciudades en las que hubo conciertos de Blade, aquí también existe la enfermedad. Sobre la irrupción de la llamada «plaga apocalíptica» entre sus inmigrantes, santa María ha dicho que Dios no ha garantizado a nadie la inmunidad a las señales del final de los tiempos. De momento, sin embargo, sus seguidores son inmunes a la guerra...

Las imágenes cambiaron y se vio un campamento filmado desde el aire, una gran masa de seres humanos. Tachonadas en el paisaje se veían extrañas formas hechas de carne y de madera.

–La fidelidad a santa María parece cosa de niños si la comparamos con la obsesión de algunos. En Kiev, los seguidores del padre Dimish han convertido la crucifixión en la forma de declarar su fe, no satisfechos ya con la castración y la extirpación de los senos. Dicen que tienen muy poca comida.

Las imágenes que aparecieron a continuación estaban tomadas de noche. Era un inmenso barrio de chabolas en llamas.

–En África, los seguidores del pastor Simnali se han amotinado, y han decidido mutilar a otros y no a sí mismos por culpa del hambre. No se sabe con seguridad si Simnali ha escapado con vida.

»En la India, donde la tierra ha temblado en una serie de pequeños seísmos, Allahabad ha caído en manos de los seguidores de Dishama Giri, el profeta hindú que profesa el culto a Kali. Cerca de Calcuta, el grupo de Sagara Bata se aproxima a los diez millones, pero la situación sigue siendo relativamente tranquila, pese a la falta de alimentos.

»Y en Estados Unidos, el presidente Cole ha aliviado las desdichas de los profetas en cuanto a la comida con una intervención de la Guardia Nacional. Ha garantizado a todos los que vayan a reunirse con alguno de los profetas estadounidenses que sus cartillas de racionamiento serán transferidas de inmediato a esos lugares.

Las cámaras mostraron colas de miles de personas. Los efectivos de la Guardia Nacional repartían cajas de raciones al tiempo que comprobaban listas tras unos largos mostradores. Bajo la imagen se leía: «Salt Lake City, Utah».

–No se trata, dice el nuevo presidente, de que apoye el mensaje de los profetas, pero en este momento de crisis mundial, lo mínimo que puede hacer es respetar las creencias y los deseos de los ciudadanos.

–¡Mentira! –murmuró Hill.

La mujer que freía hamburguesas se volvió y lo vio. Retrocedió y lo ahuyentó con la espátula llena de grasa.

Hill siguió adelante. A su debilidad física se había añadido el desasosiego. ¿Qué había ocurrido con su reportaje? ¿Dónde demonios estaba Deauchez?

Por fin había llegado a las calles de Sedona. Oyó megáfonos en la distancia:

–Si todavía no se ha registrado, vaya al aparcamiento del Midway, donde su nombre y su tarjeta de la Seguridad Social se inscribirán en una lista a fin de conseguir la ración de comida. Los recién registrados podrán acceder a ella de inmediato. Es imprescindible estar vacunado.

«Vacunas», pensó Hill, jadeante. La inyección lo había salvado. Sí, había sido eso. Pero si Deauchez le había puesto la inyección ¿dónde estaba en esos momentos? Con un sobresalto, se acordó del médico, el doctor Smith. Habían quedado citados. Sin embargo, Hill no recordaba nada de lo sucedido después de haber mandado el reportaje, su reportaje.

Había mucha gente y algunos le gritaban, enfadados, que se duchase. Siguió abriéndose paso, cada vez más cansado y preocupado. Vio una librería y se dirigió hacia ella.

Aunque era una tienda pequeña y había unos cinco clientes entre los pasillos, comparado con el trajín de la calle resultaba un sitio tranquilo. Tenían muy pocas existencias de libros y no había ningún periódico a la vista. Se dirigió al mostrador y el hombre que allí había, de unos cincuenta años y el rostro curtido por el sol, hizo un esfuerzo por contener una mueca de asco.

–¿Les llega el *New York Times*? –Con la prisa, sus palabras sonaron incomprensibles.

–¿Cómo dice?

–El *Times*, de Nueva York. ¿Lo reciben?

–Mire, joven, cada mañana hay una cola de tres manzanas de largo. Antes de la salida del sol ya se han vendido todos los ejemplares de todos los periódicos.

Hill sintió que lágrimas de frustración amenazaban con salir de sus ojos. No podía seguir adelante, no podía seguir investigando.

–No se preocupe. Esta mañana no se ha perdido mucho, especialmente en el *Times*.

–¿No? ¿Qué decía?

–Básicamente se dedicaban a destacar lo buen presidente que es Cole y a contar las relaciones que tiene con los otros países del mundo. De entrada me convencieron, pero ahora desearía que dijeran qué piensa hacer el presidente.

–Pero... pero Cole no será presidente por mucho tiempo –dijo Hill con cautela, ya que medio se esperaba un estallido de ira del librero.

–Nooooo. –El hombre lo miró con curiosidad–. Pero las cosas ya no son como antes.

–Eso sí que es cierto.

–Si quiere que le dé mi opinión, el *Times* ha perdido fuerza. Ni siquiera hablan de los terremotos. Mientras, el *San Francisco Chronicle* citaba al reverendo Stanton, que dice que estamos asistiendo a los primeros retumbos de la séptima señal. Claro que los de San Francisco están en medio de la falla y...

–¿Y el *Times* no ha dicho nada de una... una especie de conspiración? –preguntó Hill, aunque ya sabía la respuesta.

–Me parece que realmente necesita un diario –dijo el tendero, que lo miraba con extrañeza–. Por no hablar de un baño, y no se ofenda.

Tal vez había sido el grial del periódico lo que lo había mantenido en pie, pero las piernas de Hill, que llevaban temblando desde su llegada al campamento, finalmente cedieron. Se apoyó en una pared cercana y cayó al suelo.

El tendero salió de detrás del mostrador y lo miró, con aire preocupado.

–¿Qué le ocurre? ¿Está desfallecido? –preguntó entre susurros.

Incómodo, miró a los otros clientes, pero ellos se fijaron un instante en Hill y luego apartaron la mirada.

–No, es que... –Recordó lo que le había contado el hombre de la gabardina–. Creo que he tomado algo en mal estado. Anoche, alguien me dio un trozo de carne y... y creo que no estaba en buenas condiciones.

El librero seguía observándolo con precaución.

–No es el Santarém. No estoy resfriado. –Hill se lo demostró respirando ruidosamente por la nariz. La tenía seca como un hueso–. Y tampoco tengo fiebre, compruébelo usted mismo.

Incómodo, el hombre puso la mano en la frente del periodista y dijo en voz baja:

–Sígame.

El librero lo llevó a la trastienda y de allí a unas escaleras de madera. Arriba había un pequeño apartamento, que debía de pertenecerle. Parecía nervioso.

–Mire, espero que no se aproveche de esto. No diga a nadie que lo he acogido. No me gusta toda esa gente que ha venido, no se lo tome como algo personal.

–No se lo diré a nadie. –Hill se sentía enormemente agradecido–. Es muy amable por su parte.

–Bueno... creo que le irá bien ducharse y descansar. Dios sabe que yo no soy ningún santo, pero, en tiempos como éstos, cuando te vienen ganas de hacer buenas obras, hay que pensarlo dos veces antes de negarse a ello.

Aquellas palabras conmovieron a Hill. Lo abrumaba la pesadumbre por el estado en que se encontraban todos, como si aquella pequeña amabilidad hubiese inclinado la balanza. O tal vez había sido siempre así desde que había perdido el contacto con el mundo.

–Mire, la ducha está justo ahí y puede dormir en el sofá. Pero no toque la comida. Sólo tengo las raciones que me corresponden a mí para esta semana. Cuando haya descansado, podrá conseguir algo de comida en el pueblo. De todas maneras, tendrá que hacer cola.

–En realidad, tengo comida en el coche. La comida, ahora mismo, es el menor de mis problemas.

–Esto... usted parece una persona culta, educada. He guardado ejemplares de los periódicos de estos últimos días. Están bajo la cama. Si quiere verlos, déjelos ordenados y no se lleve ninguno.

El hombre miró a Hill nervioso, vulnerable. Era la mirada de alguien que esperaba que su recién estrenado humanitarismo no fuese una estupidez, como siempre había pensado hasta entonces.

–Lo haré. Se lo prometo –lo tranquilizó el periodista.

Primero tomó una ducha. El agua estaba caliente y le sentó mejor que ninguna otra cosa en la vida, mejor incluso que el chocolate. Se examinó el cuerpo mojado bajo el chorro y se pasó las manos por las caderas, los costados y el estómago. Bajo sus dedos, la piel estaba fláccida y no reconocía su silueta. El estómago ya no le colgaba sobre el vello púbico; la arruga que lo había contenido estaba aún allí, pero sobre ella había sólo un ligero bulto y no varios centímetros de carne. Se enjabonó y se aclaró, y tuvo la sensación de que, con el agua, se quitaba el polvo de la tumba en la que parecía haber estado.

Cuando terminó, habría dado cualquier cosa por tener ropa limpia, pero como no la tenía, volvió a ponerse la misma y se sentó en la cama con una pila de *Times*.

Buscó el último número del que se acordaba y empezó a leer de allí en adelante. No había más que un seguimiento continuado, casi sensiblero, advirtió, de la historia de Santa Pelagia, de los profetas, de las señales. Todas las portadas estaban copadas por la noticia y en las primeras páginas había poco más. ¿Había empezado él todo aquello? ¿Había sido tan malvado, tan maliciosamente irresponsable, mientras se dedicaba a cubrir aquella noticia? Sí, lo había sido.

No había ninguna mención de la conspiración, ni siquiera la más leve insinuación con un «se ha rumoreado». Vio que había un nuevo Papa, Juan Pedro I, y que había declarado que lo sucedido en Santa Pelagia era de origen divino. El Papa instaba a todos los católicos a dirigirse a Londres, a Santa Pelagia o a Roma. Eso significaba que la llamada telefónica de Deauchez tampoco había servido de nada. Soltó una maldición entre dientes. ¿Había pensado Bowmont que estaba loco o se lo habían cargado? Una noticia que encontró en un ejemplar de hacía cinco días le hizo inclinarse por la segunda posibilidad.

La noticia daba cuenta del asesinato de varios médicos de la OMS. En Munich, el virólogo Sam Richards y dos de sus colegas más próximos habían sido acribillados a balazos en el aparcamiento de un hospital. En Washington, Josh Bergman y Stanley Hughes habían sufrido atentados en acontecimientos aparentemente no relacionados entre sí. Otro médico de la OMS, el doctor Michael Smith, había desaparecido. Según el *Times*, los móviles de esos asesinatos podían ser el resentimiento y la rabia contra la incompetencia de los profesionales de la medicina.

Hill soltó el periódico con un sollozo ahogado. Habían cogido a Smith. Y también habían conseguido interceptar su reportaje. Nadie lo sabía todavía. Sólo Deauchez y él.

Nunca se había sentido tan desgraciado. Deseó no haber regresado de la muerte, deseó que le hubiesen ahorrado aquella resurrección. Se desplomó en la cama, jadeante, pero descubrió que no podía llorar. Tal vez por eso lo apenaban las cosas pequeñas, las penas auténticas eran demasiado grandes para las lágrimas. Quería hablar con Deauchez. Necesitaba al cura. ¿Dónde se había metido?

Le llegó un destello de recuerdo. Tal vez lo había soñado o quizás había sucedido de verdad, pero ¿no le había dicho alguien que Deauchez había ido a ver a Andrews? No obstante, aquello era absurdo. ¿Por qué iba a hacer eso Deauchez? ¿Y si Andrews o alguien próximo a él era uno de los conspiradores?

Hill pensó que tenía que levantarse, ponerse en marcha y buscar a Deauchez. Era muy probable que el cura lo necesitase. Pero mientras lo pensaba cayó en un profundo sueño.

Springfield, Idaho

Tierra adentro. Viajó hacia el sur, pero tierra adentro. Se dirigía hacia allí deliberadamente aun cuando no comprendía adónde iría a parar. Lo que sí sabía era por qué viajaba al interior. La costa era peligrosa, no era un buen lugar donde estar.

Will Puma estaba cansado. Había caminado tres días sin comer nada. En otras épocas, alguien lo habría llevado en su coche. En otro tiempo la gente le habría dado algo que comer, pero las cosas ya no eran de ese modo. Allí, en Idaho, pocos coches circulaban por las carreteras. Y tampoco se había decidido a tomar carreteras principales. Cuando veía un coche, el conductor aceleraba tan pronto como se percataba de la presencia de un desconocido. Will Puma sabía por qué: debían de pensar que estaba enfermo, que portaba el virus como si fuera un compañero invisible, o que estaba loco. Él mismo se había cruzado con unos cuantos locos por la carretera.

Springfield no era más que una pequeña población agrícola, pero, al acercarse, vio que allí ocurría algo. Había previsto caminar un par de horas más antes de buscar un sitio donde dormir, aunque ya hubiera anochecido. Por lo general, dormía en el bosque y se preparaba una cama con ramas y hojas. Las ramas y las hojas daban calor y, además, lo mantenían oculto.

Sin embargo, no sería fácil salir de Springfield. Junto a él pasaron camiones con techos de lona y pintura de camuflaje. Cuando llegó a un punto desde el que se divisaba la población, vio muchísimos vehículos. Las calles estaban llenas de tanques, luces y soldados. No sabía por qué.

Decidió que, aquella noche, no seguiría adelante. Encontró una granja abandonada en un camino sin asfaltar, ya cerca del pueblo. La casa estaba oscura y unos cables de tender la ropa caídos en el patio contribuían a aquel aire de desolación. La puerta principal colgaba de las bisagras, Will Puma no entró en la casa, se dirigió al alto y rojo granero.

Tenía que estar muy cansado, ya que se equivocó con respecto a la granja. Cuando todavía estaba mirando la parte interior del granero, oyó un ruido de pasos a su espalda y un sonido seco y metálico como el del percutor de un arma. Will Puma se volvió y vio a un joven con mono de trabajo y aire de desespero que lo apuntaba con un rifle.

El hombre lo miró en la tenue luz, con unos ojos inyectados de sangre, como si tratara de reconocerlo. Tal vez decidió que Will Puma era un vagabundo, porque alzó el arma y gritó:

–¡Largo! ¡No puedes quedarte aquí!

–Lo único que quiero es un sitio donde dormir.

–He dicho que largo. Esto no es ningún hotel.

Will Puma pensó que lo que pretendía aquel tipo era fingir que allí no vivía nadie. Cuando alguien quiere esconderse, lo que menos desea es recibir visitas.

–De acuerdo, me marcharé –dijo.

Al pasar junto al hombre oyó que contenía una exclamación.

–Tú... tú...

Will Puma esperó. Vio que la cara demacrada del hombre se esforzaba por encontrar unas palabras adecuadas, pero no pronunció ninguna y Will Puma se volvió de nuevo para marcharse. Una mano lo agarró débilmente por el brazo.

–¡Espera! Tú... tú eres ese profeta. El indio, ¿no?

Al hombre le daba tanto miedo que respondiera que sí como que respondiera que no. Will Puma asintió con vehemencia.

Se quedó sorprendido ante la reacción del chico, que dejó caer el arma y alzó las manos como si quisiera prevenirlo de algo. Luego, retrocedió y se dejó caer de rodillas como si algo lo hubiera empujado con fuerza.

–Oh, Dios mío –balbuceó–. ¡Oh, buen Jesús!

Will Puma frunció el ceño y salió del granero, pero el hombre lo siguió por el patio y lo sujetó.

–No... No... Lo siento. Por favor, no te enfades. Puedes quedarte. Si estás hambriento, tengo algo de comida escondida. Por favor, si quieres, quédate.

Will Puma se detuvo. No le gustaba la cara de aquel hombre que parecía tan asustado. Era muy preocupante, pero llevaba tanto tiempo sin comer que aceptó.

–Sí, gracias –dijo, al tiempo que apartaba la mano que lo agarraba por el brazo–. Me gustaría comer algo.

–De acuerdo. –El rostro del hombre se iluminó como si le hubiesen concedido un perdón, como si el hecho de que Will Puma se enojara con él fuese algo terrible–. Puedes hacerte la cama en el granero. Tengo mantas. Voy a preparar la comida y ahora vuelvo.

Will Puma contempló la población desde la alta ventana del granero. El hombre le trajo mantas y alimentos. Comió y luego observó el pueblo un rato más, pero no averiguó qué sucedía allí. No quería que el hombre se quedase con él y no le preguntó qué ocurría. Y además, el tipo parecía ansioso por marcharse.

Con el estómago lleno y sin que ocurriera nada en las calles cercanas, la mente de Will Puma empezó a vagar. En su largo camino había puesto un pie delante del otro, presionando con fuerza la tierra. En un viaje a la muerte, no podías llevar nada, excepto cerillas, un cuchillo y, tal vez, un poco de agua. En un viaje a la muerte, tenías que alisar la mente, como si fuera un trozo de papel y, cuando ponías un pie delante del otro, llegabas a las profundidades de la Madre Tierra, la sentías. Te veías a ti mismo avanzando sobre su faz como una lágrima que cayese por la mejilla de una mujer. Y si tu mente estaba tranquila y tus pies eran seductores, la Madre Tierra te hablaría.

Dentro de esa voz, Will Puma ascendía al tiempo que caminaba; caminaba con los pies y ascendía con la mente, una mano sobre la otra, por la cuerda de los últimos meses hasta llegar al punto en que las cosas se habían torcido. Era como buscar el momento exacto en el que había comenzado un picor. Y encontró ese momento: un rostro, un rostro negro, el rostro del periodista que había ido a preguntarle... sí, por las vacunas.

Cuando el periodista le había preguntado aquello, Will Puma recordó lo que le había ocurrido el día en que le habían puesto la inyección. Lo había olvidado y, en el momento en que ocurrió, no sintió nada. Sin embargo, cuando el reportero le hizo aquellas preguntas, fue como si Will Puma fuese una tercera persona y se viera a sí mismo. Le habían puesto la inyección y se había desmayado. Entonces supo que algo iba mal, que le habían hecho algo... algo relacionado, tal vez, con Santa Pelagia. Pero no supo lo que era y no supo cómo dudar de lo que tanto creía en el instante previo a aquellas palabras del reportero. Le costó un buen rato aprender a mudar aquella piel.

Cuando encontró el rostro, supo que tenía que ver de nuevo a ese hombre. El día anterior, había hecho un alto en una pequeña tienda y había telefoneado al *New York Times*. Le pusieron con un hombre que afirmaba llamarse Bowmont y que le dijo que Hill había muerto. Will Puma le pidió que lo repitiera. Bowmont volvió a decir que Hill estaba muerto. Mentía. Entonces, Bowmont quiso hacerle preguntas a Will Puma, pero él colgó. Miró el periódico en la tienda y no vio el nombre de Hill, el reportero, en ningún sitio. Así, el tipo de Nueva York tal vez le había dicho la verdad, pero Will Puma sabía que no era así. También sabía que ese Bowmont no le diría dónde estaba Hill aunque se lo preguntase.

Sin embargo, los pies de Will Puma eran atraídos hacia el sur. Era un pez en un anzuelo y lo sacaban del agua y, cada vez que pensaba en Hill, tiraban de él con más fuerza, como si el sedal de pescar estuviese cada vez más tenso. Cuando pensaba en Hill, le ocurría otra cosa. Veía otra cara, la cara del sacerdote que se había presentado en el campamento a hacerle preguntas. El sacerdote no tenía nada que ver con que las cosas se hubiesen torcido, como había ocurrido con la aparición de Hill. Will Puma tenía muchas visiones entonces. Pero en esos momentos, pensando en ello, vio que el cura había sido la única persona que se había comportado como si lo de Santa Pelagia no fuera verdad. Will Puma, sin embargo, no sabía dónde estaba el sacerdote y ni siquiera se acordaba de su nombre. Por eso se había dirigido hacia el sur.

De repente, en el silencio de la noche, sonó una fuerte voz mecánica. Era un megáfono. Al principio, Will Puma pensó que no oía bien, pero luego advirtió que la voz hablaba en chino. Entonces supo lo que sucedía en Springfield, Idaho, y por qué el granjero dueño de aquella casa se escondía como una rata en su interior. Miró por la ventana y vio unos haces de luz que danzaban sobre un gran edificio blanco del pueblo, una iglesia. La voz del traductor al inglés seguía hablando, pero no hubo respuesta.

Will Puma se volvió de costado con un gruñido. Así que aquello era la guerra entre el hombre blanco y el hombre amarillo. La estrategia de los amarillos era curiosa, pero no demasiado acertada. En la larga historia de su raza, se habían dado muchos casos de asedios similares. Aquellos casos nunca terminaban bien. Los que estaban dentro de la iglesia esperarían, y los que estaban fuera, también. Esperarían hasta la llegada de la primavera, o hasta la llegada del virus o hasta que el mundo terminara. O tal vez esperarían hasta que uno de los bandos se cansase de esperar y empezase a disparar.

Pero no esperarían mucho tiempo, probablemente no llegarían a cansarse. Porque el mundo se acababa y el fin estaba muy cerca. Ése era otro secreto que la tierra bajo sus pies le había confiado.

Capítulo 23

Día 24
Búnker presidencial, Fairfax, Virginia

Anthony Cole no era el tipo de hombre al que le pasaran inadvertidas las arrugas en la lisa superficie de su mundo. Todo lo contrario, las buscaba con ahínco y las alisaba con dedos firmes hasta que no quedaba rastro de ellas. Sin embargo, ya era presidente y se enfrentaba a un montón de asuntos urgentes que resolver.

La guerra era el menos importante de todos. Los chinos no habían enviado más tropas y el ejército no tenía mucho que hacer, sólo controlar a los *Pa woo*. Pero había reuniones pendientes, tenía que elegir a los miembros de su gabinete y el Santarém crecía día a día, y requería estrategias, maniobras y control de la crisis. Había pelotones inmensos encargados de enterrar a los muertos y de patrullar las ciudades para protegerlas de los enfermos y de los saqueadores. La visión de sus nuevos trajes militares, parecidos a los de los astronautas, pero de camuflaje, poco podía hacer para transmitir una sensación de seguridad a los ciudadanos, pero no había otra opción.

Por ello, Cole no había tenido ni un momento para ocuparse de aquella arruga en concreto, de aquella extraña amenaza. No era totalmente ajeno a ella, pero la había archivado en la caja «tal vez acabará pronto» que tenía en la mente. Era un tipo de indulgencia que rara vez se permitía.

Al llegar al vigesimocuarto día, el tema salió de nuevo a la luz, maduro y maloliente, y reclamó su atención.

Cuando llegó la noticia, Cole se encontraba en un almuerzo de trabajo con su nuevo gabinete. Su secretario personal, un tal señor Ashe, leyó el informe. El señor Ashe era el joven y brillante graduado de Yale que había hecho sus deberes políticos dos semanas antes como chico de los recados en otra reunión del gabinete. Leyó los detalles a la silenciosa sala, cuyos comensales se habían quedado con los tenedores en el aire, como si fueran batutas de director.

El terremoto de 9,3 grados en la escala Richter de Los Ángeles había empezado con una sacudida fustigadora y había crecido hasta convertirse en un rugido atronador. Las autopistas gruñeron y se desplomaron como perros exhaustos. Los edificios se hundieron sobre sí mismos como *soufflés* deshinchados y desaparecieron manzanas enteras en las fisuras que se abrían en medio de avenidas, en parques y en patios de escuela. La costa no se separó del continente en la falla de San Andrés, como algunos habían pronosticado que ocurriría con un seísmo de semejante intensidad, pero playas y acantilados se habían hundido en el mar y con ellos fincas de millones de dólares.

Por fortuna, la población de Los Ángeles estaba ya muy mermada cuando se había producido el terremoto. De la ciudad habían huido los que seguían a los profetas, los que huían del Santarém y los que habían sucumbido a él. Otras ciudades de California estaban menos abandonadas. San Diego y Fresno habían sufrido terremotos de siete y seis grados pocos minutos después del de Los Ángeles. El movimiento sísmico se había producido hacia fuera y hacia arriba, con la placa del Pacífico y la norteamericana empujándose una contra otra como dos compañeros de cama que sufrieran pesadillas. San Francisco, por segunda vez en cien años, había sido sacudida por un temblor de más de ocho grados. Hileras de casas pintadas de colores brillantes se habían astillado como cerillas de madera. En el muelle, calles enteras, entre ellas la turística Pier 39, se habían hundido en la bahía. Las plantas bajas se confundían con los garajes subterráneos. Y, en otra repetición de la historia, los fuegos habían seguido al terremoto como la noche sigue al día.

Después de leer el informe, el señor Ashe permaneció callado, a la espera de las instrucciones de Cole, pero él no habló de inmediato. No se produjo en él ninguna reacción externa, mientras en su interior contenía la reacción como si se tratase de un caballo salvaje encerrado en un establo. Miró alrededor para calibrar la respuesta de los demás.

Había seleccionado su gabinete con sumo cuidado. Eran personas a las que conocía de muchos años. Todos le eran leales y con excelentes credenciales. Sin embargo, pese a su brillante inteligencia, pese a su comprensión de los acontecimientos que sacudían el mundo, ni una sola cara mostró una auténtica consternación. Vio rostros pensativos y confusos y, aquí y allá, algún amago de pesar. Todos ellos habían puesto a salvo de la catástrofe a sus familias y sus posesiones unos meses atrás. Todos ellos sabían que tendrían que vérselas con tragedias. Pero ninguno de los presentes parecía especialmente afligido.

Pero aquello era diferente. Aquello no era una tragedia. Cole vio que ninguno de ellos lo había comprendido.

–Tenemos que mandar ayuda humanitaria –dijo el nuevo secretario de Asuntos Sociales.

–Será complicadísimo –apuntó el secretario de Defensa–. El virus ha empezado a afectar gravemente a la Guardia Nacional; los que todavía se sostienen de pie son necesarios en los lugares donde están.

–Y además, será un problema conseguir alimentos para los supervivientes –añadió el secretario de Agricultura–. Apenas queda nada destinado a los casos de emergencia, así que lo que necesitamos son tropas para que las tiendas de comestibles funcionen otra vez en red y que la cadena normal de racionamiento siga su curso.

Todos miraron a Cole, esperando alguna aportación suya a aquellas cuestiones tácticas, pero el nuevo presidente no tenía ninguna. Se volvió hacia el señor Ashe y le dijo:

–Quiero un informe de las erupciones volcánicas y los terremotos, grandes y pequeños, que hayan ocurrido en las últimas dos semanas. En todo el mundo. Tráigamelo en cuanto lo tenga.

El señor Ashe desapareció.

–Últimamente ha habido varios terremotos, ¿verdad? –preguntó el nuevo fiscal general con el ceño fruncido, aunque no demasiado.

–Ha habido uno en Japón y varios cerca de Allahabad, en la India, creo –respondió el secretario de Agricultura.

Se produjo una pequeña e inútil discusión acerca de esos datos antes de que todos callaran, a la espera de que Cole dijera algo. Pero él no tenía nada que decir. Ni siquiera se permitía tener sentimientos. No iba a abrir las puertas de este maldito establo hasta que hubiera una buena idea tras ellas.

Volvió el señor Ashe y le tendió a Cole una sola página. Luego, se dirigió al ordenador y abrió un fichero para proyectarlo en la pared.

Cole miró la página que tenía en la mano y, pensativo, hundió las mejillas.

–Por favor, señor Ashe –dijo con tranquilidad–, llame por teléfono a mi hermano y al doctor Norton.

Cuando alzó la vista vio que, finalmente, su tono de voz había provocado cierto pánico en los rostros de los hombres y las mujeres con quienes compartía mesa.

Sedona, Arizona

Hill tenía miedo. Deauchez había desaparecido, lo había abandonado en el coche y la única explicación convincente era que lo hubiesen apresado. Hill se dedicó a seguir sus pasos, como la hermana de Janet Leigh había seguido los de esta última en *Psicosis*, cuando todo el mundo sabía que aquélla sería una gran idea. Pero ¿qué otra alternativa tenía? Podía marcharse del pueblo sin Deauchez y darlo por muerto.

Eso no era una alternativa.

En el hotel, Andrews, después de esperar un rato, fue atendido por un joven llamado Scott, tal vez la primera persona con la que hablaba y que no parecía estar colocada; cuando repitió el nombre del cura, el rostro barbudo de Scott se iluminó con una sonrisa.

–¡Claro! Y supongo que usted es Hill, ¿no?

–Esto, sí –respondió, sorprendido–. Soy Simon Hill. ¿Ha visto al padre Deauchez?

–¿Simon Hill, el reportero?

Hill asintió.

–¡Ah! –exclamó Scott, con el rostro aún más brillante–. Un tipo llamado Hart los estaba buscando a ambos, ¿sabe? Quería saber si habían venido aquí. «Deauchez y Hill», dijo. Dijo que ustedes viajaban juntos. Yo ya empezaba a preguntarme si aparecería usted en busca del cura...

Hill no sabía de quién hablaba Scott, pero tuvo una ligera idea acerca de quién podía ser. Se le puso la piel de gallina, una sensación que su abuela describía como alguien caminando sobre la propia tumba.

–¿Y cuándo fue eso? –lo interrumpió.

Scott respiró hondo con gesto reflexivo y soltó el aire despacio.

–Hum... veamos. ¿Hace casi una semana? Algo así. Estoy casi seguro de que fue al día siguiente de que apareciera el cura. No sé si eso significa algo.

Una profunda oscuridad amenazó con tragarse a Hill. Alzó la mano para agarrarse a algo y Scott la paró con un fuerte brazo.

–¡Eh! ¡No alucine, hombre! Tranquilo.

–¿Dónde está Deauchez? –consiguió decir Hill.

–En la cárcel. Trent lo ha encerrado. –Scott puso los ojos en blanco–. No me pregunte por qué.

–Pero..., pero ha dicho que alguien vino a buscarnos.

–Sí y, por su reacción, creo que ustedes no querrían que los encontrara. No se preocupe. Le dije que no había visto a ninguno de los dos.

Hill miró la agradable e inocua cara de Scott, incapaz de entender lo que estaba diciendo.

–¿Por qué? ¿Por qué lo hizo?

La sonrisa de Scott se desvaneció. En sus ojos brilló una especie de resentimiento.

–Ese Hart... Es un auténtico psicópata. Mató a alguien por robar vacunas hace... Sí, supongo que fue la misma noche en que apareció el cura. Trent no quiso meterse demasiado. Al fin y al cabo, ese tipo estaba robando vacunas. Pero me cabreó. De entrada, ya no me cayó bien. Demasiado acicalado. Me recuerda a un representante que tuve hace tiempo. Desgraciadamente, todavía está por aquí. Hart, quiero decir. –Scott terminó su sorprendente diatriba sacudiendo la cabeza con aire triste–. Un auténtico mal karma, en serio.

Scott se veía tan cándido, tan inconsciente de lo que decía que Hill no supo si echarse a reír, a llorar o a gritar. Decidió que lo mejor era ir al grano.

–Tengo que ver a Deauchez –dijo.

Recuperó el equilibrio y Scott lo soltó con el mismo cuidado que si fuera una figurita de porcelana.

–Bueno..., sí. –Se encogió de hombros–. Pero le diré una cosa. ¿Sabe por qué no se lo pido a Trent? Ese pobre cura lleva encerrado una semana y Trent ni siquiera lo ha mencionado. A veces... a veces se le olvidan cosas. Está sometido a tanta presión... Tal vez... Mire, iré a pedírselo.

Hizo lo que había dicho. Cuando regresó con paso ligero hasta donde le esperaba Hill, su rostro era prometedor.

–Oiga, por casualidad no tendrá el móvil Telegyn de Deauchez, ¿verdad?

A Hill ya no le sorprendía nada. Abrió su bolsa negra con cuidado para que Scott no viera la pistola que llevaba y sacó un teléfono. Lo alzó en el aire como si quisiera subastarlo.

–¿Y Deauchez? –preguntó.

–Trato hecho –dijo Scott–. Pero ustedes dos tendrán que marcharse de aquí de inmediato.

Hill no deseaba otra cosa.

Mientras caminaba con Scott por el pueblo, Hill pensaba que estaba a punto de ver a Deauchez. Al menos, eso esperaba. No sabía dónde lo había encerrado Trent, aunque el cura era capaz de convertirse en una molestia para cualquiera. Sin embargo, a menos que Scott estuviera en las nubes, Deauchez seguía vivo y eso era lo que importaba.

A Hill lo irritaban el gentío y la popularidad de Scott. Cada pocos metros, alguien lo detenía y Scott hacía gala de una fervorosa generosidad, ya que dedicaba un comentario amable a cada uno. Hill estaba a punto de interrumpir una de esas conversaciones cuando algo lo interrumpió a él. Al principio, pensó que se trataba de otra de esas oleadas de fatiga, pero enseguida advirtió que la tierra se movía literalmente bajo sus pies.

Al cabo de unos segundos, supo que se trataba de un gran terremoto. La gente reaccionó con gritos y se alejó de los edificios. Scott lo tomó de la mano y dijo:

–¡Por aquí!

Se abrieron paso entre una multitud presa del pánico. Era como intentar caminar dentro de una lavadora. Hill estuvo a punto de perder el equilibrio debido a los temblores de la tierra y varias veces sintió la nauseabunda elasticidad de la carne bajo sus pies. No miró hacia el suelo. La gente lo empujaba con tanta premura que no podía mirar al suelo. Lo único que podía hacer era seguir agarrado a la mano de Scott.

Cayeron rótulos callejeros, vallas anunciadoras. Los frágiles edificios propios del sudoeste no resistieron demasiado bien y empezaron a llover trozos de yeso y cascotes. La multitud estaba aterrorizada, considerablemente más que en Santa Pelagia, porque el peligro era mucho más inmediato. La ira de Dios no estaba por llegar, ya había llegado, y los sacudía como un padre furibundo, de una manera que parecía que nunca cesaría.

Pero cesó: cuando Hill y Scott habían sido medio obligados a seguir su camino medio arrastrados a la calle de al lado, el temblor cedió. El pánico también se calmó, y fue sustituido por una especie de shock traumático. La gente ya no corría ni gritaba. Los gritos ahora sonaban apagados y con un propósito: salían de debajo de los escombros.

En el aire flotaba el polvo del yeso roto, flotaba alrededor de la cabeza de Scott como si de un halo se tratase. Miró alrededor, aturdido por aquella destrucción.

–Ya está aquí –jadeó–. Oh, Dios mío... Tengo que irme. Le deseo toda la suerte del mundo.

Se dispuso a marcharse, pero Hill lo agarró por el brazo.

–¡Espere! ¿Dónde está...? No veo...

Scott señaló un edificio en ruinas que tenían delante.

–Estaba ahí. En el sótano. Lo siento. Tengo que irme, en serio.

–¡Jesús!

Hill corrió hacia el edificio, tropezando con los cascotes. Gritó el nombre de Deauchez una y otra vez, sin hacer ni una pausa para dar tiempo al cura a responder.

Reconoció lo que debía de haber sido la puerta principal, pero tras ella sólo había aire. Siguió llamando a Deauchez mientras buscaba algo que le diera alguna pista acerca de cómo había sido el edificio. Encontró lo que creyó que era el lateral y allí vio un trozo de pared con una ventana, pequeña y con barrotes. El marco y los barrotes estaban intactos, pero junto a ella había un orificio donde el yeso se había desmoronado. Hill se arrodilló y miró sin dejar de gritar el nombre de Deauchez. Tardó unos instantes en acostumbrarse a la oscuridad y al polvo que le impedía la visión. Cuando lo consiguió, vio una pequeña celda con un catre, un lavabo y una puerta.

La celda estaba vacía.

Las tiendas y los remolques habían soportado el seísmo mejor que los edificios. Las barbacoas tiradas aquí y allá y la ropa caída de los tendederos improvisados eran las peores víctimas. Deauchez caminó por el campamento y evitó a los vecinos aterrorizados que le hacían preguntas. Apenas podía creer lo mucho que había crecido el lugar desde su llegada. Era incomprensible. Pensó si les habría ocurrido lo mismo a los otros profetas, sobre todo a Daunsey. Se preguntó si Hill habría muerto.

En su ímpetu por hallar respuesta a esas preguntas empezó a correr, con las piernas débiles debido a su confinamiento y al terror del terremoto y de su huida. En un abrir y cerrar de ojos había pasado de estar tumbado en el colchón, deprimido y descorazonado, a encontrarse con que el mundo temblaba de repente y abría un agujero en la pared mientras le caían trozos de yeso en la cabeza. No se detuvo a contemplar la situación: se levantó de un salto y echó a correr.

Le pareció una eternidad, pero finalmente llegó al desierto y enseguida vio el lugar donde había aparcado el coche. Corrió más deprisa, hacia la roca que se alzaba majestuosa ante él. Entrecerró los ojos en un esfuerzo por ver, pero la sombra caía de tal manera que ocultaba por completo el vehículo. Empezó a dudar de que, realmente, estuviese allí.

Entonces sus ojos captaron la silueta del coche en la oscuridad y corrió lo más deprisa que pudo. Se encontraba a pocos metros cuando distinguió una silueta en el asiento del pasajero, una silueta.

–¡Simon! –gritó, acongojado.

Con todo el tiempo que había transcurrido lo más probable era que el reportero ya no estuviera allí, y mucho menos vivo.

Claro que tenía que estar muerto. ¡Le habían puesto la vacuna demasiado tarde! Aun en el caso de que fuera realmente una vacuna, se la habían puesto demasiado tarde.

Llegó al coche y abrió la puerta del pasajero.

–Simon... –repitió en voz baja.

Captó un hedor nauseabundo. Rezó en silencio pese a su recién estrenado fatalismo y tiró del extremo de la manta.

Una mano le agarró la muñeca con brutalidad. Era una mano blanca. Allí pasaba algo raro. Entonces la manta se movió y apareció una pistola que lo apuntaba. Empuñaba la pistola un hombre de ojos fieros y cabello blanco.

–Ni se le ocurra moverse o es hombre muerto.

Los rasgos del hombre estaban tensos y su rostro aparecía surcado de furiosas arrugas. Sus labios esbozaban una fatídica sonrisa.

El mundo se hundió bajo los pies de Deauchez como si se

hubiese producido un nuevo terremoto, pero sólo se trataba de sus rodillas, que habían cedido. Se inclinó hacia delante jadeando de terror y se sujetó al coche en esa extraña posición.

–¿Quién es... usted?

–La venganza.

–Es uno de ellos, ¿no? ¿Del Cetro Rojo?

–Calle. –El hombre se apeó del coche y dio un empujón a Deauchez, que fue a topar contra la pared del monolito. Luego, se acercó a él y le dijo–: Esta mañana he encontrado su coche. Un hombre que había salido a hacer *jogging* se lo contó a un amigo mío. Yo llevaba vigilando mucho tiempo esta carretera desde la población. Un buen truco, el suyo.

–¿Sí? –A Deauchez no se lo había parecido nunca.

–Sí –dijo el de los cabellos blancos, al tiempo que su sonrisa se desvanecía–. Ha tenido mucha suerte, padre Deauchez. Pero, tarde o temprano, la suerte se termina. Sabía que volvería por aquí tan pronto como se produjese el terremoto. O usted o él. Ahora voy a matarlo.

Deauchez sintió una ardiente rabia ante la inutilidad de todo lo que había conseguido. Le había parecido un milagro poder huir y había creído que Dios había escuchado sus plegarias. En cambio, sólo había salido de aquel agujero para avanzar hacia su propia muerte, como un cordero camino del matadero.

–Pues hágalo –dijo, y advirtió que hablaba en serio.

Era su manera de dar salida a la ira que sentía hacia Dios, por todo lo mal que habían ido las cosas.

–¿Sabe que he matado al doctor Smith, ese amigo suyo?

Deauchez no pudo contener un gemido.

–Intentaba marcharse del pueblo. Se llevaba vacunas... Debo añadir que las había robado, un delito contra la propiedad privada. Supimos de inmediato quién había hablado con él, pero no pudimos localizarlo a usted. ¿Dónde se había metido, padre Deauchez?

–¿Por qué no termina de una vez?

–¿Dónde está Simon Hill?

–No lo sé. –Deauchez contuvo un sollozo de rabia.

El rostro del hombre enrojecía. ¿De irritación? ¿De enojo? Clavó el cañón de la pistola en las costillas de Deauchez.

–No quiero retrasar su llegada a las puertas del paraíso, veo lo ansioso que está por ir hacia allí, pero hay una cosa más. Hace unos días recibí la llamada telefónica de una señora. Una señora importante. Tal vez la recuerda. Ustedes le pegaron y mataron a su marido.

–Janovich –dijo Deauchez.

–La doctora Janovich. Quería saber por qué usted no había creído.

Pese a su falsa sonrisa y la oscuridad que reinaba, en los ojos del hombre brillaba el odio como un afilado cuchillo.

Deauchez no respondió. El tipo le pegó en la cara. El golpe fue inesperado y lleno de rabia.

–¿Por qué no creyó?

Deauchez volvió la cabeza y escupió un diente. Su mejilla vibraba de dolor y le caía un reguero de sangre por la barbilla. Tuvo que hacer un esfuerzo para detener el temblor del mentón.

–Váyase al diablo –dijo.

Lo pronunció en voz alta y con claridad para que fuese obvio que la conversación había terminado. Entonces, volvió la cabeza y desvió la mirada. Su ojos se perdieron en la zona del desierto todavía no alcanzada por el lamentable carnaval de Andrews. Absorbió toda la belleza del paisaje y se dispuso a morir. Entonces sonó un disparo y Deauchez cayó al suelo del desierto.

–¿Qué quería decir?

Alguien lo sacudía. Cuando Deauchez abrió los ojos, tardó unos segundos en comprender que Simon Hill estaba allí, agachado a su lado, y que no era un espíritu ni una alucinación. Junto a él, había una forma oscura.

El cadáver del tipo del cabello blanco. Deauchez miró a Hill, conmocionado.

–¡Simon!

–Sí, lo sé –dijo Hill, jadeante.

Tenía el rostro tenso y asustado. En realidad, el reportero todavía tenía la pistola en la mano derecha. A Deauchez se le clavaba dolorosamente en el hombro, por donde Hill trataba de agarrarlo, pero el cura lo apartó.

–Permítame ponerme en pie.

Se levantó con cuidado y apoyándose en la roca que tenía a sus espaldas. Vio que Hill también temblaba. Vivo, pero no necesariamente bien. Deauchez alargó una mano para ayudarlo.

En cambio, el que ya no se levantaría nunca más era el tipo de los cabellos blancos. En la parte trasera de su cabeza había una considerable cantidad de sangre. Deauchez se acercó y le dio la vuelta. Entonces vio que apenas le quedaba rostro. Hizo una mueca de asco y dejó caer el cadáver boca abajo.

–Buen disparo –dijo con incredulidad.

–No me pregunte cómo lo he hecho porque no tengo ni idea.

Se miraron el uno al otro, con ojos como platos. Deauchez estaba aturdido. Se había acostumbrado demasiado rápido a la idea de estar muerto. Sin embargo, estaba intrigado, en el plano intelectual, por ver de nuevo al periodista, aunque en el plano emocional sus sentimientos estuvieran temporalmente moribundos.

–Ha perdido peso. ¿Se encuentra bien?

Hill, todavía ajeno a la pistola cargada que tenía en la mano, dio unas palmadas en la espalda al sacerdote.

–Sí, bueno. No se lo recomendaría a nadie, pero seguro que me ha curado. Creo que estoy perfectamente bien.

–Me alegro tanto, Simon. Me siento tan feliz...

Pero Hill no parecía compartir aquella alegría. En sus ojos había algo más que cautela. Miraba a Deauchez como si no supiera seguro quién era.

–Padre, quiero saber de qué hablaba ese hombre. ¿A qué venía la pregunta de por qué usted no había creído? ¿Por qué la doctora Janovich quería hacerle esa pregunta?

–Simon... –empezó Deauchez. Se interrumpió con un suspiro.

–Si no quiere decírmelo, yo...

–¡Espere! No haga algo que después ambos lamentaremos. Le prometo que se lo contaré. Pero, primero, tenemos que volver a la carretera. Vendrán otros como él, seguro, y creo que no tendría fuerzas suficientes para matar dos veces en un mismo día.

Hill miró al muerto como si hubiese olvidado que estaba allí. La pistola le temblaba de manera incontrolable en la mano. Deauchez alargó la suya para tomársela con cuidado. Al principio, Hill se resistió y al cura le dolió ver sospechas en el rostro del periodista. Al final, Hill soltó la pistola y se volvió para dirigirse al portamaletas.

–Tendríamos que irnos en otro coche –sugirió Deauchez–. Éste ya lo conocen. –Miró hacia el desierto, hacia la larga hilera de vehículos–. Seguro que, con todo este lío, encontramos uno que tenga las llaves puestas.

De todas formas, Hill abrió la puerta. Sacó las bolsas de basura llenas de comida que había cogido en casa de la doctora Janovich, visiblemente ya más ligeras, y luego hurgó bajo el asiento del pasajero.

–Aquí había tres jeringuillas. Las encontré cuando buscaba aspirinas. ¡Mierda, han desaparecido!

Hill se incorporó, preocupado.

–Mala suerte. Podríamos haberlas mandado al laboratorio.

Sin embargo, la desaparición de aquella prueba ya no sorprendía a Deauchez. Era como un chiste cruel en su improbable coherencia.

–Pensaba que usted necesitaba una –dijo Hill, al tiempo que cerraba la puerta–. ¿Se la pusieron en el campamento?

–No –respondió Deauchez con tono cansado–. Vamos, Simon. Yo no necesito una vacuna, me parece que ya lo sabe. Ahora debemos irnos. Ya hablaremos más tarde.

Hill se quedó inmóvil, con un rostro que era una máscara de desconfianza y desazón.

–Por favor –le suplicó Deauchez–. Puede llegar más gente en cualquier momento.

El reportero puso los ojos en blanco.

–Me alegra ver que sigue tan paranoico como siempre, padre –murmuró, y ambos empezaron a caminar por el desierto.

Capítulo 24

Carretera interestatal 17 sur, Arizona

Hill eligió un Lexus azul cielo con asientos interiores de cuero azul marino y las llaves puestas en el encendido. Deauchez se puso al volante y se dirigió hacia el sur, hacia Phoenix. No decía nada y a Hill no le apetecía hablar hasta que estuvieran lejos de Sedona. Hasta entonces, no se sentiría libre y a salvo.

La salida del pueblo fue mucho más rápida que la entrada. En dirección norte, el tráfico estaba detenido y formaba kilómetros de cola, pero eran pocos los coches que se dirigían hacia el sur por el otro carril de la carretera. Casi todos los coches que iban a Sedona llevaban matrícula de California. Hill contempló el atasco con seriedad y se preguntó cómo se las apañarían Andrews y sus amigos para alojar a toda aquella gente, al tiempo que se alegraba de marcharse de allí y no verlo.

El sol se ponía cuando el último vestigio de Sedona desapareció del espejo retrovisor.

–¿Adónde vamos? –preguntó Hill.

–A El Paso.

Hill miró el horizonte teñido de color. Era un hermoso atardecer y se sentía feliz por estar vivo, aunque no podía evitar su enojo.

–¿Sabe qué ha pasado? Que alguien del *Times* ha interceptado mi reportaje.

–Eso me temo, pero todavía lo tiene, ¿no? El reportaje, quiero decir.

–Está en su ordenador.

–Entonces podríamos ir a un diario de menos importancia. En Phoenix, tal vez.

La inclinación de cabeza del cura estaba llena de esperanza.

–No, no podemos –gruñó Hill.

–¿Por qué no?

–No lo publicarían, y aun en el caso de que lo hicieran, nadie lo creería. Y mucho menos ahora.

El cura no dijo nada.

–Los volcanes y los terremotos, padre –comentó Hill, con amargura–. El de Sedona fue como una broma, ¿sabe? Esta mañana, en Los Ángeles ha habido uno de nueve coma tres. Los hay por todas partes.

–Sí... he oído algo. Gente que lo comentaba en la calle.

El padre Deauchez parecía reacio a creerlo.

–Bueno, pues no comprendo cómo el Cetro Rojo puede provocar esos terremotos. ¿Y usted?

–No, pero tienen el poder. –El cura lo miraba con aspecto suplicante.

–Tal vez sí, tal vez no. –Hill se encogió de hombros–. Pero mientras seamos incapaces de explicarlo, nadie creerá el resto de nuestra historia. Tienen que encajar todas las piezas, de pies a cabeza. No pueden quedar cabos sueltos, lo comprende, ¿verdad?

Deauchez no respondió, pero los nudillos de sus manos, que asían el volante, se habían puesto blancos. El aire de animal herido del cura conmovía a Hill. No lo hacía de manera intencionada ni manipuladora, y con todo lo conmovía. Siguió hablando:

–No comprendo cómo ese tal Rimpoché va explicárnoslo todo. Además, ¿por qué preocuparse por él? No es el único profeta que nos falta, ¿verdad, padre? –En su tono de voz había desdén.

–No, Simon –respondió Deauchez con la mandíbula tensa.

–No, Simon –se burló Hill–. Vamos, suéltelo.

El cura suspiró. Miró al periodista con una sonrisa llena de pesar.

–Lo siento, lo siento de veras. Yo... yo me encontraba en la casa de Janovich... y usted estaba enfermo. Entre nosotros había cosas más importantes de las que hablar.

–Hable.

–Soy uno de los veinticuatro –asintió Deauchez.

–¡Maldita sea! ¡Por Dios, maldita sea!

Hill dio un puñetazo al salpicadero.

–Lo siento –dijo Deauchez, sobresaltado–. Le juro que no lo sabía hasta que lo vi en ese ordenador.

–¡Por Dios, Deauchez!

–Lo sé.

–¡Por Cristo, quiero decir!

Hill se quedó un rato pensativo. Aunque sospechaba desde ese encuentro con Hart, la confirmación le dolió, hirió su orgullo de periodista. Lo había tenido delante de las narices, mientras él seguía en la inopia. Pero también le dolió porque pensaba que conocía bien a aquel hombre. En esos momentos, no comprendía en absoluto a Deauchez.

–No lo entiendo. No entiendo nada. ¡No encaja en absoluto!

–Por desgracia, sí –dijo Deauchez con una amarga sonrisa–. Tuve mucho tiempo para pensar en ellos mientras estaba encerrado en la cárcel de Andrews.

–¿Y?

–El cardenal Donnelley me habló de Santa Pelagia justo después de la primera visión. Por regla general, pasan meses, cuando no años, antes de que el Vaticano sienta el interés suficiente para mandar a un investigador. Sin embargo, Donnelley quiso que yo partiera hacia allí de inmediato. Y lo habría hecho, de no haber sido por el Papa. El Papa iba a ordenar a un grupo de franciscanos y quería que yo estuviese presente. No sé por qué, salvo que era una ceremonia especial y el Papa tampoco creía que corriera tanta prisa que yo me marchase. Si él no hubiera insistido en que me quedase, habría llegado a Santa Pelagia con tiempo de presenciar varias noches de apariciones, y tal vez no habría podido... No sé qué habría pasado.

–Dios. ¿Y tiene idea de cómo le... le implantaron las visiones?

–Creo que sí. Cené con Donnelley una semana antes de partir hacia Santa Pelagia. Bebimos vino y recuerdo que me sentí muy cansado. Volví a mi habitación y me dormí sin desnudarme. El vino tenía que contener alguna droga. Supongo que esa noche vinieron y... Vinieron e hicieron su trabajo.

Deauchez se estremeció.

–¿No recuerda nada?

–Nada.

–¿Ni siquiera un sueño? ¿No soñó con Santa Pelagia?

–No tenían necesidad de implantarme un sueño para que fuera allí; me mandaban como investigador oficial. Lo único que tenían que hacer era programar las visiones que yo experimentaría en ese lugar. Y probablemente también me vacunaron contra las llagas y contra el Santarém, como hicieron con los demás profetas. Sus planes se habrían venido abajo si nosotros resultábamos desacreditados o moríamos enseguida, ¿comprende?

Hill permaneció unos instantes pensativo, al tiempo que tamborileaba los dedos en la pierna.

–Y entonces, ¿qué hay de las visiones de Santa Pelagia? ¿Qué vio cuando estuvo allí?

Deauchez se revolvió incómodo en el asiento del conductor.

–Si quiere que le diga la verdad, no me he permitido pensar en ello. Me... me pone enfermo.

–Pero es muy importante.

Hill no estaba de humor para excusas.

–De acuerdo, Simon –asintió el cura–. Lo intentaré.

Deauchez hizo acopio de fuerzas. Tensó la espalda y agarró el volante con fuerza. Fuera, la luz diurna había disminuido y Hill apenas veía el rostro del cura, pero cuando habló su voz sonó remota, como si fuera una ensoñación.

–Fui al campo de los Sánchez esa última noche. Sabía que allí habría mucha histeria, lo noté nada más llegar. Por ello, intenté prepararme. Pensé... No sé lo que pensé... Que allí había algo melodramático, supongo, y que Sánchez era la protagonista.

–Sí, yo también estaba allí esa noche. Lo recuerdo.

–Pero cuando llegué al campo, ella no... No vi a Sánchez, al menos no fui consciente de verla... La gente. Había tanta gente que lloraba y suplicaba... Y había algo... ¿O no? Me pareció ver algo entre los árboles...

La voz de Deauchez sonaba cada vez más misteriosa y ajena a los límites del vehículo, como si no procediera de él sino de una radio o del exterior del coche. Llegaron ante una valla anunciadora iluminada y por un instante el interior del vehículo quedó bañado por una extraña luz de color gris. Hill, que llevaba un rato observando a Deauchez con terquedad, se quedó helado. El cura miraba hacia delante por el parabrisas y en su frente se habían formado unas pequeñas gotas, como agua que saliera de un grifo mal ajustado. Las gotas, aunque eran grandes, podían haber sido de sudor, pero no lo eran. Eran de color escarlata. Hill vio que una de las gotas crecía y se derramaba, que corría por la frente morena del sacerdote en forma de reguero de sangre. Deauchez tenía los ojos inmóviles y vidriosos.

–¡Mierda! ¡Padre, padre! ¿Qué ocurre? –gritó Hill al tiempo que se incorporaba en su asiento.

Deauchez se volvió despacio para mirar a Hill, pero tenía la mirada extraviada.

–Pare. Yo conduciré.

–Estoy bien –replicó Deauchez sin mirar hacia la carretera.

–¡Pare! –Hill agarró el volante.

Con pánico y desatino, como si se tratara de salvar a un perro que se ahogase, Hill consiguió hacerse con el control del coche. Cuando el vehículo estuvo completamente parado, se volvió para coger una toalla del asiento trasero. Deauchez no se había movido y parecía algo turbado.

–¿Qué pasa? –preguntó mientras Hill le ofrecía la toalla.

El periodista no respondió, pero volvió el retrovisor en dirección al asiento del conductor. Al ver su reflejo en él, a Deauchez se le pusieron unos ojos como platos. Se llevó la toalla a la frente, se secó las manchas y volvió la cabeza como si sintiera vergüenza.

–Tal vez sería mejor que no hablásemos de esa noche –sugirió Hill.

Ya no se sentía traicionado. Luchó contra una sensación de repulsión y terror, como si acabase de advertir que la persona sentada junto a él poseía unos extraños y pavorosos poderes.

Y era exactamente eso lo que había advertido.

Cuando se pusieron de nuevo en camino, fue Hill quien reanudó la charla, incapaz de contener un alud de preguntas.

–Sigo sin comprender por qué lo eligieron, padre. El primer día que nos vimos, usted me dijo que los estigmas no eran de origen divino. Usted no encaja en el perfil de Janovich.

–Para ellos, elegirme significaba correr un gran riesgo –explicó Deauchez con voz monótona. No miraba a Hill–. Mientras estuve en esa celda, imaginé muchas conversaciones, discusiones entre Janovich, Donnelley, McKlennan... Todo tonterías, por supuesto, pero... Es cierto, yo estaba muy cerca del Papa y mi escepticismo era de todos conocido. Si yo hubiese ido a contarle que confirmaba el relato de Daunsey, estoy seguro de que habría convencido a Su Santidad.

»Pero... hay muchas más cosas. Creo que superé el test de capacidad para la fantasía que nos hicieron a unos cuantos..., por orden de Donnelley. Dijo que sería "un pequeño test de personalidad". En mi carrera de psicología me hicieron muchas pruebas de ésas, no era nada nuevo para mí. Tal vez saqué una puntuación muy alta y eso los convenció de que sería receptivo al implante, pese a mi postura escéptica y racional.

–Pero mataron a Inocencio XIV. –Hill estaba confundido–. ¿Por qué molestarse en hacerle creer lo de Santa Pelagia?

–Mire, Simon, porque tenía que ser así. ¿Ha advertido lo complicado que es su plan? Todo está calculado al milímetro. Si Inocencio XIV hubiese ratificado por completo los hechos de Santa Pelagia al tercer o cuarto día, ahora mismo habría muchos más católicos en Londres y en Roma. Pero, tal como han ido las cosas, esa «bendición oficial» no se ha dado hasta hace pocos días, por lo que el número de católicos previsto probablemente no se alcanzará.

–¿Roma?

–Ése tenía que ser el lugar donde yo congregase a mis seguidores –dijo Deauchez con dolor–. Lo vi en la página del Cetro Rojo. Yo tendría que haberme ocupado de casi toda Europa. Daunsey fue designada para Irlanda, Escocia e Inglaterra.

–¿Y Santa Pelagia era para los católicos de Estados Unidos y de Centroamérica?

–Exacto. Yo podía haber «enganchado» a muchísimos de ellos, pero me negué. De todos modos, ahora van hacia Roma. Cuando estaba en la celda, oí a dos guardianes que bromeaban acerca de las bendiciones del nuevo Papa. «Demasiado poco, demasiado tarde», decían. Pero tendrá un profundo impacto en los católicos.

–Lo sé. Lo he leído. –En esos instantes Hill sintió compasión y una cierta culpabilidad por su comportamiento. No había pensado en la situación en que quedaba Deauchez al ser elegido profeta de Santa Pelagia–. Siento... siento mucho que su mensaje no llegara al Vaticano. Sé cuánto significaba para usted.

–Al menos, hice que perdieran algo de tiempo –dijo Deauchez con desdén.

Permanecieron un rato callados, perdidos en pensamientos sobre los esfuerzos inútiles realizados como náufragos en la costa del deber.

–Entonces, ¿cómo explica que no haya creído? –insistió Hill–. Es obvio que esa noche usted vio algo. En Sedona le dijo a ese tipo que no sabía...

–Le dije que se fuera al demonio. Literalmente.

–Pero ¿por qué? Si eso no va a desencadenar...

Con un aire afligido, Deauchez alzó una mano para interrumpirlo.

–Es una larga historia, Simon.

Hill miró de soslayo al sacerdote, pero sus rasgos se habían perdido definitivamente en la oscuridad. Dudó unos instantes y luego preguntó:

–¿Tiene algo que ver con su abuela?

–¿Cómo sabe eso? –preguntó entonces Deauchez, que se había dado la vuelta, sobresaltado.

–Bueno, después de conocerlo, busqué información sobre usted. Esto... lo lamento.

Sin embargo, Deauchez ni lo culpó ni lo absolvió. Se volvió hacia la ventanilla y dijo:

–Ser un escéptico no significa que uno no tenga imaginación, Simon. A veces significa que tienes que luchar contra una gran imaginación.

Su voz se quebró un poco y Hill no lo presionó. Esperó y, al cabo de un rato, el cura empezó a hablar.

–Mi padre era francés y mi madre húngara. Ella murió cuando yo era muy joven. A mi padre le afectó tanto que permitió que mi abuela se hiciera cargo de mí.

»Mi abuela era campesina. Durante generaciones, sus familiares se habían ganado la vida como videntes y adivinos. Creía que teníamos un don especial para comunicarnos con los muertos, un talento que se heredaba, como los ojos castaños o las narices largas. Ella pensó que era su deber enseñarme a usar ese talento para que pudiera ganarme la vida.

–Extraño –murmuró Hill.

Deauchez inclinó la cabeza como para decirle que eso no era nada, que había mucho más.

–Los primeros recuerdos que tengo de mi abuela son de cuando intentaba convencerme de que hablase con los espíritus. Solía hacerlo de noche, en la cama. Yo dormía en su cama. Siempre tenía la habitación a oscuras.

Hill se mordió una uña. No estaba seguro de si quería seguir escuchando el resto de la historia.

–Yo estaba aterrorizado. –La voz de Deauchez era uniforme, pero había emoción oculta detrás de ella, como el agua detrás de una presa–. Mi padre lo supo cuando yo tenía siete años. Fui a visitarlo y cuando era la hora de despedirme me eché a llorar y le pedí que me pusiera a salvo. Mi abuela se resistió. Aquello se convirtió en una famosa batalla legal, dados los tiempos que corrían. Supongo que ahora estas cosas son más habituales, pero en aquella época y en Épinal, mi lugar de origen, no lo eran.

Pronunció las palabras con toda simplicidad, pero sus sentimientos al respecto eran complicados. Hill esperó mientras Deauchez contemplaba el paisaje nocturno y recobraba la compostura.

–Mi padre ganó el caso y ella murió. Se suicidó. Murió ahorcada.

–Tuvo que ser terrible.

–Sí; la verdad es que durante esa época lo pasé muy mal. Creía que ella volvería de la muerte y me perseguiría. Que incluso me mataría. Yo sólo tenía siete años. Tuve que declarar en un juicio por qué no quería vivir con ella, contar las cosas que hacía y que me asustaban. Secretos de sangre, lo llamaba ella. Estaba sentada en la sala de audiencias y me miraba como si yo... estuviera orinando en el árbol genealógico.

El cura se volvió para mirar a Hill, con unos grandes ojos negros, como pozos de oscuridad.

–Yo la quería, Simon, aunque me aterrorizaba.

–Estoy seguro de que sí.

–Y cuando murió, supe que yo la había matado... –Calló.

–Eso es terrible –adujo Hill con gran sentimiento. Era una manera de verlo tan propia de los estadounidenses que Deauchez se echó a reír. La tensión se relajó un poco.

–Después de eso, mi padre tuvo que dormir un año conmigo, cosa que a su nueva esposa no le gustaba nada, se lo aseguro. Y aun así, me despertaba diez veces cada noche, gritando. Creo que sí, creo que mi madrastra lo convenció de que me enviara a otro sitio.

–¿Y qué ocurrió entonces? ¿Lo superó?

Deauchez asintió con la cabeza.

–Cuando tenía ocho años descubrí la religión. Una tía me llevó a la iglesia. ¿Cómo describirlo? En esos momentos me pareció magia, magia bondadosa. Mantuve largas conversaciones con el sacerdote. Me dijo que podía expulsar a los malos espíritus con la luz de Dios, y me enseñó a rezar.

Hill notó que la voz del sacerdote se quebraba con aquellos recuerdos.

–Me tendía en la oscuridad y rezaba sin parar. Si llenaba el cerebro con la plegaria, los espíritus no se entrometían en mis pensamientos. Me sentía como si creara una especie de «burbuja mágica» alrededor de mí. Sé que suena ridículo.

–A mí no me lo parece –comentó Hill. En la infancia también había formado sus propias burbujas mágicas.

–Cuando crecí, advertí que esto sólo era una imagen mental, no una magia real, pero que era efectiva. Mire, cuando uno está muy asustado cualquier alivio es bueno.

–Comprendo. Halló protección en la religión y por eso se hizo sacerdote. Entonces, ¿cómo es que ha terminado siendo un escéptico, si no le importa que se lo pregunte?

Deauchez tardó unos instantes en responder. Alargó la mano y la puso en el hombro de Hill, como para darle fuerza o para transmitirle un poco de calor humano.

–No sólo mi abuela me decía que en la oscuridad había cosas. –La voz de Deauchez estaba cargada de una extraña emoción.

–¿Ah, no?

–No, Simon. Yo las veía.

–¿Qué veía?

–¿Espíritus, demonios, monstruos? –Deauchez hizo un gesto lastimero–. Fueran lo que fuesen, las plegarias eran como un talismán mágico que los alejaba. Pero hacia los once o doce años comencé a pensar en ello. A esa edad es cuando nos formamos nuestras opiniones del mundo, ¿no? Es cuando empezamos a discernir entre la fantasía y la realidad.

Hill asintió.

–Hasta entonces, yo creía que los espíritus estaban allí, y me protegía de ellos con las plegarias. Pero mi mejor amigo se burló de mí. «Los fantasmas no existen», me dijo. Sí, y otros dijeron lo mismo. Pregunté a mi padre y a mi maestro. «Esas cosas no existen», dijeron.

»Y como era un chico curioso, y quería ser normal, empecé a examinar mis propias creencias. Mire, tengo recuerdos, recuerdos muy claros... Pero por aquella época llevaba tiempo luchando para no verlos y ya no estaba seguro de si los había visto o no. Tampoco quería intentar verlos de nuevo. Temía que, si lo hacía, volvería a verlos.

Hill seguía con la vista clavada en la carretera y los labios fruncidos con aire pensativo.

–Para mí, se convirtió en una obsesión. ¿Existían o no tales cosas? Empecé a leer todo lo que encontré sobre ocultismo, historias de fantasmas, etcétera. Luego, en la universidad, descubrí la psicología. ¡Era un nuevo tipo de talismán! Los libros me decían que no había visto cosas reales; que era mi mente subconsciente que proyectaba arquetipos junguianos, que era mi complejo de Edipo que intentaba apaciguar a mi abuela, que era sugestión hipnótica, alucinación colectiva. Entonces, la psicología se convirtió también en mi coraza.

–Pero ¿la psicología no chocaba de pleno con sus creencias religiosas?

–Ay, Simon –respondió Deauchez tras un suspiro–. Nuestras motivaciones nunca son tan sencillas. En los últimos días he pensado mucho en ello. Me gustaría decirle que me hice sacerdote porque tenía fe y creía que el hombre necesitaba a Dios para ser moral, para ser justo, para ser bueno... aun cuando todo fuera una ilusión. El ejemplo de la vida de Cristo, ¡cuánto amor verdadero y pacifismo enseña! Podría decirle que yo creía en la fe de una manera intelectual, siempre y cuando no cayera en la histeria, no se hundiera en las oscuridades profundas. Pero también amaba a la Iglesia. Allí me sentía a salvo, seguro con los rituales y las velas y el coro. Tal vez, la verdad más grande sea que el escudo que me proporcionaba la psiquiatría se ha resquebrajado y debajo todavía vive el niño que necesitaba magia para mantener alejados a los fantasmas.

Llegado este punto, Deauchez calló. Hill ajustó el espejo retrovisor y manipuló distraído algunos botones del vehículo para darle algo de intimidad.

–Creo... –dijo el sacerdote con una voz que había recobrado la firmeza– que mi preparación universitaria y el trabajo que hice en el Vaticano me encaminaron hacia un mismo objetivo: investigar lo sobrenatural para poder demostrarme a mí mismo, una y otra vez, que no existía, que no debía tener miedo.

El cura soltó un hondo suspiro, y en él había algo de liberación, como si la putrefacción hubiera salido por fin a la superficie y los lugares afectados por ella pudiesen empezar a curarse.

–Agradezco su sinceridad, padre –dijo Hill al tiempo que le daba una cariñosa palmada en la pierna–, pero tengo que decirle que es la historia más jodida que jamás he oído.

–Tendría que leer los diarios de Freud –rió Deauchez–. Sus pacientes sí que estaban realmente jodidos. En comparación, yo soy la persona menos jodida del mundo.

Doblaron un recodo de la carretera y aparecieron las luces de Phoenix a sus pies, como un valle tachonado de estrellas brillantes.

–Y ni siquiera tuvo que pagar veinte años de terapia –apuntó Hill.

–Cierto –dijo Deauchez. Puso la mano abierta sobre el parabrisas como si quisiera tocar las luces de la ciudad–. Pero me parece, Simon, que la factura de esto todavía está por llegar.

En una zona rural de Iraq

Desde el cumplimiento de la primera profecía, la del escudo de Alá, Mal Abbas se había convertido en un gran héroe entre sus gentes. Las noticias de su éxito se divulgaron a toda prisa; Hadar no era el único que conocía las reglas del juego. En esos momentos, la gente pugnaba en las calles por trozos que astutos vendedores afirmaban que eran sus ropas. Hadar estaba prácticamente olvidado y Abbas casi sentía lástima por él.

Pero no del todo. Durante el resto de su vida, Abbas siempre recordaría aquel momento: el momento en que el radar había dejado de funcionar y su miedo se había convertido en victoria, ese momento en que Hadar había perdido su pose burlona y había sido presa del pánico. Él, Abbas, se había jugado el cuello por Alá y Alá no lo había abandonado.

Había llegado el momento de analizar la segunda profecía.

Abbas supo reconocer la sabiduría del ángel: los otros líderes islámicos nunca aceptarían la proposición. Ni siquiera después de la exhibición de poder que había realizado durante la invasión china; ni que volviera el propio Mahoma y se lo ordenara. No eran tan fuertes como él, no estaban dispuestos a jugarse el cuello. La fe de esos líderes no era la fe del pueblo. El pueblo lo seguiría a cualquier sitio, Abbas lo sabía. Y por eso no había hablado con Hadar y los demás.

China, por supuesto, estaba muy dispuesta. No era a los chinos a quienes les tocaba correr el riesgo y, por otro lado, sabían que debían actuar. Europa hacía retroceder a las Fuerzas Árabes Unidas. La invasión china había sido un éxito, pero se encontraba en un punto muerto. La plaga apocalíptica de Alá había aparecido en China y en Oriente Próximo. Para terminar con Occidente se requería algo drástico, y Alá había dado la clave a Mal Abbas.

Había salido a inspeccionar sus progresos. Hacía tres días, un discreto convoy había recogido un cargamento que había dejado un avión chino en un aeropuerto abandonado. En esos momentos, Hadar estaba en la sala de mando. Abbas le había dado algo que hacer y le había permitido dirigir las tropas para alimentar de ese modo su necesidad de protagonismo. Hadar creía que aún conservaba el mando, pero en realidad lo único que Abbas quería era tenerlo ocupado. A Abbas le importaba muy poco la guerra contra los europeos. El poder residía sólo en las profecías.

Cuando llegó al enclave, a Abbas le complació su aspecto. La rampa de lanzamiento estaba situada en una zona boscosa, y era imposible verla hasta que te topabas con ella. En el enclave estaban sus hombres, antiguos compañeros de trincheras. Radicales, guerreros de Alá como él. También ellos estaban dispuestos a jugarse el cuello.

–Hemos realizado todas las pruebas –le dijo Kamar. La pasión de Kamar eran los explosivos y estaba radiante por poseer uno de aquel tipo–. Se han superado todas con éxito. El sistema ha sobrevivido de manera espléndida a la reubicación.

–Bien. ¿Y los demás?

–También. No necesitaremos utilizar ninguno de los dos que tenemos de recambio.

Abbas asintió, complacido, pero por dentro el tamaño y el frío poder de aquel aparato lo asustaban un poco.

–¿Y la comprobación de objetivos?

Kamar le mostró el ordenador portátil que había llegado con el cargamento.

–Esta localización de objetivos tiene un ECP, o error circular probable, de un kilómetro y medio –alardeó–. Eso significa que podemos elegir cualquier metro cuadrado dentro de su alcance y dará en el blanco. Y en el peor de los casos, es decir, si todo sale mal, explotará en un radio de un kilómetro y medio del objetivo.

–¡Asombroso! ¿Y todos nuestros objetivos están dentro de su alcance?

–Por supuesto. Podemos mandarlo a quince mil kilómetros de distancia.

Cuando aparecieron los mapas, Abbas suspiró, expectante. Allí estaban los nombres de las ciudades que tantas veces había oído mencionar: San Francisco, Chicago, Liverpool, París. Si lo deseaba, podía destruir la que quisiera. No obstante, los planes de Alá aún eran mejores.

–Se trata de conectar las bombas a la interfaz y de cargar el programa de órdenes –dijo Kamar–. Entonces sólo es cuestión de apretar un botón. ¿Estás seguro de los objetivos?

Abbas se tapó la boca con una mano temblorosa. ¿Seguro? Oh, sí, estaba seguro. Había mentido a los chinos, claro; había accedido a los objetivos que le habían indicado a cambio de las bombas. Cuando las hiciera estallar, se darían cuenta de que la visión de Alá era mucho más perfecta que la de ellos.

–Y... Alá lo ha prometido. ¿No habrá represalias?

Kamar lo miraba a los ojos con intensidad. Esa pregunta entrañaba una dificultad de no haber sido por el brillo de los ojos de Kamar. No se cuestionaba la profecía, más bien deseaba escucharla de nuevo, como una mujer que quisiera que le recordaran lo mucho que la amaban.

–No... no habrá represalias –respondió Abbas, con una enunciación clara y deliberada. A él también le emocionó el sonido de sus palabras–. Y ahora, ¿marcamos los objetivos?

Búnker presidencial, Fairfax, Virginia

Esa noche, cuando llegó Peter, Cole había puesto al día su agenda. A decir verdad, le interesaba poco más. El señor Ashe escoltó a Peter hasta el despacho y cerró la puerta a sus espaldas. Al instante, su hermano se quitó el casco Racal y lo tiró a un sillón de cuero. Era uno de los pocos que tenían permiso para entrar y salir del búnker a voluntad, pero el precio que debía pagar por ello era el traje, siempre y cuando hubiera alguien mirando.

–Ya está todo preparado –informó Peter–. Las cifras de la sexta señal se han superado en todas partes, salvo en Roma y en El Paso, claro. Pero en Roma las cifras van aumentando.

Se sirvió un vaso de agua de la jarra que estaba sobre la estantería, luego se acercó al escritorio y se sentó.

Cole permaneció impasible al otro lado de la mesa, con las manos unidas y los dedos hacia arriba.

–Se han superado, ¿hasta qué punto?

–En un cien por cien, en algunos casos. Para Sedona habíamos previsto unos tres o cuatro millones y ya son el doble y siguen creciendo. En el campamento de Stanton hay aún más gente.

Peter continuó citando cifras, pero Cole ya las sabía. Había dedicado las últimas horas a consultar datos en el servidor del Cetro Rojo. Alzó una mano para hacerlo callar.

–Se te ve muy complacido por ello, Peter. Me parece que no comprendes. Esas previsiones eran sólidas como una roca.

–¡Claro que sí! –dijo Peter, apaciguador, como si el problema fuera el ego de Cole–. Las cosas han salido mucho mejor de lo que habíamos previsto, eso es todo, pero no es un problema. Las vacunaciones han cesado tras alcanzar los objetivos fijados. Todos los grupos de la HAI se han retirado o suministran placebos. Y en cuanto a la afluencia masiva a lugares como el campamento de Stanton... eso significa que lograremos nuestro objetivo mucho más deprisa. Hace unas horas realizamos unos cálculos grosso modo. Si nos basamos en las cifras de esos sitios y en los muertos de los recientes terremotos, podemos alcanzar nuestro objetivo en tres semanas.

Peter estaba entusiasmado, como si aquello fuera un gran éxito. Cole no podía creer que su propio hermano fuera tan necio. Era inútil hacerle comprender. Cole se frotó los ojos, cansado.

–Dejemos eso por ahora. Quiero saber qué han dicho en la conferencia del Consejo Científico. ¿Has contactado con alguien, tal como te he pedido esta mañana?

–Sí. El doctor Morton ha presidido la reunión. Estaba presente todo el mundo salvo Gounot.

–¿Y?

Peter ya no estaba tan seguro respecto a esas noticias.

–El consenso es que tiene que haber sido una cuestión de suerte. Puede haber actividad sísmica en cualquier momento. Y resultó que ese momento ha sido ahora.

–¿Están seguros de que no tiene nada que ver con los pakistaníes?

–Los pakistaníes no pueden haber provocado nada de eso. Nada de lo que nosotros hemos hecho puede haberlo provocado.

Peter parecía obstinado, con la confianza del ignorante. Cole reprimió el deseo de zarandearlo.

–Pues yo no me lo creo –replicó Cole con voz tensa–. En realidad, ¿sabes lo que creo?

–¿Qué?

–Que las grandes mentes científicas del Cetro Rojo quieren que este problema desaparezca, eso es lo que creo. No tienen la primera clave y por eso fingirán que no existe.

Peter sacudió la cabeza.

–Pero... todos los modelos han demostrado, basándose sólo en las leyes físicas, que la explosión nuclear de Hungría no ha podido provocar las erupciones volcánicas del Pacífico. ¡Y mucho menos los terremotos de esta mañana en la Costa Oeste!

–Y, sin embargo, eso es lo que sucede.

Peter sacudió la cabeza con terquedad; no cuestionaba los hechos, sino la insistencia de Cole.

–¿Y qué más? –Cole hundió las mejillas–. ¿Qué más ha salido mal?

Peter se ruborizó y se miró las manos. Lo hacía siempre que tenía que decirle a su hermano mayor algo que se negaba a aceptar.

–Bueno, se trata de Deauchez y Hill. Ayer, Hart y sus hombres encontraron el coche. Recuperaron las jeringuillas. Una estaba vacía. Seguramente la habían utilizado para el propio Hill.

Cole esperó.

–Entonces Hart y sus hombres volvieron al pueblo a buscarlos. Y hoy allí en Sedona ha habido un terremoto. Hart debió de volver al coche...

–Sigue.

–Lo han encontrado hace unas horas. Muerto de un disparo.

Por unos instantes, Cole no se atrevió a hablar por miedo a perder el control de sus nervios. Luego, con una extraordinaria calma, dijo:

–¿Deauchez y Hill han pasado una semana en Sedona y acabamos de enterarnos? ¿Y ahora han huido de nuevo?

–Anthony –dijo Peter, afectado, al tiempo que alzaba la vista–, ya te he dicho cuántos millones de personas hay en Sedona. Y hasta ayer no supimos si esos dos habían ido allí o no.

–Y ahora, ¿dónde están?

–No lo sabemos.

–Me has fallado, Peter. Todo el equipo me ha fallado.

–¡No! No te preocupes por Hill y Deauchez. Nadie los creerá. Y casi no hay periódicos en la red ni cadenas de televisión por falta de personal. Los atraparemos, pero son inofensivos, créeme.

Cole no respondió a aquella excusa inútil. Estaba muy enojado. Sabía, sin embargo, que Peter sólo era un estúpido, que no era un auténtico problema. A él mismo se le había escapado algo, se le escapaba incluso en aquel momento.

–Ya casi hemos terminado, Anthony –insistió Peter–. ¡Ya te lo he dicho! ¡Lograremos el objetivo en tres semanas! Entonces podremos repartir el antídoto y construir el Nuevo Mundo. Deberías estar orgulloso, Anthony.

–¿Orgulloso? –rió Cole, incrédulo.

–¡Todo va bien! ¡En serio!

Cole no se molestó en corregir a su hermano. Le costaría toda una vida. Cuando Peter se marchó, llamó al señor Ashe.

–Quiero que encuentre los nombres de los científicos más prestigiosos de Estados Unidos especializados en seísmos. Los mejores. Tráigalos, señor Ashe. Deprisa.

–¿Sí, señor presidente? –El señor Ashe parecía confuso.

Cole captó el tono de interrogación y comprendió que no se había explicado con toda claridad.

–Los mejores, señor Ashe, que no pertenezcan al Cetro Rojo.

–Sí, señor presidente. Ahora mismo.

Ciudad del Vaticano, Roma

McKlennan abrió la puerta de la oficina del cardenal Donnelley. Su tez rojiza tenía ronchas debido a la tensión.

–Por Dios, Brian. Me moriré esperándolo. ¿Por qué tarda tanto?

Donnelley, con un aspecto desaliñado absolutamente impropio de él, metía papeles en un portafolios.

–Perdóneme. Sé que tenía que haber estado preparado hace días, pero no tuve tiempo. Espere un momento.

–¡Brian Donnelley, tenemos que marcharnos ahora mismo!

–De acuerdo. –Donnelley parpadeó asombrado ante su visitante con aire distraído–. Sí, déjeme sólo que...

Abrió un último cajón y miró en su interior, pero su rostro inexpresivo no parecía captar el contenido.

–¡Teníamos que haber partido anoche! –le recriminó el cardenal McKlennan.

–Pero quedaba mucho por hacer y no podíamos encontrar un coche que viniera a buscarnos. ¿No fue eso lo que me dijo? ¿Ya ha conseguido el vehículo?

–¡Sí, maldita sea! Tuve que ofrecer una recompensa cuantiosa debido a la gran cantidad de gente que hay. Vamos, nos esperan en la entrada de los museos.

–¿Tan cerca? –Donnelley estaba alarmado–. ¿Podrá entrar el chófer?

–¡Tendrá que hacerlo! Le he ofrecido una fortuna, pero no esperará ni un segundo si no somos puntuales. ¡Vamos!

Con manos temblorosas, Donnelley cerró el portafolios. El cardenal McKlennan lo agarró de la manga y lo sacó, impaciente, de la habitación.

Recorrieron los pasillos de los apartamentos Borgia y salieron a los jardines, camino de la Pinacoteca. Los andares de Donnelley eran inestables, sin coordinación, y McKlennan tuvo que sujetar a su viejo amigo por el codo para que no cayera. Unos sacerdotes, un obispo, una monja que servía las cenas, todos saludaron a Donnelley por su nombre. El cardenal fingió no oírlos. Pasaron junto a la Academia Pontificia de Ciencias y en la distancia vieron los edificios que albergaban los más grandes tesoros artísticos de la tierra.

A cada paso que daba, Donnelley se sentía más débil.

–Tenga fuerza –le susurró McKlennan. Miró a su amigo con aire preocupado y finalmente lo vio. Vio que aquella mañana la lentitud de Donnelley se debía a algo mucho más profundo que la abulia y la confusión mental–. ¡Tenga fuerza!

Llegaron a la Pinacoteca y rodearon el edificio. Detrás había un patio y al otro lado se encontraban las salidas de los museos egipcio y etrusco. Pero los pasos vacilantes de Donnelley se habían vuelto mucho más lentos, hasta que finalmente se detuvo del todo, con la fuerza de voluntad exhausta y extinta como el resorte de un juguete mecánico de cuerda.

Jadeante, sin querer seguir avanzando, buscó refugio en un banco de piedra cercano.

–No puedo –dijo con voz entrecortada–. No puedo más.

McKlennan miró alrededor con nerviosismo. Allí no había nadie, no los miraba nadie... de momento. Su rostro denotaba impaciencia y deseos de apaciguar a Donnelley, aunque sólo fuera por la conveniencia de hacerlo. Se sentó junto a él.

–Escuche –le dijo–. Es ahí, un poco más adelante. Pronto estaremos en el coche y saldremos de Roma. Se sentirá mejor cuando estemos lejos de aquí.

Donnelley sacudió la cabeza. Su rostro se veía viejo. No se parecía en absoluto al joven vigoroso con el que McKlennan había trabado amistad hacía años.

–No, John. Para mí se ha terminado. No me queda nada. La causa me lo ha quitado todo. Ya no me queda maldad... ni fuerza de voluntad ni deseo. ¡Oh, Dios mío!

Para horror de McKlennan, Donnelley empezó a llorar. Aunque derramaba lágrimas silenciosas, tenía el rostro desencajado de pura angustia.

–¡Eso no es cierto! –le recriminó McKlennan en voz baja–. Mire en su interior. Seguro que encuentra la fuerza necesaria para llegar hasta el coche. Lo único que tiene que hacer es poner un pie detrás de otro y apoyarse en mí. Yo lo llevaré.

–No lo comprende –consiguió articular Donnelley, con la respiración entrecortada por los sollozos–. Prefiero quedarme.

–¡No lo dirá en serio!

Donnelley alzó los ojos y miró a McKlennan con total aflicción.

–¡Mire a su alrededor, John! Esa gente... esas obras de arte de valor incalculable... Si éste es el precio que hay que pagar, entonces el hecho de quedarme significará que he comprendido del todo la pérdida. ¡Sí, la comprendo!

–¡Es usted un estúpido! Usted sabía cuál era el precio; todos lo sabíamos. Y también sabía que era la única vía.

–Pero ya no tengo valor para seguir adelante. Lo he perdido todo. Cualesquiera que sean las atrocidades que haya cometido, serán las últimas.

–¡No se haga el mártir!

McKlennan consultó su reloj. Estaba muy, muy enfadado. Furioso por la debilidad de Donnelley, pero también porque sentía que la cobardía del cardenal lo absorbía, le mermaba la fuerza de voluntad y la convicción e intentaba arrastrarlo a un camino que iba al infierno.

–Brian, voy hacia el coche. Si no viene conmigo ahora mismo, lo dejaré aquí.

La cara de Donnelley estaba contraída de dolor e indecisión, pero afirmó:

–¡Váyase, John, váyase!

McKlennan se marchó y dejó a Donnelley llorando en el banco de piedra. Pasó a toda prisa ante los museos y salió por la puerta principal. Fuera de los muros del Vaticano no vio otra cosa que gente, riadas de gente por todas partes. No había coches, ni taxis, ni vehículos de ningún otro tipo. Consultó de nuevo el reloj. Llegaba con cinco minutos de retraso, pero no creía que el coche ya hubiese estado allí o fuese a llegar. No, la masa de gente era demasiado densa, incluso allí, al otro lado de las paredes de la plaza de San Pedro.

Había subestimado la logística y había permitido que Donnelley lo retrasase. Tendría que haberse marchado el día anterior o dos días antes, con los demás cardenales. Con la piel brillante del sudor que le provocaba el miedo, sabía a ciencia cierta que el asunto se le había ido de las manos. Furioso, empezó a abrirse paso entre la multitud.

Alrededores de Thompson, Utah

Will Puma viajaba en el tren que lo conducía hacia el sur, más allá de Salt Lake City. A pie, incluso en coche, no habría llegado tan lejos. En la carretera interestatal 15 el tráfico estaba casi parado. Cada vez que el tren pasaba junto a ella veía lo mismo: una carretera atestada de coches que circulaban a la velocidad de un caracol. A menudo, los conductores se rendían y aparcaban en el arcén. En muchos de estos vehículos debía de haber gente muerta, ya que los cristales estaban manchados con la sangre y la masa encefálica de quienes sufrían el último ataque del Santarém.

Pensó que era lógico que aquellos coches resultasen inútiles, que no sirvieran para ayudar a la gente a escapar. La gente se había acostumbrado tanto a escapar... Sin embargo, aquello no le produjo demasiada satisfacción.

El tren enfiló hacia el este y él se apeó y caminó unos kilómetros más. Luego, esperó en la intersección de la 70 este/oeste con la carretera 191 en dirección sur. Tenía en las manos un cartel que él mismo había hecho. En él se leía: NUEVO MÉXICO.

Por la 70 circulaban algunos coches, pero ninguno tomó la desviación hacia el sur.

Allí, en aquel remoto lugar de seco paisaje, todo lo que veía era un gran cementerio. Había una máquina excavadora aparcada en uno de los laterales. Con ella se había abierto un amplio surco y en su interior se apilaban los cadáveres. Unos hombres cubrían la fosa con barro. Alrededor de ella, pero algo alejados, por el olor o por el temor al contagio, estaban los familiares de los muertos. Todos ellos, incluso los niños, llevaban los rostros cubiertos con mascarillas de papel.

Algunos de los enterradores advirtieron la presencia de Will Puma. Tal vez sospecharon de él porque no llevaba la mascarilla. Sin embargo, nadie se le acercó.

Un modesto Volkswagen de color rojo y con matrícula de California dobló hacia el sur y redujo la marcha para detenerse junto a él. El polvo que habían levantado las ruedas impedía la visión, pero al cabo de unos instantes distinguió a un joven hispano de no más de diecinueve años que le abría la puerta del pasajero.

–Sube –le dijo. Will Puma lo hizo.

Al principio, el chico se limitó a conducir y no dijo nada. Will Puma también calló. Luego, el chico le preguntó:

–¿Cómo te llamas?

–John –mintió Will Puma.

El chico lo miró con unos claros ojos castaños.

–¿De verdad? Pues te pareces un poco a ese profeta indio. Ese que ha salido en los periódicos.

–Ya me lo ha dicho otra gente.

–¿Adónde vas?

–Hacia el sur.

–A Nuevo México, dice tu cartel.

Will Puma asintió.

–Tengo amigos cerca de Las Cruces. ¿Vas hasta allí? –preguntó el muchacho.

–Hasta Las Cruces, sí.

–Mis amigos tienen un rancho.

–Eso está bien. Un rancho es una buena cosa.

Al chico se le soltó la lengua y empezó a hablar, sin pensar, como hacen los estúpidos.

–Salí de Los Ángeles hace un par de días. Allí hay demasiados enfermos. No puedo creerlo. ¿Te has enterado de lo del terremoto? Lo he oído por la radio. Me alegra haberme marchado de allí.

Will Puma emitió un gruñido.

–Hace unas semanas, mi madre se llevó a mis hermanos y hermanas pequeñas a Santa Pelagia. Yo no quise ir. Luego, algunos amigos míos lo cogieron..., el virus. Entonces decidí ir a México a reunirme con mi familia, pero la frontera está cerrada. ¿Sabías que la frontera está cerrada?

Will Puma emitió otro gruñido.

–Después he pensado que podría quedarme un tiempo con esos amigos de Las Cruces, ¿sabes? Y luego bajar hasta Texas.

Por ahí tiene que haber alguna manera de cruzar la frontera. Me han contado que es posible hacerlo. ¿Tú qué opinas?

–Creo que si quieres ver a tu familia, tienes que ir a México de inmediato –respondió Will Puma tras pensarlo unos instantes–. Lo antes que puedas.

El chico calló. Will Puma no lo miró, pero captó que sus palabras lo habían impresionado. A menudo, la verdad provocaba ese efecto.

–¿Te importa que ponga la radio? –preguntó el muchacho.

–Ponla, si quieres –respondió Will Puma, aunque sí le importaba.

El chico lo hizo y no sonó otra cosa que un ruido terrible. Hizo girar el dial una y otra vez en busca de algo. Finalmente encontró una emisora de radio de Salt Lake City en la que rezaban unos hombres de raza blanca.

Will Puma se recostó en el asiento y cerró los ojos. Sabía que el chico lo había invitado a subir al coche porque se sentía solo. Había parado porque necesitaba alguien con quien hablar. Sin embargo, Will Puma no podía ayudarlo en aquello, tenía cosas que hacer más importantes que hablar. No se encontraba en la choza sagrada, sus pies ni siquiera estaban apoyados en la tierra, pero las cosas se movían muy deprisa. En esos instantes no podía permitirse ser quisquilloso.

El apremio de todo ello lo ayudó. A veces pensaba que nunca había abandonado del todo el mundo de los espíritus. Se sumergió en él y pronto se olvidó de la plegaria de la radio, del chico y del coche. Se sumergió y buscó la imagen que aún veía. El día anterior la había visto, arqueada sobre las montañas, confusa y brillante. Se frotó los ojos y desapareció. Y aquella mañana la había visto de nuevo desde el tren, suspendida sobre los coches de la autopista en el claro cielo de la mañana. No era real, era una visión, y él tenía que descubrir su significado.

Por eso se sumergió otra vez en busca del arco iris.

Capítulo 25

Día 25
Sierra Blanca, Texas
04.30 hora local, 11.30 hora de Greenwich

El amanecer llegaba con lentitud, y era claro y muy frío. Unas altas luces halógenas iluminaban el aparcamiento de un gran edificio de ladrillos que, en su tiempo, debió de ser una escuela. En el solar, con capacidad para unos cien vehículos, sólo había media docena. El Lexus estacionó en uno de los espacios cercanos a la puerta. En el porche, un hombre se puso en pie y bajó los escalones para recibirlos. Era un tipo pequeño y de piel oscura, completamente calvo y vestido con una túnica de color azafrán que le dejaba un hombro al descubierto.

A Deauchez lo invadió una sensación de pánico y curiosidad a la vez. Abrió la puerta del coche y comenzó a caminar hacia el hombre antes de que Hill hubiese apagado el motor. Oía sus propios pasos en el asfalto como si estuvieran muy lejos y los colores de la túnica del hombre brillaban llenos de significado. Al sacerdote le pareció que llevaba mucho tiempo esperando aquel momento. La esperanza salió a la superficie de una manera tan inesperada y poderosa que Deauchez temió por su cordura. Por lo que sabía, aquel hombre era una bomba de relojería, el último profeta del Juicio Final. Y, sin embargo, en cierto modo, intuía que realmente no lo era.

Se encontraron bajo una de las farolas. El hombre era mucho más bajo que Deauchez. Unió las manos e inclinó la cabeza a modo de saludo. Esbozó una sonrisa con una boca en la que faltaba algún diente y lo miró con un rostro de anciano, sincero como el de un niño.

–¡Hola! ¡Encantado de verlo! –dijo con un ligero acento asiático.

Tomó la mano derecha de Deauchez entre las suyas y la estrechó. Su tacto era suave y cálido.

–Buscamos a Lamba Rimpoché.

–Bien, pues ése soy yo. –El hombre soltó una risita y saludó a Simon Hill con la misma cordialidad y alegría–. ¡Pasen, pasen! Entren a la cocina y prepararé un té, ¿de acuerdo? Tendremos que caminar de puntillas porque todos los demás duermen, ¿comprendido?

–Hum... lamentamos haber llegado tan temprano –dijo Hill; miraba intrigado a Deauchez mientras subían las escaleras–. Hemos tenido suerte de haberlo encontrado despierto.

–Oh, ya sabía que venían. Llevo tiempo esperándolos y por fin ya están aquí. ¡Gracias a Dios!

Búnker presidencial, Fairfax, Virginia
07.00 hora local, 12.00 hora de Greenwich

Había pasado una mala noche, sólo consiguió dormir una de las cuatro horas que había decidido dedicar al sueño. Y además lo habían despertado temprano, tal como él había pedido. En aquellos momentos, mientras se preparaba para lo que le esperaba, ya iba por la segunda taza de café. Sería un día agotador. Le esperaba un día terrible, la parte más peligrosa de todo el plan. ¿Cumpliría Abbas? De momento, Janovich había fallado por completo con dos profetas. Y luego estaban las incógnitas, como la reacción de China, por ejemplo. En situaciones como aquélla, las reacciones podían ser imprevisibles. Habían estudiado con atención todas las variables y, aun así, corrían cierto riesgo.

Los golpecitos en la puerta sonaron unos minutos antes de lo previsto. Dejó la taza en el plato con mano temblorosa y dijo:

–¡Adelante!

Entró el señor Ashe y le dijo que habían encontrado a tres de los mejores sismólogos, tal como había pedido. Arqueó las cejas como para destacar la importancia de la petición. Los científicos tenían muchas ganas de hablar con él. Cole miró asombrado a Ashe. No era eso lo que esperaba. Consultó su reloj.

–Ahora mismo, no –dijo Cole–. Tal vez más tarde.

El señor Ashe se quedó sorprendido y Cole lo notó. En su agenda matutina no había nada y había mostrado mucho interés por hablar con los científicos. Sin embargo, el señor Ashe no dijo nada. Nunca se le ocurriría llevar la contraria a Cole, por eso lo había nombrado para el puesto.

No habían pasado ni cinco minutos cuando volvieron a sonar unos golpes en la puerta. En esta ocasión eran las personas que Cole esperaba: tres hombres vestidos de militares seguidos por un pálido señor Ashe. Al mando de ellos estaba el general Starkey, un cuatro estrellas que había pertenecido al Servicio de Inteligencia Naval, el recambio oficial del general Brant, nombrado por Cole. Con él iban dos de sus tenientes.

–Señor presidente –dijo Starkey con una voz sombría y un leve acento de Boston–, lo necesitamos en la sala de mando.

Cole se puso en pie con una sensación de *déjà vu*. ¿No le había ocurrido ya algo así? En su imaginación sí, y también en sus sueños, por supuesto. Siguió al general y al pasar por la sala de espera vio a tres hombres sentados con portafolios y mapas. Uno de ellos intentó llamar la atención de Cole, pero el señor Ashe lo hizo callar.

Aunque no respondió, Cole se fijó en los hombres y supo que eran los científicos cuya llegada había anunciado el señor Ashe. Cole los imaginó como las tres brujas de Macbeth, apiñadas junto a su hediondo caldero mientras llamaban a gritos al futuro rey. Sintió un deseo hipnótico de mirar en su negro puchero, de probar su extraño brebaje, pero eso tendría que esperar.

En la sala de mando, Starkey señaló el puesto central y dijo:

–Señor presidente, por favor.

El puesto central de la mesa estaba ante una inmensa pantalla curvada. En la sala había ya unos treinta hombres, entre militares, personal civil y miembros del gabinete. Todos ellos estaban en sus habitaciones y se les había reunido en el búnker. Se situaron alrededor de una barandilla de caoba curvada y miraron hacia la pantalla como griegos vestidos con traje y corbata contemplando el despliegue de las tropas troyanas.

En la pantalla había un mapamundi. A la izquierda se hallaba Estados Unidos. A la derecha, al otro lado del Atlántico norte, Europa, el norte de África y Oriente Próximo. Los ojos de Cole encontraron los cuatro puntos brillantes de color rojo sobre las aguas azules del mar Negro y el pulso se le aceleró.

–Señor presidente –dijo Starkey–, hace unos noventa segundos nuestras estaciones de detección de misiles balísticos de Groenlandia, Inglaterra y Alaska han detectado cuatro lanzamientos. Sugiero que pasemos al DEFCON 1, el estado de alerta defensiva.

Los ojos de Starkey estaban llenos de tensión y de determinación. Como Cole, comprendía mejor aquellos hechos de lo que cualquiera habría esperado. Pero Cole y él seguirían el guión tal como estaba escrito, al pie de la letra, por el bien de los que estaban en la sala y no sabían nada, y por el bien de aquel momento histórico. Cole dio un paso hacia la pantalla y puso su blanca mano en la barandilla de caoba para sostenerse. Experimentó una sensación de calma temporal, como cuando finalmente llega un acontecimiento por el que te has preocupado mucho y dejas atrás todas las posibilidades de alteraciones.

–De acuerdo –dijo.

La sala estaba bañada en una luz roja. En lo alto de la pantalla aparecieron las palabras «DEFCON 1» al tiempo que sonaba una sirena y luego se detenía.

–¿Quién los ha lanzado, general?

–Han sido lanzados desde ubicaciones remotas. Probablemente han utilizado plataformas móviles. Uno ha salido de Turquía, el otro de Siria y dos de Iraq. Los cuatro puntos de lanzamiento se hallan a orillas del Éufrates. Están en la capa más alta de la atmósfera, lo que significa que son de largo alcance, misiles balísticos intercontinentales. En otras palabras...

–Y tal vez vienen hacia aquí.

–Eso me temo. Los árabes no poseen intercontinentales, eso significa que los han comprado. Por el círculo polar estamos a su alcance y ahí es adonde van. Muéstrele la trayectoria, teniente.

El mapa cambió y apareció el mundo visto desde el círculo polar. Y sí, la línea desde Iraq a la Costa Este de Estados Unidos que en esos momentos se veía pasaba por encima del mar Negro y de Rusia. Rozaría Suecia y Dinamarca y tocaría el extremo de Groenlandia. En su trayectoria también cruzaban parte del territorio canadiense antes de que impactara en el centro de Nueva Inglaterra.

–General, señor, uno de ellos está perdiendo altura –dijo el teniente Harker desde su consola.

Starkey miró la pantalla con la mandíbula tensa.

–Iba a decir que fácilmente podrían virar hacia Europa. Ahora eso parece posible.

–El primer ministro británico Allen está en la línea dos, a la espera de hablar con usted, señor presidente –intervino el señor Ashe.

–Un minuto, señor Ashe. ¿Podemos abatirlos, general?

–Improbable. Nuestros programas PAC-3 y HAWK son operativos con misiles de corto alcance como los SCUD. Los misiles intercontinentales van a demasiada altitud y son demasiado rápidos. Y tal vez su tecnología los haga intocables. La verdad, señor presidente, es que aún no sabemos de qué son capaces esos pájaros rusos. Ni sabemos qué carga llevan, maldita sea. En el peor de los casos podrían llevar hasta diez cabezas nucleares por misil, cada una dirigida a un objetivo distinto y con una intensidad de veinticinco megatones o más.

–¡Mierda! –exclamó uno de los miembros del personal.

–¿Sabemos en qué lugar de Europa caerá, general?

–El misil que está cayendo ha empezado a desviarse hacia el sur, señor presidente –respondió Harker–. De momento, puede caer en cualquier punto del continente.

–Enseguida sabremos más –intervino Starkey. En su comentario había una ominosa ironía.

–Menos de diez minutos para el impacto si el objetivo es Europa –confirmó Harker–. Veinte minutos para Estados Unidos.

–Voy a responder a esa llamada ahora mismo, señor Ashe.

Ashe pulsó un botón en la consola principal.

–Adelante, señor presidente –dijo.

–¿Primer ministro Allen?

–Sí, señor presidente. Aquí estoy.

Allen parecía ansioso, pero al igual que el dignatario estadounidense, dispuesto a afrontar la situación.

–Estoy en la sala de mando. Nuestros corazones están con usted.

–Gracias, presidente Cole. Estamos preparados para una respuesta masiva, Francia también lo está. Y no vamos a esperar a saber dónde caen esas bombas o si caen.

–Desde luego.

–¿La respuesta de ustedes también será inmediata?

Cole miró a Starkey. El general tenía los labios fruncidos en una mueca siniestra. Asintió con firmeza, lo mismo que el resto de los presentes.

–Sí –respondió Cole–. Pero debemos coordinar nuestros esfuerzos, primer ministro. No necesitamos llenar de radiaciones la mitad del planeta.

–De acuerdo.

Cole miró el mapa y sintió que perdía la calma por momentos. Las cosas parecían ir bien, pero el acontecimiento estaba tan cerca... Notó un cosquilleo en los dedos y se los frotó; los tenía helados.

–Enfoquen Oriente Próximo, por favor.

La pantalla hizo un zoom para mostrar Oriente Próximo con gran detalle. Los lugares de origen de los cuatro misiles estaban señalados con brillantes puntos azules a lo largo del Éufrates.

–Es absurdo que seamos ingenuos –dijo Starkey–. Ellos han iniciado el ataque nuclear. Tenemos que asegurarnos de que no lancen otro.

–Señor presidente, no podemos perjudicar a Israel –dijo en voz baja el secretario de Estado Johnson.

Cole se llevó un dedo a los labios e inclinó la cabeza, como si estuviera calibrando seriamente la cuestión, pero enseguida dijo:

–Atacaremos todos los objetivos militares primarios y secundarios. Ustedes, primer ministro, podrían encargarse de Siria y de Turquía y nosotros de Irán y de Iraq.

–No hay ningún misil procedente de Irán, señor –señaló el teniente Harker.

–Nadie ha dicho que lo hubiera, teniente –lo reprendió Starkey.

Harker calló.

–No atacaremos Jordania ni Líbano –prosiguió Cole–. Están demasiado cerca de Israel. De hecho, primer ministro, cuando ataquen Siria, háganlo hacia el noroeste.

–De acuerdo, señor presidente.

–¿Y el resto de la alianza? –preguntó Starkey–. ¿Egipto, Libia, Arabia Saudí, China?

–En Arabia no hay nada que merezca la pena volar, salvo los pozos de petróleo, y lo que debemos hacer es mantener la radiación localizada. Y en cuanto a China... No han sido los chinos los que han lanzado las bombas, pero si los atacamos responderán con todo lo que tengan. No, creo que no. Sin embargo, ponga su inteligencia en estado de máxima alerta, general. Tendremos que calibrar cuidadosamente la reacción de Li.

–Sí, señor presidente.

–¿Y usted qué opina, primer ministro?

–Estoy de acuerdo. Nosotros cubriremos Turquía y Siria. No tendremos compasión. Y ahora... ahora debo irme.

Los puntos luminosos se habían separado de modo apreciable. Dos de ellos seguían con la trayectoria hacia Estados Unidos y los otros dos se dirigían hacia el sur, uno más acusadamente y el otro de forma más moderada. Los ojos de Cole estaban pegados a ellos y el corazón le latía con fuerza.

–Buena suerte, primer ministro.

–Malditos árabes –murmuró Harker con amargura mientras el

Reino Unido cortaba la comunicación. En su voz había un deje de rabia histérica.

Por alguna razón, aquel tono caló hondo en Cole. Aunque pensaba que estaba preparado, que comprendía lo que estaba ocurriendo hasta hacía un minuto, la verdad de todo ello se le hizo más evidente, como unos prismáticos bien enfocados. Vio los puntos brillantes a través de los ojos de Harker y sintió, en medio de una turbación horrible, la violencia absoluta de lo que estaba a punto de suceder.

–El código de autorización, señor presidente –lo instó Starkey.

Cole se volvió y tomó las llaves que le tendían.

Baltimore, Maryland
12.00 hora de Greenwich

Mientras Anthony Cole contemplaba el despliegue casi pirotécnico de los misiles balísticos intercontinentales entre el este y el oeste en el mapa, Peter Cole se encontraba en la sede central de Telegyn dedicado al control de otros vuelos programados. No podía seguirlos en el mapa porque sus objetivos eran aviones pequeños, a menudo alquilados por grandes sumas de dinero a campesinos que los utilizaban para fumigar los campos. Además, volaban bajo y dentro de las fronteras del país. De hecho, el que esos aviones no aparecieran en los radares era de lo más beneficioso.

Así, lo único que Peter podía hacer era ver, ansioso, cómo pasaba el tiempo. Aunque el papel público que desempeñaba era de menor importancia, estaba tan ansioso como su hermano. No tuvo que esperar mucho tiempo. Pocos minutos después de las doce, los pilotos empezaron a transmitir sus informes.

A las afueras de Kiev, uno de los pilotos había realizado varios pases sobre un campamento destrozado y el avión había rociado su líquido desde las boquillas que llevaba en las alas. A pesar de ser un avión fumigador volaba alto, y cuando el polvo llegó al suelo apenas podía ser detectado. De todas maneras, dijo el piloto, el campamento era un caos y los que allí se encontraban difícilmente sabrían lo que estaba ocurriendo. Casi nadie alzó la vista al cielo y los pocos que lo hicieron olvidaron el avión al momento.

Los seguidores del canadiense Walter Matthews habían prestado más atención al avión, ya que se trataba de tipos de tendencias militaristas, pero se limitaron a mirarlo. Como el aparato no llevaba distintivos del Gobierno ni de las Fuerzas Armadas, se quedaron tranquilos. Tal vez pensaron que era un avión que hacía inspecciones rutinarias en busca de incendios o un aparato que lanzaba un desinfectante. El piloto que había volado sobre el enclave del pastor Simnali, en Zaire, dijo que la zona era ya un caos humeante, pero que de todos modos había soltado el líquido. Los pilotos asignados a Sydney, Jerusalén, Iwamizawa, Singapur y Ciudad del Cabo informaron de que no habían tenido problemas. El avión que había sobrevolado Allahabad había hecho tres pases y aún le quedaba líquido para hacer uno más.

En Santa Pelagia, los millones de personas congregadas en el campo de los Sánchez y en los alrededores, probablemente estaban aburridas. Habían alzado la vista al cielo en el sol de media tarde y, al ver caer el polvo, habían estallado en vítores y aplausos. Tal vez, pensó Peter, alguien los había convencido de que era agua bendita.

Al parecer, a nadie se le ocurrió pensar que podía ser el Santarém.

Sierra Blanca, Texas

Entraron en la cocina. Era una estancia grande y en medio de ella había una mesa y unos taburetes. Deauchez y Hill se sentaron en ellos. Lamba Rimpoché les sirvió una taza de té con leche muy dulce y les sonrió e inclinó la cabeza en señal de respeto al tenderles las tazas. Luego cortó unas rebanadas de pan de una gran hogaza y las puso sobre la mesa.

–Esto es para que aguanten hasta que se despierte nuestro cocinero, ¿de acuerdo? –dijo Rimpoché como si temiera que fueran a desmayarse ante sus ojos.

Hill miró el pan con glotonería e incredulidad. Su mano se precipitó involuntariamente sobre él y agarró una rebanada.

En cambio, a Deauchez sólo le interesaba el monje. Rimpoché se sentó por fin, ajeno a la prisa del sacerdote.

–Usted estuvo en Santa Pelagia, México –empezó el cura.

–Oh, sí, claro que sí.

–¿Fue allí porque se lo dijo un sueño o una visión?

–Un sueño –respondió Rimpoché al tiempo que alzaba un dedo hacia el cielo.

–¿Y en Santa Pelagia recibió un mensaje?

Rimpoché los miró a ambos con la cabeza inclinada y un interés como de pájaro, pero se tomó un tiempo para contestar.

–Sí, creo que se lo voy a contar. Me informaron de que se acercaba el fin del mundo, ¿comprenden?

El monje miró a Hill y a Deauchez con aire expectante.

–¿Y le dijeron algo más? –preguntó Deauchez tras asentir.

–¿Le dijeron que pidiese a la gente que lo siguiera a algún sitio? –sugirió Hill.

–¡Sí! –El rostro de Rimpoché se iluminó con una sonrisa–. ¡Me dijeron que viniera aquí!

–¿Aquí? –Deauchez estaba asombrado.

–¿Y tenía que esperar un tiempo antes de decírselo a la gente? –insistió Hill.

–Hum... Creo que tenía que decírselo a los periodistas al cabo de cuatro días. Sí, era eso.

–Pero no lo hizo.

–No, no lo hice, está usted en lo cierto. –Rimpoché alzó ambas manos en un gesto de súplica–. En ese momento no lo consideré una buena idea.

El monje aún sonreía. Miró a Deauchez con ojos cariñosos, como si todo fuera de lo más sensato. El cura, en cambio, pensaba que el monje se había trastornado con su rueda de oraciones.

–No lo comprendo.

–Bien... –Rimpoché intentó recordar–. Ah, sí. Si lo hubiese dicho, la gente se habría preocupado, ¿no opinan lo mismo?

–Sí, la gente se habría preocupado.

–¡Sí, habría sido preocupante! A la gente no le gusta pensar en la muerte, ¿no es cierto? Y además, ¿por qué tenían que venir aquí? Esto está muy lejos de todas partes y estoy seguro de que la gente tiene otras cosas que hacer. ¿Comprenden? ¿Saben de dónde vengo?

Deauchez notó que en sus labios se formaba una extraña sonrisa.

–Pero ¿no consideró que el mensaje era como... como una orden, una orden de Dios? –preguntó Hill, con una rebanada de pan a mitad de camino de la boca.

Rimpoché quitó importancia a la pregunta con un gesto de la mano.

–Oh, señor Hill. Dios no habla de esa manera. –Soltó una risita–. No, Dios es una voz silenciosa aquí... –El tibetano se dio unas palmaditas en el pecho–. No es una cosa grande que te da como un mazazo en la cabeza.

Rimpoché lo demostró con un golpe invisible dirigido a un diminuto ser humano invisible sobre la mesa. Repitió el gesto varias veces, fingiendo ira y rabia, y luego se echó a reír como si aquello fuera lo más divertido del mundo.

Deauchez y Hill se miraron, incrédulos.

–Pero... pero si no fue Dios, ¿qué cree que fue? –le preguntó Deauchez.

–¿Qué fue? –repitió Rimpoché, al tiempo que se secaba las lágrimas. Su sonrisa se desvaneció–. ¿Qué fue? –Permaneció pensativo unos instantes y luego volvió a sonreír–. Fue ilusión, sí, amigo mío. Sí, pero piense que para los tibetanos todo es ilusión, todo es *maya*. Y por eso lo reconocí enseguida.

–Ah –dijo Deauchez sin comprender nada.

–¿Y eso es todo lo que han venido a preguntarme?

–No, bueno, sí, pero... ¿Qué planes tiene?

–¿Planes?

–Si sabe que el mensaje de Santa Pelagia no fue más que

una... una ilusión, ¿no se siente responsable de decirle a la gente que el Apocalipsis no va a llegar?

–¿Ah, no? –Rimpoché se puso serio.

–¡Usted mismo ha dicho que el mensaje de Santa Pelagia no era verdad! –exclamó Hill, impaciente.

–No. Lo que he dicho es que no fue un mensaje de Dios –respondió Rimpoché tranquilamente.

Ciudad del Vaticano, Roma
12.11 hora de Greenwich

El cardenal Donnelley se encontraba tumbado boca abajo ante un gigantesco crucifijo de la Capilla Sixtina. Se había lanzado literalmente a los pies de Dios, él, que había dedicado su vida al ateísmo, que había pronunciado miles de plegarias fingidas para engañar a sus compañeros clérigos. Dicen que en las salas de urgencias de los hospitales no hay ateos. Dicen que Voltaire pidió perdón a Dios en su lecho de muerte. Voltaire no era tan racionalista como para no poder cambiar de idea en los últimos instantes y Brian Donnelley tampoco lo era. Rezaba a nuestro señor Jesucristo, al que siempre había considerado un loco mesiánico y radical no muy distinto de otros de su época. Rezaba a María, aquella asombrosamente ilógica diosa-madre, a los santos y a los mártires, a cualquiera que pudiese ayudarlo.

Hubo un tiempo en que había creído que era un ser privilegiado por poder dedicar su vida a una buena causa, a una causa noble y necesaria. Nunca había creído en un poder superior al hombre, y sí había creído en el subterfugio de su trabajo y, en última instancia, en el sacrificio que el Proyecto Apocalipsis había exigido por el bien de la humanidad. Pero ya no sabía qué significaba eso. No veía más allá de los rostros de los hombres a los que había sujetado mientras McKlennan les inyectaba veneno en las venas. Monstruo. Villano. Había aprendido demasiado tarde que no tenía el coraje de un verdadero maquiavélico.

En aquellos instantes pedía que su inmolación bastase, que su propia sangre fuese suficiente para lavar sus pecados. No obstante, como Voltaire, lo enloquecía la idea de que eso no bastaba, de que nunca bastaría, de que ya le buscaban un rincón en las profundidades más terribles del infierno. Sollozó y gimió y suplicó piedad a seres de quienes siempre había sostenido que no existían. Y esos seres le daban la espalda.

Cuando descendió Gabriel, Donnelley se vio sorprendido por una intensa luz cegadora que superaba cualquier expectativa o experiencia. Era una luz tan intensa que Donnelley ni siquiera veía sus propias manos, que estaban en el suelo frente a sus ojos. Y después de la luz, como la noche sigue al día, se encontró en la oscuridad más absoluta.

Cuando Gabriel cayó, John McKlennan se hallaba a unos cuarenta kilómetros del Vaticano. También él vio la luz a través de las ventanas e incluso de las paredes de piedra de la casa donde se había refugiado. Pero para él esa luz no se desvanecería porque ardía en sus retinas. Sobreviviría unos días en un refugio donde había muchos otros como él. Dormiría en un suelo de cemento, con la manta pegada a su piel sudorosa, incapaz de moverse, incapaz de ver, incapaz incluso de pronunciar su propio nombre. *McKlennan*.

Era todo un veterano, era John McKlennan, y tardaría mucho tiempo en morir.

LONDRES
12.13 HORA DE GREENWICH

Cuando llegó la noticia, la hermana María Magdalena Daunsey se encontraba en el albergue de Londres, afrontando otra crisis de alimentos. Se dedicaba a repetir el viejo truco, tan bien realizado por Jesucristo, de alimentar a una multitud con comida sólo para diez personas. Daunsey cada vez comía menos. La mayor parte del tiempo andaba como extasiada de la energía pura que le proporcionaba la comunión mística. Se decía que los estigmatizados podían pasarse años sin comer. Daunsey también podía soportarlo. Bajo su negro hábito, las costillas y los huesos de las caderas eran cada vez más prominentes.

Fue la hermana Margarita la que irrumpió en la cocina diciendo cosas incoherentes acerca de algo que acababa de ver en la televisión. Entre tartamudeos, gritos y repeticiones de palabras, llegaron a la conclusión de que una bomba nuclear se dirigía a las islas británicas. Nadie sabía dónde caería. Todo el mundo tenía que acudir a los refugios, sobre todo los que vivían en Londres y otras ciudades importantes. Luego oyeron las sirenas que avisaban del ataque aéreo, un sonido que crecía despacio y que se extendía por todos los barrios como un coro de gemidos.

–Tranquilizaos –dijo Daunsey a las asustadas hermanas–. Hasta ahora, Dios nos ha librado de todo mal, ¿no?

Y Daunsey creía en lo que decía. No tenía miedo. Su presencia en Londres había mantenido a raya al enemigo hasta aquel momento; no tenía ningún motivo para pensar que la inmunidad de Dios acabaría allí.

Por eso, no bajaron al sótano del edificio. No buscaron el refugio antiaéreo más cercano de la larga lista de nombres y ubicaciones que aparecía en la pantalla del televisor. Pero sí fueron a la iglesia, que se encontraba a pocas puertas de distancia, con la hermana Daunsey a la cabeza y toda la orden detrás. En los últimos tiempos, vestía siempre el hábito negro de monja. Pensaba que el hábito inspiraba confianza a sus seguidores y para ella también era un consuelo. Aquella tela de algodón se había convertido en un símbolo que evidenciaba que era la esposa de Jesucristo. Una vez, una monja de su congregación había dicho que el hábito era un «buen disfraz» y ella la había reprendido con severidad, pero ciertamente lo era.

En las calles, los habitantes salían de sus pisos y sus madrigueras aturdidos por el miedo y la prisa, y se gritaban unos a otros y se daban instrucciones. Casi todos se dirigían a los refugios que la televisión había indicado. Los coches colapsaron la estrecha calle de dirección única. No obstante, algunos de los vecinos, al ver a Daunsey, abandonaron su recorrido y la siguieron. Cuando la monja abrió las puertas de madera de la iglesia había un centenar de personas a sus espaldas.

Dentro la iglesia estaba silenciosa y oscura. Se llenó enseguida. La propia Daunsey quería ir al altar, arrodillarse a los pies de la Virgen y rezar, pero no pudo hacerlo porque los que habían entrado tras ella la necesitaban. Allí estaba el padre Hardy. Hacía unas semanas, Daunsey y Hardy habían acordado una incómoda tregua. Después de intercambiar unas palabras, él se preparó para decir misa mientras ella, a la cabeza de la congregación, sacó su rosario y dirigió su celebración. Los que estaban en la iglesia y conocían las oraciones, la siguieron. Los que no las sabían, se arrodillaron, bajaron la cabeza y enviaron silenciosas plegarias por su supervivencia a cualquier Dios que conocieran. En el recinto el terror era palpable, pero las palabras de Daunsey, apasionadas, fuertes, resueltas, lo mantenían bajo control, como si fueran el látigo de un domador de leones.

Tal vez fue la oleada de emoción de la sala lo que la llevó al éxtasis, pues tras recitar tres Avemarías la hermana Daunsey entró en trance. Sintió el familiar y tan esperado picor en las palmas de las manos y en la frente. Su rostro estaba iluminado, paralizado, pero en algún lugar todavía consciente de su cerebro detectó la sensación resbaladiza de la sangre que empezaba a manchar sus dedos, oyó el sonido de las gotas rojas que colgaban de las cuentas de su rosario como perlas recién nacidas que caían al suelo.

Sus labios siguieron moviéndose, pero el volumen de sus palabras perdió intensidad hasta desaparecer. La hermana Francisca se acercó a ella. Reanudó la plegaria como si tomara el relevo de una antorcha olímpica y la hermana Daunsey pudo soltarse del todo.

–¡Ven, mi amado, ven! –rezaba. Veía de nuevo a la hermosa

mujer de Santa Pelagia. Y pidió que se le concediera la visión del propio Cristo. Él se le acercó, tan radiante y hermoso que la monja tembló y lloró, presa de una incontenible pasión–. ¡Déjame estar contigo. Concédeme un lugar bajo tu sombra en el paraíso, te lo ruego!

Rafael atendió su petición. Cuando descendió, llevó consigo la luz, la luz que Daunsey, en su éxtasis, había tomado por la luz de Cristo. Y después de la luz llegó un desgarrador olvido cuyas profundidades ella nunca había imaginado, pese a haber meditado en ellas casi todos los días de su vida.

Búnker presidencial, Fairfax, Virginia
12.25 hora de Greenwich

Mientras se lanzaban como medida de defensa misiles tierra-aire desde la base Hughes de las Fuerzas Aéreas, Cole miró el mapa con la mandíbula apretada. Los procedimientos normales así lo exigían y sus objetivos eran los dos misiles balísticos intercontinentales que quedaban. El que volaba a cinco mil metros de altura se acercaba a Estados Unidos por el centro de Canadá, y el otro se encontraba a unos siete mil metros sobre la bahía Goose y descendía muy deprisa.

Para alivio de Cole, los misiles tierra-aire no parecían demasiado efectivos. Tal como Starkey había señalado, lo eran contra aviones e incluso contra los misiles de crucero, pero a diez mil kilómetros por hora, los balísticos quedaban fuera de su alcance. Casi todos los misiles tierra-aire, tras perder la pista a su objetivo, cayeron sin causar daño alguno en el Atlántico. Los demás se estrellaron en zonas rurales de Canadá y se vieron en pantalla como pequeños puntos brillantes. Al parecer, ni se habían acercado a los misiles balísticos intercontinentales rusos, que proseguían su camino más deprisa que el Concorde, más deprisa que cualquiera de los aviones que poseían las Fuerzas Aéreas de Estados Unidos.

La bomba que caía en aquellos momentos se acercó un poco más. Cruzó la frontera y se dirigió a la zona norte del estado de Nueva York.

Emisión de la WWN
12.26 hora de Greenwich

La WWN retransmitía en directo desde la ciudad de Nueva York, que era un auténtico caos. Las calles estaban llenas de gente que gritaba y corría con violencia y desenfreno en su desespero por huir. Todos los puentes y túneles estaban colapsados por los vehículos. Tal vez habría sido mejor que la televisión no hubiese dado ningún aviso ya que no podrían escapar. En Nueva York había pocas salidas y todavía quedaba mucha gente: el contingente cada vez mayor de Harlem, así como los que habían sido elegidos u obligados a permanecer cerca de aquel centro comercial, financiero y editorial que era la ciudad. Los que habían podido marcharse lo habían hecho semanas atrás. Los que no habían podido, hacía tiempo que habían abandonado cualquier apariencia de civismo. Los conductores eran sacados por la fuerza de sus vehículos y otros ocupaban su lugar. Chocaban contra cualquier cosa, se subían a las aceras y arrollaban a personas y todo lo que se les pusiera por delante.

Y en todo el país, la gente miraba la televisión y esperaba, conteniendo el aliento.

El fuego del infierno estaba a punto de llegar.

Monte Kittatinny, Nueva Jersey
12.28 hora de Greenwich

Hacía diez minutos que Franklin le había contado a Stanton las noticias de la televisión. En esos instantes, Stanton se hallaba ante sus seguidores, en vivo y en directo desde el monte Kittatinny. Por fuera, él era la ira de Dios, por dentro estaba jubiloso. El horario previsto de su aparición ante las cámaras coincidió con el ataque de los misiles. Stanton sabía que esas bombas eran la sexta señal, no cabía ninguna duda. Pensó que la primera bomba caería en Nueva York o en Washington. Y la otra en Los Ángeles, aquella ciénaga de pecados de celuloide, o en San Francisco, la Sodoma de los tiempos modernos.

En realidad, no le importaba dónde cayeran las bombas, aunque, de haber podido elegir, habría preferido que la primera cayera en Washington. Nueva York estaba demasiado cerca y tal vez se verían afectados por las radiaciones. Además, Washington se lo merecía.

Sin embargo, el reverendo Raymond Stanton fue lo bastante misericordioso como para permitir que Dios eligiera Nueva York, si era eso lo que quería. Al fin y al cabo, las señales estaban a punto de terminar. Mal Abbas arrasaría Europa y atemorizaría a Estados Unidos con sus bombas. La batalla de Armageddon en Israel comenzaría en cualquier momento, quizás incluso aquel mismo día. Y Stanton había atraído a mucha más gente de la que había deseado. Casi todos habían llegado después de lo ocurrido con el sol, y habían acampado no sólo allí, sino en la carretera y también en Rockaway y en Montville. Estaban en la recta final y el Arrebato tal vez se produciría al tiempo que caían las bombas y él salía en televisión. ¡Qué gran testimonio! Ni esos científicos ignorantes podrían negar lo que verían.

Se encontraba subido a aquella roca que ya le era tan familiar y predicaba, rezaba y entonaba cánticos, que la multitud seguía. En su sermón hablaba del Anticristo, de la invasión de Estados Unidos y del Arrebato. No obstante, de lo que más hablaba era del destino que aguardaba a los que no aceptaban a Jesucristo como su salvador personal. El infierno, aquel tormento eterno, decía Stanton, no era una alegoría. El infierno era fuego que todo lo disolvía. Carecía de la misericordia de las bombas porque su tormento duraba y duraba y duraba...

–¡Cúmplase tu voluntad!

Stanton estaba cada vez más excitado y ya hablaba soltando salivazos cuando el equipo dejó de funcionar. En un abrir y cerrar de ojos, la luz roja de la cámara se apagó. Llamó a Franklin. ¡En aquel momento tenían que estar en el aire! Era una gran final y Franklin había perdido el balón.

A las doce y veintinueve hora de Greenwich Stanton seguía gritando al equipo técnico y el primero de los dos misiles intercontinentales, el Uriel, cayó en Estados Unidos. Su epicentro no fue Washington ni la ciudad de Nueva York, sino que se detectó a cien kilómetros al noroeste, en el monte Kittatinny.

High Point Park, Stanton y todos sus cristianos fundamentalistas se desintegraron en un fuego más ardiente que el que Dante había previsto. Sus moléculas se separaron como si la materia hubiera olvidado qué las mantenía unidas, y todas las partículas salieron despedidas en direcciones distintas. Átomos de tierra, de roca, de árbol, de hierba y de sangre humana celebraron una reunión ecuménica en aquella nube atómica que se alzó en el lugar donde había estado la cima.

Y, como el propio Stanton había prometido, todos los presentes fueron arrebatados.

Búnker presidencial, Fairfax, Virginia
12.35 hora de Greenwich

Cole contempló cómo la última bomba, apodada Metatron, se desplazaba sobre Estados Unidos. Parecía dirigirse a Los Ángeles o a cualquier punto de California, pero las lecturas de altitud indicaban que volaba demasiado bajo para ello. Empezó a descender sobre Montana, siguió bajando y cruzó Idaho con rumbo hacia el sur. Era como el juego de pasarse la patata caliente, o lo habría sido si los que estaban abajo hubiesen podido seguir la dirección de la bomba. Cuando pasó por encima de Logan, Utah, volaba lo bastante bajo como para que los que estaban en la calle vieran su estela blanca.

Salt Lake City no estaba en la lista de las zonas que tenían que ser evacuadas. Allí se habían congregado unos nueve millones de peregrinos, y aunque se les hubiese dicho que se marcharan no habrían llegado demasiado lejos. ¡Nueve millones! Según los datos de Cole, sólo había cinco millones de mormones en la Costa Este de Estados Unidos, por lo que los demás tenían que haberse desplazado allí desde la Costa Oeste o los estados del sudoeste. Con las manos en el borde de la consola y la sala en completo silencio, Cole vio que el lector de altitud caía vertiginosamente y entonces se produjo el brillo de la explosión, justo en el objetivo previsto.

Cole suspiró y cerró los ojos. Todos los objetivos habían sido destruidos. Había esperado aquel momento durante mucho tiempo, con sentido del deber e incluso terror. Pero ya no tenía miedo. La pérdida de vidas humanas era terrible, claro, pero en esos momentos sólo experimentó una increíble sensación de poder, de triunfo total. No había sido una pequeña hazaña.

Y sus consecuencias tampoco lo serían. Sabía perfectamente lo que harían las bombas. Conocía incluso sus números de serie. Una de procedencia estadounidense había sido incluida en la transacción con los rusos. Con unos planes tan estrictamente trazados, no podían permitir que a Abbas se le dieran cacharros inútiles.

Cada uno de los cuatro ángeles era una bomba de veinticinco megatones. En Salt Lake City, la gente se habría arrodillado mientras caía la guadaña de la Metatron. De los nueve millones, sólo se habrían salvado los que estaban más lejos del epicentro. Salt Lake City había desaparecido. La conflagración había sido tan intensa en el lugar que sólo quedaban cenizas. En un radio de cuarenta kilómetros, el viento y el calor de la explosión produjeron una furiosa tormenta de fuego. A ochenta kilómetros, los cristales de las ventanas se rompían y ardían los combustibles. Y a ciento veinte kilómetros, en Logan, los habitantes de la ciudad volvían la cabeza en dirección a ese sonido terrible, un sonido tan profundo que les hacía rechinar los dientes. Los que estaban al aire libre sentirían un aliento caliente que les alborotaría los cabellos y les rozaría las mejillas con un dedo acariciador y venenoso.

Y fuera del alcance de ese aliento, se produciría el nacimiento del nuevo milenio.

Centro de mando de las Fuerzas Árabes Unidas, alrededores de Bagdad
12.45 hora de Greenwich

Cuando Alá liberó a sus cuatro ángeles, Mal Abbas decidió presenciarlo desde el centro de mando de las Fuerzas Árabes Unidas. Ni Hadar ni nadie podrían hacer nada al respecto una vez se hubieran soltado, y él quería verlo todo en el mapa. También quería estar allí cuando se cumpliera la segunda profecía, cuando Alá le diera la victoria en presencia de Hadar y de todos los demás.

Poco después de lanzar los ángeles, uno de los técnicos de radar los captó. Frenético, se los mostró a Abbas, pero él se limitó a sonreír. Los oídos le zumbaban y nada de lo que le rodeaba parecía real. Él había liberado a los ángeles.

Las cosas se complicaron más. Alguien descubrió que cuatro misiles balísticos habían sido disparados desde territorio árabe, dos de ellos dentro de su propio país. Abbas observó las pantallas con sonrisa perversa y les dijo que era la voluntad de Alá. Alá iba a arrasar a los infieles.

Fueron a buscar a Hadar, que llegó corriendo hasta las consolas y con las mejillas encendidas de ira gritó a Abbas:

–¿Qué has hecho?

Pero Hadar tampoco parecía real. En esos instantes no importaba lo que hiciera. Sería como el zumbido de una mosca. Abbas siguió sonriendo y le dijo que era la voluntad de Alá. Alá iba a arrasar a los infieles.

Como era de esperar, Hadar empezó a hablar de las represalias. Era un idiota y un cobarde. Alá los protegería, del mismo modo que había protegido la invasión china. Eran los *elegidos* de Alá. Se lo dijo a Hadar, pero él lo miraba como si se hubiese vuelto loco. Y cuando las huestes de puntos brillantes aparecieron en la pantalla, primero desde el Reino Unido, después desde Francia y a continuación desde Estados Unidos, decenas y decenas de ellos, Hadar soltó maldiciones, deliró y blasfemó. Todo aquello se lo dijo al profeta de Alá.

Pero, en cierto modo, esas palabras tampoco eran reales. Los puntos brillantes sí lo eran. Abbas no dejaba de sonreír. Le dijo a Hadar y a todos los demás que mirasen, que Alá detendría las bombas en pleno vuelo, que las borraría del cielo con la misma facilidad con que un niño borraba un dibujo en una pizarra. Todos miraron a la consola, pero los puntos brillantes cada vez estaban más cerca.

Por un instante, pensó que Hadar le pegaría un tiro. El psicópata sacó su revólver y se lo clavó en la cara. No obstante, ni siquiera eso era real; le estaba ocurriendo a otra persona. Y cuando Abbas rió, Hadar se asustó. Retrocedió y enfundó el arma al tiempo que murmuraba una blasfemia o una plegaria. Y, luego, Hadar echó a correr. Todos corrieron y Abbas se quedó solo en la sala de mando. Sin perder la sonrisa, sin dejar de mirar aquellos puntos brillantes.

Sin dejar de esperar que desaparecieran.

Sierra Blanca, Texas

–¿Qué quiere decir? –preguntó Deauchez, incrédulo–. ¡Las profecías son falsas! ¡Esto no es el Apocalipsis!

Lamba Rimpoché intentó sonreír, pero en los últimos minutos su cara se había puesto cada vez más pálida.

–Queridos míos –respondió con calma–. En los últimos tiempos se han cumplido muchas señales y profecías, ¿verdad?

–¡Pero... son sólo manipulaciones del Cetro Rojo! –Deauchez tenía el ceño fruncido, como si intentara articular sus pensamientos–. Quieren hacer creer a la gente que...

Rimpoché se llevó un dedo a los labios.

–Tengo una adivinanza para ustedes, ¿de acuerdo? ¿Están preparados? ¿Qué fue primero, la gallina o el huevo?

El monje miró a Hill con aire inteligente y el reportero se sintió confundido. No se trataba de que no entendiera lo que el monje decía; lo que ocurría era que no sabía si quería entenderlo. Deauchez también se había quedado callado.

Rimpoché se puso en pie despacio, como si todo su cuerpo fuese de cristal.

–Perdonen, por favor –dijo–. Tengo que salir fuera un momento. Ha habido... –Respiró hondo–. Oh, por todos los cielos, muchas almas acaban de ser liberadas.

Deauchez y Hill intercambiaron miradas llenas de aprensión.

–¿Lamba Rimpoché? –preguntó Hill.

El monje, sin embargo, ya se dirigía a la puerta trasera. Parecía tener cien años.

–El televisor está en la habitación de al lado, amigos.

Abrió la puerta y se marchó.

Deauchez y Hill se levantaron de un salto a la vez y se dirigieron hacia el televisor. Fuera estaba a punto de salir el sol y, cuando se sentaron alrededor del aparato, ante unas imágenes llenas de interferencias, dos monjes bajaron la escalera. Señalaron a los desconocidos y hablaron de ellos en tibetano. Hill no les prestó atención; iba moviendo los diales para encontrar alguna señal. Llegaron más monjes.

Pronto se sintieron atraídos por lo que se veía de manera intermitente en la pantalla. Todos se congregaron alrededor del televisor y se arrodillaron como si se tratase de una gran fiesta a escala internacional.

–Oh, Dios mío –dijo Hill, cuando la imagen se aclaró.

No podía aceptar lo que veía.

–S'il vous plaît, s'il vous plaît, non –susurraba Deauchez.

Aunque todavía no tenían imágenes, una presentadora de la WWN, conmocionada y con los ojos enrojecidos, dijo que Roma, Londres, el monte Kittatinny y posiblemente Salt Lake City, aunque aún no lo sabían con certeza, habían sido destruidos en un ataque con armas nucleares. Oriente Próximo estaba siendo devastado en un holocausto total de represalias.

Los monjes empezaron a entonar cánticos fúnebres. Deauchez se puso a gritar. No paró, no quería parar. Hill lo agarró por el brazo primero y, luego, se vio obligado a inmovilizarlo con una llave muy parecida a la que había utilizado con Tendir, para evitar que se desgarrase la cara con las uñas y se arrancase el cabello. Hill lo agarró por detrás y le sujetó los brazos contra el cuerpo; mientras, Deauchez seguía gritando. Hill lloraba y las lágrimas le resbalaron por la cara hasta llegar a la nuca de Deauchez.

–No pasa nada, no pasa nada, no pasa nada –le repetía al oído.

Pero, por supuesto, sí pasaba.

Capítulo 26

Día 26
Búnker presidencial, Fairfax, Virginia

Cole no se había acostado desde el inicio del ataque nuclear. La sala de mando exigió su atención durante horas, quería comprobar si se habían lanzado más misiles, desde Oriente Próximo o desde China. Después del placer inicial de ver que los cuatro misiles habían dado en sus respectivos blancos, Cole había sido presa de algo que no era exactamente miedo, sino más bien los nervios de un padre primerizo.

Sin embargo, no se lanzaron más misiles. Li, siguiendo las instrucciones de Tsing Mao Wen o su propio instinto de conservación, decidió no unirse a la conflagración. Y tampoco se lanzaron más misiles desde Oriente Próximo, ni siquiera los dos de que disponía Abbas como refuerzo. Entonces se llegó a un punto en el que ya no se lanzarían más misiles ni aviones desde Oriente Próximo. Nunca más.

Cole había tenido que escuchar los partes de daños y atender las llamadas de los líderes mundiales, entre ellos la de Levi, el mesías de Israel. Hasta media tarde, Cole no pudo hacer lo que creía que debía hacer: tomar el avión presidencial con rumbo hacia el norte para ver los daños con sus propios ojos.

Al acercarse al lugar donde había estado el monte Kittatinny, lo que vio fue un páramo negro y carbonizado. Cole contempló la devastación con una profunda y sincera pena. No porque deseara que aquello no hubiera tenido lugar, sino porque había sido necesario hacerlo, y se sintió como un padre severo después de imponer un merecido pero duro castigo. El parque y sus alrededores eran una gran herida venenosa. A muchos kilómetros del epicentro había árboles desnudos caídos por el suelo unos encima de otros, como un círculo de tallos aplastados en un campo de trigo. Y más allá seguían en pie, negros y astillados, como dientes mellados en la boca de un esqueleto inmolado. Cole no sentía mucha simpatía por los seguidores de Stanton; los teológicamente inocentes que habían muerto en la región eran las consecuencias de la guerra, desafortunadas pero inevitables. No, su corazón no sufría por los que habían muerto allí, sino que lamentaba lo ocurrido a los árboles.

En el discurso que pronunció a la nación desde el mismo avión y que fue retransmitido por la WWN, Cole apareció terriblemente conmocionado. Aseguró a sus ciudadanos que la guerra terminaría pronto. Oriente Próximo había pagado con creces las consecuencias de su violencia y la alianza árabe probablemente se rendiría. De hecho, Benzo Zahid, cuyo pequeño país, Jordania, igual que Israel, estaba muy próximo al infierno de Iraq, había ofrecido su rendición incondicional.

Luego aparecieron imágenes en directo tomadas por los aviones estadounidenses que sobrevolaban Oriente Próximo. Mostraron los daños causados por el contraataque estadounidense, británico y francés. En esas imágenes, no se veía nada con vida.

El propio presidente Cole había dado el visto bueno para que la WWN difundiera esas imágenes. Pensó que ayudarían a los estadounidenses a consolar su dolor con la venganza. Creyó que tenía que demostrarles que era él quien llevaba las riendas, que ganarían la guerra si no la habían ganado ya.

Pero los estadounidenses que veían esas imágenes de la WWN no lo interpretaron de esa manera. La gente fue presa de una sensación de peligro universal que lo único que consiguió fue que los que pagaban las bombas con sus impuestos se sintieran aún peor. Era cierto que los estadounidenses no comprendían las anticuadas culturas de los países musulmanes. Era cierto que esos países habían atacado primero, pero corrían tiempos en los que era Dios quien vigilaba. Corrían tiempos en que el planeta Tierra era un lugar muy pequeño. Tiempos en que todas y cada una de las malas noticias inclinaban la balanza de la razón un poco más hacia el esperpento, y lo que veían eran realmente malas noticias. Lo que mostraron las imágenes era que habían vivido una guerra nuclear y que tal vez aún la estaban viviendo. Lo que las imágenes les mostraron fue que millones de seres humanos habían muerto, y que había sido su presidente quien había apretado el gatillo.

Sierra Blanca, Texas

Hill se había instalado en una silla plegable junto a la cama de Deauchez. Era un puesto de vigilancia propio de un familiar cercano, y se mantuvo en él toda la noche, lleno de determinación. No era consciente de hasta qué punto había llegado a depender de Deauchez, de su orientación y de su tenaz persistencia.

Aunque... sí tenía cierta idea. Deauchez le había salvado la vida no una vez, sino tres o cuatro. En esos instantes, Hill se veía impotente para cerrar esa herida de desesperación que se había abierto en el cura. No sabía cómo consolarlo ni qué más podía hacer, excepto ofrecerle su compañía. Todas las palabras de esperanza que le pasaban por la cabeza sonaban falsas. No había esperanza de ningún tipo. Sin embargo, no se movió de su lado.

Justo después del amanecer, Lamba Rimpoché entró en la habitación con una bandeja con un tazón de sopa. Saludó a Hill con una leve inclinación de la cabeza y se acercó a Deauchez. Por la manera en que se sentó en el borde de la cama, Hill intuyó que el tibetano quería intimidad, aunque no la había pedido. El reportero salió al pasillo y entornó la puerta.

El día anterior, había sido Rimpoché quien había tranquilizado a Deauchez. Había vuelto del exterior con aquel aire calmado que lo caracterizaba. En aquellos instantes, el cura había dejado de debatirse, pero Hill no se atrevía a dejarlo solo porque Deauchez tenía el rostro contraído en una mueca de dolor, como si se le hubiese quedado un grito atascado en la garganta. Y cada vez que Hill se separaba de él, el cura empezaba a gritar de nuevo, con una voz desgarrada y brutal.

Rimpoché se había sentado en el suelo junto a ellos. Se había inclinado y había tocado la cara de Deauchez con las puntas de los dedos, trazando líneas en ella al tiempo que hablaba con una voz tranquila y melódica. Hill no estaba muy seguro de si hablaba o cantaba, pero, al cabo de un rato, el rostro del cura se relajó. Cerró los ojos y se durmió. Llevaba durmiendo desde entonces y Hill esperaba que ese sueño permitiera a su cerebro construir puentes neurológicos sobre las fisuras que se habían producido en su razón.

Hill se sentó en el suelo, junto a la puerta de la habitación de Deauchez, para poder escuchar. Apoyó la cabeza contra la pared y cerró los ojos.

Lamba Rimpoché acercó la cuchara a la boca de Deauchez. Los ojos del cura lo miraban rodeados de unas terribles y amoratadas ojeras. Rimpoché hizo gala de infinita paciencia, con la cuchara esperando como un coche ante un semáforo en rojo. Al cabo de un rato, su persistencia dio frutos. Deauchez abrió la boca y Rimpoché empezó a susurrar una cantinela en voz baja.

–Puedo comer solo –dijo Deauchez, con una voz tan inanimada como los ojos de un tiburón.

–¡Cuánto me alegro! –exclamó Rimpoché al tiempo que le tendía la cuchara.

El tibetano reanudó su canción. La mano de Deauchez se movió como si fuera la de un autómata y consiguió llevarse una cucharada a la boca.

–¿Qué es eso que canta?

–¿Esto? Hum... Veamos. Estás aquí. Todo va bien. Todo es bueno. Dios está aquí. Sí, repite esto una y otra vez, algo así. –Rimpoché soltó una risita–. Los tibetanos no somos... ¿cómo decirlo? No somos buenos letristas.

Deauchez no sonrió y dejó caer la cuchara en el plato.

–No tengo hambre –dijo.

–Bueno, pues inténtelo de nuevo dentro de un rato, ¿de acuerdo? Lo he preparado especialmente para usted.

Rimpoché dejó la bandeja en la mesilla de noche.

Deauchez se recostó, con sus tremendos ojos clavados en el monje, mirándolo con inquietud.

–Estás aquí. Dios está aquí. Estás a salvo. Todo está bien.

Durante unos instantes, Deauchez siguió mirando fijamente al monje, pero sus ojos perdieron concentración a medida que su mente se adentraba en riberas más negras. Rimpoché no cesó de cantar y consiguió que Deauchez volviera a fijarse en él.

–¿Cómo puede seguir cantando así? –preguntó el sacerdote con amargura.

–¿Y por qué no habría de hacerlo? –preguntó a su vez el tibetano, tras hacer una pausa en su canción.

–Pues yo no puedo, no quiero.

–¿Por qué no?

–Porque he fracasado.

–¿De veras? –El monje inclinó la cabeza.

–¡Tenía que haber convencido al Papa de que todo era mentira! –Deauchez cerró los ojos con fuerza–. Si se lo hubiese dicho a los católicos, ninguno de ellos habría ido a Londres ni a Roma y no habrían muerto en esa horrible matanza.

–Comprendo. ¿Y qué le dijo al Papa?

–¡Le dije que no era verdad, pero yo no tenía ninguna prueba y él no me creyó!

–Querido mío –Rimpoché alzó las palmas de las manos–, ¿qué prueba podía darle salvo su propia convicción?

Deauchez se cubrió los ojos con el antebrazo. La desesperación lo envolvía como si fuera un intenso perfume.

–Yo también era uno de ellos... Uno de los veinticuatro. Como usted, tendría que haber advertido que se trataba de un engaño.

–Oh, yo no fui tan listo como usted cree. –Rimpoché puso una cálida mano en el pecho de Deauchez y le dio unas palmaditas–. Pero cuénteme qué le sucedió a usted.

Deauchez le reveló los detalles como había hecho con Hill en el coche.

–A decir verdad, la única razón por la que no creí en el origen divino de lo ocurrido en Santa Pelagia es que soy incapaz de tener fe. Incluso ahora, odio a Dios, cuando pienso que existe. Toda mi vida ha sido una hipocresía, y por ello he fracasado. Los demás lo aceptaron ciegamente porque creen en cualquier cosa. Yo lo rechacé ciegamente porque no creo en nada. Y puesto que no creo en nada, era inevitable que el Papa hiciera caso omiso de mi opinión. Toda mi vida, todo mi ser, ha provocado que llegara a este horrible lugar. Yo he matado a toda esa gente del mismo modo que lo han hecho ellos.

Deauchez cayó en un pozo de amarga rabia y conmiseración. Rimpoché lo dejó llorar un rato y cuando se calmó le dijo en voz baja:

–Está usted atrapado en su propio dolor y eso le limita la comprensión de los acontecimientos. Intente verlo todo de una manera global, ¿de acuerdo?

Deauchez cesó de sollozar.

–Usted y yo éramos dos de los elegidos para recibir ese mensaje. ¿No cree que lo eligieron por alguna razón? ¿No cree que lo eligieron por ser exactamente quien es y lo que es?

–¿Elegido por quién? ¿Por el Cetro Rojo?

–No, no me refiero a eso –respondió Rimpoché con un amago de firmeza en la voz–. Si hubiese ido otro sacerdote, lo más probable es que se habría comportado como los demás que recibieron el mensaje, ¿comprende? No lo sabemos a ciencia cierta, pero me parece improbable que otro hubiese logrado el objetivo que usted se marcó: ver a través de lo que sucedía y advertir lo que había detrás de ello en todo momento. Querido mío, no me considere un iluminado por lo que digo. Usted sabe mucho más que yo. Creo que por eso ha venido a verme, ¿comprende?

Deauchez se destapó la cara. Sus ojos, un poco más humanos, se clavaron en los del monje.

–Pero ¿y qué ocurre con Dios? ¿Cómo ha podido permitir

que sucediera todo esto? ¿Cómo ha permitido que el Cetro Rojo matase a toda esa gente cuyo único delito era creer en Él?

–Ah, eso es harina de otro costal –asintió Rimpoché con aire de sensatez–. ¿Está enfadado consigo mismo por no creer? Me parece que está enojado con Dios porque no lo considera merecedor de su fe. Permítame decirle algo. Cuando llegó, usted me preguntó por qué yo no había actuado. –Rimpoché sonrió–. A veces, las ideas de los occidentales me confunden. Mire: para la mente tibetana no existe esa idea de «actuar», del mismo modo que tampoco pensamos que debamos mover una montaña para poner una carretera en su lugar. Ustedes, los occidentales, sí piensan de esa manera, ya lo he visto. Dinamitan una montaña para hacer túneles. Nosotros, los tibetanos, la bordeamos.

De manera involuntaria, los labios de Deauchez esbozaron una leve sonrisa.

–Usted, amigo, ha intentado convencer a todo el mundo de que el Apocalipsis no iba a llegar. Ahora está frustrado porque no le han hecho caso. El problema es que sí va a llegar. ¿Comprende? ¿Sabe lo que digo? Usted opina que no fue Dios quien habló en Santa Pelagia y tal vez sea verdad. No obstante, Dios ha hablado.

–¿Qué quiere decir?

–El fin del mundo está aquí, por lo tanto, Dios ha hablado.

El rostro de Deauchez se contrajo de dolor.

–Pero... pero esto es muy injusto...

–Muchos han sufrido, es verdad, pero me temo que todavía falta lo peor. Nosotros, los tibetanos, creemos que el mal no se presenta con más frecuencia que el bien. Cavas un agujero y plantas una semilla. El Universo, o Dios, si prefiere llamarlo así, nos concede el proceso natural de la germinación y del crecimiento, pero el Todopoderoso no extiende su dedo para hacer crecer un árbol de aguacates de la semilla de un albaricoque. ¿Comprende lo que le digo? Este árbol da frutos amargos, sí, querido mío, pero somos nosotros quienes plantamos la semilla, Michel. Nosotros. ¿Entiende?

–Creo que sí –asintió Deauchez con los labios tensos debido a la emoción.

–Me alegro. –Rimpoché tomó la mano del cura en la suya y la apretó–. Usted y yo podríamos pasarnos décadas debatiendo estas cuestiones. De momento, lo mejor que puede hacer es pensar en... –Deauchez asintió, expectante– que todos los seres vivos que estamos ahora en la tierra formamos parte de esta secuencia. Hay quienes han creado su papel de manera deliberada e implacable, y hay quienes han contribuido a la secuencia sin ser conscientes de ello. Yo también formo parte de esta secuencia, igual que usted, Michel. Usted piensa que esas cicatrices de la infancia, esas cosas a las que llaman «grietas del carácter», le han impedido creer. Muy bien. Pero tal vez era eso lo que tenían que hacer. ¿Comprende? A veces, nuestras grietas más profundas son nuestra única salvación.

Deauchez tenía los ojos muy abiertos y claros, y llenos de dolor y asombro a la vez. Rimpoché se inclinó y le dio un beso en la frente.

–Ahora, querido Michel, tome una ducha y baje. ¿De acuerdo? Tenemos muchas cosas de que hablar y creo que vamos a recibir una visita.

Búnker presidencial, Fairfax, Virginia

Cuando llegaron las noticias acerca del monte Rainier, Cole acababa de sentarse a comer su primer almuerzo auténtico en muchos días. Recibió el comunicado de la misma manera que alguien recibe un golpe en la cara después de que el árbitro ha detenido el combate. Dejó el tenedor y la servilleta en la mesa y, con un gran esfuerzo, se tragó la patata que tenía en la boca.

El colosal pico de 4.830 metros que en los días claros se veía desde todo el estado de Washington se había partido en dos debido a una imponente presión interna. Mientras cenizas y escombros se elevaban hacia el cielo, los ríos de lava fluían montaña abajo. Y aunque las poblaciones más cercanas al Rainier tenían programas de evacuación, los acontecimientos del día habían demostrado que no eran lo bastante rápidos. Un terremoto relativamente débil de cinco puntos había sacudido la montaña al tiempo que las cenizas se mezclaban con la omnipresente lluvia de Seattle. Pero la alteración de la placa también había tenido consecuencias en Japón, y en el Pacífico había comenzado un *tsunami* que, según las previsiones de los científicos, llegaría a Hokkaido al cabo de diez horas.

Cole escuchó los detalles con atención y luego pidió al señor Ashe que hiciera pasar a los tres científicos cuya presencia casi había olvidado.

El señor Ashe presentó a los doctores Childs, Mang y Prescott. Tras las mascarillas, Childs y Mang se veían jóvenes y fríos, con aspecto de haberse graduado en Berkeley, que era precisamente de donde venían. Prescott era el hombre de mayor edad y el más cordial y trabajaba como oceanógrafo en el Instituto Scripps.

–Soy Anthony Cole –dijo el presidente. Se puso en pie y les estrechó las manos, con los guantes puestos–. Siento mucho haberlos hecho esperar y les pido disculpas por la incomodidad de esos trajes.

Su voz sonó trivial y controlada. Era la actuación teatral de su vida.

–No se preocupe, señor presidente –dijo Mang.

El doctor Childs empezó a sacar papeles de su portafolios.

–Esta mañana he recibido este fax de mis colegas.

Se lo tendió a Cole. Era un fax tipo telegrama.

A: Todos los laboratorios de oceanografía y sismología.

De: Buque de investigaciones *Malcolm Baldrige* R 103. Administración Atmosférica y Oceanográfica de Estados Unidos.

La fosa del océano Índico se expande a velocidades anómalas ante el Cuerno de África. Stop. Se han registrado diez centímetros desde ayer a las tres horas, hora de Greenwich. Stop. Recomendamos se inicien pruebas de emergencia a lo largo de la grieta y las líneas de las fallas. Stop. También hemos recomendado al Gobierno de Sudáfrica la evacuación de las zonas densamente pobladas de la costa del Cuerno. Stop.

–Esto nos llegó hace cinco horas –siguió Childs–. Desde entonces hemos recibido llamadas de Francia y de Japón. Y también ocurre lo mismo en la grieta de Baja California. Hace unos días, la estación que tenemos allí empezó a detectar cambios menores en sus mediciones.

Cole se inclinó hacia delante para apoyarse en su escritorio. El papel se agitaba en sus manos como si lo moviera una ligera brisa.

–¿Y esto qué significa? Creo que no lo entiendo.

–El doctor Prescott podrá explicarle los detalles básicos mucho mejor que yo –respondió Childs.

Con nerviosismo y torpeza, Prescott empezó a desplegar un gran mapa tectónico. Cole le hizo una seña para que lo pusiera sobre la mesa de conferencias y todos lo ayudaron a hacerlo. Luego, se congregaron alrededor.

–Intentaré ser claro, señor presidente –dijo Prescott–. La corteza terrestre está dividida en lo que nosotros llamamos placas tectónicas. Estas placas están asentadas sobre el magma líquido del núcleo de la Tierra. Cuando dos placas distintas se encuentran, puede producirse una subducción o una inducción. Casi todas las inducciones se dan bajo el océano, en las fosas oceánicas.

Prescott señaló una ancha fosa azul en medio del Atlántico y otra que atravesaba el Pacífico en diagonal.

–La inducción significa que las placas se separan. Cuando ocurre esto, ascienden del núcleo nuevas rocas fundidas que se enfrían, se endurecen y se convierten en un nuevo lecho del océano. En resumen, la Tierra se expande en la fosa.

–Comprendo.

–La subducción se da cuando dos placas se encuentran y una se superpone a la otra. En este proceso, la parte de la corteza terrestre que queda subducida es absorbida hacia el núcleo de la Tierra y se licúa. Según el grosor de la corteza, esto puede suponer más cantidad de material del que la Tierra puede soportar y por los puntos débiles o volcanes se producirá una erupción de magma nuevo. Por ello los volcanes suelen hallarse en la zona de subducción. El anillo de fuego del Pacífico es un ejemplo de esto.

–¿Y qué ocurre con las fallas, como la de San Andrés?

–Las líneas de las fallas son como grietas de tensión que discurren entre los puntos de inducción y subducción –explicó Mang–. Casi todas las fallas discurren por la fosa del Pacífico. La fosa llega al continente americano a la altura de Baja California.

–Hasta aquí lo he entendido. Así pues, ¿qué significa este telegrama, caballeros?

–El problema, señor presidente –respondió Childs–, está en que todo el proceso es increíblemente lento. Por regla general, cada año se forman unos cinco centímetros de nuevo lecho oceánico.

–Lo cual significa que cada año son subducidos unos cinco centímetros de corteza terrestre –añadió Prescott.

–Pero hace pocos días, la expansión de las fosas oceánicas ha empezado a acelerarse. Ayer, la velocidad había aumentado de manera espectacular.

–¿Cuánto? –preguntó Cole, tras lamerse los labios.

–Depende –respondió Mang–. A veces más deprisa, a veces más despacio, pero ahora mismo el promedio es de dos centímetros y medio por hora.

–Y, señor presidente, toda la inducción del mundo no puede hacer que la Tierra sea más grande –añadió Prescott en tono expresivo.

Cole frunció el ceño y sus dedos tamborilearon involuntariamente en el borde del mapa.

–Lo que el señor Prescott intenta decir –explicó Childs– es que la Tierra tiene la misma masa que ha tenido siempre. Cuando se crea un nuevo lecho oceánico, es necesario que sea subducido material para compensarlo.

–¿Y por eso se han producido las erupciones volcánicas? –preguntó Cole, al tiempo que seguía con un dedo las principales líneas de subducción.

–Sí, señor –respondió Childs–. Y los terremotos. Es como una fotografía a cámara rápida. Todos los movimientos que la corteza terrestre iba a hacer en unos cientos de años se están produciendo ahora mismo, todos a la vez.

–La tensión que causará en todas las fallas existentes no tendrá precedentes –comentó Prescott.

–Y lo más probable es que cree nuevas fracturas de tensión –añadió Mang.

–Y es posible que, con una tensión como ésta, incluso veamos terremotos en medio de las placas, como el que hubo en Oklahoma en 1963.

Cole calló unos instantes. Se incorporó, sin mirar a los científicos, metió las manos en los bolsillos del pantalón y se dirigió al otro extremo de la mesa. Una vez allí, les dio la espalda como si estuviera pensando. Pero no pensaba. Se quedó quieto e intentó que sus entrañas no temblasen. Su abdomen, duro y acanalado por sus ejercicios gimnásticos matutinos, se sacudía como si lo recorriera una corriente. Intentó pararlo, intentó controlarlo, pero tenía frío, mucho frío. Incluso su cerebro estaba frío y le costaba pensar.

Los científicos aguardaron en silencio a sus espaldas. Cuando finalmente se volvió, tenía los brazos cruzados sobre la cintura y se agarraba los codos con fuerza.

–Gracias por sus explicaciones, caballeros. ¿Saben a qué se debe esta aceleración del proceso?

–Me temo que no, señor presidente –respondió Childs con cautela–, pero podemos decirle lo que ocurrirá si esa aceleración no se detiene.

Cole se detuvo junto a su silla y se sintió extrañamente desarmado, como un prisionero esperando su sentencia.

–Adelante, doctor Childs.

Sierra Blanca, Texas

–Y bien, ¿no les parece bonito? –preguntó Lamba Rimpoché con un suspiro.

Hill lo miró, sorprendido. Vaya cosa de decir mientras se sentaban a hablar sobre el fin del mundo... Sin embargo, el monje tenía parte de razón. Fuera, la luz del día tenía una tonalidad gris, que se debía, según la televisión, a las cenizas de la reciente actividad volcánica. En cambio, la sala de la comunidad era muy acogedora, con su fuego ruidoso, las mantas de colores y el servicio de té. Y además, estaba la compañía: Rimpoché, algunos de sus risueños monjes y, por supuesto, Deauchez. La presencia del cura animó a Hill de manera considerable. Aunque estaba más pálido y callado de lo habitual, parecía recuperado. Y Hill pensó que si Deauchez podía recuperarse de su conmoción, la raza humana también lo haría.

–Bien, ¿y qué piensan ustedes? –preguntó el reportero tras aclararse la garganta.

–Hay un viejo proverbio –Rimpoché alzó un dedo– que dice: si un hombre no es precavido, terminará en el lugar al que se dirige. El quid de la cuestión es saber cuál es ese lugar. Tal vez sea cierto que muy pocos sabíamos adónde nos dirigíamos antes de que empezase todo esto, y precisamente por eso ha sucedido. Al fin y al cabo, los acontecimientos sólo son resultados, siempre tiene que existir una causa previa. La pregunta es: ¿adónde vamos ahora? ¿Cuál es el resultado de esta causa?

–Bueno... –Hill se rascó la cabeza–, nosotros pensábamos que intentábamos desenmascarar la conspiración. Supongo que esperábamos que si la gente se enteraba de la verdad, las cosas volverían a la normalidad.

–Pero ya es tarde para eso –dijo Deauchez en voz baja.

–Para volver a la normalidad, sí –convino Rimpoché–, pero tal vez no sea demasiado tarde para volver a la vida, ¿no creen? ¿Comprenden qué quiero decir? Cuando pienso hacia dónde nos dirigimos me viene a la mente una bola de nieve.

El monje calló y los miró con aire satisfecho, como si lo que acababa de decir tuviese todo el sentido del mundo.

–¿Una bola de nieve? –repitió Hill.

–¿Por qué le recuerda a una bola de nieve? –preguntó Deauchez.

–Yo esperaba que ustedes pudieran decírmelo. Miren, cuando estuve en Santa Pelagia me pasé todo el tiempo pensando en una bola de nieve. Sí, y durante estas semanas cada vez que veía los noticiarios pensaba en la bola de nieve. ¿No comprenden por qué?

El monje parecía sincero, pero Hill se recostó en su asiento, con el ceño fruncido de irritación. Aquello le parecía una tontería.

–¿Y qué hace esta bola de nieve? –preguntó Deauchez que, al parecer, se lo había tomado en serio.

–Esta bola de nieve cae rodando.

–¿Montaña abajo?

–¡Sí! ¡Exacto!

–Oh, Dios –murmuró Hill.

–¿Se refiere a los fenómenos? –preguntó Deauchez, confundido.

–No lo sé. –Rimpoché se encogió de hombros–. ¿A qué se refiere usted?

–El miedo que había en Santa Pelagia. –Deauchez empezó a retorcerse las manos–. ¿Lo sintió usted, Lamba?

–Ciertamente. Muchísimo.

–Recuerdo que yo me asusté mucho. ¿Se acuerda, Simon? Ese día, en el aeropuerto, le dije que no escribiera sobre ello.

–Me acuerdo.

–En cierto modo era algo falso, muy aterrador, casi como... una cosa viva. –Deauchez miró a Rimpoché con desasosiego–. ¿Se refiere a eso?

El monje tenía la cabeza inclinada hacia un lado. Pese a la sonrisa de sus labios, sus ojos estaban muy lejos.

–Continúe, por favor –dijo.

–Las estatuas.

–¡Las estatuas! ¡Una buena razón!

–¿Qué ocurre con las estatuas? –preguntó Hill.

–Unas cuantas estatuas sangraron, ¿verdad, Simon? ¿Usted no lo vio?

Hill lo recordaba con toda claridad, pero en ese momento no veía la relación.

–Sí, claro –respondió, tras encogerse de hombros–. Incluso tenemos filmada la grande, la de la iglesia. Parecía que sangraba, pero no pudimos recoger una muestra ni nada. Quizá fuese un truco.

–¿De quién? –Deauchez sacudió la cabeza–. ¿Del Cetro Rojo? ¿Por qué arriesgarse con algo que podía descubrirse tan fácilmente? Si las estatuas hubiesen resultado falsas, todo el acontecimiento habría resultado un engaño, y ellos no necesitaban las estatuas. Los estigmas que programaron en algunos de los profetas habrían bastado.

–Pero algunas personas que sufrieron estigmas no eran miembros de los veinticuatro –apuntó Hill.

–¡Sí! –exclamó Deauchez–. ¡Exacto!

–Pero ¿eso qué significa, padre? –Hill frunció el ceño.

–Un hombre sabio nunca coge una espada –citó Rimpoché– hasta que sabe cuántos son sus enemigos.

–Jesús, María y José –dijo Deauchez. Se llevó un dedo a la sien–. Lo de Santa Pelagia se les fue de las manos. Ellos lo planearon, pero creció y creció...

–¿Cómo?

A Hill le sudaban las manos. En el aire parecía haber algo, una especie de comunicación más profunda que las palabras que se pronunciaban en el círculo. Ninguno de los profetas respondió.

–¿Cómo creció, Deauchez?

–No lo sé. –El cura sacudió la cabeza y cerró los ojos con fuerza–. La multitud tuvo algo que ver, la histeria también. Intenté contarle al Papa que era peligroso, y a usted también se lo dije.

–Oh –dijo Rimpoché. Se incorporó en su asiento con los ojos brillantes–. Claro. Tiene usted toda la razón. Gracias.

Búnker presidencial, Fairfax, Virginia

–Señor presidente –dijo Childs–, todavía hay desacuerdo entre nuestros colegas. Algunos insisten en que es un acontecimiento raro pero natural y que finalmente todo se normalizará.

–¿Y ustedes no lo creen así?

–Va en contra de todo lo que he estudiado sobre las placas tectónicas –afirmó Prescott con cierto desdén–. No hay ningún antecedente histórico de un crecimiento tan repentino en un período de tiempo tan corto. Nunca ha ocurrido.

–Señor presidente –intervino Childs–, si no se detiene, la inducción provocará grandes terremotos en buena parte del planeta, pero la auténtica mala noticia es que ése no será el peor problema.

–El peor problema serán los volcanes –añadió Mang–. Con toda la subducción que se está dando, habrá grandes cantidades de corteza terrestre parcialmente fundida que se verá empujada hacia arriba.

–No sé si realmente se da cuenta del problema, señor presidente –dijo Childs–, pero pueden surgir volcanes nuevos prácticamente en cualquier sitio. Entrarán en erupción en los puntos donde la corteza sea débil, como las fugas de aire en un globo excesivamente hinchado. En 1946 hubo uno que entró en erupción en México, en medio de un campo. Al cabo de una semana, allí se había formado una nueva montaña.

–Y con los volcanes, el mayor peligro es la ceniza –prosiguió Mang–. Ya hay toneladas de ella en el aire, de los volcanes que entraron en erupción las últimas semanas. Y cuanto más fuerte sea la explosión, más arriba suben las cenizas. Así, si se producen grandes explosiones tendremos un invierno volcánico.

–La ceniza y los escombros de una erupción volcánica pueden elevarse hasta la estratosfera –explicó Prescott–, sobre todo si son erupciones importantes, y éstas lo serán. Y una vez la ceniza llega a la estratosfera, ya no desciende. Impedirá el paso a la luz del sol.

–Y también el calor... durante muchos años –añadió Childs. Suspiró, intentó secarse el sudor y se encontró con que la mascarilla de plástico se lo impedía–. Y si entran en erupción muchos volcanes, nuestro principal problema no será la gente que muera debido a los terremotos y a los *tsunamis*. Los que sobrevivan morirán de frío e inanición. Habrá otra era glaciar, y eso ocurrirá muy pronto.

Los tres científicos callaron. Cole apretó las mandíbulas, que parecían decididas a temblar o a sonreír de agitación nerviosa.

–Comprendo.

Los científicos intercambiaron miradas.

–Me temo, señor presidente –dijo Childs en tono de disculpa–, que lo único que podemos sugerirle es evacuar a todas las personas que se encuentren en un radio de doscientos kilómetros de una falla o un volcán. Preparar refugios, comida...

–Sí –dijo Mang con vehemencia–, y si tiene... digamos, algún, digamos, plan supersecreto para una nueva era glaciar, como mandar gente a Marte o algo así, ahora sería un momento excelente para ponerlo en práctica.

Cole miró al doctor Mang con incredulidad. Emitió un sonido a mitad de camino entre un sollozo y una carcajada y se llevó la mano a la boca; tuvo que hacer un esfuerzo para no mordérsela. Al cabo de unos momentos ya estaba en condiciones de agradecer a los científicos los consejos que le habían dado, como era propio de un comandante en jefe incluso predestinado al fracaso.

Capítulo 27

Sierra Blanca, Texas

–Usted primero –dijo Deauchez.

–Muy bien, pues –dijo Rimpoché con amabilidad–. Queridos míos, cuando pienso en lo que me han contado sobre los planes del Cetro Rojo se me ocurren tres cosas. Primera, es algo sumamente audaz. Segunda, han necesitado muchos recursos y una gran fuerza de voluntad. ¿Saben a qué me refiero? Por lo tanto, tenemos que suponer que su objetivo es muy importante o que, al menos, ellos lo ven así.

–Claro –comentó Hill con frialdad–. Quieren ser los dueños del mundo, más o menos.

–Pero cuánto lío para ser los dueños del mundo, ¿no? Usted puede reírse, señor Hill, pero si piensa en ello verá que es verdad. Estamos de acuerdo, al menos de momento, en que la razón de todo eso era muy importante para mucha gente. ¿Sí? La tercera cosa es que ese juego es peligroso, sí, muy peligroso, me temo.

–Aparte de lo obvio, ¿quiere decir?

–No me refiero a la pérdida de vidas, señor Hill. Cuando digo que es peligroso es porque nunca hasta ahora había habido un juego así. Se dice que nunca hay nada nuevo bajo el sol y, casi siempre, eso es cierto, pero no en este caso. El Cetro Rojo juega, ni más ni menos, que con la conciencia global. Y como es un juego tan nuevo, no dejo de preguntarme si conocen las reglas.

Nervioso, Hill se mordió una uña. Miró a Deauchez, que asentía con gesto de comprensión y dolor.

–Han seguido el Apocalipsis –dijo el cura–. Pero muchas de las profecías de las otras religiones son muy parecidas a las del Apocalipsis. Lo único que tenían que hacer era provocar unos cuantos fenómenos pequeños para convencer a todas las culturas de la Tierra de que el fin de mundo había llegado. –Los contó con los dedos de las manos–. Las llagas, la marea roja, el virus, las quemaduras solares, el desastre nuclear en Paks y los cuatro misiles balísticos intercontinentales.

–¿Y los volcanes y los terremotos? –preguntó Hill–. ¿No son la séptima señal?

Deauchez y Rimpoché intercambiaron miradas. El monje sonrió animado.

–Recuerde, Simon, que no pudimos comprender cómo el Cetro Rojo podía haberlos provocado, ¿no? –dijo el sacerdote–. Bien..., yo no creo que sean la séptima señal.

Rimpoché asintió para demostrar que estaba de acuerdo.

–¿Por qué no me aclara ese punto, padre? –Hill estaba cada vez más irritado porque era el único que no lo entendía.

–Lo más probable es que hubiesen planeado detener el juego después de la sexta señal –respondió Deauchez, pensativo–. Al fin y al cabo, no veo cómo podrían provocar esa séptima señal ni por qué tenían que hacerlo. Ya han destruido con bombas cuatro de los centros de los profetas, así que, ahora, ya no tiene ningún sentido reunir más gente que tenga fe. Y tampoco necesitan reducir la población. Con el virus ya les basta.

–Comprendo su punto de vista. –Hill se pellizcó los labios con los dedos–. Pero si no son ellos quienes provocan los terremotos, entonces ¿quién o qué los provoca?

Deauchez se sirvió más té. Cogió la taza de porcelana y se calentó las manos.

–Lo mismo que provocó que las estatuas sangrasen en Santa Pelagia.

–Sí –convino Rimpoché, con la misma sonrisa de tranquilidad.

–¿Qué? ¿Dios? –preguntó Hill, incrédulo.

Deauchez frunció el ceño ante el comentario de Hill y sus ojos reflejaron dolor. El monje se inclinó hacia delante y dio unas palmaditas cariñosas al cura en la mano.

–¡Venga, vamos! Usted sabe perfectamente lo que es. Cuénteselo a Hill.

–No, no es Dios, Simon. Al menos tal como usted lo entiende. Es la histeria, la histeria global.

–Para mí, el nombre más indicado para esta bola de nieve sería el de «suicidio kármico» –explicó Rimpoché, tras llevarse un dedo a los labios.

–¿Suicidio kármico? –preguntó Hill, airado–. Y eso ¿qué significa? ¿Que nos estamos suicidando?

–«Un hombre con una fe grande como un grano de mostaza moverá montañas» –citó Rimpoché–. Esto es lo más sabio que dijo Jesucristo.

–¡Sí! –Deauchez se ruborizó de excitación–. Cuando la gente que ha ido a Lourdes vuelve a casa con los huesos sanos o los pulmones libres de tuberculosis, eso es fe, Simon. Y no me refiero a ningún concepto mental, me refiero a una fuerza física. Ocurre en contadísimas ocasiones porque la gente no cree de verdad. Pueden pasar el rosario miles de veces, dicen «yo tengo fe» una y otra vez, pero en el fondo esa verdad nunca cala. En algún rincón de su corazón, no tienen fe.

–Tener fe es lo más difícil del mundo –asintió Rimpoché–. La mente consciente y la mente inconsciente están separadas como si fueran dos continentes. Entre ellas, hay un vacío. A ese vacío los tibetanos lo llamamos *bardo*.

–Y es la mente subconsciente la que está vinculada con el tejido del universo, con la pauta holográfica. La mente subconsciente puede alterar la realidad física. ¡Es la facultad X! –exclamó Deauchez.

Para el cura, aquello fue una especie de revelación, pero en esa ocasión no era sólo Hill el que no comprendía nada.

–¿Facultad qué? –preguntó Rimpoché con ojos inexpresivos.

–Perdonen –intervino Hill, confundido–. ¿Están diciendo que el Cetro Rojo consiguió que la gente creyera que el mundo se terminaba? ¿Y el mundo se termina de veras?

–Que Dios nos ayude. –La excitación de Deauchez se desvaneció ante aquella idea–. Pero sí, creo que sí, que se termina.

–Hagamos un experimento, ¿de acuerdo? –propuso Rimpoché–. ¿Preparados? Uno, dos, tres, cuatro, cinco, seis...

La pausa fue tan pesada como un piano de cola.

–¡Siete! –dijo Hill con unos ojos como platos. Por fin lo había comprendido–. Oh, mierda. La gente lleva leyendo sobre las siete señales desde el principio, desde que publicamos la lista en el *Times*.

–Del mismo modo que en Goa la gente esperaba que se corrompiera el cuerpo de san Francisco Javier y eso fue lo que sucedió –murmuró Deauchez, como si hablara para sí mismo–. O del mismo modo que un practicante de vudú puede morir cuando sabe que algún sacerdote poderoso lo ha maldecido. ¡La fe! No es una ilusión de la mente. En eso, yo he estado absolutamente equivocado. La fe puede ser muy real.

–Pero... –Hill se rascó la cabeza–. Aun cuando la gente espere la séptima señal, ¿cómo es posible que las personas actúen sobre el planeta? ¿De veras se pueden provocar terremotos?

–La mente subconsciente puede afectar a la materia –dijo Deauchez–. Como en las curaciones por la fe o en el modo en que afectó a las estatuas y consiguió que sangraran. Nunca ocurre a una escala tan grande, pero si son miles de millones de personas las que están de acuerdo en lo que va a ocurrir...

–Lo más triste de todo, señor Hill –intervino Rimpoché con suavidad–, es que si el Cetro Rojo hubiera dicho a todo el mundo que lo sentía mucho, pero que había llegado el Apocalipsis, el fin del mundo, y la gente hubiera tenido la conciencia clara, habría respondido que era una estupidez. –Rimpoché mostró desdén con un gesto de la mano–. ¡Locos, les dirían! ¡Esto no es el fin del mundo! ¿De qué están hablando?

–Al principio lo decían. –Hill no pudo contener una sonrisa–. Yo mismo lo decía.

–¡Al principio sí! –Rimpoché se dio unas palmadas en la cabeza–. Pero al final no. –Rimpoché se dio unas palmadas en el corazón–. Porque cuando llegó aquí, al corazón, la gente creyó. Creyó del mismo modo que cree en tantos mitos y... ¿cómo les llaman ustedes? Ah, sí, leyendas urbanas. Porque piensan que pueden ser verdad. Tal vez incluso pensamos que deberían ser verdad.

–Creo que sé de qué habla: contaminación, pobreza, genocidio, terrorismo. Primero piensas que eso de las profecías es una tontería y luego, cuando ocurre algo como lo de las llagas, te asustas. Y piensas que si tú fueras Dios también estarías realmente decepcionado con la raza humana.

–¡Sí! ¿Ven? Eso es el karma –dijo Rimpoché–. Uno nunca consigue salirse del todo con la suya. ¿No es eso, señor sacerdote de la Iglesia católica?

–A mí no me mire –respondió Deauchez con sequedad–. Nosotros tenemos confesionarios.

Hill miró al cura y al monje con aire expectante, pero ambos estaban perdidos de nuevo en sus pensamientos.

–Pues, miren, si esto se les ha escapado de las manos incluso a los del Cetro Rojo, si rodamos montaña abajo como una especie de bola de nieve «kármica» hacia la destrucción más absoluta, es decir...

Deauchez y Hill lo miraron.

–¿Cómo la paramos? ¿Podemos pararla?

–Por no decir si «deberíamos» pararla –dijo Rimpoché, al tiempo que señalaba hacia el cielo con uno de sus delgados y morenos dedos–. Y usted, señor Hill, ha puesto el interrogante en sus mismos labios. Tal vez nuestro nuevo visitante pueda ayudarnos a encontrar las respuestas.

–¿Un visitante nuevo? –preguntó Deauchez.

–Pues claro –respondió Rimpoché–. Y creo que deberíamos preparar algo de almuerzo antes de que llegue. ¿No creen?

El nuevo visitante llegó justo en el momento en que se ponía el almuerzo en la mesa. Lamba Rimpoché fue a abrir la puerta y oyeron sus cordiales y entusiastas saludos. Volvió a la cocina con un hombre alto de cabellos negros.

–Es Will Puma –dijo Hill, pasmado.

–¿Usted también lo ve?

Deauchez no daba crédito a sus ojos. No había visto a Will Puma desde el día siguiente de los acontecimientos de Santa Pelagia. Parecía que hubiesen pasado años.

Will Puma se acercó a la mesa y miró con cautela a Hill y a Deauchez. Los saludó con la cabeza y se sentó ante el plato de comida que le servían.

–¿Cómo ha llegado hasta aquí? –le preguntó Deauchez.

–He seguido las señales. –El chamán parecía reacio a entrar en detalles.

–¿Qué ha pasado con su misión? ¿Y su mensaje de Santa Pelagia?

–Tardé tiempo –dijo Will Puma alzando del plato sus ojos negros y serenos–, pero al final vi que me había equivocado.

A Deauchez le habría gustado saber más, conocer todos los detalles de aquella revelación, pero Will Puma era como un libro misterioso escrito en una lengua olvidada. Aun cuando hubiese una manera de abrirlo, seguramente no entenderías nada de lo que allí estaba escrito.

–¿Y ustedes dos? ¿Han viajado juntos? –preguntó Puma a Hill y a Deauchez señalándolos con el pulgar.

–Sí.

Will Puma estudió a Hill como si valorase sus capacidades como compañero de viaje. Hill arqueó la ceja y le sostuvo la mirada. Will Puma gruñó.

–Sé lo que él tiene que ver con esto –dijo Puma, señalando a Hill–. Pero ¿y usted? ¿Qué tiene que ver usted con todo esto?

–Yo... yo... –El sacerdote se sonrojó con aire culpable–. Yo era uno de los profetas, pero negué por completo la autenticidad de la profecía.

Will Puma parecía sorprendido. Al menos, arqueó las cejas y masticó en silencio.

–¿Y él? –preguntó al tiempo que ladeaba la cabeza hacia el monje.

Deauchez miró a Lamba Rimpoché porque no quería hablar por él, pero el monje se limitaba a mirarlos y a sonreír.

–Él también es uno de los profetas. Desde el principio supo que el mensaje era una ilusión. Y no se lo dijo a nadie.

–Debe de ser usted muy sabio –dijo Puma a Rimpoché.

–¡Oh, cielos! Todo es muy relativo.

–Estoy... hum... estoy muy contento de que haya venido, Will Puma –dijo Hill, todavía confundido–. Estamos intentando descifrar los hechos.

–Como yo.

–¿Sí? ¿Y qué le parece?

–Usted primero –dijo Will Puma señalando repetidas veces a Hill con el tenedor.

Cuando Deauchez y Hill terminaron su historia, Will Puma había acabado de comer y sugirió el movimiento siguiente. Deauchez se resistió a la idea con toda determinación, pero al final su resistencia cedió.

Will Puma quería que los tres profetas hicieran un viaje del espíritu. Dijo que él, en el campamento, había dirigido muchos viajes. Quería intentar llevarlos de nuevo a Santa Pelagia, a esa voz, porque en sus visiones había cosas que no comprendía y tal vez los otros dos sí. Porque tal vez aquélla era la razón que lo había llevado hasta allí.

A Rimpoché le pareció divertido. Hill, igual que Deauchez, pensó que no merecía la pena. A Deauchez lo conmovió la naturaleza protectora de Hill, pero Will Puma tenía los ojos clavados en él, con aquella mirada que hacía sentir como un idiota al observado.

Al final, fueron aquellos ojos y los sinceros y expectantes del tibetano los que lo convencieron. Dijo que había bloqueado conscientemente la visión, pero que si podía darles alguna información útil intentaría afrontarla de nuevo.

Entonces bajaron la intensidad de las luces en la sala de la comunidad y se sentaron formando un pequeño círculo. Rimpoché adoptó una postura relajada y, al instante, entró en estado de meditación. Will Puma guió a Deauchez a través de una serie de ejercicios para llevarlo a un estado semiconsciente. Deauchez combatió la experiencia durante un tiempo; se sentía incómodo sentado en el suelo. Era una puerta que le había costado muchísimo cerrar. En aquellos momentos le pedían que la abriera. Estaba aterrorizado.

No obstante, lo que hacía aterradora aquella puerta era que quería abrirse, que algo presionaba desde el otro lado. Will Puma sólo tuvo que calmar a Deauchez y convencerlo de que pusiera la mano en la cerradura...

Y el sacerdote se fue...

Caminaba por el campo de María Sánchez. Casi había anochecido. Lo apretujaban por todos lados y luchó para abrirse paso.

«Perdone –decía–. Perdone.»

Olía a sudor ácido y a cebolla. En la distancia, una mujer cantaba el Ave María *con voz trémula, con un latín hinchado en la redondez del acento hispano.*

Lo llamó una mujer gruesa y morena, con un niño de un año en la cadera y otro de tres agarrado a su vestido. «Padre, dénos su bendición. Bendiga a mis pobres hijos condenados al desastre», le dijo.

Los bendijo a toda prisa con la señal de la cruz y siguió adelante.

La gente rezaba, gemía, se balanceaba, y el ambiente estaba cargado de miedo y expectación. Algunos se golpeaban el pecho con los puños en señal de mortificación. Otros pasaban el rosario con los ojos vueltos hacia el cielo. En la calle del pueblo había oído rumores de que aquella noche se produciría la última visión, de que tal vez se le concedería el perdón al mundo, de que lo que María Sánchez diría sería sólo una advertencia... y el miedo, el miedo de que no lo fuese.

En su mano llevaba una estatuilla de María. La había comprado en Roma para asegurarse de que no estaba alterada ni manipulada. La cogió con fuerza y se abrió paso entre los pobres y los hediondos, los mansos y los sudorosos. Un niño con los ojos muy grandes se fijó en él...

Allí, delante de todos, estaba lo que buscaba. Allí había unas cuantas personas de piel más clara, de raza caucásica, y otros exóticos rostros orientales de piel más oscura. Era a esos a quienes quería ver, pero no podía concentrarse en ellos como debía: notar quiénes eran, notar por qué, notar qué, porque lo que llamaba su atención era el ciprés, el árbol, sus ramas. No sabía por qué, pero lo fascinaba y no podía apartar los ojos de él.

Advirtió que estaba de pie, inmóvil, y que llevaba así un buen rato.

¡No! Algo se sacudió en su interior. Se suponía que aquello no tenía que pasar. Allí fallaba algo. ¿Por qué se sentía tan ruborizado, tan mareado? ¿Era culpa de la muchedumbre, del miedo, de la histeria? Tenía que deberse a la muchedumbre. Allí había demasiada gente, no se podía respirar.

La gente estaba de rodillas y lloraba, y alguien a sus espaldas le tiró del abrigo para que se agachara. Sus rodillas golpearon la hierba seca, oscura y polvorienta con un movimiento a cámara lenta. Su cerebro no funcionaba. Estaba mareado, drogado, sentía claustrofobia y lo único que quería era marcharse de allí. Sin embargo, apenas se mantenía erguido sobre sus rodillas, y era impensable abrirse paso entre la multitud. Gimió y tembló, pálido y sudoroso como una mujer a punto de desmayarse.

«Mareado. Mareado, estoy tan mareado...»

La multitud contuvo el aliento al unísono. Consiguió levantar la cabeza, que le pesaba muchísimo, y vio que en las ramas del árbol había una luz, una luz en las ramas del árbol.

Luego el campo desapareció, la tierra desapareció, el polvo bajo sus rodillas desapareció y sintió que caía al vacío, hacia abajo, hacia la oscuridad. Hacia abajo el aire era frío, frío como una tumba. El terror lo consumió, le devoró el cerebro y la razón, se lo comió vivo; más abajo, en la oscuridad, había fuego y llamas y una ciudad. El infierno, era el infierno, y caía hacia él gritando...

El árbol que tenía delante era una visión: en lo alto había un ser, una mujer. Ella era la Virgen, el útero bendito, ella, la de la semilla divina, la reina del cielo, la de los dolores y la tierna compasión. A su alrededor había un halo negro, su rostro era blanco y delgado y terso, y tenía las manos entrelazadas sobre la negra oscuridad de su manto, y sus ojos eran un río de luz, como orificios con ríos de luz. Ella era Dios, era divina, un santo ángel, una dulce madre.

«¡Madre!», lloró. Intentó cerrar los ojos, pero no pudo porque no tenía párpados. No había forma de escapar a su presencia. Su corazón ardía en un insoportable terror, en gozo y éxtasis por su presencia. «¡Madre!»

Ella abrió la boca, aquellos labios de rubí, y de ella surgió luz. A él, aquella luz le quemó el alma.

MIRAD.

Aquella palabra le provocó un temblor. Era una voz hecha de cristal que se abría paso cortando sus defensas y sus miedos.

MIRAD, PROFETAS, ELEGIDOS DE DIOS, ELEGIDOS ENTRE LOS HOMBRES. VOSOTROS, LAS SEMILLAS, VOSOTROS, LOS TESTIGOS DE LA PALABRA DE DIOS QUE SE LES DA HOY A LOS HOMBRES A TRAVÉS DE SU INTERCESORA, LA BENDITA MADRE DE DIOS, LA VIRGEN MARÍA, LA ESENCIA DIVINA FEMENINA, LA CORREDENTORA, LA INMACULADA CONCEPCIÓN.

Desplegó las manos como si fueran pétalos en el aire y sus largos dedos brillaron en aquellas manos de marfil. Deauchez notó algo cálido y mojado. Se miró las palmas vueltas hacia arriba, como las de ella, y vio que estaban sangrando.

Lloró, rió y abrió su corazón.

PUESTO QUE NO HABÉIS DETENIDO LA GUERRA Y EL ODIO EN CINCO MIL AÑOS, OH, SERES HUMANOS, PUESTO QUE NO HABÉIS APRENDIDO A AMAR LAS CREACIONES DE VUESTRO DIOS, NI LA TIERRA NI LOS SERES VIVOS QUE HAY EN ELLA, NI TAMPOCO AMÁIS A VUESTROS SEMEJANTES; ASÍ, EL EXPERIMENTO DIVINO DEBERÁ TERMINAR.

APOCALIPSIS 16, 2. LA PRIMERA PLAGA DEL FIN DE

LOS TIEMPOS, LA PLAGA DE LAS LLAGAS, ESTÁ A PUNTO DE LLEGAR. LA PROFECÍA DICE QUE LOS TESTIGOS DEBEN COMUNICAR ESTO AL RESTO DE LOS HOMBRES. HACED QUE SU VOZ SE OIGA EN CUATRO DÍAS, VOSOTROS, SEMILLAS, VOSOTROS, TESTIGOS, O VUESTRA MISIÓN DIVINA FRACASARÁ. OH, HOMBRE, ARREPIÉNTETE PORQUE SE ACERCA EL JUICIO FINAL. ES EL PRINCIPIO DEL FIN Y NADA PODRÁ DETENERLO.

PARA PREPARARTE PARA EL JUICIO, TÚ, MICHEL DEAUCHEZ, DEBERÁS IR A ROMA Y CONGREGAR ALLÍ A LOS DE TU FE. SÍ, TODOS SE DIRIGIRÁN ALLÍ. ESPERARÁN EL RETORNO DE CRISTO Y TÚ Y TU REBAÑO SERÉIS BENDECIDOS CON SU PRESENCIA, POR TU FE TE LIBRARÁS DE LA COPA AMARGA, DEL ESPANTOSO FUEGO, DEL DOLOR Y DE LA OSCURIDAD DEL FINAL DE LOS TIEMPOS. ÉSTA ES LA COMPASIÓN DE NUESTRO SEÑOR.

La sangre corría en regueros por su rostro. Le llenaba los ojos. Le dolía el costado izquierdo y notaba el peso de la camisa. Lloró ante la terrible y ciega ira de la presencia que tenía ante sí, la terrible y ciega ira femenina; la aparición, la ira de madre, la ira de abuela, la ira de mujer, y aun así su mente se alejaba y olvidaba y buscaba una vía de salida, horadando los muros laberínticos de su cerebro que él mismo había construido en la infancia, y su mente regresaba a aquella caja negra en la que había encerrado esos terrores.

No, no, no, no, no, no.

La sangre, la sangre, la sangre, concéntrate en la sangre, de color rojo brillante y real. A sus pies, sobre la hierba polvorienta, la estatuilla de María sangraba como si le hubiesen cortado una arteria. ¿De quién era aquella sangre? ¿De dónde venía?

ÉSTE ES EL FINAL DE LA PALABRA DE DIOS. PRONTO SERÉIS NOMBRADOS ENTRE LOS SANTOS DE LA GLORIA DE DIOS Y TODOS SUS ÁNGELES. TENED CORAJE Y CUMPLID LA TAREA QUE SE OS HA ENCOMENDADO. AMÉN.

Pero la voz ya se desvanecía. Casi había escapado de ella. Descendería a las profundidades oscuras del infierno, sí, del infierno, si era eso lo que se necesitaba para escapar de aquella voz, de aquellos ojos, de aquella boca...

Oyó aquella voz familiar en el oído. Una mano cálida en la frente. Abrió los ojos y no sabía quién era ni dónde estaba. Tenía algo pegajoso en las manos y en la ropa, en la manta que tenía debajo. El suelo era duro. El ambiente era frío.

«¿Dónde estoy?»

Durante unos momentos, no reconocía lo que le rodeaba ni a las personas que lo miraban desde lo alto. Notó como una cuchillada de dolor en la sien mientras su mente volvía al estado consciente y la negra cara que tenía delante empezó a cobrar significado, como si un fotógrafo enfocara la imagen.

Simon, su amigo, tenía los ojos inundados de lágrimas y de compasión.

–Me parece que la hemorragia ha cesado. ¡Caray! Ha perdido una tonelada de sangre. ¿Me ve? ¿Me conoce? Padre, por favor...

Y entonces, alguien más asomó la cabeza, una enjuta cara morena que le sonreía. Deauchez sintió que su realidad cotidiana cobraba forma, no por alguna magia del monje, sino por lo absurdo de aquella sonrisa que sólo podía pertenecer al aquí y ahora.

–¡Por todos los cielos! –exclamó Rimpoché excitado–. ¿Lo han visto?

–¿Qué? –preguntó Deauchez, que había recuperado la palabra.

Hill gruñó y le estrujó el brazo aliviado.

–El arco iris –dijo Will Puma. Tomó una de las manos de Deauchez y utilizó el faldón de su camisa para limpiarla–. Ha parado. Los agujeros se han cerrado.

–Oh –dijo Deauchez, que se miró el cuerpo cubierto de sangre.

Llegaron los monjes de Rimpoché con una jofaina y toallas y empezaron a abrirse paso de manera amable pero persistente para lavar a Deauchez. Pero entonces Will Puma se lo impidió momentáneamente.

–¿Ha visto el arco iris?

Deauchez negó con la cabeza. Unas manos cariñosas le limpiaban la sangre de la cara y le abrían la camisa.

–No. He visto la... la aparición, la Virgen, y un lugar horrible. Un lugar como el infierno.

–Sí, conozco ese sitio –asintió Will Puma con la mirada cargada de significado. Se volvió hacia Rimpoché–. Y usted, ¿lo vio?

–Sí –asintió Rimpoché con seriedad–. Vi el arco iris.

Deauchez se impacientó con los monjes que lo lavaban y quiso sentarse.

–¿De qué hablan? ¿Qué arco iris?

–Eso, ¿qué arco iris? –repitió Hill, que hacía un enorme esfuerzo por seguir aquella conversación.

Seguía mirando las manos de Deauchez. Él también lo hacía. Como Will Puma había dicho, ya no tenía ninguna herida.

–Antes –dijo Rimpoché, alzando el dedo para pedir la palabra– se me ha ocurrido una cosa. Ustedes me han hablado de... ¿cómo lo han dicho? De las cabinas de la red global. Sí, y de cómo las utilizaron para distribuir los venenos. Aquí cerca hay una de esas cosas. Cada día pasamos junto a la cabina en nuestros paseos. Está como a un kilómetro de aquí. Usted, Simon, tal vez podría encabezar una expedición con el fin de examinar esa cabina mientras Michel descansa. ¿Todavía no ha inspeccionado ninguna?

–No –respondió Hill, al tiempo que apartaba la vista de Deauchez–. Es una buena idea.

–Gracias –dijo Rimpoché, con una leve inclinación de la cabeza–. Entonces, llevará dos monjes de acompañantes y unas cuantas herramientas. ¿De acuerdo? ¿Le parece bien?

–¿Seguro que se siente bien? –preguntó Hill a Deauchez, reacio a separarse de él.

–Sí, Simon, adelante –dijo el sacerdote al tiempo que le estrechaba la mano y sonreía.

La camisa hawaiana de Deauchez había pasado a mejor vida, con unas manchas que no desaparecían. Los monjes le llevaron unos pantalones y un suéter y fue hacia el baño a cambiarse. Cuando salió, Will Puma y Rimpoché estaban sentados en la cocina, enfrascados en una conversación.

–Las personas son el alma de la Tierra –decía Will Puma–. Si el alma está enferma, el cuerpo también enferma. La Tierra está enferma desde hace mucho tiempo debido a los malos tratos que recibe de la gente, pero esto es algo nuevo. Esta enfermedad no sólo es debilidad o falta de corazón. Es una enfermedad mortal.

–Sí –dijo Rimpoché–. Muy cierto.

–Entonces, ¿cómo podemos detenerla? –preguntó Deauchez al tiempo que se sentaba en un taburete.

–Como debe hacerse en medicina, para curar una enfermedad primero tenemos que curar el alma –dijo Will Puma–. Y el alma tiene que querer curarse de verdad.

–Estoy seguro de que la gente no quiere morir. Si conseguimos que comprenda que no tiene por qué morir...

–Michel –dijo Rimpoché con gentileza–. No tenemos que decírselo a sus oídos, sino a sus corazones. Y entonces, si siguen teniendo ganas de vivir, nos escucharán.

–Muy bien. ¿Y cómo lo hacemos?

Will Puma miró al monje.

–El arco iris –dijo Rimpoché.

La cabina de la red global era muy parecida al dibujo que encontraron en Internet. Se trataba de un caparazón pequeño y redondo de fibra de vidrio con una antena parabólica en la parte superior. La puerta encajaba perfectamente en el marco y había una ranura para abrirla con una tarjeta de banda magnética. Hill estudió la situación unos minutos y luego se hizo con una alzaprima para forzar la puerta. Tuvo que dar muchos golpes para insertar el borde plano de la herramienta en el quicio y, cuando estuvo cansado, los monjes lo relevaron. Finalmente, cuando consiguieron abrir la puerta, a Hill le temblaban todos los músculos por el esfuerzo.

Dentro, la cabina estaba limpia, aunque algo polvorienta. Las paredes estaban llenas de aparatos y dejaban sólo un estrecho paso de un metro y medio entre ellos. Detrás de los aparatos, las paredes de fibra de vidrio estaban llenas de cables. Algunos iban a unas cajas y otros se dirigían a la parte superior del recinto. Allí había una gran tapa de metal, de un metro por un metro, encajada en el techo de la cabina.

Hill examinó los aparatos, pero los componentes eléctricos le resultaron indescifrables. Había algo semejante a un ordenador central, pero carecía de monitor y teclado. Hill supuso que los técnicos que revisaban las cabinas llevarían portátiles. También había aparatos de transmisión y de recepción por radio.

El reportero llegó a la conclusión de que la caja central del techo contenía el núcleo. La examinó desde abajo y luego, con ayuda de los monjes, se subió a un aparato para estudiarla más de cerca. La placa de metal se sostenía con unos cuantos tornillos de forma extraña. Pidió un martillo y un destornillador y empezó a desmontar la carcasa con cuidado.

Diez minutos más tarde, la tapa de la caja cayó al suelo, doblada y retorcida. A Hill, allí colgado, le temblaban los músculos y el sudor bañaba su frente. Se lo secó con la manga.

–Bien, aquí hay un disco de metal de unos quince centímetros de diámetro, está en lo más alto de todo. Debe de ser un conducto de salida, porque hay un tubo de unos dos centímetros de diámetro que baja directamente hacia... –Hill se interrumpió–. Hacia esa caja de ahí abajo.

Un monje se apostó junto a la caja y puso la mano sobre ella.

–¡No, no la toque! Me parece que ahí es donde almacenaban las esporas tóxicas. Y luego las hacían subir por este tubo para proyectarlas al exterior.

El monje apartó la mano con un respingo.

–Hum... veamos. Aquí arriba también hay una parecida. Es una caja de metal negra que parece muy pesada. Lleva una placa que dice... «Lasercorp».

Entonces recordó dónde había visto algo semejante. Cinco años antes había hecho un reportaje sobre un espectáculo a base de rayos láser que había tenido lugar en Nueva York y le habían mostrado los aparatos. El encargado le había enseñado una caja similar a aquélla. Un programa de ordenador decía a la caja qué dibujos y colores mostrar y el programa informático tenía una aplicación similar a la del programa de gráficos con el que se diseñaba el espectáculo.

–En Santa Pelagia debieron utilizar uno de éstos para iluminar los árboles –murmuró Hill–. Pero ¿por qué tienen uno aquí?

–¿Qué es? –preguntó uno de los monjes.

–A ver si puedo mostrárselo –respondió Hill.

Siguió el recorrido de un cable que salía de la caja y descendía hacia la base. Entraba en un pequeño aparato que llevaba un monitor incorporado y un teclado. De él salían más cables que iban a lo que, obviamente, era el ordenador central. Pero el controlador del rayo láser estaba conectado, en su pantalla se leía «Ejecutando», y llevaba un pequeño ratón de almohadilla al pie del teclado.

–¿Qué hace? –preguntó uno de los monjes.

–Un minuto –respondió Hill, al tiempo que tocaba suavemente la almohadilla con un dedo.

–Escuché de nuevo la voz de la mujer –decía Will Puma–. Y después ella desapareció y vi la oscuridad y la Tierra girando sobre su eje en su lugar en los cielos. Entonces apareció una luz y vi el arco iris.

–Y usted, ¿vio lo mismo? –dijo Deauchez mirando a Rimpoché.

–Algo parecido. Pero sí, el arco iris, sí. ¡Es hermoso, el arco iris!

–Pues no comprendo por qué yo no lo he visto –dijo Deauchez con el ceño fruncido–. ¿Era parte del mensaje?

–No –dijo Will Puma tras sacudir la cabeza con firmeza–. El arco iris es parte del verdadero espíritu.

–¿Y cómo lo vieron ambos si no estaba programado?

–Todos podemos ir al mundo del espíritu. Si sabemos cómo abrirnos a él –dijo Will Puma.

–Y si conocemos el camino –añadió el monje.

Inclinó la cabeza hacia el chamán en un gesto simpático.

Deauchez empezaba a dudar del valor de su propio credo teológico.

–Pero, el arco iris, ¿ayuda? ¿Qué significa el arco iris?

Lamba Rimpoché y Will Puma intercambiaron una mirada expectante.

–¿Usted no lo sabe? –preguntó Rimpoché al chamán.

–Fui traído hasta aquí para averiguarlo –respondió él.

–Entonces tenemos que concentrarnos en eso –dijo el monje.

Los tres se pusieron a pensar.

–Para nuestro pueblo, el arco iris es una señal de esperanza, de un nuevo inicio –explicó Will Puma–. En la Biblia también es así, ¿no?

–Sí. Dios creó un arco iris después del diluvio universal. Le dijo a Noé que era una promesa de que nunca más volvería a destruir la tierra.

–¿Ven? Mucha gente conoce esta historia o alguna parecida.

–Pero ¿cómo aparece el arco iris?

Nadie supo qué decir.

–Tal vez deberíamos hablar del mensaje que intentamos transmitir –dijo Deauchez tras un suspiro–. He estado pensando que podríamos emitir un programa de televisión. Presentar nuestras historias, desenmascarar la conspiración y dar nuestra teoría acerca de los terremotos. Eso podría provocar una duda razonable como para detener la actividad por un tiempo. Y si se detiene, reforzará la creencia en la gente de que todo ha pasado y que habrá muy pocos terremotos, etcétera. En definitiva, la reversión de la bola de nieve.

–¿Y qué pruebas tenemos? –preguntó Rimpoché con cortesía.

–Ninguna física –admitió Deauchez.

–Pocos creerán sus opiniones sobre los terremotos –dijo Will Puma–. Los hombres blancos no piensan de ese modo, no creen en el poder de la mente y del espíritu. Y tampoco se creerán lo de la conspiración. Cuando la mente de la gente va por un camino, es difícil desviarla de él. Yo me creo la historia de ustedes porque estoy fuera de ese camino. Es la misma historia que yo sé de corazón. Lo que ustedes vayan a contar no convencerá a nadie que ya esté en ese camino a menos que tengan pruebas para demostrarlo.

Deauchez se sintió frustrado por la cruda verdad de estas palabras, pero asintió con un firme movimiento de la cabeza.

–Mientras usted y Simon investigaban por ahí, yo lo observaba todo atentamente desde este monasterio –intervino Rimpoché–. Aunque había decidido no participar en la divulgación del mensaje, supe que algo ocurría. ¿Me comprenden?

–Por supuesto –convino Deauchez.

–Bien, he pensado en la forma en que se dio a conocer Mal Abbas. ¿Lo recuerdan?

–No vi la retransmisión en directo, pero sé que tardó más de cuatro días en aparecer. Yo, por esas fechas, estaba en Nueva York.

–¡Oh, cielos! Pues bien, salió en televisión y dijo que Dios le había dado órdenes expresas de que esperase hasta el decimotercer día.

Deauchez pensó en silencio, al tiempo que se frotaba las manos sobre la mesa.

–Gracias al buen trabajo de Simon y de otros como él, el mundo sabe que todavía faltan dos profetas por manifestarse. Han dicho a la gente que son veinticuatro y hasta ahora sólo tienen veintidós. –Rimpoché esbozó una sonrisa–. Los que faltamos somos usted y yo, Michel.

Era obvio, pero absolutamente imprevisto: el hecho de que él fuera un profeta podía deberse a algo fortuito en vez de a algo aterrador, y aquella idea le llegó como una revelación.

–¡Claro! Si la gente no cree lo de la conspiración, pueden creernos si les hacemos saber que somos los profetas que faltan.

–¿Por qué creyeron a Mal Abbas? –preguntó Rimpoché, tras encogerse de hombros–. Porque esperaban la aparición de más profetas, ¿comprenden? Lo que no esperan es que nadie desenmascare una conspiración. Y creyeron porque tenían un profeta de fama reconocida, el maestro sufí, para confirmar que lo que

Mal Abbas decía era verdad. –Rimpoché miró con vehemencia al chamán–. ¡Y nosotros tenemos a Will Puma!

–Yo todavía no me he presentado –dijo Will Puma, tras encogerse de hombros.

–Tal vez no se ha presentado al público, pero ha hecho lo mismo que ese pastor baptista. No obstante, su descripción y su nombre han aparecido en todos los periódicos. Yo mismo lo he visto. La gente creerá en usted y por tanto nos creerán a nosotros siempre y cuando nos mantengamos en el... ¿cómo han dicho, amigos?, en el camino.

–Pero ¿y qué podemos decirles? –preguntó Deauchez, excitado. Por primera vez en mucho tiempo vislumbraba una chispa de esperanza–. No podemos limitarnos a decirles que dejen de creer en el fin del mundo y que los terremotos cesarán...

–No. No podemos explicarlo a la mente consciente de la gente. Tenemos que llegar a su mente subconsciente. –Rimpoché se puso en pie y se dirigió a la ventana. Miró un buen rato en dirección a la cabina de la red global–. Pero sí podemos pensar en cómo llegar a la gente. ¿Cómo conseguir difundir esa emisión?

–Tendrían que difundirla en todas las cadenas, por todo el mundo –añadió Will Puma–. Para hacer algo así, se necesita mucho poder.

–Simon tiene sus contactos –dijo Deauchez–. Si podemos salir en la WWN, todas las cadenas del mundo lo sabrán.

–Ahí fuera todo anda muy mal –dijo Will Puma, con pesimismo–. Incluso en la radio, muchas emisoras ya no emiten. No creo que podamos confiar en que los medios de comunicación se muevan a la misma velocidad que hace unos días.

–Pienso que usted menosprecia las dificultades, querido –dijo Rimpoché con pesar–. Sí, estoy seguro de que nosotros solos no podremos hacer nada así.

Deauchez dio un respingo al notar una punzada de dolor en la sien, aquella alarma ya familiar que sonaba en los momentos de tensión. El monje tenía razón, por supuesto. ¿Cuánto tiempo habían luchado Hill y él para que su reportaje y su visión del mensaje salieran en los periódicos y no lo habían conseguido? Sus esperanzas se desvanecieron.

–Usted sabe quién puede ayudarnos, Michel, ¿no es cierto?

Deauchez miró unos instantes la túnica del monje e intentó descifrar a quién se refería. Miró al nativo americano, que también se ponía en pie y se desperezaba. Will Puma no parecía en absoluto confundido.

–¿Quién? –preguntó Deauchez.

–¿Quién puede hacernos salir a la vez en todas las cadenas de televisión del mundo? –preguntó a su vez Rimpoché tras volverse hacia el cura.

Deauchez se encogió de hombros con aire de impotencia. Si Hill y él lo hubiesen sabido, todas las catástrofes ocurridas habrían terminado mucho antes.

El monje sonrió, se acercó a él y le puso una mano en el corazón.

–No piense con sus prejuicios, trasciéndalos. Es una pregunta muy fácil.

Deauchez miró al monje y arqueó las cejas, sorprendido. Intentó hacer lo que el monje le aconsejaba y gritó:

–¡No!

–Sí, Michel. Ahora mismo, el único que tiene autoridad es el presidente de Estados Unidos.

Deauchez miró boquiabierto a sus compañeros, asombrado de verlos tan tranquilos. Advirtió que no se habían enterado. Pese a haberles contado todo lo que sabía, empezaban a no comprender.

–¿Anthony Cole? Nos mataría en un abrir y cerrar de ojos si supiera dónde estamos.

–Usted piensa en él como en su enemigo –replicó Rimpoché–. Eso es inútil. Nosotros, los budistas, ¿sabe qué decimos?: «Mi enemigo es mi maestro».

El cura se puso en pie y sacudió la cabeza con energía.

–¡Anthony Cole ha cometido genocidio! ¡En comparación con él, Hitler era un monaguillo!

–Tal vez sea cierto –se encogió de hombros Rimpoché–, pero

pensar así no nos ayudará a resolver nada. Tenemos que concentrarnos en nuestro objetivo, ¿comprende? ¿Detener los terremotos es nuestro objetivo? Porque puedo asegurarles que, en este momento, ése es el objetivo del presidente. ¿Saben a qué me refiero?

Deauchez dirigió la mirada del rostro expectante de Rimpoché al de Will Puma y su placidez. Le sorprendió que el chamán no protestara. Como si leyera su mente, Will Puma dijo en tono prosaico:

–Sin abrir los canales, no podremos llegar a la gente.

–Tiene usted miedo –dijo Rimpoché, al tiempo que colocaba su huesuda mano en el hombro del sacerdote–. Lo comprendo. Pero pienso que, quizás, ha llegado el momento de dar un paseo, ¿no? ¿De acuerdo? Vamos a ver qué ha descubierto nuestro amigo Hill en la cabina.

Will Puma ya se dirigía a la puerta. Deauchez lo siguió aturdido, su mente estaba turbia por la confusión.

Llevaban un kilómetro caminando montaña arriba por el estrecho camino cuando Deauchez advirtió qué iban a hacer. El tibetano lo había propuesto mientras él todavía se sentía aturdido por el trance hipnótico y bastante tenía con ordenar sus propios pensamientos. En aquellos momentos, tal vez debido al sonido lejano de un helicóptero, se despertó en él lo que Hill calificaba de paranoia.

–¡Han forzado la cabina! –dijo el cura, al tiempo que se detenía de repente.

–Sí, querido –le dijo Rimpoché, que siguió caminando.

–¡Pero si tiene que estar llena de alarmas silenciosas!

Deauchez se abrió paso entre Will Puma y Rimpoché con la vista clavada en el cielo. Sí, el sonido de los helicópteros era más intenso. Al menos había media docena de ellos. Deauchez vio la primera hélice que aparecía por encima de una montaña distante.

–¡Ah! –exclamó Rimpoché–. ¡Más visitantes!

–¡Madre de Dios! –gritó Deauchez y echó a correr.

Dobló un recodo y vio la cabina y un gran arco iris que brillaba entre una y otra montaña como un inmenso semicírculo de fuego.

Capítulo 28

Búnker presidencial, Fairfax, Virginia

En su despacho, Anthony Cole respondió a la línea principal de teléfono.

–¿Peter?

–Soy yo. Escucha, se ha disparado una alarma en una cabina de la red global en Texas. Acabamos de detener a los intrusos. –Se produjo una pausa–. Jamás adivinarías quién ha sido.

La agitación en la voz de su hermano le dijo mucho más que el lugar donde habían sucedido los hechos.

–Lamba Rimpoché –dijo, sin dudarlo un instante.

–¡Sí! Pero con él iban...

–Deauchez y Hill.

–¡Sí! –Peter se quedó sorprendido por la clarividencia de su hermano–. Will Puma también iba con ellos.

–Oh, Dios –Cole se recostó en su sillón. No tuvo la sensación de alivio que habría experimentado unos días antes. No, tal como estaban las cosas, la captura de Deauchez y de Hill era un éxito cuestionable, pero sentía curiosidad por el hecho de que estuvieran los tres juntos: Deauchez, Rimpoché y Puma. Pese a todo, seguía lo bastante interesado en la psicología del plan como para querer saber por qué y cómo estaban juntos–. ¿Están bajo custodia?

–Los tenemos a todos en nuestro rancho, cerca de Amarillo. Mi primera idea fue liquidarlos de inmediato.

Cole cogió un lápiz y empezó a dar golpecitos en el escritorio.

–No, primero tenemos que interrogarlos. Sobre todo a Deauchez.

–Lo sé. Louise sugirió lo mismo, pero, mira, Anthony, hay algo más. Es... es una completa tontería, ya lo sé, pero... –Se produjo una prolongada pausa–. Insisten en verte ahora mismo. Afirman que pueden explicar, Anthony, dicen que pueden explicar...

–Voy hacia allí ahora mismo. –Cole ya sabía lo que podían explicar.

Amarillo, Texas

En Amarillo hacía un calor sofocante y el terreno era absolutamente baldío, lo que daba nuevo sentido a la frase «Estados Unidos es un gran tazón polvoriento» a aquellos que lo contemplaban por primera vez. El inmenso rancho se encontraba en una franja desértica en la que sólo crecían matorrales. Se hallaba a cientos de kilómetros de lugares habitados, y aunque indudablemente su objetivo era ése, el de escapar a las miradas curiosas, a Deauchez le pareció que aquel paisaje estéril y yermo era el mejor escenario para su primer encuentro oficial con el Cetro Rojo.

Habían llegado en helicóptero, pero en el rancho había también una pista de aterrizaje y, desde la pequeña ventana de su celda de cemento, Deauchez vio que el personal de servicio se movía al más puro estilo militar en el pequeño campo de aviación.

Se alejó de la ventana con el rostro contraído. «Ya viene», pensó.

Los registraron de nuevo y los llevaron hacia la gran casona, una inmensa cabaña de troncos decorada con cuernos de alce y artesanía de nativos norteamericanos. Los metieron en una habitación donde los esperaban unas sillas dispuestas en círculo, una para cada uno: Rimpoché, Deauchez, Puma y Hill, y tres sillas más, de momento vacías. Unos guardias armados vigilaban las puertas.

En esa ocasión, nadie les había dicho nada, lo cual había supuesto un gran alivio después del implacable interrogatorio al que habían sido sometidos a su llegada. Y ellos tampoco hablaron; las circunstancias eran demasiado serias para eso y se sentaron sin decir nada. El silencio era tan profundo que Deauchez oía el tictac del reloj del pasillo, tan profundo que oía su propio pulso, cada vez más acelerado. Sus ojos se encontraron con los de Hill en una mezcla de pánico e incredulidad por parte de ambos. Allí estaban, en las garras del león.

Oyeron el ruido de un avión que se aproximaba y pasaron unos largos y angustiosos minutos hasta que Cole entró en la habitación. Iba seguido de un hombre joven y, para sorpresa de Deauchez, de la doctora Janovich. Cole tomó las riendas de la situación al momento. Mientras cruzaba la habitación y entraba en el círculo, escudriñó a sus huéspedes con sus fríos ojos castaños. Se acercó al monje y le tendió una huesuda mano.

–Buenas tardes, Lamba Rimpoché. Soy Anthony Cole.

Rimpoché se puso en pie, le estrechó la mano y le dedicó una sonrisa y una leve inclinación de la cabeza.

–Gracias por acceder a vernos, señor presidente.

Will Puma también estrechó la mano de Cole. Su rostro, como siempre, permaneció impasible, pero sus ojos negros eran cautos y circunspectos.

Entonces, Cole se detuvo ante Deauchez y dijo:

–Padre Deauchez, su valentía y su ingenuidad siempre me han intrigado. Me alegra tener la oportunidad de conocerlo.

Los ojos de Cole traslucían una excitación real y en ellos no había atisbo alguno de rencor. Sin embargo, Deauchez notó su gran frialdad. Se ruborizó, con la lengua trabada, y consiguió asentir con la cabeza. También estrechó la lisa, suave y fría mano del presidente y fue como estrechar la del mismísimo Satanás.

–Señor Hill –dijo Cole–, usted es, con toda seguridad, el reportero más tenaz de este país.

–Sí, señor, lo soy –dijo Hill. En su tono de voz había un amago de reto. Estrechó la mano de Cole a toda prisa y volvió a sentarse.

Cole les presentó a su hermano Peter y a la doctora Janovich. Ella miró a Deauchez y a Hill con un odio apenas contenido. Cole indicó con un gesto que cerraran la puerta y los agentes del servicio secreto y los guardias armados salieron. Los únicos que quedaron fueron los que vigilaban desde las puertas del porche y desde las ventanas.

–Esta sala está insonorizada –dijo Cole–, lo cual es muy importante, ya que lo que vamos a discutir aquí es extremadamente serio. Confío en que sean conscientes de la oportunidad que tienen y espero que tengan algo útil que decir, tal como afirman.

Caminó hasta su silla y se detuvo junto a ella, con las manos apoyadas en el respaldo. Tal vez hacerles ver que él era el único que permanecía en pie fuera un gesto de poder, pero resultó absolutamente innecesario porque todos tenían ya muy claro que era él quien estaba al mando de todo.

Hill habló primero.

–Si lo que vamos a discutir aquí es tan serio, ¿qué pasará cuando se abran esas puertas? –preguntó.

–Eso dependerá por completo de los resultados de esta charla, señor Hill –respondió Cole sin el más leve asomo de malicia.

Hill miró a Deauchez con aire de impotencia y el cura intentó transmitirle ánimos con una sonrisa.

–Caballeros –dijo Cole, al tiempo que se inclinaba hacia delante–, permítanme que les sea brutalmente sincero. El mundo pasa por una profunda crisis. Si ustedes no tienen la solución, no significan nada para nosotros. –Los miró uno a uno con solemnidad y vehemencia–. Algunos de ustedes me odian, nos odian. Eso ahora no importa. No tengo ningún interés en amenazarlos o engatusarlos. Mi única preocupación ha sido, y ahora lo es más que nunca, salvar a la humanidad de la extinción.

Deauchez quiso reírse en voz alta ante la audacia de aquella afirmación, pero Lamba Rimpoché dijo:

–Nosotros tenemos el mismo objetivo, por lo que nuestros intereses están unidos.

–Espero que ése sea su objetivo.

–Lo es –corroboró Deauchez con amargura–. Aunque tengamos que pactar con el diablo para conseguirlo.

–Yo siento lo mismo. Han dicho que tienen información sobre los volcanes y los terremotos. Me gustaría escucharla.

–Primero respóndame a una pregunta –dijo Deauchez, sentado en el borde de la silla–. En Santa Pelagia hubo una docena de personas que presentaron estigmas y, además, sangraron varias estatuas de la localidad. ¿Eso lo planeó usted?

Janovich miró a Cole y él le indicó que hablase con un gesto de la cabeza.

–Habíamos programado tres casos de estigmas –dijo la mujer en tono gélido–. Sánchez, Daunsey y usted. Al fin y al cabo, los estigmas son un fenómeno propio de los católicos.

–¿Y que sangrasen las estatuas? ¿También lo programaron ustedes?

–No –respondió Janovich con desdén–. Esas cosas ya habían ocurrido antes cuando se habían dado casos de estigmas y, por lo general, son falsos, según la bibliografía que yo he leído al respecto.

–Por lo general –repitió Deauchez–. Pero no en Santa Pelagia. Los casos «no programados» de estigmatizados tampoco eran falsos. Lo que ocurre es que aparecieron más fenómenos de los que ustedes habían programado. ¿No se les ocurrió pensar que con la aparición de las señales se daría una reacción similar, que habría cosas que se les escaparían de las manos?

–Continúe, por favor, padre Deauchez –dijo Cole, con un rostro que no revelaba ninguna emoción.

Deauchez y Lamba Rimpoché le explicaron lo que creían que estaba provocando la histeria colectiva: que se acelerase la cuenta atrás y que de manera subconsciente se produjera la séptima señal. Durante toda la explicación, Janovich puso varias veces los ojos en blanco y miró a Cole como si quisiera que también él la considerase ridícula, pero el presidente hizo caso omiso de la mujer. Se alejó del círculo y se dirigió a la ventana.

–Es absurdo sugerir que los procesos mentales, ya sean subconscientes o no, afecten a los movimientos de las placas tectónicas de la Tierra –dijo Janovich en tono beligerante–. No hay ni una sola prueba de que el hombre tenga ni la más remota capacidad para...

–¿No? –Deauchez se burló–. En cambio, en su ponencia de la Conferencia Mundial de Psiquiatría de 1990 usted misma demostró ese poder. Carne quemada tras ponerle un trozo de hielo, una piel sin quemaduras después de aplicarle carbón ardiendo. Fue usted misma quien implantó la sugestión de los estigmas en los profetas y los vio aparecer a voluntad. ¿Cómo puede decir ahora que la mente es incapaz de alterar la realidad física?

–Bueno, sí, pero... alterar el cuerpo de uno mismo mediante alguna forma de retroalimentación bioquímica es muy distinto de...

–¿Y las estatuas? –la interrumpió Hill, impaciente–. Que sangrasen no pudo deberse a una retroalimentación bioquímica.

Janovich miró al periodista con ojos asesinos. Deauchez vio que todavía le quedaban rastros de morados en la cara, unas sombras que le cruzaban las mejillas. Con un sobresalto, recordó que habían matado a su marido. Era inútil querer convencer a Janovich de nada.

–Señor Cole –dijo Deauchez, intentando aparentar tranquilidad–, usted es un hombre de negocios. Usted sabe que el pánico en Wall Street puede provocar que se haga realidad un acontecimiento temido: si todo el mundo cree que el mercado de valores bajará y los inversores retiran su dinero, el mercado bajará. Ha habido filósofos que han sostenido que la realidad sólo es lo que entre todos convenimos que es y tal vez tengan razón. Quizá la mente humana y el mundo estén vinculados de maneras que desconocemos.

–Eso es palabrería y superstición –se mofó Janovich.

–Doctora, padre Deauchez, por favor –dijo Cole–. Creo que comprendo sus puntos de vista. –Siguió mirando por la ventana y todos esperaron. De nuevo se oyó el tictac del reloj del pasillo.

–Me temo que estoy de acuerdo con nuestros invitados, doctora –dijo Cole–. Hay unos vínculos. En Santa Pelagia sucedieron cosas que nosotros no habíamos previsto. Ahora tenemos este problema nuevo, una «señal» que no habíamos programado que apareciera.

–No es una señal –dijo Peter, negando con la cabeza.

–Y el séptimo ángel derramó su copa en el aire –citó Deauchez–, y sobrevino un gran temblor de tierra, como no lo hubo desde que existieron hombres sobre la Tierra...

–Y toda isla huyó, y los montes desaparecieron –concluyó el presidente–. ¿No has leído la Biblia, Peter?

–¡Es una coincidencia!

Cole se volvió de la ventana y caminó hacia ellos con aire resuelto.

–Sigan hablando, pero todavía espero escuchar teorías mejores acerca de lo que está pasando. En realidad, aún no he escuchado ninguna teoría.

Se detuvo junto a Hill y Deauchez y los miró con frialdad.

–Supongo que quieren anunciarme que el Apocalipsis es una farsa.

–No necesariamente –intervino Rimpoché con una tímida sonrisa–. Otra opción sería sugerir que ha habido un aplazamiento. ¿Sí? ¿Comprende?

–Sabemos que ustedes nunca accederán a algo que no se ajuste a sus propios intereses –dijo Deauchez con desprecio–, por más retorcidos que sean esos intereses. Por lo tanto, es posible que podamos detener el pánico sin desvelar sus... sus planes.

–Tenemos que activar el sistema de alerta de emergencia en todo el planeta –dijo Hill.

–¿Así que quiere que hagamos una retransmisión? –Aquello pilló desprevenido a Cole–. ¿Cómo voy a permitirle que lo haga? Podemos elaborar un mensaje de «aplazamiento» entre todos y eso bastará.

–No, no podemos –replicó Hill con una satisfacción evidente–. Ustedes han hecho un trabajo demasiado bueno para poder ahora ocultar su implicación en los hechos. El presidente Cole no sabe cuál es la voluntad de Dios. Los profetas sí lo saben.

–Perdone –intervino Rimpoché–, pero no se trata sólo de convencer a la mente, sino al alma. Recuerde que cuentan con los dos últimos profetas que faltaban por salir a la luz aquí con ustedes, en esta habitación.

Cole frunció el ceño, sorprendido y agradecido a la vez.

–Sí –dijo Rimpoché con una sonrisa–. Ha llegado la hora de que el padre Deauchez y yo nos presentemos.

–Y tendremos que utilizar el arco iris –añadió Will Puma.

Janovich respiró hondo y de manera ruidosa.

–¿Cómo se han enterado de eso? –preguntó Cole, con aire defensivo.

–Han puesto en marcha la caja del Lasercorp de la cabina –explicó Peter–. Cuando llegamos, había un arco iris en el cielo.

–Bueno, pues olvídense de eso –dijo la doctora Janovich con una carcajada llena de rencor–. El arco iris fue eliminado de la programación de los profetas incluso antes de que empezáramos.

–¿Y se suponía que el arco iris iba a ser una de las señales? –preguntó Hill.

–En principio, el arco iris iba a ser un sistema de ajustar automáticamente los fallos o los errores en la detonación de un misil atómico. Una manera de anular la acción de los profetas, si era necesario. Decidimos no utilizarlo, pero el equipo informático del Lasercorp ya estaba instalado.

–¿Por qué decidieron no utilizarlo? –Deauchez miraba a Cole con intensidad.

–¿Por qué? –Cole sonrió con un aire de perplejidad y dramatismo–. Primero, porque el láser sólo funciona si hay una capa de nubes para que la luz se refleje, es decir, que había problemas tecnológicos que no fuimos capaces de resolver.

–¿Y? –insistió Deauchez.

Janovich tosió nerviosa en su asiento.

–Sí –dijo Cole con un suspiro–. Ustedes piensan que somos monstruos, pero se equivocan. Lo eliminamos del plan porque yo temía que si teníamos un botón que pulsar en caso de pánico, caeríamos en la tentación de pulsarlo. –Cole volvió a la ventana–. Las cosas iban a ponerse muy feas... Por más que nos preparásemos, sólo somos seres humanos.

Deauchez no veía la cara de Cole porque se había vuelto de espaldas intencionadamente, pero captó lo que el presidente quería decir. Quería decir que los otros miembros del Cetro Rojo sólo eran seres humanos. Tal vez se sintieran mal cuando presenciaran todas aquellas muertes en masa, pero Cole no podía correr ese riesgo y por eso se aseguró de que no hubiera manera de detener el proceso una vez iniciado.

–Jesús, pues tal como van las cosas, pronto tendrá esa capa de nubes –dijo Hill con amargura.

–Sí, creo que tiene razón, señor Hill. Las cenizas volcánicas. –A Cole le pareció divertido aquel toque de ironía.

–No importa –insistió Janovich, al tiempo que se apartaba el cabello de la frente con una mano temblorosa–. Habíamos programado el arco iris y podríamos haberlo utilizado, pero el caso es que no lo hicimos. La aparición del arco iris no habría significado nada para los profetas.

–No tenía por qué –terció Will Puma–. Mientras tenga significado para la gente...

–Mmm, me parece que he comprendido bien lo que nos sugiere –dijo Cole, mientras se apoyaba en el marco de la ventana.

–¡No, Anthony! –protestó Peter.

–No sé si creer la teoría de ustedes acerca de los movimientos sísmicos –dijo el presidente, haciendo caso omiso de su hermano–. Pero... para serles sincero, tampoco veo que su plan pueda hacer ningún daño. Bien, prepararemos un guión, pero se lo advierto: si alguno se desvía del programa lo más mínimo, la emisión y sus vidas llegarán a un repentino final. –Cole se incorporó y consultó su reloj–. Tenemos que reunirnos con nuestra gente antes de encontrarnos con ustedes. Tal vez podríamos hacerlo a principios de la semana próxima.

–No. –Deauchez se había puesto en pie, con los puños apretados en los costados–. Retransmitiremos hoy, ahora. Y también contaremos lo del antídoto del Santarém. No más muertes, señor Cole. Eso se ha terminado.

Cole se volvió despacio y miró al cura con una mezcla de diversión, hostilidad y arrogancia. Pero a Peter no le parecía divertido. Se puso en pie y farfulló:

–Pero ¿quién se ha creído que es? ¿Quién es usted para decirle al presidente lo que tiene que hacer?

–Siéntate, Peter –dijo Cole, con voz serena. Peter lo miró con aire suplicante, pero se sentó–. Ustedes no tienen ni idea de qué queremos conseguir –le dijo Cole a Deauchez.

–¿No? Bueno, pues a mí me gustaría saberlo –intervino Hill, con el ceño fruncido de rabia.

Cole hundió las mejillas y estudió al periodista.

–Mmm, supongo que como han leído el Proyecto Apocalipsis en nuestro servidor, también entenderán la motivación que hay detrás de todo esto. Los medios de comunicación, lo siento, señor Hill, pero es cierto, divulgan toda clase de cosas menos la verdad. La mayor parte de las personas que viven en este planeta no saben qué crisis hemos vivido ni lo cerca que hemos estado del abismo.

Deauchez sabía lo que Cole diría a continuación. Como un adolescente al que hubiesen llamado al orden, sintió odio y resentimiento por anticipado ante lo que el presidente iba a decir. Miró a Hill para transmitirle sus emociones, pero Hill miraba a Cole con interés. No era su viejo yo de periodista, anhelante de información. Simplemente, se limitaba a escuchar.

–Bien, el Cetro Rojo sí lo sabía –dijo Cole–. Desde 1920 seguimos de cerca la explosión demográfica, el agotamiento de los recursos limitados del planeta y los altibajos políticos y financieros. Si no emprendíamos una acción, hacia el 2050 nos veríamos abocados al desastre. Pocos políticos lo admitirían porque sería letal para los negocios, pero el efecto invernadero sin control provocaría un cambio climático en todo el globo. Estudiábamos el descenso de las cosechas. En realidad, ya hemos empezado a asistir a ese descenso, como ustedes saben perfectamente bien. Con la superpoblación de la Tierra, el único resultado posible era la anarquía, una guerra global en la que la gente lucharía por la comida y provocaría revoluciones violentas. Y con el arsenal nuclear de la guerra fría en el mercado al alcance de cualquier revolucionario o terrorista, ¿cuáles creen que serían los resultados?

–¡Pero todo esto es absurdo! –se mofó Deauchez–. Como tienen miedo de la muerte y la destrucción global, causan la muerte y la destrucción global...

–Ésa fue exactamente nuestra decisión. –Cole volvió los ojos hacia Deauchez con aire de desafío–. La reducción masiva de la población era inevitable. Si no lo hacíamos nosotros, sucedería de todas maneras. Al menos, con el Proyecto Apocalipsis teníamos la posibilidad de controlar la destrucción, de utilizarla como una oportunidad con el fin de cambiar el mundo para mejor, de nombrar personas y realizar acciones que acabaran conduciendo al mundo a una nueva Edad de Oro.

–¿Edad de Oro? ¿Y llama Edad de Oro a eso? –se burló Deauchez.

–Por supuesto que no. –Cole esbozó una sombría sonrisa–. Esto sólo es el precio necesario que hay que pagar para lo que viene a continuación. ¿Se imagina un mundo sin fronteras nacionales? ¿Sin guerra? ¿Cree que hay otra manera de que sobrevivamos como especie con orientación tecnológica? ¿Y la calidad de vida? Usted estuvo en la India hace unas semanas, padre Deauchez. El nivel de vida de la mayor parte de los habitantes de este planeta es de una pobreza cada vez más exacerbada. En el nuevo mundo, todos los seres humanos tendrán casa, comida, ropa y educación. ¿O es que eso no le importa? Para los religiosos como usted, esos conceptos, ¿son pura palabrería? Con seis mil millones de habitantes, un nivel de vida decente para todos es imposible. Y con un sistema de gobierno de partidos, al viejo estilo, mucho menos. En casi todos los países, la corrupción y los sobornos están a la orden del día. En Occidente, las iniciativas de los gobernantes chocan contra el obstruccionismo político de los grupos de poder. ¡Es como un chiste! –Las palabras de Cole y su rostro estaban teñidos por la pasión.

–Sean cuales sean sus intereses –dijo Deauchez claramente–, hay otras maneras de...

–¡Sí, claro! Hay otras maneras de hacerlo: con más cortesía, con más bondad... ¡Las hemos probado todas! En los siglos pasados, el Cetro Rojo apoyó todo tipo de iniciativas. En el siglo XX apoyamos la planificación familiar, a Greenpeace e incluso a Naciones Unidas. ¿Y cuál ha sido el resultado?

Deauchez cruzó los brazos y lo miró enfurecido.

–¿No me responde, padre? Bien, pues yo se lo diré: prácticamente ninguno. La gente cree que el mundo avanza, que progresamos como seres racionales, pero por cada paso que damos hacia delante, como la legalización del aborto, por ejemplo, hay un movimiento conservador dispuesto a llevarnos de nuevo a la superstición y a la ignorancia.

Cole hablaba con fervor. Era muy raro verlo de aquella manera. Todas las fotos o imágenes que Deauchez había visto de él encajaban con la frialdad del hombre que había entrado en aquella habitación: gélido y blanco como el mármol.

Deauchez se miró las manos, que se retorcían en su regazo. Se obligó a controlarse.

–¿O sea que ha intentado matar a todos los conservadores? Pues me temo que no le servirá de nada porque volverán. Usted no puede cambiar la naturaleza humana.

–No. –Cole se pasó una mano por sus oscuros cabellos, en un intento de recobrar la compostura–. Pero en el nuevo mundo tendrán muy poca fuerza.

Deauchez miró a sus amigos. Hill tenía los labios fruncidos y los ojos distantes. Rimpoché tenía la vista clavada en su regazo. La expresión de Will Puma era, como siempre, indescifrable.

Deauchez habló en voz baja, con su furia contenida como una llama en su interior inextinguible, pero que tampoco necesitaba airear gritando.

–No sé lo que el futuro nos habría deparado –dijo–. ¿Revueltas? Tal vez, pero usted no tiene el derecho de imponer sus ideales al resto de la humanidad. Ni tiene derecho a acabar con una sola vida humana.

–¿Que no tengo derecho? –Cole soltó una carcajada–. No era un derecho, era un deber. Me gustaría poder permitirme su idealismo, padre Deauchez, pero los idealistas no han salvado el mundo. El Cetro Rojo cree que nosotros somos los dueños de nuestro propio destino. No vamos a enterrar la cabeza en la tierra y esperar a que los dioses o los alienígenas nos salven. A veces, lo que debe hacerse no es fácil y es necesario que exista un hombre como yo.

–Sí, realmente, hasta ahora usted ha hecho mucho por la humanidad –dijo Deauchez con una ira callada.

El presidente hundió las mejillas. Su blanca piel estaba algo ruborizada y en su mirada había una claridad ardiente. Cole y Deauchez se miraron mutuamente como si cada uno estuviera a un lado de un abismo que ninguno de ellos podría o querría cruzar jamás.

–¿No sería mejor que volviéramos a hablar de esa retransmisión? ¿Sí? –sugirió Rimpoché al tiempo que se ponía en pie y saludaba con una inclinación de la cabeza.

Cole miró al monje.

–Me temo, señor presidente –dijo el tibetano–, que el padre Deauchez tiene razón. Sólo podremos detener esto si los supervivientes tienen ganas... ganas de vivir. Y, como ve, los muertos también tienen algo que decir. Los muertos tiran de los vivos. La fuerza con la que tiran es muy grande. Llegará un momento en que será irresistible si es que ese momento no ha llegado ya. Tenemos que actuar lo antes posible, sí, ahora mismo.

Cole no respondió de inmediato. Se volvió hacia la ventana y permaneció unos minutos allí mirando hacia el exterior. Los hombres y la mujer reunidos en la habitación miraron el contorno de su espalda y esperaron. Peter sacudía la cabeza vigorosamente. Janovich parecía del todo indecisa. Por las caras de sus compañeros, Deauchez supo que sentían lo mismo que él: que el destino del mundo dependía de lo bien que defendieran su tesis.

Cuando Cole se volvió de nuevo, la rendición era una palabra demasiado fuerte para designar lo que había en sus ojos, pero era indudable que reconocía su vulnerabilidad.

–Muy bien –dijo–. Hagámoslo.

Boletín de emergencia
20.00 hora de Amarillo; 02.00 hora de Greenwich; 21.00 hora de la Costa Este

Una hora antes empezaron a anunciar que se retransmitiría un boletín de emergencia. En Sedona, Santa Pelagia, Harlem y en muchos de los otros centros de los demás profetas la gente se congregó alrededor de televisores y radios portátiles. En la ciudad de Nueva York situaron el símbolo de alerta de emergencia en Times Square a la espera de la retransmisión. En esos días, la WWN seguía persistentemente en el aire, lo cual demostraba que los índices de audiencia podían solucionarlo casi todo. Pasaron el anuncio de inmediato y luego estuvieron una hora discutiendo teorías acerca de cuál sería la alerta con todas las personas con las que pudieron contactar por teléfono, con un reloj digital contando los minutos en la parte inferior de la pantalla. Las cadenas que llevaban días mudas resucitaron de repente con el anuncio de la alerta de emergencia. En los hogares de todo el país y de todo el mundo, los que aún seguían dentro de las casas se sentaron alrededor del televisor como sus ancestros habían hecho alrededor del fuego en las frías y ventosas noches de invierno.

Cuando terminó la cuenta atrás, el anuncio luminoso centelleó.

Sistema de retransmisión de emergencias.

Esto no es una prueba. Esperen, por favor:

Diez

Nueve

Ocho

Siete

Seis

Cinco
Cuatro
Tres
Dos
Uno

Un vídeo de Anthony Cole. Estaba atractivo, como siempre, y sumamente serio.

–Les habla Anthony Cole, presidente de Estados Unidos. Tengo un importante mensaje para ustedes. Por fin se trata de una buena noticia. Esta mañana, a primera hora, se ha realizado un gran descubrimiento en los laboratorios de la HAI. Hemos probado una nueva fórmula en varios pacientes que se hallaban en la fase tres del virus Santarém y su inmediata mejoría fue casi milagrosa. Lo que quiero decirles es que creemos que tenemos una cura para la enfermedad. Será distribuida tan pronto como sea manufacturada.

El presidente hizo una pausa para que el público asimilara lo que acababa de anunciar.

–Pero éste no es el único motivo de esta retransmisión. Hoy se puso en contacto conmigo un famoso periodista y decidí que lo que él me contó tenía que llegar a todos ustedes lo antes posible. Escuchen, por favor, y tengan esperanza.

Cole inclinó la cabeza de manera espectacular y la cámara enfocó a los otros cuatro hombres sentados alrededor de la mesa de la sala de redacción. Se trataba de un sacerdote de cabello moreno y raza caucásica, con traje negro, camisa del mismo color y alzacuellos blanco; un monje asiático con una túnica de color azafrán, un nativo norteamericano y un afroamericano, ambos con vaqueros y camisa informal. Tras ellos había un anuncio luminoso en el que se leía KFOX 8.

–Soy Simon Hill –dijo el afroamericano, leyendo de un papel que tenía delante–. Muchos de ustedes me conocen por mis reportajes sobre Santa Pelagia publicados por el *New York Times*. Como recordarán, la profecía dio a entender que habría veinticuatro profetas. Dos de ellos no se han dado a conocer. He dedicado las últimas semanas a encontrarlos.

El periodista hizo una pausa y se secó la frente nervioso. Bajo los focos, sudaba copiosamente.

–Son el padre Michel Deauchez, que fue enviado a Santa Pelagia por el Vaticano, y Lamba Rimpoché, un respetado monje y maestro budista tibetano. Y también está aquí conmigo el profeta Will Puma, de Washington.

–Soy Will Puma –dijo el nativo norteamericano–. He aceptado hablar en público a fin de cumplir mi misión. Estos dos hombres estuvieron conmigo en Santa Pelagia y tuvieron una visión. Son los dos profetas que faltaban.

–Soy el padre Michel Deauchez –dijo el cura, con la cara muy blanca y las pupilas tan dilatadas que se veían negras–. La Virgen María me dijo que no me diese a conocer hasta el vigesimosexto día.

–Y yo también –intervino el monje con voz tranquila– tenía que esperar hasta el día veintiséis.

–El presidente nos ha ayudado a preparar esta retransmisión para poder llegar a todos ustedes lo antes posible –dijo Simon Hill–. Escuchen con atención el mensaje de los dos últimos profetas.

Los telespectadores se inclinaron hacia delante todos al mismo tiempo. El silencio era absoluto en cada casa y en las comunidades de remolques y tiendas de campaña donde se había congregado la gente. Todos dejaron de respirar para escuchar, como si su vida pendiese de esas palabras. Tenían los ojos clavados en los hombres de la pantalla.

La cámara tomó un primer plano del monje.

–Se me dijo que cuando llegase el día veintiséis muchos habrían muerto, lo cual ha sucedido de verdad. Hermanos y hermanas, Dios nos mandó el aviso de que afrontaríamos días de destrucción apocalíptica y así ha sido. –El monje esbozó una triste sonrisa–. No ha sido la voluntad de Dios la que ha provocado todo esto. En los últimos veintiséis días, Dios nos ha dado la espalda y ha permitido que cosecháramos lo que habíamos sembrado.

–En el día vigesimosexto –añadió el cura con voz aturdida–, la copa de la aflicción de Dios se derramará y Él intercederá para salvar a su pueblo.

–La noche ha terminado –dijo Rimpoché–. Ha llegado el amanecer.

–Nos dará una señal de esta promesa –dijo el sacerdote– en los cielos de todo el planeta.

Alzó las manos al cielo, unidas en señal de plegaria. No miraba directamente a la cámara y sus ojos se veían distantes.

–Salid y mirad –dijo Will Puma–. La señal aparecerá en todas partes. Una señal de purificación. El mundo se ha roto, ha sido purificado y renacerá. Esto es una promesa.

Algo oscuro apareció en las manos del sacerdote. La cámara tomó un primer plano de ellas. Del revés de sus manos salían sendos regueros de sangre que corrían hacia las muñecas y desaparecían bajo las mangas.

La cámara le enfocó la cara, en la que se estaban formando dos glóbulos de color escarlata en las pálidas sienes del cura. Tenía los ojos perdidos en la distancia y lloraba en silencio, con el rostro transformado en algo hermoso y terrible, algo que sus ojos indicaban que no quería ver. Con voz entrecortada dijo:

–Él no... no nos ha abandonado. Esto es una promesa. Loado... loado sea el Señor, nuestro padre celestial, creador del Universo.

En Sedona, una imagen irrumpió en el amanecer ceniciento, con sus brillantes colores, y formó un arco en los cielos. Su luz era radiante e inverosímil y danzaba en el aire. Los campistas se pusieron en pie junto a los televisores y las radios y alzaron los ojos al cielo porque querían estar seguros de que era verdad. Y cuando lo estuvieron, empezaron a abrazarse y a llorar de alegría.

En Nueva York, el arco iris se alzó en el horizonte nocturno como si fuera una luna con joyas incrustadas. En Washington, Alabama, Florida y Texas, su luz fue como flores de loto abiertas.

En Tokio y en Munich se extendió en un cielo diurno gris y mortecino como si fuera un paracaídas traslúcido. La gente fue hacia las puertas y muchas personas las abrieron por primera vez en semanas y salieron al exterior para contemplar el arco iris en directo. En sitios altos se veían tres o cuatro a la vez, mientras que en las zonas más bajas sólo asomaba lo más alto de ellos sobre árboles, montañas o suburbios cenicientos. El arco iris brilló en zonas remotas donde sólo lo vieron los coyotes y los anacoretas. Sobre las carreteras locales atestadas de coches que no sabían adónde iban surgió de la oscuridad como un fantasma de luz.

Y en todas partes fue recibido con alegría y admiración.

Cuando la retransmisión finalizó, los cuatro hombres salieron a un balcón del segundo piso y vieron el arco de fuego que brillaba en el cielo. Abajo, los guardias que los habían escoltado a los estudios de la cadena de televisión lo miraban en silencio; en sus cuerpos no había ni asomo de amenaza y sus armas descansaban en sus fláccidas manos.

El balcón era pequeño y Deauchez estaba débil. Se apoyó en la cálida corpulencia de Hill porque aún se sentía algo aturdido. A su derecha, Rimpoché lo agarraba por el codo con una fuerza increíble.

–Se ha terminado –susurró Deauchez.

–Sí, gracias a Dios –dijo Hill, jadeante–. No soporto salir en televisión.

–No me refería a eso, Simon, y usted ya lo sabe.

Deauchez hizo acopio de fuerzas, se incorporó y miró a Hill. El reportero dejó de fruncir el ceño por primera vez en muchos días.

–Si, supongo que sí –dijo Hill en voz baja–. Ha sido una larga carrera, padre.

–Y el resultado no ha sido exactamente tal como imaginábamos, ¿verdad?

El periodista no compartía la decepción de Deauchez. Miraba hacia el cielo, con los ojos húmedos y el rostro tranquilo.

–¿Sabe una cosa, padre? Con tal de que saliera, a mí ya me bastaba.

El cura se volvió para seguir la mirada de su amigo. Tal vez era sólo que se levantaba la niebla de aquel trance autoinducido, o que su orgullo herido se había interpuesto en el camino, el caso es que por primera vez vio el arco iris no como un objeto, no como una argucia de Cole o de Janovich, sino como algo más, como un fuego luminoso que iba más allá de lo humano. Era mágico. Hill tenía razón. El cura se había pasado las últimas semanas persiguiendo a Dios en su mente, furioso con Dios porque no hacía nada para impedir las catástrofes, furioso consigo mismo por haber creído en un Dios que no intervenía a favor de los humanos. No obstante, ellos cuatro se habían encontrado y habían convencido a Cole de que pusiera fin a todo ello. Si aquello no era un milagro, los milagros no existían. Aquellas rayas de luz como trazos de los dedos en el azul índigo del cielo eran la respuesta de Dios.

Se sintió invadido por una oleada de emociones distintas: alivio tremendo, gratitud temblorosa, amor hacia Hill, que había luchado a su lado durante tanto tiempo, y también hacia Rimpoché y Will Puma, por su fortaleza y su sabiduría. Aquellas emociones tan dispares se mezclaron con los colores del cielo hasta que todo su ser fue una paleta de matices nuevos. La intensidad del momento era casi insoportable. Sacudido por esas oleadas interiores, recorrió las cimas de la primera emoción y de las siguientes, hasta llegar al fondo de la paleta. Allí, como punto de referencia de todo lo demás, encontró una dolorosa y profunda sensación de pérdida por todo aquello que había dejado de ser, por el precio tan alto que se había pagado.

Se le llenaron los ojos de lágrimas.

–Tranquilo, tranquilo –dijo Rimpoché, al tiempo que le apretaba el codo–. ¿Ve, querido Michel? Dios no nos ha olvidado.

–Pero ¿por qué ha tardado tanto? –preguntó Deauchez con la voz entrecortada por los sollozos.

Rimpoché inclinó la cabeza hacia un lado para pensárselo.

–A veces... a veces, nuestros mayores errores son nuestra salvación.

–No lo comprendo –dijo el cura, al tiempo que se secaba las lágrimas.

–¿No? Pues no es difícil de comprender, ¿verdad?

Deauchez miró al nativo norteamericano y se encontró con la cara sobria de Will Puma y su implacable sabiduría. El chamán asintió para mostrar su acuerdo con el tibetano.

–Pero... –empezó a decir Deauchez.

–Todo va bien, padre

Hill pasó el brazo por el hombro del sacerdote.

Para su sorpresa, Deauchez descubrió que todo estaba bien. No tenía que comprender nada. Quizá, por una vez, se trataba sólo de una cuestión de fe. No sabía lo que el futuro les depararía y, sin embargo, experimentó una inconfundible sensación de renacimiento en todo ello, una sensación de que la marea se había vuelto hacia Cole, e intuyó que el futuro nunca sería como Cole había previsto, del mismo modo que tampoco sería como él mismo había previsto. Y en todo el camino recorrido, Deauchez había aprendido a confiar en sus intuiciones.

Sonrió a su amigo con agradecimiento. La mano en su hombro era cálida y pasiva. Hill le devolvió la sonrisa, pero no la mirada. Algo lo había abandonado para siempre. Deauchez lo sabía desde hacía tiempo. Si Cole les permitía salir con vida de todo aquello, Hill no escribiría nada al respecto, tal vez por un tiempo o quizá nunca lo haría. Simon Hill ya no era un periodista. Había descubierto una verdad mucho más profunda de la que el público estaba preparado para escuchar, y eso le dejaba muy poco que decir.

¿Y Deauchez? ¿Era todavía un sacerdote? Descubrió que sí, que ansiaba serlo.

–¿A alguien le molesta que recemos? –preguntó con timidez.

ÍNDICE

Título de la edición original: *Millennium Rising*
Traducción del inglés: Montserrat Gurguí y Hernán Sabaté,
cedida por Ediciones Urano, S. A.
Diseño: Eva Mutter

Círculo de Lectores, S. A. (Sociedad Unipersonal)
Travessera de Gràcia, 47-49, 08021 Barcelona
www.circulo.es
3 5 7 9 10 10 8 6 4

Licencia editorial para Círculo de Lectores
por cortesía de Ediciones Urano, S. A.

Depósito legal: Na. 1960-2001
Fotocomposición: Fotoletra, S. A., Barcelona
Impresión y encuadernación: RODESA (Rotativas de Estella, S. A.)
Navarra, 2001. Impreso en España
ISBN 84-226-8952-9
N.º 07799